KB013045

골드퀸 *Gold Queen* **1**

정인 장편소설

초판 1쇄 찍은 날 | 2017년 5월 22일
초판 1쇄 펴낸 날 | 2017년 5월 29일

지은이 | 정인
펴낸이 | 권태완 우천제

편집책임 | 박은정
편집 | 김효주
편집 디자인 | 이즈플러스

펴낸곳 | (주)케이더블유북스
등록번호 | 제25100-2015-43호
등록일자 | 2015. 5. 4
WFN | 제3-014호

주소 | 구로구 디지털로31길 41 이앤씨벤처드림타워 6차 1108호
전화 | 02-867-4626 팩스 | 02-866-4627
E-mail | cl_production@naver.com

ISBN 979-11-5983-999-3
    979-11-5983-995-5 (set)

골드퀸

Gold Queen

정인 장편소설

1

위즈북

✳
Contents

프롤로그	7
제1장 환생	21
제2장 유폐	51
제3장 인신매매	107
제4장 물의 정령왕 엘라임	126
제5장 엘라드 상단	199
제6장 마탑	261
제7장 시작	312
제8장 플로렌스 공작	390
제9장 무도회	435
제10장 암습	492
제11장 세드릭	536

프롤로그

멍청하고 오만한 공주.
사람들은 그녀를 이렇게 불렀다.

"비켜!"

어린 여자아이의 신경질적인 목소리가 자신의 앞을 가로막은 기사를 향해 날카롭게 울려 퍼졌다. 그러나 기사는 무표정할 뿐 길을 비키지 않았다.

"들어가실 수 없습니다."

"분명 약속을 했다. 그러니 비켜."

"전하께서 사사로이 찾아오지 말라 명하셨습니다."

기사의 말에 여아의 눈동자가 믿을 수 없다는 듯 흔들렸다. 아이는 기사의 말을 이해할 수 없었다. 도대체 그녀가 왜 이런 말을 들어야 하는지 혼란스러웠다. 서서히 두려움이 엄습했다. 그녀는 입술을 질끈 깨물었다.

"내가 직접 아바마마를 뵈어야겠다!"

"허락 없이 들이지 말라는 분부십니다."

기사의 당당한 태도에 여아가 기사를 죽일 듯 노려보았다. 그가 그녀와 아바마마의 사이를 갈라놓는 방해물처럼 느껴졌다.

"네가 감히!"

"돌아가십시오."

"이럴 수는 없다! 아바마마가 왜 내게!"

"돌아가시길 바랍니다."

아이는 차오르는 눈물을 억지로 참아내며 결국 등을 돌렸다. 아이의 얼굴이 파랗다 못해 하얗게 질렸다. 청천벽력 같은 이야기에 그녀는 정신을 차릴 수 없었다. 날카로운 칼날이 그녀의 가슴을 도려내는 듯했다. 믿었던 자에게 당한 배신은 너무나 쓰라렸다.

'어째서 아바마마가……'

아이는 끓어오르는 분노에 몸을 떨며 궁 밖으로 뛰쳐나갔다. 왕궁의 시녀와 시종들은 그녀의 예의 없는 행동에 눈을 찌푸리며 비난했다. 그들은 그녀가 왜 그런지 알지도, 알아야 할 필요성도 느끼지 못했다.

"윽!"

발에 익지 않은 딱딱한 구두가 어린아이의 뒤꿈치에 붉은 상처를 남겼다. 그러나 쓰라린 아픔에도 소녀는 뛰는 것을 멈추지 않았다. 울지 않으려고 참은 두 눈은 시뻘겋게 변해 있었고, 정신없이 뛴 탓에 머리는 바람에 날려 산발이 되었다. 주변 사람들은 소녀의 흐트러진 모습에 시시덕거리며 비웃음을 날렸다.

소녀는 그들의 비웃음 소리에 귀를 막았다. 이미 발꿈치에선 피가 흘렸지만 아픔마저 잊은 채 도망치듯 그곳을 빠져나왔다. 눈물이 났다. 믿었던 사람, 의지했던 단 한 명의 사람이 그녀를 버렸다. 그녀에겐 아버지가 전부였다. 다른 사람들의 비난 어린 시선도, 경멸 어린 말도 그녀는 모두 참아낼 수 있었다. 하지만 이제는 아무도 없다.

"하아, 하아……."

가쁜 숨을 몰아쉬며 달리던 걸음을 멈추었다. 얼마나 달렸던 것일까. 날은 이미 어두워졌고 주변엔 건물도 사람도 보이지 않았다. 그저 깊고 어두운 숲속에 오로지 아이만이 있었다.

진탕된 마음을 가라앉힌 아이는 그제야 느껴지는 아픔에 구두를 벗고 맨발로 잔디를 밟았다. 사박사박. 잔디를 밟을 때마다 풍겨오는 풀 냄새에 마음속 불길이 차차 잦아드는 것을 느꼈다.

"여기는……."

궁의 서쪽에 위치한 큰 호수였다. 아이는 천천히 호수로 다가갔다. 그러자 짙은 물 내음이 맡아졌다. 아이는 조심스레 호수에 고개를 내밀고 물에 비친 자신을 바라보았다. 호수에는 악독한 표정을 지은 오만하고 멍청한 공주가 아니라 열 살의 상처받은 소녀가 비쳤다.

그녀는 주먹을 말아 쥐었다. 손바닥에 깊게 파고든 손톱이 그녀의 여린 살갗에 붉은 흔적을 남겼다. 하지만 아픔은 느껴지지 않았다. 이미 가슴은 그보다 더한 고통으로 피를 흘리고 있었으니까.

천한 태생에 멍청하고 오만한 공주. 아이는 사람들이 자신을 그렇게 부른다는 것을 알고 있었다. 하지만 무시했다. 그녀가 손가락질받을 때도 아버지만은 그녀를 따뜻하게 안아주고 격려해 주었기 때문에 무시할 수 있었다.

한데 이제는 아니다.

찰랑.

아이는 자신의 얼굴이 비친 수면을 손으로 휘저었다. 그러자 물에 비친 그녀의 모습이 일그러졌다.

툭-

눈에 고인 눈물 한 방울이 호수에 떨어지면서 작은 파문을 일으켰다. 그저 사랑받고 싶었는데, 그거 하나 원했을 뿐인데.

"태어나지 말았어야 했는가……."

모두 입을 모아 그렇게 말한다.

네가 태어난 것 자체가 죄라고, 너는 태어나지 말았어야 했다고.

아이는 천천히 호수를 향해 걸어 들어갔다. 호수로 발을 내딛자 차가운 물이 발목을 적셨다. 그녀는 더욱 안쪽으로 몸을 밀어 넣었다. 이제는 아픔도 슬픔도 없으면 좋겠다.

찰랑.

아이의 눈에서 흘러내린 눈물이 호수로 떨어졌다. 그리고 더 이상 그녀의 모습은 어디에도 보이지 않았다. 오로지 하늘에 뜬 달만이 호수를 비추었다.

＊

"자자, 싸요 싸!"

뜨겁게 타오르는 태양 아래 삼십 대 초반의 여자가 닳아 해진 짙은 녹색 모자를 깊게 눌러쓰고 연신 소리를 높였다. 얼마나 오래 입었는지 목이 늘어난 반팔 티에 값싼 청바지를 입은 그녀는 단골손님이 다가오자 웃으며 더욱 흥겹게 외쳤다.

"언니, 이것 좀 봐. 막 가져와서 싱싱해. 내가 싸게 해줄게."

까맣게 타버린 피부에 모자 사이로 삐죽 튀어나온 머릿결은 푸석했지만, 얼굴만은 그런대로 봐줄 만했다. 그녀의 손에 이끌린 사십 대 아줌마가 관심 어린 눈으로 물건을 살폈다.

"뭐 좋은 거라도 들어왔어?"

"파랑 배추가 실해. 보니까 이제 떨어질 때도 된 것 같은데."

"네가 우리 남편보다 더 잘 안다니까. 호호, 파 한 단이랑 배추 한 포기 줘. 이것도 주고."

사십 대 아줌마는 민서의 능청스런 장사 수완에 호호 웃으며 예정에 없었던 오이마저 사갔다. 다른 아줌마들도 민서가 떴다 하면 모두 그녀의 트럭에 모여 싱싱한 채소와 과일을 사기 바빴다.

삼십 도가 넘는 여름의 후끈한 열기에 민서는 모자를 벗고 목에 두른 수건으로 흐르는 땀을 닦아냈다.

'후우, 이제는 어느 정도 적응이 되는군.'

그녀가 트럭을 몰며 채소 장수 일을 처음 시작할 때는 경험이 없어 채소를 썩게 만든 적도 있고 실수도 잦았다. 과연 이 일이 적성에 맞을까 걱정도 많았다. 그러다 우연히 홍수 아저씨와의 인연으로 경험과 노하우를 배울 수 있었다. 그럼에도 초기엔 잘할 수 있을까 하는 막연한 불안감을 떨쳐 내지 못했다.

하나 무슨 일이든 한번 시작하면 포기하지 않는 민서였고, 목구멍이 포도청인 그녀는 반드시 해내야만 하는 일이었다.

'으음, 헉!'

채소를 팔던 민서가 누군가를 발견하고 서둘러 채소를 정리하기 시작했다. 갑작스런 민서의 행동에 채소를 고르던 손님들이 당황했다. 그녀는 입술을 깨물며 모자를 깊게 눌러썼다.

"언니들, 오늘은 이만 가볼게."

"아니, 벌써? 무슨 일 있어?"

"보통은 저녁때까지 있잖아?"

손님들이 저마다 한마디 했지만 민서는 지금 여유롭게 받아치고 있을 시간이 없었다. 그녀는 어색하게 웃으며 말했다.

"미안, 오늘 중요한 일이 있다는 걸 잊어버렸지 뭐야. 내가 내일 더 좋은 거 갖고 올게."

내일 여기에 다시 올 수 있다면 말이지. 민서는 뒷말을 삼켰다. 그러곤 재빨리 운전석에 올라타 그 자리를 도망치듯 벗어났다.

"젠장, 저놈들 완전 거머리네."

백미러 사이로 검은 정장의 깍두기들을 본 민서는 신음을 삼켰다.

민서는 고아였다. 태어나자마자 친부모에게 버려져 보육원에서 자란 그녀는 운 좋게 5살 때 중산층의 양부모에게 입양되었다. 하지만 사랑을 받진 못했다. 그녀를 입양하고 얼마 뒤 아이를 가지지 못해 그녀를 입양했던 양부모 사이에 아들이 생겨 버린 것이다. 그들은 아이가 생기자 그녀를 대하는 태도가 달라졌다. 그녀에게 주었던 관심은 오로지 친아들만을 향했고, 점차 그녀의 존재를 껄끄럽고 귀찮게 여기기 시작했다. 그때부터 그녀는 기의 방치되었다.

설상가상으로 양아버지의 사업이 실패히면서 가세가 기울자 양부모는 그녀를 핍박하기 시작했다. 매일 술에 취해 들어오는 양아버지는 욕설과 구타를 서슴지 않았고, 양어머니는 그녀에게 하루 한 끼 그저 죽지 않을 정도로만 밥을 주었다.

하루하루가 그녀에겐 지옥이었다. 하지만 민서는 집을 떠날 수 없다. 심한 모욕을 받더라도 밥을 굶더라도 그곳은 민서의 집이었다. 가족들도 그것을 알고 있었다. 그러나 외줄을 걷는 것 같은 아슬아슬한 그들의 관계는 어느 날을 기점으로 산산조각 나버렸다.

사업에 실패한 이후 양아버지는 자주 술에 취해 그녀에게 행패를 부렸다. 그런데 그날은 평소와 달랐다. 양아버지의 눈이 음심으로 번들거렸고, 그는 구타에 쓰러진 그녀의 몸을 더듬기 시작했다. 그녀는 소스라치게 놀랐다. 두려워 더 이상 참을 수 없었다. 결국 그녀는 맨몸으로 집을 뛰쳐나와야 했다.

다행히 세상은 무심하지 않았다. 그녀의 사정을 알고 안타까워하던 담임선생님이 그녀를 도와주었다. 비록 시설에서 지내야 했지만 지옥 같던 집을 나오자 오히려 민서는 마음이 편했다.

그녀는 공부를 하기 시작했다. 어린 그녀가 할 수 있는 건 공부밖에 없었다. 공부를 해서 성공하는 것. 어린 민서는 차가운 세상에서 힘의 필요성을 깨달았다. 그녀는 피땀을 흘려가며 노력했다. 결국 최고 명문대에 전액 장학금으로 입학했으며, 수석으로 졸업하여 이후 대기업에 들어가 승승장구했다.

더 이상 그녀는 힘없는 고아가 아니었다. 잘나가는 대기업의 우수한 커리어우먼으로 여대생이 가장 닮고 싶어 하는 여성이었다. 큰 거래를 척척 따내며 성공 가도를 달렸으며, 같은 회사에서 만난 남자와 남부러울 사랑도 했다. 사랑과 돈을 모두 손에 넣은 그녀는 행복했고, 그 행복이 오래가리라 생각했다.

그러던 어느 날, 그녀를 핍박했던 가족이 염치도 없이 찾아왔다. 그녀는 그들을 거부했다. 여전히 그날을 잊을 수 없었다. 하지만 그들은 말했다. 미안하다고, 다시는 그러지 않겠다고. 다짐하고 또 다짐했다.

민서는 흔들리지 않았다. 그녀에겐 저들은 가족이 아니었다. 하지만 그녀는 그들을 받아들였다. 민서는 결혼을 앞두고 있었다. 그래서 자신이 사랑하는 사람에게 고아와 결혼했다는 꼬리표를 달게 하고 싶지 않았다. 가족들은 그녀에게 잘했고, 그녀도 그 정도로 만족했다.

뛰어난 자는 사람들에게 동경과 선망의 대상이지만 또한 시기와 질투의 대상이다. 그녀에게도 시기하는 자가 많았다. 그 시기의 정점을 찍은 이가 바로 민서를 죽기보다 싫어한 김지윤이었다. 그녀는 M사 회장의 외동딸로 사람들의 시선을 한 몸에 받고 사는 것을 당연하게 여기는 여자였다. 또한 충분한 능력도 갖고 있었다. 하지만 민서를 만나고부터 일그러지기 시작했다. 항상 수석은 민서의 몫이었고, 그녀는 차석으로 만족해야 했다.

그녀와 민서가 본격적으로 악연이 된 것은 바로 민서가 사랑하는 남자를 김지윤 그녀도 사랑하게 되었을 때부터였다. 그녀는 민서를 짓밟기 위해 갖은 수작을 부렸다. 굵직한 계약을 방해하기도 했고 사람을 써서 그녀를 해하기도 했다. 하지만 그런 수에도 꿋꿋이 버티는 민서의 모습에 김지윤은 작전을 바꾸었다. 그것은 탁월한 선택이었다.

민서는 뛰어난 사람이었지만 독불장군이었다. 그것을 역이용하기 시작했다. 민서를 차근차근 고립시키고, 정보 줄을 하나둘 잘라 나갔다. 그러나 민서는 쉽게 무너지지 않았다. 그래서 김지윤은 민서의 가족에게 손을 뻗었다.

그녀는 민서의 가족을 도박과 마약으로 유도했고, 부모와 남동생은 달콤한 악마의 유혹을 이기지 못했다. 결국 도박으로 계속 돈을 탕진한 그들은 더 이상 도박에 댈 돈이 없어지자 민서에게 돈을 요구했고, 그녀가 돈을 주지 않자 쓰지 말아야 할 사채까지 손을 뻗었다. 그럼에도 그들은 도박을 끊지 못했다. 사채업자들이 목을 조여 오자 그제야 자신들이 무슨 짓을 벌였는지 깨달았다. 그들은 사채업자의 협박에 못 이겨 야반도주를 했다.

가족이 사라졌지만 민서는 신경 쓰지 않았다. 어차피 자신의 빚이 아니었다. 하지만 가족에게 돈을 받지 못한 사채업자들은 민서를 찾아와 돈을 내놓으라며 깽판을 쳤다.

회사에서 그녀는 유능한 재원이었지만 사채업자들이 회사까지 들이닥치면서 그녀의 이미지는 크게 실추되었고, 결국 회사는 그녀를 해고할 수밖에 없었다. 그 뒤에는 김지윤 그녀가 있었다. 그저 명분을 만들고 소문을 내 민서를 압박한 것이다.

회사에서 쫓겨난 민서는 사채업자들에게 시달려야 했다. 그들의 만행은 그녀를 피폐하게 했다. 그들에겐 민서에게 돈을 받는 것이 중요한 것이 아니었다. 그녀를 나락으로 떨어뜨리는 것. 민서는 어떻게 해결해 보려 했으나 방법이 없었다. 새로운 회사에 취직하면 사채업자가 회사 안을 분탕 쳤고, 민서는 어쩔 수 없이 막노동을 할 수밖에 없었다. 이젠 그녀가 해보지 않는 막노동이 드물 정도였다. 항상 연필만 잡던 손은 능숙하게 벽돌을 지고 삽을 들었다.

그녀는 아파트에서 옥탑방으로, 그리고 다시 몸 하나 누울 수 있을 정도의 작은 고시원 방으로 옮겨 갔다. 이제 더 내려갈 데도 없건만 조폭들은 여전히 그녀를 쫓아왔고 그녀는 도망을 다닐 수밖에 없었다. 그녀는 점점 악과 독기로 똘똘 뭉쳐 갔다. 그녀는 그런 고통스런 삶조차 포기하지 않았다. 그녀는 모두가 안 된다 하는 거래들을 성사시킨 능력자였고 고생 끝에 행복이 온다는 것을 믿고 있었다.

그녀는 김지윤의 손에서 벗어나기 위해 멀리 지방으로 내려갔다. 그러자 사채업자들도 더 이상 손을 쓰지 않는 것처럼 보였다.

민서는 자신의 처지를 아무에게도 알리지 않았다. 사랑하는 남자에게도. 이런 비참한 모습을 보이고 싶지 않았다.

혹여 그가 걱정할까 가끔 공중전화를 통해 이야기했다. 그는 사라진 이유를 물었지만 그녀는 말할 수 없었다. 그런 그녀를 그는 믿어주고 걱정해 주었다. 하루하루가 절망의 연속이었지만 그녀는 그가 있어 꿋꿋이 견뎌낼 수 있었다. 그가 자신을 사랑하는 한 혼자가 아니라고, 그녀는 굳게 믿고 있었다.

그 일이 있기 전까지는.

“아저씨, 가져왔어요.”

“아, 민서구나. 다행이다. 재료가 금방 떨어진 참이었는데.”

중년의 요리사는 민서를 웃으면서 맞아주었다. 그의 레스토랑에 채소를 납품하는 민서는 자기도 모르게 웃었다. 그는 민서가 지치고 힘들 때면 맛있는 요리를 몰래 해주는 좋은 사람이었다.

가게 안을 둘러보던 민서가 비어 있는 가게에 깜짝 놀랐다.

“어? 왜 이렇게 사람이 없어요?”

항상 인기 있는 레스토랑인데 인기척이 들리지 않았다. 혹여 자신 때문에 문제가 생긴 건 아닐까 지레짐작한 민서의 안색이 어두워졌다. 그런데 세윤은 고개를 저으며 혀를 찼다.

“아, 말도 마라. 아주 꼴값 떤다.”

“예?”

세윤의 말을 이해하지 못한 민서가 되물었다. 그는 머리를 긁적이며 말했다.

“아니, 프러포즈한답시고 아예 가게를 하루 통째로 빌렸어.”

“통째로요?”

“가끔 있거든. 돈 많은 자식들이 멋 부리는 거지. 뭐, 우리야 손해는 아니지만.”

“헤에, 좋겠다.”

민서도 윤서가 자신에게 이런 프러포즈를 한다면 어떨까 하고 꿈같은 상상을 했다. 세윤은 민서의 표정을 보자 피식 웃었다.

“민서도 그런 거 좋아해? 으음, 원래 여자들은 그런가?”

“싫어할 여자가 어디 있겠어?”

민서는 도대체 누가 이런 대범한 짓을 하는지 궁금해졌다.

"저기, 아저씨. 살짝 좀 봐도 돼요?"

"그래. 자, 이건 이번 계산이다."

"아, 감사해요."

"뭘 내가 고맙지."

"아저씨도 알잖아요. 저야 그냥 받아서 파는 건데. 애초에 흥수 아저씨가 잘 키운 거지."

그렇게 말해도 민서는 기분이 좋아졌다. 그녀는 조용히 소리를 죽이며 주방을 빠져나왔다. 과연 어떤 커플이 얼마나 멋진 프러포즈를 하는 걸까.

"도대체 누가……."

툭.

손에 쥐었던 모자가 바닥에 툭 떨어졌다.

"……!"

민서의 미소가 서서히 사라지고 그 자리엔 차갑게 굳은 얼굴이 자리 잡았다.

한 남자와 여자가 다정하게 키스를 하고 있었다. 그들의 왼손 약지에 반짝이는 다이아몬드가 조명에 빛나고 있었다. 길고 긴 키스가 끝나자 남자가 일어나 여자의 앞에 무릎을 꿇고 그녀의 손에 입을 맞췄다.

"나랑 결혼해 줄래?"

"물론이에요, 윤서 씨."

여자는 고운 이를 보이고 환하게 웃으며 그를 안았다.

민서는 그 연인, 아니, 남자의 얼굴에 시선을 멈췄다. 초승달처럼 휘어지는 눈매와 시원한 콧날, 남자치고 붉은 입술과 연한 갈색의 머리는 그녀가 아주 잘 알고 있는 사람이었다.

"윤서……."

민서는 어떻게 자신이 빠져나온 건지도 모르게 밖으로 뛰쳐나갔다.

하늘엔 먹구름이 가득해 캄캄했고, 빗줄기가 세차게 쏟아졌다. 차가운 비가 민서의 몸을 때렸다.

"흐, 흐윽!"

억누른 신음이 흘러나왔고 눈물로 눈가가 붉어졌다. 자꾸만 그들의 모습이 떠올랐다. 마치 이 세상 모든 행복을 다 가진 것처럼 환하게 웃는 연인의 모습.

이윤서. 자신을 사랑한다던 그 입으로 다른 여자와 입을 맞추고, 자신을 바라보던 부드러운 눈빛을 다른 여자에게 보내는 남자.

민서는 배신감에 온몸을 부르르 떨었다. 그녀는 그와 함께 있는 여자를 알았다. 아니, 너무나 잘 알고 있었다.

M사 회장의 딸, 김지윤. 결국 김지윤은 자신의 모든 것을 빼앗아간 것이다.

차갑게 내리는 빗줄기가 그녀의 머리를 적셨다.

"민서야. 사랑해."

"나랑 결혼해 줘."

"내가 도와줄게. 조금만 참아."

그가 자신에게 했던 말들이 떠올랐다. 그가 나를 버릴 리 없다. 분명 그 여자의 협박에 못 이긴 것이다. 민서는 그렇게 생각하고 싶었다. 그가 절대 자신을 배신하지 않았다고, 그리 믿고 싶었다.

하지만 그는 웃고 있었다. 자신을 몰락시킨 여자의 입에 입을 맞추고 사랑을 속삭이며, 그녀의 손에 사랑의 증표인 반지를 끼워주었다.

가족? 돈? 사랑? 가족은 그를 버렸고, 돈은 그녀를 나락으로 내몰았으며, 사랑은 그녀의 모든 걸 앗아갔다.

이윤서! 돈에 눈멀어 나를 떠나 그녀에게 간 거니? 어떻게 나를 이렇게 비참하게 만들 수 있는 거야? 어떻게!

김지윤! 단지 네 욕망을 채우기 위해 한 사람의 인생을 무너뜨려도 된다고 생각하는 거냐!

"아아악!!!"

'내가 무엇을 잘못했다는 거야! 난 그저 사랑받고 싶었다고!'

번쩍! 콰아아앙!

거칠고 사나운 번개가 내리치고 강한 돌풍이 불었다. 마치 세상이 무너지는 것 같았다. 그녀를 버린 가족도, 어린 그녀를 학대하던 양부모도 그녀를 이렇게 아프게 하지 않았다. 돈을 잃고 빈털터리가 되어도 그녀는 참을 수 있었다. 오직 그가 있었기에 지금까지 포기하지 않고 견딜 수 있었다. 그는 자신을 지탱해 주던 유일한 사람이었다.

하지만 그도 끝내 자신을 버렸다. 피를 나눈 이에게 버려지고 사랑이라 믿었던 사람에게 처참하게 배신당했다.

민서는 달리고 또 달렸다. 차가운 빗줄기가 몸을 채찍질해도 그녀는 달렸다.

점차 생기를 잃었던 두 눈동자에 깊은 분노와 복수가 떠올랐다. 자신을 이렇게 만든 이에게 복수하고 싶다. 자신을 몰아붙인 세상을 부수고 싶다.

빠아아앙!

자동차의 클랙슨 소리가 시끄럽게 울렸다. 하지만 빗줄기를 맞으며 달려가던 그녀는 때마침 신호등에 빨간불이 켜진 것을 알아차리지 못했다. 그녀는 그저 눈물을 흘리며 웃었다.

"하하하!!"

빠앙! 빠아아앙!

클랙슨 소리가 가까워졌다. 그제야 민서는 자신에게 돌진하고 있는 자동차를 발견했다.

축축하게 젖은 빗길에 브레이크가 제대로 작동하지 않는지 차는 거침없이 민서의 몸을 덮치고 말았다.

콰앙!

분노로 시퍼렇게 물든 두 눈을 부릅뜬 채 그녀의 몸은 그렇게 빗줄기 속을 날아올랐다.

제1장 환생

   어린아이가 있었다. 다섯 살 남짓이나 되었을까. 금발의 여자아이는 귀엽고 사랑스러웠다. 하지만 아이는 언제나 혼자였다. 아이는 외로웠고, 외로운 만큼 한 여인에게 매달렸다. 아이의 눈은 언제나 그 여인을 향해 있었다. 아이를 똑 닮은 아름다운 금발과 금안을 지닌 여자. 아이는 해바라기처럼 그녀를 하염없이 바라보며 그리워했다. 그러나 여자의 눈에 아이는 없었다. 아이의 눈에 비친 것은 오로지 여자의 등이었다.

   장면이 바뀌었다. 아이는 성장했다. 하지만 항상 웃던 얼굴에 웃음이 사라졌다. 아이를 바라보는 사람들의 눈에는 경멸이 가득했다. 아이의 눈에 젊은 여자 대신 금발의 남성이 비쳤다. 아이의 눈은 언제나 그를 좇았다. 그러나 이번에도 아이의 눈에 비친 것은 그저 자신뿐이었다. 마지막으로 아이의 눈동자에 그 자신의 얼굴이 비추었을 때, 세상은 캄캄한 어둠에 휩싸였다.

✳

세상이 뒤집어졌다. 어디가 위고 아래인지 알 수가 없었다. 보이지도 들리지도 않았다. 다만 추웠다. 여기가 어디인가. 자신은 죽은 걸까? 이렇게 허무하게? 아무것도 하지 못하고 죽는다고? 그녀는 몸부림쳤다. 살고 싶었다, 아무도 그녀를 원하지 않아도 살고 싶었다. 자신의 인생을 스스로 포기하고 싶지 않았다.

팔다리를 움직였다. 이곳이 지옥의 수렁이라면 빠져나오리라. 그리하여 복수하리라.

그때 빛이 보였다. 일렁이는 불빛을 따라 안간힘을 다해 헤엄쳤다. 그 빛이 구원인 것처럼.

"쿨럭!"

기도를 막고 있던 물을 뱉어내고 숨을 몰아쉬었다. 온몸이 차가웠지만 기뻤다.

'살아 있구나.'

페부에 스며드는 공기가 반가웠다. 그런데 어째서 물속에 있었던 건지 이해할 수 없었다. 굳어 있던 머리가 맹렬히 회전하기 시작했다. 뿌옇던 시야가 깨끗해지고 주변을 둘러본 그녀는 소스라치게 놀랐다.

"여, 여긴 어디야?"

빌딩이 있어야 할 곳엔 웬 오래된 성이 있었고, 차가운 아스팔트 대신 부드러운 잔디가 만져졌다. 그리고 더 중요한 것은 자신의 손이 너무나 작다는 것이었다.

"……이게 나라고?"

자신이 빠졌던 호수에 얼굴을 비춰 보았다. 인상을 찡그리자 물가에 비친 금발의 아이도 함께 인상을 찡그렸다. 그녀가 손을 들자 호수의 아이도 따라 손을 들었다. 금발의 어린아이가 아이답지 않게 진중한 표정을 지으며 손으로 턱을 쓰다듬었다. 어린아이 특유의 보드랍고 분냄새 날 것 같은 흰 살결이 만져졌다.

'이럴 수가.'

민서는 지금의 상황을 이해하기 위해서 생각하고 또 생각했지만 답이 나오지 않았다. 꿈이라도 꾸고 있는 건가? 물가에 비친 아이, 아니, 그녀의 얼굴은 꿈에서 보았던 그 아이 자체였다. 그런데 왜 꿈에서 본 그 아이가 된 건지 알 수 없었다.

"에취!"

바람이 불자 저절로 재채기가 나왔다. 오랫동안 물속에 있었는지 온몸이 찼다. 언뜻 입술도 파래 보였다. 생각을 멈추고 자리에서 일어섰다. 이대로 있다간 감기에 걸릴 게 분명했다.

휘청.

갑자기 몸을 움직이자 가볍고 연약한 몸이 비틀거렸다. 시야가 낮았다. 정말 어린아이의 몸에 들어왔다는 것을 실감했다. 이해할 수 없는 상황이지만 꿈은 아니었다. 얼마나 꼬집었는지 아이의, 아니, 그녀의 볼이 붉게 변해 있었다. 이 아픔이 거짓이 아니라면 지금의 상황이 현실이라는 이야기다.

'현실이라고? 지금 이 모든 게?'

"에취!"

어쨌든 움직여야 했다. 희미하게 떠오른 아이의 기억을 더듬으며 길을 찾아 헤맸다. 걸어가면서 자신의 작고 흰 손을 움직여 보며 새로운 몸에 적응하려고 애썼다.

작고 흰 손. 일이라곤 해본 적 없는 그런 손이었다. 소설 같은 일이 자신에게 일어났다는 것이 충격이었지만, 달리 어떻게 할 방도가 없었다. 이제 그러려니 하는 수밖에. 서른 살 세월이 어디 가지는 않았다. 오늘만큼은 자신의 뛰어난 정신력에 감사했다. 아니었다면 뒤로 까무

러쳤을 것이다.

멀리 보이는 궁을 지표 삼아 이십여 분을 걷자 드디어 사람들이 보이기 시작했다. 한데 하나같이 그녀를 보고는 수군거릴 뿐 다가오는 이는 없었다. 마치 동물원의 원숭이처럼 멀찍이 서서 그녀의 모습을 보며 비웃고 있을 뿐이었다. 기분이 나빠졌지만 자신의 꼴이 좀 심하긴 했다. 그냥 다른 사람의 시선 따위 무시해 버렸다. 아무리 지금의 상황을 받아들였다고 해도 심적으로 지치는 것은 어쩔 수 없었다. 일분일초라도 빨리 푹신한 침대에 누워 자고 싶었다.

드디어 아이의 궁에 도착했다. 솔직히 제대로 못 찾을 줄 알았는데 몸이 절로 찾아왔나 보다. 다행이었다.

'인사조차 없군.'

분명 이 아이의 궁일 텐데 시녀와 시종들은 그녀를 보고 인사도 하지 않고 제 할 일만 할 뿐이었다. 완전 찬밥 신세다. 허탈감을 감추고 그들을 무시한 채 계단을 올랐다. 한 칸 한 칸 올라가는 것이 지치고 힘들었다.

"이게 대체 무슨 꼴입니까?"

그때 꼬장꼬장해 보이는 중년 여인이 다가왔다. 표정을 보아하니 그다지 걱정한 얼굴이 아니다. 여인은 그녀의 꼴을 보고 쌍심지를 켜고 있었다. 그녀는 바닥에 물이 떨어진다며 타박했다.

'그럴 거면 수건이나 주라고'라는 말이 목구멍까지 치고 올라왔지만 그냥 참았다. 지금은 그저 빨리 쉬고 싶었다.

"제 말 듣고 계신 겁니까?"

상전을 완전히 호구 취급하고 있다. 말만 존댓말이지 귀찮은 물건을 대하듯 했다. 대꾸하지 않으려고 했는데 하는 꼴이 거슬려 귀찮은 듯이 입을 열었다.

"알겠다고요, 이제 비켜요."

"예? 지금 뭐라고?"

사람 참 귀찮게 하는군. 중년의 시녀가 당황스러운 표정을 짓는 게 보였다. 하지만 그런 것까지 일일이 신경 쓰지 않았다.

"나이가 먹으니 귀까지 먹었어요? 비키라는 말 안 들려요?"

시녀가 입을 벌리고 어이없어하는 동안 그녀를 지나 방문을 열고 방 안으로 들어갔다. 축축이 젖은 옷을 대충 아무 데나 벗어 두고 옷장에서 잠옷을 꺼내 입고는 침대에 누웠다. 심리적으로 너무 피곤했다. 현재 상황과 앞으로 처할 상황이 그녀를 무겁게 짓눌렀다. 그러나 내일 생각하기로 했다. 피곤한 몸이 잠을 원했다. 어느새 잠이 들었다.

벨라는 어이가 없었다. 밤새도록 보이지 않다가-굳이 찾으려고 하지도 않았다-새벽이 되어서야 돌아온 헬리아 공주의 모습은 그야말로 가관이었다. 어디서 뒹굴다 온 건지 머리는 잔뜩 젖어 물을 뚝뚝 흘리는데다 옷도 나뭇잎과 흙으로 온통 더러워져 있었다. 하지만 그녀가 놀라고 어이가 없던 것은 비단 공주의 모습 때문이 아니었다.

세간에선 공주가 오만한 사람이라고 말하지만 실상은 조금 달랐다. 대개 왕족이 그러하듯 다른 이들보다 자기중심적이고 짜증을 잘 부리지만, 남에게 쓴소리 하나 잘 못 하는 소심한 공주였다. 불같이 화내는 게 눈에 보이지만 입으로는 아무 말도 못 하는 머저리. 소문과 달리 공주는 그런 자였다. 그래서 벨라는 말만 존댓말이지 헬리아를 공주 취급조차 하지 않았다. 어차피 그녀가 그런 태도를 보인다고 해도 그녀 혼자만 그런 것도 아니고, 게다가 그래 봐야 그녀가 어쩌겠나. 조개처럼 입을 꾹 다물고 혼자 이불을 뒤집어쓰고 질질 짤 뿐이었다.

한데 오늘의 헬리아 공주는 달랐다. 겉모습만 같을 뿐 속 알맹이는 완전히 다른 사람 같았다. 공주는 그녀의 눈을 똑바로 쳐다보고-그것도 잔뜩 귀찮다는 표정을 지은 채-말했다. 그 말도 못 하는 꼬맹이가.

더 놀란 것은 그녀의 말에 흠칫 놀란 벨라 자신이었다. 어째서 그랬는지는 모르지만 그녀에게서 쉽게 대할 수 없는 분위기가 풍겼다. 그래서 벨라는 그녀가 방으로 들어가는 것을 멍하니 바라볼 수밖에 없었다.

진정이 된 벨라는 그녀가 들어간 방문을 노려보았다. 어디 약을 잘못 먹었나? 아니면 밤새 미친 게 아닐까? 감히 자신한테 눈을 부라려? 비록 벨라는 시녀장이었지만 엄연히 남작가의 여식이었고, 천한 하녀의 배에서 태어난 헬리아 공주와 달리 제대로 된 귀족 가문 출신이었다. 벨라는 다음에 보면 꼭 한 소리 해줘야겠다는 마음으로 헬리아가 잠든 방을 쳐다보고는 몸을 돌렸다.

하나 벨라는 몰랐다. 이제까지와는 전혀 다른 헬리아를 만나게 될 거라고.

✳

띠링, 띠리링.

그녀는 익숙한 듯 알람을 끄기 위해 손을 뻗었다. 오늘도 어김없이 장사를 나가야 하기 때문에 일찍 일어나야 했다.

'으, 음?'

더듬더듬. 그런데 익숙한 곳에 있어야 할 알람 시계가 손에 닿지 않았다. 그리고 보니 아까 알람이 울렸던가?

"……여긴 어디야? 꿈이 아니었어?"

벌떡 일어난 그녀는 낯선 천장과 거대한 침대를 보고는 이마에 손을 짚었다. 여전히 포동포동한 어린아이의 손이 이마에 닿았다.

꿈이 아니었다.

현실을 완전히 자각한 후 민서는 아무것도 하지 않았다. 소설에 나오는 여느 주인공처럼 자신을 바꿔보겠다고 발버둥 치지도 않았고, 시끄럽게 이곳저곳 번거롭게 쑤시고 다니며 사건을 만들지도 않았다. 오히려 그녀에겐 지금의 상황이 좋았다. 마치 휴가 같지 않은가. 오랫동안 일만 해온 그녀에게 이곳은 휴가를 온 것처럼 조용하고 편했다. 다만 아무도 그녀를 반기지 않았지만.

헬리아는 아르센 왕국의 공주였지만 그녀의 어머니 세니아 후궁은 하녀였던데다 출신이 불명확한 여자였다. 어느 날 갑자기 나타나 왕과 사랑에 빠져 후궁의 자리까지 오른 여자. 그녀에겐 적이 많았다. 하지만 아무도 그녀를 건드리지 못했다. 왕의 총애를 받는 총희를 건드릴 자는 없었다. 그녀와 왕 사이에 헬리아가 태어난 뒤 5년 후, 세니아는 세상을 달리했다. 그 이후로 그녀의 적은 고스란히 헬리아에게로 향했다.

그때 겨우 다섯 살이었다. 헬리아 공주는 살아남는 법을 깨우치지 못했다. 세니아의 적들은 헬리아를 헐뜯기 시작했다. 그녀를 지탱해 주던 아버지마저 등을 돌리자 그녀는 스스로 호수 아래로 몸을 던졌다.

'하지만 뭐?'

민서, 아니, 헬리아가 된 그녀에게 그건 중요치 않았다. 그저 자신이 공주라는 것, 이렇게 놀고먹어도 아무도 뭐라 하지 않는다는 것. 그것이 중요했다. 그녀는 가늘고 길게 살고 싶었다. 멸시받고 권력이 없어도 이렇게 흔들의자에 앉아 햇볕이나 쬐는 걸로 족했다. 하지만 편안해야 할 그녀의 얼굴이 어딘가 모르게 착잡했다.

"……허무하군."

그녀는 언제나 열심히 살아왔다. 하나 열심히 산 인생의 결과가 허무하기 그지없다. 비참하게 남자에게 배신당하고 이런 알 수 없는 세상에, 그것도 버림받은 아이의 몸에 들어간 것은 운이 없어도 너무 없다.

누군가는 말할 것이다. 그래도 과거보다 지금이 더 나은 게 아니냐고. 그녀는 그게 싫었다. 아무것도 해보지 못한 채 이렇게 사는 것은.

만약 선택할 수 있다면 다시 과거의 채민서로 돌아갈 것이다.

복수. 그녀는 복수하고 싶었다. 자신을 이렇게 만든 김지윤을 파멸시키고 사랑했던 이윤서에게. 그것이 아무리 힘들고 시간이 걸려도 그녀는 반드시 자신을 이렇게 만든 자들에게 합당한 대가를 치르게 만들 거였다.

자살? 그녀는 여태껏 어렵게 살았고 죽을 만큼 힘들었다. 양아버지에게 폭행당했을 때나 연인에게 배신당했을 때도 그녀는 단 한 번도 죽음을 원하지 않았다. 왜냐고? 그녀가 죽는다고 누가 알아줄까. 그녀 자신만 불쌍할 뿐이다. 그녀가 죽는다고 슬퍼할 사람도 없건만 누구 좋으라고 죽겠는가.

그런데 이제 복수를 시도조차 할 수 없게 되었다. 전혀 새로운 세계. 과거의 그녀를 아는 이는 아무도 없다. 순간 무료함이 그녀를 엄습했다. 새로운 세계에 대한 불안감과 두려움이 아니라, 삶의 목적이 없다는 것이 그녀를 무기력하게 만들었다. 그녀는 어린 헬리아로서 그냥 있는 듯 없는 듯 살아갈 것이다. 하지만 상황은 그녀의 뜻대로 돌아가지 않았다.

✳

새로운 세계에서 눈을 뜬 지 얼마 지나지 않아 조용히 적응해 살아가려던 헬리아의 인내심을 시험하는 일이 생겼다. 어찌하여 하늘은 그녀를 내버려 두지 않는 것일까.

헬리아는 붉게 부어오른 자신의 손등을 내려다보며 인상을 찌푸렸다. 아픈 건 둘째 치고 상대가 괘씸했다.

"죄송합니다. 금방 치우겠습니다."

분명 말로는 미안하다고 하는데 표정과 일치하지 않으니 전혀 그렇게 들리지 않았다. 시녀는 입가에 옅은 비웃음을 달고 엎어진 뜨거운 스프를 닦고 그대로 가버렸다. 헬리아의 달아오른 손등을 내버려 둔 채.

"하!"

어이가 없었다.

'나 공주 아니야? 해도 해도 이건 너무하잖아?'

주변을 둘러보자 키득거리며 웃고 있던 몇몇 시녀가 눈에 띄었다.

'웃고 있단 말이지?'

헬리아의 눈이 차갑게 가라앉았다. 어린아이 같은 장난이 계속되니 평화롭게 그저 있는 듯 없는 듯 살려고 했던 헬리아의 목표가 흔들렸다. 그녀가 누구인가. 양부모에게 버림받고 고아라고 멸시받아도 모두 이겨내고 남들이 부러워할 만큼 성공했다. 그게 어디 쉬운 일인가? 그녀는 결코 온화하지도 자비롭지도 않다. 당시 사람들은 그녀를 독한 년이라 욕했지 절대 좋은 사람이라고는 하지 않았다.

'그 독한 년 맛 좀 봐야겠다.'

헬리아의 눈이 번뜩였다.

"페이, 다 됐어?"

짙은 갈색머리에 양 뺨에는 아직도 주근깨가 있는 시녀 앤은 동료 시녀인 페이를 향해 물었다.

"뜨거우니까 조심해."

앤은 페이가 건넨 스프를 카트에 실었다. 뜨거운 김이 모락모락 흘러나오고 있었다. 앤의 얼굴에 핀 얄궂은 미소를 본 페이는 걱정스러워졌다.

"정말 하려고?"

그러자 앤은 콧방귀를 꼈다.

"뭐 어때? 나만 그러는 것도 아니고. 이번이 내 차례라고."

"그래도……."

"이제까지 혼난 애들 없잖아. 괴롭히는 줄도 모른다고. 솔직히 공주랑 우리랑 다를 게 뭐야."

"앤!"

앤의 말에 페이가 안색을 흐렸다. 그에 앤이 목소리를 낮췄다.

"그 머리색하며 눈동자하며 국왕 전하와 닮은 구석도 없고, 세니아 후궁은 귀족인 우리보다 천한 평민 출신이잖아."

"누가 듣겠어!"

"다들 하는 말이라고."

앤과 페이는 귀족 출신의 시녀였다. 왕성에는 평민 출신의 시녀들도 있지만 대다수가 남작가나 준귀족 가문의 딸이었다. 그래서 더 시녀와 시종들은 평민 출신의 세니아 후궁의 딸인 헬리아 공주를 싫어했다.

페이의 질겁하는 표정에 앤이 화제를 돌렸다.

"이번에 월급 나오면 옷이나 사러 가자."

"아니, 난 됐어."

"왜?"

그녀의 말에 페이의 표정이 굳었다.

"그냥 좀."

페이는 말을 아꼈다. 앤은 그녀의 표정에 머쓱해져 '이만 갈게' 하고 카트를 밀고 나갔다.

시녀 앤은 뜨거운 스프를 들고 총총걸음으로 걸어가고 있었다.

'공주님 괴롭히기'. 남들이 들으면 큰 죄로 끌려갈 수 있지만 여기 로즈궁에서는 암묵적으로 합의가 있었다. 로즈궁에 있는 고용인 대부분이 다른 궁의 시녀보다 더 대접받지 못한다. 거의 좌천되어 오는 곳이 바로 이곳 로즈궁이었다.

자신이 모시는 상전의 신분에 따라 고용인도 그 신분이 정해진다. 눈에 보이는 계급은 아니지만 직위가 높고 권력이 있는 상전을 모시는 고용인은 콧대가 높을 수밖에 없다.

하지만 그놈의 빽이 뭐라고. 로즈궁의 고용인은 다른 궁 고용인의 핍박을 감내해야 했고, 스트레스가 쌓일 수밖에 없었다. 그러다 보인 것이 바로 헬리아 공주였다. 고용인들은 그들의 화를 헬리아 공주에게 교묘하게 풀기 시작했다. 다행히도 이 멍청한 공주는 그걸 모른다는 것이다. 한 번이 어렵고 두 번은 쉽다고, 고용인들의 괴롭힘은 이제는 당연시되었다.

요즘 들어 헬리아 공주가 전과 달리 이상한 분위기를 풍겼지만, 여전히 크게 뭐라 하지 않는 걸 보아선 그다지 달라진 것도 없는 것 같다고 앤은 생각했다. 앤은 스프를 들고 헬리아 공주가 있는 식당으로 들어섰다.

"공주님 식사를 가져왔습니다."

문을 열고 들어간 앤은 식탁에 앉아 있는 헬리아 공주를 보았다. 킥킥, 앤은 입술을 비집고 나오려는 웃음을 억지로 참으며 헬리아에게 다가갔다.

흠칫. 그런데 이상하게 오늘따라 늘 무표정하던 그녀의 얼굴에 싱글벙글 웃음이 피어 있었다.

'뭔가 좋은 일이 있는 건가? 아니면 미친 건가?'

앤은 이상함을 느꼈지만 그저 고개만 갸웃거리고 넘어갔다.

"그럼 식사를 차리겠습니다."

앤은 힐끗 헬리아가 있는 위치를 보며 조심스럽게 스프를 들어 올렸다. 그리고 잔인한 미소를 띠고 그녀의 머리에 스프를 쏟으려는 찰나.

"어!"

헬리아가 일어나는 바람에 놀란 앤은 뜨거운 스프를 그만 자신에게 쏟고 말았다.

"앗! 뜨거워!"

엎질러진 스프에 앞섶은 온통 더러워지고, 데인 손은 붉게 변해 있었다. 앤은 이를 물고 갑자기 일어난 헬리아를 노려보았다.

흠칫.

'뭐, 뭐지?'

헬리아는 웃고 있었다. 갑자기 앤은 소름이 돋았다. 뭔가 이상하게 돌아가는 걸 느꼈지만 그걸 뭐라 정의할 수 없었다. 그동안 입을 꾹 다물고 있던 바보 공주는 없었다.

"어라라, 창문으로 뭐가 지나갔는데 내가 잘못 봤네?"

그렇게 말하며 웃는 게 아닌가.

"갑자기 일어나시면 어떻게 해요!"

이상했지만 그 이상함이 뭔지 몰라 짜증 난 앤이 그렇게 쏘아붙였다. 분명 상전에게 할 행동은 아니었지만 앤은 헬리아가 이번에도 전처럼 아무 말도 못 하고 넘어갈 것이라 생각했다. 하지만 달랐다.

"아파?"

"그럼 당연히 아프죠! 여기 좀 보세요. 손등이 빨개졌잖아요?"

"아, 그래?"

"하."

앤은 어이가 없었다. 도대체 이 공주가 뭘 잘못 먹었나?

"미안."

"미안하다면 다예요?"

히죽거리던 헬리아의 입가에 미소가 사라졌다.

"응, 다야. 너도 그렇게 했잖아? 왜? 너는 되고 나는 안 돼? 넌 시녀고 난 공주인데?"

"······그, 그건."

앤은 말을 이을 수 없었다. 헬리아가 넘어진 앤의 곁으로 다가왔다. 헬리아는 앤을 올려다보았다. 한데 앤은 마치 그녀가 자신을 내려다보는 착각이 들었다. 헬리아의 금안이 싸늘하게 빛났다.

"내가 호구냐?"

"예, 예?"

"가만히 있으니까 생각도 없을 줄 알았냐고."

"뭐, 뭐예요?"

순간 헬리아가 앤을 잡아 그녀의 얼굴을 제 얼굴 가까이 대었다. 마주한 얼굴에 앤은 흠칫했다. 뭔가 이상하다 했더니 이제야 알아챌 수 있었다.

"너 딱 걸렸어."

공주가 달라졌다는 것을. 그리고 그게 자신들에게 결코 좋은 방향이 아니라는 것은 그 이후에 몸소 느끼게 되었다.

요즘 앤은 정말 죽을 맛이었다. 그녀의 얼굴이 하루가 다르게 피폐해졌다. 그 '악마'는 집요했다. 그리고 교묘했다. 앤은 그것을 처절히 깨달았다. 만약 그때로 돌아간다면 결코 그 같은 실수는 범하지 않을 것이다.

"어이, 앤!"

"예, 예!"

악마의 부름에 앤은 움찔하며 울며 겨자 먹기로 그 악마에게 다가갔다. 금발의 열 살 난 그 악마는 앤에는 더할 나위 없는 재앙이었다.

"어쩌지?"

"뭐, 뭘 말씀이십니까?"

"그게 말이야, 내가 그만 이 카펫에 잼을 흘렸더라고. 아, 근데 오늘 앤이 내 방 청소 담당이었지?"

"……예."

앤은 정말 죽고 싶었다.

'왜 하필 잼이야! 그것도 비싼 카펫에!'

게다가 더 죽고 싶은 것은 청소 검사하는 앤의 선임 시녀가 하필이면 오늘 휴가를 떠난 바람에 시녀장 벨라가 검사하게 될 거란 거였다. 벨라는 시녀들 사이에서 아주 꼬장꼬장한 인물로 소문난 성격 더러운 노처녀였다. 게다가 얼마나 깔끔을 떠는지 특히 청소에 가차 없었다.

"미안, 내가 앤을 또 힘들게 했네?"

"아, 아닙니다."

"그래? 다행이야. 내가 미안해서 말 안 하려고 했는데 앤은 착하니까."

'이 악마가 또 뭘!'

"저기 보이지?"

앤이 그녀의 손을 따라 시선을 돌렸다. 그 순간 앤은 뒷목을 잡았다.

'이, 이 악마가!'

악마는 싱글벙글 미소를 짓고 있었다.

"그게, 침대에서 주스를 먹다가 흘려 버렸어."

"포, 포도 주스를 드셨네요."

'젠장, 가장 안 빨리는걸!'

앤은 울고 싶었다. 왜 내게 이러냐고! 그렇게 묻고 싶었다. 그 스프 사건 이후 앤은 헬리아의 전속 시녀로 배정받았다. 헬리아의 전폭적인 지지하에. 그리고 헬리아 내면에 잠든 악마를 보았다. 오만하고 멍청한 공주님? 누구야 그딴 말을 지껄인 사람은. 앤은 이렇게 말해주고 싶다.

'집요한 악마.'

헬리아는 집요했다. 그녀를 향한 괴롭힘은 여전했다. 그런데 그녀는 딱 한 명! 바로 앤 자신만 공략했다. 다른 시녀가 뭐라고 하던 그녀는 개의치 않았다. 오로지 '내 목표는 너야!'라는 느낌으로 앤만을 못살게 굴었다. 근데 그게 또 교묘하다는 거다. 어찌나 교묘한지 다른 애들은 몰랐다. 그저 그들은 왜 앤이 헬리아에게 그렇게 빌빌대나 의아해할 뿐이었다. 하지만 그건 당해 봐야 안다.

앤은 그녀의 앞에만 서면 오금이 저렸다. 특히 그녀의 금안을 볼 때마다 소름이 돋았다.

"앤!"

악마가 부른다. 앤은 울고 싶었다. 그러나 그녀는 아무에게도 공주가 달라졌다는 사실을 말하지 않았다. 왜냐? 자신만 당하면 억울하니까. 공주님은 이렇게 말했다.

"너 다음엔 쟤야."

어깨를 토닥이며 다른 시녀를 꼽자 앤은 희망을 가졌다.

'그래, 나만 이렇게 당할 순 없잖아?'

"내일이 시험인데 공부 안 하세요?"

"시험?"

하루 종일 빈둥거리는 헬리아의 모습에 페이가 의아해 물었다. 전에는 성적이 안 나올 뿐이지 그래도 공부를 열심히 했었다.

"하나 안 하나."

이곳으로 온 뒤 헬리아는 몸이 안 좋다는 핑계로 바깥을 나가지 않았다. 당연히 수업도 듣지 않았다. 그런데 시험 통보가 왔다. 그러나 딱히 공부할 마음도, 열심히 할 필요성도 못 느꼈다. 다행히 이미 그녀의 성적은 바닥이었고, 그에 맞춰 바닥을 쳐주면 그만이다. 헬리아는 다시 침대에 누워 시험과 전혀 상관없는 책을 펼쳐 들었다.

찰싹!

"윽!"

회초리가 여린 살갗을 매섭게 때렸다. 보송보송한 종아리 살에는 이미 붉게 피가 배어나왔다. 매를 맞는 소년은 입술을 질끈 깨물고 바짓단을 올리며 눈물을 흘렸다. 하지만 자신의 본분을 충실히 이행하기 위해 소리를 죽여 가며 아픔을 참았다.

"이제 그만 되었다."

매를 때리던 사람이 브리튼 교수의 말에 들고 있던 회초리를 놓았다. 그러자 매를 맞던 아이는 안도의 한숨을 내쉬고 제자리에 섰다.

"다음엔 잘 보시길 바랍니다."

브리튼 교수는 유명한 학자로 공주들의 공부를 봐주었다. 노교수의 말에 헬리아의 표정이 차갑게 굳었다. 그녀의 시선이 자신을 대신해 매 맞는 아이에게 꽂혔다. 소년은 얼굴을 푹 숙이고 시립해 있었다. 하지만 다리가 아픈지 무릎 아래가 부들부들 떨고 있었다. 헬리아는 뭐라 말하고 싶었지만 자신을 대신해서 맞는 그 아이에게 뭐라고 위로의 말을 건넬 수 있단 말인가. 이런 게 있는 줄 몰랐다. 자신 대신 매를 맞는 아이가 있을 줄은. 그제야 헬리아는 그녀의 신분이 더 이상 평범한 이가 아니라 한 나라의 공주라는 것을 깨달았다.

헬리아는 굳이 시험에 신경 쓰지 않았다. 어차피 그녀가 이제 와 공부를 잘한다고 해도 달라질 건 없었다. 오히려 그녀를 의심의 눈초리로 볼 것이다. 그저 없는 듯 조용히 살고 싶을 뿐이었다.

하지만 이건 아니다. 전의 헬리아였다면 매 맞는 아이 따위 당연하게 받아들였겠지만 그녀는 자신의 일은 자신이 책임을 지는 게 당연한 사람이었다. 이곳의 생활도 그렇게 남에게 피해 주지 않고 살아갈 작정이었다. 헬리아는 자신이 피해받는 것도 싫지만, 자신으로 인해서 누군가가 피해 입는 것도 끔찍이 싫어했다.

'이런 줄 알았다면 공부할 것을.'

헬리아가 시험지를 뚫어져라 노려보고 있을 때, 브리튼 교수가 그녀를 대했을 때와 달리 웃는 얼굴로 입을 열었다.

"역시 비앙카 공주님이시군요, 만점입니다."

노교수를 사이에 두고 헬리아의 맞은편에 붉은 머리의 소녀가 앉아 있었다. 그녀보다 한 살 많은 이복형제로 이름은 비앙카였다.

비앙카는 천사 같은 미소를 지은 채 웃으며 말했다.

"열심히 해야지요. 전 제 아이가 다치는 걸 보고 싶지 않거든요."

누구처럼. 왠지 그 뒷말이 있을 것 같은 말투였다. 똑바로 헬리아를 바라보며 말하는 비앙카는 곱슬거리는 붉은 머리카락을 지닌 귀엽게 생긴 아이로, 그녀와 달리 왕을 닮은 푸른 눈동자가 도도하게 빛났다.

헬리아는 저런 눈을 많이 봐왔다. 우월감. 남보다 위에 있다는 자신감을 가진 사람만이 하는 눈빛이었다. 그녀는 속으로 조소를 지었다. 저 가증스런 꼬마는 지금 자신을 비꼬고 있는 것이다. 하지만 안타깝게도 이번엔 헬리아가 할 수 있는 말이 없었다.

"헬리아 공주님은 좀 더 분발하셔야겠습니다. 비앙카 공주님을 본받도록 하세요."

"……예."

"그럼 다음 시험으로 넘어가겠습니다. 다음은 수학 시험입니다."

헬리아의 눈이 반짝였다. 수학이란 말이지?

노교수는 비앙카와 헬리아에게 시험지를 나눠주었다. 헬리아는 시험지를 내려다보고 속으로 환호했다. 모두 아는 문제였다. 이전 시험들은 역사와 작문, 마법 등 모두 생소한 것이었지만 수학만은 달랐다. 역시 만고의 언어. 헬리아의 입가에 옅은 미소가 달렸다. 만점이라도 받을 수 있었다. 하지만 그러지 않을 생각이다. 그저 적당히, 자신을 대신해 매 맞는 아이에게 부담이 덜 가도록.

"그럼 한 시간을 드리겠습니다. 바로 시작해 주십시오."

헬리아는 자신 있게 펜을 들었다.

"잘하셨습니다."

비앙카는 열 문제 중 네 문제를 틀렸다. 성적이 좋지 못하자 비앙카의 표정이 어두워졌다. 그에 브리튼 교수는 곧 위로의 말을 건넸다.

"이번 시험은 제법 어렵게 낸 건데 이만하면 잘하신 겁니다."

"다음엔 더 열심히 하겠습니다."

기대에 못 미친 성적이 아쉬웠지만 칭찬에 만족한 듯 비앙카는 이내 살짝 미소를 지었다. 그리고 슬쩍 헬리아를 바라보더니 코웃음 쳤다. 하지만 노교수가 헬리아의 시험지를 모두 채점하고 그녀의 점수를 말하자 비앙카의 미소가 일그러졌다.

"믿을 수 없군요!"

브리튼은 믿을 수 없다는 듯이 그녀의 점수를 확인했다. 하지만 다시 봐도 70점이었다. 커닝한 것일까. 하지만 그가 보는 앞에서 시험지를 풀었다. 게다가 커닝한다 해도 비앙카 공주가 더 틀렸다. 커닝한 사람이 그보다 더 잘 맞을 수 있는 것인가. 그는 어쩔 수 없이 헬리아 공주의 점수를 받아들여야 했다. 믿을 수는 없지만.

"고, 공부를 많이 하셨나 봅니다."

"……운이 좋았을 뿐입니다."

헬리아는 겉으로 드러나지 않게 표정을 구겼다. 설마하니 비앙카보다 점수가 잘 나올 줄 몰랐다. 시험 문제는 중학교 수준이었다. 당연히 대학을 나온 그녀가 이런 문제를 못 푼다는 건 말이 안 됐다. 다만 적당히 점수를 내기 위해 머리를 굴렸을 뿐이다.

'이런, 열 살이라는 걸 잊어버렸어.'

나름 비앙카의 수준을 생각해 문제를 풀었다. 그런데 잊고 있었다.

그녀와 자신이 이제 겨우 열 살, 열한 살이라는 것을. 게다가 어린 자신들에게 교사가 어려운 문제를 출제했으리라곤 생각지 못했다. 패착이었다. 이미 자신을 바라보는 비앙카의 눈에서 레이저가 쏘아졌다. 찍혀도 단단히 잘못 찍혔다.

노교수는 비앙카가 어떤 표정을 짓는지도 모른 채 좋은 점수를 받은 헬리아를 칭찬했다.

"허허, 열심히 수학 공부를 하셨나 봅니다. 다음에는 다른 과목도 열심히 해주시길 바랍니다. 한쪽에만 치우쳐서는 안 됩니다."

"……알겠습니다."

"그럼 수업을 마치겠습니다. 과제를 내드릴 테니 다음 수업 시간까지 해오시면 됩니다."

브리튼 교수는 그렇게 말하고 수업을 파했다. 비앙카는 믿을 수 없다는 듯 따지려 했지만 그녀도 잘 알고 있었다. 커닝할 수 없는 상황이었다는 것을. 게다가 이미 결론난 일을 가지고 토를 달 수 없었다. 그녀는 입술을 깨물었다.

'저 멍청한 애가 나보다 더 잘 봤다고? 믿을 수 없어!'

비앙카가 헬리아를 죽일 듯이 노려봤다. 헬리아는 그녀의 시선을 알아차렸지만 무시하고 방을 나갔다.

"나보다 더 잘 봤다고? 감히 네까짓 게!"

하지만 우월감에 사로잡힌 비앙카에겐 그녀의 행동이 무척이나 거슬렸다.

그날 이후로 헬리아는 열의를 가지고 공부를 시작했다. 아는 것이 힘이라고, 아무래도 아무것도 하지 않고 있기엔 그녀가 처한 상황이 만만치 않았다. 최소한의 지식의 필요성을 느꼈다. 그러자 점차 성적이 올랐다. 다만 언제나 비앙카보다 아래가 되도록 성적을 조작했다. 그녀가 무섭다기보다 귀찮아지는 것을 막고자 함이다.

헬리아는 노교수에게 매를 자신이 직접 맞겠다고 했다가 불가하다는 소리를 들었다. 브리튼 교수가 매 맞는 아이도 그것이 일이니 일을 뺏는 것은 좋지 못하다는 이야기를 듣고 어쩔 수 없이 수긍해야 했다.

"공부를 많이 하셨나 봅니다. 공주님의 과제는 정말 독창적이군요."

브리튼은 헬리아가 제출한 과제물을 확인하고는 칭찬을 건넸다. 21세기를 살아온 그녀의 지식은 이곳 사람들과 궤를 달리 했다. 그는 그동안 헬리아 공주가 공부를 못해 못마땅했다. 그런데 이제는 차근차근 공부하려는 모습을 보이니 기특했다.

"이러다가 비앙카 공주님보다 더 잘하게 될 수도 있겠습니다."

"아, 예."

하지만 헬리아는 칭찬이 별로 달갑지 않았다. 옆에서 잔뜩 짜증 난다는 눈으로 자신을 보고 있는 비앙카 때문이었다.

'이거 귀찮은 일이 생기는 거 아니야?'

브리튼 교수는 가볍게 말한 것이었지만 자존심이 강한 비앙카는 자신의 성적이 위협당하는 것에 큰 불안감을 느꼈다. 아래로 보던 상대에게 추월당하는 느낌은 결코 유쾌한 것이 아니었다. 비앙카의 눈이 사정없이 찌푸려졌다.

'이대로 가만히 있을 수 없어.'

그녀의 눈이 분노로 가득 찼다.

"그럼 대신 해준 게 아니란 말이야?"

"그, 그렇습니다. 게다가 그런 걸 해줄 사람도 없어…….'

"그럼 그 멍청한 애가 지 손으로 했다는 말이야?"

비앙카의 고함이 방 안을 떠들썩하게 울렸다. 세간에선 천사라 불리는 그녀는 실상은 오만하고 권위 의식에 똘똘 뭉친 공주였다. 하지만 사람들은 그녀가 연기한 사랑스럽고 착한 공주로 볼 뿐이었다. 거기다 아름다운 외모는 사람들의 마음을 빼앗기 충분했다.

"칫."

비앙카는 고운 입술을 깨물었다. 요즘 들어 헬리아의 성적이 자신을 위협하고 있었다. 게다가 과제도 언제나 선생의 칭찬을 들었다. 분명 이상했다. 아니, 이상해야 한다. 얼마 전만 해도 멍청한 공주가 이런 성과를 낸다는 것이.

비앙카는 로즈궁의 고용인을 몰래 불러서 헬리아의 비리를 캐낼 생각이었다. 한데 본인이 했단다. 그게 더 비앙카의 자존심을 긁었다. 비앙카 자신은 때때로 다른 사람을 시켜 과제를 끝내 왔었다. 질끈질끈 입술을 깨물던 비앙카의 눈이 묘하게 변했다.

'바닥에서 기던 놈이 위로 올라오면 안 되지. 기던 놈은 평생 기어야 해.'

비앙카의 표정이 싸늘해졌다.

"벨라를 불러."

"헬리아 공주님."

브리튼의 표정이 딱딱하게 굳어 있었다. 그의 목소리가 평소와 달리 낮게 깔려 있어 헬리아는 의아해 그를 쳐다봤다.

"무슨 일입니까?"

"후우……."

그는 자신의 안경을 한 번 올리더니 한숨을 내쉬었다. 그러더니 표정을 바꾸고 이제까지 그녀가 한 과제들을 앞으로 내밀었다. 어리둥절한 헬리아는 고개를 갸웃거렸다.

"과제에 무슨 문제가 있습니까?"

"문제라……. 문제는 과제에 있지 않습니다."

"예?"

도대체 무슨 말인가? 도통 그의 말을 이해할 수 없었다. 결국 브리튼이 바로 본론으로 들어갔다.

"이 과제들을 정말 공주님이 직접 하신 겁니까?"

그가 확인하듯 물었다. 당연히 헬리아는 고개를 끄덕였다. 자신이 안 하면 누가 하겠는가.

"물론입니다."

그 말에 오히려 그는 실망한 듯 보였다. 그러고는 입을 열었다.

"다시 한번 질문하죠. 직접 하셨습니까?"

"예."

"실망이군요."

"예?"

헬리아의 눈동자가 살짝 커졌다.

그때 방 안으로 비앙카와 자신의 시녀장인 벨라가 들어왔다. 헬리아의 눈이 가늘어졌다.

"어서 오시지요."

비앙카와 벨라가 헬리아의 앞에 섰다. 브리튼 교수가 벨라에게 물었다.

"시녀장에게 묻겠습니다."

"예."

"이 과제 누가 했습니까?"

헬리아가 설마 하는 표정으로 벨라의 입을 주목했다. 그리고 그 설마는 확신으로 바뀌었다.

"죄송합니다, 소인이 했습니다."

그녀의 표정이 싸늘하게 변했다. 모함이다. 하지만 더 큰 문제는 교수가 벨라의 말을 믿는다는 것이었다. 이제까지 헬리아의 신용이 얼마나 바닥이었는지 새삼 알게 되었다.

"헬리아 공주님께는 대단히 실망했습니다."

"……."

그는 이미 헬리아가 거짓말하는 것이라 믿고 있었다. 그런 사람에게 거짓말하지 않았다고 한들 믿겠는가.

벨라가 고개를 숙이며 사과했다.

"송구합니다. 다시는 이런 일이 없도록 하겠습니다."

헬리아는 입술을 깨물었다. 그리고 이 모든 일의 배후를 바라봤다.

'비앙카!'

도대체 무슨 억하심정으로 자신을 모함한단 말인가!

"허허, 변하신 줄 알았건만. 제가 잘못 봤던 모양입니다."

브리튼 교수는 안타까운 표정을 짓고 수업 자료를 챙겨 방을 나갔다. 정적이 흘렀다. 방 안에는 비앙카와 헬리아, 그리고 벨라가 있었다.

"무슨 짓이지?"

헬리아가 비앙카를 노려봤다. 비앙카는 흠칫했지만 순간 자신이 그녀에게 겁먹었다는 사실이 못내 짜증 났다. 그녀는 당당히 고개를 쳐들었다.

"그건 내가 할 말이야. 남에게 과제를 시키다니, 내가 이 일을 알아차리지 못했다면 큰일 날 뻔했구나. 신성한 배움의 공간에서 이런 일이……."

비앙카는 매우 안타깝다는 표정을 지었다. 가증스런 비앙카. 헬리아의 눈이 싸늘하게 식었다. 그녀의 시선은 벨라를 향했다.

"무슨 짓이지?"

"저는 제가 한 일에 죄책감을 느끼고 그대로 사실을 말한 것뿐입니다."

"죄책감? 하!"

'이것들 한통속이군.'

헬리아는 어이가 없었다. 새삼 비앙카를 다시 봤다.

'그렇게 싫었던 거냐, 내가 너보다 잘났다는 사실이!'

헬리아는 비앙카의 시기와 질투에서 김지윤을 엿봤다.

"먼저 가지."

그녀는 몸을 돌렸다. 비앙카를 건드리면 일이 커진다. 헬리아는 조용히 살고 싶었다. 그저 있는 듯 없는 듯. 그래서 따지지 않았다. 하지만 단 한 명, 그녀에겐 자신이 어떤 사람인지 보여줄 필요성을 느꼈다. 헬리아의 눈이 무섭게 빛났다.

'벨라, 너는 아니야.'

✻

평범한 오후였다. 헬리아는 무료하게 방 안에 앉아 빈둥거렸다. 할 일 없는 것은 그녀 혼자뿐, 그녀가 빈둥거린다고 해서 로즈궁의 시녀와 시종들이 노는 것은 아니었다. 그들은 모두 자신들의 일에 분주했다.

"조용하군."

헬리아에게 찾아오는 손님은 없었다. 그녀도 굳이 찾아가지 않고 항상 방 안에서만 지냈었다. 하지만 요즘엔 달라졌다. 그녀는 매일같이 궁을 돌아다니기 시작했다.

헬리아가 시간을 확인하고 보던 책을 덮었다. 그리고 천천히 자리에서 일어나 이제는 일과가 된 산책을 위해 방을 빠져나왔다. 그녀가 하는 산책은 별거 없었다. 그저 궁을 이곳저곳 기웃거리는 것이었다.

로즈궁은 별로 크지 않아서 길을 잃어버릴 염려는 없었다. 처음에는 시녀와 시종들이 이상하게 여겼지만, 일주일 동안 똑같은 일을 반복하자 아무도 그녀를 신경 쓰지 않았다. 얼마나 심심하면 자기 궁을 돌아다니겠는가. 모두 헬리아의 생활 패턴으로 여기고 자기 하던 일에만 열중했다. 무엇보다 그들은 헬리아만 관찰하고 있기엔 해야 할 일이 많았다.

고용인의 무시 속에 헬리아는 정처 없이 돌아다녔다. 그러다 눈을 반짝였다. 그녀는 주변을 두리번거리며 주위에 사람이 없는지를 확인하고 어떤 방으로 슬그머니 들어갔다. 방문에는 벨라의 이름이 쓰여 있다.

시녀장은 일반 시녀들과 달리 독방이었다. 방 안은 조용했다. 시녀장은 대부분 나가 있기 때문에 방에 있는 일이 거의 없었다. 하지만 가끔 방에 들르는 경우가 있어 조심스러웠다.

헬리아는 도둑고양이처럼 방을 둘러보았다.

"이거야 원, 시녀장이라지만."

내 방보다 더 좋은 거 아니야, 라고 중얼거리며 헬리아는 천천히 벨라의 방을 감상했다. 그녀의 방은 화려했다. 물론 왕족처럼 거하게 화려하지는 않았다. 하지만 시녀장이 가진 물건들은 하나같이 예사롭지 않았다. 심지어 헬리아의 방에 있는 물건보다 좋았다.

'역시나.'

헬리아는 자신의 생각이 맞아떨어지자 야릇한 미소를 지었다.

'이래야 할 맛이 나지.'

그녀는 벨라의 책상과 침대, 심지어 욕실마저 꼼꼼히 살폈다. 그러나 그녀가 찾는 물건은 어디에서도 나오지 않았다. 시간이 자꾸만 흘러갔다. 헬리아는 점점 초조해졌다.

"도대체 어디다가 둔 거야?"

그때 멀리서 누군가의 목소리가 들렸다. 헬리아는 흠칫했다.

"여기에다 물건 놓은 사람 누굽니까!"

"죄, 죄송합니다."

"얼른 치우세요!"

벨라의 목소리가 들렸다. 헬리아는 더욱 바삐 몸을 놀렸다.

뚜벅뚜벅.

발걸음 소리가 점점 가까워지고 있었다. 헬리아는 서둘러 움직이다 문득 책상 아래 있는 작은 홈을 발견했다.

타악!

문 앞에서 발소리가 멈췄다. 덩달아 헬리아의 손도 멈췄다.

째깍째깍.

시곗바늘 소리만이 울렸다. 헬리아는 침을 꼴딱 삼켰다.

"시녀장님!"

그때 누군가 벨라를 부르는 소리가 들렸다. 발소리가 점점 멀어졌다.

"하아······."

헬리아는 안도의 한숨을 내쉬었다. 그녀의 손에는 작은 상자가 들려 있었다. 상자는 자물쇠가 채워져 있는데, 미리 준비한 철사로 이리저리 돌리자 자물쇠가 풀리는 소리가 들렸다.

찰칵.

"빙고!"

내용물을 확인한 그녀는 유유히 벨라의 방을 빠져나왔다.

✳

벨라는 저녁 일과를 마치고 방으로 들어왔다. 어두컴컴한 방에 불을 밝힌 그녀는 놀라 소리쳤다.

"고, 공주님!"

벨라는 자기 침대에 앉아 있는 그녀를 보고 놀란 가슴을 진정시켰다.

"······도대체 이 시간에 무슨 일이시죠?"

"우리 할 얘기가 있지 않아?"

"시간이 늦었습니다. 어서 돌아가서 주무세요."

벨라가 엄연히 축객령을 내렸지만 헬리아는 미소를 지은 채 그녀에게 다가갔다.

"과제를 대신해 줬다? 웃기는군."

"……."

벨라는 대답 대신 입을 닫았다. 헬리아는 그런 그녀를 보며 조소를 지었다.

"뭐, 그건 됐어. 이미 지나간 일이니까. 하지만!"

그녀는 품에서 작은 상자를 꺼냈다. 그제야 벨라의 표정이 변했다.

'어떻게 저걸!'

그녀는 입술을 깨물었다. 저건 자신이 숨겨둔 것이었다.

"……남의 물건에 함부로 손대는 버릇이 있으셨군요."

"거짓말하는 사람한테 듣고 싶지 않은 말인걸."

헬리아가 벨라에게 다가갔다. 그녀는 입꼬리를 말아 올렸다.

"내가 당하고는 못 살거든."

"……."

벨라의 시선이 계속 상자에 가 있었다. 그걸 알면서도 헬리아는 모른 척 상자를 잡아 올리더니 흔들었다.

"이게 뭘까?"

그녀의 시선이 흔들렸다. 분명 헬리아는 안의 내용물을 보았을 것이다. 하나 침착함을 유지한 채 당당히 고개를 들었다.

"저도 노후 준비는 해야지 않겠어요?"

"아, 노후 준비. 그래, 돈이 많아야겠지."

헬리아가 상자를 내려놓고 그녀를 응시했다.

"내가 아무리 무늬만 공주래도 매달 돈이 들어오는 건 알고 있어."

벨라의 안색이 파래졌다.

"그래서 얼마 받는지 잘 계산해 봤는데, 아, 내가 수학은 잘하잖아? 그런데."

헬리아의 금안이 서슬 퍼렇게 빛났다. 벨라는 순간 숨이 멎은 듯 몸을 움직일 수 없었다. 겨우 열 살 어린아이의 기백이 아니었다.

"액수가 다르네?"

"그, 그건……."

그녀의 안색이 파래졌다. 공주가 그런 것까지 알아볼 줄은 몰랐다. 그동안 벨라는 헬리아 공주에게 배정되는 돈을 조금씩 착복해 왔었다. 공주는 자신이 받는 돈이 얼마인지도 모르고, 알고자 하지도 않았다. 그런데 자신 앞에 당당히 말하는 저 공주는 달랐다. 역시 이상했다. 변했다는 말로도 표현이 부족할 만큼 그녀는 달라졌다.

헬리아가 입을 열었다.

"나는 바라는 거 없어. 그냥 편하게 살다가 가고 싶거든. 근데 왜 이렇게 날 방해하지? 가만히 있는 사람을 애써 들쑤신단 말이야."

"……."

헬리아의 음성이 점점 낮아졌다. 그러나 입은 미소 짓고 있었다.

"그러니 우리 좀 더 편하게 지내자고."

그녀의 마지막 말에 벨라가 긴장을 풀었다. 결국 저 공주는 자신에게 부탁하는 것이다. 벨라의 태도가 바뀌었다.

"물론이죠, 저도 공주님과 잘 지내고 싶답니다."

하나 그것은 착각이었다.

쾅!

헬리아의 작은 주먹이 책상을 내려쳤다. 어린아이의 힘이라고 믿기 어려울 정도로 큰 소리였다. 벨라가 흠칫 몸을 떨었다. 그녀는 입술을 깨물었다. 헬리아의 목소리는 낮고 싸늘했다.

"무슨 오해가 있는 모양이야."

"……."

"이건 명령이야. 나는 조용히 살고 싶어. 하지만 당하고는 못살아. 알겠어?"

헬리아가 벨라에게 걸어갔다. 분명 벨라가 아래를 내려다보고 있는데, 왜 이렇게 그녀가 크게 보이는 것일까.

"꽤 많이도 빼먹었지?"

"……무…… 슨 말이죠?"

"알잖아? 이 방만 해도 내가 바보라도 알겠는걸. 시녀장의 방에 고가의 옷이며 장신구며, 거기다 모아둔 돈까지."

벨라의 눈이 커졌다. 하지만 이내 침착하게 입을 열었다.

"그게 어떻다는 거죠? 증거 있나요? 상자 안에 있는 건 제가 오랫동안 모아둔 겁니다."

허세였다. 만약 헬리아가 이 일을 알린다면 조사가 들어오게 될 것이다. 하지만 그녀의 그간 행적을 읽은 벨라는 판단했다. 그녀는 일이 커지길 바라지 않았다. 만약 그러지 않았다면 이렇게 찾아오지도 않았겠지.

"허세 떨지 마."

"……."

"하지만 맞아. 네 생각대로 신고는 안 할 거야. 근데 이런 고급 정보를 나 혼자만 알고 있는 건 아깝지."

"……."

"로이네 알아?"

흠칫.

벨라의 몸이 반응했다. 로이네, 시녀장 직위에 욕심을 품고 있는 여자였다. 게다가 벨라와 마찬가지로 남작가 출신의 귀족이라 그녀도 함부로 하지 못했다.

"로이네가 말이야, 나한테 시녀장을 하고 싶다고 말하지 뭐야."

"……."

"근데 나는 벨라가 있으니까 거절했지. 하지만 이런 이야기 로이네가 알면 참 재밌겠다, 그렇지?"

그러니 너 시녀장 자리 빼앗기지 않으려면 잘하라고, 그렇게 말하고 있는 것이다. 헬리아의 의도를 알아챈 벨라가 입술을 깨물었다. 제 말만 잘 들어준다면 로이네에게 횡령 사실을 함구하겠다. 그러나 그러지 않는다면 말하겠다. 아마 로이네가 이 소식을 안다면 바로 고발할 것이다. 그러면 벨라는 더 이상 궁에 있을 수 없게 된다.

'영악한…….'

벨라는 입술을 깨물었다. 헬리아는 제대로 아는 것이다. 자신의 말이 얼마나 힘이 없는지를. 대리 과제 사건으로 그녀의 말이 신용이 없다는 것을 깨닫고 직접 나서는 것 대신 다른 사람을 이용한다.

로이네. 그것도 벨라의 경쟁 상대를 말이다.

"자, 그럼 새 나라의 어린이는 잠을 자러 가볼까?"

벨라는 입을 열지 못했다. 그녀에게 이미 선택권은 없었다.

헬리아가 씨익 웃었다.

"내일은 맛있는 거 먹을 수 있겠지? 누가 내 돈을 훔치는 바람에 궁 재정이 부실해서 영 변변치 않았거든. 하지만 이제는 괜찮겠지, 안 그래?"

"……물론입니다."

벨라는 눈을 감았다.

제2장 유폐

쨍그랑!

값비싼 도자기가 포물선을 그리며 벽에 부딪치며 부서졌다. 방 안은 온통 아수라장이었다. 깨진 유리와 찢어진 책들. 그럼에도 방을 엉망으로 망친 장본인의 기분은 전혀 나아지지 않았다.

"그런 계집애 따위가!"

비앙카가 고운 입술을 질겅질겅 씹었다. 대리 과제 사건으로 헬리아가 곤란해지자 속이 시원했다. 이제는 그 계집이 제 처지를 잘 알 거라고 생각했다. 그런데 뻔뻔하게도 헬리아의 태도는 달라지지 않았다. 전처럼 여전히 말이 별로 없고 행동도 비슷했지만, 무언가 달랐다.

특히 그 눈빛. 그 눈이 마치 자신을 내려다보는 것 같아서 기분이 더러웠다. 아니, 비앙카는 헬리아의 눈빛을 볼 때마다 저도 모르게 섬뜩한 느낌을 받곤 했다. 그래서 더 짜증이 났다. 그깟 년 때문에 자신이 움찔한다는 사실에 열이 올랐다. 그 아이를 갖고 노는 건 분명 나여야 하는데, 비참하고 비굴해져야 하는 건 그 아이인데.

벨라도 요즘 이상했다. 그 탐욕스런 암퇘지가 요즘 들어 잠잠하게 헬리아의 비위를 맞추는 꼴이 눈꼴셨다. 어떻게 해야 잘 괴롭힐까. 차라리 눈에 닿는 곳에서 사라져 버렸으면 좋겠다.

비앙카는 결국 도움을 청하기로 했다.

중년의 나이가 무색할 정도로 고혹적인 외모에 짙은 장미보다 더 붉은 머리카락을 곱게 틀어 올린 여인은 고고한 자태로 차를 음미했다. 왼쪽 눈 밑에 난 눈물점은 그녀를 더욱 매혹적으로 만들어주었다.

"어머니!"

불쑥 그녀의 딸이 티타임을 방해했다. 그러나 그녀는 다급해하지도, 당황하지도 않고 딸을 바라보았다.

"항상 품위를 지키라 말하지 않았느냐."

비앙카는 그녀의 질책 어린 말에 흥분했던 마음을 가라앉혔다. 그녀는 어머니이자 아르센 왕국의 후궁인 비비안에게 다가갔다.

"어머니."

"앉거라."

비앙카가 테이블에 앉자 금세 시녀가 차를 내왔다.

"마음을 진정시켜 주는 차다. 마시거라."

"……예."

비앙카는 자신의 아름다운 어머니를 바라보았다. 그녀와 닮은 푸른 눈동자는 언제나 그녀를 두렵게 만들었다.

비비안 후궁. 그녀는 릴리궁의 주인이자 귀족파의 수장인 아돌프 후작의 여식으로, 부와 명예를 모두 가진 인물이다. 그녀는 사람들에게 미의 여신으로 추앙받지만 실상 양귀비 같은 여자였다. 치명적인 향기에 사람들이 저도 모르게 질식하고 마는 그런 여자.

비앙카는 자신의 어머니가 무서웠다. 그녀 앞에선 결코 빈틈을 보여

선 안 됐다. 그녀가 진정되어 보이자 비비안이 천천히 입을 열었다.

"무슨 일이니?"

"······부탁이 있어요."

"네가 그런 말을 다 하다니, 별일이구나."

비앙카가 살짝 입술을 깨물었다. 그녀와 어머니는 그다지 사이가 좋지 않았다.

"헬리아."

지루하다는 표정을 짓던 비비안의 얼굴이 어느새 바뀌었다.

"후후, 그 천한 계집아이."

"제 눈에서 사라졌으면 좋겠어요."

비비안은 딸을 바라보았다. 아름다운 아이, 그러나 자신처럼 독을 품은 꽃이었다. 그녀는 서늘한 미소를 지었다. 비비안은 비앙카 못지않게 헬리아 공주를 싫어했다. 자신의 사랑을 빼앗은 여자의 딸. 아직도 그날의 치욕이 생생히 떠오른다. 천천히 파멸시킬 생각이었지만 이내 생각을 바꿨다.

"걱정 마렴."

비비안의 웃음은 마치 독초 같았다.

✳

오늘따라 궁 분위기가 어수선했다. 헬리아는 잠결에 들려오는 소리에 결국 잠에서 깨고 말았다. 마침 이 시간에 방을 청소하는 앤과 페이가 들어왔다. 그런데 그녀들이 들고 온 건 청소 도구가 아니라 옷과 장신구였다.

헬리아가 의아해 물었다.

"오늘 무슨 날이야?"

앤과 페이가 늘어놓은 옷과 장신구를 보며 헬리아가 살짝 인상을 찌푸렸다. 그에 앤이 대답했다.

"아이참! 공주님, 제가 어제 분명 말씀드렸잖아요."

"뭘?"

기억이 나지 않아 되묻자 페이가 대답했다.

"일주일 뒤에 비앙카 공주님과 헬리아 공주님의 생일 연회가 있어요."

"그러니까 그때를 대비해 옷을 준비해 두는 거죠."

페이는 헬리아에게 어울리는 장신구를 찾았고, 앤은 연회에 입고 갈 옷을 고르기 시작했다.

헬리아의 인상이 구겨졌다. 헬리아와 비앙카는 1년 터울로 생일이 하루 차이였다. 그래서 생일 연회는 매년 같이하곤 했었다. 하지만 항상 주목을 받는 건 비앙카였고, 헬리아는 덤에 불과했다. 아니, 덤도 되지 않는 혹이었다.

헬리아는 영 심드렁한 표정을 지었다. 생일 같은 건 과거에도 중요하지 않았고 현재도 마찬가지였다. 그녀가 다시 침대로 푹 들어가자 앤이 발렸다.

"공주님!"

"알아서 해."

"드레스도 골라야 하고 선물도 준비하셔야 해요."

헬리아가 벌떡 일어났다. 그녀의 표정이 구겨졌다.

"내 생일인데 웬 선물?"

"그럼 비앙카 공주님께 선물 안 주세요? 매년 주고받으셨잖아요?"

그런 기억 따위 있을 리가. 헬리아는 짜증스러워 머리를 흩뜨렸다.

"페이, 네가 알아서 사. 비싼 거 말고 제일 싼 걸로. 알았지?"

"예?"

"그럼 난 잔다."

헬리아는 그냥 침대로 파고들었다.

❋

퍼드드득.

밤하늘을 나는 부엉이의 날갯짓 소리가 섬뜩하게 울렸다. 캄캄한 어둠 속을 누군가 조심스럽게 걸어가고 있었다. 그는 달이 구름에 가려진 틈을 타 어느 건물로 들어갔다. 이미 누군가 그를 마중 나와 있었다. 그는 아무 말 없이 마중 나온 이를 따라나섰다.

뚜벅뚜벅.

조용한 복도에 그들의 발걸음 소리만이 울렸다.

끼이익.

문이 열렸다.

"이쪽으로."

고혹적인 목소리가 그를 이끌었다. 그는 마치 최면에 걸린 듯 안으로 이끌려 들어갔다. 아름다운 장미 같은 붉은 머리카락의 여인이 그를 맞았다.

"……저, 정말 제 아버지를 살려주시는 건가요?"

"아아, 그럼."

떨리는 음성은 여자의 것이었다. 여인은 그녀를 다독였다. 따뜻한 목소리와 아름다운 외모로. 그녀는 여자에게 서류를 내밀었다.

"이건……."

"받아 보렴."

서류를 읽은 그녀는 감격했다.

"……아아."

"네가 일을 잘해 준다면 그건 네 거란다. 할 수 있겠지?"

"무, 물론입니다."

고개를 숙이자 뒤집어썼던 로브가 벗겨졌다. 촛불에 드러난 것은 로 즈궁의 시녀 페이였다.

✳

크리스털로 만들어진 샹들리에는 불빛에 화려하게 반짝였고, 연회 장 가득 아름다운 선율이 흘러나왔다. 저마다 값비싼 의복과 장신구로 장식한 귀족들이 파티를 즐겼다. 연회장 가득 모인 사람들은 오늘 공 주들의 생일을 축하했다. 정확히는 비앙카 공주의 생일을 말이다. 그 들은 비앙카 공주의 외할아버지인 아돌프 후작에게 줄을 대기 위해 공 주에게 값비싼 선물을 진상했다.

오늘따라 더 귀엽고 순수하게 꾸민 비앙카는 천사 같은 외모로 사람 들을 매혹시켰다. 그녀의 꾸며진 미소에 사람들은 매료됐다.

"시시하군."

그와 반대로 오늘 생일도 아닌ㅡ정확히는 비앙카의 생일 다음 날이 헬리아의 생일이었다ㅡ헬리아는 벽의 꽃을 자처하며 그 모습을 지루하 게 쳐다보고 있었다. 어차피 이리 될 줄 알았다. 그렇다고 아쉽지도 않 았다. 헬리아 또한 귀족들의 관심도, 선물도 필요 없었다. 그저 어쩔 수 없이 연회장에 참석한 것뿐, 명목상 그녀의 생일잔치가 아니었다면 벌써 방으로 들어갔을 것이다.

그녀는 희고 고운 드레스를 입고 있었고, 머리도 흰 리본으로 묶었 다. 비앙카 못지않게 아름다운 외모였지만 모두 그녀를 마치 철창 속 원숭이처럼 바라볼 뿐 다가오는 이는 하나도 없었다.

헬리아는 따분해졌다. 딱딱한 구두에 벌써 다리가 아프고 배도 고팠 다. 그러나 음식을 먹으려면 사람들 사이로 들어가야 한다. 그건 달갑지 않았다. 그녀는 사람들을 피해 근처 비어 있는 테라스로 들어갔다.

'음?'

까마귀다. 아니, 언뜻 까마귀인 줄 알았지만 사람이었다. 이곳에서는 보지 못할 거라고 생각한 검은 머리를 보자 시선을 뗄 수 없었다.

검은 머리카락을 지닌 소년이 그곳에 홀로 있었다. 열네다섯쯤 되어 보이는 그 소년이 인기척을 느끼고 뒤를 돌아보았다.

헬리아의 눈이 살짝 커졌다. 검은 눈동자. 그는 온통 검었다. 흑안 흑발과 대비되는 흰 피부가 도드라져 보였다. 귀공자. 헬리아는 소년을 딱 그렇게 정의했다. 소년의 표정은 무미건조하기 이를 데 없었다. 그의 눈이 정확히 헬리아를 향했다. 그녀는 한순간 묘한 느낌에 사로잡혔다. 너무나 익숙한 느낌. 어디서 이 아일 봤던 것일까? 그래서 먼저 묻고 말았다.

"어디서 본 적 없어?"

"……."

소년의 표정이 더욱 싸늘하게 굳었다.

헬리아는 자신이 말을 잘못했음을 깨달았다. 하지만 본 적이 있냐고 물어서인지, 아니면 그가 혼자 있는 걸 방해해서 그런 건지 정확히 알 수 없었다.

소년의 입이 열렸다.

"어째서……."

"공주님!"

그때 테라스로 앤과 페이가 찾아왔다. 연회장에 주인공이 없자 찾은 것이다. 앤은 헬리아를 보자마자 잡아끌었다.

"여기서 뭐 하시는 거예요!"

"귀찮아."

이미 소년에게 흥미를 잃은 헬리아는 앤이 이끄는 대로 테라스 밖으로 나갔다. 그런데 문득 뒤를 돌아보니 소년이 자신을 계속 응시하고 있었다. 헬리아의 미간이 살짝 찌푸려졌다.

'도대체 뭐지?'

"앤. 혹시 저 애 알아?"

"예? 누구요?"

앤이 헬리아가 가리킨 곳을 바라보자 그곳엔 아무도 없었다.

"아무도 없는데요?"

"……아니, 됐어."

헬리아는 사라져 버린 소년을 기억 저편으로 밀어 넣었다. 페이가 헬리아에게 예쁘게 포장된 선물 상자를 건넸다.

"조금 있다가 비앙카 공주님께 직접 드리시면 돼요."

상자를 받아 든 헬리아가 그것을 이리저리 흔들었다.

"이게 뭐야?"

페이의 안색이 살짝 변했다. 그걸 알아챈 헬리아의 눈이 가늘어졌다.

"그, 그냥 차예요."

"근데 왜 이렇게 당황해? 혹시…….."

페이가 침을 꼴딱 삼켰다.

"뭐야, 비싼 거 산 거 아니야? 내가 싼 거 사랬잖아."

"아, 아니에요. 너무 싼 것 같아서."

"그래? 그거면 됐어."

페이의 말에 헬리아는 더 이상 선물에 신경을 쓰지 않았다. 멀리서 페이는 안도의 한숨을 내쉬었다. 그녀는 헬리아가 선물을 들고 가는 것을 끝까지 지켜보고는 등을 돌렸다.

"국왕 전하와 왕비마마 드시옵니다!"

홀 안 가득 시종의 목소리가 울려 퍼지고 문이 열렸다. 귀족들은 국왕 내외에게 고개를 숙여 경의를 표했다. 헬리아도 멀리서 열린 문으로 들어오는 왕과 왕비를 보았다.

'저 사람이……'

화려한 금발과 푸른 눈동자를 지닌 아름다운 남자였다. 사십 대 나이에 맞지 않게 굉장히 젊은 외모였다. 그는 왕비의 손을 잡고 걸어 나왔다. 왕비인 캐서린은 갈색머리에 녹색 눈동자를 지닌 아름다운 여자로 기품과 현기가 흘렀다.

헬리아의 시선이 오랫동안 왕에게 머물렀다. 하지만 이내 시선을 돌렸다.

"다른 왕족들인가."

헬리아는 멀리 왕과 왕비 근처에 있는 왕세자와 2왕자를 볼 수 있었다. 왕세자는 왕과 똑 닮았고, 2왕자는 비앙카와 닮았다.

그때 왕이 좌중을 둘러보며 입을 열었다.

"오늘은 비앙카 공주와 헬리아 공주의 생일이오. 모두 즐겨주시길 바라오."

듣기 좋은 저음이 흘러나왔다. 헬리아는 무미건조한 표정으로 그의 모습을 바라보았다. 아버지라는 느낌 같은 건 없었다.

"지루하군."

왕의 연설이 끝나자 선물 증정식이 있었다. 헬리아는 비앙카에게 자신이 준비한 선물을 내밀고는 비앙카가 주는 선물을 받아 바로 연회장을 빠져나왔다. 자신의 생일이지만 헬리아는 전혀 그런 기분을 느끼지 못했다.

"까아아아악!"

비앙카의 궁에 비명이 터져 나왔다. 모두 비명이 들린 곳으로 서둘러 뛰어갔다.

"고, 공주님!"

그곳에는 비앙카가 피를 흘리며 쓰러져 있었다.

"도, 독입니다!"

시녀의 말에 사람들은 혼비백산했다.

"서, 서둘러 의원을!"

온 왕성이 비앙카의 독살 사건으로 시끄러워졌다. 그리고 얼마 후, 범인이 밝혀졌다.

✳

"수고했다."

검은 옷을 입은 남자가 페이의 앞으로 서류 봉투를 던졌다. 페이는 얼른 그것을 집어 들고 내용을 확인했다. 그녀의 가문 헤일로가의 영지 문서였다. 그녀의 얼굴이 펴졌다.

"가, 감사합니다."

"마마께서 아주 만족스러워하셨다."

페이는 이제야 안도했다. 그녀는 서류를 꼭 품에 안았다. 파산으로 영지가 경매에 붙여지고 집안은 풍비박산이 났다. 아버지는 영지를 살리기 위해 돈을 빌리려 했지만, 결국 마련하지 못해 감옥으로 끌려갔다. 페이는 아무것도 할 수 없었다.

그러던 어느 날 페이에게 뜻밖의 기회가 주어졌다. 그 결과 그녀는 아버지와 영지를 구할 수 있었다. 그로 인해 헬리아 공주를 배신하게 되었지만 그녀는 가족이 더 소중했다.

"그럼 저는 이만 가보겠습니다."

페이는 바로 영지로 내려가 조용히 살 생각이었다. 그녀가 몸을 돌렸다.

채앵.

검을 뽑는 소리에 페이가 흠칫 놀라 뒤를 돌아보았다.

"어, 어째서……!"

쿵!

그리고 그 순간 그녀의 시선이 바닥을 향했다.

남자는 싸늘하게 식어가는 페이의 시체를 보며 비웃었다.

"모든 증거는 없애라는 마마의 분부다."

그는 그녀의 피가 묻은 서류를 집어 들고 시체 위에 약을 뿌렸다.

치이익!

시체는 흔적도 없이 사라졌다. 남은 것은 오로지 핏자국뿐. 흐린 하늘을 보아 다음 날이면 그조차도 빗물에 쓸려 사라질 것이다. 남자는 유유히 숲속을 빠져나갔다.

✳

어두운 방 안에 촛불만이 아스라이 빛났다. 책상에 앉아 얼굴을 파묻고 있던 사내가 고개를 들었다. 그의 안색은 어둡게 흐려 있었다. 아름다운 푸른 눈동자와 금발을 지닌 남자는 시름에 찬 눈으로 함께 있던 노인에게 말했다.

"헬리아가 범인으로 몰렸습니다."

헬리아가 선물한 차에 독이 들어 있었다. 어떻게 해명할 길이 없었다. 비비안 측에 매수된 로즈궁의 시녀는 이미 종적을 감추었고, 헬리아는 자신의 범행이 아니라는 것을 입증하지 못했다. 빠져나갈 길이 없었다. 완벽하게 헬리아 하나를 노리고 꾸민 음모에 속수무책으로 당했다. 그녀를 변호하는 자는 없었다. 헬리아를 왕국의 오점으로 생각하는 자들이기에 오히려 그녀를 치워 버릴 좋은 기회로 여겼다.

"제 행동이 잘못된 것일까요?"

그는 자책했다. 그 아이를 자신의 옆에 두었어야 했던 게 아닐까. 그렇다면 이런 일이 생기지 않았을까. 하지만 그게 최선이었다. 그가 헬리아에게 관심과 애정을 줄수록 아이는 다른 이들의 주목을 끌었다. 그것도 좋지 못한 쪽으로.

"세니아가 살아 있었다면……."

시름이 깊어만 갔다. 하지만 그는 이내 결정을 내렸다. 흔들리던 눈이 떨림을 멈췄다.

"헬리아를 왕족에서 박탈하겠습니다. 또한 그 아이를 데이지궁에 유폐합니다."

뼈아픈 결정이었지만 지금 헬리아를 살리기 위해 할 수 있는 방법이 이것밖에 없었다. 그들의 관심에서 떼어놓는 것, 그리고 그 아이를 자유롭게 놓아주는 것.

금발 사내가 노인을 부드럽게 바라봤다. 언제나 자신을 지켜준 사람, 그녀가 남겨준 사람. 그래서 이 사람에게는 말할 수 있었다.

"부탁이 있습니다."

"하명하십시오."

노인은 자신보다 어린 사내를 깍듯이 대했다. 단정하게 넘긴 백발에 외눈 안경을 쓰고 까마귀가 새겨진 지팡이를 짚고 있었다.

사내가 말했다.

"헬리아를 부탁합니다. 곁에서 지켜봐 주세요."

노인은 잠시 멈칫했다. 그의 사명은 이 사내를 지키는 것이었다. 하지만 무엇보다 그를 망설이게 하는 것이 있었다. 그는 자신의 주름진 손을 쓸었다. 점점 노화가 진행되는 몸은 이제 오래지 않아 붕괴될 것이다. 거절하는 것이 마땅했다. 하나 사내의 단호한 눈을 보자 그럴 수 없었다. 결국 안심하라는 듯 고개를 끄덕였다.

사내는 희미하게 웃었다.

✳

"깨어났느냐?"

비비안의 말에 비앙카는 그녀를 죽일 듯이 노려봤다. 비앙카의 눈에 눈물이 흐르고 있었다.

"어…… 찌 그러신 건가요?"

"무엇을 말이냐?"

"……죽을 뻔했어요."

"이미 해독약을 먹지 않았니? 그 정도로 죽진 않는단다."

"하지만……."

"죽지 않았지 않느냐."

비앙카는 웃으며 말하는 어머니에게 치가 떨렸다. 처음에는 분명 약한 독이라고 했다. 아프지 않은 독을 쓴다고. 하지만 너무나 고통스러웠다. 독은 죽고 싶을 만큼 그녀를 괴롭혔다. 아프고, 두렵고, 무서웠다. 이대로 죽어버리는 건 아닌가 생각했다.

비앙카는 입술을 깨물었다. 원래 그랬다. 어머니는 지독한 사람이다. 그걸 깨닫고 또 깨달을 뿐이다. 어머니에게 자신은 그저 이용 가치 있는 물건일 뿐, 사람이 아니라는 것을. 비앙카는 계속 외면해 왔던 진실을 마주할 수밖에 없었다.

"네게 좋은 소식을 알려주마."

"……."

"그 아이가 왕족에서 박탈되어 오늘부터 데이지궁에 유폐된단다."

비앙카의 눈이 커졌다. 그리고 이내 조소를 흘렸다. 비록 어머니의 차디찬 심계에 심장은 식어버렸지만, 그 소식에 어느 정도 기분은 나아졌다.

하지만 비비안은 이 결정이 마음에 들지 않았다.

'빼돌렸군, 역시 그는……'

원래대로라면 헬리아는 감옥에 가거나 궁에서 나가야 했다. 하지만 왕은 그녀를 내보지도 다치게 하지도 않았다.

천한 세니아의 딸. 비비안에게 세니아는 그야말로 불구대천의 원수였다. 하지만 이미 죽어버린 사람. 복수하려 해도 죽어버렸으니 그녀의 분노는 자연스레 세니아의 딸에게 향했다. 이번 결과는 만족스럽지는 않지만.

"그럼 자려무나."

비비안은 비앙카의 방을 빠져나왔다.

✳

병사들이 로즈궁으로 몰려왔다. 독살 사건 후 헬리아는 자신의 방에 감금되어 있었다. 아무것도 할 수 없었다.

페이의 배신. 그건 이미 예견된 것이었다. 헬리아는 톱니바퀴처럼 맞물려 흘러간 사건에 이를 갈았다. 어찌할 방도도 없이 범인으로 몰렸다. 페이 스스로 헬리아 공주의 사주를 받았다 시인했다. 그들은 헬리아가 반론할 여지조차 주지 않았다. 그간의 행적을 보아 그들은 결코 그녀를 믿지 않을 것이다.

왕족의 독살 사건이라 사건 자체는 조용히 마무리되었다. 하지만 헬리아의 입장에선 조용하든 그렇지 않든 결국 똑같았다.

"하, 하하하……."

헬리아는 웃음을 흘렸다. 터져 나오는 웃음을 막기 어려웠다.

배신, 배신. 얼마나 많은 배신을 당해야 하는 것일까.

병사들이 문을 열고 헬리아의 방으로 들어왔다. 흰 머리의 노인이 앞으로 나와 두루마리를 펴고 입을 열었다.

"헬리아 공주는 오늘부터 왕족의 지위를 박탈하고 데이지궁에 유폐한다. 이는 지엄하신 아르센 국왕의 명령이다."

왕실 시종장 로드리게의 말에 헬리아는 입술을 깨물었다. 그리고 곧 어이없는 웃음을 흘렸다.

'하, 이건가. 가만히 있던 대가가 바로 이거란 말인가.'

로드리게가 헬리아의 앞으로 나섰다.

"또한 비록 죄인이긴 하나 공주의 예우로 한 명의 고용인은 부릴 수 있습니다. 하지만 그 외의 어떠한 것도 일체 허용되지 않습니다."

"……."

병사들이 헬리아를 끌고 밖으로 나왔다.

허탈감. 헬리아의 입에서 알 수 없는 웃음이 흘러나왔다.

밖으로 나가자 시녀들과 시종들이 그녀를 보며 안절부절못했다. 그들은 그녀에 대한 걱정보다 자신들이 어떻게 되는지가 더 걱정스러운 듯 보였다. 어느 누구도 진정 헬리아를 향해 걱정 어린 말 한 마디 해주지 않았다. 몇몇은 그녀를 향해 역시나 천한 핏줄이라 매도하며 오만하고 멍청한 공주님이라 속삭였다.

"하, 하하하……."

헬리아는 하늘을 올려보았다.

'이러려고 날 여기에 보낸 겁니까?'

하늘은 맑았다. 티 없이 맑은 하늘을 보자 헬리아는 속이 뒤틀렸다. 이게 세상이라고, 네가 아무리 발버둥 쳐도 결국 너는 하찮은 인간에 불과하다고, 그렇게 말하는 것 같았다. 그저 가만히, 조용히 살고자 했다. 과거의 배신과 원한을 잊은 채 그렇게 평화롭게 살고 싶었다.

이제는 과거처럼 누군가에게 쫓기지도, 배고프지도 않을 거라고 생각했다. 이 세계에 와서 자신은 이제 다른 사람이 되었다고, 그러니 다른 인생을 살 수 있을 거라고 그렇게 믿었다.

하지만 아니었다. 과거에서 도망쳐도 결국 이것이 현실이었다.

가만히 있지 않을 것이다. 가만히 살고자 했지만 그걸 망친 건 너희야. 헬리아의 눈이 붉어졌다. 복수할 것이다. 그리고 당당히 알려줄 것이다. 자신의 가치를, 자신이 어떤 사람인지를.

헬리아는 하늘을 등지고 걸어갔다.

✳

데이지궁. 국왕이 있는 본궁과 호수를 사이에 둔, 왕성의 가장 서쪽 구석에 위치한 궁으로 이미 사람들의 머릿속에서 잊힌 지 오래된 곳이다. 원래 데이지궁은 도서관이었다. 그러나 과거 아르센 왕국의 선조 중 한 명이 책을 좋아하는 후궁을 위해 궁으로 새건축을 했다고 한다. 하지만 후궁이 죽고 궁은 버려졌다. 대부분의 후궁은 책보다는 왕의 총애에 관심이 많았고, 궁에서 멀리 떨어진 데이지궁에 가려 하지 않았다. 그렇게 데이지궁은 백 년 동안 버려지게 되었다.

헬리아는 데이지궁을 보고 한숨을 푹 내쉬었다.

'이게…… 성인가.'

로즈궁과 비교하면 오히려 큰 편이었지만—원래 도서관이었다고 하니—너무 오래되고 보수가 되지 않아 외관에 손만 대도 부스스 파편이 떨어져 나갔다. 게다가 이름 모를 넝쿨과 풀들이 어지럽게 자라 있었고, 주변에 생쥐까지 들락날락거리는 것이 아주 꼴이 말이 아니었다. 앞으로 여기서 살 생각을 하니 막막했다. 하지만 궁 밖에 사는 사람들보다는 나은 환경이니 그걸로 위안을 삼았다.

"치우는 데도 며칠 걸리겠어."

헬리아가 데이지궁을 훑어보고 있을 때 그녀의 앞에 불쑥 한 노인이 나타났다. 기척도 없이 갑자기 등장한 그에게 헬리아는 순간 흠칫했지만, 궁에 정신을 파느라 미처 알아채지 못한 거라고 납득했다.

노인은 부드러운 미소를 지은 채 웃었다.

"안녕하십니까. 세바스찬이라고 합니다."

세바스찬이라고 이름을 밝힌 그는 칠십 대의 노인이었다. 깔끔한 시종 복장에 하얗게 센 머리를 올백으로 단정하게 넘겼다.

헬리아는 그가 들고 있는 지팡이를 보았다. 특이하게 검은 까마귀가 조각된 지팡이였다.

"오늘부터 공주님의 시중을 들게 되었습니다. 잘 부탁드립니다."

아주 평범한 노인이었다. 하지만 그의 분위기와 느낌이 어딘가 모르게 익숙했다. 그것이 이상했다. 분명 처음 보는 사람일 텐데.

'왜 이런 곳에 왔을까.'

배신과 배신으로 나락을 경험한 그녀이기에 쉽사리 사람을 믿지 못했다. 하지만 묘한 느낌 때문인지, 아니면 그저 믿고 싶은 마음이 아직 그녀 안에 조금이나마 남아 있었던 것인지, 일단 그를 받아들였다.

'뭐 상관없겠지.'

세바스찬이 어떤 사람이든 그녀 스스로 믿지 않으면 그만일 뿐이다. 그녀는 세바스찬을 오랫동안 바라보았다. 그는 여전히 연륜이 담긴 미소를 보낼 뿐이다.

"청소하는 데 시간이 걸릴 것 같군요."

세바스찬도 궁의 상태를 확인하기 위해 걸음을 옮겼다. 순간 그녀의 눈이 그의 다리로 향했다.

"다리가……."

그가 저는 자신의 다리를 내려 보더니 희미하게 웃었다.

"일하는 데는 지장 없습니다. 나이가 들다 보니 몸이 시원치 않군요."

그는 한쪽 다리를 절뚝거리고 있었다. 하지만 그의 말대로 걷는 데는 지장이 없어 보였다. 세바스찬은 궁의 내부를 보더니 혀를 찼다. 오랫동안 사용하지 않아 궁 안팎으로 먼지가 쌓여 있었다.

"청소는 제가 하지요."

헬리아의 말에 세바스찬이 고개를 저었다.

"아닙니다. 그건 제가 하겠습니다."

"그쪽……."

"그냥 세바스찬이라고 불러 주시면 됩니다."

노인을 이름으로 부르는 건 조금 미안했지만 헬리아는 조금 지쳐 있었다. 게다가 지금까지 시종들에게 반말을 해왔기에 금세 적응했다.

"그럼 세바스찬은 부엌을 맡아주세요."

"하지만……."

"이걸 언제 혼자 다 해요? 사람도 얼마 없는데 같이하죠. 게다가 아침을 못 먹었더니 배가 고프네요."

"……바로 준비하겠습니다."

세바스찬이 똑 부러지게 말하는 그녀를 묘하게 바라보았다. 소문과 다른 모습에 놀란 듯 보였다. 그러나 다른 말은 하지 않았다. 결국 세바스찬은 지팡이를 짚고는 부엌으로 들어갔다.

헬리아는 긴 머리를 하나로 묶고 소매를 걷어붙였다. 데이지궁에 유폐된 첫날. 하루 종일 청소를 해야 할 것 같다. 하지만 나쁘지 않았다.

"이 정도야 식은 죽 먹기지."

어린아이의 몸이지만 헬리아는 지나칠 정도로 튼튼했다. 도대체 자신의 몸은 어떻게 된 것인가 궁금할 때도 있지만 좋게 받아들였다. 그만큼 어려서 불편하다는 생각을 하지 않아도 되었기 때문이다.

"그럼 치워볼까?"

소매를 걷어붙인 헬리아는 청소에 열의를 불태웠다. 전처럼 소극적인 자세가 아니라 적극적인 자세였다. 그 변화는 이후 더 큰 변화를 불러올 것이다.

궁은 외관보다 내부 상태가 더 심각했다. 궁 안은 한 번도 청소를 하지 않았는지 백 년 치 먼지가 쿠션을 이루었고, 걸을 때마다 먼지가 풀풀 날렸다. 얼마나 심한지 먼지가 날릴 때면 앞이 안 보일 지경이었다.

입에는 천을 두르고 손에는 장갑을 낀 헬리아는 우선 널브러져 있는 집기들을 모두 밖으로 내다 버리고 먼지를 털었다. 궁이 제법 커서 오늘 하루에 치우기는 힘들 것 같지만 차근차근 치워 나가다 보면 끝이 보일 것 같았다.

"와!"

위층으로 올라가자 수많은 책을 모아둔 방이 있었다. 헬리아는 방을 보고 입을 벌렸다. 역시 도서관을 재건축해서 만든 건물답다. 비록 책들은 관리가 되지 않아 먼지로 가득했지만 그녀는 눈을 빛냈다. 지식은 무기였다. 혹여 제대로 공부를 못하게 되는 건 아닐까 저어했지만 수많은 책을 보고 안도했다. 이 정도면 왕실 도서관보다는 부족하겠지만 공부하는 데는 전혀 무리가 없을 것이다.

헬리아는 그렇게 청소를 하며 데이지궁에서의 하루를 보냈다.

"수고하셨습니다."

먼지로 더러워진 몸을 말끔히 씻어내고 식탁에 앉은 헬리아 앞에 세바스찬이 조리한 음식을 내려놓았다. 하루 동안 데이지궁 전체를 청소하진 못했지만 그나마 잘 곳과 부엌은 치우는 데 무리가 없었다. 따뜻한 김이 모락모락 피어나는 음식을 보며 헬리아가 세바스찬을 바라봤다.

"재료가 있었어요?"

"식량은 궁에서 보내줍니다."

"그거 다행이네요. 굶는 줄 알았어요."

헬리아는 세바스찬이 차린 음식을 먹기 위해 수저를 들었다가 가만히 서 있는 그의 모습에 입을 열었다.

"안 드세요?"

"저는 시종입니다. 공주님과 함께 식사를 할 순 없습니다."

"하하, 공주요? 세바스찬은 제가 공주로 보이나요?"

헬리아의 낮은 목소리에 세바스찬의 눈이 살짝 이채를 띠었다. 무언가 바뀌었다.

"어차피 이제 공주도 아니니 그냥 헬리아라고 부르세요."

"그럴 순 없습니다."

세바스찬이 단호하게 말하자 헬리아는 살짝 미간을 찌푸렸다. 이 노인 알고 보니 의외로 고집쟁이다.

"부르시라니까요."

"그럴 순 없습니다."

"……."

"……."

"……그럼 마음대로 부르세요."

노인의 고집은 꺾기 힘들다더니, 결국 헬리아가 한숨을 내쉬고 포기했다. 어차피 호칭이 다 무슨 소용인가. 부르기만 하면 됐지.

"그럼 그 대신 이리 와서 함께 먹어요."

"그건……."

"저 혼자 먹으라고요? 솔직히 저 혼자 먹는 거 안 좋아해요. 불쌍한 사람 구제한다 여기고 앉으세요. 혼자 먹다가 체하면 책임질 거예요?"

"……알겠습니다."

세바스찬이 묘하게 헬리아를 한번 바라보고는 그녀 앞에 앉았다. 하지만 몇 분 후 그녀는 그와 함께 식사한 것을 후회했다.

"그게 아닙니다."

"순서가 틀렸습니다."

"허리를 펴고 앉으세요."

헬리아는 아직도 음식을 입에 넣지 못하고 있었다. 먹으려고만 하면 어디가 잘못됐다, 저기가 잘못됐다고 하는데 점점 인내심이 바닥나려 하고 있다.

'참자, 참아.'

나이 든 사람에게 버릇없이 소리를 지를 수는 없는 노릇이니 부들거리는 입가를 참고 입을 열었다.

"……뭐 하시는 분이세요?"

"예전에 예절 교육 담당이었습니다."

"그, 그래요?"

헬리아는 머리를 쥐어뜯었다. 예절. 물론 그녀도 예절이라면 빠지지 않는 사람이다. 과거에 상류층들과 식사를 하면서 완벽에 가까운 예절을 익혔다. 그래서 별로 예절에 대해 신경 쓰지 않았는데, 이 전(前) 예절 교육 담당께서는 마음에 차지 않았나 보다. 조심스럽게 세바스찬이 알려준 대로 움직였다. 그를 흘깃 바라보았다.

"……이제 먹어도 되지요?"

"완벽합니다."

세바스찬은 이제야 흡족한 듯 미소를 지었다. 헬리아는 이런 노인과 어떻게 사나 싶었다. 그가 또 지적할지 몰라 얼른 입가에 음식을 넣었다. 몸 안에 음식이 들어가자 그제야 긴장이 풀렸다.

✳

헬리아는 데이지궁에서 심심치 않게 하루하루를 보냈다. 각 층마다 빼곡히 들어찬 책을 읽느라 시간 가는 줄 몰랐고, 무성하게 잡풀이 나 있는 정원을 손질하다 보면 금세 하루가 갔다. 소소하고 편안한 시간들이었다.

게다가 무엇보다 그녀를 비웃는 사람이 없었다. 그녀 말고 사람이라곤 햇살 아래 여유롭게 차를 마시고 있는 세바스찬뿐이다. 헬리아가 원했던 방식으로 살 수 있다. 그러나 더 이상 헬리아는 그렇게 살지 않겠다고 다짐했다.

헬리아는 수중에 가진 돈을 바라보며 한숨을 내쉬었다. 이 세계에서 자신이 할 수 있는 일이 무엇인지 깊이 생각해 보았다.

아르센 왕국이 있는 이곳 레칸 대륙은 마법과 검의 세계였다. 처음 마법이라는 말을 들었을 때 실감하지 못했다. 직접 눈으로 본 적이 없으니 아직도 현실성이 없다. 이곳에서 마법과 검은 힘이었다. 하지만 헬리아에게 그것들을 가르쳐 줄 사람은 없었다. 결국 헬리아가 할 수 있는 일은 매우 한정적이었다. 지금으로서는 지식을 습득할 수 있는 환경에 위안을 삼기로 했다.

"하아……."

조금 더 일찍 움직일 것을. 유폐되기 전에 그냥 성에서 나갈 것을. 그런 후회가 들었다. 아무것도 할 수 없다는 것이 헬리아를 괴롭혔다. 하지만 그녀가 누군가. 그 고난 속에서도 역경을 딛고 성공한 여자 아닌가. 포기란 없다.

헬리아는 손에 든 1실버를 보며 다짐했다.

"공주님, 식사 시간입니다."

세바스찬의 목소리에 사색에 잠겨 있던 헬리아가 한숨을 푹 내쉬고 식당으로 내려갔다. 세상을 논하는 데 밥은 분명 필요했다.

"……스프가."

헬리아는 앞에 놓인 희멀건 스프를 내려다보며 한숨을 쉬었다. 그러고 보니 어제도 야채 스프였다. 고기는 없는 걸까, 아니면 유폐된 공주에겐 이것도 감지덕지란 말인가. 하지만 이곳에 온 첫날 배식을 받을 때는 이 정도는 아니었다.

헬리아가 비록 왕족의 지위를 박탈당해 이 성에 갇혀 있지만, 일주일에 두 번씩 배식을 담당하는 배식관이 와서 식량을 준다. 그런데 그녀가 민감한 건지, 아니면 세바스찬이 좋아하는 요리가 야채 스프인 건지 식탁에 올라오는 음식이 부실했다. 그냥 이대로 넘어가기엔 성장기 헬리아의 식탐이 견디기 힘들었다.

'성장기엔 많이 먹어줘야 된다고.'

그녀가 무슨 말을 하려는지 이미 알고 있는지 세바스찬의 표정이 가라앉았다.

"배식에 문제가 있는 모양입니다. 제가 가서 확인하겠습니다."

하나 다리도 좋지 않은 세바스찬을 보내기엔 헬리아는 노인 공경을 아는 현대인이었다. 결국 헬리아는 가볍게 식사를 마치고 자리에서 일어났다.

"제가 다녀올 테니 기다리세요."

"이건 제 불찰입니다. 제가 다녀오겠습니다."

"세바스찬은 다리가 불편하잖아요? 튼튼한 사람이 가는 게 맞죠. 또 시종이니 공주니 그런 소리 하지 마세요. 여기 어디에도 공주는 없어요."

헬리아의 단호한 말에 세바스찬이 결국 한발 물러났다.

"……후우, 조심해서 다녀오십시오."

"걱정 마세요."

씩씩하게 일어나 밖으로 나가는 헬리아의 뒷모습을 보며 세바스찬이 쓸쓸하게 웃었다.

✳

오늘도 릭은 성에서 내려온 식량이 담긴 수레를 보며 탐욕스런 눈빛을 보냈다. 과연 왕성에서 올라온 물건들이라 그런지 일반 시장에서 파는 것과는 차원이 달랐다. 그런데 이것들이 모두 유폐된 죄인이 있는 데이지궁으로 들어가는 물건이란다.

"죄인 주제에 이런 걸 먹는단 말이지?"

평소 탐욕스러운 릭은 매번 헬리아에게 넘어가는 식량이 못내 배가 아팠다.

"도대체 뭐가 예쁘다고 감히 비앙카 공주님을 죽이려 한 그 계집에게 이런 걸 다 준담?"

아름답기로 소문난, 그리고 장차 왕국 최고의 미인으로 성장할 비앙카 공주의 추종자 중 하나였던 릭은 헬리아 공주가 싫었다. 멍청하고 바보 같은 공주를 누가 좋아한단 말인가. 게다가 그 핏줄 또한 자신과 같은 평민이 아닌가.

반감 때문이었는지, 아니면 식량에 대한 욕심 때문이었는지, 언제부터인가 조금씩 데이지궁으로 보낼 식량을 빼돌리기 시작했다. 처음 한 번은 작은 무에서부터, 그다음에는 달걀 한 판. 그리고 점점 양을 늘려 가며 식량을 착복했다.

그런데 웬걸? 혹여 탄로 날까 내심 초조했건만 그의 범행을 아는 이는 아무도 없었다. 그제야 릭은 깨달았다. 바로 이거라고. 변변치 못한 집안의 릭은 날마다 돈을 벌어오라는 어머니의 잔소리에 스트레스가 쌓이고 있었다. 그런데 돈과 함께 싱싱한 채소들을 함께 가져가자 대우가 좋아졌다. 이제 돈 못 벌어오는 장남이라고 구박하지도 않았다. 가끔 남는 식량은 장에다 내다 팔면서 부수입도 들어오기 시작했다.

릭은 싱글벙글하며 이번에도 데이지궁으로 들어갈 식량의 일부를 자신이 가져온 수레에 몰래 옮겨 싣기 시작했다. 그런데 오늘 반갑지 않은 손님이 그를 찾았다.

"여기 배식관이 누구죠?"

창고 뒤편에서 몰래 식량을 옮겨 담던 릭의 귀로 어린아이의 목소리가 들렸다. 그는 의아해하면서 자신의 일이 들킨 건 아닌가 초조해 슬그머니 하던 일을 멈추고 앞으로 나갔다. 그곳에는 탐스런 금발을 곱게 땋은 금안의 어린아이가 있었다. 성에서 그녀를 모르는 자는 없었다.

바로 헬리아 공주였다.

릭의 얼굴이 사정없이 구겨졌다.

헬리아는 창고 뒤편에서 나오는 남자의 모습에 살짝 미간을 찌푸렸다. 삼십 대 중반 정도의 갈색 머리 남자가 뭔가 짜증 난 표정으로 자신을 바라보고 있었다.

'수상하군.'

헬리아의 눈이 낮게 가라앉았다.

"당신이 여기 배식관인가?"

"여긴 무슨 일이지?"

반말이었다. 분명 자신이 공주라는 것을 알 텐데도. 헬리아가 살짝 입술을 깨물었다. 다시금 자신의 처지를 깨달았다.

'아주 동네북이군.'

"당신 배식관 맞지?"

"그래서?"

그의 태도는 뻔뻔스러웠다.

"처음과 양이 달라졌어."

"이상한걸? 나는 분명 제대로 전달했다고. 잘 확인한 거 맞아?"

오리발을 내미는 그의 표정에서 헬리아는 감을 잡았다. 이 녀석 뭔가 있다고. 그러고 보니 아까 창고 뒤편에서 나왔다.

"창고 뒤에 식량이 있는 거지?"

헬리아가 성큼 창고 뒤편으로 들어가려 하자 아차 싶은 사내가 그녀를 막았다.

"여긴 들어오면 안 돼!"

"내가 내 먹을 거 본다는데 무슨 문제 있어?"

"하, 보자 보자 하니까. 죄인 주제에 밥이라도 처넣어주는 게 어디야. 감지덕지하고 살아야지."

"……."

헬리아가 말을 하지 않자 사내는 오히려 더 기세등등해졌다. 그는 험한 말까지 쓰며 그녀를 향해 비난을 퍼부었다.

"감히 비앙카 공주님께 독을 쓴 죄인을 죽이지 않고 왜 살려두는 거람. 살인자에게 법이 너무 가벼운 거 아니야?"

"비켜."

헬리아는 그가 방심한 틈을 타 창고 뒤편으로 뛰어 들어갔다. 사내가 그녀를 막기도 전에 식량 수레와 그 옆에 있는 작은 수레 하나를 발견했다.

'감히 내 것에 손을 대?'

헬리아의 표정이 차갑게 식었다.

"……이건 뭐지?"

"하하."

사내는 곤란한 웃음을 지었지만 곧 능청스럽게 대꾸했다.

"한 번에 싣고 가기엔 식량이 많아서 나눠서 가려고 했지."

구차한 변명이었다. 건장한 사내가 들기에 헬리아가 배정받은 식량은 그리 많지 않았다.

"고발하겠어."

전처럼 그냥 있지 않을 거다. 헬리아는 결심했다. 뒤로 물러나지 않기로.

"하! 고발한다고? 네가 무슨 수로? 넌 여기서 못 나가."

"……."

사내의 말에 그녀의 입이 굳게 닫혔다. 그 모습에 이겼다고 생각했는지 그의 입꼬리가 살짝 올라갔다.

"어이, 너 범죄자라고, 이런 곳에 유폐된. 그런데 너 같은 녀석의 말을 들어줄까? 이래 봬도 나 이곳에서 열심히 일했다고. 네 말을 들어줄까, 아니면 내 말을 들어줄까?"

그가 비열하게 웃었다. 헬리아는 주먹을 세게 움켜쥐었다. 그러나 이대로 물러날 수 없었다.

"식량을 돌려줘."

"내가 왜?"

"……."

말이 통하지 않는 사내였다. 헬리아는 달려가 식량이 담긴 수레를 잡고 끌었다.

"내가 먹을 건 내가 가져가겠어."

"이게!"

멋대로 수레를 끌고 가려 하자 당황한 사내가 그녀를 밀쳐 냈다.

"윽!"

헬리아가 아무리 힘이 좋아도 상대는 성인 남자였다. 그가 밀치자 결국 바닥에 쓰러지고 말았다. 그런데 부딪친 장소가 좋지 못했는지 바닥에 있던 돌에 그만 이마가 찢어졌다.

뚝, 뚝.

쓰라림에 헬리아가 이마에 손을 댔다. 축축한 피가 만져졌다.

순간 그녀의 심장이 두근거렸다.

"어, 어이."

릭이 당황해 허둥거렸다. 그러나 이대로 그녀가 물러나 준다면 더 바랄 게 없었다. 그는 짐짓 허세를 부렸다.

"그, 그러니까 그만두라고 했잖아!"

"……."

헬리아가 서서히 고개를 들었다.

'헉!'

그녀의 눈은 인간의 것이라 생각하기 힘들었다. 금안은 더없이 짙게 빛났고 마치 고양이의 눈동자처럼 길게 찢어졌다. 고양이? 아니다. 릭은 정정했다. 그건 맹수의 눈이었다. 섬뜩한 기운이 그를 옭아맸다.

'무, 무슨 눈빛이!'

릭이 숨을 들이켰다. 갑자기 손이 떨리고 식은땀이 흘렀다. 이유를 알 수 없는 공포에 뒷걸음질 쳤다.

"뭐, 뭐야!"

헬리아는 피를 보자 오히려 분노가 차갑게 식는 것을 느꼈다. 온몸의 피가 거꾸로 역류하는 느낌에 속이 부글부글 용암처럼 끓었지만 머리는 얼음처럼 차가웠다.

"다시는 내 식량에 손대지 마."

낮게 으르렁거리는 말에 릭은 순간 멍해져 저도 모르게 끄덕이고 말았다. 그는 헬리아가 수레를 끌고 가는 것을 그저 바라만 보았다.

릭은 그녀가 사라진 뒤에야 정신을 차렸다.

"도, 도대체 뭐지?"

아직도 팔뚝엔 소름이 돋아 있었다.

덜컹덜컹.

헬리아는 릭에게서 빼앗은 수레를 끌고 터벅터벅 자신의 궁으로 걸어갔다. 성인 남자의 손길은 어린 여아의 약한 살갗을 쉬이 찢어놓았다. 입술은 피로 번들거렸고 이마에는 길게 딱지가 생겼다. 곱게 땋았던 머리는 이미 풀려 산발로 바람에 흔들렸고, 손은 새빨갛게 변해 있었다.

헬리아는 웃었다. 자조적인 웃음이었다. 그녀의 표정이 변했다.

"그건 뭐였지……."

생경한 느낌이었다. 헬리아는 심장에 손을 댔다. 여전히 세차게 두근거리고 있었다. 아까의 그 느낌. 태어나서 한 번도 그런 분노를 느껴본 적도, 그런 식으로 표출해 본 적도 없었다. 자신의 피를 보았기 때문일까? 차갑게 식어 내리는 고요한 분노가 한순간 헬리아의 몸을 휩쓸었다.

"뭐, 아무렴 어때."

너무 화가 나서 그랬나 보다 하고 생각을 떨쳐 냈다.

헬리아는 이마를 살짝 만지다 바로 느껴지는 아픔에 인상을 찌푸렸다. 크게 흉질 것 같지 않지만 이 일을 세바스찬이 알면 어떤 표정을 지을까?

"넘어졌다고 할까."

헬리아는 고개를 저었다. 씨알도 안 먹힐 거짓말이었다. 그녀가 어떤 변명을 할지 고민하는 사이 데이지궁에 도착했다.

세바스찬이 그녀를 기다리고 있었다.

"공주님!"

그가 그녀를 보더니 놀라 뛰어왔다. 얼마나 놀랐는지 지팡이도 팽개친 채 뛰었다. 그가 그녀의 꼴을 보더니 딱딱하게 표정을 굳혔다. 화가 단단히 난 것 같았다.

헬리아는 그런 모습이 너무 낯설어 흠칫했다.

세바스찬이 낮게 말했다.

"제가 다녀오겠습니다."

그러나 헬리아가 세바스찬의 팔을 잡았다. 세바스찬은 그녀의 손길에 놀라 뒤를 돌아보았다. 그곳 어디에도 상처 입은 어린아이는 없었다. 그녀의 금안은 누구보다 날카롭게 빛나고 있었다.

"잘 해결됐어요."

"공주님의 몸에 피가 났습니다. 이건 식량 문제와 차원이 다릅니다. 결코 좌시할 수 없습니다."

"그냥 사고였을 뿐이에요."

"공주님!"

"말했죠, 전 이제 공주가 아니라고."

너무도 단호하게 나오는 그녀의 태도에 뭐라 말을 할 수 없었다.

세바스찬은 순간 그녀가 누군가와 겹쳐 보였다. 기백과 말투, 눈빛까지. 뛰쳐나가려던 그의 발이 단 한 발짝도 움직이지 않았다.

'몸이……'

세바스찬의 시선이 헬리아에게 향했다. 그녀의 말 한마디에 그는 움직일 수 없었다.

헬리아는 세바스찬이 쉽게 물러설 것 같지 않자 덧붙여 말했다.

"하지만 만약 또다시 이런 일이 생긴다면 그땐 부탁할게요."

"공주님……."

"세바스찬."

헬리아의 눈빛이 평소와 달랐다. 그래서 세바스찬은 결국 한숨을 내쉬고 한발 물러났다.

"알겠습니다."

"고마워요."

헬리아가 싱긋 웃었다. 하나 그녀의 머릿속에는 이미 릭에 대한 계획을 세우고 있었다. 한번 돈맛을 안 이가 쉽게 제대로 식량을 줄 리 없다. 아마 릭은 다음에도 식량을 빼돌릴 것이 분명했다.

"……후우, 우선 치료부터 해야겠습니다. 이러다 흉 지겠습니다."

세바스찬은 우선 헬리아를 안으로 들이고 약상자를 가져와 그녀의 이마를 치료해 주었다. 헬리아는 상처를 치료하는 그를 물끄러미 바라보았다.

그리고 얼마 뒤, 그녀의 예상대로 릭은 다시 식량을 빼돌리기 시작했다.

쾅!

"뭐라고!"

왕실의 식량을 담당하는 관리인 데인이 책상을 내려쳤다. 그 앞에 선 하급 관리 로스가 떨며 입을 열었다.

"확인했습니다. 게인이라는 자가 매달 일정량의 식량을 빼돌리고 있었습니다."

"도대체 일을 어떻게 하는 거야!"

데인이 화가 나 소리쳤다. 그는 평소 깐깐하기로 소문난 성격으로 자신이 맡은 일은 무조건 완벽해야 하는 강박관념이 있었다. 이제 막 새로 관리인으로 부임한 데인은 사명감에 불탔다.

"오늘 모든 곳을 시찰한다!"

"예, 옛!"

로스는 땀을 삐질 흘리며 데인을 따라갈 수밖에 없었다.

데이지궁에 가져갈 식량을 받으러 관리청으로 들어간 릭은 어수선한 분위기에 평소 알고 지내던 호트를 불렀다.

"이게 무슨 일이야?"

"야, 못 들었어?"

호트는 목소리를 낮추며 입을 열었다.

"완전 뒤집어졌잖아. 그 게인이라는 자 있잖아, 그놈이 식량을 빼돌렸다가 된통 걸렸대."

뜨끔.

릭이 움찔했다.

'설마 걸린 건 아니겠지?'

당황한 릭의 얼굴에 땀이 흘렀다.

그때 멀리서 병사들에게 끌려가는 사람이 보였다. 이번에 식량을 빼돌린 혐의로 체포된 게인이었다.

"끌끌, 이제 인생 종쳤지 뭐야. 이번 관리인으로 온 데인이라는 자 엄청 깐깐하다고 하더라. 다들 급하게 수습하느라 바쁘대."

"끄, 끝이겠지?"

"끝은 무슨, 이제 시작이지. 아주 눈에 불을 켰다던데. 오늘 하루 전체 시찰 들어간다고 하더라."

"……."

"야, 야! 어디 가?"

릭은 서둘러 데이지궁의 식량 창고가 있는 곳으로 뛰어갔다.

"헉, 헉."

창고로 온 릭은 숨을 몰아쉬었다. 혹여 들킨 게 아닌가 노심초사했다. 그러나 이내 조용한 창고에 안심하고 점점 안정을 되찾았다.

"그래, 들킬 리 없지."

이곳은 궁에서 제일 멀리 떨어진 곳이다. 더구나 누가 유폐된 공주의 성까지 감찰하러 오겠나. 그래, 오지 않을 거다. 릭이 깊은 안도의 한숨을 몰아쉬고 창고를 나오다 기겁했다.

"헉! 너, 너!"

헬리아가 그 앞에 떡하니 서 있었다.

"네, 네가 왜?"

"오늘 식량 주는 날이지? 오늘은 그냥 물러나지 않아."

릭은 초조해졌다.

'젠장, 왜 하필 오늘!'

어서 빨리 헬리아를 돌려보내야 했다. 만일 관리인이 이곳으로 온다면? 릭의 등골이 서늘해졌다.

"야, 야. 얼른 가!"

"식량을 제대로 주지 않으면 가지 않을 거야."

아주 막무가내였다. 그때 릭의 귀에 사신의 목소리가 들렸다.

"여기 배식관이 누군가!"

관리자인 데인의 목소리였다.

"자네가 여기 배식관인가?"

"예, 옛!"

릭의 얼굴이 구겨졌다. 그러나 겉으로 내색하지는 않았다. 하필 이때 올 게 뭐람! 설마하니 감독관이 이런 곳까지 올 줄 몰랐다.

"그런데 이 꼬마는?"

데인의 시선이 헬리아를 향했다. 릭의 얼굴이 사색이 되었다.

"헤, 헬리아 공주님입니다."

"아, 그 데이지궁에……."

데인은 다시 헬리아를 바라봤다. 그에게 그녀가 유폐된 공주라는 사실은 아무 감흥도 주지 않았다. 그의 관심사는 오로지 식량 문제뿐이었다. 다만 궁금한 건 궁에 있을 그녀가 왜 여기에 있냐는 것이다.

"그런데 왜 여기에 있는 거지?"

"그, 그게……."

릭의 속이 타들어갔다. 여기서 헬리아가 입만 열면 자신은 감옥행이었다. 머릿속으로 병사들에게 끌려가는 게인의 모습이 떠올랐다.

'젠장, 이제 끝났어!'

릭이 포기하려 할 때 전혀 예기치 못한 말이 헬리아의 입에서 흘러나왔다.

"그냥 고맙다고 말하려고 왔어요."

"음?"

"엥?"

데인과 릭 모두 표정이 멍해졌다.

고맙다니? 릭은 자신이 잘못 들은 게 아닌가 귀를 의심했다. 하지만 헬리아는 여유롭게 웃으며 말했다.

"릭이 언제나 싱싱한 음식을 잘 전해 줘서 고맙다는 말을 하고 싶었어요."

"호오."

데인이 다시 릭을 바라봤다. 릭은 어리둥절해 머리를 긁적였다.

'도, 도대체 이게 무슨 일이지?'

릭은 알 수 없는 표정을 짓고 있는 그녀 때문에 머리가 아팠다. 도통 무슨 생각인지 알 수가 없었다.

'이 꼬마가 갑자기 약이라도 먹었나?'

"그거 참 귀감이 될 만한 자였군."

데인은 이전까지 바닥을 치고 있던 기분이 조금 나아졌다. 이곳에 오기까지 여러 곳에서 비리를 적발한 터라 기분이 좋지 않았었다. 데인의 웃음에 릭의 등은 식은땀으로 축축이 젖었다.

"하, 하하. 과찬이십니다."

"그래, 식량을 받는 사람이 이리 고맙다고 할 정도면 안 봐도 충분하구먼. 잘하시게."

데인이 릭의 어깨를 두들겨 주었다. 릭은 그의 손이 마치 망치라도 되는 듯 두들길 때마다 움찔했다.

"그럼 이만 나는 바빠서."

"사, 살펴 가십시오."

릭이 고개 숙여 인사했다. 데인이 저만치 사라지자 그는 지쳐 쓰러졌다.

"하아."

다행히 고비를 넘겼다. 오히려 이 일이 인사에 반영되어 월급이 오를지도 모른다. 릭이 흘깃 헬리아를 바라봤다.

"왜, 왜 그런 거야?"

헬리아의 입꼬리가 올라갔다. 그녀는 릭에게 다가갔다.

"고맙지?"

"……."

"그런데 왜 이런 일이 일어났을 것 같아?"

"그, 그럼 설마!"

릭의 얼굴이 사색으로 물들었다.

"내가 말만 하면 넌 끝이야."

"뭐, 뭘 어쩌려는 거야?"

"이제부터 돈 좀 벌어 보려고."

헬리아의 미소가 짙어졌다.

덜컹덜컹.

수레에 가득한 음식을 보며 헬리아는 피식 웃었다. 아마 앞으로 릭은 자신의 말을 거역하지 못할 것이다. 왕궁에서 벌어진 식량 비리 사건의 시작은 헬리아였다. 헬리아는 세바스찬에게 부탁하여 누군가 식량을 빼돌린다는 상소를 올렸다. 다행히 세바스찬이 올린 상소는 데인에게 전달됐다. 갓 부임한 데인의 세심한 성격 덕분에 이룰 수 있는 일이었다.

식량을 빼돌린다고 투서는 했지만 실제로 그런 일이 일어나고 있는지는 몰랐다. 다만 그녀가 알고 있는 건 털어서 '먼지가 나오지 않는 곳은 없다'였다. 그래서 아무 곳이나 찔러봤는데.

빙고! 이번 일은 운이 좋았다. 벌집을 쑤신 것처럼 난리가 났고, 그 불똥이 릭에게까지 튀어 결국 헬리아가 원하는 방향으로 일을 몰고 갈 수 있었다.

※

식량을 건네주러 온 릭을 맞이한 것은 헬리아였다. 그녀는 팔짱을 낀 채 그를 기다리고 있었다. 릭이 그녀를 발견하고 다가갔다. 작고 흰 손이 척 그에게 내밀어졌다.

"돈은?"

"우선 식량부터 받으라고."

릭은 이 어린 돈 귀신에겐 진절머리가 났다. 그녀는 식량보다 돈에 더 집착하는 것 같아 보였다. 릭이 주머니에서 식량 판 돈을 꺼내 건네주었다.

"자."

헬리아는 그것을 받아 꼼꼼히 확인하고는 다시 손을 내밀었다.

"영수증."

"칫!"

깐깐하기는. 열 살이라고는 도저히 믿기 힘들 정도로 하나라도 놓치는 법이 없었다.

"여기."

릭이 건네준 영수증을 살피던 그녀의 미간이 살짝 올라갔다.

"1실버."

"왜?"

"내놔."

"……."

"얼른."

헬리아가 그 작은 손을 내밀었다.

'이 빈틈없는 계집.'

릭은 툴툴거리며 마저 1실버를 그녀에게 넘겨주었다. 가면서 간식이라도 사 먹을까 했는데 액수가 틀린 것을 귀신같이 알아맞혔다.

"좋아, 그럼 다음에도 부탁해."

헬리아가 그제야 얼굴을 펴고 환하게 웃었다. 웃을 때만큼은 영락없는 열 살 어린아이다.

릭은 한숨을 푹 내쉬고 다시 길을 돌아갔다. 어린아이에게 쥐여 사는 자신의 처지가 처량하기 그지없었다. 하나 주머니에 두둑한 공돈에 표정이 밝아졌다.

헬리아는 릭이 준 돈을 자기 방에 있는 상자에 잘 넣어두고 궁 밖으로 나왔다. 밖으로 나오자 멀리 높은 성벽이 보였다. 이곳 데이지궁은 유폐 생활이라고 믿기 어려울 만큼 생활 반경이 넓었다. 물론 밖으로 나갈 순 없지만 릭이 있는 창고에서부터 주위 성벽까지는 지키는 병사들이 없었다. 그래서 헬리아는 사람들의 시선을 신경 쓰지 않고 편안히 생활할 수 있었다.

하지만 아무리 넓어도 결국 새장 속. 그녀는 결코 이런 곳에서 평생을 살고 싶지 않았다. 처음에는 탈출을 생각했다. 하지만 곧 단념했다. 자신은 아직 열 살 어린아이. 그녀에겐 밖이 더 위험했다. 아직 세상이 어떤 곳인지도 모른 채 아무 준비 없이 나갈 순 없었다.

그래서 헬리아는 돈이 필요했다. 분명 이곳은 힘이 지배하는 세상이지만, 돈의 힘 또한 무시할 수 없는 게 세상이다. 지금 헬리아에게 필요한 것은 세상을 알아갈 시간과 돈이었다.

"하지만 가만히 앉아 있을 순 없지."

헬리아는 주변을 돌아보며 세바스찬이 어디 있는지 확인했다. 굴뚝에서 연기가 나는 걸 보니 부엌에 있는 모양이다. 그녀는 조심스럽게 성벽으로 걸어갔다. 성벽 위 병사들이 보초를 서고 있었지만, 헬리아를 찾아내진 못했다.

'분명 빠져나갈 곳이 있을 거야.'

헬리아는 성벽 근처를 맴돌며 주변을 살폈다. 하나 개구멍은 쉬이 모습을 드러내지 않았다. 아무것도 찾지 못한 채 벌써 시간이 한참이 지나가 버렸다. 헬리아는 결국 궁으로 발걸음을 돌렸다. 하지만 그녀는 포기하지 않았다.

"분명 나가는 길이 있을 텐데……."

데이지궁은 엄연히 궁. 결코 감옥이 아니었다. 모든 궁에는 비상시를 대비해 비밀 통로가 있게 마련이다. 로즈궁에도 몰래 밖으로 나가는 통로가 있었다. 헬리아는 지금 그것을 찾기 위해 온 방을 돌아다니며 혹여 장치가 없나 살펴보았다.

"어디에 있지……."

방을 모두 찾아보았지만 비밀 통로라고 생각되는 곳은 하나도 없었다.

'젠장, 정말 없는 건가.'

자신의 방은 물론이고 책방도 모두 찾아보았지만 도저히 발견할 수 없었다.

"다 찾아봤는데……. 아, 부엌!"

헬리아는 세바스찬이 요리하고 있는 부엌을 바라보았다. 그러고 보니 부엌은 아직 조사해 보지 않았다. 세바스찬이 대부분의 시간을 그곳에서 머물기 때문에 찾아볼 생각조차 하지 못하고 있었다.

"거기뿐인데……."

왠지 느낌이 왔다. 다만 한 가지 걸리는 것은 바로 세바스찬이었다.

"공주님, 여기서 뭐 하십니까?"

세바스찬이 지팡이를 짚으며 그녀에게 다가왔다. 헬리아는 머리를 긁적이며 웃었다.

"배가 고파서요, 뭐 좀 만들어 먹을까 하고."

"그런 일은 이 늙은이에게 맡기시죠."

"하, 하하. 그럴까요?"

어쩔 수 없이 일보 후퇴. 그녀는 부엌으로 들어가는 세바스찬의 뒤를 물끄러미 바라봤다. 이상한 할아버지. 헬리아는 세바스찬을 이렇게 정의했다. 분명 무언가 있다. 하지만 도통 그것을 알아낼 수 없었다. 왜 저 평범한 늙은 시종이 신경 쓰이는 걸까.

결국 그녀는 밤에 다시 오기로 했다.

캄캄한 밤이었다. 밤하늘 위로 휘영청 밝은 달 덕분에 불이 없어도 앞이 훤히 보였다.

달칵.

조심스럽게 문을 열고 고개를 빠끔히 내밀었다. 으스스한 복도에는 아무도 없었다. 헬리아는 조용히 문을 닫고 발뒤꿈치를 들어 부엌으로 향했다. 그녀는 최대한 소리가 나지 않게 부엌으로 들어갔다. 그리고 본격적으로 비밀 통로를 찾기 시작했다.

십 분, 삼십 분, 한 시간. 시간이 지날수록 슬슬 지쳐 갔다.

"여기가 아닌가…… 음?"

이제 그만 포기하려는 찰나, 유독 잡동사니가 많이 쌓인 곳에 눈길이 갔다. 저렇게 복잡하게 물건을 쌓아놨다가 실수로 넘어뜨리면 어쩌나 싶었다. 세바스찬이 크게 다칠 수도 있었다. 헬리아는 내일 꼭 저 물건들을 다른 곳으로 치워야겠다고 생각했다.

그때 그녀의 눈에 무언가 반짝이는 게 보였다. 혹시나 기대하고 자세히 살펴보니 냄비가 달빛에 비친 거였다.

"괜히 기대했네."

실망한 헬리아가 터덜터덜 방으로 돌아가려 했다.

"음?"

그런데 잡동사니 뒤로 달빛에 반짝이는 문고리가 보였다. 그녀의 눈이 더없이 커졌다.

"혹시……!"

가슴이 콩닥콩닥 뛰었다. 문이었다. 한데 문제는 잡동사니가 문 앞을 막고 있었다는 거였다. 지금 이걸 치웠다간 세바스찬이 들을 수 있었다. 헬리아는 갈등했다. 하지만 이내 생각을 고쳤다.

'집주인이 제 맘대로 돌아다니겠다는데 무슨 상관이야.'

헬리아는 결심을 굳혔다. 그러나 생각과 달리 아주 조심스럽게 물건을 옮기기 시작했다.

'그래, 세바스찬은 나이가 많아서 소리를 잘 못 들을 거야.'

하나둘 잡동사니를 치우자 역시나 문이 나왔다.

"빙고!"

헬리아는 조심스럽게 문을 열었다.

삐거덕.

뻑뻑한 문이 조금씩 열리면서 긴 통로가 드러났다. 하지만 캄캄해서 제대로 앞이 보이지 않았다. 그녀는 부엌에 있는 램프에 불을 켜고 조심스럽게 안으로 들어갔다. 몇 걸음 걸어가자 통로 끝에 있는 문이 보였다. 그 문을 열었다.

"이거 큰데?"

문 안에는 좀 더 큰 통로가 드러났다. 이 정도면 작은 수레는 쉬이 통과할 수 있을 정도다. 유레카를 외치며 그녀는 조금씩 안으로, 안으로 들어갔다.

한 십여 분쯤 걸었을까. 헬리아는 끝이 보이지 않자 그만 돌아가야 하나 고민할 때 그녀 앞에 또 다른 문이 나타났다. 그녀는 직감했다. 이게 마지막 문일 거라고. 그런데 문을 열고 들어가자 보이는 것은 어느 방이었다.

"여기가 아닌가?"

살짝 실망감이 들었다.

"어?"

그때 무언가 스쳐 지나갔다. 헬리아는 순간 놀랐지만 조심스럽게 램프를 벽으로 가져갔다. 유리창에 비친 자신의 모습이었다. 그녀는 램프를 끄고 창밖을 바라봤다.

달이었다. 그녀는 서둘러 문을 찾았다.

끼이익.

"나왔다……."

눈앞에 보이는 것은 데이지궁을 가로막은 성벽이었다.

다시 궁으로 돌아온 헬리아는 주위에 아무도 없는 걸 확인하고 안도의 한숨을 내쉬었다. 데이지궁의 비밀 통로는 성벽 밖 외진 곳의 오두막으로 연결되어 있었다. 그곳과 번화한 시장까지는 거리가 있지만 눈에 잘 띄지 않는 곳이라 몰래 다니기엔 안성맞춤이었다.

"쿨럭쿨럭."

오랫동안 방치된 통로에는 먼지가 가득했다. 온몸에 뒤집어쓴 먼지 때문에 절로 재채기가 터져 나왔다.

"에취!"

갑작스레 터진 재채기에 얼른 입을 막고 주변을 살폈다. 아무도 없었다. 세바스찬에겐 들리지 않겠지만 저 혼자 놀라 심장이 두근거렸다. 안심하고 서둘러 부엌을 나가려 몸을 돌리려 할 때였다.

"여기서 뭐 하십니까?"

'히익!'

세바스찬이 등불을 들고 부엌 입구에 서 있는 게 아닌가. 헬리아는 속으로 기겁했지만 최대한 침착함을 유지했다. 혹여 그가 이상한 낌새를 눈치챌까 심장이 벌렁거렸다. 그나마 어두운 밤이라 그녀의 몰골이 잘 보이지 않는 게 다행이었다.

"이런 늦은 시간에 왜……."

의심의 눈초리에 헬리아가 다급히 말을 지어냈다.

"그, 그게 배가 너무 고파서요."

꼬르륵.

구차한 변명이었지만 적절한 음향 덕분에 믿을 만한 이야기로 둔갑했다. 헬리아는 때마침 울린 배꼽시계에 안도했다.

"……."

세바스찬의 표정이 깊게 가라앉았다. 하나 헬리아는 어두워 그것을 보지 못했다.

"역시 식량 문제를 제대로 해결해야 할 것 같습니다."

"아뇨, 잘 해결됐으니 그러지 않아도 돼요."

그녀의 말에도 세바스찬의 표정은 쉽게 풀리지 않았다.

"시간이 많이 늦었습니다. 서둘러 잠자리에 드시지요."

"그럼 들어갈게요."

헬리아가 종종 걸음으로 방으로 올라갔다. 그 모습을 세바스찬이 물끄러미 지켜보고 있었다.

※

일주일에 한 번 식량을 가져오는 릭을 기다리기 위해 밖으로 나갔다. 그런데 수레를 끌고 오는 사람은 그가 아니었다.

"……사람이 바뀌었나요?"

깐깐하게 생긴 사십 대 남자였다. 그는 헬리아를 보더니 말했다.

"전임 배식관은 진급해서 다른 곳으로 배정받았습니다. 오늘부터 데이지궁의 식량 배식을 맡은 에븐입니다."

헬리아의 표정이 구겨졌다.

"진…… 급이라고요?"

예상치 못했다. 하지만 집히는 건 있었다.

'젠장, 덜 칭찬했어야 했는데.'

헬리아는 뼈아픈 실수에 살짝 눈물을 떨궜다. 릭을 자신의 의도대로 움직이기 위해 했던 조치가 그만 이런 결과를 낳고 말았다. 식량 비리 사건이 터진 후 데인은 비리를 저지른 담당자를 속속 갈아치웠다. 그러면서 빈자리를 다른 인물들로 채워 넣었는데, 헬리아의 칭찬으로 데인에게 좋은 인상을 남긴 릭은 더 좋은 곳으로 배정되었다.

완벽한 계획이었는데 이런 변수가 생길 줄이야. 그녀는 자신의 실수를 자책하며 새로운 배식관인 에븐을 바라보았다. 릭과 전혀 다른 타입으로 한 치의 틈도 용납할 것 같지 않았다.

"그럼 이만."

남자는 그렇게 말하고 떠나갔다. 헬리아는 식량을 보고는 한숨을 푹 내쉬었다.

"젠장."

머리를 헤집으며 혀를 찰 때 뒤로 세바스찬이 다가왔다.

"이번엔 식량이 제대로 왔군요."

"……."

"소문을 들어보니 저 에븐이라는 자는 굉장히 꼼꼼한 자라고 합니다. 이전 같은 실수는 없을 겁니다."

"그렇겠죠."

헬리아는 똥 씹은 표정을 지을 수밖에 없었다.

✻

헬리아가 방 안을 불안하게 왔다 갔다 움직였다. 간혹 창문 밖을 내다보기도 하고 종이에 무언가를 끼적이기도 했다.

톡톡톡.

그녀가 의자에 앉아 책상을 두들겼다.

"어떻게 한담?"

헬리아는 다시 밖으로 나가기 위해 비밀 통로를 찾았다. 그러나 부엌에는 항상 세바스찬이 있었고, 밤에 몰래 들어가려 할 때마다 번번이 그에게 걸리는 바람에 다시 방으로 돌아올 수밖에 없었다.

"이러다간 못 나가겠어."

세바스찬 몰래 나가려 했지만 그가 알고 버티는 건지, 아니면 모르고 그러는 건지 도통 틈을 주지 않았다.

"방법을 강구해야 돼."

결국 그녀는 세바스찬을 만나기 위해 방을 나섰다.

또르르륵.

세바스찬이 찻잔에 찻물을 따라주었다. 헬리아는 뜨뜻한 찻잔을 손으로 움켜쥐며 찻물에 비친 자신의 모습을 바라보고 생각에 잠겼다.

말해도 좋을까. 그런 걱정이 들었다. 그녀가 사람에게 배신당한 것이 벌써 몇 번인지 모른다. 그래서 조심스러울 수밖에 없었다. 이제부터 하려고 하는 일은 세바스찬이 마음먹기에 따라 그녀를 죽일 수도, 살릴 수도 있었다.

'어쩔 수 없어.'

하지만 선택은 하나밖에 없었다. 그녀는 곧 결정을 내렸다. 그녀에겐 조력자가 필요했다. 최소한 그녀의 일을 방해하지 않을 사람이.

'괜찮을까?'

헬리아를 세바스찬을 바라보았다. 그와 지낸 지 여러 날이 지났다. 칠십 대의 흰 머리 노인은 때때로 수상하기도 했지만, 함께 지내면서 본 그는 언제나 자신을 보살펴주고 걱정해 주는 사람이었다. 그녀가 궁 생활에 불편함은 없는지, 외롭지는 않은지, 언제나 가까이에서 지켜보며 말하지 않아도 신경 써주었다.

그녀는 이제는 흉터가 사라진 이마를 짚었다. 걱정스럽게 자신을 쳐다보던 세바스찬의 눈빛이 떠올랐다. 자신과 함께 유폐된 것으로 보아 그도 보잘것없는 신분일 것이다. 하나 만약이라는 게 있다. 그 만약 때문에 헬리아는 이제까지 그를 믿지 못했다. 그렇지만 릭이 사라진 지금, 그녀에겐 누군가가 필요했다.

헬리아가 찻물을 한 모금 마시고 드디어 입을 열었다.

"세바스찬."

"예, 공주님."

"저는 이렇게 평생 살 수 없어요."

"……."

세바스찬은 이해한다는 표정을 지었다. 헬리아는 그의 반응을 살피며 다음 말을 골랐다. 과연 그는 믿을 만한 사람일까?

"여길 나갈 거예요."

"그게 무슨……."

역시나 크게 놀랐는지 평소 근엄하던 그의 얼굴에 균열이 생겼다. 하지만 그녀의 눈에 비친 굳은 결의에 세바스찬은 잠시 눈을 감았다. 그가 무슨 생각을 하는지 헬리아는 감을 잡을 수 없었다. 그녀의 손이 초조하게 떨렸다.

"……그렇군요."

세바스찬이 천천히 입을 열었다. 그는 한숨을 푹 내쉬었다. 얼굴엔 복잡한 기색이 스쳤다. 하지만 곧 무언가 결정을 내린 듯 고개를 끄덕였다.

"차라리 이곳을 떠나는 게 공주님에게도 좋은 일일 겁니다."

"……정말인가요?"

"걱정하지 마십시오. 이미 살 만큼 산 노인. 나이를 허투루 먹지 않았습니다. 공주님께서는 마음 놓고 떠나시면 됩니다. 아무에게도 말하지 않겠습니다. 하지만 이 세바스찬, 공주님이 어딜 가시든 함께할 겁니다.

"……."

헬리아는 순간 입을 열지 못했다. 그는 자신의 말을 믿어준 것이다. 게다가 함께해 준다고 한다.

'그래, 믿어 보자. 그냥 조금만, 필요한 만큼만 믿는 거야.'

아직까지 완전히 사람을 믿기에 그녀의 상처는 깊었다.

"세바스찬."

"예, 공주님."

"저 안 나가요."

그녀는 조금 엷게 웃었다. 잘 웃지 않은 얼굴에 미소가 피어나자 제 또래 어린아이처럼 보였다.

"하지만 농담은 아니에요. 지금 나가지 않을 거란 소리지 나중엔 반드시 나갈 거예요. 언제까지 이렇게 살 순 없잖아요? 그래서 해야 할 일이 있어요."

세바스찬이 귀를 기울였다.

"돈을 벌 거예요."

"하나 여기는……."

"부엌을 통해 밖으로 나가는 길이 있어요. 돈을 벌고 충분한 준비가 되면 그때 나갈 거예요. 반대하실 건가요?"

헬리아의 음성이 살짝 떨렸다. 하지만 세바스찬은 그녀의 긴장을 무색케 하는 인자한 표정으로 그녀에게 힘을 실어주었다.

"원하시는 대로 하십시오. 저는 공주님 편입니다."

"……고마워요."

'아직 완전히 믿진 못하지만, 그래도 고마워요.'

헬리아는 마음속으로 속삭였다.

"하면 어떻게 돈을 벌 생각이십니까?"

헬리아는 계획을 말했다.

"밖에 나갔을 때 시장까지 간 적이 있어요."

"공주님!"

세바스찬이 날카롭게 반응했다. 저런 표정을 지을 때마다 그녀는 평범한 노인이 아니라는 것을 새삼 인지하게 된다.

"그냥 잠깐 나갔다 온 것뿐이에요."

"밖은 공주님이 생각하시는 것보다 더 위험한 곳입니다."

"알고 있어요. 하지만 잘할 수 있어요."

세바스찬이 물끄러미 헬리아를 바라보다 한숨을 내쉬었다.

"밖으로 나가 무엇을 하실 겁니까?"

"식량을 팔 거예요. 가뭄이 들어 채소값이 많이 올랐더라고요."

"장사를 하실 건가요?"

"제가 잘할 수 있을 것 같거든요."

"불가합니다."

"세바스찬!"

세바스찬의 반대에 헬리아의 얼굴이 실망으로 물들었다. 예상은 했지만 그가 반대하자 시무룩해졌다.

"장사는 아무나 하는 것이 아닙니다."

"저 잘할 수 있어요. 아니, 해야만 해요."

헬리아의 금안과 세바스찬의 눈이 마주쳤다.

"……."

"……세바스찬."

결국 세바스찬이 깊은 한숨을 토해냈다. 그는 그녀의 말을 거부할 수가 없었다. 이미 예견된 일이었을지도 모른다.

"좋습니다."

"그럼!"

"단, 저도 함께 갑니다."

"그건 안 돼요."

궁을 비워둘 수 없었다. 만에 하나 무슨 일이 생기면 그걸 해결해 줄 사람이 남아 있어야 했다. 게다가 세바스찬은 다리를 절었다. 그런 노인과 함께한다면 오히려 짐이 될 것이다.

세바스찬은 한숨을 내쉬고 헬리아를 바라보았다.

"어쩔 수 없군요. 다만 제 조건을 충족하신다면 원하는 대로 하셔도 됩니다."

헬리아의 눈이 반짝였다.

"그게 뭐죠?"

"지식을 쌓을 것, 그리고 제게 간단한 호신술을 배울 것."

지식은 그렇다 해도 호신술이라니? 헬리아가 어리둥절해하자 세바스찬이 덧붙였다.

"세상은 만만한 곳이 아닙니다. 자신의 몸을 지킬 수 있는 힘이 필요합니다."

"하지만⋯⋯."

"정 그러시다면 제 조건을 무시해도 됩니다. 어차피 저는 일개 시종일 뿐이니 공주님 원하는 대로 하시면 됩니다."

싸늘한 세바스찬의 말에 헬리아가 골똘히 생각했다.

'공부야 원래 해야 하는 거고, 이참에 호신술을 배우는 것도 나쁘지 않겠지.'

헬리아는 결국 고개를 끄덕였다. 그의 의견 따위 무시해도 되지만 왠지 그러고 싶지 않았다. 무엇보다 그의 말도 일리가 있었다.

"알겠어요, 조건을 따를게요."

"감사합니다."

세바스찬이 깊게 고개를 숙였다. 그 모습을 보며 이곳에 함께 온 단 한 명의 시종이 그라는 것에 안도했다.

"잘 부탁합니다."

헬리아는 세바스찬을 향해 웃었다. 그러나 그 조건을 채우는 것이 만만치 않다는 것은 그다음 날 톡톡히 느낄 수 있었다.

세바스찬의 조건은 혹독했다. 가볍게 생각했던 헬리아는 죽도록 고생했다. 지팡이까지 짚는 칠십 대 노인이라고 만만하게 봤던 것이 화근이었다. 공부는 어렵지 않았다. 로즈궁에 있을 때도 가정교사를 두었었고, 이곳에 와서도 틈틈이 해왔기에 무리 없었다.

하지만 한 번도 해보지 않았던 호신술은 달랐다. 세바스찬은 호신술을 배우기에 앞서 체력을 길러야 한다며 궁 주위를 몇 바퀴씩이나 뛰게 했다. 공부에 왕도가 없는 것처럼 몸을 단련하는 데도 끝이 없다는 걸 깨달았다. 한 바퀴가 두 바퀴가 되고, 세 바퀴가 되고, 열 바퀴가 되기까지 오래 걸리지 않았다. 헬리아는 자신의 체력에 경의를 느꼈다. 아무리 어린아이지만 이 정도로 소화할 줄 몰랐다. 그러나 그녀와 달리 세바스찬은 별로 놀랍지도 않은지 더욱 몰아붙였다.

그에게 예절 선생이 어떻게 이런 지식까지 알고 있냐고 물어본 적이 있었다. 그는 귀족 대부분이 호신술로 기본 무도를 배우기 때문에 자신도 알고 있었다고 대답해 그녀가 할 말을 잃게 만들었다.

"헉, 헉."

헬리아는 바닥에 널브러졌다. 세바스찬이 지팡이를 짚으며 다가와 수건을 건넸다.

"잘하셨습니다. 이만하면 잡히지 않을 정도는 되겠군요."

"싸우는 게 아니고요?"

"그 정도로 어른을 이길 수 있다고 생각하십니까? 지금 공주님께서 필요한 건 싸우는 게 아니라 싸움을 회피하는 기술입니다."

"그게 뭐야!"

헬리아는 바닥에 철퍼덕 엎어졌다. 이제까지 죽도록 노력한 게 그나마 도망치는 정도란다.

"최고의 방어는 피하는 겁니다."

그 말에도 위안이 되지 않았다.

꽃

　시장은 사람들로 북적거렸다. 아이를 데리고 나온 여자, 물건을 파는 상인, 달려가는 아이들까지. 헬리아의 눈에 비친 모든 것이 새로웠다. 이곳이 다른 세계라는 건 인식했지만, 궁이라는 울타리 안에 있던 그녀는 크게 와 닿지 않았었다.

　그런데 직접 눈으로 본 세상은 놀라웠다. 그리고 깨달았다. 정말 이곳은 자신이 살던 곳이 아니라는 것을, 완벽히 다른 세계라는 것을. 다시 돌아갈 수 없을 것이다. 하나 돌아간다 해도 그녀를 반겨줄 사람이 없다는 것에 더 쓸쓸해진 헬리아였다.

　"으차!"

　착잡한 기분을 떨쳐 내고 기지개를 켰다. 세바스찬의 조건을 들어주기 위해 헬리아는 혹독한 공부와 수련을 해야 했다. 비록 수련은 어려웠지만 세바스찬과 공부하면서 그의 방대한 지식에 놀랐다. 그는 무술에도 조예가 깊었다. 여러 모로 좋은 선생이었다. 평범한 노인이라고 생각되지 않는 행동, 말, 지식. 믿기로 했지만 정말 그의 정체가 궁금해졌다. 하지만 그녀는 더는 깊게 생각하지 않기로 했다. 그 덕에 지식은 물론 어느 정도 몸을 지킬 힘도 얻었으니 나쁜 일은 아니다.

　헬리아는 식량을 담은 바구니를 메고선 사람들 사이로 들어갔다. 탐스럽고 긴 머리카락은 짧게 싹둑 잘랐고, 가지고 있던 옷 중에 가장 허름하고 평범한 옷을 입었다. 그래놓고 보니 정말 남자아이 같았다. 어린아이여도 여자보다는 남자가 더 나을 거라는 세바스찬의 말에 결국 이렇게 변장하고 말았다. 머리카락을 자를 때 세바스찬이 매우 안타까워했지만 머리카락은 또 기르면 그만이다.

　헬리아가 팔 수 있는 식량은 얼마 되지 않는다. 그녀가 직접 시장에 나온 것은 단순히 식량을 팔기 위해서만은 아니다. 앞으로 그녀가 해야 할 일을 구체화하기 위해 무엇보다 시장에 대한 정보를 모아야 했다.

헬리아는 한적한 곳에 바구니를 내려놓고 장사를 시작했다. 처음에는 어린아이가 무얼 하나 관심 있게 지켜보던 사람들도 아이가 싼 가격에 채소를 파는 것을 보고는 금세 그쪽으로 몰려갔다. 몇몇 상인은 그녀를 불편한 눈으로 바라봤지만, 파는 양이 적은데다 제법 귀엽게 보여 어느 정도 눈감아주었다. 헬리아는 주변 상인들과의 관계가 얼마나 중요한지 알고 있었다. 때문에 그들에게 다가가 환하게 웃으며 인사했다. 귀여운 어린아이를 싫어하는 어른은 별로 없던지 흔쾌히 인사를 받아주었다.

"역시 사람은 우선 예쁘고 봐야 해."

헬리아는 처음으로 자신의 얼굴에 감사했다. 그녀는 외모에 별로 관심이 없었지만, 영업에 예쁜 게 장땡이라는 건 만고불변의 진리였다. 그렇게 그녀의 바구니는 비었고, 주머니엔 두둑이 돈이 담겼다.

※

좋은 일 뒤에는 나쁜 일이 온다는 말이 있다. 헬리아가 장에 나가 식량을 판 지도 일주일. 오늘따라 상인들의 안색이 좋지 않았다. 그녀가 옆에 장신구 가게를 하는 아줌마에게 물었다.

"오늘 무슨 날이에요? 다들 표정이……."

"에구머니, 너 아직도 있었니? 얼른 가렴!"

아주머니가 초조한 기색으로 주변을 살폈다. 그리고 그 자신도 급하게 물건을 정리하기 시작했다. 그러나 헬리아가 영문을 몰라 우물쭈물거리고 있을 때 그들이 나타났다.

콰앙!

좌판이 무너지는 소리가 들렸다. 과일이 바닥에 떨어져 볼품없이 부서졌고, 세 명의 사내가 과일 가게 주인을 둘러쌌다. 한 명은 붉은 머리에 키가 작았고, 다른 이는 거대한 몸집에 둔해 보였다. 그리고 그 뒤에 마른 체형에 실눈을 뜬 자가 서 있었다.

"어이, 장사 한두 번 해? 돈 안 내놔?"

"저, 정말 돈이 없습니다."

"허이구, 그럼 이건 뭐야?"

붉은 머리 사내, 불쥐는 상인의 품에서 돈을 찾아냈다. 적은 양이었지만 거짓말한 것이 괘씸해 과일 가게 주인을 후려쳤다.

"거짓말은 나쁘다고. 어이, 흑곰. 어서 시작해."

거한의 사나이가 과일 가게를 헤집어놓기 시작했다. 가게 주인은 울먹거리며 그들을 막으려 했지만 거대한 몸집의 흑곰을 막을 순 없었다.

"어이구, 제발!"

과일 가게 주인은 불쥐의 다리를 붙잡으며 사정했다. 그러나 그는 짜증 난다며 상인의 얼굴에 주먹을 휘둘렀다.

"악!"

"이게 정말. 야, 다 했으면 그만 가자."

흑곰이 지나간 자리엔 온통 과일이 부서져 있었고, 가게는 이미 만신창이였다. 가게 주인은 주저앉아 울고 있었다. 힘들게 번 돈을 빼앗긴 것은 물론 오늘 팔아야 할 물건도 모두 저들에게 망가져 버렸다.

흥분에 잔뜩 몸이 달아오른 불쥐는 다음 목표물을 찾기 위해 주변을 두리번거리다 그의 눈에 헬리아가 포착됐다. 불쥐가 헬리아에게 다가왔다.

"어이, 꼬마. 너 여기서 장사하냐?"

헬리아가 펼쳐 놓은 식량을 발로 툭툭 차며 비웃었다. 그녀는 화가 났지만 입을 다물었다. 저들과 같은 존재는 과거에도 있었다. 굳이 새삼스럽지 않았다. 지금 자신은 저들을 막을 힘도 없고, 자신을 도와줄 사람도 없었다. 과일 가게 주인의 모습을 봐서 그런지 다들 눈치만 볼 뿐 그녀를 외면하는 분위기였다. 그동안 웃고 지낸 사이지만 조금 씁쓸해도 이런 게 현실이다.

"장사하면 안 되나요?"

세게 나가나 약하게 나가나 저들은 이미 헬리아의 존재 자체가 마음에 안 들 거다. 그렇다면 굳이 비굴하게 나갈 필요 없었다. 그녀는 그들 몰래 조심스럽게 주변을 둘러보았다.

불쥐의 눈이 사나워졌다. 그는 아이를 싫어했다. 특히 자신을 두려워하지 않는 자는 더 싫었다.

"그럼 자릿세를 내야지."

"법에는 그런 거 없는데요."

"큭큭큭, 법이 가까운지 내 주먹이 가까운지 시험해 볼래? 야, 흑곰."

"으응."

거대한 몸집만큼 둔한지 느릿한 목소리로 대답한 흑곰이 헬리아에게 다가왔다. 그와 비교해 헬리아는 마치 난쟁이처럼 보였다.

헬리아는 떨지 않고 침착하게 주변 상황을 살폈다. 그때 그녀의 시선에 경비대가 보였다. 그러나 그들은 멀찌감치 서서 지켜보기만 할 뿐 행동하진 않았다.

'젠장.'

비리가 판치는 세상은 거기나 여기나 똑같았다. 하지만 헬리아는 이 상황을 빠져나갈 계획을 세웠다.

"지금 돈이 없는데요?"

"뭐야? 돈도 없이 남의 땅에서 장사해? 죽고 싶어?"

'이때다!'

"죽긴 누가 죽어!"

헬리아가 바구니를 불쥐에게 던졌다. 불쥐는 방심했는지 그만 정통으로 얻어맞고 말았다. 헬리아는 흑곰의 다리 사이를 쏙 빠져나가 바로 경비대가 있는 곳으로 빠르게 달려 나가기 시작했다.

아무리 경비대가 저들과 손을 잡았어도 코앞에서 상황이 닥치면 가만있진 못할 거다. 헬리아가 전속력으로 그들에게 달려갔다. 경비대원들은 헬리아가 자신들에게로 뛰어오자 당황했다. 어리지만 다른 아이들과 비교해 체력이 남다른 그녀는 경비대가 있는 곳으로 금세 뛰어갈 수 있었다. 멀리 잔뜩 화가 난 불쥐와 흑곰, 뱀눈이 달려오고 있었다.

"야, 이 꼬마가!"

불쥐가 잔뜩 화가 나서 소리쳤다. 그러나 뱀눈이 경비대원들을 알아보고 그의 팔을 잡았다.

"경비대야."

"……젠장, 영악하기는."

아무리 그래도 경비대와 마찰을 빚는 것은 껄끄러웠다.

"쳇, 재빠른 새끼."

헬리아는 경비대 사이에 숨어 그들을 지켜보고 있었다. 경비대는 그들이 다가오자 당황했지만, 자신들을 무시하는 태도에 심기가 불편해졌다.

"무슨 일이지?"

경비대원 중 한 명이 말하자 세 명은 썩은 표정을 짓고는 결국 돌아갔다. 경비대원도 그들이 가자 한숨을 내쉬었다. 인스턴 조직은 이 근방에서 알아주는 조직 단체였다. 그들이 경비대원이라도 부담스러웠다.

"음? 그 꼬마는 어디 갔지?"

잠시 뒤 헬리아를 찾으려 주위를 둘러보았지만 이미 그녀는 자리에서 사라진 후였다.

"후우……."

궁으로 들어가는 비밀 통로가 있는 오두막으로 들어온 헬리아는 가쁜 숨을 몰아쉬었다. 일촉즉발이었다. 그녀는 경비대 사이로 숨어들었다가 그들의 시선이 다른 곳을 향할 때 바로 자리를 피했다. 경비대도 그리 믿을 건 못 됐다.

"마주치질 않길 빌어야지……."

암만 봐도 그들은 잔뜩 뿔이 난 상태였다. 특히나 그 못되게 생긴 불쥐는 쉬이 그녀를 포기하지 않을 것 같았다. 재수 없게도.

"자리를 옮겨야 하나."

어쩔 수 없지만 내일부터는 다른 곳을 알아봐야 할 것 같았다.

"뭐, 걸리지만 않으면 되겠지."

헬리아는 한숨을 내쉬며 궁으로 들어갔다. 그러나 악연은 쉬이 끊어지지 않았다.

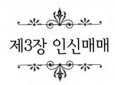

제3장 인신매매

"어, 엄마. 흐, 흑."

어둠 캄캄한 감옥 안에서 어린아이의 울음소리가 시도 때도 없이 흘러나왔다. 불쥐는 지긋지긋해 감옥 창살을 발로 찼다.

콰앙!

"이 새끼들! 조용히 안 해!"

그제야 울던 아이들이 잠잠해졌다. 그러나 홀쩍거리는 소리는 여전했다.

"젠장, 이래서 애새끼는."

불쥐가 잔뜩 얼굴을 찡그리며 바닥에 침을 뱉었다.

그때 감옥 안으로 뱀눈이 들어왔다.

"보스가 불러."

불쥐는 뱀눈을 따라 보스의 방으로 들어갔다.

인스턴 조직은 수도 서쪽의 암흑가를 차지한 거대 조직으로 상당한 자금과 무력을 지녔다. 때문에 인근 경비대원들조차 함부로 하지 못했다. 그들은 암암리에 노예 매매를 중개해 왔다.

아르센 왕국에서는 일반 상인과 개인이 노예를 매매하는 것을 법적으로 금지하고 있다. 왕국에서 직접 노예를 관리하고 있고, 왕국에 재가를 받은 상단만 매매가 허락되었다. 왕실에서 주관하다 보니 노예를 매매하는 것이 여간 까다로운 것이 아니었다. 특히 노동을 요하는 노예들이 아닌 경우에는 말이다.

인스턴 조직은 특히나 값이 많이 나가는 성노를 귀족과 부호에게 비밀리에 팔고 있었다.

"부르셨습니까?"

조직의 간부인 불쥐가 보스 앞에 섰다. 그 뒤로 뱀눈과 흑곰이 따라 들어왔다. 인스턴의 보스 티븐은 신경질적인 표정으로 서류를 넘기다 고개를 들었다.

"너희가 해줄 일이 있다."

"뭡니까?"

"상품 좀 구해 와라."

"그걸 꼭 제가 해야겠습니까?"

간부인 그가 상품 하나 구하러 돌아다니는 짓은 어울리지 않았다. 불쥐가 불만을 표하자 티븐의 미간이 살짝 올라갔다.

"중요한 고객의 주문이다. 서둘러야 하는 일이니 네가 좀 맡아라."

그는 어쩔 수 없이 고개를 끄덕였다. 상품은 노예로 쓸 인간을 말한다. 다만 노예 중에서 귀족들의 마음에 드는 이가 없을 경우, 주문을 받아 평민을 납치해서 노예로 만들곤 했다.

"어떤 상품 말입니까?"

뱀눈이 묻자 보스가 담배를 물며 입을 열었다.

"열 살짜리, 금발 남자애로."

"또 네론 남작입니까?"

"어쨌든 단골 고객이다. 잔말 말고 잡아와."

"참, 그 양반도 적당히 하지."

네론 남작은 원래 평민이었지만 장사 수완이 좋아 돈을 벌어 작위를 산 인간이었다. 대머리에 살이 뒤룩뒤룩 찐 돼지 같은 자인데, 취향이 독특해 어린 남자아이를 좋아했다.

"저번에 데려간 애는 또 죽였답니까?"

"암튼 어서 찾아서 갖고 와."

"쳇, 그런 놈이 쉽게 발견됩니까? 요즘 애 딸린 아줌마들이 단속이 심해져서…… 아!"

그때 불쥐의 기억에 그 꼬마가 생각났다. 그러고 보니 반반한 얼굴에 한 열 살쯤 되었고, 금발의 남자아이였다.

"크크크, 금방 대령하죠."

불쥐의 눈이 비열함으로 가득 찼다.

✳

그날 이후 장에 나온 헬리아는 전과 달리 짧은 금발을 천으로 둘둘 말아 보이지 않게 잘 싸맸다. 그리고 혹여 우연이라도 그들을 만날까 노심초사하며 주변을 살폈다. 다행히 그들의 모습은 보이지 않았다. 일부러 좀 더 멀리 온 것이 유효한 듯했다.

그러나 헬리아는 끝까지 방심하지 않았다. 그 붉은 머리 사내는 마치 데리고 논 개한테 물린 눈빛이었다. 대개 그런 눈빛을 보이는 자들은 뒤끝이 길었다. 처음엔 헬리아는 장사를 그만둘까 싶었지만, 앞으로 그런 자들을 더 많이 만나고 상대하게 될 터였다. 이런 일로 일일이 피해 도망친다면 끝이 없다. 그래서 그녀는 위험을 무릅쓰고 밖으로 나왔다.

애초에 적은 양이었지만 금세 바구니에 있던 채소들이 동났다. 헬리아는 만족한 듯 허리를 펴고 자리를 정리했다. 그들 때문이 아니더라도 종종 멀리까지 장사를 하러 나와야겠다고 생각했다. 좀 더 많은 사람을 만나고 그래야 더 많은 정보를 얻을 수 있을 테니 말이다.

헬리아가 막 정리를 끝내고 바구니를 멜 때, 멀리서 익숙한 붉은 머리가 보였다. 불쥐, 그였다.

"젠장!"

헬리아의 입에서 욕설이 튀어나왔다. 하필이면 딱 눈이 마주쳐 버렸다. 그가 헬리아를 알아봤다. 아무리 그녀가 머리에 두건을 쓴다고 해도 어린아이가 장에 홀로 있는 것은 쉽게 눈에 들어올 수밖에 없었다. 불쥐의 얼굴에 비릿한 미소가 스쳤고, 그가 곧장 헬리아를 향해 달려오기 시작했다.

"거머리 새끼."

헬리아는 숨이 차도록 달리기 시작했다. 역시나 보통 아이들보다 체력이 좋아 쉽게 지치지 않아 다행이었다. 사람들 사이를 작은 몸집으로 요리조리 빠져나갔다. 멀리서 불쥐의 욕설이 들렸다. 아마 누군가와 부딪힌 모양이다.

그녀는 뒤도 돌아보지 않고 달렸다. 몇 분을 달리자 숨이 차오르기 시작했다. 그러나 멈추지 않고 달리고 또 달렸다.

그때 그녀의 앞으로 거대한 몸집의 흑곰이 나타났다.

'이런!'

헬리아는 입술을 깨물고 오른쪽으로 방향을 바꾸었다. 다행히 몸이 느린 흑곰은 따라오지 못했다.

"헉, 헉."

멀리 왕성이 보이기 시작했다. 성에 도착하려면 아직도 한참이나 남았다. 하지만 곧장 성으로 갈 수 없었다. 그들에게 뒤를 밟혀 오두막의 위치를 들켰다간 더 큰일이 생길 터였다. 그들을 따돌리지 않고는 돌아갈 수 없다.

"쳇!"

헬리아는 뒤를 돌아봤다. 불쥐가 불같이 화난 표정으로 쫓아오고 있었다. 아마 어린아이쯤은 쉽게 잡을 거라 생각했던 모양이다. 하나 그녀는 평범한 아이와 달랐다.

"젠장, 이 꼬마 새끼가! 거기 안 서!"

"서란다고 서겠냐!"

헬리아는 죽도록 달렸다. 점점 그의 속력이 눈에 띄게 줄어들기 시작했다. 이윽고 모습이 보이지 않았다.

"헉, 헉헉."

그녀는 불쥐가 오나 안 오나 확인하고는 근처 골목에서 숨을 몰아쉬었다. 긴장이 풀렸는지 다리에 힘이 빠졌다.

"하아, 하아…… 여기가 어디지?"

쫓아오는 그들을 피해 그저 생각 없이 달리다 보니 모르는 길로 들어와 버렸다. 그저 멀리 보이는 성을 지표 삼아 움직였던 헬리아는 아까보다 멀어진 성의 모습에 입술을 베어 물었다.

"하아, 하아."

헬리아는 거친 숨을 진정시키고 살며시 골목을 빠져나와 주변을 살폈다. 궁으로 돌아가는 건 둘째 치고 제대로 그들을 따돌렸는지 걱정이 들었다. 바로 그때였다.

"잡았다."

그녀의 뒤로 뱀눈이 보였다. 그리고 곧 뒤통수에서 느껴지는 고통에 정신을 잃고 말았다.

＊

"흑, 흑."

어딘가 들려오는 울음소리에 헬리아의 눈꺼풀이 파르르 떨리며 열렸다.

'여긴 어디지?'

헬리아는 인상을 찌푸리며 몸을 뒤척였다.

"으."

머리가 깨질 듯이 아팠다. 자신이 왜 이곳에 있는지 생각을 정리하자 마지막에 본 뱀눈의 얼굴이 떠올랐다. 결국 그들의 토끼몰이에 이렇게 감옥에 붙잡혀 들어오게 되었다.

자신을 어쩌려는 것일까. 솔직히 억울했다. 자신이 얼마나 큰 잘못을 저질렀다고, 막말로 바구니 하나 던진 것뿐인데.

어둠에 눈이 익자 조금씩 시야가 트였다. 그런데 보이는 건 쇠창살과 묶여 있는 아이들이 전부였다. 그러고 보니 자신의 팔과 다리도 그들과 비슷하게 묶여 있었다.

"……여긴 어디야?"

대강 짐작은 가지만 그래도 물었다. 한 아이가 물기가 가득한 눈으로 울먹이며 말했다. 희미한 횃불의 불빛에 아이의 얼굴을 확인할 수 있었다. 갈색 머리에 푸른 눈동자. 얼굴을 보니 온통 눈물범벅이 되었다.

"우, 우린 이제 팔려갈 거야."

'이런, 젠장.'

거친 욕이 나오려는 것을 최대한 참았다. 그들이 불법 노예 상인일 줄이야. 정확히는 그게 아니었지만 결국 하려는 짓은 같았다.

헬리아는 높이 나 있는 창문을 바라보다 놀라 눈이 커졌다. 붙잡힌 게 낮이었는데 밖이 어두워졌다.

'설마.'

"저기, 내가 얼마나 누워 있었지?"

"거의 하루쯤······."

'큰일 났네.'

데이지궁에서 자신을 기다릴 세바스찬이 떠올랐다. 떠났다고 생각할까, 아니면 무슨 일이 있다고 생각할까. 이유야 어찌 됐든 세바스찬이 자신의 행방을 걱정할 게 분명했다.

헬리아는 팔에 묶인 족쇄를 이리저리 돌려 보았다. 아이들에게 채운 거라 쇠가 아니라 단단한 나무였지만, 힘으로 부수긴 어려웠다. 재수 없이 차에 치여 죽는 것도 모자라, 이상한 곳에 환생해서 죄를 뒤집어쓰고 유폐까지 되었다. 근데 거기에 이젠 노예가 될 판이다. 정말이지 기가 차고 억장이 무너지는 상황이 아닌가.

헬리아는 머리를 마구 헤집었다. 어떻게 해야 탈출할 수 있을까. 그러나 지금으로서는 쉬이 답이 나오지 않았다.

"어디로 팔려 가는 거야?"

이대로 갇혀 있기만 해서는 탈출이 어려웠다. 차라리 밖으로 나가 기회를 엿보는 게 더 쉬울 것이다. 그녀의 물음에 아까 답을 해주었던 갈색 머리에 귀엽게 생긴 남자아이가 입을 열었다.

"나도 몰라."

아이가 덧붙였다.

"하지만 아저씨들이 그랬어. 우리는······ 침노로 팔려간다고."

아이는 다시 훌쩍거렸다. 그러고 보니 이곳에 잡혀 있는 아이들은 미색이 출중했다. 그리고 그건 헬리아도 마찬가지였다.

"맙소사!"

✳

"어서 오시지요. 네론 남작님."

티븐이 손을 비비며 네론 남작을 맞았다. 대개 노예는 경매로 팔려갔지만 이렇게 단골 고객을 위해 따로 준비해 두는 경우가 있었다. 네론 남작은 돼지같이 욕심 많고 남색을 즐기는 자였지만 단골 고객이어서 티븐은 그를 좋아했다.

"큭큭, 그, 내가 말한 건 준비했겠지?"

말하는 것도 왠지 돼지 같다. 머리는 대머리에 배는 너무 나와 자신의 발이 보이는지 모르겠다. 그는 연신 비 오듯 흘러내리는 땀을 닦았다.

"물론이죠, 최상급으로 준비했습니다."

"오오!"

네론 남작의 눈이 욕망으로 번들거렸다. 벌써 자리를 깔 판이다.

티븐은 이미 그걸 알아채고 말했다.

"매번 쓰시던 방으로 아이를 들여보내겠습니다. 돌아가시기 전에 잠시 즐기고 가시는 게 어떻습니까?"

티븐의 말에 네론 남작이 음흉하게 웃었다. 그의 권유가 마음에 드는지 금발의 아이 말고도 다른 아이도 몇 명 구매했다.

티븐은 기분이 좋아져 연신 미소를 지었다. 네론 남작이 방을 나가자 불쥐가 들어왔다.

"적당히 씻겨서 방으로 데려가."

불쥐는 고개를 끄덕였다.

덜컹.

감옥 안으로 어떤 사내가 오더니 헬리아의 팔을 붙잡고 밖으로 끌고 나왔다. 헬리아는 상황을 파악하기 위해 머리를 굴렸다. 벌써 팔린 걸까? 무슨 일이 일어날지 알 수 없었다.

그 사내는 헬리아를 어떤 방으로 데려가더니 안으로 밀어 넣었다. 방 안에는 물이 가득 찬 통이 있었다. 사내가 다시 그녀에게 다가왔다. 아마 씻기기 위해서 옷을 벗기려는 것 같았다.

헬리아가 놀라 뒤로 물러섰다. 옷을 벗기면 여자인 걸 알아차릴 것이다. 그리고 아무리 생각해도 여자아이보단 남자아이로 있는 게 더 나을 것 같았다.

"제, 제가 씻을 수 있어요."

"도망갈 생각이라면……."

"부, 부탁입니다."

헬리아가 저자세로 나오자 사내는 조금 인상을 찡그렸지만 결국 고개를 끄덕였다. 어차피 욕실은 창이 없는데다가 그가 문을 지키고 있다. 아이가 도망갈 수는 없을 것이다. 무엇보다 사내는 원래 이런 일을 하는 자가 아니었다. 일손이 부족해 어쩔 수 없이 아이를 데려가는 역할을 맡았을 뿐, 남색을 지극히 경멸하는 자였다.

"씻어라."

남자는 그렇게 말하고 문을 닫아버렸다. 헬리아는 쉽게 물러간 그를 보며 한숨을 내쉬었다. 다행이었다. 아마 억지로 벗기려고 했다면 위험한 결정을 할 수밖에 없었을 것이다.

"윽, 차잖아."

헬리아는 물의 온도를 재보고 혀를 찼다. 추운 날씨는 아니지만 그래도 찬물로 목욕하는 건 별로 달갑지 않았다.

헬리아는 정신을 차리기 위해 물로 얼굴을 씻어냈다.

"나와라."

얼마 후, 헬리아가 너무 오랫동안 나오지 않자 그가 문을 열고 그녀를 우악스런 손길로 끌어냈다. 기분이 나빴지만 헬리아는 상황이 어떻게 돌아가는지 알기 위해 입을 열었다.

"어디로 가는 거예요?"

"넌 이미 팔렸다."

"예?"

남자는 그녀를 데리고 어떤 방으로 다가갔다.

헬리아는 설마 하는 표정을 지었다. 이렇게 되면 탈출이 아니라 자신의 몸을 걱정해야 할 판이었다.

끼익.

문이 열리자 사내가 헬리아를 떠밀고 도로 닫아버렸다. 헬리아는 인상을 와락 찌푸렸다. 그녀 앞에 돼지가 있었다.

"호오."

네론 남작은 헬리아를 보고는 감탄을 흘렸다. 머리카락이 누렇지 않고 화사한데다 결도 부드러워 보였다. 게다가 얼굴은 평민이라고 믿기 힘들 만큼 하얬다. 귀공자 같은 느낌의 아이였다. 네론 남작은 만족한 듯 웃음을 흘렸다.

"좋구나, 좋아."

남작은 두꺼운 입술을 혀로 핥으며 입맛을 다셨다. 이런 아이를 품에 안을 생각을 하니 온몸에 열이 몰리는 것 같았다. 천천히 아이의 얼굴을 음미하며 다가갔다. 그는 다가올 전희를 떠올리며 몸을 떨었다.

'이런, 미친!'

헬리아는 남작을 바라보며 속으로 욕설을 내뱉었다. 그러나 치미는 분노와 함께 머리가 차갑게 식었다. 차라리 잘된 건지도 모른다.

그녀는 주변을 잘 살폈다. 남작의 뒤로 창문이 나 있었고, 방을 꾸미기 위한 화병이 몇 개 놓여 있었다. 어떻게든 빠져나가기 위해 머리를 굴렸다.

"후후후, 정말 귀여운 아이구나."

남작의 눈에는 헬리아의 모습이 마치 잔뜩 경계하는 어린 강아지 같았다. 그는 헬리아를 천천히 침대로 데려왔다. 아이는 순순히 그의 말을 따랐다.

"옳지, 착한 아이구나."

그런데 아이가 조그만 입으로 말했다.

"저, 저기……."

"무슨 일이냐?"

"소, 손이."

그러고 보니 손과 발에 족쇄가 채워져 있었다. 평소라면 그대로 두고 일을 치렀지만 아이의 모습이 너무나 귀엽고 순한지라 남작은 아이를 사고 받은 열쇠로 팔과 다리의 족쇄를 풀어주었다.

"자자, 침대에 눕거라."

그가 아이의 머리카락을 쓰다듬으며 눕히자 버둥거렸다. 그는 그 모습에 더 열이 올라 흐뭇하게 바라보았다.

"겁먹지 마라. 아프지 않게 할 테니, 크크크크."

헬리아의 표정이 싸늘하게 식었다. 더는 참을 수 없었다.

"이 돼지 새끼가!"

"으음?"

퍼억!

그 순간 헬리아는 화병으로 남작의 머리를 내려쳤다.

"아악!"

그러나 빗맞았는지 그는 기절하지 않았다. 맷집은 제법 되는 모양이다. 남작의 눈이 시뻘겋게 변했다.

"이놈이!"

잔뜩 화가 난 남작이 그녀를 우악스럽게 누르기 시작했다. 헬리아는 버둥거렸다.

'이런 놈한테 깔리려고 그 고생을 한 게 아니란 말이다!'

남작이 헬리아의 옷을 뜯어내기 시작했다. 헬리아는 다급해졌다.

"이거 놔!"

그녀는 서둘러 주변에 있던 부서진 화병 조각을 손에 들었다. 날카로운 면에 살갗이 찢어졌지만 개의치 않았다. 그녀는 조각을 손에 꽉 쥐고 남작에게 휘둘렀다.

"커억!"

남작의 목에서 흘러내린 피가 헬리아의 뺨을 적셨다. 그녀는 초인적인 힘으로 그를 밀쳤다. 깊게 베였는지 남작의 얼굴에서 핏기가 가셨다. 그는 피를 뚝뚝 흘리더니 그대로 쓰러지고 말았다.

"하아, 하아."

그녀는 입술을 깨물었다. 손에는 피가 가득했다. 아래를 내려다보니 남작이 죽은 듯 누워 있었다. 깊게 가라앉은 눈으로 그를 노려봤다.

"……죽일 놈."

그때 밖에 있던 이가 소리를 들었는지 문을 두들겼다.

"네론 남작님?"

아무 말도 없자 그가 문을 열었다. 헬리아는 문이 열리는 순간 그를 밀치고 방을 빠져나갔다.

"끄윽! 이 꼬마가."

그리고 그때 누군가의 외침이 들려왔다.

"불이야!"

매캐한 연기 냄새가 건물 안으로 퍼지기 시작했다.

"크, 큰일 났습니다! 창고에 불이 났습니다!"

"뭐라고!"

불쥐의 눈이 커졌다.

"도대체 관리를 어떻게 하는 거야!"

불쥐와 뱀눈, 흑곰이 창고 쪽으로 달려갔다. 생각보다 큰 불이었다. 이미 창고가 모두 다 타버리고 불이 다른 건물까지 번지고 있었다. 조직원이 모두 달려들었지만 쉬이 진압될 기색이 보이지 않았다. 불줄기가 하늘 높이 치솟았다.

그때 조직원 한 명이 다가왔다.

"그런데 노예 놈들은 어떻게 할까요?"

"젠장, 뭐 해! 얼른 빼와!"

그들이 불쌍해서가 아니었다. 그들은 상품. 돈이 될 상품을 잃을 순 없었다.

"너희는 가서 노예들이 도망치지 못하게 막아. 나는 그 돼지한테 가 볼 테니까."

불쥐의 말에 둘은 고개를 끄덕이고 노예가 있는 감옥으로 갔다. 그는 걸음을 돌려 네론 남작이 있는 곳으로 갔다. 아무리 남작이 마음에 들지 않다고 해도 그는 단골손님이었고, 최소한 대피하라고 말은 해줘야 될 것 같았다. 불쥐는 제발 쓸데없는 장면을 보지 않기를 바랐다.

"헉, 헉."

계속 손에서 피가 흘렀다. 찌르르 울리는 아픔에도 헬리아는 신경 쓸 겨를이 없었다. 밖에서 사람 소리가 났다. 큰 불이 났는지 그들은 부산스럽게 불이 난 곳으로 뛰어갔다.

그녀는 구석에 숨어 그들이 지나가는 것을 바라보았다. 아직 건물 안이었다. 길이 미로처럼 얽혀 있어서 쉬이 바깥으로 나갈 수가 없었다.

"어디로 가야 하지?"

헬리아의 이마에 땀방울이 맺혔다. 코끝에 희미한 연기 냄새가 맡아졌다. 금세 불이 이쪽까지 번질 것 같았다. 몇 분 지나자 복도에 인기척이 모두 사라졌다. 그녀는 천천히 복도에 나와 주변을 살피며 걸었다.

비틀.

제대로 지혈하지 못해 손바닥에서 피가 계속 흘러 빈혈이 왔다. 이제는 아픔도 느껴지지 않았다. 그녀의 피가 바닥을 적셨다.

"하아, 하."

헬리아는 휘청거리는 다리를 재촉하며 걸었다. 이대로 죽기에는 억울했다. 이렇게, 이런 식으로 죽을 순 없었다.

"애송이!"

막 바깥으로 나가는 통로를 발견했을 때, 뒤에서 누군가의 목소리가 들렸다. 하필 하고 많은 사람 중 불쥐와 눈이 마주쳤다.

"젠장!"

헬리아는 다급히 몸을 돌려 있는 힘을 다해 뛰었다.

"거기 서!"

뒤에서 불쥐가 그녀를 향해 눈을 부릅뜨고 쫓아왔다. 피를 많이 흘린 헬리아의 속도가 점점 느려졌다. 결국 불쥐의 손에 붙잡히고 말았다.

"감히 도망치려고?"

"윽!"

불쥐의 주먹질에 헬리아는 가슴을 부여잡고 벽에 처박혔다. 어린아이라고 봐주는 기색은 전혀 없었다. 불쥐는 비열한 미소를 지었다.

"애송이, 넌 오늘 죽는다."

불쥐가 헬리아의 목덜미를 잡아 올렸다.

"크윽!"

그는 그녀의 흩어진 옷차림에 조소를 흘렸다.

"크크크, 재수 없는 새끼. 벌써 먹혔냐?"

불쥐의 뺨에 헬리아가 침을 뱉었다.

"퉤앳! 재수 없는 쥐새끼는 너겠지?"

"네까짓 게!"

그의 손이 더욱 헬리아의 목을 조였다. 불쥐는 처음부터 헬리아가 마음에 들지 않았다. 누구나 자신을 보면 겁을 먹는다. 특히 어린아이는. 그런데 이놈은 달랐다. 자신을 봐도 겁먹은 기색 없이 똑바로 노려본다. 그것이 그의 신경을 건드렸다.

"너, 건방져."

헬리아는 어이가 없었다. 솔직히 지금도 그가 자신한테 화내는 이유를 알 수 없었다.

'이 미친놈!'

그녀가 불쥐의 손아귀에서 버둥거렸다. 처음엔 당황해 어쩔 줄 몰랐지만, 세바스찬에게 배운 호신술을 떠올린 그녀는 녀석의 급소를 발로 쳤다.

"크윽!"

갑작스런 공격에 순간 불쥐의 손에 힘이 빠지자, 그녀가 그의 팔뚝을 세게 물었다. 릭조차 손을 들게 만들었던 그 근성에 그는 소리를 질렀다.

"아악!"

불쥐는 그녀를 떼어내기 위해 안간힘을 썼다. 그런데 힘이 장난이 아니다. 그의 팔뚝 살이 뜯겨져 나갔다. 온 힘을 다해 그녀를 내던졌다.

"으윽."

헬리아는 벽에 부딪혔다. 어쨌든 불쥐에게서는 벗어난 셈이다. 헬리아와 불쥐는 서로 대치하며 노려봤다.

"너 이 새끼 죽여 버린다!"

헬리아는 입술을 깨물었다. 불쥐는 이미 화가 머리끝까지 나 있었다. 그가 당장에라도 달려들 듯 헬리아를 노려보았다. 그녀는 빠져나갈 구석을 찾았다. 뛰는 심장과 달리 머리는 냉정히 식어갔고, 눈은 빠르게 주변을 살폈다.

'저걸 치면…….'

헬리아의 눈에 위태롭게 흔들리는 기둥이 보였다. 그러고 보니 점점 공기가 뜨거워지고 있었다. 불길이 이곳까지 덮친 것 같다. 그녀의 생각은 틀리지 않았다. 이미 불쥐의 등 뒤까지 불이 번지고 있었다.

"나는 절대 안 죽어!"

헬리아가 불쥐를 향해 돌진했다. 그는 갑자기 돌진하는 그녀에 깜짝 놀랐지만, 이내 품에서 단검을 꺼내 들었다. 그녀를 향해 단검을 내려치려는 순간이었다.

쿵!

그녀의 작은 몸이 혼신의 힘을 다해 불쥐의 옆에 있는 기둥을 향해 부딪쳤다.

끼이익!

어린아이의 몸이었지만 혼신의 힘을 다한 결과일까, 아니면 원래 부서질 기둥이었을까. 기둥은 정확히 불쥐의 머리 위로 떨어져 내렸다.

"크아아악!"

불쥐는 갑작스레 당한 공격에 그만 피하지 못하고 기둥에 머리를 부딪치고 말았다. 그의 이마에서 피가 철철 흘렀다.

"이, 이놈이…… 죽여 버릴 거다!"

그가 죽일 듯 헬리아를 노려보며 소리쳤다. 그러나 헬리아는 뒤도 돌아보지 않고 도망쳤다.

"헉, 헉헉, 크윽."

왼쪽 팔이 부러졌는지 어깨가 아팠지만, 헬리아는 고통을 참고 복도를 빠져나갔다. 불은 점점 더 타올랐다. 헬리아를 집어삼킬 듯 뜨겁게 불타올랐지만, 그녀의 살고자 하는 의지를 이길 순 없었다.

'이렇게 죽을 수 없어!'

헬리아의 눈이 뜨겁게 타올랐다.

"콜록, 콜록."

연기가 폐에 들어갔는지 헬리아는 연신 기침을 해댔다. 하지만 그녀의 얼굴엔 안도의 빛이 어렸다. 멀리 그녀가 갇혀 있었던 건물이 보였다. 하늘 높게 치솟는 불길. 불이 크게 번졌는지 가게를 모두 태우고도 계속 타올랐다.

불길을 뒤로 한 헬리아는 터벅터벅 지친 몸을 이끌고 비밀 통로가 있는 오두막으로 걸어갔다. 손은 찢어지고 팔은 부러졌다. 이마에는 상처가 났는지 피가 흘러내렸다.

"하, 하하."

살았다는 안도감보다 스스로에 대한 실망과 무력감이 그녀를 덮쳤다. 그녀는 자신의 손을 내려다보았다. 붉었다. 피가 흐르는 손을 보자 그때의 감촉이 떠올랐다. 처음으로 타인의 살을 가르던 느낌은 쉽게 떨쳐 낼 수 없었다.

그는 죽었을까. 아마 죽었을 것이다. 헬리아의 손이 잘게 떨렸다. 살인에 대한 죄책감이 아니었다. 그래서 더 혐오스러웠다. 인간을 죽이고도 안도하는 자신이.

"여긴 내가 알던 세상이 아니야."

편하게 살다 보니 잊어버렸다. 유폐되었지만 솔직히 편했었다. 그래서 자신이 어떤 세상에 떨어졌는지 잊어버렸다.

인권이란 게 아예 없는 세상. 힘이 권력인 세상.

"힘이 필요해."

세상에 복수할 힘이. 이곳에선 돈을 버는 것도 힘이 필요했다.

헬리아는 오두막에 들어가자마자 기절하듯 쓰러졌다. 멀리 저 하늘에선 뜨겁게 태양이 떠오르고 있었다.

✳

화재에 무너진 건물의 잔해 사이로 새카맣게 탄 팔이 움직였다. 붉은 머리의 사내. 화마 속에서도 그는 죽지 않았다. 그의 얼굴은 불에 녹아 심하게 일그러져 있었다. 그가 이를 갈며 몸을 일으켰다.

"그 개새끼 죽여 버리겠어!"

어깨는 탈골되고 온몸에 심한 화상을 입었다. 그는 복수의 칼을 갈았다. 그 씹어 먹어도 시원치 않을 애송이를 반드시 죽여 버리겠다고.

스윽.

그런 그 앞에 누군가 모습을 드러냈다. 검은 복면을 쓴 사내였다. 갑자기 등장한 사내를 본 불쥐의 눈이 가늘어졌다. 사내의 몸에서 기름 냄새가 배어나왔다.

"네, 네놈이!"

이놈이 바로 불을 지른 놈이다! 불쥐는 칼을 빼 들었다. 하지만 사내가 더 빨랐다. 말없이 칼을 뽑아 든 사내는 일언반구도 없이 칼을 내려쳤다. 불쥐는 막기에 급급했다.

'젠장, 이놈은 도대체 누구지?'

그가 고민하는 사이 상처는 늘어갔다. 복면인의 검이 그의 얼굴을 스쳤다.

"크악!"

불쥐의 뺨에 길게 칼자국이 났다. 그는 분노에 눈이 뒤집혔다.

"죽어랏!"

불쥐가 칼을 휘둘렀지만 사내는 공격을 피해 그의 배에 칼을 쑤셔 넣었다.

"크윽!"

불쥐는 피를 흘리며 바닥으로 쓰러졌다. 복면인은 그가 쓰러진 것을 확인하자 서둘러 칼을 집어넣고 사라졌다. 하지만 싸늘하게 식어가는 불쥐의 손은 아직 움직이고 있었다.

제4장 물의 정령왕 엘라임

뜨거운 햇살이 눈가에 비치자 헬리아는 눈살을 찌푸렸다. 잠에서 일어나기 위해 몸을 뒤척였다가 오른팔에서 느껴지는 통증에 눈을 떴다.

"으윽."

"좀 더 누워 계셔야 합니다."

"세바스찬……."

그녀가 눈을 뜬 곳은 바로 데이지궁이었다.

"무슨 일이 있었던 겁니까?"

세바스찬의 얼굴은 잔뜩 굳어 있었다. 아마 그녀가 다친 것에 화가 난 것이라. 그는 차가운 눈길로 그녀를 바라봤다.

헬리아는 변명조차 할 수 없었다.

"이젠 나가지 마십시오."

"……."

"죽을 뻔하셨습니다."

"아뇨, 저는 다시 나갈 거예요."

"……공주님."

"다친 건 잘못했어요. 하지만 이런 일로 언제까지고 궁에 있을 순 없어요."

"……후우."

헬리아의 단호한 눈빛에 세바스찬은 깊은 한숨을 내쉬었다. 앞만 보고 전진하는 그녀를 그의 힘으론 막을 수 없었다.

"상처가 다 나을 때까진 궁에 계십시오."

그가 한발 물러서자 헬리아도 고개를 끄덕였다. 그녀도 상처가 낫기 전에는 나가고 싶은 마음이 없었다.

"……알았어요, 죄송해요."

"이 늙은이가 얼마나 놀랐는지 아십니까?"

세바스찬이 말을 잊지 못하고 고개를 숙였다. 노인의 어깨가 좁아 보였다. 그녀는 자신을 걱정하는 세바스찬의 모습에 생경한 느낌이 들었지만 입을 열지 않았다.

"그럼 쉬십시오."

그녀에게 이불을 덮어주는 그의 손이 떨렸다. 세바스찬의 표정이 어두웠다.

헬리아는 그의 표정에 못내 미안해졌다. 그가 나가고 그녀는 칭칭 감긴 붕대를 내려다보았다. 상처를 보자 어제의 기억이 떠올랐다. 타오르는 불길과 붉은 피. 쉽게 잊을 수 없는 기억이었다.

"내게 힘이 있었다면……."

✳

"검과 마법, 그리고 정령이라……."

헬리아의 미간이 살짝 찌푸려졌다. 그녀의 책상에는 각종 서적이 어지럽게 널려 있었다. 납치 사건으로 힘이 필요하다는 것을 절실히 깨달았다.

자신과 자신의 것을 지킬 힘. 그러나 헬리아는 어느 것 하나 갖고 있지 않았다. 세바스찬에게 호신술을 배우고 있다지만 아직 어린 그녀에겐 험한 세상에서 살아남기에 그것만으로는 충분하지 않았다.

데이지궁에는 오래된 책이 많았다. 헬리아는 책에서 힘에 대한 실마리를 찾고자 했다. 하나 그녀는 결국 고개를 젓고 말았다.

"후우……."

검과 마법을 독학하는 건 정말 만만치 않은 일이라는 것을 다시금 알게 되었다. 애초에 그녀는 육체가 아니라 머리를 쓰는 사람이었다. 육체 단련과는 상성이 맞지 않았다. 그러면 마법은 또 어떠한가. 아직 이쪽 세상의 지식이 부족한 그녀가 마법 이론을 제대로 이해할 리 만무했다. 무엇보다 아직 헬리아는 마법을 제대로 본 적이 없었다.

"남은 건 정령인가……."

자신이 정령 친화력을 가지고 있는지는 모른다. 하지만 이 중에 가장 어렵지만 가장 확률이 높은 게 바로 정령술이었다.

실패했다.

땅의 정령도, 바람의 정령도, 불의 정령도. 헬리아는 지쳐 버렸다. 하나 그만두지 않았다. 그녀는 다시 한번 정령책을 꺼내 읽었다. 책에는 정령과 계약하는 방법과 소환진 그리는 방법이 상세하게 설명되어 있었다.

오늘은 물의 정령이다. 만약 이것마저 실패한다면……. 두 눈에 의지를 불태웠다. 물의 정령을 소환하기 위해 호수 근처로 가서 책에 나온 그대로 바닥에 소환진을 그렸다. 헬리아는 몰랐지만 원래 정령을 소환하려면 정령석이 필요했다.

그러나 그녀는 그런 게 있는지도 몰랐다. 아무도 알려주지 않았고 책에도 나와 있지 않았기 때문이다. 헬리아가 하려는 방법은 훨씬 고대의 것으로 이젠 소실된 방법이었다. 백 년도 더 된 궁에 있는 책이 최신일 리 없었다.

"자, 그럼."

소환진이 모두 그려졌다. 그녀는 잠시 마음을 진정시키고 눈을 감았다. 더 이상의 실패는 있을 수 없다. 마음을 다잡고 주문을 외웠다.

우우웅!

그때였다. 헬리아는 묘한 감각을 느꼈다. 마치 몸 안에 있는 어떤 것이 요동치는 것 같았다. 그녀의 힘이 빠져나갔다고 느낀 순간 그것은 나타났다.

뽀옹!

"……."

작은 물방울. 그녀는 작은 물방울을 소환했다. 그리고 그것은 두둥실 떠다니다 바닥에 톡 떨어졌다. 마치 빗방울처럼.

"젠장……."

시름만 깊어갔다. 그나마 다행인 것은 그래도 가능성은 있다는 것. 헬리아는 한숨을 쉬었다.

✳

그 일이 있고 한 달 후, 헬리아는 다시 시장으로 나왔다. 여전히 세바스찬은 그녀가 나가는 것을 탐탁지 않게 여겼지만, 생각이 있었다. 자신이 어린아이였기에, 힘이 없기에 당했던 것. 그러니 힘이 있으면 된다. 그러나 헬리아에겐 현재 힘이 없다. 다만 돈은 있었다. 돈을 사용해서 힘을 얻는 것. 그녀가 생각한 것은 바로 용병을 고용하는 것이었다.

한 달간 정원에 채소를 가꾸던 그녀는 이번에는 아무것도 들지 않은 채 돈만 가지고 내려왔다. 머리카락은 모자로 가렸고, 남자아이나 입을 법한 옷으로 남장했다. 발걸음이 무거워진 헬리아가 한 가게 앞에 섰다.

레이센 용병길드.

"이곳이 마지막인가……."

레이센 용병길드는 이 근방에서 제법 위명을 떨치고 있는 길드로, 소문도 나쁘지 않았다. 의뢰는 철저히 비밀 보장하며, 어떤 의뢰이더라도 길드에 해를 끼칠 의뢰가 아니라면 받아준다고 했다.

끼익.

문을 열고 조심스럽게 안으로 들어갔다. 그녀가 들어가자 사람들의 시선이 한곳으로 모였다. 작은 키에 귀여운 인상의 아이. 평민들이 입는 옷을 입고 있지만 어딘가 모르게 귀티가 흘렀다.

헬리아는 그들의 시선에도 아랑곳하지 않고 접수대로 걸어갔다. 그곳에는 작은 키에 안경을 쓴 남자가 있었다.

"무슨 일이시죠?"

어린아이인 자신에게 존대하는 모습에 속으로 작게 안도의 숨을 내쉬었다. 이곳에 오기 전에 몇 군데 용병길드를 찾아갔지만 모두 그녀가 어린아이라고 제대로 의뢰를 받아주지 않았다.

"저기, 의뢰를 하고 싶은데요."

"무슨 의뢰죠?"

"호위를 맡기고 싶어요."

남자, 젠은 의아하다는 듯이 살짝 인상을 찌푸렸다.

'호위 의뢰라…….'

다시 아이를 보았다. 도통 아이가 원하는 것이 무엇인지 알 수 없었다.

"누굴 호위하실 거죠?"

"저예요."

"……."

귀티는 나지만 돈 많은 집 자제가 직접 호위 의뢰를 넣는 일은 없었다. 젠의 눈이 가늘어졌다.

'어디 도련님이 가출한 건가.'

"가능한가요?"

"……기간은 어떻게 하실 건가요?"

"우선 한 달만 할게요."

젠은 살짝 한숨을 내쉬었다.

'……이거 무슨 일 있는 거 아니야.'

무슨 내력이 있는지 모르겠지만 어린아이가 의뢰를 한다니, 섣불리 수락할 순 없었다. 그의 고민을 금세 눈치챈 헬리아가 단순히 호위가 필요한 거라 말했다. 그저 하루 반나절 곁을 지키기만 하면 된다고 했다.

'뭐 그 정도라면.'

단순히 반나절 호위하는 거면 용병 세계에서 그리 어려운 일도 아니었다.

"성함이 어떻게 되시죠?"

"리아예요."

꽤 여자 같은 이름이라고 젠은 생각했다. 그는 어쩔 수 없이 의뢰를 수락했지만 이내 살짝 눈살을 찌푸렸다. 문제는 이걸 할 마땅한 놈이 없다는 건데……. 질 나쁜 녀석은 붙여주고 싶지 않았다.

그때 구석 테이블에 앉아 있던 갈색 머리에 푸른 눈동자를 지닌 남자가 손을 들었다.

"그거 내가 할게."

남자의 자원으로 헬리아는 다행히 용병을 구할 수 있었다.

헬리아는 의뢰를 맡겠다는 사내를 훑어보았다. 제법 큰 키에 마른 체격, 갈색 머리에 서글서글한 외모를 지닌 남자였다. 그러고 보니 어디서 봤던가? 왠지 낯이 익었다.

"이봐 꼬마, 진짜 반나절만 옆에서 호위해 주면 되는 거지?"

가벼워 보이는 태도에 헬리아는 그리 탐탁지 않았지만 의뢰를 맡아 줄 이가 그밖에 없었다. 앞으로 한 달 그와 함께하면서 연장을 할지 말지를 결정해야 할 것 같다.

"채소 장사를 할 거예요. 제가 말한 시간에 분수대 앞에서 기다리세요."

헬리아는 불쥐 같은 인사에게 걸리더라도 몸을 보호할 수 있는 용병을 구했다. 돈은 들지만 시장에 나오는 것은 단순히 채소를 파는 것이 아니라 세상 돌아가는 소식을 듣고자 하는 점도 있었다. 가만히 성 안에 앉아 있어서는 앞으로 나아갈 수 없다.

"흐음, 정말 그거면 되는 거지?"

레헨은 만족한 듯 웃었다. 그는 습관적으로 잘 웃는 사람이었다.

✳

"이야, 이거 다 네가 키운 거야? 요즘 가뭄이던데."

레헨은 헬리아가 끌고 온 수레에 든 채소를 보며 살짝 놀란 듯 눈을 떴다. 심한 가뭄으로 채소 가격이 많이 올랐다. 그런데 어린아이가 어떻게 이런 채소를 가져오는 걸까. 궁금할 수밖에 없었다. 게다가 딱 시간을 정해서 만나는 것도 뭔가 비밀이 있는 듯했다.

헬리아가 살짝 미간을 찌푸렸다.

"아저씨, 계약서 읽었죠? 그러니 잔말 말아요."

'맹랑하긴.'

꼬마의 말투는 냉랭하기 그지없었다. 얼굴은 천사처럼 귀엽지만 말투는 북해의 찬바람 저리 가라였다. 그 갭이 어찌나 심한지. 무엇보다 레헨이 놀란 건 꼬마의 장사 수완이었다.

"예쁜 누나, 이거 하나 사세요. 싸게 드릴게요."

"이모, 싱싱한 채소예요. 하나 사세요."

방긋방긋. 무표정하고 딱딱한 말투나 찍찍 내뱉는 그 아이가 아니었다. 레헨은 아이의 곁에서 조금 떨어진 구석에서 호위했다. 사실 호위할 것도 별로 없었지만.

'이중인격이 아닐까.'

레헨이 그리 생각하는 것도 무리가 아니었다. 가만히 있으면 열 살 어린아이라고 믿기 힘들 정도로 말도 별로 없고 표정도 없는데, 장사를 할 때만 아이의 얼굴에 보기 힘든 미소가 방긋방긋 쉽게 나왔다.

어느덧 해가 기울어지면서 채소를 가득 실은 수레가 텅 비었다. 아이를 견제하는 몇몇 상인이 있었지만 그때마다 레헨이 나서 중재를 하거나 막았다. 헬리아는 '돈값은 하는구나' 하고 조금 안도했다. 선뜻 자원을 한 것이 못내 마음에 걸렸는데 일하는 모습을 보아하니 어느 정도 믿어도 될 것 같았다. 장사를 마치고 돌아갈 채비를 한 그녀가 레헨에게 말했다.

"이제 가도 좋아요."

그녀는 비밀 통로가 있는 오두막까지 함께 갈 생각이 없었다. 처음 분수대에서 만나기로 한 것도 그 때문이었다.

레헨이 영문을 모르겠다는 듯이 고개를 갸웃거렸다.

"응? 같이 안 가줘도 돼?"

"계약서 봤잖아요? 여기서 헤어지고 내일 그 분수대에서 다시 만나요."

헬리아는 어깨를 으쓱이며 좌판을 정리한 뒤 수레를 끌고 걸어갔다.

"이거야 원."

그는 헬리아를 바라보며 머리를 긁었다. 정말이지 다루기 어려운 아이였다.

레헨과 장사를 함께한 지 꽤 시간이 흘렀다. 언제나 그들은 분수대에서 만나 장사를 하고 곧장 헤어졌다. 레헨도 처음에는 이상하다 여겼지만 불만스럽지는 않았다.

그런데 어느 날이었다.

"윽!"

그와 헤어지고 돌아가기 위해 수레를 정리하던 중 누군가 헬리아를 밀어 넘어뜨렸다. 그녀는 인상을 찌푸리며 민 상대를 보았다. 수염이 덥수룩한 중년 남성으로 그녀와 조금 떨어진 곳의 채소 가게 주인이었다. 그는 위압적으로 헬리아를 내려다보며 말했다.

"이런 씨발! 누구 장사 망칠 일 있어!"

사내가 헬리아의 목덜미를 잡아 올렸다.

"윽, 이거 놓고 이야기해요."

헬리아는 입술을 깨물었다. 레헨이 가고 바로 이런 일이 생기다니. 이자는 그들이 헤어지는 때를 정확히 알고 그녀 혼자 있을 때 찾아온 게 분명했다.

"너 누구 마음대로 여기서 장사하래!"

그는 잔뜩 성나 있었다. 가뜩이나 가뭄이 들어 채소를 키우기 힘든 탓에 가격이 올라 손님이 줄었다. 그런데 그 틈에 어디 돼먹지도 못 한 꼬맹이 하나가 어슬렁거리며 신경을 거슬리게 만들었다. 처음에는 두고 보았지만 영 거슬려 그대로 둘 수 없었다. 항상 호위를 두고 다니는

지라 아무 말 못 했지만 한동안 지켜본 결과 꼬맹이의 호위도 중간에서 헤어지는 것을 알았다.

"너 이 자식 잘 걸렸다. 내가 네놈 때문에 얼마나 손해인 줄 알아?"

"그게 왜 내 탓이야!"

상대가 이리 나오니 헬리아의 입에서 고운 소리가 나올 리 없었다. 헬리아는 그를 노려보았다. 그러자 사내가 조금 움찔했다. 그녀의 눈빛은 이상하게 사람을 주눅 들게 하는 무언가가 있었다.

'이놈이!'

사내는 자신이 움찔한 것에 화가 나서 더욱 손아귀에 힘을 주었다. 기도가 막힌 헬리아는 숨을 쉬기 어려웠다.

'젠장, 하필이면.'

헬리아는 사내의 손길에서 벗어나기 위해 움직였다. 하지만 힘이 너무 셌다.

"죽기 싫으면 꺼져!"

"내가 왜!"

그녀는 입술을 깨물었다.

"이놈이!"

눈 하나 깜짝 안 하는 헬리아에게 화가 난 남자가 더욱 힘을 줄 찰나, 누군가 그의 목에 칼을 드리웠다.

"그거 치우지?"

레헨이었다.

"바보 같기는. 거기서 왜 대드냐?"

"……."

레헨은 손수 헬리아의 터진 입술에 약을 발라주었다. 그의 등장으로 사내는 결국 꽁지 빠지게 도망갔다. 힘이 좋은 사내였지만 무장을 한 용병의 상대는 아니었다. 헬리아의 고운 입술은 터져 피가 흘렀고, 뺨에는 생채기가 생겼다. 레헨은 혀를 찼다.

"장사할 때는 방긋방긋 잘도 웃는 놈이."

"필요할 때 웃으면 그만이에요."

헬리아가 퉁명스럽게 대꾸하자 그는 파핫! 웃었다. 정말이지 이상한 놈이다.

"좀 더 유들유들하게 살라고. 어린놈의 자식이 무슨 칠십 살 먹은 수전노도 아니고, 힘도 없는데 그렇게 뻗대다가 골로 간다?"

"……알아서 할 테니 신경 끄죠?"

헬리아가 사납게 노려보았지만 열 살짜리가 째려본다고 해서 얼마나 무섭겠는가. 레헨은 그저 웃었다. 아이를 보고 있자니 잃어버린 동생이 생각이 났다.

"야, 나도 너만 한 동생이 있었는데, 그놈은 너 같지 않았다고. 애들은 애들답게 살아야지."

"그럼 전 애들이 아닌가 보죠."

"애늙은이 같기는."

헬리아가 불만스럽게 인상을 찌푸리자 레헨이 피식 웃으며 그녀의 머리를 흐트렸다.

"야, 그럴 때는 머리를 써야 하는 거야. 요 머리 놔두고 뭐 하냐."

"머리를 암만 써도 힘이 없으면 안 되거든요?"

"힘이 다가 아니야."

헬리아는 천천히 그를 바라봤다.

"더 영악해지라고. 넌 싹수가 충분해. 영악한 놈이 될 싹수가."

"……그런 거 없거든요?"

하지만 일리는 있는 말이다. 헬리아는 깨닫는 바가 있었다. 도대체 자신이 언제부터 이렇게 뻣뻣해졌을까.

"그래도 틀린 말은 아니네요."

"그렇지? 그럼 오늘 저녁은 네가 쏘는 거야?"

"……돈 없거든요? 그리고 계약서 안 보셨어요? 의뢰자는 일체 의뢰인에게 추가 비용을 지출하지 않을 거라는 말?"

"그래, 니 잘났다."

레헨이 고개를 설레설레 젓자 그녀가 피식 작게 웃었다.

✳

헬리아는 오늘도 호수 근처에 나가 소환진을 그리고 물의 정령을 소환하기 위해 집중했다. 역시나, 또 그 느낌이었다. 몸 안에서 무언가가 움직이는 느낌. 이것이 마나가 움직이는 것일까.

우웅.

전과 달리 소환진에서 빛이 났다. 그녀의 얼굴이 기대감으로 살짝 홍조가 졌다.

"드디어……!"

퐁!

마나가 빠져나가고 무언가 소환되었다.

"……."

오늘도 물방울. 그 녀석이었다. 헬리아는 땅을 짚었다.

"도대체 뭐가 모자란 거야?"

결국 실패였다. 그나마 위안이라면 이번엔 물방울이 마치 살아 있는 것처럼 움직여 그녀를 토닥여 줬다는 것. 하지만 결과적으로는 그녀의 옷에 잔뜩 물만 묻히고 사라졌다.

"또 실패하신 겁니까?"

세바스찬이 식탁에 음식을 내놓으면서 웃었다. 그녀의 포크질이 조금 난폭해졌다. 도대체 무엇이 문제일까. 혹여 자신의 마나량이 적은 걸까. 마나가 빠져나갈 때마다 무언가 턱 막히는 것이 있었다. 하지만 답을 찾을 수 없었다.

마을에 있는 마탑에 들러보았지만 아이의 부탁을 들어줄 리 없었다. 책을 통해서는 그녀의 마나량이 얼마나 있는지 알 길이 없었다. 정말로 마나량이 적은 거라면 스스로 무력을 갖추는 일은 요원해진다.

"그보다 장사는 잘되어갑니까?"

"나쁘지 않아요."

헬리아는 어깨를 으쓱였다. 슬슬 이제 다음 단계로 넘어가야 할 것 같다. 물론 아직 돈을 더 벌어야겠지만 다음을 위한 준비는 해두어야 할 것이다.

"그 레헨이라는 용병은 믿을 만합니까?"

"괜찮아요."

세바스찬의 말에 레헨을 생각했다. 나쁘지 않았다. 참견쟁이기는 해도 사람 자체가 괜찮았다. 그런데 자신이 그 용병의 이름이 레헨이라고 알려줬던가? 헬리아는 세바스찬을 물끄러미 바라봤다. 그는 그저 미소를 지을 따름이었다.

※

찌그러진 촛불 하나가 어둡고 칙칙한 방을 밝혔다. 방에 있던 사내가 얼굴을 싸맨 붕대를 풀었다. 붕대는 피와 고름으로 더렵혀져 있었다. 그가 잇소리를 냈다.

"그 애새끼!"

성대를 다쳤는지 목에서 쇠 긁는 소리가 났다. 그의 얼굴은 화상 때문에 차마 눈뜨고 보기 힘들 정도로 피부가 일그러져 있었다. 거기다 뺨에는 길게 자상도 나 있었다. 온전한 것이라곤 오직 그의 붉은 머리 뿐이었다. 그가 사납게 말했다.

"그놈에 대해선 알아봤어?"

방 안에 있던 또 다른 이가 말했다.

"아무도 본 자가 없어."

"젠장!"

그가 테이블을 내려쳤다. 초조한지 입술을 깨물었다.

"그럼 그 애송이는?"

"마침 그 꼬마와 함께 있는 용병이 잃어버린 동생을 찾는다는군."

"크, 크큭, 그래?"

화상을 입은 사내의 입이 비틀렸다.

인기척 없는 음침한 골목에 두 남자가 서 있었다. 갈색 머리 남자의 목소리는 간절했다.

"……저, 정말 그렇게만 하면 내 동생을 놓아주는 거겠지?"

키가 작고 얼굴의 반 이상이 화상으로 일그러진 사내가 비릿하게 웃으며 대답했다.

"크큭, 그 녀석만 잘 유인해 온다면."

"……."

남자의 얼굴에 초조함과 망설임이 뒤섞여 나타났다. 그러나 곧 천천히 고개를 끄덕였다.

"반드시 약속을 지켜라."

"크큭, 물론."

화상을 입은 남자의 비열한 웃음이 스산하게 울려 퍼졌다.

✳

먹구름이 몰려와 잔뜩 흐린 날씨였다. 조금씩 빗방울이 떨어지는 걸 보니 금세 큰 비가 될 것 같았다. 분수대로 가니 이미 레헨이 와 있었다. 그런데 오늘따라 자주 웃던 그의 얼굴이 날씨만큼 흐렸다.

"무슨 일이에요?"

정신을 놓고 있었는지 헬리아가 부르는 소리에 그제야 뒤를 봤다.

"아? 으응, 아니야."

무슨 일이 있는 것일까. 그의 행동이 이상해 물었지만 돌아오는 대답은 시큰둥했다. 헬리아는 하늘을 올려다보고 입을 열었다.

"어서 가죠. 날씨가 나빠서 일찍 가 봐야겠어요."

"어딜?"

레헨이 되묻자 헬리아가 말했다.

"길드요."

"길드는 왜?"

"계약 오늘로 끝나는 날이잖아요."

"아……."

레헨이 멍하니 고개를 끄덕였다. 벌써 헬리아와 함께한 지 한 달이 지났다. 한 달. 그 한 달 사이에 그들은 제법 가까워졌다.

"그런데?"

"계약 연장 신청하려구요."

"연…… 장?"

레헨의 얼굴이 살짝 놀란 듯 커졌다.

"레헨이 아니고선 누가 절 호위해 주겠어요. 레헨이 처음이었어요."

헬리아의 천진난만한 웃음에 그는 침음을 삼켰다. 가슴이 따끔따끔 아파왔다. 하지만 그는 입술을 깨물고 입을 열었다.

"……저기, 그전에 어딜 같이 갔으면 좋겠는데……."

이상하게 오늘 레헨이 초조한 것 같다. 헬리아는 그게 지금 이 부탁과 관련된 일이라고 생각했다. 서둘러 돌아가려던 그녀는 별로 달갑지 않았지만 계약 연장을 하기 위해서라면 조금 선심 쓰기로 했다.

"그럼 바로 갔다가 길드로 가죠."

밝아질 줄 알았던 그의 얼굴이 더욱 어두워졌다.

헬리아는 그를 따라 전혀 모르는 길로 들어섰다.

"어딜 가는 거예요?"

답이 돌아오지 않았다. 한참 더 골목 안쪽으로 들어가서야 그가 걸음을 멈췄다. 헬리아의 표정이 점점 굳어갔다. 느낌이 이상했다.

"……여긴 왜 온 거예요?"

오는 내내 입을 열지 않던 그가 뒤를 돌았다.

"리아."

처음으로 헬리아의 이름을 불렀다. 그는 항상 꼬맹이나 꼬마라고 불렀었다. 키가 작은 헬리아가 그를 올려봤다. 그의 눈동자는 죄책감에 흔들리고 있었다. 레헨이 입술을 깨물었다. 정말 못할 짓이다. 하지만 꼭 구해야 할 사람이 있었다.

"미안해."

"무슨……?"

"이거 다시 보는군."

그녀의 눈이 커졌다. 레헨의 뒤로 모습을 드러낸 사내. 얼굴 반이 끔찍한 화상으로 심하게 일그러졌지만, 그가 누군지 금방 알 수 있었다.

"넌!"

불쥐였다.

헬리아는 불쥐를 보았다. 그날 죽지 않았던 것이다. 게다가 그만이 아니었다. 그녀의 뒤로 뱀눈과 흑곰을 비롯한 조직원들이 나타나 그녀를 포위했다. 완전히 갇혀 버린 헬리아가 그 이유를 물었다.

"……어째서 네가?"

레헨을 노려보았다. 그는 불쥐의 뒤에 서 있었다.

"날 속였어!"

헬리아는 믿을 수 없었다. 그는 배신할 사람이 아니라고 생각했다. 그래서 믿고 계속 함께하려고 계약을 연장하려고까지 했다.

"어째서 날 배신한 거야?"

레헨의 안색이 어두워졌다. 그는 작은 목소리로 말했다.

"……미안해."

"미안하다면 다야!"

레헨은 고개를 돌렸다. 헬리아의 얼굴이 싸늘하게 식었다.

"처음부터 날 속인 거야?"

"……그건 아니야."

"웃기지 마!"

레헨은 그녀의 외침에 가슴이 아팠다. 헬리아의 호위를 맡은 건 전적으로 그의 의지였다. 잃어버린 동생이 생각나서 못 본 척할 수 없었다. 그는 헬리아에게 얼굴을 들 수 없었다. 그러나 동생의 일이다. 그의 하나밖에 없는 혈육이었다. 잃어버린 동생을 찾기 위해 온 마을을 찾아 헤맸다. 그런 그 앞에 화상을 입은 사내, 불쥐가 나타났다.

불쥐는 그를 협박했다. 동생을 돌려줄 테니 자신이 하라는 대로 하라고. 결국 레헨은 그렇게 할 수밖에 없었다. 아무리 헬리아에게 연민을 느낀다고 해도 친동생보다는 아니었다. 하지만 속인 것은 미안하다는 말밖에 할 수 없었다.

헬리아의 표정이 더할 나위 없이 딱딱하게 굳었다. 이제 조금 나아가고 있었다. 한 발씩 느리지만 나가고 있었다. 근데 그것이 아니었다.

여전히 자신은 시궁창에서 허우적거리고 있었던 것이다.

'하, 하하.'

헛웃음이 흘러나왔다. 그의 배신이 가슴 아프기보다 사람을 믿었다는 사실이 분하고 화가 났다. 그렇게 당했는데 또 믿고 말았다.

그때 레헨이 불쥐를 향해 입을 열었다. 아무리 찾아봐도 동생의 모습이 보이지 않았다.

"이봐, 내 동생은 어디에 있지?"

레헨의 외침에 불쥐가 조소를 지었다.

"중앙 광장으로 가 봐라. 그곳에 있다."

레헨이 서둘러 달려갔다. 그러다 저도 모르게 뒤를 돌아봤다. 뒤에는 헬리아가 혼자 위태롭게 서 있었다. 발걸음이 쉽게 떨어지지 않았다. ……하지만 동생의 생사를 먼저 확인해야 했다.

'미안해.'

레헨이 헬리아를 등지고 골목을 빠져나갔다.

한 방울씩 떨어지던 빗방울이 조금씩 거세졌다. 어느새 헬리아의 옷이 비에 축축이 젖어들었고, 머릿속은 분노와 배신감으로 차갑게 식었다.

채앵.

불쥐가 칼을 빼 들었다. 그와 함께 다른 이들도 무기를 들었다. 불쥐는 자신의 상처를 더듬으며 입술을 핥았다.

"천천히 고통을 맛보게 해주마!"

헬리아는 울컥 화가 났다.

"내가 뭘 잘못했는데?"

애초에 그가 그렇게 된 것도 자신을 납치하지 않았다면 생기지 않았을 일이다. 억울하고 원통했다. 도대체 뭘 했는데? 그저 열심히 살고 싶었던 것뿐인데.

불쥐는 입꼬리를 말아 올리며 웃었다.

"잘못? 잘못이야 했지. 네 자체가 잘못이거든. 네놈의 그 눈빛이 마음에 안 들어."

헬리아의 두 주먹에 힘이 들어갔다.

'고작 그런 걸로!'

열불이 나고 화가 머리끝까지 뻗쳤지만, 그녀는 차갑게 이성을 유지했다.

"우선 그 재수 없는 눈부터 도려내 주지."

불쥐가 천천히 그녀를 향해 걸어갔다.

동생을 찾으러 중앙 광장에 온 레헨은 주위를 둘러보았다. 하지만 중앙 광장이라고만 했지 정확히 어디인지 알려주지 않았다. 그제야 아차 싶었다. 그는 동생을 찾기 위해 지나가던 어린아이들을 일일이 확인했다. 하지만 어느 곳에도 없었다. 그가 찾던 동생은 어디에도 보이지 않았다.

"어, 없어."

레헨의 눈동자가 흔들렸다.

"리, 리아!"

자신이 속았다는 것을 깨달은 레헨은 서둘러 그녀가 있는 곳으로 되돌아가기 시작했다.

'제발!'

어째서 이런 일을 겪어야 하는 것인가. 헬리아는 웃음이 나왔다. 자신의 꼴이 우스웠다. 배신으로 점철된 인생. 이젠 지긋지긋했다.

불쥐가 그녀를 향해 칼을 내려쳤다. 헬리아는 죽음을 예감했다.

"죽어랏!"

그녀는 눈을 감았다.

챙그랑.

바닥에 검이 떨어지는 소리가 들렸다. 그녀가 이상해 눈을 떴다. 검은 복면을 쓰고 검은 옷을 입은 남자가 그녀를 등진 채 불쥐 앞을 막아서고 있었다. 불쥐는 당황한 듯 소리쳤다.

"뭐, 뭐야?"

갑자기 등장한 그자는 불쥐의 검을 튕겨냈다. 불쥐는 복면인을 보며 소리쳤다.

"너는!"

복면인은 말 대신 천천히 칼을 빼 들었다. 그는 의도적으로 헬리아를 자신의 등 뒤로 감추었다. 헬리아는 영문도 모른 채 복면인의 등을 바라보았다.

'도대체 누구지?'

처음 본 사람. 그런데 묘하게 저 등이 익숙했다. 그녀의 미간이 살짝 찌푸려졌다. 하나 지금은 그의 정체에 대해 생각할 겨를이 없었다.

불쥐는 복면인을 노려보았다. 뺨에 난 상처가 쑤셨다. 그가 수하들에게 소리쳤다.

"뭐 해! 죽여!"

수하들이 떼거지로 몰려와 복면인을 향해 칼을 휘둘렀다. 복면인은 그들을 베어 넘겼다. 죽은 이의 피가 허공에 튀며 빗물과 섞여 흘러내렸다. 하지만 숫자가 너무 많았다. 그는 헬리아를 데리고 도망치기 위해 뒤로 돌았다.

그러나 헬리아는 그와 거리를 유지하고 있었다. 그녀는 갑자기 등장한 복면인을 향해 경계를 드러냈다. 자신을 구해 준다고 해서 쉽게 믿을 수는 없었다.

헬리아는 그에게 일정 거리 이상 다가가지 않았다. 그는 어쩔 수 없이 그녀를 위협하는 적들을 베어 넘기며 보호했다.

헬리아는 그를 지켜보았다. 분명 자신을 구하러 온 사람이다. 하지만 그렇다고 순순히 따라가기엔 그의 정체가 의심스러웠다. 또다시 속는 건 아닐까, 배신당하는 건 아닐까. 일말의 의심과 두려움이 그를 믿지 못하게 만들었다.

복면인의 검은 빠르고 정확해 한번 휘두를 때마다 적이 나가떨어졌다. 불쥐의 얼굴이 분노로 붉어졌다. 알 수 없는 적에게 죽어가는 수하들을 보며 그의 손이 떨렸다.

"젠장!"

그러나 머리는 차갑게 식었다. 길드에 불을 지르고 자신을 찌른 복면인. 마치 그는 헬리아를 보호하는 듯 보였다. 아니, 불쥐는 확신했다. 복면인은 아이를 지키려 한다고.

'그렇다면!'

그는 죽은 수하가 떨어뜨린 검을 쥐어 들고 수하들에 둘러싸여 움직일 수 없는 복면인을 지나 헬리아를 향해 뛰쳐나갔다.

"네놈만 죽으면!"

복면인이 움직이지 못하는 사이 불쥐의 사정거리 안으로 헬리아가 들어왔다. 복면인은 서둘러 달려가려 했지만 적들을 뚫고 그녀가 있는 곳에 다다르기엔 시간이 충분치 않았다. 불쥐가 그녀의 목을 향해 검을 내려쳤다.

"죽어라!"

복면인이 그녀를 향해 뛰어갔다. 그를 막아선 적들이 피를 흘리며 쓰러졌다. 그가 최대한 빠른 속도로 그녀에게 달려갔지만 결국 늦고 말았다.

파앗!

선연한 피가 사방으로 튀었다. 헬리아의 눈이 커졌다.

툭. 투둑─

그녀의 뺨으로 붉은 피가 튀었다.

"어, 어……."

온통 붉어진 자신의 품을 바라보며 헬리아는 움직일 수 없었다. 이건…… 그녀의 피가 아니다. 그녀는 자신을 감싸 안은 그를 보았다.

"……어째서?"

레헨이 그녀를 보며 미소 지었다.

"미안해……."

레헨의 피를 뒤집어쓴 헬리아는 순간 심장이 거세게 뛰는 것을 느꼈다. 릭에게서 피를 본 그날처럼.

두근두근!

피가 역류하는 것 같았다. 손이 떨렸다. 그녀는 뺨에 튄 피를 만졌다. 끈적거리는 피는 아직 따뜻했다.

두근두근!

심장이 요동쳤다.

"……살아야 해."

누군가의 목소리가 환청처럼 들려왔다.

"사, 살아야 해."

레헨의 목소리와 과거의 기억이 겹쳐졌다. 묻어두었던 기억의 편린이 현재와 섞이면서 그녀를 뒤흔들었다. 레헨을 내려다보았다. 그는 웃고 있었다.

스윽.

그의 몸이 스르륵 무너져 내렸다. 점점 차가워지는 그의 몸을 느꼈다.

"……왜?

툭- 투툭-

쏴아아아아!

세찬 빗줄기가 헬리아의 몸을 두들겼다. 레헨의 심장에서 흘러나온 피가 그녀의 발치에 닿았고, 빗물에 붉은 피가 섞여 내렸다.

"……어째서 이런 일을 당해야 하지?"

살고 싶다. 평범하게 남들처럼 울고 웃으며 그렇게 살고 싶다. 하지만 세상은 나락의 구렁텅이로 그녀를 밀어 넣었다. 빠져나오지도 못 하게 더욱 아래로. 힘들게 기어 올라가면 그녀를 다시 바닥으로 쑤셔 박았다. 오르고 오르면 그만큼 더 나락으로 떨어졌다. 마치 그녀의 노력을 비웃기라도 하듯이.

파아앗!

그녀의 몸에서 황금빛 기운이 넘실거렸다. 잠자코 지켜보던 복면인의 눈이 커졌다.

'저 기운은……!'

헬리아는 레헨을 바닥에 조심스럽게 내려놓았다. 그녀의 몸이 은은하게 빛나며 새카만 어둠을 밝혔다.

힘. 힘이 필요했다. 아무도 자신을 무시할 수 없는 힘! 살기 위해 필요한 힘이!

헬리아가 눈을 부릅떴다.

"나는 죽지 않아!"

파아아앗!

그녀의 몸에서 빛이 퍼져 나가더니 내리던 빗방울이 일순 멈췄다. 고요한 적막, 그리고 알 수 없는 힘에 사람들은 말을 잃고 몸의 통제권을 상실했다. 그리고 하늘에는 푸른빛이 흘러넘쳤다.

[태초의 맹약에 따라 나, 물의 정령왕 엘라임과 계약을 하겠는가?]

모든 소리가 사라졌다. 내리는 빗소리도, 사람들의 말소리도 그녀는 들리지 않았다.

두근두근!

온몸의 피가 뜨겁게 끓어올랐다. 주체할 수 없는 힘이 그녀의 몸을 마구 휘저었다.

찰랑!

잔잔했던 표면에 파문이 일 듯 한 방울의 물소리와 함께 누군가의 목소리가 들렸다. 오직 그 목소리만이 그녀의 적막을 깨고 들려왔다.

[나와 계약하겠는가?]

귀가 아닌 머리에서 울리는 소리였다. 낮게 울리는 저음에 거세게 요동치던 심장이 점차 잠잠해지기 시작했다.

'……당신은 누구지?'

[엘라임.]

'……엘…… 라임?'

그가 또다시 물었다.

[계약하겠는가?]

헬리아는 그 말이 무슨 뜻인지 이해할 수 없었다. 어째서 갑자기 목소리가 들려온 것인지, 그 목소리가 누구의 것인지도 알 수 없었다. 그가 말한 계약은 또 무엇이란 말인가. 하지만 자석에 이끌리듯 그녀는 입을 열었다.

'……힘이.'

그와 계약한다면 지금과는 달라질 수 있을까? 더 이상 배신당하지 않을 수 있을까? 아무것도 할 수 없는 무력감을 이제는 느끼고 싶지 않다.

'……힘이 필요해.'

[그대가 바라는 대로.]

'······계약하겠어.'

그 순간 잔잔했던 기운이 거대한 헤일처럼 그녀를 휘감았다. 하지만 두렵거나 무섭지 않았다. 태초의 물, 어머니의 양수에 있는 듯 편안하고 포근했다. 그의 목소리가 다시금 들려왔다.

[정령계를 다스리는 왕, 나 물의 정령왕 엘라임. 신이 정한 태초의 맹약에 따라 헬리아 아르센과 계약을 맺노라.]

파앗!

푸른 빛줄기가 그녀를 향해 쏟아졌다.

쏴아아아!

허공에 멈춰 있던 빗방울들이 다시 쏟아지기 시작했다. 이윽고 공간을 가득 메웠던 푸른빛이 사라졌다. 빛이 사라진 자리엔 대신 한 남자가 서 있었다. 깔끔하고 단정한 흰색 정복을 입은 푸른 머리 남자였다. 허리 아래까지 내려오는 긴 머리카락은 바다보다 짙은 물빛이었고, 눈동자는 에메랄드를 박아 넣은 듯 반짝였다.

빛이 사라지고 나타난 푸른 머리의 남자. 사람들은 그에게서 시선을 떼지 못했다. 하지만 헬리아는 차갑게 식은 레헨의 몸에 갇혀 그를 볼 수 없었다. 그녀의 눈에 빛이 돌아온 것은 조금 더 이후였다.

푸른 머리의 미남자가 천천히 눈을 깜박이며 주변을 둘러보았다.

톡―

빗방울이 그의 매끄러운 콧잔등에 떨어졌다. 그러나 그를 적시진 못하고 이내 바닥으로 떨어졌다. 그가 고개를 들었다.

"여기가······."

그의 하얀 얼굴이 점차 기대와 흥분으로 붉게 상기되었다.

"후아―"

그는 숨을 깊게 들이마시고 내쉬었다. 비에 축축이 젖은 대지의 내음이 그의 폐부를 돌아 밖으로 나왔다. 푸른 머리 남자의 얼굴엔 흡족한 기색이 역력했다.

"드디어."

남자의 입가에 작은 미소가 떠올랐다. 태초부터 존재하기 시작한 이래 처음으로 밟아본 인간 세계였다. 그는 무릎을 굽혀 흙을 만졌다. 물에 젖은 흙이 부드럽게 만져졌다. 다른 이의 눈에는 전혀 이해할 수 없는 행동이었지만 그는 모든 것이 신비롭고 새로웠다.

"정말 인간계로구나!"

주변에 사람이 있든 없든 그는 신경 쓰지 않았다. 그의 관심사는 오직 자신이 인간계에 왔다는 사실뿐이었다. 그의 얼굴이 설렘으로 물들었다. 그는 오랫동안 인간계에 나오길 바랐었다. 그의 다른 동료들이 인간계로 나갈 때마다 부러운 눈으로 지켜보곤 했었다. 하나 이제는 다르다. 그가 그토록 와보고 싶었던 곳에 드디어 오게 된 것이다.

"네, 네놈은 누구냐!"

불쥐의 얼굴에는 경계의 빛이 역력했다. 손에는 알 수 없는 긴장감으로 인해 땀이 흘렀다. 그러나 이를 악물고 소리쳤다. 그의 외침에 부하들도 정신을 차리고 다시 검을 곧추세웠다.

푸른 머리 남자의 미간이 살짝 치켜 올라갔다. 하지만 그는 이내 입꼬리를 올렸다.

"홋, 내가 누구냐고?"

그는 턱을 바짝 들어 올리고 어깨를 폈다. 그리고 시선을 정면으로 고정한 채 당당히 정체를 밝혔다.

"세상의 물을 다스리는 자."

그의 푸른 눈동자에 은은한 정기가 흘렀다.

"물의 정령왕 엘라임."

"그 무슨!"

불쥐와 그곳에 있던 모두 그가 대체 무슨 말을 하고 있는지 이해할 수 없었다. 그의 말을 곧이곧대로 믿기엔 너무 현실감이 없었다. 갑자기 나타나 스스로 왕이라 칭하는 자의 말을 누가 믿는단 말인가.

"……왕?"

그때 헬리아의 고개가 돌아갔다. 엘라임의 얼굴을 본 그녀의 동공이 순간 심하게 흔들렸다.

'……설마?'

닮았다. 그의 말투, 목소리, 몸짓 하나하나가 그를 떠올리게 만들었다. 그녀가 사랑했던, 그러나 그녀를 배신한 남자. 엘라임은 그와 너무도 닮아 있었다.

'……아니야, 그가 아니야.'

헬리아는 고개를 저어 생각을 털어냈다. 그는 이곳에 없다. 저자는 다른 자다. 다시 그를 보자 다른 점들이 보이기 시작했다. 그와 달리 엘라임은 좀 더 여유 있고 부드러운, 위엄이 서린 당당한 모습이었다.

"……물의…… 정령왕."

그녀의 시선이 서서히 엘라임을 향했다.

"엘라임……."

적막 속에서 들려오던 단 한 사람의 목소리. 자신에게 힘을 준다던 그 목소리.

헬리아가 간절한 눈으로 그를 바라봤다. 그의 힘이라면 자신을 감싼 이 차가운 체온을 원래대로 돌려놓을 수 있지 않을까. 갈색 머리에 푸른 눈동자를 지닌 남자. 웃는 얼굴에 계속 시선이 가던 그 남자. 비록 자신에게 씻을 수 없는 배신감을 안겨줬지만, 목숨으로 자신을 감싼 그의 마음마저 부정할 수는 없었다.

"부탁이야!"

헬리아의 다급한 목소리에 엘라임이 그녀를 바라봤다.

"레헨을……."

그러나 엘라임은 레헨이라는 남자를 힐긋 보고는 그녀의 말을 잘 랐다.

"그는 죽었어."

"……."

헬리아는 순간 말을 잃었다. 그는 레헨을 보았다. 두 눈을 감고 있는 모습이 마치 잠을 자고 있는 것 같았다.

"죽…… 어?"

헬리아는 레헨의 몸을 세게 붙잡았다. 차갑고 딱딱했다.

"그는 죽었어."

엘라임이 다시 한번 그의 죽음을 확인시켜 주었다. 헬리아는 입술을 질끈 깨물었다. 이대로 그를 놓아야만 하는 것인가? 이대로 보내야만 하는 것인가. 이유라도 들어줄 걸 그랬다. 그녀의 얼굴이 일그러졌다.

"……살릴 수 없는 거야?"

"없어."

"……."

그녀는 입술을 깨물었다. 너무 세게 깨물어 비릿한 쇠맛이 느껴졌다.

"하, 하…… 하."

허탈한 웃음이 흘러나왔다. 눈물조차 나오지 않았다. 그녀도 느끼고 있었다. 마지막에 그의 눈동자에서 서서히 빛이 사라져 가는 것을 보면서 그녀는 알았다.

그는 죽었다. 쉽게 인정할 수 없었을 뿐이다. 그녀는 이를 콰득 물었다. 어째서 그가 죽어야 했고, 자신은 배신당해야만 했을까. 그녀의 눈에서 걷잡을 수 없는 불길이 타올랐다. 그녀의 동공에 불쥐가 비쳤다.

레헨을 죽인 자. 이 모든 일의 악연. 그를 결코 용서할 수 없었다.

"나는 당신의 계약자인가?"

헬리아가 엘라임을 직시했다. 그는 입가에 미소를 띠었다. 당돌했다. 어린아이의 눈빛이라고 믿기 어려울 만큼 그녀의 눈에는 짙은 살기가 어렸다.

"나와 맹세를 한 것이 너라면."

"그럼!"

헬리아가 불쥐를 가리켰다.

"그를 죽여!"

엘라임의 눈이 살짝 커졌다. 그러나 이내 피식 웃었다. 헬리아가 눈살을 구겼다.

"어째서 웃는 거지?"

엘라임의 입가에 어렸던 미소가 순식간에 사라졌다. 그의 표정은 싸늘하게 굳어 있었다. 좀 전과 전혀 다른 분위기였다. 아까의 가벼운 분위기와는 전혀 달랐다. 그의 푸른 눈동자가 일렁였다. 헬리아는 순간 몸을 움직일 수 없었다.

"정말 꼬맹이군."

"……."

"하나 충고하지."

"……."

"정령은 살인 도구가 아니다."

엘라임은 수많은 정령이 인간계에 소환되어 한낱 살인 도구로 전락하는 것을 수도 없이 지켜보았다. 물의 정령왕이지만 그는 그 모습을 보면서 아무것도 할 수 있는 게 없었다. 그의 눈동자 깊숙한 곳에 분노가 비쳤다. 그 때문일까. 헬리아는 어떠한 말도 꺼낼 수 없었다.

"정령도 살아 있는 생명체다, 어린 계약자여. 다음에도 나를 하찮은 살인 도구 따위로 보았다가는 다시는 네 소환에 응하지 않을 것이다."

헬리아는 입술을 깨물었다. 하지만 반박하지 못했다. 그의 분위기와 말에는 어딘가 모르게 대항할 수 없는 힘이 있었다.

엘라임이 그런 헬리아를 바라보다 입꼬리를 씨익 올렸다.

"뭐, 하지만 공손히 부탁한다면 한 번쯤은 생각해 보지."

"……."

헬리아의 미간이 더할 나위 없이 찌푸려졌다. 도통 그의 성격을 종잡을 수 없었다.

"이봐!"

불쥐가 더는 가만히 지켜보지 못하고 소리쳤다.

"네놈의 정체가 뭔지는 모르겠지만 날 방해한다면 죽이겠다!"

그가 수하들에게 손짓했다. 조직원들은 엘라임을 향해 검을 다잡았다. 엘라임이 한쪽 입매를 틀어 올렸다. 즐겁게 인간계를 구경하려 했지만 방해하는 이가 나타났다. 그것도 괘씸한데 감히 인간 주제에 정령왕인 자신에게 칼을 겨누었다.

"방해한다면?"

그는 웃는 얼굴로 그들을 바라봤다.

흠칫!

조직원들은 순간 느껴지는 섬뜩함에 몸을 움직일 수 없었다. 그제야 스멀스멀 두려움이 몰려오기 시작했다. 빛과 함께 나타난 자. 그의 거대한 존재감이 그들을 억눌렀다. 조직원들이 움찔거리며 뒷걸음질 치자 불쥐는 잇소리를 냈다.

"개새끼들! 뭐 하는 거야!"

그러나 그의 손에도 땀이 가득 배었다. 불쥐가 미끄러지는 검을 다잡고 이를 물었다. 복수가 코앞이었다. 이대로 물러날 순 없었다. 그들이 주춤거리자 엘라임은 그들을 무시하고 다시 인간계를 만끽했다. 내리는 비도 그에겐 반가웠다.

"이곳의 비도 나쁘지 않군."

그는 눈을 감으며 비를 맞았다. 그런 그의 긴장감 없는 모습 때문일까. 불쥐의 머릿속에서 알 수 없는 빛과 함께 나타난 그의 강렬한 모습이 어느 정도 씻겨 갔다. 두려움이 사라지자 남은 것은 자신이 그에게 떨었다는 수치심이었다. 불쥐는 일부러 그것을 떨쳐 내기 위해 더 크게 외쳤다.

"뭐 하느냐! 어서 쳐라."

하지만 수하들은 그와 달리 여전히 푸른 머리 남자가 준 두려움에서 헤어 나오지 못했다.

"그저 눈속임일 뿐이다!"

수하들은 발이 땅에 붙었는지 움직이지 않았다.

"치잇!"

불쥐가 이를 깨물고 검을 세웠다. 그리고 곧장 엘라임을 향해 달려들어 검을 휘둘렀다.

"죽어랏!"

하지만 엘라임은 가만히 서 있을 뿐이었다. 그에 불쥐가 더욱 기세등등하게 검을 그의 목으로 찔러 넣었다.

촤악!

단숨에 엘라임의 목이 횡으로 베어졌다.

"큭큭. 역시 눈속……."

흠칫!

그러나 불쥐는 다음 말을 이을 수 없었다. 그의 검은 분명 엘라임의 목을 꿰뚫었다. 하나 피가 흐르지 않았다. 엘라임의 눈동자와 불쥐의 눈동자가 마주쳤다.

"으, 으악!"

불쥐는 놀라 검을 놓으려 했지만 엘라임의 목에서부터 흘러내린 물이 순식간에 그의 팔에 옮겨갔다.

"이, 이게 뭐야!"

물은 멈추지 않고 그의 얼굴로 올라와 얼굴 전체를 감쌌다.

"읍읍!"

불쥐는 숨이 막혀 그것을 떼어내려 했으나 액체인 물이 손에 잡힐 리 만무했다. 게다가 엘라임은 죽은 게 아니었다. 불쥐가 찔렀던 엘라임은 비와 함께 물이 되어 흘러내렸고 다른 곳에서 멀쩡한 모습으로 그를 지켜보고 있었다. 엘라임이 다시 손을 뻗었다. 살생을 할 생각은 아니었다. 그가 힘을 거두기 위해 움직였다.

"음?"

그런데 그가 움직이기 전에 먼저 불쥐가 물에서 풀려났다. 엘라임은 갑자기 힘이 사라지자 자신의 손을 바라보았다.

"왜 갑자기 힘이……."

그러다 어딘가에서 들려오는 소리에 뒤를 돌아보았다.

"하악, 하악……."

헬리아의 얼굴이 보기 안쓰러울 정도로 하얗게 질려 있었다. 숨쉬기 어려운지 가슴을 부여잡고 바닥에 주저앉았다.

"하, 하윽……."

헬리아는 갑자기 온몸에서 힘이 빠져나가면서 급격한 무력감과 호흡곤란에 시달렸다.

"아차!"

엘라임이 서둘러 그녀에게 달려갔다. 처음 인간계에 소환된 탓에 계약자를 신경 쓰지 못했다. 자신이 힘을 쓸수록 계약자에게 부담이 간다는 사실을 그만 잊어버린 것이다.

'이런 초보적인 실수를 하다니.'

엘라임은 속으로 자책했다.

"이봐, 꼬맹이, 괜찮아?"

헬리아는 대답조차 할 수 없었다. 그저 쓰러진 불쥐를 가리켰다.

"주, 죽여야……."

"이거 곤란하군."

엘라임은 신경질적으로 머리를 흩뜨렸다. 그러고는 어쩔 수 없다는 듯 표정을 굳혔다. 자신이 이곳에 있어봤자 오히려 그녀에게 독이 될 뿐이다. 하지만 이대로 자신이 사라진다면 오히려 그녀가 곤란하게 될 것이다. 그가 어떻게 할 방도를 찾고 있지 못할 때였다.

그때까지 잠자코 그들을 지켜보던 복면인이 앞으로 나섰다. 엘라임과 그의 시선이 마주쳤다.

"당신은……."

엘라임은 그와 헬리아를 번갈아 바라보았다. 그러다 이내 복면인의 눈빛에서 무언가를 읽었는지 어깨를 작게 으쓱였다.

"어쩔 수 없군."

그의 몸이 점차 투명하게 변했다.

'인간계 구경은 다음으로 미루는 수밖에.'

그가 안타까운 표정을 지었다.

"다음에 보자고. 꼬맹이."

헬리아는 끊어져 가는 정신을 겨우 부여잡고 그를 붙잡으려 했다. 하나 잡히지 않았다.

"아, 안 돼."

그가 사라지면 자신도 분명 정신을 잃을 것이다. 그렇게 되면 불쥐를 이대로 놓치게 된다. 하지만 그녀의 손은 부질없이 허공을 갈랐다. 이미 엘라임은 사라져 버린 후였다.

그 순간 헬리아도 정신을 잃고 쓰러졌다.

쏴아아아!

빗줄기는 여전히 멈출 줄 몰랐다. 하늘에 구멍이라도 뚫린 듯 세차게 쏟아졌다.

꿈틀!

호흡곤란으로 쓰러졌던 불쥐의 손이 미세하게 움직였다. 그것을 시작으로 의식을 되찾았는지 몸을 꿈틀거리며 천천히 일어났다.

"쿠, 쿨럭!"

기도를 막고 있던 물을 뱉어낸 그는 자신의 몸을 확인했다.

"사, 살아 있는 건가?"

그가 숨을 가쁘게 내쉬고는 주변을 둘러보았다. 푸른 머리의 남자는 보이지 않았다.

"크, 크큭!"

그의 입가에 웃음이 걸렸다. 그때 멀지 않은 곳에 금발 애송이가 쓰러져 있는 것이 보였다. 그는 비릿한 조소를 지으며 쓰러진 헬리아에게 다가갔다. 어찌 된 영문인지는 모르겠지만 그녀를 죽일 수 있는 최고의 기회였다.

"네놈 때문에!"

그가 주변에 떨어진 날카로운 칼을 들고 일어섰다. 그의 입가에 잔인한 미소가 걸렸다.

"크크큭! 결국 살아남는 건 나다."

그가 정신을 잃고 쓰러진 헬리아에게 다가갔다. 그리고 그녀의 목을 노려보며 검을 높이 치켜들었다.

"재수 없는 네놈과도 이것으로 끝이다!"

푸욱!

붉은 피가 뚝뚝 흘렀다. 헬리아의 앞섶이 점차 피로 물들었다. 그러나 불쥐는 낯선 감각에 눈을 부릅떴다.

"……어, 어."

자신의 손을 보았다. 여전히 검을 들고 있었다.

"어, 어째서?"

한데 어째서 피가 흐르는 것이지? 자신은 아직 검을 내려치지 않았건만.

뚝뚝─

떨어지는 피는 그녀의 피가 아니었다.

"……내, 내 피?"

그가 자신의 몸을 내려다보았다. 몸을 꿰뚫고 튀어나온 칼날이 보였다.

"쿠, 쿨럭!"

불쥐는 시뻘겋게 변한 눈으로 뒤를 돌았다. 그 앞에는 복면인이 검을 쥐고 서 있었다.

"네, 네놈이!"

불쥐는 깨달았다. 주위의 수하들이 없어진 것이 아니다. 모두 그의 손에 죽어 바닥에 차가운 시체로 널브러져 있었던 것이다.

털썩.

그의 몸이 차가운 바닥에 쓰러졌다.

"……."

복면인은 그 모습을 지켜보다 서둘러 헬리아의 몸을 안아 들었다. 그가 사라진 자리는 수많은 이의 피로 붉게 물들어 있었다.

✻

따사로운 햇살이 얼굴에 비치자 헬리아의 눈꺼풀이 파르르 떨렸다. 결국 빛을 이기지 못한 눈이 이내 열렸다.

"여긴……."

눈을 뜨자 보이는 것은 익숙한 천장이었다. 그제야 이곳이 어디인지 알아차렸다.

"⋯⋯궁인가?"

그녀는 무거운 눈을 깜빡이며 잠자던 뇌를 일깨웠다.

"윽!"

지끈거리는 머리에 미간을 찡그렸다.

"⋯⋯어떻게 된 거지?"

몸을 일으켰다. 약간 어질하지만 그래도 참을 만했다.

"내가 왜 여기에⋯⋯?"

생각을 하자 머리가 아파왔다. 어째서 자신이 이곳에 있는지도 이해할 수 없었다. 뿐만 아니라 기절한 이후에 어떻게 되었는지도 알 수 없었다. 죽은 레헨은 어떻게 되었고 죽지 않은 불쥐는 어떻게 되었는지. 그녀가 쓰러지기 전까지 분명 불쥐는 살아 있었다. 하나 자신은 이렇게 살아 있다. 그러면 분명 그녀를 가만두지 않았을 텐데.

그때 문을 열고 세바스찬이 들어왔다. 평소에는 허락을 구하고 들어오지만 아직 그녀가 깨지 않은 줄 알고 그냥 들어온 모양이다.

"공주님!"

세바스찬이 깨어난 헬리아를 보고는 급히 다가왔다.

"몸은 괜찮으십니까?"

"괜찮아요."

그의 걱정 가득한 얼굴에 헬리아는 미소 지어주었다. 그러자 안심했는지 그가 옅은 한숨을 내쉬었다.

"꼬박 이틀을 주무셔서 놀랐습니다."

"이틀이나요?"

그렇게 오래 잤단 말인가. 헬리아도 조금 놀랐다.

'그 때문인가⋯⋯.'

엘라임이 힘을 쓰자 이상하게 몸 안의 힘이 빠져나가는 것을 느꼈다. 그때는 경황이 없어서 잊고 있었는데, 이제야 정령 책에서 본 내용이 떠올랐다. 정령은 계약자의 마나를 끌어와 쓰기 때문에 정령이 힘을 쓸수록 계약자의 몸에 부담이 간다고 했다.

'그래서 그랬군.'

헬리아가 몸에 대해 생각을 마칠 때쯤 세바스찬이 말했다.

"식사를 내오겠습니다."

"아, 저기 세바스찬."

세바스찬이 가던 걸음을 멈추고 그녀를 바라봤다.

"무슨 필요하신 거라도 있으십니까?"

"아니, 그보다 어떻게 제가 이곳에 있나요?"

헬리아는 자신이 어떻게 궁에 오게 된 건지 경위를 물었다. 세바스찬이 깊은 숨을 내쉬고 대답했다.

"공주님께서 그날따라 늦도록 오시지 않아서 찾으러 나갔습니다. 한데 오두막에서 피를 흘린 채 기절하신 걸 보고 깜짝 놀랐습니다."

"그래요?"

'오두막이라. 도대체 누가 나를 거기에 데려다 놓은 거지?'

헬리아는 미간을 찡그렸다. 떠오르는 건 그 복면인이라는 자뿐이지만, 역시 알 수 없다.

"도대체 무슨 일인 겁니까? 피를 흘리고 계셔서 얼마나 놀랐는지……."

세바스찬이 고개를 설레설레 저었다. 그나마 그 피가 헬리아의 피가 아니라 다행이었다.

"……."

헬리아는 입을 열지 못했다. 세바스찬에게 무어라 설명한단 말인가. 그녀가 입을 다물고 있자 세바스찬은 깊게 한숨을 내쉬었다.

“그럼 쉬십시오.”

세바스찬이 인사하고 방을 빠져나갔다. 헬리아는 두 손에 얼굴을 묻었다. 머리가 복잡했다. 그보다 레헨은 어떻게 되었을까? 그의 싸늘한 체온이 여전히 잊히지 않는다.

헬리아는 침대에서 내려와 옷을 대충 끼워 입고 문을 나섰다. 그러나 문 앞에서 세바스찬이 그녀를 막았다.

“무슨 일입니까?”

“잠시 밖에 나갔다 올게요.”

세바스찬의 미간이 살짝 찌푸려졌다. 그는 단호히 답했다.

“나가실 수 없습니다.”

“금방 다녀올게요.”

“안 됩니다.”

“세바스찬, 전 이제 괜찮아요.”

“그렇다 하더라도 안 됩니다. 더 이상 공주님이 밖에 나가지 않으셨으면 합니다.”

“하지만…….”

“약조하지 않으셨습니까? 무슨 일이 생기면 나가시지 않겠다고.”

“…….”

헬리아는 입을 열 수 없었다. 세바스찬이 걱정 어린 표정으로 그녀를 바라보았다.

“얼마나 걱정했는지 모릅니다. 또다시 공주님이 피를 흘리며 쓰러진 모습을 보고 있을 수 없습니다.”

“그건 그냥 사고…….”

세바스찬이 고개를 저었다.

“세상은 그런 곳입니다, 공주님. 결코 공주님께서 생각하시는 그런 너그러운 곳이 아닙니다. 하물며 열 살이신 공주님께는 더더욱 위험합니다.”

“…….”

헬리아는 반박할 수 없었다. 세바스찬이 쐐기를 박았다

“앞으로 장사니 뭐니 하는 걸로 밖에 나가지 마십시오.”

“세바스찬!”

“위험합니다.”

헬리아는 한숨을 깊게 내쉬었다. 세바스찬의 표정에 서린 걱정이 보였다. 그녀가 피를 묻히고 쓰러진 것을 보고 적잖이 놀란 모양이다.

헬리아가 결국 한발 물러섰다.

“……식사를 가져와 주세요.”

세바스찬이 눈에 띄게 안심한 표정을 지었다. 그 모습에 헬리아는 씁쓸함을 감출 수 없었다.

“바로 가져오겠습니다.”

세바스찬이 나가고 헬리아는 다시 침대에 드러누웠다.

✻

푸른 하늘에 구름 한 점 없이 맑은 날이었다. 헬리아는 근처 호숫가에 서서 호수를 내려다보았다. 깊이를 알 수 없는 호수는 잔잔했다. 숨을 천천히 들이마시자 짙은 물 향이 맡아졌다. 왜인지 모르겠지만 그녀는 이 호수가 좋았다. 이름 없는 호숫가에 서서 호수를 바라보면 마음이 안정되곤 했다. 마치 호수에게 위로를 받는 것 같았다.

헬리아가 잔디에 널브러졌다. 풀이 짓이겨지며 짙은 풋내가 풍겼다. 여전히 세바스찬은 밖에 나가지 못하게 했다. 하지만 그의 말대로 가만히 있을 생각은 없었다. 다만 놀란 그가 진정되길 기다렸다. 한데 세바스찬이 단단히 마음을 먹었는지 좀처럼 의견을 굽히지 않았다.

"하아……."

깊은 한숨이 터져 나왔다.

"무슨 꼬맹이가 한숨이야, 한숨은."

그 순간이었다. 낯익은 목소리에 헬리아가 놀라 벌떡 일어났다.

"넌!"

목소리가 들린 곳을 돌아보자 푸른 머리의 그가 팔짱을 낀 채 서 있었다.

물의 정령왕, 엘라임이었다.

그녀의 눈이 가늘어졌다. 그때는 경황이 없어 그냥 닮았다고 넘어갔지만 그게 아니었다. 정령은 실체가 없다. 모습도 목소리도 정해진 것이 없다. 그들의 모습을 정하는 것은 소환자다. 정령은 소환자가 가장 바라는 모습으로 나타난다. 엘라임이 그를 닮은 건 순전히 자신이 원인이었던 것이다. 헬리아는 엘라임의 얼굴을 보며 속이 쓰려졌다.

'바보 같군…….'

배신당한 그날 가슴속에서 그를 완전히 지워 버렸다 생각했다. 하지만 그게 아니었다. 이다지도 머릿속 깊숙이 그가 남아 있을 줄 몰랐다. 그만큼 그를 사랑했던 것일까, 아니면 그리도 배신당한 것이 충격이었을까.

헬리아는 그에 대한 생각을 떠올리다 이내 머리를 흔들며 상념을 떨쳐 냈다. 그러곤 새삼스럽게 엘라임을 바라보았다. 시원한 눈매와 날렵한 코, 살짝 말린 입꼬리. 자세히 보니 조금씩 그와 다른 점이 눈에 띄었다. 헬리아는 그나마 다른 점으로 위안을 삼았다.

"뭐 해?"

엘라임이 얼굴을 쑥 내밀었다. 헬리아가 그의 얼굴을 손으로 치웠다. 아무래도 조금은 저 얼굴에 적응이 필요할 듯싶었다. 엘라임이 눈가를 찡그리며 혀를 찼다.

"성질은."

"왜 네가 여기 있는 거야?"

자신은 부르지도 않았건만 어째서 나타난 건지 알 수 없었다. 엘라임은 입을 삐쭉 내밀더니 투덜거렸다.

"어째서 그날 이후 한 번도 부르지 않는 건데?"

"……."

어처구니가 없다. 그는 자신이 부르지 않아 토라진 것이다. 역시나 그와는 얼굴만 닮은 것 같다. 헬리아는 살짝 안도의 한숨을 내쉬었다. 다르다는 것을 인지하자 마음이 편해졌다.

그녀가 눈을 흘겼다.

"그래서 마음대로 나온 거야?"

그녀의 말에 살짝 당황한 엘라임이 헛기침으로 상황을 모면했다.

"큼, 상황이 어떻게 되었는지 걱정돼서 그렇지. 처, 첫 계약자가 벌써 죽어버리면 안 되잖아."

"아, 그렇게 걱정하신 정령왕께서 계약자가 쓰러지도록 힘을 잘 조절하셨다 이거지?"

헬리아가 조소를 짓자 할 말이 쏙 들어간 엘라임은 그저 웃기만 했다.

"하, 하하."

"……이상한 놈."

헬리아는 엘라임을 그렇게 정의했다. 물의 정령왕 엘라임. 그러나 때때로 보여주는 모습은 정령왕에 어울리지 않을 만큼 어수룩했다.

엘라임이 헬리아의 팔을 끌었다.

"나가자."

"안 돼."

헬리아가 귀찮은지 얼굴을 찌푸리자 엘라임이 막무가내로 그녀를 잡아챘다.

"안 나갈 거야? 얼마나 이날을 손꼽아 기다렸는데."

"못 나가."

세바스찬의 걱정 어린 표정이 떠올랐다. 어떻게 해야 할지 결정하기 전에는 우선 성 안에 있을 예정이었다. 하지만 그 말을 달리 들은 엘라임이 잠시 고민하더니 웃으며 그녀에게 손을 내밀었다.

"그럼 도망가면 되지. 내가 나가게 해줄게."

"……."

그 말에 헬리아는 엘라임이 내민 손을 바라보았다. 자신이 원하던 힘이 바로 눈앞에 있었다. 언제든지 그의 힘을 빌려 이 성을 나갈 수 있었다. 모든 걸 다 던져 버리고 훌훌 그렇게 떠나 편안히 살 수 있으리라. 한데 헬리아는 그의 손을 잡을 수 없었다. 그녀의 심장이, 그녀의 정신이 그것을 거부했다.

'내가 왜 도망가야 하지? 내가 무슨 잘못을 했는데?'

타악.

헬리아가 엘라임의 손을 뿌리쳤다.

"도망간다고?"

그녀는 한쪽 입꼬리를 올렸다. 이제껏 그녀는 한순간도 인생을 포기하지 않았다. 언제나 적극적으로 나아갔고, 적이 있다면 결코 물러서지 않았다.

"도망가지 않아."

이곳에 오게 되기까지의 일을 떠올렸다. 자신은 아무것도 할 수 없었다. 그 무력감이 기억에서 지워지지 않는다. 엘라임의 말에 잊고 있었던 것을 깨달았다. 왜 돈이, 힘이 필요했는지. 돈이라는 수단에 집착한 나머지 잊어버리고 있었다. 결코 잊어서는 안 되는 목적을.

"내가 이곳을 나갈 때는 오로지 저 정문으로 나갈 때뿐이야."

헬리아의 뜨거운 눈빛과 망설임 없는 말에 엘라임의 푸른 눈동자에 이채가 떠올랐다. 그는 그녀를 보며 살짝 입꼬리를 올렸다.

"계약자가 원하는 대로."

똑똑—

헬리아가 세바스찬의 방문을 두들겼다.

"저, 헬리아예요."

헬리아의 급작스런 방문에 세바스찬은 깜짝 놀랐다. 그러나 그녀가 밖에 나가는 문제로 찾아왔다는 것을 알아채고 표정을 굳혔다. 세바스찬의 방은 그의 성격답게 깔끔하고 단조로웠다. 한 치의 흐트러짐도 없는 모습이 마치 세바스찬 같았다.

헬리아와 세바스찬이 테이블에 마주 앉았다. 헬리아는 세바스찬이 내온 찻잔을 입에 대지 않고 만지작거렸다. 그러다 천천히 입을 열었다.

"나가야겠어요."

"안 됩니다."

세바스찬은 고개를 저었다. 그녀가 피를 흘린 모습으로 돌아온 것이 아직도 눈에 선한데 어떻게 밖으로 보낸단 말인가.

"약조하지 않으셨습니까?"

"미안해요. 그건 지킬 수 없을 것 같아요."

세바스찬은 자신의 주름진 눈가를 눌렀다. 이 어린 공주님을 어떻게 설득해야 할지 캄캄했다. 그가 깊게 한숨을 내쉬고 물었다.

"어째서 나가려고 하시는 겁니까?"

"나가기 위해서요."

세바스찬의 미간이 살짝 찡그려졌다. 나가기 위해서 나간다?

"만약 돈 때문이라면, 제가 어떻게든 마련하겠습니다."

헬리아가 피식 웃으며 세바스찬을 바라보았다.

"얼마나요?"

"······."

그 순간 세바스찬은 멈칫했다. 그녀는 그의 말이 우스운지 한쪽 입꼬리를 올렸다.

"세바스찬은 제게 얼마나 줄 수 있죠?"

"그건······."

"세바스찬은 제가 원하는 만큼의 돈을 줄 수 있나요?"

"······."

그는 대답할 수 없었다. 그리고 깨달았다. 그녀가 생각하는 돈의 액수는 자신이 상상조차 할 수 없는 그런 액수라는 것을.

헬리아는 자리에서 일어나 창가로 걸어갔다. 세바스찬이 그 모습을 가만히 지켜보았다.

끼익.

그녀가 창문을 열었다. 푸른 하늘에 구름이 자유롭게 흘러가며 새 한 마리가 높게 날고 있었다. 그리고 그 아래엔 하늘과 맞닿을 만큼 높은 성벽이 단단히 시선을 막고 있었다.

헬리아의 눈이 그 성벽에 고정되었다. 세바스찬의 시선도 그녀를 따라 성벽에 닿았다. 그녀가 뒤를 돌아 세바스찬과 눈을 마주쳤다.

"저는 언제까지 여기에 있어야 되나요?"

아무도 그녀에게 이곳에 얼마나 있어야 하는지 말해주지 않았다. 무기징역을 당할 만큼 자신의 죄질이 그렇게 나빴던가. 아니면 그 상대가 비앙카였기 때문인가. 알려주는 사람도, 물어볼 사람도 없다.

"1년 뒤?"

"······."

"아니면 10년 뒤?"

세바스찬은 말하고 싶었지만 입을 열 수 없었다. 그가 명 받은 것은 오직 하나. 그녀를 지키라는 것뿐이었다.

헬리아는 그 모습을 보고 비틀린 웃음을 지었다.

"역시 세바스찬도 말하지 못하는군요."

"······공주님."

헬리아가 세바스찬의 눈을 직시했다.

"과연 나갈 날이 올까요?"

"······나가실 수 있을 겁니다."

세바스찬이 힘겹게 말했다. 하나 그것이 오히려 그녀의 말을 증명해 주는 꼴이 되었다.

"정말로요?"

"······."

"없는 죄까지 만들어 절 이곳에 보낸 이들이 지금 밖에 여전히 존재하는데 그럴 수 있을까요?"

헬리아는 피식 웃었다. 멍청한 공주, 이제는 거기다 비앙카를 독살하려 한 악랄한 악녀로 그려지고 있다. 어느 누구도 그녀를 달가워하지 않을 것이다.

"어떻게요?"

"그건······."

"누구도 저를 도와주지 않는데 어떻게 나간다는 거죠?"

그녀는 단호히 고개를 저었다.

"아무도 없어요."

"······공주님."

"왜요? 아니라고요? 세바스찬, 희망 따윈 없어요. 다시 말하지만 절 구해 줄 사람은 아무도 없어요."

만약 있었다면 이렇게 내버려 두지 않았을 것이다.

"저는 더 이상 과거의 그 헬리아가 아니에요. 하지만 아무도 그 사실을 모르죠. 여전히 사람들은 저를 과거의 그 멍청한 공주로 기억하고 있겠죠."

헬리아가 세바스찬을 똑바로 쳐다봤다.

"절 구할 사람은 저밖에 없어요."

세바스찬은 입을 열지 못했다. 헬리아의 눈이 빛났다.

"왜 돈을 벌어야 하냐고, 그걸 왜 제가 직접 해야 하냐고요?"

헬리아가 세바스찬에게 그 답을 내놨다.

"나가기 위해서예요."

"……."

"그러려면 힘이 필요하죠."

헬리아가 그를 바라봤다.

"그 힘, 그게 돈이에요."

그녀는 돈의 힘을 뼈저리게 알고 있었다. 그것이 얼마나 대단한 힘인지를.

"돈만이 지금 제가 가질 수 있는 힘이에요."

세바스찬은 조용히 그녀의 말에 귀를 기울였다.

"세바스찬은 제게 그 힘을 주지 못해요."

"……."

세바스찬이 헬리아를 바라보았다. 아직 열 살인 어린 소녀가 하는 말이다. 그저 으레 그렇듯 아이들의 치기 어린 망상이라 치부하고 무시하면 그만이다. 하지만 그녀의 눈빛이, 말이 그의 마음을 흔들었다. 그녀에게 나이는 그저 숫자에 불과했다.

"그래서 나가야겠어요."

세바스찬은 걱정되었다. 그녀의 말대로 도와주는 사람은 아무도 없을 것이다. 그래서 더욱 힘들 것이다. 어린 공주의 몸으로는 견디기 어려울 것이라고 생각했다. 하나 그건 지나친 걱정이었다. 어린 공주는 이미 충분히 한 사람의 몫을 해낼 수 있는 역량을 지녔다.

세바스찬은 깊게 한숨을 내쉬었다.

"……나가서 어쩌실 생각입니까?"

헬리아가 옅게 웃으며 말했다.

"돈을 벌어야죠."

다시 원점이다. 하지만 같은 원점이 아니었다. 세바스찬은 이해했다. 그녀가 돈을 벌려는 이유를.

"돈을 벌어 저만의 세력을 만들 겁니다. 세바스찬, 그리고 당당히 나갈 거예요. 정문으로."

세바스찬은 그녀의 반짝거리는 눈빛에 더는 반대할 수 없었다. 스스로 비상하려는 새의 날개를 부러뜨릴 순 없는 노릇. 그는 결국 헬리아에게 손을 들었다.

"후우, 정말 공주님을 당해낼 순 없군요."

"그럼?"

"다만 이 늙은이의 노파심으로 한 말씀 드려도 되겠습니까?"

그녀가 고개를 끄덕였다.

"한 달을 드리겠습니다."

"한 달이라니요?"

"그동안 믿을 만한 사람을 데려오신다면 공주님이 하시는 그 어떠한 일에도 일체 반대하지 않겠습니다."

"믿을 만한 사람이라뇨?"

너무 포괄적이었다. 막말로 그녀가 아무 사람이나 데려와 믿을 만한 사람이라 주장한다면 어찌하겠는가? 그러나 세바스찬은 그런 헬리아의 속내를 읽었는지 옅게 웃으며 말했다.

"공주님이라면 속이지 않으실 거라 믿습니다."

세바스찬은 신뢰가 가득한 눈으로 헬리아를 응시했다. 그녀가 그러지 않을 거란 확신에 찬 눈빛이었다. 세바스찬이 말을 이었다.

"그동안 제 지인을 호위로 붙여 드리겠습니다. 한 달 안에 그런 사람을 만들지 못하신다면 강제로라도 공주님을 이곳에 앉혀 놓을 겁니다."

"그건⋯⋯."

"세력을 만드신다고 하셨지요? 혼자서는 세력을 만들 수 없습니다. 사람이 필요한 법입니다. 그러니 그 정도는 하실 수 있으시겠지요?"

세바스찬의 말에 헬리아의 얼굴이 미세하게 구겨졌다. 방심할 수 없는 세바스찬. 마지막까지 긴장을 놓을 수 없게 만든다. 이 일이 최후이자 최초의 시험이 될 것이다. 아마 이 시험에 통과한다면 앞으로 결코 그녀가 하는 일에 토를 달지 않을 것이다.

헬리아가 살짝 입술을 깨물었다. 정말 한 달 안에 그런 사람을 데려올 수 있을까. 세바스찬에게는 큰소리쳤지만 돈을 버는 일과 믿을 만한 사람을 구하는 일이 같을 수 없다.

'세상을 얻기 전에 사람을 얻어라.'

그런 말이 문득 떠올랐다. 세바스찬이 말하고자 하는 것이 바로 그런 게 아닐까. 헬리아는 이제 와 깨달은 자신을 책망했다. 배신 때문에 사람을 믿지 못하는 자신에게는 쉽지 않을 일일 것이다. 난관에 부딪치자 그녀는 이를 앙물었다. 하나 이대로 물러선다면 앞으로 그 어떤 일을 하든 나아가지 못할 것이다.

'믿을 만한 자⋯⋯.'

그때 누군가의 얼굴이 떠올랐다.

'왜 그 생각을 못 했지?'

가장 믿을 만한 자. 배신하지 않을 자.

헬리아의 얼굴에 미소가 피어났다.

＊

"정령사 라임이에요."

헬리아가 세바스찬에게 엘라임을 소개했다. 그들이 있는 곳은 궁과 밖을 연결해 주는 비밀 통로인 오두막이었다.

세바스찬은 크게 놀라 엘라임을 보았다. 푸른 머리와 푸른 눈동자를 지닌 남자. 세바스찬의 표정이 묘해졌다.

"어떻게……."

"그때 절 구해 준 사람이에요."

"……."

그녀가 이렇게 빨리 사람을 데려온 것에 놀랐는지, 아니면 엘라임을 보고 놀랐는지는 알 수 없다. 하지만 놀란 건 사실이다. 세바스찬이 호위를 붙여주기도 전에 헬리아가 먼저 사람을 데려왔으니 말이다.

"정령사 엘…… 이 아니고 라임입니다."

엘라임이 싱긋 웃었다. 그러나 속으로는 인상을 구기고 있었다.

'촌스럽게 라임이 뭐야?'

그는 자신의 이름이 마음에 들지 않는지 헬리아를 쏘아보았다. 첫 인간계 소환인데 제법 그럴듯한 이름을 갖고 싶었다. 그런데 엘라임의 '엘'만 뺀 이름은 이 얼마나 무성의하단 말인가. 하지만 나중에는 그나마 이것이 헬리아의 최선이었다는 것을 깨달았다. 그녀의 작명 센스가 얼마나 터무니없는지. 그가 그러거나 말거나 헬리아는 세바스찬의 반응을 기다렸다.

세바스찬이 헬리아에게 다시 물었다.

"……정말 믿을 만한 자입니까?"

"절대 배신하지 않을 자예요."

헬리아와 세바스찬이 오랫동안 서로를 마주 보았다.

"그를 믿을 수 있다 확신하십니까?"

그녀는 아무 망설임 없이 고개를 끄덕였다.

"후우."

이내 세바스찬이 한숨을 내쉬었다. 설마 정령사를 데려올 줄은 상상도 못했다. 아니, 그가 진짜 놀란 것은 그 때문은 아니었지만 생각조차 못한 건 사실이다.

"……정말 어쩔 수 없군요. 설마 정령사를 데려오실 줄은 몰랐습니다."

정령사는 매우 희귀하다. 정령사는 오직 정령 친화력으로 결정 나기 때문에 배운다고 해서 익힐 수 있는 것이 아니었다.

세바스찬의 말에 헬리아가 눈을 반짝였다.

"그럼!"

"원하시는 대로 마음껏 뜻을 이루시길 바랍니다."

헬리아의 얼굴이 활짝 피었다.

✳

헬리아와 엘라임은 오두막을 나와 시내로 내려갔다. 시내로 내려온 엘라임은 잔뜩 들떠 있었다. 주변이 신기한지 이곳저곳 기웃거렸다.

"우리 저기 저 가게 가자."

자꾸만 헬리아의 옷을 잡아당기며 보챘다. 헬리아가 그런 그를 귀찮은 듯이 바라봤다. 이건 숫제 어린애를 데리고 시장에 나온 꼴이다. 좀처럼 길을 가지 못하자 헬리아가 한숨을 쉬며 말했다.

"갈 데가 있어."

"어딘데?"

"공터에."

자신을 배신한 레헨, 그러나 자신을 감싸다 죽은 레헨이 어떻게 되었는지는 확인해야 했다. 헬리아의 표정이 딱딱하게 굳어 있자 엘라임은 말없이 그녀를 따라갔다.

"……."

공터에는 아무것도 없었다. 아니, 몇몇 아이가 뛰어놀고 있었다. 마치 아무 일도 없었다는 듯, 그곳엔 핏자국도 시체도 아무것도 없었다. 그저 아이들의 웃음소리만이 까르르 들려왔다.

헬리아는 그곳에 있는 한 아이에게 다가갔다.

"최근에 여기에서 무슨 일 없었어?"

열 살쯤 된 남자아이가 고개를 갸웃거렸다.

"무슨 일?"

"사람들이 쓰러져 있거나."

남자아이가 고개를 흔들었다.

"몰라."

"몰라? 사람들 못 봤어?"

남자아이는 추궁하는 듯한 그녀의 눈길에 살짝 짜증이 났는지 홱 고개를 돌렸다.

"몰라, 아무 일도 없었어."

남자아이는 다시 친구들이 있는 곳으로 돌아갔다. 헬리아는 짧게 혀를 찼다. 어린아이한테 물어본 게 잘못이었다. 하지만 자주 이곳을 드나드는 아이들이 특별히 느낀 게 없다는 게 이상했다. 아직도 붉은 피가 선명하게 머릿속에 남아 있었다.

헬리아의 고운 미간이 찌푸려졌다.

"용병길드로 가야겠어."

헬리아와 엘라임이 레헨과 계약을 맺었던 용병길드로 들어갔다. 그러자 가게 안에 있던 사람들의 시선이 모두 그녀를 향했다. 활발한 평소 분위기와 달리 무겁게 가라앉아 있었다.

뚜벅뚜벅. 그녀의 발걸음 소리만이 조용히 울렸다. 그녀가 카운터에 있는 젠에게 다가갔다.

"무슨 일이지요?"

젠은 전과 달리 쌀쌀맞은 태도로 그녀를 맞이했다.

"……레헨은."

젠의 표정이 차갑게 굳었다.

"안 그래도 찾아가려 했습니다만 이렇게 와주었군요."

가시가 돋친 말에 헬리아는 살짝 입술을 깨물었다.

"레헨의 장례식은 이미 끝났습니다."

"……장례식이요?"

"후우, 도대체 무슨 일이 있었던 겁니까? 왜 그 녀석이 시체로……."

젠은 말을 잊지 못했다.

"……장례를 치렀군요. 다행입니다."

헬리아는 자신의 주머니에서 미리 가져온 돈을 카운터에 맡겼다.

"그의 가족에게 전해 주세요."

젠이 헬리아가 건네준 주머니를 받았다. 하지만 그의 얼굴은 더욱 어두워졌다.

"그 녀석은 가족이 없습니다. 동생 한 명이 있었다고 하는데 실종되어 그가 오랫동안 찾았지요. 안타깝게도 이걸 받아줄 사람이 없군요."

젠이 다시 헬리아에게 주머니를 건네주었다. 헬리아는 씁쓸히 주머니를 받고는 용병길드를 나섰다. 그러다 뭔가 떠오른 듯 젠에게 물었다.

"그의 무덤은 어디에 있죠?"

젠이 깊게 한숨을 쉬고 위치를 알려주었다.

"감사합니다."

헬리아와 엘라임은 곧장 길드를 나와 젠이 알려준 위치로 갔다. 죽은 용병들이 묻힌 무덤가는 을씨년스러웠다.

그의 배신은 뼈아팠다. 지금도 그가 낸 상처는 아물지 않았다. 하지만 오랫동안 기억할 것이다. 레헨의 무덤 앞에 선 헬리아는 자신이 어떤 표정을 짓고 있는지 몰랐다. 그저 엘라임만이 묵묵히 그 곁을 지켰다.

"날 배신했으니 고맙다는 말은 하지 않을 거야."

헬리아는 레헨의 무덤 앞에 꽃을 두었다.

그녀는 길게 묵념하고 돌아섰다.

용병길드를 나온 뒤부터 헬리아는 아까부터 계속 말없이 걷기만 했다. 보다 못한 엘라임이 그녀를 물끄러미 지켜보다 팔을 잡아당겼다.

"뭐야?"

"이렇게 나왔는데 그냥 돌아갈 순 없잖아? 내가 이날을 얼마나 고대했는지 알아? 저기로 가자."

싱긋 웃으며 대답한 엘라임이 막무가내로 헬리아를 끌기 시작했다. 그는 과자 가게에서부터 옷 가게, 과일 가게, 장신구 가게 등 닥치는 대로 구경했다. 무슨 관광객처럼 물건을 사고 음식을 먹는데 그 돈은 모두 헬리아의 주머니에서 나왔다. 처음에는 어느 정도 그의 행동을 묵인하던 헬리아도 결국 더는 참지 못하고 그의 정강이를 차버렸다.

"아악! 아프잖아!"

"아프라고 때린 거야. 작작 좀 처먹어! 도대체 언제까지 돌아다닐 건데?"

헬리아가 씩씩거렸다. 레헨의 죽음으로 가슴을 무겁게 누르던 암울한 분위기가 완전히 사라졌다.

엘라임은 씨익 웃고는 팔을 머리 뒤로 둘렀다.

"이제 시작인데?"

헬리아의 눈이 뾰쪽해진다. 그러자 주춤한 엘라임이 마지못해 답했다.

"……어쩔 수 없지. 어린 계약자가 그렇게 바란다면."

헬리아는 이를 갈았다. 이 정령왕이라는 놈은 뺀질거리는 놈이었다. 이리저리 자신을 끌고 다니니 정신을 차릴 수 없었다. 그러다 이내 자신이 더 이상 레헨을 생각하고 있지 않다는 걸 깨닫고 묘한 눈으로 그를 돌아봤다.

그는 그저 실없이 웃고 있었다.

'……이상한 놈.'

헬리아는 고개를 설레설레 저었다. 일부러 그런 건지, 아니면 정말 놀고 싶었던 건지 그 의도가 무엇이든 무거운 분위기를 날려준 그의 행동이 나쁘진 않았다.

"돌아가자."

헬리아와 엘라임이 궁으로 그만 돌아가려 할 때였다. 그들의 귀로 실랑이 소리가 들렸다.

"제발 부탁합니다!"

"어서 꺼져!"

멀지 않은 곳에서 청록색 머리의 사내가 가게 주인으로 보이는 자에게 떠밀려 넘어지는 모습이 보였다.

"포션을 사려면 돈을 가져오란 말이야!"

포션을 취급하는 가게인 것 같았다. 바닥에 철퍼덕 주저앉은 남자는 다시 일어나 주인에게 간곡히 부탁했다.

"돈이 나오면 그때 꼭 드리겠습니다. 한 번만 부탁드립니다. 지금 동생이!"

"이게 어디서 외상질이야! 썩 꺼져!"

주인은 주변의 눈을 의식했는지 얼른 그를 떼어버리고 가게 문을 걸어 잠갔다.

쾅쾅!

"제발 부탁드립니다!"

남자는 문을 두들기며 외쳤지만 가게 주인은 꿈쩍도 하지 않았다. 그는 결국 포기할 수밖에 없었다. 망연자실 넋을 놓았던 남자는 이내 결연한 눈으로 어디론가 뛰어갔다.

흔히 볼 수 있는 장면이었다. 포션은 매우 고가이기 때문에 평민들이 쉽게 살 수 없었다. 하지만 일반 의원들이 조제한 약보다 부작용이 없고, 그 어떤 약보다 효과가 뛰어났다.

그때 청록색 머리의 남자를 잘 아는 이웃인지, 아니면 그냥 지나가는 객인지 모를 한 노파가 혀를 찼다.

"쯧쯧, 저러다 몹쓸 돈에 손대는 건 아닌지……."

포션을 사기 위해 돈을 빌리러 간 것인지는 확실치 않다. 누가 쉽게 돈을 빌려 주겠는가. 남의 돈을 쓴다는 게 얼마나 어렵고 고달픈지 모른다.

헬리아도 과거에 많이 보았다. 남의 돈을 끌어다 써 신세 망친 자들. 그리 멀리서 찾지 않아도 그녀의 가족이 그러했다. 물론 가족은 도박 때문이었고, 저 남자는 다른 이유에서겠지만.

"가자."

헬리아는 이내 자신의 일이 아니라는 듯 돌아섰다. 제 코가 석 자였다. 그녀는 계속 그 광경을 지켜보고 있는 엘라임을 툭 쳤다.

"안 갈 거야?"

그러나 그는 움직이지 않고 고개를 갸웃거렸다.

"포션이 비싸?"

"당연하지."

포션은 마탑과 신전에서 생산하고 있다. 마탑과 신전에서 만들어지는 포션은 각기 성질이 다르다. 누가 더 뛰어난 포션인가는 우열을 가리기 힘들지만, 대체로 신전을 더 쳐준다. 마탑에서 제조한 것보다 순도가 높기 때문이다.

마탑은 여러 가지 재료를 배합해서 포션을 만들고, 신전은 신성력을 이용해 만든다. 마탑의 포션은 많이 만들 수 있지만 재료값이 적지 않은데다 인건비가 많이 들어 비싸다. 반면 신전은 생산 기간은 마탑에 비해 짧은 편이지만 만들기가 어려워 그 수량이 극히 적어 비싸다. 둘의 공통점은 만들기 어렵다는 것이다.

그 설명을 들은 엘라임이 혀를 차며 말했다.

"포션이야 얼마든지 만드는데."

돌아가려는 헬리아의 발이 우뚝 멈춰 섰다. 그녀가 천천히 그를 돌아봤다.

"뭐라고?"

"포션 말이야. 나라면 쉽게 만든다고. 뭐 이 몸에 한해서지."

"뭐!"

헬리아의 눈이 동그래졌다. 그러다 그가 어떤 존재인지 깨달았다.

'그래, 그거야!'

그녀는 입꼬리를 씨익 말아 올렸다. 엘라임은 순간 오싹해진 기분을 느꼈다.

✳

헬리아와 엘라임은 곧장 궁으로 돌아가지 않고 오두막에 남았다.

탁.

헬리아가 빈 통을 끌고 와 엘라임 앞에 놓았다.

"이걸로 뭐 하게?"

엘라임이 통을 보고는 다시 그녀를 바라봤다.

헬리아가 말했다.

"아까 말했었지. 너라면 포션을 쉽게 만들 수 있다고."

엘라임이 고개를 끄덕였다.

"그런데?"

"포션을 만드는 거야."

"포션은 왜?"

"팔 거야."

엘라임의 말에 헬리아는 기발한 생각이 떠올랐다. 왜 이런 생각을 하지 못했을까 자신의 머리를 때렸다. 무려 물의 정령왕을 두고 그 생각을 못 하다니.

"흐음, 이 통 크지 않아?"

엘라임이 통을 이리저리 보고는 살짝 고개를 저었다.

"왜?"

의외의 대답에 그녀는 미간을 찌푸렸다.

"혹시 이제 와서 못 한다는 말을 하려는 건 아니겠지?"

다행히 그런 건 아닌 듯 엘라임이 대답했다.

"이렇게 많은 양이면 네가 부담될 거야."

"상관없어."

고작 그런 이유라면 괜찮다. 헬리아는 아무렇지 않게 말했다. 하지만 그 순간 엘라임의 얼굴에서 웃음기가 사라졌다. 때때로 보여주는 그의 무표정은 왠지 거역할 수 없는 분위기를 자아냈다. 푸른 눈동자가 그녀를 옭아맸다.

"알고서 하는 말인가? 자신의 모든 마나를 다 소진하면 어떻게 되는지?"

"그건."

"죽는다. 어린 계약자, 넌 죽고 싶은가?"

"……."

엘라임이 무섭게 내려다보았다. 순간 헬리아는 그의 기세에 압도되어 입을 열지 못했다. 하지만 금세 엘라임은 평소의 모습으로 돌아왔다.

"뭐, 네가 원한다고 해도 내가 안 하면 그만이지만."

"……그럼 할 수 있는 데까지 해줘."

"한 통 정도면 가능할 것 같아."

헬리아는 입을 삐죽 비틀었다.

'어쨌든 내가 가져온 한 통은 만들 수 있다는 거잖아!'

하지만 그 말을 입 밖으로 내뱉지 못했다. 무엇보다 그가 자신에게 경고해 준 것이다.

"얼른 만들기나 해."

엘라임이 통을 향해 손을 들어 올렸다.

파앗! 그의 손에 푸른빛이 모이더니 허공에 물방울들이 생겨나기 시작했다. 그 물방울들은 평범한 물과 달리 푸른빛이 감돌고 있었다. 천천히 물방울들이 통에 모이기 시작했다.

헬리아는 조용히 그 과정을 숨죽이며 지켜보았다. 통이 반 가까이 채워질 무렵에는 그녀의 얼굴이 상기되었다.

"이게 정말 포션이란 말이지?"

"궁금하면 한번 시험해 볼래?"

엘라임이 장난으로 말했지만 그는 몰랐다. 헬리아라는 인물이 얼마나 제정신이 아닌지. 그녀는 갑자기 방을 뒤지더니 이내 단검을 꺼내왔다. 그리고 엘라임이 말릴 새도 없이 자신의 팔을 단검으로 그어버렸다.

"야, 뭐 하는 거야!"

그녀의 여린 팔에 붉은 피가 뚝뚝 떨어졌다. 헬리아는 대수롭지 않은 듯 말했다.

"시험해 보라며?"

엘라임은 어처구니없었다. 정말 그런다고 단검으로 자신의 팔을 긋는 놈이 얼마나 될까. 그것도 열 살 어린아이가. 그가 표정을 구기든 말든 헬리아는 얼른 통에 든 포션을 한 컵 떠서 상처에 뿌렸다.

치지직!

그러자 하얀 연기를 뿜으며 상처가 씻은 듯이 사라졌다.

"정말 포션이야!"

"……그럼 내가 거짓말이라도 했을까 봐."

엘라임은 한숨을 푹 내쉬었다. 도대체 이 무모한 계약자를 어떻게 대해야 하는지 감이 안 온다. 혹여 정말 마나를 다 쓰면서까지 포션을 만들라고 할까 봐 미리 못 박았다.

"하루에 이 정도가 최대야."

헬리아의 미간이 좁아졌다. 고작 한 통으론 성이 차지 않았다.

"진짜?"

'응'이라고 대답하지 않으면 정말 몸에 무리가 갈 정도로 만들라고 할까 봐 엘라임은 떨떠름하게 고개를 끄덕였다.

헬리아는 곰곰이 생각해 보더니 물었다.

"그럼 마나가 많아지면 더 많이 만들 수 있지?"

이대론 만족할 수 없다는 눈빛이다. 엘라임은 고개를 끄덕였다.

"아직 어리니까."

"흐음……."

헬리아는 포션이 든 통을 보았다. 투명한 포션 위로 그녀의 얼굴이 비쳤다.

'조금 더 많으면 좋을 텐데.'

완벽히 한 통을 채우지 못했다. 물론 이것만으로도 충분히 돈을 벌수 있었다. 하지만 마탑이나 신전과 다른 경쟁력이 있는지는 모르겠다. 빨리 만들 수 있지만 이게 고작이다. 역시 부족했다. 약효도 중요하지만 팔려면 많아야 했다.

헬리아가 상념을 멈추고 엘라임에게 물었다.

"효과는?"

"최상급 포션 이상이지!"

자부심을 드러내며 말하자 헬리아는 턱을 쓸었다. 문득 그 청년이 떠올랐다. 왜 그랬는지는 모른다. 아마 그 청년이 계기가 되어 포션을 만들게 되었기 때문인지도 모른다.

'그거야!'

그녀는 뭔가 떠올랐는지 어디론가 뛰어갔다. 그리고 다시 돌아왔을 때는 양손 가득 물이 든 양동이를 들고 있었다.

"뭐 하게?"

헬리아가 양동이와 포션을 보며 입가에 짙은 미소를 띠었다.

"포션에 물을 타려고."

엘라임은 어이가 없어졌다.

"저, 정말 그러게? 그러면 약효가……."

"아예 없는 건 아니지?"

"그건 그렇지만……."

"좋아."

헬리아가 통에 물을 부었다.

쏴아아!

양이 늘어나면서 통이 넘쳤다.

"많이 파는 거야, 아주 많이!"

헬리아는 만족한 듯 웃었다.

※

달그락 달그락.

수레가 굴러가면서 유리병들이 부딪치며 소리를 냈다. 엘라임은 끄응 앓는 소리를 냈다. 도대체 정령왕인 자신이 수레를 끌고 있다는 사실이 너무도 어이가 없었다. 어떻게 자신을 이런 수레나 끌게 할 수 있단 말인가.

"계약자를 잘못 만났어."

여전히 입은 살아서 신나게 투덜거렸다. 엘라임이 은근슬쩍 말했다.

"저기."

"왜?"

"당나귀라도 한 마리 사는 게 어때?"

"돈 없어."

헬리아는 딱 잘라 거절했다. 하지만 포기하지 않고 엘라임이 다시 권했다.

"돈 벌면."

"더 모아야지."

"치사하게."

마치 미리 답을 준비라도 한 듯 헬리아는 한 치의 오차도 없이 엘라임을 좌절시켰다. 그는 얼굴을 구기고 너 잘났다며 입을 삐죽 내밀었다.

시장에 도착하자 헬리아는 좌판을 깔았다. 좌판 위에 푸르스름한 액체가 담긴 유리병들을 보기 좋게 진열했고, 그 앞에 1실버라 쓴 가격표를 놓았다. 그리고 드디어 판매를 시작했다. 장사할 준비가 다 되자 헬리아는 언제 무표정이었냐는 듯 환한 영업용 미소를 지었다.

"자자! 여기를 주목해 주세요!"

엘라임은 순식간에 변한 그녀의 모습에 놀랐다. 웃는 건 고사하고 항상 다른 이에게 관심 없다는 듯 행동했기 때문이다. 그런 그녀가 장사를 한다고 했을 때 그는 의심했었다. 하지만 완전히 다른 사람이라고 믿을 정도로 그녀는 능숙하게 얼굴에 미소를 짓고 사람들의 관심을 끌었다. 얼마 지나지 않아 몇몇 사람이 관심을 보이기 시작했다. 그녀의 목소리는 묘하게 사람들을 끌어들이는 힘이 있었다.

'좋았어.'

헬리아는 사람들이 자신을 주목하는 것을 확인하고 다시 입을 열었다. 그러곤 가져온 병을 들어 올렸다.

"오늘 아주 특별한 상품을 가지고 왔습니다."

사람들의 시선이 병으로 쏠렸다.

"이것으로 말할 것 같으면, 여기 정령사 라임 님께서 만드신 특제 '활력 포션'입니다!"

갑작스런 설정에 엘라임은 당황했지만 이내 폼을 잡았다. 미리 그녀가 준 로브 자락을 한번 휘저었다. 푸른 머리에 푸른 눈동자를 지닌 엘라임은 누가 봐도 시선을 확 끄는 미남이었다. 사람들의 시선이 단번에 몰렸다.

'결국 라임인 거야?'

엘라임이 흘낏 헬리아를 바라보자 그녀가 조용히 하라는 듯 눈치를 줬다.

'라임이라니. 정말 기르는 개 이름도 그렇겐 안 짓겠다.'

그는 그제야 확신했다. 이 계약자에게 이름 짓는 센스가 없다는 것을. 엘라임이 적당히 추임새를 맞춰주자 사람들이 시선이 확 모였다.

'좋아, 됐어.'

헬리아는 미리 생각해 둔 게 있었다. 어린아이가 포션을 만들어 판다면 누가 믿겠는가. 그보다는 성인이고 보기 힘든 정령사가 만들었다고 하면 더 관심을 기울일 것이다. 무엇보다 엘라임의 외모가 사람들의 시선을 끌면서 동시에 신뢰감을 주기에 좋았다. 특별히 거짓말을 한 것도 아니다. 어쨌든 포션을 만드는 건 엘라임이니까 말이다.

"이 활력 포션은 저희 정령사님이 오랫동안 포션 연구에만 매달린 끝에 완성한 걸작입니다!"

웅성웅성.

그녀의 의도가 맞아떨어졌는지 사람들이 저마다 호기심이 가득한 눈으로 그들을 바라봤다. 간간히 정령사라는 말에 기대감을 드러내는 이들도 있었다. 정령사는 그 수가 드물고 희귀했다. 하지만 사람들은 호기심 어린 눈을 하고서도 쉽사리 다가오지 않았다.

그때 사람들 틈에서 흥미롭게 지켜보던 남자가 불쑥 나타나 물었다.

"활력 포션이 뭐요?"

이때다 싶어 헬리아가 병을 들어 올렸다. 병 안에 푸른빛이 도는 액체가 출렁거렸다.

"이것으로 말할 것 같으면, 지치고 힘들다! 술 먹은 다음 날이 고통스럽다! 아름다운 미모를 갖고 싶다! 그러면 바로 이 활력 포션 하나만 있으면 충분합니다."

그녀의 말에 주변이 소란스러워졌다. 정말 그 말이 사실이면 대단한 일이다. 하지만 의심하는 이도 적지 않았다.

"이거 사기 아니야?"

"그런 게 있을 리가 없잖아?"

그러나 헬리아가 단번에 의심을 일축시켰다.

"먹어 보시면 압니다."

그녀는 가장 강한 의심을 드러내는 사람에게 병을 쥐어주었다.

"이거 괜찮은 거야?"

걱정스러운 표정을 지으며 먹지 못하고 머뭇거리는 남자를 헬리아가 안심시켰다.

"만약 무슨 일이 생긴다면 백 퍼센트 저희가 책임지겠습니다."

확고한 그녀의 말에 그는 뚜껑을 열고 단숨에 들이켰다.

"으음!"

그의 신음에 주변 사람들이 숨죽이며 지켜봤다. 혹시 잘못되는 것은 아닐까 다들 긴장했다. 그런데 남자가 눈을 동그랗게 뜨며 소리를 질렀다.

"이, 이거 대단한데! 몸이 가벼워진 것 같아!"

"오오오!"

그 한마디에 사람들이 너 나 할 것 없이 앞다투어 활력 포션을 샀다. 활력 포션의 가격은 평민에게는 조금 부담스러웠지만, 효능을 따지고 보면 비싼 게 아니었다. 평민들에게는 환영할 만한 물건이었다.

"여기 나도 한 병!"

"여기도!"

포션을 사기 위해 사람들이 돈을 지불했다. 금세 병은 모두 팔렸고, 헬리아의 입가가 벌어졌다.

"큭큭큭."

돈을 만지작거리며 좋아하는 모습이 영락없는 돈귀신이었다. 엘라임은 헬리어에게 돈귀신이 씌인 게 아닌가 곰곰이 생각해 볼 정도였다.

헬리아가 사기꾼 같은 웃음을 지었다. 포션에 물을 타서 뻥튀기할 줄 누가 알았겠나. 사기라면 사기다. 하지만 그녀는 당당했다. 그 대신 가격이 싸지 않은가.

"역시 장사는 무(無)에서 유(有)를 창조해야 해."

좋은 말이다. 하지만 엘라임은 의기양양한 헬리아에 고개를 저었다. 확실히 그녀는 아무것도 하지 않았다. 마나를 빌려줬지만 결국 열심히 만든 건 엘라임이었다. 그녀의 입장에서는 무에서 유가 맞다. 그들이 돌아가기 위해 좌판을 정리하고 궁으로 가려는 찰나, 한 남자가 허겁지겁 달려왔다.

"저, 저기요!"

청록색 머리의 남자. 낯설지 않다 생각했더니 전날 보았던 그 청년이었다. 가까이서 보니 굉장한 미청년이었다. 그는 안경을 쓰고 있었는데, 신기하게도 오드아이였다. 티가 나는 정도는 아니지만 양쪽 눈동자의 색이 미세하게 달랐다. 나이도 어려 보였다. 이제 스물이 될까 말까 했다.

청년은 가쁜 숨을 내쉬며 초조하게 물었다.

"……포, 포션 남았습니까?"

청년의 이름은 클리드였다. 그는 진작 헬리아의 포션에 대한 이야기를 들었지만 서점에서 일하고 있었기 때문에 중간에 빠져나올 수 없었다. 그나마 얼른 일을 마치고 바로 뛰어온 것이다. 그가 포션이 있나 눈으로 살폈다. 안타깝게도 포션은 모두 팔려 한 개도 남지 않았다. 그의 표정이 급격하게 어두워졌다.

헬리아는 처지가 안타깝긴 하지만 남은 포션이 없었다.

"내일 오세요. 내일도 또 오니까요."

그러나 클리드의 얼굴은 펴지지 않았다. 어제 밤새 여동생 일리아가 발작을 일으켰다. 겨우 포션을 사서 먹였지만 너무 비쌌다. 그러던 차에 1실버짜리 포션에 대한 이야기를 들었다. 그 정도라면 어떻게든 마련할 수 있는 돈이었다.

한데 이미 다 팔렸단다. 여동생의 고통스런 모습이 머릿속에서 떠나가지 않았다. 집으로 돌아가야 하건만 다리가 움직이지 않는다.

그때 엘라임이 헬리아에게 포션을 내밀었다. 헬리아가 그건 또 뭐냐는 눈으로 바라보자 그는 어깨를 으쓱였다.

"하나 남았더라고."

그녀의 눈이 가늘어졌다. 클리드의 얼굴이 환해졌다. 포션이 남은 것이다. 헬리아는 이내 작게 한숨을 내쉬고 그에게 내밀었다.

“마침 하나 있었네요.”

“가, 감사합니다.”

그가 거듭 고개를 숙이며 포션을 사갔다. 헬리아가 엘라임을 돌아봤다.

“방금 만든 거지?”

“뭘?”

“그 포션.”

“정말 딱 하나 남았어.”

‘시치미 떼기는.’

순간 느껴진 마나의 힘을 그녀가 느끼지 못할 리가 없었다. 하지만 더는 따지지 않았다.

“좀 더 만들어도 되는 거네.”

“…….”

딱 한 통으로 정해놓았던 엘라임은 어쩔 수 없이 살짝 미간을 찡그렸다. 일부러 몸을 생각해서 부담이 가지 않는 선에서 최대한 낮춰 말했건만 결국 그 포션으로 들통 나고 말았다.

“다음에도 하나 남겨놔.”

“응?”

“포션을 만들 계기를 준 사람이니 이 정도 서비스는 해주지 뭐.”

왠지 매일 찾아올 것 같은 예감이 들었다.

❊

그녀의 말대로 클리드는 장사를 마치기 직전에 거의 매일같이 찾아왔다.

헬리아는 매번 한 병을 남겨두었다.

"고맙습니다."

그는 뛰어오느라 힘들었는지 숨을 헐떡였다. 그 모습이 하도 딱해 보여 헬리아가 말했다.

"조금 늦게까지 있을 거니까 천천히 나와도 좋아요. 마지막 한 개는 남겨둘게요."

"저, 정말입니까? 고맙습니다."

그가 고개 숙여 감사를 표했다. 헬리아는 돈을 벌어 좋긴 하지만 조금 걱정이 되었다.

"근데 이렇게 자주 사도 괜찮아요? 가격이……."

아무리 일반 포션보다는 싸도 평민들에게는 부담되는 가격이었다. 게다가 청년의 행색은 가난하기 그지없었다. 신발은 찢어지고 옷은 구멍이 났다. 다행인 것은 그나마 얼굴이 받쳐 주니 덜 거지 같아 보인다는 것뿐.

클리드가 구김 없이 웃었다. 활짝 웃는 모습이 참 예뻤다.

"괜찮습니다. 포션 덕분에 여동생이 많이 좋아졌습니다."

클리드에게는 다섯 살 아래 여동생이 있었다. 그런데 이 여동생이 심한 폐렴을 앓고 있어 포션이 반드시 필요했다. 헬리아가 파는 활력 포션이 비록 효과는 적지만 지속적으로 먹을 경우에는 분명 차도가 있었다.

"그래요?"

그가 그렇게 말하니 헬리아로선 별다른 말을 할 수 없었다.

그런데 어느 날, 특이한 손님이 찾아왔다. 아니, 손님이라는 말에도 어폐가 있었다. 왜냐하면 포션을 되팔러온 이였기 때문이다.

"……죄송하지만, 돈으로 바꿔주실 수 있나요?"

열대여섯 정도 되어 보이는 소녀였다. 청록색 머리는 빛을 잃어 푸석해져 있었고, 영양 상태가 부실한지 체구는 깡말랐다. 게다가 얼굴은 안쓰럽다 못해 불쌍할 지경이었다. 제대로 빛을 못 본 얼굴은 하얗다 못해 새파랬다. 당장에라도 쓰러질 듯 위태로웠다.

헬리아의 눈이 가늘어졌다.

"죄송하지만 환불은 안 돼요."

소녀의 눈이 초조하게 흔들렸다. 하지만 입술을 깨물고 고개 숙였다.

"꼭 좀 부탁드립니다."

"……."

헬리아는 난감한 듯 머리를 긁적였다. 병을 쥔 손이 애처롭게 떨리고 있었다. 그녀는 결국 병을 받아들였다.

"다른 사람한테는 말하면 안 돼요."

그러자 소녀의 얼굴에 옅은 웃음꽃이 피어났다.

"가, 감사해요."

소녀가 1실버를 받고 되돌아갔다. 멀어지는 소녀를 보며 헬리아는 혀를 찼다. 그녀가 되판 그 포션은 누군가 아픈 그녀를 위해 포션을 사 간 게 아닐까 그런 생각이 떠올랐다.

그다음 날부터 소녀는 매번 찾아왔다. 헬리아는 두 번째에선 난색을 표하다 결국 손을 들고 말았다. 하지만 한마디 덧붙이지 않을 수 없었다.

"이거 언니 먹으라고 누가 사준 거 아니에요?"

소녀는 병색이 완연했다. 활력 포션이 그 효과는 적지만 꾸준히 먹는다면 분명 병이 나을 것이다. 누군가 그녀의 병을 고치기 위해 산 포션을 그녀가 멋대로 판다면 산 사람의 마음은 어떻게 된단 말인가.

"……."

소녀의 안색이 어두워졌다. 괜히 말을 꺼낸 것일까. 소녀는 입술을 깨물고 작게 대답했다.

"포션 때문에 오빠는 무리해서 돈을 벌어요. 잘 먹지도 않고 쉬지도 않아요."

소녀는 쓰게 웃으며 대답했다.

"오빠를 힘들게 하면서까지 살고 싶지는 않아요."

소녀의 웃는 모습은 처연했다. 이미 죽음을 각오한 얼굴이었다.

헬리아는 소녀에게 아무 말도 하지 않았다. 소녀는 그렇게 떠나갔다. 아마 또다시 포션을 바꾸러 찾아올 것이다. 헬리아가 생각에 잠길 때 엘라임이 멀어져 가는 소녀를 보며 말했다.

"닮지 않았어?"

"누굴?"

"그 늦게 오는 사람 말이야."

"······아."

그러고 보니 확실히 그 소녀와 클리드란 청년이 묘하게 닮았다. 아마 클리드가 소녀의 오라비일 것이다. 그렇게 생각하니 딱 맞았다.

"이것 참."

여동생이 나아간다며 웃던 클리드의 환한 미소가 생각났다. 참으로 애꿎은 일이다. 오빠는 동생을 위해 포션을 사가고, 동생은 오빠를 위해 포션을 되판다. 살리려는 자와 죽으려는 자. 행동은 다르지만 마음은 같았다. 결국 서로를 살리기 위해 자신을 희생하고 있는 것이다.

가난. 그것이 그들을 그렇게 만들었다. 헬리아는 조금 굳은 표정으로 이미 사라진 소녀의 그림자를 바라보았다.

✳

오늘도 어김없이 소녀가 찾아왔다. 클리드가 사 가는 포션을 먹지 않자 안색이 점점 더 나빠지고 있었다.

"또 왔네요."

소녀는 소심한 성격인 듯 눈치를 보며 작게 고개를 숙였다. 그녀도 자신이 얼마나 민폐를 끼치고 있는지 알고 있다. 다른 곳이었으면 진작 그녀를 내쫓았을 것이다. 소녀는 그들의 배려가 고마웠다.

"으응, 미안해요."

여전히 안색이 좋지 못했다. 매일같이 포션을 먹었다면 조금 나을 수 있었을 텐데. 헬리아는 살짝 미간을 찌푸렸다.

그러자 소녀의 고개가 더 숙여졌다. 이렇게 매일같이 환불하러 오는 사람은 아마 없을 것이다. 돈이 없다는 게 이런 거다. 헬리아는 가난이 뭔지 잘 알고 있었다.

"자, 1실버예요."

헬리아가 그녀에게 실버를 건넸다.

"콜록, 콜록."

마른기침과 함께 쇳소리가 들렸다. 아픈 몸을 이끌고 매번 나오니 몸이 더 나빠지는 것 같았다. 헬리아는 혀를 차며 물이 든 병을 권했다.

"그러다 숨넘어가겠네요."

소녀는 병에 든 물을 보고는 손사래를 쳤다.

"괘, 괜찮아요."

"받아요. 그냥 물이에요. 계속 콜록거리면 저까지 다 옮잖아요."

매정한 말이었지만 소녀는 그게 아닌 걸 알았다. 조심스레 그녀가 준 물을 마셨다. 그러자 몸이 한결 가벼워졌다. 마치 포션을 먹었을 때같이. 소녀의 눈이 동그래졌다.

"이건……."

"어때요? 물맛 좋죠?"

"아……."

소녀의 눈시울이 붉어졌다.

"고마워요."

"언제 오든 상관없어요. 힘들면 물 마시면 되니까 걱정 마세요."

헬리아가 피식 웃었다. 소녀가 가고 본격적으로 장사가 시작됐다. 옆에서 엘라임이 은근한 눈으로 그녀를 바라봤다.

"왜?"

"내가 포션 줄 땐 뭐라고 했으면서."

"내 맘이야."

헬리아는 어깨를 으쓱였다.

❋

짙은 녹색 머리카락을 지닌 남자의 에메랄드빛 눈동자가 빛났다. 그가 있는 방은 화초로 가득했다. 모두 키우기 까다롭다는 화초들이었다. 하나 그의 방에 있는 화초는 모두 싱그러움을 잃지 않았다. 정성스럽게 흰 장갑을 낀 손으로 화초의 잎 하나하나를 닦았다. 혹여 벌레라도 있을까 매섭게 관찰했다.

"후후."

아름답게 자라는 화초를 보는 것이 그의 취미였다. 그 어떤 보석도 이 아이들만큼 기쁨을 주지 못했다. 그의 손길은 매우 조심스러웠다. 아마 일류 정원사라도 이렇게까지 하지는 못할 것이다.

달칵.

그때 그의 방에 누군가 들어왔다. 녹색 머리의 남자가 뒤를 돌아보았다.

"그래, 가져왔습니까?"

검회색 머리에 외눈 안경을 쓴 남자가 그에게 병을 내밀었다. 녹색 머리의 남자가 장갑을 낀 손으로 작은 병을 들어 올렸다. 그냥 보기엔 특별함이 느껴지지 않았다.

"이겁니까?"

그 물음에 외눈 안경을 쓴 남자가 대답했다.

"요즘 많이 팔리는 활력 포션이라고 하는군."

녹색 머리의 남자는 병을 이리저리 살펴보고는 뚜껑을 열어 냄새를 맡았다. 상쾌한 향이 느껴졌다.

"일반 포션 냄새와는 다르군요. 게다가……."

그의 눈이 반짝였다. 신전과 마탑에서 만드는 포션과는 확실히 달랐다. 좀 더 맑고 깨끗했다. 무엇보다 포션에서 느껴지는 미약한 기운이 낯설지 않았다.

"흐음."

그가 바로 병을 입에 대었다. 액체가 목 안으로 넘어가면서 서서히 몸에서 변화가 일었다. 그의 표정이 오묘해졌다.

"효과가 있군요."

그가 외눈 안경을 쓴 사내를 보며 물었다.

"조사한 건 어떻게 됐습니까?"

사내가 그에게 서류를 넘겼다. 그가 코끝을 찡그렸다.

"아무리 조사해도 정체를 밝힐 수 없었다. 먼지 하나 안 나오더군. 마치 하늘에서 뚝 떨어진 것 같아. 그나마 어린아이가 이전에 채소 장사를 했다는 것만 파악했을 뿐이다. 소재지는 파악할 수 없었어."

녹색 머리 남자의 눈이 가늘어졌다. 감히 최고라 자부하는 자신들의 정보력에 잡히지 않는 이들이 있을 줄이야. 새삼 놀랍기도 했다. 그들에 대해서 아는 것이라곤 포션을 판다는 것, 그리고 그들의 외모였다.

"정령사와 어린아이라, 특이한 조합이군요."

"정령사에 대해 알아보려 했지만 자료가 없더군."

“하긴 정령사라면…….”

정령사는 수도 적을뿐더러 알려진 바도 거의 없었다.

“이거 오히려 더 흥미롭군요.”

한 장 한 장 서류를 넘기던 그의 손이 어느 페이지에서 멈추었다. 그 페이지에는 그들의 외모가 묘사되어 있었다.

“금안에 금발이라…….”

그의 머리에 본능적으로 무언가 스치는 것이 있었다. 이걸 놓쳐서는 안 된다고 그의 감이 경종을 울렸다.

“사람을 붙이세요.”

“접근하라는 건가?”

그가 고개를 끄덕였다.

“한번 보고 싶군요.”

녹색 눈동자가 과거를 추억하듯 어딘지 모르게 아련하게 빛났다.

제5장 엘라드 상단

"콜록, 콜록."

한 노인이 침대에 누워 거친 기침을 내뱉었다. 기침을 내뱉을 때마다 마치 폐를 긁어내는 듯한 쇳소리가 들렸다. 노인의 얼굴엔 죽음의 그림자가 바짝 드리워져 있었다. 그는 유서 깊은 가르안 상단의 상단주인 애쉬튼 가르안이었다.

"콜록……. 알베르."

애쉬튼은 희미하게 보이는 남자의 윤곽에 자신의 오랜 친구이자 최측근인 알베르라 생각했다. 이미 그의 눈은 시력을 상실해 앞이 거의 보이지 않았다.

"알베르."

애쉬튼은 회환에 젖은 눈으로 허공을 쳐다봤다. 이미 죽음을 목전에 두고 그는 지나온 삶을 돌아보았다. 참으로 다사다난한 인생이었다. 미련도 후회도 없는 삶을 살았다 생각했다. 그러나 죽음을 목전에 둔 지금 그는 한 가지 걱정을 떨쳐 낼 수 없었다. 그는 자신의 아들을 떠올릴 때마다 가슴이 아팠다.

"……조쉬는 잘 지내는가?"

"……."

알베르는 무언으로 대신 답했다.

"그렇군."

늘그막에 낳은 조쉬에게 애쉬튼은 기대가 컸다. 자신의 뒤를 이을 재목으로 키워내기 위해 쇠를 단련하듯 두드렸다. 하나 조쉬는 애쉬튼이 원하는 만큼 상재를 보여주지 못했다. 그는 아쉬웠다. 그리고 못내 자신의 아들이 겨우 이 정도밖에 안 되는 것인지 화가 났다.

그 때문에 일부러 차갑게, 모질게 대했다. 쇠처럼 더 두드리면 단단해질 거라고 생각했다. 하지만 그의 착각이었고 만용이었다. 그 사실을 그때는 몰랐다. 그래서 조쉬보다 죽은 친구의 아들에게 더욱 관심을 기울였다. 워렌은 조쉬와 동갑이었지만 애쉬튼이 원하는 상재를 보여주었다.

애쉬튼은 저도 모르게 조쉬를 워렌과 비교하곤 했다. 야단치고 혼내고 다그쳤다. 아들이 어떤 마음이었는지, 그의 취미는 무엇이고 뭘 좋아하는지는 관심 밖이었다.

"……그래선 안 되었거늘."

돌아보니 이제야 조쉬가 보였다. 항상 자신에게 무언가를 갈구하는 그 눈빛이 무엇이었는지 깨달았다. 애쉬튼은 좋은 상인이었지만 좋은 아버지는 아니었다. 그는 잘 표현하지 못했다.

"조쉬는……."

애쉬튼은 떠올렸다. 그의 아들이 좋아한 것이 무엇이었는지. 하지만 아무것도 떠오르지 않았다. 그는 자조적으로 웃었다. 그러다 어릴 적이 생각났다. 조쉬는 장사보다 그림 그리는 것을 더 좋아했다. 그때마다 애쉬튼은 나무랐다.

'마지막엔 네가 원하는 대로.'

마지막에는 아들이 원하는 것을 이루게 해주고 싶었다. 그 아이를 굴레에서 자유롭게 놓아주고 싶었다. 애쉬튼은 결심했다. 조쉬가 원하는 삶을 살 수 있도록.

"……상단 일이라면 워렌이 잘하겠지."

이윽고 애쉬튼은 다시 잠에 빠졌다.

"……워렌이라고?"

알베르의 목소리가 이상했다. 애쉬튼과 비슷한 노인의 목소리가 아니라 젊은 남자의 음성이었다.

"……어째서 그 녀석이지?"

애쉬튼은 착각했다. 자신의 앞에 있는 이가 친우인 알베르라고.

"왜 날 선택하지 않은 거야, 아버지?"

애쉬튼의 아들, 조쉬가 분노에 찬 눈으로 잠자는 그를 노려보았다. 안타깝게도 애쉬튼은 조쉬의 마음을 헤아리지 못했다. 그가 정녕 무엇을 원하는지.

※

활력 포션의 인기는 날로 높아갔다. 수도 인근은 물론 이웃 영지에까지 소문이 났다. 처음에는 평민들만 관심을 보이다가 점차 다른 계급의 사람들까지 흥미를 드러냈다. 특히 가장 관심을 보인 것은 상단들이었다. 그중 가르안 상단의 총관 워렌이 있었다. 큰 체구에 삼십 대 중후반인 워렌이 부하 직원인 어니에게 물었다.

"마탑에 의뢰를 보낸 건 어떻게 됐어?"

"여기 마탑에서 보내온 감정서입니다."

어니는 키가 큰 워렌의 반밖에 되지 않은 작은 체구의 젊은 청년이었다. 어니가 워렌에게 마탑의 직인이 찍힌 봉투를 넘겼다.

워렌은 봉투를 열어 감정서를 확인했다. 감정서를 읽어 내려가는 그의 눈동자가 커졌다.

"정말 효과가 있군."

그가 자신의 꺼칠한 턱을 매만졌다. 워렌은 마탑에 요즘 가장 주목받고 있는 활력 포션의 감정을 의뢰했다. 마탑에서 보내온 감정서에는 활력 포션의 효과가 상세히 설명되어 있었다. 다만 어떤 재료가 쓰였는지 마탑에서도 밝혀내지 못했다. 하지만 워렌은 실망하지 않았다. 부작용이 없고 효과가 있다는 사실만으로 만족했다.

워렌이 어니를 보았다.

"다른 건?"

활력 포션의 가치를 눈여겨본 워렌은 재빨리 마탑에 포션의 성분을 의뢰했고, 정보길드에는 포션을 제작한 정령사에 대한 조사를 맡겼다. 워렌의 물음에 어니가 고개를 저었다.

"그게…… 정체를 알 수 없다 합니다."

워렌의 눈썹이 살짝 치켜 올라갔다.

"다른 곳은?"

"혹시나 몰라서 말씀하신 대로 수도에 있는 정보길드에 전부 의뢰를 넣었습니다만."

"그런데?"

"어느 곳도 그들의 정체에 대해서 알아내지 못했습니다."

"흐음……."

어니가 말을 덧붙였다.

"다른 상단도 조사를 의뢰한 모양인데 다들 같습니다. 알아낸 게 없습니다."

워렌이 턱을 쓰다듬었다. 이렇게 정체를 알 수 없다는 건 상대가 숨기는 경우밖에 없다. 왠지 무언가 더 있을 것 같은 예감이 들었다. 하지만 활력 포션의 유혹은 강렬했다. 상인으로서 이만한 물건을 그냥 내버려 둔다는 건 있을 수 없는 일이다.

"배후는 있는 것 같아?"

"그건 알 수 없습니다. 하지만 조사에 따르면 다른 곳과 연결되진 않았다고 합니다."

워렌이 무언가 결심한 듯 자리에서 일어났다.

"가자."

"어디 가시게요?"

"돈이 되는 곳에 상인이 가는 게 당연하잖아?"

"들어본 바로는 접촉한 상인은 많았지만 전부 거절했다고 하는데."

어니에게 워렌은 동경의 대상이었다. 어려운 사업을 척척 해결했고, 그의 인품은 많은 이를 감복시켰다. 상단원 대부분이 그런 워렌을 좋아했다. 어니도 그중 하나였다.

워렌이 어니에게 호기롭게 말했다.

"그럼 우리가 하면 되겠네."

"총관님!"

긴 다리로 훅훅 걸어가는 워렌을 짧은 다리인 어니가 종종걸음으로 뒤따랐다.

✳

"휘유~ 대단하군."

워렌은 포션을 사기 위해 길게 늘어진 줄을 보며 휘파람을 불었다. 과연 활력 포션의 인기를 새삼 느낄 수 있었다.

"총관님!"

어니가 어기적거리며 다가왔다. 양팔에는 과일이 한가득 든 바구니를 들고 있었다. 작은 체구에 힘이 드는지 낑낑거렸다.

"총관님! 좀 들어주세요!"

"어니, 넌 체력 좀 길러야 돼. 나처럼."

워렌이 근육질 몸매를 자랑했다. 어니의 표정은 썩어갔다.

"그럼 힘 좋은 총관님이 대신 좀 들어주든가요!"

"자자, 줄 서자고."

"총관님!"

먼저 걸어가는 워렌을 어니가 힘겹게 따라갔다.

"활력 포션이 모두 팔렸습니다. 죄송하지만 내일 찾아와 주세요."

헬리아의 목소리에 사람들은 아쉬운 표정을 지었다. 금세 물건이 다 팔려 버린 것이다. 어떤 사람들은 욕하기도 했지만 대개 어쩔 수 없이 왔던 길을 되돌아갔다. 하나둘 되돌아가면서 길게 늘어진 줄도 없어졌다.

헬리아도 흩어진 줄을 보며 속으론 아쉬웠다. 그녀가 하루에 만들어 낼 수 있는 포션의 양이 한정되어 있고, 과도하게 힘을 써서 만들면 판매를 할 수 없었다.

한번은 막무가내로 쥐어짜 만들었는데, 그날 하루 장사도 못 하고 하루 종일 기절하듯 잠을 자야 했다. 많이 만들어도 못 파는 것보단 적절히 조절해 파는 것이 낫다 판단했다. 하지만 아쉬운 건 아쉬운 것이다. 최소한 자신이 판매를 하지 않는다면 더 많이 만들 수 있을 텐데.

헬리아가 가판대를 정리하고 있을 때였다. 마지막 손님인 클리드를 기다리고 있는데, 그녀 앞에 처음 본 사람이 서 있었다.

"물건은 다 팔렸어요. 내일 오세요."

큰 키에 단단한 체구를 지닌 삼십 대 중후반의 남성이었다. 그의 뒤로 작은 체구의 청년도 보였다. 앞에 선 남자의 체구가 워낙 커서 잠시 보이지 않았던 것이다.

체구가 큰 남자가 말했다.

"꼬마 아가씨, 정령사님을 만나러 왔는데 어디 계시니?"

헬리아가 그를 올려다보았다. 키가 워낙 커서 고개를 뒤로 젖혀야 했다.

"벌써 돌아가셨어요."

"그럼 꼬마 아가씨 혼자?"

헬리아의 미간이 좁아졌다.

"……정령사님은 여기 안 계세요."

"아, 그래?"

남자가 씨익 웃었다. 헬리아는 그를 보며 살짝 한숨을 내쉬었다. 떠날 기미가 보이지 않았다. 게다가 실제로 엘라임이 사라진 것은 아니다. 그는 근처에서 그녀를 보고 있었다. 하지만 요새 상인들이 자주 찾아오는 바람에 귀찮아졌다. 그래서 모습을 감추게 되었다. 그러면 자연스레 상인들은 어린애인 헬리아를 상대하지 않고 돌아가 버린다. 이 남자도 그럴 거라 생각했다. 하지만 오산이었다.

"그럼 이건 꼬마 아가씨 줘야겠군."

그가 뒤에 있는 남자에게 손짓하자 작은 체구의 남자가 낑낑거리며 그녀 앞에 과일 바구니를 내놓았다.

헬리아가 바구니를 내려다보고 물었다.

"이게 뭐죠?"

"과일 바구니잖아?"

"이걸 왜 저한테 주냐고요?"

"정령사님에게 드리려고 했는데 보이지 않으니 네게 주는 수밖에."

헬리아가 그를 바라보았다.

"활력 포션에 대해서 이야기할 거라면 모두 거절하라고 했어요. 그러니 이런 짓 해도 소용없어요. 그만 돌아가세요."

그러나 그녀의 단호한 거절에도 사내는 넉살 좋게 웃었다.

"내 이름은 워렌이야. 가르안 상단에서 왔어. 꼬마 아가씨는?"

"꼬마 아니거든요?"

"하하, 원래 그 나이 꼬마들은 다들 그렇게 말하지."

헬리라가 눈을 뾰족하게 떴다.

'이 아저씨 지금 시비 거는 거야?'

그녀의 눈이 가자미눈처럼 가늘어지든 말든 워렌이 자신의 뒤에 있는 남자를 소개했다.

"이쪽은 어니네. 영 못 먹고 자랐는지 스물이 넘었는데 아직도 애 같아."

"총관님! 총관님이 과도하게 큰 거거든요?"

"성격도 애 같고."

헬리아는 머리가 아파졌다. 이름이야 별로 말하고 싶지 않지만 이름을 알려주지 않으면 저 오글거리는 꼬마 아가씨 소리를 계속 듣게 될 것 같았다.

"제 이름은 리아예요. 이제 돌아가 주세요."

"귀여운 이름이야, 꼬마 아가씨."

'이 너구리 같은 아저씨가…….'

자꾸만 꼬마 아가씨라 부르는 워렌에 헬리아는 입이 살짝 비틀렸다.

"할 말 없으면 돌아가세요."

그때 멀리서 허겁지겁 클리드가 뛰어왔다. 어찌나 뛰었는지 그의 이마에 땀이 맺혔다.

"죄송합니다. 오늘따라 손님이 많아서."

"자, 여기 있어요."

헬리아가 클리드에게 남겨둔 포션을 주었다.

"매번 감사합니다."

"이야, 꼬마 아가씨가 참 기특하네."

'아직도 안 갔어?'

헬리아가 얼굴을 구겼다.

"안 갈 거예요?"

"아, 서점에서 일하는 그 친구군."

워렌이 헬리아의 말을 무시하고 클리드에게 인사했다. 클리드는 자신을 알아본 워렌에겐 고개를 숙였다.

"아, 안녕하세요."

"내가 책을 좋아하는데, 요즘 잘나가는 책이 뭔가?"

워렌은 클리드를 붙잡고 이야기하기 시작했다. 헬리아의 이마에 주름이 생겼다.

"안 갈 거냐고요!"

"여기 클리드와 이야기하고 있지 않은가? 그렇지?"

"이익."

'앓느니 죽지.'

헬리아는 이를 물었다. 도대체 저 낮도깨비 같은 아저씨를 어찌해야 하나 싶었다. 그러나 그녀가 어떻게 하기 전에 그가 먼저 물러났다.

"아차, 시간이 벌써 이렇게 됐군. 그럼 다음에 보지, 클리드. 거기 꼬마 아가씨도. 다음엔 정령사님을 만날 수 있으면 좋겠군."

"이거나 가져가요!"

헬리아가 과일 바구니를 가리켰다.

"그건 선물이니 마음대로 해."

워렌은 어니를 이끌고 되돌아갔다.

"도대체 저 아저씨는 뭐 하러 온 거야?"

그때 옆에서 스윽 엘라임이 모습을 드러냈다. 그는 워렌이 가져온 사과를 집어먹었다.

"맛있는데?"

"너나 먹어!"

헬리아는 사라진 워렌을 오랫동안 응시했다.

그날 이후 워렌은 매번 헬리아가 장사를 끝낼 쯤에 찾아와 늦게 온 클리드와 이야기를 했다. 그러면서 선물도 잊지 않았다.

"오늘은 또 뭐예요?"

워렌이 가져오는 선물은 매번 달랐다. 비싸지도 않고 거의 대부분 먹을 거였다.

"유명한 가게에서 산 꼬치야. 아주 맛이 좋아."

헬리아는 매콤한 냄새를 풍기는 꼬치에 시선이 꽂혔다. 그러나 이내 고개를 돌렸다.

'먹을 걸로 사람 유혹하고 있어.'

"이런 거 안 먹어요."

"이거 맛있겠는데?"

엘라임이 불쑥 튀어나왔다. 그리고 꼬치를 덥석 가져가 입에 물었다.

"맛있지요?"

이미 워렌 앞에 엘라임이 나타난 것은 꽤 되었다. 워낙 먹는 걸 좋아하는 엘라임인지라 맛있는 냄새에 함락된 것이다.

'이걸 노린 건 아니겠지?'

헬리아의 눈이 좁쌀만 해졌다. 워렌은 넉살 좋게 클리드에게도 하나 주었다.

"자네도 들게."

"감사합니다. 저 하나 더 가져가도 될까요?"

"그건 꼬마 아가씨 건데."

"전 안 먹어요!"

"그렇다네. 가져가게."

헬리아는 이제는 사라진 꼬치에 눈을 좁혔다. 이러다가 눈이 작아질 것 같다.

'……맛은 보고 싶었는데.'

워렌이 미안하다는 듯 말했다.

"다음번엔 꼬마 아가씨가 좋아하는 걸로 가져다주지."

"그냥 오지 마세요."

헬리아는 부글부글 끓는 속을 힘겹게 식혔다.

"다음에 보지."

오늘도 워렌은 가야 할 때를 아는 바람처럼 훅 사라졌다.

워렌과 어니는 상단으로 돌아왔다. 특별히 다른 일이 있어 돌아온 것은 아니었다.

"총관님, 이제 다 된 거 아니에요?"

어니의 물음에 워렌이 고개를 저었다.

"아직 아니야."

"하지만 그 정령사 다 넘어왔잖아요? 이제 슬슬 때가 된 것 같은……."

"어니, 넌 그래서 아직 말단인 거다."

"아, 왜요!"

어니가 발끈했다. 워렌은 웃으며 말했다.

"너는 그 정령사가 주인인 것 같아?"

"그럼 그 꼬마가 주인이라도 된답니까?"

어니가 농담으로 말을 받았다. 그러나 워렌은 진지했다.

"그 꼬마가 확실해."

"하지만 아직 어린애인걸요?"

"너도 어리잖아."

"전 성인이라고요!"

"너도 그러면서 아직도 겉모습에 집착하는 거냐?"

"하지만…….."

"말투, 행동, 생각. 그 어느 것을 따져도 확실히 그 아이야."

워렌의 눈이 깊어졌다. 그는 꼬마와 정령사를 보면서 그 관계가 매우 특이한 것을 알 수 있었다. 꼬마가 최대한 숨기려 한 것 같지만 저도 모르게 흘리는 태도에서 알 수 있었다. 처음엔 그도 믿지 못했다. 하지만 이제 확신했다.

"어니, 이번 활력 포션의 열쇠는 그 꼬마 아가씨가 쥐고 있어."

워렌은 흥미로운 듯 입가에 웃음을 띠웠다.

"어떻게 할 거야?"

워렌이 사라지자 헬리아는 언제 화냈냐는 듯 흥미로운 표정을 짓고 있었다.

가르안 상단의 총관 워렌. 확실히 능력이 있는 자였다. 그 많은 상인 중 유일하게 헬리아의 머리에 자신의 존재를 각인시켰다. 애초에 헬리아는 상인들의 접촉을 완전히 거부하지 않았다. 그렇지 않다면 그녀가 남아 일일이 그들을 상대하지도 않았을 것이다. 하지만 마음에 드는 사람이 없었다.

한데 워렌은 달랐다. 성격도 좋고 장사 수완도 있었다. 무엇보다 사람이 믿을 만했다. 가르안 상단의 워렌이 아니라 자신의 사람으로 만들고 싶다는 생각이 들었다. 하지만 그는 안타깝게도 가르안 상단에 적을 두고 있었다.

"포기하기엔 아까운 자야."

헬리아가 매끄러운 턱을 쓸어내렸다.

"확실한 정보가 필요해."

그러자 엘라임이 말했다.

"그럼 물어보면 되잖아?"

엘라임이 어디론가 꼬치 막대기를 휘익 던졌다.

"으악!"

막대기는 나무 기둥에 박혔고, 누군가의 비명이 새어 나왔다.

"저 녀석한테 물어보면 되지."

엘라임이 가리킨 곳에는 한 남자가 볼썽사납게 고꾸라져 있었다.

✳

"여기예요."

루카스를 따라간 곳은 번화가에 위치한 식당이었다. 루카스는 연둣빛 머리카락에 십 대 소년의 외모를 지닌 남자였다. 정보길드 마스터의 명령에 헬리아 일행을 몰래 감시하다가 엘라임에 의해 발각당하고 말았다.

'괘, 괜찮겠지?'

루카스는 정체가 드러나자 두려움에 떨었다. 하지만 헬리아가 정보길드에 의뢰하고 싶다는 이야기에 옳다구나 하고 그들을 데려왔다.

헬리아와 엘라임은 루카스가 들어간 곳을 따라 들어갔다. '바람의 숨결'이라는 식당이었다. 번화가에 위치해 있어선지 가게 안은 사람들로 북적였다.

"이런 번화가에 정보길드가 있는 줄 몰랐는데?"

"너무 외진 곳은 손님이 없거든요."

"그런가."

루카스는 계속 꼬마가 말대답하자 이상하게 여겼지만 겉만 보고 판단하지 않았다. 무엇보다 푸른 머리 남자보다 꼬마에게 풍기는 이상한 기운이 그를 섬뜩하게 만들었다.

'……이상하네.'

루카스가 생각을 떨쳐 내고 그들을 안으로 안내했다.

"루카스."

"지배인님!"

그때 검회색 머리에 외눈 안경을 쓴 남자가 다가왔다. 바텐더 복장의 남자는 헬리아와 엘라임을 보더니 루카스를 응시했다.

"아, 저기 이분들은……."

루카스가 당황해 말을 더듬거렸다. 잭은 가볍게 손을 들어 그를 제지했다.

"내가 데려가지. 이쪽으로."

잭은 그들을 이끌고 가게 안쪽으로 들어갔다. 문을 열고 몇 차례 더 미로처럼 꼬인 길을 지나간 뒤에야 계단이 드러났다. 계단 아래로 내려가자 긴 복도가 보였다. 지상에서 보이는 것과 달리 규모가 컸다.

그가 한 방문을 두드렸다.

똑똑-

"들어오세요."

문 너머로 남자의 목소리가 들렸다.

달칵.

문을 열고 안으로 들어가자 짙은 녹색 머리의 남자가 화초를 정성스럽게 손질하고 있었다.

헬리아는 주변을 살폈다. 방 안에 화초가 가득했다. 그래서인지 지하임에도 공기가 청량해 마치 숲속에 와 있는 듯한 착각을 불러일으켰다.

'햇빛도 없는데 잘 자랐네.'

기왕에 화초를 키우려면 지하가 아닌 햇빛 아래서 키우는 것이 더 낫지 않을까 생각했다.

"앉으시죠."

남자가 그들을 소파로 안내했다. 잭이 차를 내왔다.

"정보길드 '베라'에 오신 걸 환영합니다. 마스터인 키안입니다."

"베라?"

"유서 깊은 정보길드입니다."

키안이 싱긋 웃었다. 그의 시선이 엘라임을 향하다 이내 헬리아에게 머물렀다.

헬리아는 마치 자신의 내부까지 낱낱이 파헤쳐지는 기분이었다. 그녀가 인상을 찌푸리자 엘라임이 그녀의 앞을 가로막았다. 그러자 그런 기분이 순식간에 사라졌다.

"아직 어린 꼬맹이라고."

엘라임이 웃으며 키안을 바라봤다. 하지만 눈은 전혀 웃고 있지 않았다. 키안이 어깨를 으쓱였다.

"단지 궁금했을 뿐입니다. 어째서 정령사님이 어린 숙녀분을 데리고 다니시는지 누구나 궁금하지 않겠습니까?"

"진실의 눈을 사용하면서까지?"

"……."

키안과 엘라임이 눈이 마주쳤다. 키안이 피식 웃었다.

"역시 당신에게는 숨길 수 없군요."

"진실의 눈이라니?"

헬리아의 물음에 엘라임이 대답했다.

"이자는 엘프야. 그것도 하이엘프."

"엘프? 하지만……."

"여전히 잘 살고 있습니다."

키안이 웃으며 대답했다. 아르센 왕국은 다르지만 대다수의 국가가 이종족에게 배타적인 입장을 취하고 있다. 멀지 않은 제국에서는 이종족 말살 정책을 대대적으로 펼쳐 제국에서는 이종족을 거의 찾아보기 힘들었다. 특히 엘프들은 미모가 뛰어나고 수명이 길어 노예로 많이 잡혀 비싼 값에 팔렸다. 그 때문에 엘프들은 위기를 느끼고 더욱 숲 안으로 숨어들었다. 이런 번화가에서 노예가 아닌 엘프를 본다는 건 상상조차 하기 힘든 일인 것이다.

"그런데 진실의 눈이라니?"

"엘프들은 사람의 마음을 읽지."

헬리아의 미간이 찌푸려졌다. 키안이 걱정하지 말라는 듯 말했다.

"하지만 걱정하지 마시죠. 제 눈은 이 특별한 아가씨에게는 통하지 않는 모양이니."

그가 딱딱해진 분위기를 흩뜨리며 주의를 환기시켰다.

"자, 어떤 정보를 원하십니까?"

헬리아는 키안이라는 자를 뚫어져라 쳐다보았다. 알 수 없는 자였다. 그의 정체가 궁금하지만 지금은 달리 해야 할 일이 있었다.

"가르안 상단과 워렌에 대한 정보가 필요해."

"유명한 상단이라 돈이 좀 나갑니다."

"……얼마지?"

키안이 웃으며 말했다.

"하지만 첫 의뢰니 서비스로 싸게 해드리죠."

그가 손짓하자 외눈 안경의 잭이 어디론가 사라졌다 나타나더니 손에 서류를 들고 왔다. 키안이 받아 헬리아에게 건넸다.

"상단의 정보입니다."

헬리아가 서류를 받아 들고 내용을 확인했다. 차근차근 서류를 넘기던 그녀가 문득 눈을 크게 떴다.

"재밌게 됐군."

그녀의 입꼬리가 올라갔다.

그들이 떠나고 키안은 여전히 그 자리에 앉아 있었다. 그는 문을 응시하며 생각에 잠겼다.

"역시나⋯⋯."

잭이 다가와 물었다.

"아는 자야?"

"잭도 알게 될 겁니다."

잭이 살짝 눈매를 접었다. 하지만 누구냐고 물어보지 않았다. 그는 언제나 말하고 싶지 않은 건 말해주지 않는다. 잭은 그저 기다릴 뿐이다.

"계속 지켜보세요."

키안은 작게 웃었다.

✳

"오늘도 나가는 거야?"

워렌은 뒤에서 들린 목소리에 돌아봤다. 그보다는 작지만 평균보다 큰 키에 훤칠한 남자가 웃으며 다가왔다. 상단주의 아들인 조쉬였다. 워렌이 반갑게 그를 맞았다.

"조쉬."

"요즘 네 얼굴 보기 힘들다. 누구 만나러 가는 건데?"

조쉬가 그를 보며 섭섭함을 드러냈다. 워렌은 그의 어깨를 두들기며 웃었다. 조쉬의 눈이 가늘어졌다.

"뭐야? 여자라도 생긴 거야?"

워렌이 웃었다.

"아아, 요즘 꽤 열렬히 구애 중이야."

"정말이냐?"

조쉬의 눈이 동그래지자 워렌이 키득거렸다.

'꼬마 아가씨가 적당히 튕겨야지.'

어떻게든 그녀의 마음에 들어야 하는 점에서 구애라고 할 수 있었다. 장사도 사람이 하는 것이다. 사람의 마음을 얻는 것, 그것이 장사의 철칙이다.

"그보다 넌 어디 가는 거야?"

워렌이 조쉬의 옷차림을 보고 물었다. 평소와 달리 쫙 빼입었다.

"어디 술집에라도 가는 거야?"

워렌과 조쉬는 매우 친한 친구였다. 상단주의 아들과 직원이지만 어릴 적부터 함께 자란 형제 같은 사이였다. 워렌에게 조쉬는 친구 그 이상의 의미가 있었다. 아버지가 돌아가시고 힘들던 그 시절에 그가 있어 외롭지 않았다.

조쉬가 코끝을 찡그리며 말했다.

"아아, 외할아버지랑 밥 먹으러 가. 늙으니 적적하신 모양이야."

조쉬의 말에 워렌은 고개를 끄덕였다. 조쉬의 외할아버지인 알베르는 애쉬튼의 친우이며 이 상단의 중요 간부 중 한 명이었다.

"그럼 잘 다녀와."

워렌이 조쉬의 어깨를 툭툭 두드리며 밖으로 나갔다.

"……."

워렌이 사라지자 조쉬의 얼굴에서 웃음기가 사라졌다. 그 대신 차가운 조소가 그의 입에 걸렸다. 그는 아까 워렌이 만진 어깨를 더러운 것이 묻었다는 듯 털어냈다.

"재수 없는 새끼."

조쉬는 나직이 내뱉곤 그 자리를 떠났다.

✳

늦은 저녁이었다.

"콜록, 콜록."

애쉬튼은 가쁜 숨을 몰아쉬었다. 그는 자신의 죽음을 예감했다.

"아, 알베르."

그의 옆에서 그를 지켜보던 알베르가 다가왔다.

"애쉬튼……."

"이제 시간이 없는 것 같네. 쿨럭."

애쉬튼의 입가에서 피가 흘렀다. 알베르가 놀라 눈이 커졌다.

"의원을 부르겠네."

애쉬튼이 알베르를 붙잡았다.

"시간이 없네. 우선 내 서랍을 열어보게."

알베르가 머뭇거리다 그의 말에 따라 침대 옆에 있는 서랍을 열었다.

그러자 서류 봉투와 상단주를 증명하는 패가 있었다.

"이건……."

"유언장이네."

"언제 그걸……."

"알베르, 조쉬를 부탁하네."

알베르는 애쉬튼의 말에 고개를 끄덕였다.

"그 아이라면 상단주의 역할도 잘해낼 걸세."

애쉬튼이 고개를 저었다.

"아니네, 상단주는 조쉬가 아니네."

"아니, 그게 무슨 소린가?"

"조쉬는 자네가 잘 보살펴 주게. 하지만 상단주는 워렌이네."

"자네!"

"다음 상단주는 워렌이네."

알베르가 무언가 말하려 했지만 이내 입을 다물고 고개를 끄덕였다.

"……그리하겠네."

애쉬튼의 얼굴에 미소가 어렸다. 마지막이 다가온 것이다.

"잘 부탁하네. 그리고……."

무언가 말하려던 애쉬튼의 입은 더는 열리지 않았다. 마지막 생기를 발하던 그의 얼굴이 어느새 싸늘하게 식어가기 시작했다.

"애쉬튼……."

이미 마지막 잠에 빠진 애쉬튼은 미소를 짓고 있었다. 알베르가 서류 봉투를 열었다. 워렌을 상단주로 임명하는 임명장이었다. 유언장을 읽어가는 알베르의 표정이 점차 굳어갔다. 알베르는 깊게 한숨을 내쉬었다. 그리고 애쉬튼의 방에 들어온 그를 향해 말했다.

"유언장일세."

그가 유언장을 받아 들었다. 그의 눈이 빠르게 유언장을 읽었다.

콰득.

그가 이를 앙다물었다.

"상단주는 워렌이라고?"

유언장의 양 끝을 잡더니 그대로 찢어버렸다.

쫘아악!

조쉬의 눈이 분노로 타올랐다. 그는 유언장을 갈기갈기 찢어버렸다. 조쉬가 죽은 애쉬튼을 보며 조소를 지었다.

"아버지의 뜻대로 되지는 않을 겁니다."

그는 이미 싸늘한 시체가 되어버린 애쉬튼의 뺨을 어루만졌다. 사랑하고도 증오해 마지않는 아버지여.

"워렌이라고?"

조쉬가 비웃었다.

"당신은 내 마음 따윈 하나도 몰라."

그의 눈이 분노로 형형하게 빛났다. 그가 상단패를 꽉 쥐며 말했다.

"가르안 상단은 제 겁니다."

조쉬가 이를 아득 물었다.

"아버지가 아끼는 워렌이 어떻게 되는지 지켜보세요."

그가 싸늘하게 식은 애쉬튼의 이마에 입을 맞췄다.

가르안 상단을 이어온 애쉬튼 가르안이 향년 70세에 별세했다. 수많은 조문객의 행렬이 이어졌다. 워렌은 애쉬튼의 관에 흰 꽃을 올려두며 눈을 감았다.

"그동안 감사했습니다. 당신이 주신 은혜는 잊지 않겠습니다."

워렌은 그토록 자신을 아껴준 애쉬튼의 애정에 깊이 감복하며 눈시울을 붉혔다. 아버지가 돌아가시고 오갈 데 없는 그를 거둬준 은혜를 잊지 않을 것이다.

워렌이 조쉬에게 다가갔다. 조쉬의 얼굴이 안쓰러워 보였다.

"······조쉬."

"워렌, 너무 걱정하지 마. 아버지는 편히 가셨어."

오히려 조쉬가 워렌을 위로했다. 다행히 크게 충격받은 모습은 아니었다.

"······그런가?"

워렌이 애쉬튼을 바라보았다. 입가엔 미소가 어렸다.

"마지막엔 좋게 가신 모양이야."

조쉬가 쓰게 웃으며 말했다.

"자네를 참 좋아하셨지."

조쉬의 눈이 순간 싸늘해졌다. 그러나 찰나였다. 워렌은 그걸 알아차리지 못했다.

✲

애쉬튼의 장례가 끝나고 얼마 지나지 않아 그의 유언장이 발표되었다. 모두가 모인 자리에서 알베르가 입회인으로 나섰다. 그가 좌중을 둘러보았다. 알베르의 눈과 조쉬의 눈이 찰나에 마주쳤다. 알베르가 유언장을 읽기 시작했다.

"가르안 상단주이신 애쉬튼 가르안 님의 유언장을 발표하도록 하겠습니다."

모두 숨을 죽이며 그의 손에 들린 유언장을 뚫어져라 바라보았다. 알베르가 입을 열었다.

"가르안 상단의 다음 상단주로 조쉬 가르안을 임명한다."

애쉬튼의 유언장이 발표되자 사람들의 표정은 가지각색이었다. 그러나 대체로 불만 섞인 소리가 터져 나왔다. 조쉬의 상인으로서의 능력에 다들 의문이 많았다. 조쉬의 얼굴이 굳어졌다.

그때 워렌이 나섰다.

"상단주님의 뜻입니다."

"하지만……."

여전히 반대의 목소리가 나왔다. 워렌이 그들을 막았다.

"조쉬는 잘해낼 겁니다."

가르안 상단의 총관인 그가 보증하자 반발을 표하던 이들이 잠잠해졌다. 여전히 아쉬운 표정을 지으며 입맛을 다셨지만 끝내 반대하지는 않았다. 워렌이 조쉬에게 걱정하지 말라는 듯 웃어주었다. 조쉬도 따라 웃었다. 하나 그의 손은 주먹을 꽉 쥐어 손톱에 손바닥에 찔려 피가 새어 나오고 있었다. 조쉬의 눈매가 사나워졌다.

'너란 녀석은 언제나 날 비참하게 만들어.'

조쉬는 입술을 깨물었다.

'이번엔 네가 비참해질 차례다.'

그러나 곧 워렌을 향해 환한 웃음을 지어주었다.

✳

오늘 워렌은 왠지 기운이 없어 보였다. 뺀질거리던 그의 웃음도 오늘만큼은 파업을 한 듯 조용했다.

"무슨 일이에요?"

헬리아의 말에 워렌이 복잡해진 머리를 정리했다.

"상단주님께서 별세하셨어. 상단 분위기도 어수선하고."

헬리아의 눈이 날카로워졌다. 그러나 그건 순간이었다. 아무도 눈치채지 못했다.

"그래요? 그럼 다음 상단주는 누구예요?"

워렌이 깊게 한숨을 내쉬었다.

"조쉬 가르안이라는 사람이다. 상단주님의 아들이지."

워렌의 얼굴에 웃음이 어리자 헬리아가 물었다.

"그 조쉬라는 사람은 상단주로 어때요?"

"자유분방한 녀석이지. 상단주에 어울릴 거라고 생각지 못했지만. 별로 이 일을 좋아하지 않았거든."

헬리아의 눈이 좁아졌다.

"그 사람을 좋아하나요?"

"내 형제나 마찬가지인 녀석이야."

"흐음, 그래요?"

워렌이 기지개를 켜고 자리에서 일어났다. 여전히 슬픔은 남아 있지만 이제 가슴에 묻어야 할 때다. 이미 애쉬튼의 죽음을 예상했던지라 충분히 마음의 준비를 할 시간이 있었다.

"으차! 이제 나는 가 봐야겠다."

"아저씨."

가려던 워렌을 헬리아가 붙잡았다.

"조심하세요."

워렌은 왜 그런 말을 하냐며 물었다.

"뭐를?"

"열 길 물속은 알아도 한 길 사람 속은 모르는 법이니까요."

워렌이 눈을 찌푸렸다. 도대체 무슨 말인지 알 수 없었다.

헬리아가 웃으며 화제를 돌렸다.

"다음에 만나면 계약하죠."

워렌의 눈이 커졌다.

"정말이냐?"

"물론이죠. 제가 졌다구요."

"후후, 그 결정에 후회 없을 거다."

"그럼 다음에 봐요."

워렌이 웃으며 돌아갔다.

헬리아의 곁으로 엘라임이 다가왔다.

"말하지 않을 거야?"

"무슨 말을?"

"조쉬 가르안에 대해."

헬리아가 피식 웃었다.

"스스로 깨달아야지. 사람을 믿는다는 게 얼마나 허무한지."

엘라임은 헬리아의 말에 어깨를 으쓱였다.

✳

조쉬가 상단주로 취임한 후 혼란스런 상단은 어느 정도 원래 모습을 되찾아갔다. 어니는 새로 상단주가 된 조쉬에게 서류를 결제받기 위해 그의 서재로 올라갔다. 그러나 이미 선객이 와 있는 듯 문가에서 소리가 흘러나왔다.

어니가 나중에 다시 와야겠다며 돌아서는 찰나 문 앞에서 딱 멈춰 설 수밖에 없었다.

"정말 워렌을 내칠 생각인가?"

알베르의 목소리가 들렸다.

'무슨 소리지?'

어니는 살금살금 문으로 다가가 귀를 기울였다. 조쉬의 낮은 목소리가 들렸다.

"외할아버지도 그럼 아버지의 뜻대로 그가 상단주가 되었어야 한다고 생각하십니까?

"조쉬!"

어니의 눈이 동그래졌다. 자신이 도대체 무슨 소리를 들었는지 이해할 수 없었다.

'상단주의 뜻?'

어니는 침을 꼴딱 삼키고 주변을 살폈다. 다들 바쁜지 정신없이 돌아다니고 있었다. 어니가 숨을 죽이며 그들의 대화에 귀를 기울였다.

'도대체 뭐지?'

조쉬의 목소리가 들렸다.

"워렌이 있는 한 저는 진짜 상단주가 될 수 없습니다."

"……워렌을 어찌할 것이냐?"

조쉬의 비웃음 소리가 들렸다.

"다시는 설 수 없게 밟아버릴 겁니다."

알베르는 침묵했다. 어니는 허겁지겁 그곳을 벗어났다.

"초, 총관님!"

어니가 얼굴이 사색이 된 채 워렌에게 달려왔다. 워렌은 서류를 정리하다 그를 보며 놀랐다.

"웬 호들갑이야?"

"그, 그게."

숨이 막히는지 가슴을 쳤다. 그는 물 한 잔을 마시고 나서야 간신히 가슴을 진정시킬 수 있었다.

"고, 공자님, 아니, 상단주님이!"

"조쉬가 왜?"

워렌이 인상을 찡그렸다. 어니는 자신이 들은 사실을 워렌에게 하나도 빠짐없이 말했다.

"말도 안 돼!"

"분명 들었어요! 총, 총관님을……."

워렌은 믿을 수 없었다. 되레 어니를 향해 화를 냈다.

"어니! 해도 될 말이 있고 안 될 말이 있다!"

"정말이에요!"

어니는 주먹을 불끈 쥐고 입술을 깨물었다. 워렌은 지끈거리는 머리를 붙잡았다. 오랫동안 봐온 어니는 거짓말할 사내가 아니었다. 하지만 믿기지 않았다. 아니, 믿을 수 없었다. 조쉬는 자신과 형제 같은 이다. 그가 그런 말을 했을 리가 없었다.

어니는 그런 워렌이 답답했다. 분명 조쉬는 워렌을 밟아버린다고 했다. 그가 위험했다.

"총관님!"

"내가 직접 물어보고 오겠어."

워렌이 자리에서 일어났다. 어니는 그런 워렌을 초조하게 지켜봐야 했다.

똑똑―

"……조쉬, 워렌이다."

"들어와."

워렌이 문을 열고 조쉬 앞으로 다가갔다. 조쉬는 그가 들어오거나 말거나 서류를 들춰 보고 있었다. 전 상단주인 애쉬튼의 서재였던 곳은 이제 조쉬의 서재가 되었다.

"조쉬."

"워렌."

조쉬가 워렌을 보며 말했다.

"조쉬라니, 난 이제 상단주라고."

웃으며 이야기했지만 말에 뼈가 있었다. 워렌의 얼굴빛이 점점 어두워졌다.

"알겠어…… 아니, 알겠습니다. 상단주님."

조쉬가 만족한 듯 싱긋 웃었다.

"그래, 무슨 일이지?"

"그것이……."

워렌은 왠지 입을 열 수 없었다. 어니에게 들은 그 말이 사실이 아님을 확인하고자 왔다. 하지만 왠지 그의 얼굴을 보자 입이 떨어지지 않았다.

조쉬가 피식 웃었다. 그의 눈은 전혀 웃고 있지 않았다. 워렌은 그에게서 위화감을 느꼈다.

"무슨 할 이야기가 있는 모양이야."

"……."

"마침 나도 할 이야기가 있었는데, 장소가 적합하지 않군. 자주 가던 술집에서 만나지."

워렌은 조쉬의 말에 고개를 끄덕이고 방을 나왔다.

"……그래, 아닐 거야."

워렌은 일말의 희망을 놓지 못했다.

하늘은 이미 시커먼 어둠으로 물들고 있었다.

워렌은 조쉬와 약속한 술집으로 가기 위해 걸었다. 그의 발걸음이 무거웠다. 조쉬는 어릴 적부터 친한 친구였다. 나이도 같고 또래가 없던 그에게 조쉬는 친구 그 이상이었다.

조쉬는 옛날부터 그림 그리는 것을 좋아했었다. 하지만 상단주는 그런 조쉬를 못마땅해했었다. 워렌은 그런 조쉬를 위로해 주었고, 워렌 또한 조쉬에게 많은 위안을 받았다.

서로 도와주고 위하는 사이. 워렌과 조쉬가 그랬다. 비록 조쉬에게 상재는 없지만 그는 언제나 노력했었다. 애쉬튼의 매서운 질책과 따가운 말에도 그는 열심히 하려 했다.

워렌은 어니의 말을 털어내려 애썼다. 조쉬가 그럴 리가 없다. 하지만 아까 본 눈빛이 잊히지 않았다.

"조심하세요."

순간 꼬마의 말이 떠오른 것은 우연일까. 워렌은 입술을 깨물었다. 무언가 직감하고 있었다. 조쉬가 과거와 다르다고.

"아냐, 조쉬가 그럴 리가 없어."

워렌은 고개를 절레절레 저었다. 어니가 잘못 들은 게 틀림없다. 이번 기회에 다시 관계를 돈독히 해야겠다며 걸어갈 찰나였다. 워렌이 눈매를 구겼다.

"뭐냐."

어둠 속에서 무기를 든 이들이 나타나 그를 둘러쌌다. 워렌이 다급히 뒤로 돌았다. 이미 등 뒤도 놈들이 에워싸고 있었다. 앞의 셋과 뒤의 셋, 총 여섯 명이었다. 워렌은 잔뜩 경계하며 놈들을 노려보았다.

"뭐 하는 놈들이냐?"

워렌이 그들을 노려보았다. 여차하면 방어할 수 있게 온몸을 긴장시켰다.

"꺼져라."

워렌의 체구는 거대했다. 그래서인지 양아치들은 쉽게 그를 건드리지 않았다. 하지만 그렇다고 물러난 것도 아니었다. 그들은 워렌을 둘러싼 채 꼼짝도 하지 않았다. 얼마간 대치 상태가 이어지던 때, 한 남자가 앞으로 나섰다.

"당신이 가르안 상단의 총관인가?"

워렌의 눈이 가늘어졌다. 상대는 자신을 알고 있었다.

"날 어떻게 알지?"

"당신인가 보군."

남자가 씨익 웃더니 뒤에 있는 이들에게 신호했다.

"자, 그럼 쳐라!"

신호와 동시에 무기를 든 이들이 모두 워렌을 향해 달려들기 시작했다.

"도대체 이유가 뭐냐!"

워렌이 소리쳤다. 남자가 비릿하게 웃었다.

"그건 우리보다 당신이 더 잘 알 거라고 생각해."

남자의 말에 워렌의 눈동자가 흔들렸다. 하지만 당장은 느긋하게 생각할 여유가 없었다. 우선은 다가오는 공격을 막기 급급했다. 워렌은 입술을 깨물고 주변을 살폈다. 완벽하게 포위당했다. 빠져나갈 구멍이 보이지 않았다. 결국 워렌은 싸움을 선택했다.

"타앗!"

장한들이 그를 향해 무기를 휘둘렀다. 워렌은 공격을 막으며 그들의 급소를 쳐 나갔다. 그러나 맨손이라 그런지 그들은 쉽게 쓰러지지 않았다.

'전문적인 싸움꾼들이다.'

워렌의 이마에서 땀방울이 흘러내렸다.

"크악!"

방심한 탓에 뒤통수를 몽둥이로 가격당하고 말았다.

"크윽."

워렌은 정신을 다잡기 위해 입술을 깨물었다. 그러나 그 틈을 놓칠 놈들이 아니었다. 그가 주춤거리는 사이 또 다른 공격이 들어왔다.

"제, 젠장."

퍼억!

마지막 누군가 그의 머리를 강하게 내려쳤다. 워렌은 결국 쓰러지고 말았다.

✲

워렌의 의식은 몽롱한 저 밑바닥 아래로 가라앉아 있었다.

촤악!

그때 그의 얼굴로 차가운 무언가가 쏟아졌다. 찬 기운에 정신이 든 워렌은 온몸을 엄습하는 통증에 입술을 깨물었다. 힘겹게 눈을 뜨니 앞이 뿌옇다.

"크, 크윽."

"물을 더 뿌려라."

촤악!

물이 워렌의 얼굴을 정면으로 강타했다. 워렌이 고개를 흔들었다.

'……도대체 여긴 어디지?'

뿌옇던 시야가 돌아왔을 때, 그의 눈동자는 한 사람을 향해 쉼 없이 흔들렸다.

"어, 어째서 네가?"

조쉬가 팔짱을 끼고 그를 향해 비릿한 웃음을 짓고 있었다. 워렌은 자신이 지금 꿈을 꾸고 있는 게 아닌가 생각했다. 하지만 그의 목소리가 들려왔다.

"왜냐고?"

"……조쉬."

조쉬가 바닥에 쓰러진 워렌에게 다가갔다. 그리고 품에서 단도를 꺼내 그의 왼쪽 다리에 쑤셔 넣었다.

"크아악!"

조쉬의 손은 잔인하기 그지없었다. 구멍을 파듯 칼을 비틀었다. 워렌은 고통스런 신음을 흘렸다. 조쉬가 비틀린 웃음을 지었다.

"왜냐고? 큭큭."

워렌의 눈동자가 쉼 없이 흔들렸다. 그 모습을 보면서 조쉬는 희열을 느꼈다.

"네놈이 싫었으니까."

"……."

"나는 네가 죽기보다 싫었다."

"어…… 째서?"

"너 같은 새끼에게 비교당하는 내 마음을 네가 알아?"

"고작 그런 걸로……."

퍽!

조쉬가 발로 워렌을 찼다. 워렌은 힘없이 나가떨어졌다. 조쉬의 발길질은 멈추지 않았다. 이윽고 그가 숨을 몰아쉬며 외쳤다.

"네놈에게나 겨우 고작이었지! 하지만 난 내 인생 전부를 너 때문에 부정당했다!"

조쉬는 언제나 아버지의 애정을 갈구했었다. 그것을 위해 노력했고 그의 칭찬을 받고자 했다. 하지만 그러지 못했다. 아버지의 애정을 모두 워렌에게 빼앗겨 버렸으니. 마지막 순간까지 아버지는 워렌을 생각했다. 이 상단을 피 한 방울 안 섞인 그에게 줄 정도로. 그동안 단단히 쌓여 있던 조쉬가 분노가 그것을 기점으로 터져 나왔다.

조쉬가 비릿하게 웃었다.

"내가 얼마나 너 때문에 고통스러웠는지, 너도 느껴봐야 해."

그가 씨익 웃었다.

워렌은 너무나 큰 충격에 입을 열지 못했다.

"오늘도 안 오네?"

엘라임이 입맛을 다시며 아쉬워했다. 매번 워렌이 가져오는 음식이 마음에 들었던 터라 그의 부재가 아쉬웠다. 헬리아는 자신의 매끄러운 턱을 쓸어내렸다. 생각에 잠길 때마다 그녀가 하는 버릇이었다.

"결국 일이 터졌군."

"일이라니?"

엘라임이 물었지만 헬리아는 그저 입가에 묘한 미소를 띠웠다.

❊

갑작스럽게 워렌이 가르안 상단을 그만두었다. 모두 그의 결정에 당혹스러워했다. 다들 그를 말렸지만 워렌의 고집을 꺾을 수 없었다. 이유를 물어봤지만 워렌은 아무 말도 하지 않았다. 비어버린 워렌의 서재를 보며 어니는 입술을 깨물었다. 어니는 그 이유를 어렴풋 알 것 같았다. 분명 조쉬인 거다. 그날 워렌은 큰 부상을 입고 돌아왔다. 어니는 깜짝 놀랐다. 조쉬가 한 짓이 분명했다. 하지만 본인이 결코 입을 열지 않으니 어쩔 도리가 없었다.

"총관님……."

어니는 입술을 깨물었다. 그는 워렌이 있는 곳으로 뛰어갔다. 어두컴컴한 골목을 지나자 술 냄새와 여자들의 분 냄새가 불쾌하게 풍겼다. 아직 낮인데도 주변은 을씨년스러운 분위기였다.

어니는 눈을 찡그렸다. 그는 조심스럽게 주변을 살피며 한 술집으로 들어갔다. 시끄러운 음악 소리가 고막을 괴롭혔다. 어니는 귀를 막으며 주변을 살폈다. 짙은 담배 향과 술 냄새, 여자들의 웃음소리까지 마치 아귀 소굴에 온 느낌이었다.

어니는 그곳에서 여자를 끼고 술을 마시는 워렌을 찾았다. 원형 테이블에 앉아 다른 이들과 카드를 하고 있었다. 그는 입에 담배를 물고 웃고 마시고 즐겼다.

"하하, 뭐야? 더 상대 없어?"

연달아 워렌이 도박에 이기자 나서는 상대가 없었다. 워렌은 술을 들이켰다. 마시는 술의 절반이 거의 흘리고 있었다. 이미 만취한 상태였다.

"총관님!"

어니가 워렌에게 다가갔다. 워렌은 빈 술잔을 들어 올리며 그를 알아보았다.

"어어, 이거 애송이 어니 아니야?"

어니가 입술을 질끈 깨물었다.

'도대체 왜 이러시는 거예요!'

어니가 워렌의 팔을 붙잡았다.

"돌아가요."

"돌아가다니? 어디로?"

"총관님!"

"어이, 어니, 너도 같이 칠래?"

어니는 워렌을 잡아당겼다. 그러나 꿈쩍도 하지 않았다.

"왜 이러시는 거예요!"

"……."

워렌이 입을 다물고 담배를 흡입했다. 뿌연 연기가 허공을 맴돌았다.

"다 말해버려요!"

"……."

"상단주, 아니, 조쉬 그자가 했다고 왜 말하지 않는 거예요?"

워렌이 날카로운 눈빛으로 그를 쏘아보았다. 어니는 순간 몸을 떨었다.

"초, 총관님."

"어서 꺼져."

워렌이 어니를 밀쳤다. 그러나 어니가 워렌을 붙잡고 있던 터라 워렌까지 같이 뒤로 넘어졌다.

우당탕탕.

어니는 아픈 엉덩이를 쓰다듬으며 일어났다. 그러나 워렌은 쉽게 일어나지 못했다. 그날 다친 다리의 상처가 근육을 찢어놓아 다리를 저는 것이다. 상처는 치료했지만 워낙 큰 상처였다.

"초, 총관님……."

어니가 덜덜 떨며 그를 부축하려 했으나 워렌이 버럭 소리치며 그의 손을 뿌리쳤다.

"어서 꺼지라고!"

"왜, 왜 그렇게까지."

어니는 결국 도망치듯 그곳을 뛰쳐나갔다.

어니는 터벅터벅 길을 걸어갔다.

"총관님……."

워렌은 하루 종일 술에 취해 살아가고 있었다. 왜 말하지 않는 걸까. 어니는 그를 이해할 수 없었다. 그는 깊은 한숨을 내쉬었다.

"하아……."

어니는 정처 없이 발을 움직였다. 워렌에 대한 생각으로 그의 머리는 복잡해졌다.

"……여긴."

생각 없이 걷다 보니 헬리아 일행이 장사하는 곳으로 와버렸다. 아마 매일같이 워렌과 함께 이곳을 오갔기 때문일까. 절로 길이 몸에 익어버렸나 보다. 하지만 혼자 와본 적은 없어 어찌해야 할까 머뭇거리던 때였다. 엘라임이 먼저 어니를 알아봤다.

"어이!"

"제발 이름 좀 기억해 주세요! 어니라고 몇 번을 말해요!"

어니는 조금 전까지의 한숨도 잊고 씩씩거리며 대꾸했다.

엘라임이 피식 웃었다. 어니는 스물한 살임에도 십 대 중반처럼 앳돼 보였다.

"너무 흔해서 기억하기 힘들어."

"흔하지 않거든요?"

어니가 눈을 뾰쪽하게 뜨며 그를 노려보았지만 엘라임은 그저 어깨를 으쓱이며 무시할 뿐이었다.

그때 헬리아가 둘 사이에 끼어들며 어니에게 다가갔다. 어니의 눈이 붉게 변해 있었기 때문이다.

"무슨 일 있었어요?"

"……."

"아저씨는요?"

"아, 총관님은……."

어니는 눈물을 뚝뚝 흘렸다. 그 모습에 헬리아의 눈이 날카롭게 변했다.

"무슨 일이 있었나 보군요?"

"흑흑, 총관님이……."

입을 열지 않았지만 헬리아는 짐작했다. 결국 일이 터졌다고.

"워렌은 어디에 있나요?"

어니의 눈이 동그래졌다. 헬리아가 씨익 웃었다.

"매일 얻어먹은 값은 해야죠. 다음에 만나면 거래한다고 했거든요."

"저, 정말로?"

"지금이 적기인 것 같네요."

헬리아의 입꼬리가 올라갔다.

어니를 따라간 곳은 허름한 술집이었다. 주변은 어두컴컴했고 역한 냄새가 올라왔다. 엘라임이 손을 휘저었다. 그러자 어느 정도 냄새가 가셨다. 하지만 원체 더러운 곳이라 금방 냄새가 올라왔다.

그들은 가게 안으로 들어갔다. 시끌벅적한 소음이 귀를 괴롭혔다. 헬리아는 워렌을 금방 찾을 수 있었다. 그 같은 거구의 사내를 찾지 못할 수가 없었다. 워렌은 술을 마시며 도박할 상대를 찾고 있었다. 그의 도박 실력이 좋은지 쉬이 상대가 나타나지 않아 앞자리는 여전히 비어 있었다. 헬리아가 그에게 다가가 맞은편 의자에 앉았다.

"아무도 없나요?"

헬리아를 알아본 워렌의 눈이 좁아졌다. 그가 어니를 살짝 노려보았다. 어니는 움찔했지만 고개를 돌렸다. 워렌이 짙은 한숨을 내쉬었다.

"이거, 꼬마 아가씨가 이런 곳에 다 오고?"

"아저씨를 보러 왔죠."

"날 왜?"

헬리아가 웃었다.

"전에 말했죠? 다음에 보면 거래하겠다고."

워렌이 순간 입을 열려다 고개를 저었다.

"다 부질없지."

"그래요?"

"그보다 어린애는 가라."

"상대해 드리죠."

헬리아가 카드를 집어 들었다. 워렌이 눈살을 찌푸렸다.

"어린애랑 할 거라 보냐?"

"질까 봐 두려운 건가요? 그래서 시작도 해보지 않고 포기하는 건가요?"

"……."

워렌의 낯빛이 딱딱하게 굳어졌다. 그의 눈이 헬리아를 쏘아보았다.

"뭘 알고 있지?"

"하나는 알고 있죠, 아저씨가 지금 저를 무서워해서 상대하지 못한다는 것."

워렌이 입꼬리를 올렸다. 예사 꼬맹이가 아닌 줄 알았는데 이거 상상 이상이다.

"좋아, 상대해 주지."

"그보다 걸 돈은 있어요?"

워렌이 웃으며 자신의 테이블을 가리켰다. 겹겹이 쌓여 있는 칩들이 그걸 입증했다.

"이 정도면 충분하지?"

헬리아가 유쾌한 듯 웃었다. 그녀가 현란한 손동작으로 카드를 섞었다. 섞는 폼이 한두 번 해본 솜씨가 아니었다. 헬리아가 모두 섞은 카드를 테이블에 탁 올려놓았다.

"과연 충분할까요?"

'왜냐하면 이제부터 아저씨를 전부 벗겨먹을 거거든요.'

그녀의 금안이 반짝였다.

빠르게 카드가 오갔다. 워렌은 자신의 카드를 내려다보았다.

스트레이트 플러시.

운이 좋았다. 이제까지 나온 패 중에서 제일 좋았다. 워렌이 헬리아를 스윽 바라보았다. 순간 그녀와 눈이 마주쳤다. 그러나 헬리아의 눈빛에서 생각을 읽을 수 없었다. 오히려 그녀의 금안에 낱낱이 벗겨지는 것을 경험해야 했다.

워렌은 잡다한 생각을 털어냈다. 그녀가 어떤 말을 하든 상관하지 않겠다고. 왜 그녀가 자신을 찾아왔는지 모르겠지만 그녀의 술수에 말려들 생각은 없었다.

헬리아는 여유 만만한 웃음을 짓고 있었다. 워렌은 괜히 심통이 났다.

"그렇게 웃고 있을 때가 아닌데?"

"웃을 만하죠."

"……."

헬리아의 말에 워렌의 미간이 찌푸려졌다. 카드를 이야기하는 것이 아니라는 것을 알아챘다.

"가르안 상단주와 친구라고 들었어요."

"……."

"그리고 당신의 다리를 그렇게 만든 사람도 그라고 들었고요."

헬리아가 워렌의 다리를 흘깃 바라보았다. 워렌은 다리를 테이블 아래로 감추었다.

헬리아의 금안이 그를 직시했다.

"아직도 믿고 싶은가요?"

워렌이 헬리아를 바라봤다. 그의 눈이 점차 가라앉았다.

"무슨 소리지?"

"아니면 회피하는 건가요?"

"……."

"혹시 반반?"

헬리아는 피식 웃었다. 워렌의 표정이 사납게 변했다.

"너와 상관없는 일이다."

"하긴 그렇죠."

순순히 물러나자 워렌이 그녀를 바라보았다. 그는 술을 한 모금 들이켰다.

"조쉬는 내 오랜 친구이고 형제였다. 그가 그런 일을 한 데에는 분명 무슨 이유가 있을 거야."

"훗."

헬리아가 웃자 워렌이 그녀를 노려보았다.

"내 말이 우스운가?"

"아아, 우습죠. 우습고말고요."

"어이 꼬마!"

"과연 어떤 일이기에, 친구에 형제 같은 이를 이렇게 망쳐 버렸을까요?"

"……."

"좀 조사해 봤어요."

워렌의 눈이 헬리아를 쏘아봤다. 그녀는 어깨를 으쓱였다.

"아저씨도 저희에 대해 조사해 봤을 거 아니에요? 그러니 피차일반이죠."

"……."

"아저씨에 대해 조사했는데, 와우, 굉장한 전적이더라구요. 대단하더군요."

워렌은 도대체 헬리아가 무슨 말을 하려는 것인지 지켜보았다. 헬리아가 한쪽 입꼬리를 올렸다.

"그에 반해 조쉬라는 자는, 뭐 상단주의 아들이라는 것 빼고는 아무것도 없더군요."

"네가 조쉬에 대해 뭘 알아!"

"모르죠. 다른 사람의 마음 따위."

헬리아가 워렌을 올려다봤다.

"그럼 아저씨는 알아서 지금 이 꼴인가요?"

"……그건."

"하지만 전 이해는 못 하겠지만 왜 그런지 알 것도 같더군요. 제삼자라서 그런 건지도 모르겠지만요."

워렌이 헬리아의 말을 기다렸다.

"열등감."

"……."

"시기, 질투."

"……."

"아저씨는 가져본 적 없겠죠? 솔직히 저도 그래요. 그래서 무시했죠. 뭐 그러다 크게 데었지만."

"하지만 조쉬는……."

"상단주의 아들이지만 언제나 당신에게 비교당하면서, 자신의 아버지마저 당신을 더 아꼈다면 그거야말로 이유는 충분하네요."

"……."

"저주해 마지않는 사람. 조쉬에게 당신은 그런 자예요."

워렌이 입술을 깨물었다.

"조, 조쉬가……."

"또 다른 이유가 필요한가요?"

워렌은 입을 열지 못했다. 그도 어렴풋 느끼고 있었다. 조쉬가 아버지인 애쉬튼의 정을 바랐다는 것을. 그렇지만 애쉬튼은 매우 엄한 아버지였다. 항상 조쉬를 못마땅해했었다. 대신 상단주는 자신을 아껴주었다.

"자, 여기까지는 상황 설명이죠. 다음이 중요하죠."

헬리아가 워렌을 바라봤다.

"여전히 그를 믿나요?"

워렌은 대답하지 못했다.

"……."

"거짓된 믿음에서 벗어나세요. 조쉬는 아저씨를 증오할 이유도, 동기도 충분하죠. 조쉬에게 이미 아저씨는 적이에요."

워렌이 고개를 숙였다. 이제까지 도망치고 싶었던 진실이 그의 앞에 들이밀어졌다.

"자, 아저씨는 어떻게 하실 건가요? 이대로 거짓된 믿음으로 회피하실 건가요?"

"난……."

조쉬를 믿었다. 그래서 그의 배신이 더욱 뼈아팠고 믿을 수 없었다. 그가 그런 이가 아니라고 믿고 싶었다. 하지만 아니었다. 그가 자신을 향해 겨눈 칼이 심장을 파고들었다. 조쉬에 의해 새겨진 상처가 욱신거렸다. 워렌은 자신의 다리를 부여잡았다. 그의 눈에 서서히 분노가 깔리기 시작했다.

"복수, 하고 싶지 않으신가요?"

"복수⋯⋯."

워렌의 눈이 사납게 일그러졌다. 한 껍질 벗겨진 그의 마음에 숨겨진 분노가 들끓기 시작했다. 그러나 이내 고개를 저었다. 조쉬를 상대할 방법이 떠오르지 않았다.

"하지만⋯⋯."

"뭐, 아저씨 혼자의 힘으론 좀 힘들겠죠."

"⋯⋯."

헬리아가 웃으며 말했다.

"승부를 내죠."

"승부?"

"이번 판에 모두 올인 하는 거예요."

워렌의 한쪽 눈썹이 올라갔다.

"무엇을?"

"자신을."

워렌의 눈과 헬리아의 눈이 오랫동안 마주했다.

"아저씨가 이긴다면 제가 힘이 되어드리죠. 아시다시피 라임이 도와줄 거예요."

"만약 네가 이기면?"

헬리아가 씨익 입꼬리를 말아 올렸다.

"그래도 아저씨를 도와주죠."

워렌이 이해할 수 없다는 듯 그녀를 바라봤다. 이기나 지나 자신을 도와준다면 승부가 아니지 않는가?

"오히려 네가 손해가 아닌가?"

"끝까지 들으셔야죠."

헬리아가 그를 똑바로 보았다. 워렌은 순간 섬뜩해졌다.

"제가 이기면, 가져갈 거예요. 당신 전부를."

워렌의 눈이 커졌다.

"어떤가요? 전부를 걸고 '콜' 하시겠습니까?"

헬리아의 금안이 그 어떤 때보다 반짝였다.

"어, 어떻게?"

워렌은 헬리아가 내민 패를 보며 믿을 수 없다는 듯 눈을 크게 떴다.

로열 스트레이트 플러시.

결코 나오기 힘든 배열이 헬리아 앞에 펼쳐졌다. 워렌이 허탈한 듯 자신의 패를 내려놓았다.

스트레이트 플러시.

그것만으로도 굉장한 운이건만 로티플은 이길 수 없었다.

헬리아가 웃었다.

"제가 이겼네요."

"허허……."

"자, 그럼 대금을 받아볼까요?"

워렌은 허탈한 웃음을 감출 수 없었다. 정말 엄청난 꼬맹이를 만나 버렸다. 하지만 기분이 나쁘지 않았다. 오히려 이 도박이 그의 최고의 배팅이 아닐까 문득 그런 생각이 들었다.

워렌이 손을 내밀었다.

"전부를 걸지."

"탁월한 선택이에요."

헬리아와 엘라임은 가게 밖으로 나왔다. 밤공기가 시원했다. 엘라임이 대단하다는 듯 그녀를 보았다.

"연기가 아주 감쪽같은데?"

로열 스트레이트 플러시. 그야말로 0.000154%의 확률이다. 운이었을까. 아니다. 헬리아는 운에 기대는 사람이 아니다. 운을 창조하는 사람이다.

"꼬치구이 열 개다."

"콜!"

헬리아의 입가에 미소가 피어났다. 사기에 필요한 건 연기와 기술이다. 오늘의 연기 담당 헬리아, 그리고 기술 담당 엘라임. 결코 워렌이 이길 수 없는 조합이었다.

✻

"좋은 날씨야."

워렌이 기지개를 켰다. 그는 자신의 다리를 내려다보았다. 완벽하게 나아 있었다. 정령사의 실력이 대단했다. 그는 헬리아를 만나기 위해 걸음을 옮기는 중이었다.

"총관님!"

그때 멀리서 어니가 빠르게 달려왔다.

"어니!"

"왜 이렇게 걸음이 빠르세요."

워렌의 눈이 커졌다.

"네가 왜?"

어니가 웃으며 말했다.

"총관님이 가시는 길에 언제나 이 어니가 있다고요."

"실패할지도 몰라."

"불패신화. 워렌의 길에 실패는 없다구요."

어니의 말에 워렌이 웃었다.

"정말 갈 거냐?"

"물론이죠. 끝까지 달립니다."

"이제 총관이 아니다."

"총관, 그럼 워렌 씨라고 부르죠."

"기어오르긴."

어니가 헤헤 웃었다. 그들은 헬리아와 엘라임이 있는 곳으로 갔다.

"어떻게 할 거지?"

"어떻게 하길 바라세요?"

"단순히 화풀이로는 안 돼. 나는 상인이야. 그렇다면 그에 맞게 복수하고 싶어."

하지만 그들은 아무것도 가진 게 없었다. 아니, 단 하나 활력 포션이 있었다. 헬리아가 대답했다.

"우리도 상단을 만들죠."

워렌의 눈이 커졌다 다시 원래대로 돌아왔다.

"원래부터 상단을 만들 생각이었군."

상인답게 워렌은 헬리아의 의도를 재빨리 알아차렸다. 생각의 폭이 넓고 머리가 빨랐다. 그래서 헬리아는 워렌이 탐이 났던 것이다.

"겸사겸사죠."

"가게는?"

"그건 제가 구하죠. 혹시 괜찮은 곳 있어요?"

"흐음."

워렌이 턱을 쓰다듬다가 아! 하고 외쳤다.

"호킨이라는 놈이 있는데 도박 빚 때문에 가게를 내놓았다고 했어.

겉은 별 볼 일 없어도 제법 괜찮은 데야."

"장소를 알려주세요. 저랑 엘라임이 갔다 오죠. 아저씨는 상단 등록을 해주세요."

"맡겨줘."

헬리아의 눈이 반짝였다.

"이제 시작이에요."

✳

"여기야?"

엘라임은 헬리아가 가리킨 건물을 보고는 믿기지 않는 듯 황당한 표정을 지었다. 정말 이 건물이 맞는 건지 헬리아를 돌아봤다.

"별 볼 일 없어도 너무 없는데?"

헬리아는 워렌의 말대로 호킨이라는 자가 내놓은 가게를 보러 중앙 광장에 나왔다. 헬리아는 엘라임이 어떻게 생각하든 이미 생각해 둔 바가 있던 터라 터벅터벅 건물로 들어갔다.

건물 외관은 오래되어서인지, 아니면 수리를 안 해서인지 곳곳이 썩어 있었다. 아마 손을 댄다면 우수수 먼지를 내뿜고 떨어져 나갈 것 같았다.

엘라임은 정말 이곳으로 결정할 건지 헬리아의 생각을 알 수 없었다. 배보다 배꼽이 크다고. 이건 수리비가 더 나올 것 같았다. 그가 고개를 설레설레 젓고는 다시 물었다.

"정말 여기로 할 거야?"

"응."

고개를 끄덕인 헬리아는 건물을 요목조목 따져 보았다. 엘라임이 보는 것처럼 허름하기 짝이 없었지만 사람이 많은 중앙 광장에 위치해 있어 상점을 열기에 최고의 위치였다.

허름한 외관이야 수리하면 된다. 그녀가 이곳이 마음에 든 이유는 건물 자체가 튼튼하게 지어졌고, 접근성이 좋기 때문이었다.

"게다가 급매로 나온 거지."

건물 주인인 호킨은 도박 빚에 허덕여 어쩔 수 없이 가게를 내놓게 되었다. 그는 서둘러 정해진 기간 안에 빚을 갚기 위해 건물을 하루 빨리 팔아야 하는 처지였다.

집값은 20골드였다. 작고 허름한 가게치고는 비싼 가격이었지만 이것저것 따져 보면 그 가격 정도가 시세에 맞았다. 하지만 그녀는 결코 그 돈을 다 주고 살 마음이 없었다.

"제대로 깎아볼까?"

입가에 옅은 미소를 띠고는 가게를 바라봤다.

헬리아와 엘라임이 가게 안으로 들어갔다.

"하하, 안녕하십니까? 호킨이라고 합니다."

이미 그들이 올 것을 알고 있던 호킨이 먼저 마중을 나와 그들을 맞이했다. 물론 인사는 엘라임에게 했다. 누가 봐도 어린 꼬마가 매수자라고 생각하는 사람은 아무도 없을 테니깐 말이다.

"이거, 잘생긴 청년이십니다."

호킨이란 자는 축 늘어진 뱃살을 가진 뚱뚱한 몸매의 중년인이었다. 다 벗겨진 머리를 하고 가을임에도 뻘뻘 흘리는 땀을 연신 손수건으로 닦아내고 있었다.

'돈 좀 있어 보이는군. 시동을 데리고 다는 걸 보면 부호인가?'

호킨은 살 속에 파묻힌 눈으로 남자를 쭉 훑어보았다. 서글서글하게 생긴 눈매와 시원한 입매가 호감형인 청년이었다. 그러나 오랜 장사 경험으로 그에게서 어수룩한 느낌이 들었다.

호킨의 갈색 눈동자가 작게 번쩍였다. 도박으로 어쩔 수 없이 가게를 팔아야 했지만 그도 상인이었다. 비록 삼류에 불과했지만 호킨은 자신 앞에 서 있는 저 청년은 제대로 바가지 씌울 수 있다 생각했다.

호킨이 입가에 미소를 띠우고는 손을 비비며 그들을 안으로 안내했다.

"하하, 잘 오셨습니다. 이만한 가게도 없습죠."

"그런가?"

엘라임은 그저 그의 말에 수긍할 뿐이었지만 호킨은 그것이 신호라도 되는 양 봇물처럼 수다를 쏟아내기 시작했다.

"당연하죠. 제가 전원생활이 그리워 시골에 내려갈 생각이었거든요. 그냥 가게를 내버려 둘 수도 있었지만, 안 쓰는 거 놔둬서 뭐 하렵니까. 이참에 처분하려는 거죠."

'하, 도박 빚에 허덕이는 놈이 잘도 나불거리는군.'

호킨의 의도를 알아챈 헬리아는 그저 그가 어디까지 가는지 내버려 두었다.

"게다가 이 얼마나 좋은 길목입니까? 중앙 광장이라 사람도 많이 찾습죠. 그리고 이 기둥 좀 보십시오. 이래 봬도 튼튼하기로 소문난 나무로 만든 거죠."

"흐음."

엘라임이 자신의 말에 고개를 끄덕이자 호킨이 얼씨구나 하는 심정으로 이때다 싶어 가격을 부르려 했다.

"그러니 가격은 25골드……."

"10골드로 하죠."

"예?"

25골드를 부르려던 호킨의 말을 누군가 뎅강 잘라먹었다. 소리는 푸른 머리 사내가 아니라 그 아래에서 들렸다. 금발에 금안을 지닌 시동이었다. 호킨이 엘라임을 먼저 바라보자 그가 말했다.

"내 대신 이 아이가 거래를 맡을 것이다."

"귀한 저희 정령사님께 이런 일을 시킬 순 없죠."

호킨의 눈이 동그랗게 떠졌다.

'저, 정령사!'

헬리아는 씨익 미소 지었다.

"10골드면 되겠군요."

헬리아는 그가 제시한 가격을 반 이상 더 후려쳐 불렀다. 당황한 호킨은 푸른 머리의 청년을 올려다보았지만 그는 헬리아에게 전부 맡긴다는 듯 관여하지 않았다. 호킨이 흐르는 땀을 닦아냈다. 가격을 반 이상 후려치다니. 바가지를 씌우려다 오히려 자신이 떼먹게 생겼다.

"말도 안 됩니다!"

"왜죠?"

"결코 그 가격에 팔 수 없습니다."

그러나 헬리아의 표정엔 변화가 없었다. 호킨은 식은땀으로 등이 축축이 젖어가는 걸 느꼈다. 다시 입을 열려 했지만 이상하게 입이 떨어지지 않았다. 어린 시종인 줄만 알았는데 무시할 게 아니었다. 무표정한 그녀의 표정에선 어느 것도 읽어낼 수 없었다. 그의 상인 인생 20년, 이런 사람은 특히 조심해야 한다는 것이 그가 배운 것이었다. 뭔가 일이 이상하게 돌아가자 불안해졌다.

헬리아가 건물 내부를 빙 둘러보고는 말했다.

"중앙 광장이라고 해도 가장 아래쪽에 위치해 있군요. 그러면 제대로 눈에 띄지 않아 사람들이 모여들지 않죠. 게다가 외관은? 이거 참, 손만 대도 부서지겠군요. 새로 짓는 데만도 어마어마하게 들겠어요."

그녀의 날카로운 지적에 호킨은 당황했다.

"아, 아니…… 그게……."

"그리고 이 기둥."

헬리아가 한 기둥 곁으로 걸어가더니 그 기둥을 손으로 쓸어내렸다. 그녀가 기둥을 만지는 순간 호킨 몰래 엘라임이 손을 썼다.

퍼석.

순식간에 기둥에 그녀의 손자국이 나버렸다. 호킨은 믿기지 않는다는 듯 멍한 표정으로 기둥을 바라보았다.

'······도, 도대체.'

실제로 튼튼하다고 소문난 목재로 만들어졌기 때문에 호킨의 당황은 배가 되었다.

"턱없이 약하군요. 이러다 무너지면 어떻게 책임지실 거죠? 저희 정령사님은 유명한 포션 제작자입니다. 실험 중에 사고라도 난다면, 휴우······. 이제 보니 10골드도 많군요."

호킨이 용기 내어 헬리아에게 소리 높였다. 이대로 10골드라면 빚을 갚기엔 턱없이 모자랐다.

"저, 저기······ 그, 그건 안 됩니다!"

호킨은 절대 그 가격에 이 집을 팔 수 없었다.

"정말 안 파실 건가요? 이런, 듣기로는 시간이 많지 않다던데."

"그, 그게 무슨 말입니까?"

호킨의 불안감은 커져만 갔다.

"조사도 하지 않고 왔을 것 같습니까? 도박 빚이 상당하더군요."

"헉!"

호킨을 얼른 입을 막았지만 놀란 눈은 부릅떠 있었다. 헬리아는 사색이 된 그의 모습에 작게 미소를 지었다. 매도자는 절대로 자신이 급하게 물건을 내놓았다는 것을 매수자에게 들켜선 안 된다. 급하다는 것을 들키면 더 불리해질 뿐이다.

"······그, 그건."

호킨은 자신이 도박 빚을 지고 있다는 사실을 철저히 숨겼다. 그런데 어떻게 이자가 그것을 알고 있는 것인가? 호킨은 더욱 초조해졌다.

헬리아가 엘라임에게 가 뭔가 속닥거렸다. 그리고 다시 호킨을 보았다.

"당신 운이 좋군요. 정령사님께서 그대의 사정이 딱하니 15골드로 하겠답니다."

"그…… 그게."

호킨의 머리가 복잡해졌다. 서둘러 생각을 정리하려 했지만 헬리아가 쐐기를 박았다. 이제 그는 생각을 멈출 수밖에 없었다.

"시일이 이틀 남았던가?"

자신이 불리했다. 숨기려던 사실이 발각되자 호킨의 표정엔 당황한 기색이 역력했다.

'시일까지! 이, 이자는 전부 알고 있는 건가…….'

"그것도 부족한가요? 이것 참. 안 되겠군요. 그 가격 이상은 힘들어요. 정령사님, 아무래도 이만 가셔야 할 것 같습니다."

엘라임이 헬리아의 시능에 맞춰주었다.

"안타깝군. 자리가 마음에 들었는데."

"팔 마음이 없나 보지요."

엘라임과 헬리아가 가게 밖으로 걸음을 옮기자 호킨은 더 이상 생각할 수 없었다. 이미 미루고 미룬 시일이었다. 당장에 내일이 마감 시일인데 더 이상 손님을 놓치다간 자신의 목이 날아갈 판이었다.

"파, 팔겠습니다."

엘라임이 그를 노려보았다.

"날 기만하는 건가? 팔지 않겠다고 해놓고 이제 와서?"

"그…… 죄송합니다. 하나……."

헬리아가 승낙했다.

"좋아요."

"아! 감사합⋯⋯."

"14골드."

"예?"

"못 알아들었어요?"

"그⋯⋯ 그렇지만 처음에 분명히 15골드라고⋯⋯."

"정령사님의 귀한 시간을 빼앗았으니 13골드."

"저, 저기⋯⋯."

"12골드."

'이, 이러다간 안 돼!'

호킨은 계속 가격을 내리는 헬리아를 보며 도저히 이성적인 사고를 할 수 없었다. 이러다간 한 푼도 받지 못하게 될 거라는 착각에 결국 그녀의 수에 넘어가고 말았다.

"아, 알겠습니다! 그러니 제발!"

"그래도 사정이 딱하니. 14골드로 하죠."

'후우⋯⋯.'

호킨의 얼굴은 이미 체념의 빛으로 가득 찼다. 도대체 정체가 무엇인지 모르지만 자신은 이미 그의 페이스에 말리고 말았다.

"⋯⋯가, 감사합니다. 14골드에 팔겠습니다."

결국 그는 시세 20골드짜리 집을 무려 14골드에 받고 팔고 말았다. 게다가 감사하단 말까지 하고 말이다.

헬리아가 가게를 샀다며 워렌과 어니를 불렀다. 워렌은 헬리아를 보더니 물었다.

"가격은 얼마 주고 샀어? 꽤 바가지를 씌울 텐데."

헬리아가 덤덤하게 대답했다.

"14골드에 샀어요."

"14골드에 샀다고?"

"너무 비싸게 샀나요?"

워렌이 허탈하게 웃었다. 이거 보면 볼수록 무서운 꼬맹이다.

"그놈 절대 그 가격으로 안 팔려고 했을 텐데. 아주 울면서 줬겠군."

헬리아가 어깨를 으쓱였다.

"자, 그럼 이제 제대로 장사를 시작하죠."

✳

가게를 마련하고 워렌과 어니가 합류하자 본격적으로 활력 포션을 판매할 수 있게 되었다. 헬리아는 포션 제작에만 집중하고 판매 쪽은 워렌과 어니에게 맡겼다. 그녀가 더 많은 포션을 만들어 낼수록 이익이었기 때문이다.

가게의 창고에서 헬리아는 엘라임과 함께 포션을 만들었다. 포션 제작 방법은 워렌과 어니에게도 알려줄 수 없었다. 다행히 그들이 제작 방법을 알려 하지 않아 충돌은 빚어지지 않았다.

"하아, 하아."

헬리아는 벽에 기대어 숨을 몰아쉬었다. 얼굴은 벌써 새하얗게 변해 있었고 지친 듯 몸은 축 쳐졌다. 더 많은 포션을 만들기 위해 무리한 탓이었다. 하지만 헬리아는 다시 일어났고, 엘라임이 그런 그녀를 붙잡았다.

"더 만들다가는 몸이 남아나지 않을 거야."

"하지만."

엘라임이 그녀를 노려보며 더는 만들기 않겠다며 으름장을 놓았다.

"더는 못 만들어."

"하아."

헬리아는 땀에 젖은 머리를 쓸어 넘겼다. 포션을 만들면서 점점 욕심이 났다. 좀 더 빨리, 그리고 더 많이 팔고 싶었다. 하지만 몸이 따라와 주지 못했다.

'힘이 더 많았으면.'

정령의 힘을 많이 쓸수록 헬리아의 힘도 늘어났지만 여전히 그녀는 부족했다. 아무래도 몸이 어리다 보니 늘어나는 데 한계가 있는 모양이었다.

"알았어."

헬리아는 결국 엘라임의 말에 따를 수밖에 없었다. 대충 땀에 젖은 몸을 씻고 나오자 가게 안은 사람으로 가득 붐볐다. 워렌과 어니가 맡고 있지만 손이 부족했다. 특히 워렌과 어니는 발로 뛰는 영업에는 능하지만 회계나 문서 작성에는 약했다. 워렌이 손님을 상대하는 동안 어니는 종이를 붙들고 씨름했다.

"으악!"

계산이 틀렸는지 머리를 마구 쥐어짜는 게 보였다. 그 모습에 헬리아는 포션만 만들고 있을 게 아니라는 것을 깨달았다.

"머리를 쓸 사람이 필요하겠어."

헬리아는 어니를 도와주기 위해 다가갔다.

✳

헬리아가 상단을 만들자 클리드와 일리아 남매는 그곳으로 찾아왔다. 오늘 아침에도 일리아를 기다리고 있던 헬리아는 아픈 몸에도 다급하게 뛰어오는 그녀를 보고 놀랐다.

일리아가 사색이 된 채 숨을 헉헉거리며 그녀에게 다가와 주저앉았다.

"무슨 일이에요?"

"오, 오빠가."

헬리아가 물어보려 했지만 일리아는 울기만 했다. 연약한 몸이 바르르 떨렸다. 그녀는 한숨을 쉬고 일리아를 진정시키려 애썼다.

"천천히 말해보세요."

"그, 그게 오, 오빠가."

소란이 일자 가게에 있던 워렌과 어니, 엘라임이 다가왔다. 일리아가 그제야 진정이 되었는지 외쳤다.

"오빠를 구해 주세요!"

"윽!"

청녹색 머리의 남자, 클리드의 입가에 붉은 피가 흘렀다. 집 안은 모두 풍비박산 나 있었다. 접시는 모조리 깨져 있었고, 가구는 박살 나 있었다. 클리드를 둘러싼 세 명의 남자가 그를 위협했다.

"돈을 빌렸으면 갚아야 할 거 아니야!"

"바, 반드시 갚겠습니다."

클리드의 말에 세 명의 남자 중 존이 어이없는 웃음을 흘렸다.

"우리가 그런 말 한두 번 듣는 줄 알아?"

"하, 하지만 지금 돈이."

"그럼 갚지도 못 할 돈을 빌렸단 말이야?"

존이 클리드의 배를 걷어찼다.

"큭!"

클리드는 숨이 막힌 듯 컥컥거렸다. 그는 입술을 깨물었다.

동생 일리아의 병을 치료하기 위해 포션을 살 돈을 마련해야 했다. 그런데 가난한 그들에겐 돈이 없었다. 그날 포션 가게에서 쫓겨난 뒤 클리드는 곧장 고리대금업자에게 돈을 빌렸다. 그때는 갚고 못 갚고 중요한 게 아니었다. 그에게는 일리아의 병이 낫는 것이 더 중요했다.

하지만 결국 돈을 갚지 못하게 되었다. 이리저리 애써 보았지만 갚을 만한 돈이 있었다면 처음부터 빌리지도 않았을 것이다. 변변찮은 벌이로는 하루가 다르게 불어나는 이자도 감당할 수 없었다.

존의 눈이 비릿하게 변했다. 그는 클리드의 몸을 싹 훑어보았다. 애초에 그가 돈을 빌리러 왔을 때 돈을 갚지 못한다는 것을 꿰뚫어 보았다. 그럼에도 돈을 빌려준 것은 그의 외모 때문이었다.

존은 입가에 웃음을 띠었다.

"그럼 몸으로라도 갚아야지."

클리드가 존의 이야기에 화들짝 놀랐다.

"여, 여동생만은!"

고리대금업자 중 돈을 갚지 못하면 몸을 대신 담보 삼는 자가 있다는 이야기를 들은 적이 있었다. 클리드는 입술을 꽉 깨물었다. 자신 때문에 동생이 위험해진다면 그는 참을 수 없을 것이다.

클리드의 말에 존은 키득거렸다.

"큭큭, 그 병 걸린 년을 어따 써먹어?"

클리드가 멍한 표정으로 그를 보았다. 존이 그의 얼굴을 들어 올렸다. 클리드의 눈동자가 애처롭게 흔들렸다.

"그래, 딱 너 정도가 좋겠군."

"그, 그런!"

클리드의 얼굴이 사색이 되었다. 존의 눈에 자신이 갈가리 벗겨진 듯한 오싹한 감각을 느꼈다. 존은 클리드를 벗겨먹을 듯 훑었다. 그러곤 계약서를 눈앞에 들이밀었다.

"여기 보이지? 돈을 못 갚을 시엔 어떻게 되는지?"

"하, 하지만 분명 사인할 땐 그런 게……."

존이 입가를 비틀었다.

"뭐야? 제대로 계약서를 읽어 봐야지?"

클리드의 얼굴이 새파래졌다. 저들에게 빠져나갈 길이 보이지 않았다. 존이 자신의 수하들에게 명했다.

"얼른 끌고 가!"

옆에 있던 장한들이 그의 양팔을 붙잡았다.

"아, 안 돼!"

존이 클리드에게 다가갔다.

"그러게 못 갚을 돈을 빌리면 안 되지. 큭큭."

클리드는 좌절했다. 그나마 동생이 끌려가지 않는 건 다행이었다.

"그 손 놔요!"

그때 파리한 소녀, 일리아가 나타났다. 일리아는 덜덜 떨며 외쳤다.

"우리 오빠를 놔줘요!"

존은 코웃음 쳤다.

"어이 계집, 네년 오빠가 돈을 빌려가서 안 갚는다고. 그러니 어쩌겠어? 대신 네년 오빠라도 가져가야지."

툭!

그때 일리아가 그 앞에 돈주머니를 던졌다. 존의 눈이 가늘어졌다.

"이게 뭐지?"

"빌린 돈이에요."

"일리아!"

클리드가 외쳤다. 빌린 돈이라니? 대체 어디서 그런 돈을 가져왔단 말인가. 존이 수하를 향해 신호를 보내자 장한 중 한 명이 돈주머니를 들어 올려 안의 내용물을 확인했다.

존이 물었다.

"얼마나 되냐?"

"부족합니다."

일리아가 소리쳤다.

"말도 안 돼! 빌린 돈이 맞잖아요!"

존이 일리아에게 다가갔다.

"일리아!"

클리드는 몸부림쳤지만 남자들의 손에서 빠져나올 수 없었다. 존이 그녀의 이마를 툭툭 쳤다. 일리아가 뾰족하게 눈을 치켜떴다.

"이봐, 계집애. 이자가 있어야 할 것 아니야, 이자가."

존이 클리드를 가리켰다.

"끌어내."

"오, 오빠!"

툭.

그때 존의 발치로 다시 돈주머니가 떨어졌다. 조금 전과는 다르게 묵직했다. 존이 인상을 찌푸렸다. 도대체 왜 자꾸 돈을 던지냔 말이다. 그의 말투가 고울 리 없었다.

"뭐야?"

짜증스럽게 툭 말을 내뱉었다.

"이만하면 이자는 되겠지?"

존의 시야로 금발 꼬마와 푸른 머리 남자가 보였다. 존의 시선이 푸른 머리 남자에게 머물다 꼬마에게 돌아갔다.

존이 미심쩍은 눈으로 천천히 주머니를 들어 올려 돈을 확인했다. 에누리 없이 딱 붙은 이자만큼이었다.

존의 입가가 비틀렸다.

"쳇."

"모자라진 않을 텐데."

꼬마의 말에 존이 입을 열려는 순간 뒤에 있던 엘라임이 날카로운 시선을 보냈다. 그는 몸이 딱딱하게 굳었다. 엘라임에게서 항거할 수 없는 기운이 풍겼다.

'젠장.'

존은 얼굴을 구기곤 수하들에게 손짓했다.

"풀어줘라."

클리드는 몸이 자유로워지자 얼른 일리아에게 다가가 그녀를 끌어 안았다.

"일리아!"

"오빠!"

존은 짜증 난다는 듯 혀를 찼다. 그리고 헬리아와 엘라임을 보았다.

"쳇, 운 좋은 줄 알아라."

그가 가려 하자 엘라임이 그의 앞을 막았다. 존이 또 뭐냐며 날카롭 게 노려보았다. 그러나 내심 속은 떨렸다. 가까이서 보니 그의 눈빛이 더욱 섬뜩했다.

헬리아가 그에게 손을 내밀었다.

"차용증은 내놓고 가지?"

"애새끼가 건방져서는……."

그러나 엘라임이 그를 노려보자 기가 살짝 죽은 그는 주머니에서 구 겨진 차용증을 꺼냈다. 그들이 떠나가자 일리아가 다친 곳은 없는지 클 리드의 몸을 확인했다. 입가가 부었고 여기저기 자잘한 상처들이 보였 지만 다행히 크게 다치진 않았다.

"오빠, 괜찮은 거지?"

"일리아……."

클리드의 얼굴이 딱딱하게 굳어졌다.

"오, 오빠."

일리아는 그제야 오빠가 단단히 화가 났다는 것을 알아챘다.

"그 돈은 대체 어디서 난 거야!"

클리드가 다그치자 일리아의 안색이 어두워졌다.

"그, 그게……."

클리드가 그녀를 수상하게 바라봤다.

"혹시 너……."

"하지만……."

일리아의 눈에서 투명한 눈물이 뚝뚝 떨어졌다. 클리드는 깊은 한숨을 내쉬고 그녀의 머리를 쓰다듬었다.

"그렇다고 너 먹을 포션을 팔았어?"

"……몸은 괜찮아."

"……."

그러고 보니 이상했다. 항상 그녀는 포션을 자신이 없을 때 먹었다. 그래서 먹은 줄 알았는데. 하지만 먹지 않고 팔았다면 병이 이렇게 호전될 리 없었다. 병이 낫고 있었기 때문에 클리드는 그녀를 의심하지 못했던 것이다.

"어떻게 병이……."

"도와주셨어."

일리아가 헬리아와 엘라임을 바라봤다. 헬리아는 어깨를 으쓱였다.

"별로 한 건 없어요."

클리드의 눈이 붉어졌다. 언제나 자신을 챙겨주던 그들이었다. 그가 일리아의 머리를 부드럽게 쓸어주고는 그들을 향해 깊게 고개를 숙였다.

"감사합니다. 이 은혜를 어찌 갚아야 할지……."

헬리아는 방을 둘러보고는 싱긋 웃었다.

"우선 방을 치우고 이야기하죠."

"거듭 감사드립니다. 여러분이 아니었다면……."

클리드가 끔찍한 상상을 떠올리고 고개를 설레설레 저었다.

"돈은 반드시 갚겠습니다."

헬리아가 이자로 준 돈은 만만치 않았다. 오히려 원금보다 많을 정도였다.

"우선, 자요."

헬리아가 클리드에게 차용증을 내밀었다.

"찢어야죠."

클리드가 감격스런 표정으로 그걸 받아 들고 쫘악 찢어버렸다.

"감사합니다."

헬리아가 주변을 살폈다. 낡은 책장에는 책이 수두룩 꽂혀 있었다.

"책이 많네."

일리아가 자랑하듯 말했다.

"우리 오빠 아카데미 수석 입학, 졸업했어요. 얼마나 공부를 잘하는지 몰라요."

자랑스럽게 말하던 그녀의 얼굴이 급격히 어두워졌다.

"그런데 저 때문에……."

"아닙니다. 일리아 잘못이 아닙니다. 제가 그만 귀족을 모욕하는 바람에."

클리드와 닮은 일리아는 병약하지만 미소녀였다. 그를 후원해 주는 귀족의 아들이 일리아를 겁탈하려 하자 클리드가 그를 때린 것이다. 그후 후원은 끊기고 귀족의 행포에 제대로 된 일자리 하나 잡지 못했다.

"흐음……."

헬리아는 눈에 이채를 띠었다. 아카데미 수석은 아무나 할 수 있는 것이 아니었다. 그녀가 클리드를 훑었다. 머리도 좋고 자신에게 갚아야 할 빚도 있다. 그녀의 입가에 옅은 미소가 맺혔다. 헬리아가 그에게 제안했다.

"혹시 우리랑 일 안 하실래요?"

클리드와 일리아의 눈이 커졌다.

"마침 상단에 손이 부족하거든요."

"하지만 제가……."

"싫어요?"

"오빠!"

일리아가 기쁜 듯이 그를 바라보았다. 클리드는 여전히 머뭇거렸다.

"굳이 그러시지 않아도……."

헬리아가 고개를 저었다.

"저도 막 퍼주는 사람 아니에요. 은혜를 갚겠다고 하셨죠? 그러면 우리 가게에서 일하면서 돈 갚으세요. 어떤가요?"

클리드의 눈시울이 붉어졌다.

"가, 감사합니다. 열심히 하겠습니다."

헬리아는 씩 웃었다.

제6장 마탑

우뚝 하늘을 찌를 듯 솟아 있는 거대한 탑.

아르센 왕국의 왕실 마탑으로 수많은 마법사가 모여 있는 곳이다. 그 안에서 하루에도 수많은 실험과 결과물이 쏟아져 나온다. 소설에서 언제나 영웅과 함께 등장하는 마법사는 실제로는 돌아다니는 경우가 거의 없다. 대체로 돌아다니는 마법사는 소속이 없는 떠돌이거나 용병 마법사이다.

보통 마법사들은 마법 연구와 수련에 매진한다. 하지만 마법 연구를 하는 데 돈이 많이 들기 때문에 대부분 마탑에 소속되거나 귀족의 개인 마법사가 된다.

마법사는 연구에 매진하느라 밖으로 잘 나오지 않는데, 그 때문에 종종 폐쇄적이라는 소리를 들었다. 특히 마법사는 호기심에 살고 호기심에 죽는다는 말이 있을 정도로 매우 왕성한 학구열을 가지고 있다.

그런 그들이 최근 들어 가장 관심을 가지고 있는 것이 바로 '활력 포션'이었다. 활력 포션의 인기에 포션 감정을 의뢰하는 문의가 빗발쳤다. 마법사들은 처음엔 시큰둥했지만 조사를 하고 보니 웬걸? 실험을 하면 할수록 활력 포션에서 헤어 나오지 못했다. 그들은 끝내 활력 포션이 어떻게 만들어졌는지 밝혀내지 못했다.

활력 포션 실험에 참여한 한 마법사가 한탄하듯 내뱉었다.

"하아, 도대체 어떻게 만든 거야?"

마탑에서 제조하는 포션은 각종 재료를 혼합해서 만든다. 트롤이나 몬스터의 피는 물론 다양한 약재를 사용하기 때문에 값이 비쌌다. 거기다 제작 기간이 길었다. 하지만 활력 포션은 1실버에 공급 물량을 보아 짧은 시간에 적지 않은 양을 생산하는 게 분명했다.

그때 연구를 하는 이들 사이로 연륜 있는 흰 수염의 노인이 다가왔다. 인자하고 푸근한 외모에 옆집 할아버지 같은 인상이었다. 하지만 그는 아르센 왕국의 왕실 마법사이자 마탑주인 베로니카 공작이었다.

"마탑주님."

마법사들이 하던 실험을 멈추고 고개를 숙였다. 공작은 손을 내저었다.

"그보다 어찌 되었느냐?"

마법사들의 얼굴이 어두워졌다.

"혼합물은 아닌 것 같습니다만……."

마법사는 말을 흐렸다. 베로니카 공작은 활력 포션이 담긴 병을 들어 보았다. 포션의 액체가 찰랑거리며 푸른빛이 반짝였다.

"실험에 참여한 정령사는 뭐라 말하더냐?"

활력 포션을 제작한 이가 정령사라는 소식에 마탑은 정령사를 초빙해 직접 실험에 들어갔다. 혹여 이것이 정령으로 만든 것이 아닌가 해서였다. 그들의 추리는 정확했지만 아쉽게도 결과물은 아니었다.

마법사가 대답했다.

"여러 차례 실험해 봤지만 정령으로는 포션을 만들지 못했습니다."

"정령사의 급은?"

"상급 정령사였습니다."

공작의 눈썹이 살짝 치켜 올라갔다. 그는 자신의 수염을 더듬으며 말했다.

"그럼 최상급은 가능하더냐?"

"예?"

"최상급 정령사라면 가능하냐고 물었다."

마법사가 당황했다.

"현재 최상급 정령사는 페르시아 제국의 레한 공작밖에 없습니다. 공작이 이런 포션을 팔 리 없지 않습니까?"

"흐음."

공작은 포션을 내려다보았다.

"그럼 그자가 또 다른 최상급일 수도 있다는 말이군."

그의 눈이 흥미롭게 변했다.

"그자의 소속이 어디라고?"

"엘라드 상단이라고 합니다."

공작의 눈이 반짝였다.

✳

쾅!

조쉬가 거세게 책상을 내려쳤다. 원목으로 만들어진 책상은 비틀린 비명을 질렀다.

"그놈이 상단을 차렸다고?"

조쉬의 얼굴이 일그러졌다. 그는 자신의 귀를 믿지 못한 듯 되물었다. 그만큼 가르안 상단에서 나간 지 얼마 되지 않아 상단을 차렸다는 말을 믿을 수 없었다.

"정말 그 자식이 상단을 차린 게 사실이냐?"

워렌 대신 새로 총관으로 임명된 페론이 조쉬의 분노에 머뭇거리며 고개를 끄덕였다.

"그, 그렇습니다."

"하!"

조쉬의 입에서 어이없다는 듯 웃음이 새어 나왔다. 정말이지 떨쳐 냈다고 생각했건만 여전히 자신은 그의 발밑에서 허우적거리고 있었다. 마치 자신이 어떤 짓을 해도 그는 상관하지 않겠다는 그런 태도였다.

"젠장."

조쉬가 손톱을 잘근잘근 깨물었다.

"그놈 다리는? 정상이 아닐 텐데?"

워렌의 한쪽 다리를 완전히 짓이겨 놓았다. 그런 상태에서도 다시 일어섰다는 말인가?

페론이 그에 답했다.

"……그것이, 어떤 수를 썼는지 모르겠지만 다리가 불편한 모습은 전혀 보이지 않았다고 합니다."

쾅!

"이런 빌어먹을!"

조쉬의 노기가 분출했다. 그의 눈이 사납게 변했다.

"상단을 새로 만들었다고?"

그가 한쪽 입매를 비틀었다.

"전부 막아."

"막으라고 하심은?"

"그 엘도란지 엘라드인지 뭔지 하는 상단과 거래하지 못하게 죄다 막아."

"알겠습니다."

조쉬의 눈이 사이하게 빛났다.

"상단을 만들었다고? 큭, 전부 짓밟아주지."

✻

"미안하게 됐네."

평소 자주 드나들던 가게의 주인이 그를 보자 얼굴이 파래졌다. 워렌이 사정했다.

"어떻게 안 되겠어? 오히려 네게 나쁘지 않아."

"그, 글쎄 미안하게 됐다니까."

"한센!"

워렌이 한센을 불렀지만 그는 초조하게 주변을 두리번거리다 그를 밀었다.

"미안한데 제발 나 좀 살려주게나."

워렌은 깊게 한숨을 내쉬었다. 그가 머리를 거칠게 쓸어 넘겼다. 이게 벌써 네 번째다. 그는 가는 곳마다 이렇게 매정하게 문전박대를 당하고 있었다. 도대체 영문을 알 수가 없었다. 상단을 더욱 키우기 위해 다른 곳과 거래를 알아보는 워렌에게 큰 장애물이 닥쳤다.

"도대체 이유가 뭔가? 이유가 있을 것 아닌가?"

한센이 눈알을 굴리며 머뭇거렸다.

"한센!"

흠칫!

워렌이 소리치자 한센이 깜짝 놀라 어깨를 움찔거렸다. 그러다 깊게 한숨을 토해냈다. 한센이 작게 입을 열었다.

"이건 내 자네가 걱정되어서 하는 말이야."

"도대체 뭐냐니까?"

"그, 그게 말이지."

작게 속삭이는 한센의 말에 워렌의 눈이 사나워졌다.

"그 자식이!"

워렌이 씩씩거리며 상단 안으로 들어왔다. 헬리아가 그의 표정을 보고 물었다.

"무슨 일이에요?"

아침에 나갔다 들어온 워렌은 얼굴이 아주 말이 아니었다. 어디서 누구한테 욕이라도 한 바가지 얻어먹었는지 잔뜩 사나워져 있었다.

"젠장, 그 자식."

그때 어니가 허겁지겁 달려왔다.

"크, 큰일 났어요!"

모두 어니를 보았다. 그는 숨을 몰아쉬더니 품에서 병을 한가득 내려놓았다.

"이게 뭐예요?"

헬리아의 미간이 찌푸려졌다.

"이건……."

활력 포션인 줄 알았는데 그게 아니었다. 그것과 매우 유사하게 만들어진 가짜였다.

"지금 시장에 쫙 깔렸어요."

헬리아의 눈썹이 치켜 올라갔지만 그뿐이었다. 그녀는 이미 이런 상황이 올 거라 예상했다. 다른 이들도 눈이 있다. 분명 따라 만들 것임은 자명한 일. 오히려 그 시기가 늦었을 정도였다.

하지만 헬리아는 믿는 구석이 있었다. 바로 활력 포션의 효과. 지금이야 다른 곳에 눈을 돌리겠지만 효능의 차이를 느끼고 다시 돌아올 것이다.

"그보다 더 큰일이 있어."

안색이 어두운 워렌이 입을 열었다.

"어느 곳도 엘라드 상단과 거래하려는 곳이 없어."

헬리아가 미간을 좁혔다. 그리고 워렌을 보았다.

"이미 이유를 알고 있군요."

"젠장! 조쉬 그놈이!"

워렌이 신경질을 냈다.

"조쉬가 분명해. 그 녀석이 일대 상인들에게 압력을 넣은 거야."

워렌이 털썩 주저앉았다. 그가 손에 얼굴을 묻었다.

"미안하다. 괜히 나 때문에."

헬리아가 고개를 저었다. 이미 워렌을 끌어들일 때부터 이런 일이 있을 거라는 건 예상했다. 생각보다 조쉬라는 자의 머리가 나쁘지 않은 거다.

"너무 걱정 마세요."

"하지만 이대로는…… 아무도 우리와 거래하지 않으려 한다고."

모두의 표정이 어두워졌다.

"가르안 상단의 영향력은 어느 정도죠?"

"웬만한 상단은 대부분."

워렌에 말에 헬리아는 자신의 턱을 쓰다듬었다.

"그럼 상단이 아닌 곳은요?"

워렌이 그녀를 바라보았다.

"어떻게 하려고?"

헬리아가 씨익 웃었다.

"가르안 상단조차 건드리지 못하는 그런 상대라면 가능하겠죠?"

"호오, 여기가."

엘라임이 거대한 탑을 보며 휘파람을 불었다.

마법사의 탑. 그들은 마탑 앞에 서 있었다. 헬리아와 엘라임이 마탑 안으로 들어갔다. 그러자 로브를 입은 여자 마법사가 친절하게 다가왔다. 갈색 머리에 나이는 제법 되어 보였지만 미인이었다.

"무슨 일입니까?"

1층에는 다양한 상품이 전시되어 있었다. 마탑은 마법 연구 및 실험뿐만 아니라 그에 파생된 실험물들을 팔며 돈을 벌었다. 일명 마법의 도구라 불리는 아티팩트는 매우 고가에 팔린다.

"마탑주님을 만나고 싶은데요."

마법사 르웬의 표정이 바뀌었다. 그가 엘라임을 스캔했다. 헬리아는 아예 제외 대상이었다. 그녀의 눈이 오묘해졌다. 마법 스캔을 해보았지만 상대에게서 아무것도 보이지 않았다. 이런 경우 자신보다 서클이 높거나 아예 서클이 없는 일반인이라는 소리다.

르웬이 엘라임의 관찰을 끝내고 입을 열었다.

"죄송합니다만 혹시 예약이 되어 있으신지요?"

"아닙니다."

엘라임이 고개를 젓자 그녀는 작게 한숨을 쉬었다. 하루에도 몇 번씩 마탑주님을 만나겠다며 찾아오는 이들이 있었다. 하지만 마탑주를 동네 친구처럼 쉽게 만날 수 있을 리가 없었다.

"죄송합니다. 마탑주님을 만나실 수 없습니다."

엘라암이 미간을 살짝 찌푸렸다. 그가 헬리아를 바라보았다. 헬리아가 그에게 작게 말했다.

"말해."

엘라임이 르웬에게 다시 자신을 소개했다.

"정령사 라임이라고 합니다. 마탑주님을 뵙고 싶어 찾아왔습니다."

그러자 그녀의 표정이 바뀌었다.

"정령사시라고요?"

단순히 그가 정령사라서 놀란 것이 아니었다. 정령사 라임이라면 자신들이 최근 실험에 열을 올리고 있던 그 활력 포션의 주인이 아니던가. 르웬은 자신의 선에서 해결할 수 없다는 것을 깨달았다.

"활력 포션 제작자님이셨군요. 잠시만 기다려 주시겠습니까?"

엘라임이 고개를 끄덕이자 르웬은 얼른 선임을 찾았다.

"그 활력 포션을 만든 정령사가 찾아왔어요."

르웬은 자신의 선임 마법사가 있는 사무실로 갔다. 선임 마법사는 르웬의 말에 눈을 크게 떴다.

"그자가?"

"어떻게 할까요? 마탑주님을 만나고 싶다고 하는데."

선임 마법사는 턱을 쓰다듬었다. 흥미로운 사람이 찾아왔지만 마탑주를 만나기엔 신분도 알 수 없었다.

"그 정령사가 날 만나러 왔다고?"

그때 흰 수염을 만지며 베로니카 공작이 나타났다.

"마탑주님!"

"재밌게 됐군. 만나지."

그의 눈이 흥미롭게 반짝거렸다. 마탑에서도 그 정령사의 정체를 알아내기 위해 길드에 정보를 의뢰했었다. 그러나 그 어떤 길드에서도 그의 정체를 밝혀내지 못했다. 궁금한 건 그냥 넘어가는 일이 없는 그의 호기심이 발동했다.

"하오나."

"걱정 말게."

베로니카 공작은 마법사를 안심시켰다. 감히 8서클의 대마법사인 자신을 해칠 간 큰 녀석은 세상에 몇 되지 않을 것이다.

"어서 들이게."

공작의 눈이 반짝였다.

"이쪽으로 오시죠."

마탑주의 허락이 떨어지자 마법사는 헬리아 일행을 그의 방으로 데려갔다.

"마탑주님, 손님을 모셔왔습니다."

"들이게."

마탑주의 목소리가 들려왔다. 깊은 저음의 목소리였다. 헬리아와 엘라임이 마탑주의 방으로 들어갔다. 방 전체가 갖가지 실험 도구와 책으로 가득했다. 일국의 공작이 아닌 학자 같은 면모가 더 도드라져 보였다.

"그래, 정령사라고?"

"정령사 라임입니다."

베로니카 공작의 시선이 엘라임에게 향했다. 그의 눈썹이 살짝 움직였다. 엘라임에게서 풍겨 나오는 묘한 느낌이 그의 신경을 건드렸다.

"……자네, 인간인가?"

공작이 불쑥 내뱉었다. 엘라임의 기운은 인간의 것과는 비교할 수 없을 정도로 매우 깨끗한 기운을 가지고 있었다. 인간이라면 어린아이도 몸 안에 탁기가 있게 마련이거늘, 그에게선 그 어떤 불순물도 찾아볼 수 없었다. 엘라임은 어깨를 으쓱이며 피식 웃었다.

"글쎄요. 인간으로 보이면 인간이지요."

"……."

공작은 그런 모습에 그가 인간이 아님을 직감했다. 하지만 그의 정체가 정령왕이라는 사실은 알 수 없었다. 제아무리 8서클의 마도사지만 정령왕의 진실한 모습을 꿰뚫을 수는 없었다.

"그보다 무슨 일로 찾아왔는가?"

베로니카 공작이 먼저 이야기를 꺼냈다. 활력 포션이 궁금해 그를 받아들였지만 과연 그가 이곳에 찾아온 이유가 무엇인지 궁금했다. 엘라임이 헬리아를 한번 바라보고 입을 열었다.

"거래를 하고 싶습니다."

"거래?"

공작의 미간이 움직였다. 그가 엘라임을 다시 바라보았다. 과연 이 정령사는 무엇을 거래하고자 찾아온 것일까.

그때 엘라임의 뒤에 있던 헬리아와 눈이 마주쳤다. 금안에 금발을 지닌 소녀. 누런 노란색이 아닌 짙은 금발의 머리카락과 호박색 눈동자를 지녔다. 순간 베로니카 공작의 표정이 굳어졌다.

헬리아는 베로니카 공작이 자신을 보자 놀랐다. 하지만 소리 내지 않았다. 어린 자신이 이곳에 있는 게 의아한 모양이다. 그녀는 그렇게 생각했다. 왜냐하면 이제까지 그를 한 번도 본 적이 없기 때문이다.

"아, 이 아이는 제……."

엘라임이 그녀를 소개하려 했지만 베로니카 공작이 선수 쳤다.

"왜 그 아이가 여기에 있는 거지?"

"……."

헬리아의 눈이 커졌다. 어떻게 자신을 알아보는 거지?

'아니야, 그럴 리가 없어.'

헬리아가 외면하려 했지만 그는 똑바로 헬리아를 바라보고 있었다.

"분명 성에 있어야 하는 게 아닌가?"

"……."

헬리아는 입술을 깨물었다. 확실히 그는 자신을 알고 있었다.

베로니카 공작의 눈이 사나워졌다. 그는 헬리아가 아닌 엘라임을 노려보았다.

"네놈이 그 아이를 빼낸 것이냐?"

공작의 사나운 기파가 엘라임을 조여들었다. 엘라임은 손을 휘저어 수막을 생성했다. 그러나 그의 표정은 좋지 못했다. 베로니카 공작의 힘이 예상치 못하게 너무 강했다.

"윽."

뒤에서 헬리아가 신음을 흘렸다. 엘라임의 눈이 착 가라앉았다.

"그만하지?"

그가 반말조로 나오자 베로니카 공작의 눈이 치켜 올라갔다.

"젊은 놈이 버릇이 없구나!"

그가 힘을 개방하자 결국 헬리아가 피를 토했다.

"젠장! 이 망할 늙은이!"

엘라임이 잇소리를 내자 그제야 베로니카 공작도 놀란 눈으로 헬리아를 바라보았다.

"……어째서 그 아이가?"

자신은 오직 엘라임에게 기를 쏘아 보냈다. 헬리아에게 해를 입힐 생각은 없었던 것이다. 하지만 엘라임의 계약자인 헬리아에게는 쓸모없는 배려였다.

"쿨럭!"

헬리아의 얼굴이 새하얘졌다. 공작은 달려와 그녀를 끌어안았다. 베로니카 공작의 표정이 너무 심각해 엘라임은 그를 저지하지 못했다.

"힐링!"

그가 얼른 그녀에게 치료 마법을 시전했다. 은은한 빛이 감돌고 헬리아의 안색이 차츰 되돌아왔다.

"후우."

간신히 헬리아의 몸이 나아지자 베로니카 공작은 짧게 한숨을 내쉬었다.

"네놈의 짓이더냐!"

공작의 화가 엘라임에게 향했다. 그는 어이가 없었다.

"이봐, 늙은이. 당신 때문이잖아! 왜 나한테 그래!"

억울한지 엘라임이 그에게 쏘아붙였다. 그러나 베로니카 공작은 이해하지 못했다.

"나는 분명 네 녀석에게만 힘을 보냈단 말이다! 그리고 나는 늙은이가 아니다!"

늙은이라는 소리에 발끈한 것인지 아니면 다른 이유 때문인지 그가 사납게 엘라임을 노려보았다.

엘라임은 콧방귀를 뀔 뿐이었다.

"그럼 늙은이를 늙은이라 부르지 뭐라고 부른단 말이야?"

"이놈이!"

그때 헬리아가 베로니카 공작을 붙잡았다.

"후우, 그만하시죠."

"괜찮더냐?"

공작의 걱정 어린 말에 헬리아의 눈이 살짝 동그래졌다. 자신의 정체를 알고도 이리 나오는 그를 이해할 수 없었다.

"도대체 성에선 어떻게 나온 것이냐?"

"하아, 대화가 필요할 듯하군요."

헬리아는 머리가 아파졌다. 베로니카 공작이 자신을 알아본 것도, 그가 자신의 생각과 전혀 다른 반응을 보인 것도, 모두 그녀를 혼란스럽게 만들었다.

베로니카 공작과 헬리아가 마주 앉았다. 먼저 입을 연 것은 헬리아였다.

"어떻게 알아보셨죠? 저는 공작님을 처음 봅니다."

헬리아는 자신의 과거를 뒤져 봤지만 공작을 본 기억이 없었다. 공작은 그 말에 희미하게 웃었다.

"하기야 너무 어릴 적이라 본 기억이 없을 테지. 하지만 그분을 아는 이라면 누구든 알아봤을 게다."

헬리아의 미간이 살포시 찌푸려졌다.

"그분이 누굽니까?"

베로니카 공작이 헬리아를 바라봤다. 아련히 무언가를 기억하려는 듯 그는 그녀 안에서 누군가를 떠올렸다.

"어머니를 많이 닮았네."

헬리아의 눈이 커졌다. 그의 입에서 자신의 어머니가 거론되는 것이 너무나 이상했다.

"어머니를 잘 아십니까?"

"하하."

공작은 웃었지만 대답하지 않았다. 대신 날카로운 눈으로 다시 그녀를 바라봤다.

"어째서 궁에 있어야 할 공주가 이곳에 있는 거지?"

그는 여전히 엘라임을 의심했다. 어린아이가 혼자 나올 리는 만무했으니 말이다.

"그가 내보낼 리가 없을 텐데?"

"그러니요? 세바스찬을 아십니까?"

헬리아가 의아하다는 듯 그를 보았다. 일국의 공작과 일개 시종이 잘 아는 사이다? 그러나 베로니카 공작은 그에 입을 다물어버렸다. 헬리아는 그것이 더욱 수상했다.

'도대체 세바스찬의 정체가 뭐지?'

세바스찬의 정체가 궁금해졌다.

"후우, 이것 참."

베로니카 공작은 밖으로 나온 공주를 어찌해야 하나 고민했다. 당장에라도 궁에 알려야 했지만 어쩐지 그렇게 하지 못했다. 대신 화제를 바꿨다.

"여긴 왜 온 것이냐?"

다시 상황이 처음으로 돌아가자 헬리아는 잠시 의문을 밀어 넣고 말했다.

"거래를 하고자 왔습니다."

"그래, 거래라. 그보다……."

베로니카 공작의 눈이 날카롭게 그녀를 보았다.

"내가 당장에라도 궁에 알린다면 어찌할 생각이지?"

"……."

"나는 공작이며 마탑주네. 유폐된 공주를 눈앞에 두고 못 본 척할 수 없네."

베로니카 공작의 눈과 헬리아의 눈이 마주쳤다. 헬리아의 입꼬리가 살짝 올라갔다.

"그 말을 들으니 더 안심이네요."

"안심?"

공작이 그녀를 쳐다봤다.

"정말 그럴 생각이시라면 이런 소리조차 하지 않았겠지요. 그나마 여지가 있는 것 아닙니까?"

이번엔 공작의 입술 끝이 올라갔다. 꽤나 당돌한 말이다.

"재밌군, 재밌어. 내가 말하지 않을 거라 믿고 있는 건가?"

"궁금하지 않으셨습니까?"

헬리아가 엘라임을 가리켰다.

"저자와 활력 포션에 대해."

"……흠."

"그러니 마탑주께서 직접 보자고 하신 게 아닙니까?"

"그래서 그걸 빌미로 입을 다물어 달라?"

헬리아가 어깨를 으쓱였다.

"그리 어려운 일도 아니지 않습니까? 가만히 있으면 알지도 못 할 텐데."

"공주가 밖을 나왔는데도 아무도 모른단 말인가?"

베로니카 공작이 눈을 찌푸렸다. 헬리아는 자신이 생각해도 웃긴지 작게 웃었다.

"배경도 힘도 없는 천한 출신에 유폐된 공주 따위를 신경 쓸 사람이 있겠습니까?"

"……."

자신의 처지를 저리 담담하게 말하자 공작은 새삼 다시 그녀를 보았다. 열 살 어린 소녀는 슬픔도 아픔도 보이지 않았다. 담담히 그 앞에 앉아 있을 뿐이다.

"무슨 거래를 한다는 거지?"

베로니카 공작의 말에 헬리아는 눈을 반짝였다.

"마탑과 제휴를 하고 싶습니다."

"제휴?"

베로니카 공작은 시큰둥했다. 마치 마탑에 빌붙으려는 모양새처럼 느껴져 오히려 불쾌해질 정도였다.

"엘라드 상단이라고 그랬나?"

이제 막 새로 만들어진 상단이었다.

"그게 마탑에 무슨 이익이 된단 말인가?"

그럴 줄 알고 헬리아가 봉투를 꺼내 그에게 내밀었다.

"이게 뭔가?"

"보시죠."

베로니카 공작은 그녀가 내민 봉투를 열었다. 안에는 겹겹이 종이가 들어 있었다.

"이건……."

베로니카 공작이 종이를 하나둘 살펴보자 그의 얼굴에 진지함이 서렸다. 어떨 때는 놀란 눈을 하거나 심각하게 고민하기도 했다.

탁.

그가 서류를 내려놓았다.

"누구의 것인가?"

"제 것입니다."

"……정말 공주의 생각인가?"

헬리아가 빙그레 웃었다. 베로니카 공작의 눈이 커졌다. 놀라웠다. 그가 읽은 문서에는 획기적인 아이디어가 나열되어 있었다. 당장 실용 가능한 것도 있었고, 차후 연구가 필요하지만 굉장한 신드롬을 일으킬 만한 것들도 있었다.

베로니카 공작이 믿을 수 없다는 듯 헬리아를 바라봤다. 고작 열 살. 이 어린 소녀가 그런 생각들을 했다는 것이 믿을 수 없었다.

"다음, 다음은 없는가?"

몇몇 부분은 그다음 장이 없었다. 베로니카 공작은 그 순간 알 수 있었다.

'일부러 빼놨군.'

그의 눈이 가늘어졌다. 이 어린 공주를 얕보다간 큰일 날 것 같은 예감이 들었다.

"모두 드리겠습니다. 그다음 장도."

베로니카 공작이 헬리아를 바라봤다. 그러나 쉽게 말려들지 않았다.

"대가가 뭔가?"

"앞서 말씀드렸다시피 저희 엘라드 상단은 마탑과 좋은 관계를 유지하고 싶습니다."

"그래서?"

"아이디어를 제공하겠습니다."

"마탑의 비호가 필요하다는 것인가?"

"눈치가 빠르시니 더 말할 필요도 없군요."

베로니카 공작이 물끄러미 문서를 내려다보았다. 그가 입맛을 다셨다. 이런 아이디어들이라면, 지금 자신들이 연구하는 것을 더욱 빨리 완성시킬 수 있었다. 연구를 하는 데 있어 목표가 확실하다면 더욱 성취가 쉽다. 그런 점에서 헬리아가 내놓은 아이디어는 일종의 지표인 셈이다. 그만큼 공작의 고민도 깊어만 갔다.

그가 힐긋 헬리아를 바라보았다. 아까웠다. 그는 헬리아의 독살 사건의 진실을 아는 몇 안 되는 사람 중 하나였다. 그럼에도 그가 나서지 않았던 것은 왕의 결정 때문이었다.

공작은 헬리아에게 어떤 사사로운 감정도 가지고 있지 않았다. 다만 그녀가 그분의 딸이기 때문에 관심을 조금 기울인 것뿐이지, 그녀를 복권시키기 위해 노력하지 않았다.

하지만 다시 본 그녀는 참으로 아까웠다. 능히 세상을 놀라게 할 능력을 가진 아이였다. 그가 눈을 감았다.

헬리아는 초조하게 그를 바라보았다. 솔직히 쉽게 일이 성사될 줄 알았다. 그런데 누가 알았겠나. 그가 자신을 알아볼 줄은.

잠시 후 베로니카 공작이 눈을 떴다.

"조금 시간을 주게."

"……."

"이틀 뒤에 답을 주지."

베로니카 공작은 잠시 답을 미루기로 했다.

어두운 밤. 베로니카 공작은 마탑의 꼭대기 층에 있는 연구실에 앉아 있었다. 그는 자신 앞에 놓인 작은 병, 활력 포션을 만지작거렸다.

"어떻게 해야 할지⋯⋯."

포션이 문제가 아니다. 헬리아 공주가 밖으로 나돌아 다니는 것을 그냥 묵과할 수 없었다. 어찌하여 넘기긴 했지만 고민될 수밖에 없었다.

"후우⋯⋯."

그의 시름이 깊어갔다.

그때 옅은 바람 소리가 들려왔다. 공작이 잔뜩 긴장한 채 마법을 발사할 준비를 하다 이내 손을 내렸다.

"자네가 올 줄 몰랐군."

까마귀 모양의 지팡이를 짚고 나타난 노인은 공작을 보며 입가에 미소를 지었다.

"오랜만일세."

공작은 세바스찬을 보았다. 오랫동안 그는 모습을 드러내지 않았다. 그러다 그가 헬리아 공주의 시종으로 간다는 이야기에 꽤 놀랐었다.

"자네는 왕을 지켜야 하는 게 아닌가?"

세바스찬은 그저 웃었다.

"그분의 뜻이었네."

"그동안 얼굴은 왜 안 보여 준 게야. 또 왜 이렇게 늙었고?"

공작의 눈이 세바스찬의 주름진 얼굴에서 떨어지지 않았다. 공작의 꾸짖음에 세바스찬이 옅은 미소를 지었다.

"일이 있었네."

"자네는 언제나 그렇지."

공작이 애잔한 눈빛을 보냈다. 5년 전만 해도 그는 훨씬 젊었었다. 5년 전 무슨 이유인지 모르겠지만 그가 갑자기 사라졌다. 처음에는 원망하고 화를 냈지만 시간이 지나자 그리움이 앞섰다.

"잘 지내는 겐가?"

"후후, 자네는 여전하군."

세바스찬이 베로니카 공작의 방을 둘러보았다. 일흔이 넘은 노인은 아직도 열성적으로 마법 연구에 매달렸다. 정치에 관여하지 않고 오로지 마법을 위해 살았다.

"부탁이 있네."

세바스찬의 말에 공작의 눈이 크게 떠졌다. 친우는 이제껏 그에게 부탁이라곤 한 번도 해본 적 없는 사람이었다.

"도대체 무슨 일인가?"

"공주님이 다녀가신 걸 아네."

"헬리아 공주 말인가?"

공작은 머리가 아픈지 의자에 털썩 앉았다.

"……그래, 그럼 그 공주의 일로 온 겐가?"

"고민하고 있는 거 아네."

"놀랐네. 유폐된 공주가 밖을 돌아다니다니. 왜 그리 둔 건가!"

베로니카 공작의 질책에 세바스찬은 그저 웃었다. 공주가 그가 말릴 수 있는 사람이었다면 이렇게 되지 않았을 것이다.

"부탁하네. 못 본 척해 주게."

"세바스찬!"

"조금만 기다려 주게. 지금은 유폐되어 있지만 계속 그러고 있을 분이 아니야."

베로니카 공작이 의중을 파악하기 위해 그를 빤히 바라봤다. 그러더니 피식 입가에 미소를 지었다.

"그리 마음에 들었는가?"

"변하셨네."

헬리아는 과거와 달랐다. 그래서 세바스찬은 그녀의 행동을 막지 못했다.

"공주는 아는가?"

공작의 말에 세바스찬이 쓸쓸히 웃었다.

"그저 난 공주님의 시종일 뿐이네."

공작은 말없이 그를 지켜보았다. 이내 바람이 불더니 세바스찬의 모습이 사라졌다.

"공주님을 잘 부탁하네."

바람 소리 사이로 아련히 들려오는 세바스찬의 목소리에 공작은 조용히 눈을 감았다.

✳

마탑에서 연락이 온 것은 정확히 이틀 뒤였다.

베로니카 공작과 헬리아가 서로 마주 보았다. 헬리아는 초조함을 숨기고 그의 결정을 기다렸다.

"생각해 보았네."

"……."

"거래를 승낙하지."

헬리아가 주먹을 꽉 쥐었다. 그녀의 두 뺨이 붉게 상기되었다.

"감사합니다."

이걸로 가르안 상단의 방해를 떨쳐 내는 것은 물론 더욱 앞으로 나갈 수 있게 되었다. 그러나 베로니카 공작의 말은 끝나지 않았다.

"다만!"

헬리아가 멈칫했다. 그의 말에 집중했다. 베로니카 공작이 입을 열었다.

"조건이 있네."

흥분했던 헬리아가 다시 마음을 가다듬고 그를 바라봤다. 조건이란 게 무엇일까. 헬리아가 그의 말을 기다렸다.

"아무리 생각해도 성에 있어야 할 공주가 함부로 밖을 나돌아 다니는 건 좋지 않네."

"하지만 그건……."

헬리아가 반론하려 했지만 공작이 손을 올려 저지했다.

"아직 이자의 정체도 모르고."

그가 엘라임을 바라봤다. 엘라임은 어깨를 으쓱였다. 헬리아는 살짝 입술을 깨물었다. 어쩔 수 없이 엘라임의 정체를 말해야 하는 것일까? 그러나 다행히 그런 일은 생기지 않았다.

"뭐 그래도 믿을 만한 사람이니 그가 놔두었겠지."

'그?'

공작이 말한 그는 누굴일까.

공작이 다시 말을 이었다.

"공주."

베로니카 공작이 헬리아를 바라보았다.

"예."

"공주의 능력은 내 잘 알겠네. 이대로 두기 아깝지."

"……."

"하지만 너무 어리네."

공작의 말에 헬리아는 입술을 깨물었다. 열 살의 몸뚱이가 너무나 거추장스러웠다. 시간이 지나면 해결된다는 걸 알면서도 조급해졌다.

"그건 어쩔 수가 없습니다."

베로니카 공작은 고집스런 그녀의 모습에 속으로 가만히 웃음 지었다. 머리도 좋고 배짱도 있다. 거기다 고집도 있다. 오랜만에 참 재밌는 아이를 만났다고 생각했다.

공작이 눈을 반짝였다.

"조건을 말하겠네."

헬리아가 그의 말을 기다렸다.

"내 제자가 되게."

"……엑?"

헬리아가 저도 모르게 이상한 소리를 내뱉었다. 그만큼 그의 말은 액면 그대로 받아들이기 힘들었다.

"제자라고요?"

공작은 그녀의 놀란 모습이 오히려 귀여웠다.

"에잉, 싫은가?"

"시, 싫다니요!"

헬리아가 저도 놀라 소리쳤다. 이건 조건이 아니라 오히려 자신이 고마워해야 할 만한 일이었다. 8서클 대마도사이자 베로니카 공작의 제자라니!

"정말이십니까?"

헬리아가 두근거리는 마음을 가라앉히며 되물었다.

"제자가 되지 않는다면 거래는 없네."

이거야말로 쐐기가 아니던가. 긴장했던 그녀의 입가에 편안한 미소가 흘렀다.

"최고의 선택을 하신 겁니다."

"뭐라고!"

조쉬의 눈이 분노로 시뻘겋게 변했다.

"사, 상단들이 모두 돌아섰습니다."

"도대체 왜?"

"그, 그게 엘라드 상단이 마탑과 제휴를 맺었답니다."

"하!"

조쉬는 페론의 말에 뒤통수를 망치로 얻어맞은 듯 비틀거렸다.

"마탑과?"

마탑은 폐쇄적인만큼 다른 곳과 거의 교류하는 법이 없었다. 무엇보다 교류하지 않아도 충분한 자금과 기술력을 지니고 있었다. 게다가 마법이라면 사족을 못 쓰는 자들이 모인 집단이다 보니 괴짜가 많았다.

"도대체 무슨 수로!"

조쉬는 입술을 잘근잘근 깨물었다. 밟아도 밟아도 끈덕지게 살아남는다. 그는 흥분을 가라앉혔다. 그의 눈이 어두운 빛을 띠었다.

"하, 하하."

그의 기괴한 웃음이 방 안을 울렸다. 페론은 멀찍이 떨어져 몸을 떨었다.

"운이 좋구나, 워렌."

그의 눈에 검은 불길이 번졌다.

"마탑이라고? 홋. 좋아. 그 정도는 해야 워렌이겠지."

"어찌하시렵니까?"

"그쪽에서 마탑과 손을 잡았다면 우리는 그에 대항할 자들과 손을 잡을 수밖에."

조쉬가 비틀린 웃음을 지었다.

✷

레칸 대륙은 태양의 신 헤리온, 물의 신 바누스, 대지의 신 게르에 의해 형성되었다. 헤리온은 태양을 만들고, 바누스는 바다를, 게르는 대지를 만들었다. 세 신의 균형은 조화를 이루며 레칸 대륙을 풍요롭게 만들었다.

인간들은 각각 신을 받들어 모시며 세를 확장해 나갔다. 그러나 신들은 조화를 추구했지만 인간은 달랐다. 서로 자신들이 모시는 신을 최고라 여기며 분열을 일으켰다. 그리고 그 분열은 점차 종교 전쟁으로 번져 나갔다.

백여 년의 싸움은 결국 태양의 신 헤리온을 믿는 신전이 승리하면서 레칸 대륙에는 태양의 신 헤리온만이 남게 되었다. 전쟁에서 승리한 헤리온파는 그 기세에 힘입어 왕국들마저 주무르기 시작했다. 그들의 횡포에 참다못한 왕국들은 연합하여 2차 종교 전쟁을 벌였다.

철옹성 같던 헤리온파는 결국 무너졌다. 하지만 완전히 사라진 것은 아니었다. 약하지만 그 세를 조금씩 불려가며 지금도 헤리온파는 명맥을 유지해 나갔다.

아르센 왕국의 수도에 위치한 헤리온 신전.

신전을 총괄하는 사무엘 주교는 신전의 재무 담당자의 말에 살에 파묻힌 미간을 살짝 치켜들었다. 사무엘 주교는 오십 세가 넘는 나이임에도 젊음을 유지하고 있었다. 하지만 머리는 맨들맨들 빛이 났고 몸은 비대해 헐렁한 성직자용 로브가 꽉 껴 보일 정도였다.

그가 얄팍한 입술을 움직였다.

"신전의 수입이 줄어들었다고?"

화려한 무늬의 도자기를 닦던 그의 손이 멈췄다. 손가락에 끼어 있는 금반지가 불빛에 반짝거렸다. 주교의 방에는 값비싼 도자기와 물건이 가득했다. 성직자의 신분이었지만 돈에 대한 그의 탐욕은 신심으로도 막을 수 없었다.

주교가 묻자 재무 담당자가 대답했다.

"그게, 활력 포션 때문인 것 같습니다."

"활력 포션?"

"예."

주교의 눈이 찌푸려졌다. 그도 활력 포션의 인기는 알고 있었다. 하지만 신전의 포션과 활력 포션의 효과는 천지 차이였다.

재무 담당자가 그의 속내를 알아챘는지 말했다.

"아무래도 가격이 싸다 보니."

"흐음……."

주교는 자신의 두툼한 턱살을 만지작거렸다.

똑똑–

그때 서재 밖에서 목소리가 들렸다.

"주교님, 가르안 상단주가 뵙기를 청합니다."

"가르안 상단주가?"

주교의 눈이 가늘어졌다.

"만나 뵙게 되어 영광입니다."

조쉬가 이를 드러내며 웃었다. 사무엘 주교는 조금 심드렁하게 그를 맞았다.

"어서 오시오. 그래 무슨 일입니까?"

주교의 쌀쌀맞은 반응에 조쉬가 얼른 미리 가져온 상자를 건넸다. 함께 있던 신관이 그것을 대신 받아 들었다. 주교의 눈이 상자를 향했다.

조쉬가 웃으며 말했다.

"기부금입니다."

"호오, 신자님이셨구려."

그제야 주교의 표정이 밝아졌다. 주교는 힐금 신관을 보았다. 신관

은 상자를 열어 확인한 후 고개를 끄덕였다. 주교의 입가에 만족한 미
소가 흘렀다.

"이리 앉으시오. 내 너무 세워두었구려."

조쉬는 웃었지만 주교를 보는 눈은 싸늘했다.

'너구리 같은 영감.'

그러나 주교가 그를 볼 때는 이미 눈가에 어린 싸늘함은 봄눈 녹듯
사라졌다. 신관이 차를 내왔다. 둘 사이에 여러 말이 오갔지만 모두 본
론을 위한 밑바탕이었다. 조쉬가 차를 한 모금 마시고는 운을 띄웠다.

"혹 활력 포션에 대해 들어보신 적이 있으십니까?"

주교의 눈이 반짝였다. 그러나 주교는 바로 반응하지 않고 태연하게
차를 입에 가져갔다.

조쉬는 쉽게 받아치지 않는 주교를 향해 살짝 눈을 흘겼다. 이미 활
력 포션으로 인해 신전의 포션 매출이 줄어들었다는 사실을 알고 왔다.
하나 주교는 쉽게 넘어가지 않았다.

'어쩔 수 없지.'

조쉬가 먼저 속내를 드러냈다.

"최근 활력 포션으로 신전이 큰 피해를 입는다고 들었습니다."

주교는 조쉬가 무슨 말을 하려는 것이지 지켜보았다.

"헤리온 신의 독실한 신자로서 그 이야기를 듣고 가만히 앉아 있을
수 없어 이리 찾아오게 되었습니다."

주교의 입꼬리가 살짝 올라갔다.

"그대 같은 이가 있어 참으로 다행이오. 헤리온 신의 진실한 축복이
그대에 내려질 것이오."

하지만 주교는 어리석지 않았다.

"하오나 활력 포션으로 백성들이 고통에서 벗어나면 그것 또한 신의
은총이 아니겠소?"

조쉬가 초조한지 살짝 입술을 깨물었다. 노회한 너구리가 괜히 주교의 자리에 앉아 있는 게 아니었다.

"하나 그 활력 포션이 아무 근간이 없는 약이라면 사정이 다르지 않겠습니까?"

주교의 눈썹이 꿈틀거렸다.

'그렇게 되는 거로군.'

주교가 깜짝 놀란 듯 호들갑을 떨었다.

"아니, 그게 무슨 소리요?"

"마탑에서 감정했지만 그 성분을 제대로 밝혀내지 못했습니다. 신의 성수인 신전의 포션이 아니고서야 어찌 일개 인간의 힘으로 그런 것을 만들어 낼 수 있단 말입니까?"

조쉬가 말을 이었다.

"하물며 사람들은 그 활력 포션을 매일 사간답니다. 이는 어떠한 특수 물질이 그들을 중독시키는 것이 아니겠습니까?"

주교가 턱을 쓰다듬었다. 그의 입가가 살짝 올라갔다. 그와 조쉬의 눈이 마주쳤다.

가르안 상단주가 돌아가고 사무엘 주교는 곧장 신관을 불렀다.

"조사한 것은?"

"엘라드 상단의 워렌이라는 자에게 상당한 악감정을 지닌 것으로 보입니다. 엘라드 상단에 압박을 가했지만, 마탑과 손을 잡는 바람에 그것도 어려워졌다고 합니다."

"하여 감히 신전을 이용하려 한다?"

주교의 눈썹이 치켜 올라갔다.

"어찌하시겠습니까?"

"흐음."

주교는 턱을 쓰다듬으며 생각에 빠졌다. 자신들을 이용하려는 것이 괘씸하지만 그리 나쁜 이야기만은 아니었다.

"이참에 마탑을 눌러놓는 것도 좋겠군."

마탑과 신전은 사이가 좋지 않았다. 과학적이고 합리적 사고에 바탕을 둔 마탑은 신전의 신의 의해 모든 것이 결정된다는 운명론을 인정하지 않았다. 마탑과 신전의 갈등은 오래전부터 지속되어 온 일이었다.

주교의 눈이 반짝였다.

"가르안 상단주에게 전하라. 헤리온 신께서 그의 바람을 이뤄주신다고."

신관은 고개를 숙이곤 서재를 나갔다.

※

활력 포션의 인기에도 신전을 찾는 사람이 많았다. 아무래도 활력 포션보다는 효과가 훨씬 좋기 때문이다. 신전에는 포션을 사러 온 사람들로 줄이 길게 늘어져 있었다. 하지만 평소보다는 적었다.

한 남성도 포션을 사기 위해 신전을 찾았다.

"헤리온의 빛이 깃들길."

"헤리온의 빛이 깃들길."

남자가 신관의 인사에 화답했다. 신관은 한 달 전에 본 남자를 기억하고 반색했다.

"얼굴이 많이 좋아지셨습니다."

"예."

"혹시 활력 포션을 드시고 계신가요?"

"아, 그, 그건……."

아무래도 포션을 파는 곳에서 활력 포션 이야기가 나오니 민망할 수밖에 없었다.

"……그렇군요."

신관은 남자가 포션을 자주 마시는 걸 알게 되자 바로 근심 어린 표정을 지었다.

남자가 놀라 물었다.

"무슨 문제라도 있습니까?"

신관은 뜸을 들이다 입을 열었다.

"활력 포션의 인기로 많은 백성이 구원을 받아 기쁩답니다. 하나……."

남자가 신관의 말에 집중했다.

"혹 활력 포션을 먹으면서 이상 증세는 없었는지요?"

"이상 증세요?"

"최근 중독 증상을 보이시는 분들이 계셔 신관으로서 걱정될 따름입니다."

"주, 중독이요?"

신관이 다시 물었다.

"일주일에 몇 번 활력 포션을 마십니까?"

남자는 손가락을 세어 보았다. 일주일에 거의 대여섯 번은 먹고 있었다.

그가 걱정스럽게 물었다.

"……문제가 되는 겁니까?"

"후우, 신도님 말고 꽤 되십니다. 활력 포션을 자주 드시는 분들이 아무래도 중독 증상이 보이시는 것 같아 신전에서 조사하고 있습니다."

"그, 그게 사실입니까?"

"현재로서는 어떤 말도 드리기 어렵습니다. 다만 아직 검증이 제대로 이루어지지 않고 있기 때문에 그 이후에 사 드시는 걸 권장합니다."

남자는 충격에 눈이 커졌다. 생각해 보니 자신이 꽤 그 활력 포션을 자주 먹고 있었다.

'그, 그게 중독?'

무지한 남자는 벌벌 떨었다. 아르센 왕국에서는 왕국법으로 마약 및 중독 물질을 엄격하게 금지하고 있다. 그 사실을 떠올린 남자의 머릿속에는 갖가지 상상이 가득 차기 시작했다. 그리고 그 화살은 이내 활력 포션으로 돌아갔다.

신관은 그런 남자의 모습에 작게 미소 지었다.

※

"이게 대체……."

워렌은 몰려드는 사람들을 보며 눈을 휘둥그레 떴다. 어찌 된 영문인지 포션을 사 갔던 사람들이 반품을 요청하고 있었다.

클리드가 안색을 흐리고 물었다.

"혹시 물건에 문제가 있는 건 아닙니까?"

"말이 되는 소리를 해. 벌써 판매한 지도 한 달이 넘었어. 게다가 그 꼬마 아가씨가 얼마나 깐깐한데."

워렌은 머리를 헝클였다. 도대체 이유를 알 수 없었다.

그때 한 손님이 소리쳤다.

"이런 사기꾼들!"

그에 옆에 있던 이들도 합세했다.

"나쁜 놈들!"

이유를 알아야 화를 내던가 하지, 워렌과 상단 직원들은 어이가 없을 뿐이었다. 그러나 유리창을 뚫고 돌멩이까지 날아오자 그제야 사태가 심상치 않게 돌아간다는 것을 깨달았다.

"젠장, 도대체 뭔 일인 거야."

엘라드 상단 직원 모두 테이블에 앉았다.

"이유가 뭐랍니까?"

헬리아의 물음에 클리드가 대답했다. 그동안 포션을 반품한 이유를 찾았다. 그리고 그나마 호의적인 사람들에게 물어보자 이유를 알 수 있었다.

"활력 포션에 중독 물질이 섞여 있다고 합니다."

헬리아가 미간을 찌푸렸다. 무슨 중독 물질이란 말인가? 그래도 혹시나 하고 엘라임을 바라봤다.

엘라임은 억울하다는 듯 반박했다.

"말도 안 되는 소리! 내가 그런 걸 넣을 리가 없잖아."

하긴, 정령왕이 중독 물질을 뭐 하러 넣는단 말인가. 그리고 헬리아도 확인했었다.

"도대체 그런 말은 어디서 나온 건가요?"

일반 백성들이 그런 이야기를 먼저 꺼낼 리가 없다.

클리드가 다시 말을 이었다.

"신전에 포션을 사러 간 사람들의 이야기가 입으로 전해진 것 같습니다."

"신전?"

"예, 신전에서 활력 포션에 대한 중독 물질을 검증하고 있다는 이야기에."

"그럼 아직 밝혀진 것도 없잖아!"

워렌이 벌떡 일어나 소리쳤다. 헬리아도 한쪽 입가를 틀어 올렸다.

"일부러 신전에서 소문을 냈군."

신전에서 일부러 소문을 퍼뜨린 것이다. 신전의 파급력을 생각해 본다면 이런 일쯤은 아무렇지 않을 것이다.

'이제 와서 신전이……'

하지만 대응이 늦은 감이 있었다. 조치를 취하려면 좀 더 빨리 취했어야 했다.

'무언가 있어.'

워렌도 감을 잡은 것인지 헬리아를 쳐다보았다. 그와 눈이 마주치자 헬리아의 눈이 깊어졌다. 워렌은 입술을 깨물었다.

"설마 조쉬가……."

혹시나 하고 헬리아는 정보길드 베라를 찾았다.

"또 보니 반갑습니다."

키안이 웃으며 그녀의 방문을 반겼다. 여전히 그의 방은 마치 숲에 온 듯 청량한 향이 풍겼다. 헬리아는 여전히 이 미심쩍은 엘프를 믿지 않았지만 그들이 가진 정보력은 대단했다.

"신전에 대한 정보가 필요해."

"이번 소문 때문에 그러시는군요. 흠."

키안이 헬리아의 말에 뜸을 들였다. 그러다 천천히 입을 열었다.

"세가 약해졌다고 해도 신전을 건드리는 일은 위험합니다."

헬리아가 입술을 살짝 깨물었다.

"방법이 없는 건가?"

"흐음."

키안이 매끄러운 턱을 쓰다듬으며 그녀를 보았다. 그녀의 금안과 금발이 누군가를 떠올리게 만들었다. 그 탓인지 그녀의 부탁을 거절하기가 어려웠다.

"꽤 비쌀 겁니다."

헬리아의 얼굴이 활짝 펴졌다.

"상관없어!"

그러다 조금 머뭇거렸다.

"근데 할부는 안 돼?"

키안이 눈을 좁혔다.

"안 됩니다."

헬리아는 혀를 찼다.

키안에게 정보를 확인한 헬리아는 확신했다. 이번 일에 조쉬 가르안이 연관되어 있다고.

"어떻게 할 거야?"

워렌이 걱정스럽게 물었다. 신전이 개입되었다면 일이 커질 것이다.

"막아야죠."

"하지만 신전에서…….""

헬리아가 고개를 저었다.

"다행히 방법이 있어요."

"방법이라니?"

"애초에 검증하고 있다는 식이 아니라 직접적으로 말했다면 더 큰 타격을 받았을 거예요. 하지만 신전에서는 그렇게 말하지 않았죠."

"그럼?"

"발을 빼둘 여지는 만들어 놓았다는 거죠."

헬리아는 신전의 주인이 누군지 모르겠지만 참으로 너구리 같은 자라고 생각했다. 두루뭉술하게 말해 후에 있을 위험에서 몸을 뺄 수 있게 만든 것이다. 하지만 그 덕분에 헬리아도 빠져나갈 길이 생겼다.

❋

수도에 위치한 헬리온 신전에 헬리아와 워렌이 찾아갔다. 세가 약해졌다고 하나 신전의 위용은 대단했다. 거대한 기둥과 하얀 대리석이 자태를 뽐냈다.

차가운 대리석을 밟으며 안으로 들어가자 신관이 그들을 맞이했다.

"무슨 일로 오셨습니까?"

워렌이 말했다.

"엘라드 상단에서 나왔습니다. 주교님을 뵙고 싶습니다."

신관이 고민하다 자신이 결정할 사항이 아닌지 어디론가 사라졌다 다시 돌아왔다.

"주교님께서 뵙기를 허락하셨습니다."

자신들의 방문을 거부하지 않자 헬리아의 눈이 이채를 띠었다. 그들은 하얀 대리석 복도를 지나 사무엘 주교의 서재로 갔다.

똑똑─

"주교님, 엘라드 상단에서 오셨습니다."

"들이게."

주교의 허락이 떨어지자 헬리아와 워렌이 안으로 들어갔다.

"무슨 일이시오?"

헬리아가 눈짓하자 워렌이 주교에게 상자를 내밀었다. 그러자 주교의 눈빛이 변했다. 헬리아는 이미 주교가 어떤 성격인지 키안을 통해 알고 있었다.

'머리가 좋고 탐욕스런 자.'

괜히 신전의 주교로 있는 것이 아니었다.

"호오, 이건."

워렌이 웃으며 말했다.

"저의 신심입니다."

"이런, 신도님이셨구려."

조쉬 때와 별반 다르지 않는 태도로 그를 대했다. 그러나 상자 안에 있는 액수를 보자 오히려 그때보다 더 입가를 벌렸다.

주교의 눈이 반짝거렸다.

"그래, 무슨 일로 오셨소?"

이미 그들의 온 이유를 알면서도 주교는 여유 있게 말했다. 그 모습이 아니꼬웠지만 속내는 감추고 워렌은 본론을 꺼냈다.

"최근 상단의 활력 포션을 검증하고 계시다는 이야기를 들었습니다."

"아, 그렇소. 아무래도 백성을 보호하는 신전의 입장에선 조사가 필요하다 여겼소."

워렌의 눈이 가늘어졌지만 찰나였다. 이미 조쉬가 주교와 만났다는 사실을 전해 들었다.

"하면 언제쯤 그 검증이 끝나겠습니까?"

주교가 고심하는 듯 뒤로 물어났다.

"좀 더 조사가 필요할 듯싶소이다."

주교는 머리가 좋은 자였다. 누가 주도권을 쥐고 있는지 알고 있었다. 결국 카드를 빼드는 수밖에 없었다. 헬리아가 작은 상자를 꺼내 내밀었다. 주교의 눈이 탐욕으로 번들거렸다.

'후후, 이래서 상단 놈들은.'

주교에게 상단은 그저 돈주머니였다. 한쪽에 머물기보다는 적당히 균형을 맞춰주면서 돈을 뜯어냈다.

'얼마나 들었을꼬.'

주교는 입가가 벌어지는 것을 막지 못하고 손수 상자를 열었다. 그러나 주교의 눈이 경악으로 커졌다.

헬리아는 비릿한 웃음을 지었다. 상자 안을 본 주교의 손이 덜덜 떨렸다.

"이, 이건."

주교가 워렌을 표독스럽게 노려보았다.

"이게 무슨 짓인가?"

"선물이 마음에 드시지 않습니까?"

주교가 으득 이를 물었다. 상자 안에 있는 것은 금광 채굴권이었다. 아르센 왕국에선 금광은 무조건 나라에 일차적으로 귀속된다. 개인이 왕실의 재가 없이 사사로이 매매할 수 없고, 소유한다면 법적으로 처벌을 받는다. 다만 왕실이 직접 채굴하지 않고 채굴권만 경매에 붙여 상단에 넘겨 그 이율을 얻는다.

하지만 모든 금광을 왕실이 알 수는 없는 노릇. 신고를 하지 않고 몰래 금광을 채굴하는 이들도 있었다. 그 금광 중 하나의 채굴권을 사무엘 주교가 가진 것이다.

"꽤 좋은 금광을 가지고 계셨더군요."

"……."

워렌의 말에 주교가 그를 노려봤다. 하지만 그는 노련한 연륜으로 쉽게 흥분하지 않았다.

"……원하는 게 뭔가?"

주교는 속으로 입술을 깨물었다. 꽁꽁 숨겨두었건만 들켜 버린 것이다. 그가 초조히 그들을 노려보았다.

'젠장, 이놈들.'

헬리아는 주교를 보며 작게 조소를 지었다. 아마 그는 더 많은 돈을 바라고 있었을 것이다. 하지만 이런 자들은 한번 돈을 주기 시작하면 탐욕에 눈이 멀어 더 많은 것을 요구한다. 헬리아는 이런 신전에 돈을 처박고 싶은 마음이 눈곱만큼도 없었다.

주교의 볼이 떨렸다. 화를 참고 있는 게 눈에 보였다.

"저희는 그저 언제쯤 검증이 완료되는지 알고 싶을 뿐입니다."

주교는 종이를 내려다보았다. 얼마나 세밀하게 조사했는지 빠져나갈 길이 보이지 않았다.

"……금방 검증은 끝날 것이오."

주교가 워렌을 노려봤다. 워렌과 헬리아는 신전과 크게 틀어질 생각은 아니었다. 이쯤에서 물러서야 했다.

"감사합니다."

"하면 이건……."

"주교님."

주교의 말을 막은 워렌이 웃으며 고개를 저었다.

"저희는 아무것도 보지 못했습니다."

주교는 손에 든 종이를 와락 구기며 입가를 비틀었다.

"뭐라고!"

조쉬는 입술을 질끈 깨물었다. 신전이 입장을 바꾸었다. 게다가 신전의 검증까지 마쳤으니 활력 포션은 이전보다 더 날개 돋친 듯 팔려나갔다.

"젠장! 그 주교 놈!"

조쉬는 참을 수 없는 분노와 치욕을 느꼈다. 아무리 자신이 가르안 상단의 상단주가 되어도 결국 그에게 못 미치는 현실이 지독히도 그를 괴롭혔다. 그저 빠져나올 수 없는 늪에서 허우적거릴 뿐이었다.

"워렌!"

조쉬의 눈에서 점점 초점이 사라졌다.

"가만두지 않을 거다!"

조쉬는 책상에 있는 물건이란 물건은 모조리 던졌다. 유리가 깨지고 방은 어지럽혀졌다. 그 모습을 잠자코 지켜보던 알베르의 눈이 깊게 가라앉았다.

그가 오랜 친구인 전 상단주의 뜻을 배반하면서 조쉬를 상단주에 앉힌 것은 상단의 분열을 염려해서였다. 가르안 상단의 간부들은 워렌을 좋아하지 않았다. 만약 워렌이 상단주가 된다면 그들과 크게 반목하여 결국에는 상단이 흔들릴 거라 생각했다.

하지만 그건 그의 착각이었다. 조쉬는 상단 일보다 워렌에게 집착했다. 상단주가 돌보지 않으니 당연히 상단이 제대로 굴러갈 리 만무했다. 무엇보다 처음에는 조쉬의 눈치를 보던 간부들이 이제는 자기 마음대로 상단을 주무르기 시작했다.

'……애쉬튼.'

알베르는 눈을 감았다가 천천히 떴다. 그는 조쉬를 한 번 돌아본 뒤 자리를 떴다.

✳

신전에서 활력 포션에 문제가 없다고 공언하자 돌아선 손님들이 다시 엘라드 상단을 찾았다. 모처럼 만에 상단은 활기를 띠었다. 너무 많이 몰려들어 일손이 부족할 지경이었다.

어니가 투덜거렸다.

"하아, 너무 힘들어요."

"어니, 투덜거리지 말고 손이나 바삐 움직여."

워렌이 핀잔을 주었다. 어니는 지쳤는지 안색이 파랬다.

"좀 더 사람을 뽑는 게 어때요?"

사업의 규모가 커지자 사실 인재가 절실히 필요하기도 했다.

그때 상단을 방문한 이들이 있었다.

"어, 자네는?"

"오랜만입니다. 총관님."

워렌은 낯익은 얼굴을 보자 그를 반갑게 맞았다. 가르안 상단의 옛

동료였던 헥스였다. 그뿐만이 아니었다. 그의 뒤로 낯익은 얼굴들이 보였다. 모두 가르안 상단의 동료들이었다.

"자네들이 여긴 어쩐 일이야? 일은 어떻게 하고?"

헥스의 얼굴이 어두워졌다.

"조쉬 가르안은 제정신이 아니야."

워렌이 미간을 구겼다.

"그게 무슨 일이야?"

"후우."

깊은 한숨을 내쉰 헥스가 입을 열었다. 일이 틀어지면서 조쉬는 실성이라도 한 듯이 매일같이 술을 먹고 상단을 돌보지 않았다. 그가 손을 떼기 시작하면서 간부들은 마음대로 상단을 움직였다. 힘든 것은 그 밑에서 일하는 이들이었다. 가르안 상단이 점차 위태로워지자 그들은 두고 볼 수 없었다. 헥스가 대표로 조쉬에게 간언을 했다. 하지만 돌아온 건 폭언과 실직이었다.

"우린 잘렸네."

"허……."

워렌은 자신의 머리를 헝클었다.

"도대체 그 자식은!"

설명을 들은 워렌은 가슴속에서 무언가 치밀어 올랐다. 그건 조쉬에 대한 분노가 아니었다. 어째서 그렇게 변해야만 했을까. 그건 연민이었다.

"총관님, 부탁드립니다. 저희 받아주세요."

다른 동료들이 그에게 고개를 숙였다. 워렌은 난감했다. 이전엔 총관이었을지 모르지만 지금 그는 일개 직원에 불과했다. 그가 헬리아를 쳐다보았다.

그녀는 어깨를 으쓱였다.

"마침 손이 부족했던 참인데 다행이네요. 믿을 만한 사람들이죠?"

워렌이 웃으며 고개를 끄덕였다.

그런데 그때, 전혀 예상치 못한 인물이 엘라드 상단을 방문했다. 워렌의 눈이 사나워졌다.

"당신은……."

"오랜만일세."

애쉬튼의 오랜 친우이자 조쉬의 외할아버지인 알베르였다.

"크, 크큭."

술에 잔뜩 취한 조쉬의 몸이 비틀거렸다. 삐걱거리는 복도를 걸으며 그가 히죽 웃었다. 이 뒤틀려 버린 나무판이 자신과 닮아 보였다.

어두운 복도를 지나 자신의 서재로 들어왔다. 과거 아버지 애쉬튼의 서재이기도 했던 이곳은 단 하나도 바뀌지 않았다. 물건의 위치며 액자의 위치 하나까지 모두 애쉬튼의 생전 그 모습 그대로였다.

조쉬가 그의 방에 걸린 애쉬튼의 초상화를 바라보며 조소를 지었다.

"결국 아버지의 뜻대로 되었어."

조쉬의 눈이 사납게 일그러졌다. 가르안 상단은 더 이상 과거와 같은 영화를 누리지 못했다. 애쉬튼이 이룩한 모든 것이 하루아침에 쓰레기가 되었다. 그렇게 만든 것은 그의 아들인 조쉬, 그였다.

"하지만 이게 다 아버지 때문이라고."

조쉬가 애쉬튼의 초상화를 보다 몸을 돌렸다. 그는 비틀거리며 술병이 가득한 찬장으로 걸어가 안에서 시커먼 병을 꺼냈다. 그의 입가에 옅은 미소가 감돌았다.

똑똑─

그때 노크 소리가 들렸다. 조쉬의 미간이 확 구겨졌다.

"무슨 일이야?"

페론이 다급하게 들어왔다.

"그, 그게…… 워렌이 찾아왔습니다."

조쉬의 얼굴이 일그러졌다. 그는 자신이 꺼낸 검은 병을 잠시 바라보았다.

달이 뜬 밤이었다. 워렌이 조쉬를 만나러 간 그 시각, 헬리아와 엘라임은 몰래 가르안 상단에 침입했다.

"정말 있는 거 맞아?"

조쉬의 서재에 들어온 엘라임이 헬리아에게 물었다. 헬리아는 알베르의 방문을 떠올렸다.

"여긴 대체 무슨 일이시죠?"

워렌이 차갑게 내뱉었다. 알베르는 잠시 침묵하다 입을 열었다.

"이렇게 될 줄은 몰랐네."

"하."

알베르가 두 손을 맞잡았다.

"조쉬가 그렇게까지 자네를 싫어할 줄 몰랐어."

"……."

워렌의 표정이 어두워졌다. 알베르는 조쉬가 상단주가 되어 자신이 그 뒤를 받쳐 주면 가르안 상단은 이전의 영화를 다시 누릴 수 있을 거라 생각했다.

조쉬와 워렌. 그 둘이 서로를 의지하며 잘해 나갈 줄 알았다. 그런데 조쉬는 그의 바람과는 너무도 다르게 상단을 운영했다.

"자네에겐 미안하네."

"……."

알베르가 깊게 한숨을 내쉬다 입을 열었다.

"제발 조쉬를 멈춰주게."

"그건……."

"상단주님은 자네가 상단주가 되길 바랐네. 부디 가르안을 막고 이 상단을 지켜주게."

오랫동안 상단과 함께해 온 알베르는 이대로 상단이 무너지는 걸 볼 수 없었다. 그 말에 워렌은 깊은 숨을 내쉬었다.

"하지만 상단주님의 유언은 가르안이 상단주가 되는 것이었습니다."

"……아닐세."

알베르는 유언이 조작되었음을 실토했다. 워렌은 분노했으나 이내 침착함을 되찾았다. 그가 무슨 마음으로 그랬을지 알았기 때문이다.

"그렇다 하나 증거가 없지 않습니까?"

"상단주님은 치밀한 성격이네. 언제나 중요한 문서는 두 개를 만들어 놓지. 분명, 유언장이 하나 더 있을 것이네."

조쉬와 워렌이 마주 앉았다. 조쉬가 먼저 운을 뗐다.

"무슨 일이지?"

"……."

"날 비웃으러 온 건가?"

조쉬는 키득거렸다. 워렌은 그 모습을 조용히 지켜보았다. 흰칠했던 그의 얼굴은 가무잡잡했고 입에선 술 냄새가 풍겼다.

"……왜 이렇게 된 거냐?"

조쉬가 표독스럽게 그를 노려보았다.

"왜냐고?"

"……이렇지 않았잖아."

조쉬는 가소로운 듯 웃었다.

"네가 나에 대해 뭘 안다고 지껄이는 거지?"

"……."

워렌의 얼굴이 어두워졌다. 복수를 하려 했다. 하지만 정말 복수하고 싶었던 것은 자신보다 조쉬일지도 모른다고 생각했다.

어려서부터 조쉬는 참 잘 웃고 활발한 아이였다. 상재는 없었지만 잘해 보려고 열심히 노력했다. 그 모습이 워렌은 좋았다. 그가 자신을 찌른 건 충격이었다. 하지만 순간의 충격이 파도에 휩쓸리듯 지나가자 남은 것은 조쉬의 동기였다. 왜 그가 그래야만 했을까.

복수하기 위해 헬리아와 손을 잡았지만 워렌은 조쉬를 보자 그 마음이 엷어지는 것을 느꼈다.

"나는 네가 싫다, 워렌."

"……."

"나보다 더 잘난 그 재능이 싫고."

워렌은 입을 열지 못했다.

"아버지에게 사랑받는 네가 싫었다."

"상단주님은."

워렌이 반론하려 했지만 조쉬는 거세게 고개를 저었다.

"알고 온 거 아닌가? 아버지는 네게 이 상단을 주려 했다."

"……."

"어째서 너지? 능력이 좋기 때문인가? 자신의 아들은 내팽겨 칠 만큼 네가 그리도 능력이 있다는 건가?"

조쉬는 비릿하게 웃었다.

"워렌, 술 한잔하지 않겠어?"

조쉬가 워렌에게 그 잔을 내밀었다. 그는 검은 병을 열고 워렌의 술잔에 따라주었다. 워렌은 술을 받아먹었다.

조쉬가 비릿하게 웃었다.

아무리 뒤져 봐도 유언장은 나오지 않았다. 하기야, 보이는 곳에 놔
두었다면 이미 조쉬가 알았을 것이다.

헬리아는 침대와 책상 등을 돌아보며 생각했다. 분명 애쉬튼은 몸이
좋지 않아 침대를 거의 벗어나지 못했다고 했다. 움직이는 반경이 넓
지 않을 것이다. 헬리아의 시선이 오랫동안 침대에 머물렀다. 그런 사
정을 알기에 그녀도 맨 먼저 침대부터 뒤져 보았다. 하지만 나오지 않
았다.

"없는 걸까."

알베르의 말만 듣고 무작정 찾으러 나온 것이 잘못되었을까.

헬리아는 입술을 깨물었다. 엘라임은 이미 포기했는지 침대에 널브
러졌다.

"뭐 하는 거야?"

그녀가 엘라임을 쏘아보았다. 자신은 열심히 찾는데 놀고 있는 꼴을
보니 속이 뒤틀렸다.

"안 찾아?"

"없는 걸 어떻게?"

그녀는 이를 으득 물고 그의 안면으로 베개를 던졌다.

"안 일어나!"

"쳇."

엘라임이 툴툴거리며 느릿느릿 침대 아래로 내려왔다. 헬리아는 눈
을 시퍼렇게 뜨고 그를 지켜보았다.

"알았어. 찾으면 되잖아."

그때 헬리아의 눈이 커졌다. 그녀가 엘라임을 향해 달려왔다.

"차, 찾는다고!"

또다시 베개가 날아올 줄 알고 팔을 들었지만 헬리아는 그를 그대로 지나쳐 침대 머리맡으로 올라갔다.

"뭐 해?"

"이건……."

침대 머리맡의 나무 조각이 미묘하게 뒤틀려 있었다. 헬리아는 잠시 생각을 한 뒤 손을 뻗어 이리저리 조각의 모양을 맞춰 보았다. 그러자 나무 조각이 움직였다.

탁.

엇나간 그림을 맞추자 소리가 났다.

헬리아의 눈동자가 커졌다. 조각의 홈을 열었다. 그녀는 얼른 안에 있는 종이를 꺼냈다.

"……."

하지만 그건 유언장이 아니었다.

"왜, 왜 이런 짓을."

워렌은 손을 떨며 조쉬를 보았다. 조쉬는 웃고 있었다.

"큭큭."

조쉬의 몸이 흔들렸다. 그가 피를 울컥 한 모금 토해냈다.

"조쉬!"

워렌이 무너져 내리는 조쉬의 몸을 받쳤다.

"어, 어째서?"

워렌은 입술을 깨물었다.

"왜!"

"큭큭, 쿨럭!"

워렌은 헬리아와 엘라임을 부르려 했다. 하지만 조쉬가 그를 붙잡았다.

"우, 워렌."

"조쉬……."

"나는 네가 싫다."

"너……."

"너만 아니었다면 이렇게 되지 않았을 거야."

워렌이 조쉬를 붙들고 주변을 살폈다. 자신에게 따라준 병이 아닌 다른 병이 보였다.

독. 조쉬는 스스로 독을 마셨다.

"해독제는!"

"크큭, 그런 것 따위 없어."

조쉬는 이미 죽기로 결심했다. 워렌은 파랗게 질린 그의 얼굴을 내려다보았다.

"……꼭 이래야만 했어?"

"크큭, 역시 가짜는 가짜일 수밖에 없는 건가 봐."

조쉬는 고통스러운 얼굴로 헐떡거렸다. 그의 입가에서 붉은 피가 흘러내렸다.

"조쉬!"

"너도 내가 이렇게 된 게 기쁘지?"

"이 바보가!"

"크큭, 네 녀석의 그런 얼굴을 볼 줄이야. 빨리 이랬어야 했어."

조쉬가 숨을 몰아쉬며 말했다.

"내가 욕심 부린 거냐?"

"……."

"너는 다 가졌잖아? 그러니까 나한테 하나 정도는 줄 수 있었던 거 아니야?"

"조쉬."

"왜 나는 아니었는데? 난 열심히 했다고."

"상단주님은 언제나 널 걱정했어."

조쉬가 비웃었다.

"크크. 그 영감이?"

"……."

"이제 다 지겨워졌어."

"조쉬!"

워렌이 조쉬의 몸을 흔들었다.

그때 문을 열고 헬리아와 엘라임이 들어왔다.

"리아! 조쉬가!"

헬리아가 워렌을 바라보았다. 그녀는 그에게 다가가지 않았다. 워렌이 다급한 눈으로 그녀를 봤다.

"리아!"

헬리아가 죽어가는 조쉬를 내려다보았다.

"복수하지 않을 건가요?"

"……."

워렌은 고개를 저었다.

"미워할 수 없는 것도 있어."

헬리아가 피식 웃었다. 그 마음을 이해할 수는 없지만 존중해 줄 수밖에.

"자요."

그에게 애쉬튼의 방에서 찾은 것을 보여주었다.

"이건……."

"애쉬튼의 편지예요."

워렌이 편지를 받고 빠르게 읽어 내려갔다. 그의 눈이 놀람으로 커졌다. 그것을 보며 조쉬가 비릿하게 웃었다.

"크큭! 결국 유언장을 찾은 거냐! 질긴 아버지군."

"아니야!"

워렌이 조쉬에게 다가가 그에게 편지를 내밀었다.

"조쉬! 너에게 쓴 편지야!"

조쉬의 눈이 커졌다. 그가 떨리는 손으로 편지를 받았다.

조쉬, 미안하구나. 네가 원하는 인생을 살아라. 사랑한다.

"크, 크큭. 겨우 이런 걸로……."

조쉬는 편지를 구겼다.

"이런 걸로……."

조쉬의 눈에서 눈물이 흘렀다.

"쿨럭!"

"엘라임."

헬리아의 말에 엘라임이 조쉬에게 손을 뻗었다. 따스한 빛이 조쉬의 몸을 감싸며 스며들었다.

✳

따사로운 아침 햇살에 조쉬는 눈을 떴다.

"여긴……."

자신의 방이었다. 조쉬는 자신의 몸을 살폈다. 독을 먹었는데 살아 있었다.

"……."

그는 구겨진 아버지의 편지를 내려다보았다. 허탈한 웃음이 흘러나왔다. 그는 천천히 자신의 방이자, 아버지의 방을 훑어보았다.

"바보 같기는."

조쉬의 시선이 애쉬튼의 초상화로 향했다.

"너무 늦었다고, 아버지."

조쉬가 편지에 얼굴을 묻었다.

"떠날 거냐?"

워렌이 조쉬를 보며 물었다. 조쉬가 워렌을 보며 조소를 지었다. 그의 성격은 여전했다.

"여긴 네가 있잖아."

워렌은 안도의 웃음을 지었다. 어느새 조쉬의 얼굴은 개운해져 있었다.

"죽지 마라."

"안 죽는다."

조쉬는 그렇게 떠나갔다. 워렌은 그를 붙잡을 수 없었다. 그가 그렇게 된 데에는 자신의 과실이 없다고 말할 수 없었다.

헬리아가 그에게 다가와 물었다.

"아무 짓도 하지 않을 건가요?"

"미워할 수가 없어."

헬리아가 의아하다는 듯 그를 보았다.

"배신했는데도요?"

워렌이 헬리아를 쳐다보았다. 그녀의 말 한 마디가 그냥 하는 말처럼 들리지 않았다. 그녀도 배신을 당해 본 걸까. 워렌이 깊게 한숨을 내쉬고 생각을 털어냈다.

"머리로는 용서하지 않아도 가슴이 이미 용서해 버렸어."

"……."

"나중에 알게 될 거야."

워렌의 미소에 헬리아는 묘한 표정을 지었다. 지금으로서는 그의 말을 진심으로 이해할 수 없었다. 헬리아는 순간 레헨을 떠올렸지만 이내 고개를 저었다. 워렌이 조쉬를 생각한 것처럼 그를 오랫동안 진심으로 믿었다고 말할 수 없었다.

만약 정말로 워렌처럼 진심으로 믿고 의지하던 자에게 배신을 당한다면 과연 자신은 그처럼 용서해 줄 수 있을까. 아직은 마음의 상처가 깊어 용서해 줄 수 없을 것 같았다.

헬리아는 피식 미소를 지었다.

"자, 이제 일해야죠!"

헬리아가 무거운 분위기를 날려 버렸다. 가르안 상단이 무너지자 엘라드 상단은 가르안 상단을 그대로 흡수했다.

그리고 마탑과의 제휴. 활력 포션에서 시작한 작은 가게가 앞으로 어떤 모습이 될지 기대할 만하다.

"이제 시작입니다."

헬리아가 씨익 웃었다.

그로부터 8년의 시간이 유수와도 같이 흘러갔다.

제7장 시작

"후후, 이게 바로 엘라드 상단의 활력 포션 원액이란 말이지?"

월리슨 남작은 술병 크기의 유리병에 든 짙은 푸른색 액체를 바라보며 음흉한 미소를 지었다.

"잘했다, 리오."

월리슨 남작은 작은 키에 갈색 머리를 지닌 평범한 청년 리오의 어깨를 두드렸다. 리오의 얼굴에도 남작과 같은 야비한 미소가 흘렀다.

"이것만 있으면 우리 상단은, 흐흐흐."

월리슨 남작의 얼굴이 잔뜩 상기되어 붉게 물들었다. 월리슨 상단의 상단주인 월리슨 남작은 땅딸보 배불뚝이인데다 대머리였다. 나이는 사십을 넘겼지만 살 때문인지, 욕심 때문인지 여전히 얼굴은 탱글탱글했다. 그가 술잔을 들자 아름다운 하녀가 술을 따랐다. 화려한 금발에 육감적인 몸매를 지닌 하녀였다.

"리오 님도 드세요."

리오는 아름다운 하녀의 얼굴을 멍하니 쳐다보다 술이 넘치자 화들짝 놀라 얼른 술잔에 입을 대었다.

꿀꺽.

미인이 따라준 술이라 그런지 목으로 넘어가는 느낌이 남달랐다. 리오의 시선이 주변을 훑었다. 남작의 취향인지 그의 하녀들은 하나같이 금발의 아름다운 미녀였다.

'역시 소문이 사실이었나.'

윌리슨 남작이 금발 페티시즘이 있다는 소문이 암암리에 돌았다.

'젠장, 나도 이 건만 해결하면.'

부러운 마음을 눌러 담은 리오는 남작의 다음 말을 기다렸다.

"집사, 그걸 내오게."

노집사가 잠시 자리를 비우더니 묵직한 검은 가죽 가방을 가져왔다. 리오는 얼굴이 점점 흥분으로 달아올랐지만 참고 기다렸다.

"열어보게."

집사가 테이블에 가방을 놓자 남작이 말했다. 리오가 손을 덜덜거리면서 가방의 잠금을 풀고 열었다.

"이, 이건."

'화, 황금!'

꿀꺽!

리오는 거세게 요동치는 심장을 부여잡았다. 그의 눈은 온통 황금에 쏠려 있었다.

"이번 일의 대금일세."

리오는 황금을 받아 들며 몽롱한 표정에 빠졌다.

"어떤가, 마음에 드는가?"

"무, 물론입니다."

"한데 들키지는 않았겠지?"

리오가 아니라며 고개를 거세게 흔들었다. 이미 그의 마음은 황금에 빼앗겨 있었다.

"아, 아닙니다. 아무도 모릅니다."

월리슨은 두툼한 턱을 한 번 쓰다듬더니 운을 띄웠다.

"그럼 다시 한번 더 가져올 수 있는가?"

"그, 그게……."

리오의 눈동자가 흔들렸다. 이번 일만 성공시키면 바로 아르센 왕국을 뜰 생각이었다. 그자가 알면 자신의 목은 댕강 떨어질 게 분명했다. 물론 그걸 무릅쓰고 행한 일이었지만, 두 번은 선뜻 나서기 힘들었다.

월리슨은 리오의 갈등을 알아채고 입김을 불어넣었다.

"더 가져오면, 황금도 두 배를 더 주겠네."

꿀꺽.

리오가 황금을 바라보았다. 그의 갈색 눈동자가 황금에 물들어 금빛으로 변했다. 황금 앞에서 두려움은 사라졌다.

'그래, 아무도 몰랐잖아? 그거 몇 병 빼돌린다고 해서 뭔 일이야 나겠어?'

결심이 선 리오가 고개를 끄덕였다.

"가능합니다."

"흐흐, 그럼 잘 부탁하네."

월리슨과 리오가 손을 맞잡았다.

그때였다.

"배, 백작님!"

월리슨 남작가의 기사가 허겁지겁 월리슨에게 뛰어왔다. 기사의 얼굴이 다급함과 두려움으로 파랗게 질려 있었다.

월리슨의 표정이 구겨졌다.

"무슨 소란이냐?"

"그, 그게 지금……."

콰앙!

기사가 입을 열기도 전에 방문이 거칠게 열렸다. 그리고 그곳에 나타난 사람을 보고 윌리슨 남작과 리오의 얼굴이 사색으로 물들었다.

"도, 도대체 뭐 하는가! 침입자를 내쫓지 않고!"

남작의 외침에 기사가 검을 빼 들고 달려들었지만, 검을 휘둘러 보기도 전에 푸른빛이 기사를 에워쌌다. 푸른 머리에 사파이어처럼 짙은 벽안을 지닌 남자. 그의 손에서 물방울들이 휘몰아쳐 기사를 벽으로 패대기쳤다.

"크악!"

"이런, 칼은 함부로 쳐드는 게 아니라고."

남자의 유들거리는 말투에도 다른 사람들은 반응할 수 없었다. 기사를 단숨에 날려 버린 압도적인 무력! 윌리슨과 리오는 움직이지 못했다.

뚜벅뚜벅.

뒤이어 들려온 발걸음 소리에 리오는 사시나무 떨듯 몸을 가누지 못했다.

"사, 상……."

리오가 진정 두려워한 이는 이 푸른 머리 남자가 아니었다. 바로 흰 가면을 쓴 채 걸어오는 자였다.

"처음 뵙겠습니다, 남작님."

가면 속에서 여성의 음성이 들려왔다. 그녀가 쓴 가면은 무늬가 없는 흰색이었고, 짙은 검은색 옷을 입고 있어서 마치 죽음의 사신을 연상케 했다. 그녀가 리오를 힐끗 보더니 이내 윌리슨 남작에게 다가갔다.

"에, 엘라드 상단주!"

윌리슨 남작의 목소리가 떨렸다. 얼마나 놀랐는지 그의 얼굴은 땀으로 범벅이 되었다. 그는 얼른 활력 포션의 원액을 몸 뒤로 숨겼다.

"이게 무슨 짓인가!"

숨기려 해도 목소리가 떨렸다.

그러나 남작의 호통에도 그녀는 척척 걸어가 그의 맞은편 소파에 턱 앉았다.

"제가 여길 왜 왔는지 그건 남작님이 더 잘 아시지 않습니까?"

흰 가면을 쓴 여자는 두 손을 깍지 끼고 나직이 말했다.

'제, 젠장. 도대체 어떻게 안 거지?'

남작은 두려움에 떨고 있는 리오를 노려보았다. 하지만 이미 일은 터졌다.

"밖의 기사들은 뭐 하고 있는가!"

남작의 외침에도 적막이 흐를 뿐이었다. 푸른 머리 남자가 빙그레 웃으며 답했다.

"다들 피곤한 모양이라 잠 좀 재웠지."

남작의 시선이 아까 볼품사납게 패대기쳐진 기사를 향했다. 필시 밖의 기사들도 모두 저 꼴이리라. 남작의 손에서 식은땀이 흘러내렸다.

"이거 여기서 다 만나네, 리오?"

"사, 상단주님……."

리오의 낯빛은 이미 푸르죽죽했다.

"그, 그게……."

"안 걸릴 줄 알았지?"

리오는 저도 모르게 뒷걸음을 쳤다. 그러나 푸른 머리 남자가 그의 뒤를 막고 단단히 퇴로를 차단했다. 사태 파악이 끝난 리오가 바닥에 철퍼덕 엎어졌다. 그가 두 손을 모아 애원했다.

"부, 부디 자비를……."

"네가 엘라드 상단에 들어온 지 3년쯤 됐나?"

"사, 상단주님."

"그럼 잘 알고 있겠지?"

그녀의 눈동자가 리오를 응시했다. 리오는 숨이 넘어갈 듯 호흡이 가빠졌다.

저 눈. 가면을 쓴 그녀가 유일하게 내보인 그 눈은 경외와 두려움을 동시에 안겨주었다. 아군에겐 경외를, 적군에겐 두려움을. 적이 된 그에게 그 무엇보다 두려운 눈이었다.

그녀가 웃었다. 아니, 가면에 가려 보이지 않았지만 웃고 있을 것이다.

"내가 어떤 사람인지, 배신자를 어떻게 처리하는지."

"사, 살려주십시오! 상단주님! 다시는 그러지 않겠습니다."

그녀가 손짓을 했다. 그러자 푸른 머리 남자가 리오를 끌고 밖으로 나갔다.

"사, 살려줘!"

'제, 젠장.'

절규하며 끌려가는 리오의 모습을 본 남작은 숨을 죽였다. 그러나 그의 잔머리는 빠르게 굴러가고 있었다.

"이게 무슨 짓이오! 이건 귀족 모독죄요!"

"크크크."

흰 가면 속에서 비웃음이 흘러나왔다.

"겨우 귀족 모독죄로 날 벌할 수 있다고 생각하나?"

좀 전의 존댓말은 온데간데없이 사라졌다.

"……."

남작의 눈동자가 흔들렸다. 그는 반박할 수 없었다. 상대는 왕국 최고의 상단, 그곳의 주인이었다. 이미 그녀의 실질적 지위는 남작인 그를 넘어섰다.

"윌리슨 상단주. 그대가 한 짓은 잘 알고 있겠지?"

남작은 그녀의 기세에 저도 모르게 한 발 물러섰다.

"이에는 이, 눈에는 눈."

"무, 무슨 뜻이냐?"

남작의 등에서는 줄줄 땀이 흘러내렸다.

"말 그대로. 그래서 준비했지."

그녀가 벽에 걸린 괘종시계를 쳐다보며 말했다.

"지금쯤 알아차렸겠군."

남작은 그녀가 무슨 말을 하는 건지 알 수 없었다.

짹깍짹깍.

시계 소리가 적막을 울렸다.

'뭐, 뭘 하려는 거지?'

월리슨은 알 수 없는 불안감에 입술을 깨물었다.

그때, 남작의 방으로 누군가 급히 달려왔다.

"사, 상단주님!"

월리슨 남작은 갑자기 나타난 상단원을 보고 눈을 동그랗게 떴다.

"도대체 무슨 일이냐?"

남작의 시선이 흰 가면을 벗어나 상단원에게 닿았다. 상단원이 입을 열었다. 그의 얼굴은 이미 사색이 되어 있었다.

"초, 총관이……."

"총관이 뭘 어쨌기에!"

"총관이 상단의 돈을 갖고 날랐습니다!"

"뭐, 뭐야!"

남작은 충격을 받아 몸이 휘청거렸다. 믿을 수 없었다. 총관이 왜? 총관이 월리슨 상단에 몸담은 지 수년이다. 어떻게 그가! 월리슨 남작은 믿기지 않는지 고개를 저었다.

"제대로, 제대로 설명해 봐!"

"그, 그게…… 총관이 상단의 모든 돈을 빼돌려 종적을 감췄습니다."

총관의 횡령 사실에 남작은 몸이 뒤로 넘어가려는 것을 간신히 붙잡았다.

"서, 설마 다 가져간 건⋯⋯."

"현금은 물론 가게 문서까지 모두 가져갔습니다."

상단원의 말에 윌리슨은 멍한 표정을 짓다 이내 분노를 터뜨렸다.

"이, 이익! 그놈이 어째서!"

이제까지 내가 해준 게 얼만데! 윌리슨은 분통을 터뜨렸다.

"얼른 잡아와!"

"이, 이미 찾고는 있지만⋯⋯."

"못 찾을걸?"

엘라드 상단주의 말에 윌리슨이 고개를 홱 돌리고 그녀를 노려보았다.

"네, 네년이⋯⋯."

좀 전 그녀의 말이 그제야 이해가 되었다. 윌리슨은 분한 마음을 감추지 못했다.

"배신을 하려면 이 정도 스케일은 되어야지."

"커, 커억!"

"상단주님!"

남작이 거품을 물었다. 남의 상단 물건 하나 빼오려다가 자신의 상단을 모조리 날려 버린 것이다.

"어, 어떻게⋯⋯."

포션 한 병과 자신의 상단을 바꾼 꼴이었다. 그는 평민 출신의 상인으로 작위는 돈을 주고 샀다. 문제는 돈을 받고 자신에게 작위를 내린 상대가 자신이 망한 걸 알면 가만두지 않을 것이란 사실이었다.

'나, 난 죽었다.'

그의 얼굴이 절망으로 푸르게 물들었다.

그때 악마의 목소리가 들렸다.

"살고 싶어?"

흰 가면이 천천히 남작에게 다가왔다. 윌리슨이 그녀를 쳐다봤다. 야비한 그의 머리가 빠르게 돌아갔다. 일말의 희망이 보였다. 나중에 복수를 하기 위해서라도 살아남는 게 우선이었다. 그가 바짝 엎드렸다.

"뭐, 뭐든지 할 테니 제발 상단만은!"

그는 손바닥 뒤집는 것보다 쉽게 무릎을 구부렸다.

"난 그 뭐든지 한다는 말이 참 좋아."

여자의 웃음소리가 방 안에 울렸다.

"다시 내 소개를 하지."

그녀가 천천히 가면을 벗기 시작했다. 남작이 눈을 부릅떴다. 화려한 금발이 허리 아래로 흘러내리며 물결쳤다. 그녀의 오밀조밀한 얼굴은 희고 작았다. 두 눈동자는 호박빛을 띠며 영롱하게 빛나고 있었고, 입술은 앵두처럼 붉었다.

윌리슨 남작의 얼굴이 벌게졌다. 그녀의 숨겨진 얼굴에 대해 소문이 무성했다. 어떤 이들은 추악한 외모를 가리기 위함이라 했고, 또 어떤 이들은 심한 흉터가 있다고 말하기도 했다. 그런데 설마 가면 속에 숨겨진 엘라드 상단주가 저리도 엄청난 미녀였다니!

그의 경악은 거기서 끝나지 않았다. 곧 그녀의 입에서 나온 말에 그는 경악, 아니, 충격으로 입을 다물지 못했다.

"엘라드 상단의 상단주이며."

그녀의 입꼬리가 올라갔다.

"아르센 왕국의 공주, 헬리아다."

엘라드 상단.

8년 전 활력 포션으로 혜성처럼 등장한 엘라드 상단은 이후 가르안 상단과 합병하면서 빠른 속도로 발전해 나갔다. 거기다 마탑과 공동 연구를 통해 내놓은 수많은 물건은 모두 혁신을 일으켰다. 아니, 그것은 가히 혁명이라 불릴 만했다. 이제껏 경험해 보지 못한 물건이 계속해서 엘라드 상단을 통해 쏟아져 나왔다. 사람들은 그들이 세상에 내놓은 새로운 물건에 열광했다. 그들이 만든 물건은 하나같이 편리하고, 뛰어나고, 완벽했다.

엘라드 상단은 점차 거대해졌다. 그들은 현재에 안주하지 않고 도전적으로 새로운 분야에까지 영역을 넓혔다. 오래지 않아 엘라드 상단은 왕국 최고의 상단으로 거듭나게 되었다.

엘라드 상단은 사람이 많이 다니는 중앙 광장에 위치해 있다.

5층 높이의 석조 건물로, 건물 표면에는 장인이 공들여 새긴 문양이 한 폭의 그림처럼 빼곡히 조각되어 화려한 위용을 드러냈다. 특히 상단의 정문에 대리석으로 조각된 황금 용은 엘라드 상단의 상징이었다. 황금 용은 아가리를 벌리고 황금으로 도금된 구슬을 입에 물고 있었다. 누구라도 한 번 이 용을 본 사람들은 잊지 못했다.

엘라드 상단의 1층에는 상품이 진열되어 있고, 2층부터 4층까지는 사무실로 쓰였다. 그리고 최상층인 5층은 아르센 왕국 최고의 부자라 일컬어지는 엘라드 상단주의 집무실이 있었다.

달칵.

건물 출입문이 열리며 한 사람이 들어왔다. 시계는 정확히 아홉 시를 가리켰다.

뚜벅뚜벅.

아침 햇살을 받은 금발은 태양처럼 빛났고, 얼굴에는 무늬가 없는 흰 가면을 쓰고 있었다. 그녀의 뒤로 푸른 머리 남자가 호위무사처럼 따랐다.

"좋은 아침입니다."

가면 속에서 앳된 여자의 음성이 울렸다. 그러자 1층에 도열해 있던 전 직원이 한 치 오차도 없이 일제히 고개를 숙였다.

"좋은 아침입니다!"

흰 가면을 쓴 여자는 그들의 인사를 받고 유유히 계단을 오르기 시작했다. 그녀의 모습이 사라지자 직원들은 정지된 시계가 다시 움직이는 것처럼 아무 일도 없었다는 듯 제 할 일을 하기 시작했다.

어제 막 새로 들어온 신입 직원 켄은 그 얼떨떨한 상황을 마주하곤 자신의 선임에게 물었다.

"도, 도대체 누구예요?"

켄의 말에 선임은 어이가 없다는 표정을 지었다. 그러곤 그의 머리에 꿀밤을 때렸다.

"아얏!"

"누군 누구야. 우리 상단주님이시지."

켄이 놀란 듯 눈을 동그랗게 떴다.

"저, 정말이에요?"

"그럼 넌 우리가 뭐 때문에 전부 다 나와서 인사했다고 생각하는 거냐?"

"그, 그렇긴 하지만……."

켄은 저도 모르게 고개를 끄덕였다.

"그런데 정말 흰 가면을 쓰시는구나."

엘라드 상단의 상단주에 대해서는 소문이 많았다. 하지만 이렇게 직접 가면을 쓴 모습을 보는 건 처음이었다. 고개를 끄덕거린 켄은 문득 든 궁금증에 물었다.

"그런데 상단주님은 왜 가면을 쓰시는 거예요?"

엘라드 상단주의 가면에 대한 소문은 무성했다. 어떤 사람들은 못생긴 얼굴을 가리기 위함이라 말하고, 또 어떤 이들은 흉터를 감추기 위함이라 말한다. 하지만 정확한 이유를 아는 이들은 없었다.

켄은 혹시 엘라드 상단의 직원들이라면 그 이유를 알까 싶어 물었다. 선임의 표정은 어두워졌다.

"그럴 만한 사정이 있는 게지."

"그러니까 그 사정이 뭔데요? 정말 소문처럼 못생겼나요?"

따악!

"아얏!"

선임이 켄의 이마에 알밤을 먹였다.

"이씨, 때린 데 또 때려요?"

"네가 헛소리를 하니까 그러지. 누가 못생겼대? 만약 어릴 적 그대로 자랐다면 누구보다 아름다우실 거다."

그 과거형에 켄이 고개를 갸웃거렸다. 선임은 깊게 한숨을 내쉬었다.

"8년 전 얼굴에 난 큰 상처만 아니었다면 정말 아름다운 미인이 되셨을 거다. 화상으로 흉터가 너무 심해서 포션도 듣지 않았지."

"아, 그래서 가면을⋯⋯!"

켄은 그제야 이해가 된다며 수긍했다. 여자라면 얼굴의 상처는 큰 수치였다. 선임이 단단히 일렀다.

"상단주님 앞에서는 절대 가면에 대해서 입도 뻥긋하지 마라."

켄이 고개를 끄덕이며 계단을 올려다보았다.

5층에 있는 상단주의 집무실은 매우 화려하게 꾸며져 있었다. 황금실이 들어간 화이트 톤 벽지는 매우 고급스러웠고, 바닥은 전부 대리석이 깔려 있었다. 가구들은 고가의 골동품으로, 부르는 게 값인 물건이었다.

흰 가면을 쓴 상단주와 푸른 머리 남자가 집무실 안으로 들어갔다. 집무실의 문이 닫히자 상단주는 어깨를 풀며 자신의 얼굴을 덮고 있는 가면을 벗었다.

"마법을 걸어도 답답하네."

그녀는 코끝을 찡그렸다. 그런데 분명 흉터를 가리기 위해 가면을 쓴 다던 그녀의 얼굴 그 어디에도 상처는 보이지 않았다. 도리어 피부는 우유처럼 희고 고왔으며, 입술을 장미꽃보다 더 붉고 진했다. 마치 미의 여신이 환생한 게 아닐까 의심이 들 정도로 그녀의 미모는 대륙에서도 손꼽힐 정도로 매우 아름다웠다. 아름다운 미녀, 아니, 화려한 금발과 금안을 지닌 헬리아는 자신의 책상으로 가 앉았다.

"그냥 변장이나 할까?"

헬리아의 투덜거림에 푸른 머리 남자, 엘라임이 피식 웃으며 그녀의 손에 있던 가면을 얼굴에 씌워 주었다.

"누가 보면 어떻게 하려고?"

헬리아는 그 말에 살짝 미간을 찌푸릴 뿐 아무 말도 하지 못했다. 그녀가 가면을 쓰게 된 이유는 베로니카 공작 때문이었다. 그녀의 얼굴을 보고 단번에 헬리아 공주인 걸 알아차린 공작은 만약 그녀의 어머니를 아는 사람이 그녀의 얼굴을 본다면 바로 정체를 알아차릴 것이라고 말했다. 그 때문에 어쩔 수 없이 얼굴을 가리게 되었다.

대부분의 상단 직원은 그녀가 화상 때문에 얼굴을 가리는 것이라 알고 있었고, 그녀가 화상을 입지 않은 것을 아는 몇몇 최측근은 그녀의 어린 나이를 숨기고자 가면을 쓰는 것으로 알고 있었다.

똑똑-

그때 문을 두드리는 소리와 함께 워렌과 클리드가 들어왔다. 워렌은 8년이 지나도 달라진 것이 거의 없었다. 그는 여전히 상인이라 믿기 힘들 정도로 거구의 체구를 가졌다. 마흔으로 치달아가지만 결혼할 생각이 없는지 여전히 혼자다.

그리고 클리드는 8년 전보다 더 성숙해져 있었다. 앳된 청년은 이제 완숙한 청년이 되었다. 옅은 오드아이가 매력적인 클리드는 인근 처녀들에게 인기가 많았다. 하지만 본인이 숫기가 없는 탓에 아름다운 외모와 달리 지금까지 애인이 없다.

"좋은 아침입니다."

클리드가 먼저 예의 바르게 인사했다. 그는 언제나 깍듯하게 헬리아를 대했다. 자신과 여동생 일리아를 구해 준 은혜 때문인지 헬리아를 대하는 그의 행동에는 언제나 존경과 신뢰가 담겨 있었다.

"커억, 어제 너무 술을 많이 마셨는지 머리가 아프네."

워렌은 머리를 긁적였다. 그는 여전히 술을 좋아하고 사람을 좋아하는 남자였다. 헬리아를 대하는 행동은 예나 지금이나 같았다. 그나마 달라진 것은 꼬마 아가씨라는 호칭 대신 아가씨라고 부른다는 것이다. 물론 외부에서는 꼬박꼬박 상단주라 불렀다.

"가게에 들어갈 냉장고 계약은 어떻게 됐어요?"

헬리아의 말에 머리를 긁으며 태도가 비딱했던 워렌이 어느새 자세를 바로 하고 입을 열었다.

"오늘 총 스무 곳을 계약했다. 곧 수도 대부분은 계약이 완료될 거야. 계속 주문이 들어오고 있어."

워렌의 대답에 헬리아는 고개를 끄덕였다.

엘라드 상단은 마탑과의 제휴를 통해 수많은 마법 물품을 내놓았다. 마나석으로 돌아가는 선풍기, 냉온수가 나오는 욕조 등 헬리아의 아이디어에 마법 연구진이 머리를 맞대고 생활 마법 용품을 만들어냈다. 이것들은 특별한 아티팩트는 아니지만 사람들의 일상 속에 파고들어 어마어마한 신드롬을 일으켰다.

무엇보다 싼 가격으로 공급한 덕분에 이제는 어딜 가든 엘라드 상단의 물건을 쉽게 볼 수 있었다. 이번에 만든 냉장고도 그것 중 하나였다. 음식점에 납품하며 폭발적인 인기를 얻었고, 점차 소문이 퍼지면서 계약이 쇄도했다.

"살롱은 어때?"

이번엔 클리드가 답했다.

"화장품과 드레스 주문이 날로 늘어가고 있습니다. 디자이너 확충이 필요합니다."

"그럼 더 인원을 보강해."

엘라드 상단에서 따로 '로즈마리'란 브랜드로 살롱을 만들었다. 살롱을 관리하는 것은 클리드의 동생인 일리아였다.

일리아는 헬리아가 준 포션으로 폐렴이 완치되자 클리드와 함께 상단에서 일했다. 그러다 헬리아가 살롱을 개점하면서 그녀에게 살롱을 운영해 보지 않겠냐고 권해 맡게 되었다.

클리드의 동생답게 머리가 좋고 세심한 성격 덕분에 귀부인들은 일리아를 좋아했다. 그 때문에 살롱을 찾는 귀부인이 늘어났고 그와 함께 살롱에서 소개한 화장품과 드레스는 매번 품절되곤 했다.

그런 식으로 상단 일에 대해 이야기를 나누다 보니 금세 한 시간이 훌쩍 지나갔다. 상단 보고가 끝나자 워렌이 입맛을 다시며 입을 열었다.

"그보다 왜 그놈은 그대로 내버려 둔 거야?"

"그놈이라면……."

"월리슨 남작, 그놈 말이야."

워렌은 월리슨 남작을 혐오했다. 돈하고 여자 좋아하는 작자치고 제대로 된 인간이 없었다. 그런데 헬리아가 그를 그대로 내버려 두자 의아했다. 무슨 의도가 있을 거라 짐작했지만 그래도 답답해 묻지 않을 수 없었다.

워렌의 말에 헬리아는 턱을 쓰다듬었다.

"그자는 미끼예요."

"미끼?"

워렌이 눈을 살짝 찡그렸다. 도대체 누굴 낚기 위한 미끼란 말인가. 클리드가 대신 대답했다.

"윌리슨 상단은 아돌프 후작이 뒤를 봐주고 있는 상단 중 하나입니다. 제 생각이 맞다면 상단주님은 아돌프 후작에게 끄나풀을 심어둘 생각이신 것 같습니다."

클리드의 말에 헬리아가 씨익 웃었다. 역시 클리드다. 머리가 좋고 세상을 넓게 바라보는 안목을 지녔다. 장사는 워렌이 위겠지만, 이렇게 정보를 조합하고 시류를 읽는 건 클리드가 한 수 위였다.

"클리드 말이 맞아요. 마침 후작에게 붙여둘 놈을 찾고 있었는데 잘 걸렸죠."

워렌의 표정이 심각해졌다.

"후작이 드디어 움직이는 건가."

헬리아가 클리드에게 물었다.

"왕세자의 상태는 여전해?"

"예, 아직까지 회복하지 못하고 있다고 합니다."

클리드의 말에 헬리아가 책상을 톡톡 두드렸다. 3년 전 라비안 왕국의 사신으로 갔던 왕세자가 왕국으로 돌아오는 길에 자객에게 습격을 당한 일이 있었다. 그 일로 왕세자는 더 이상 걷지 못하는 불구가 되었고, 그 당시 왕세자와 함께 있었던 기사와 시종은 모두 싸늘한 시체가 되었다. 살아남은 것은 왕세자뿐이었다.

아르센 왕국은 발칵 뒤집혔다. 대대적으로 왕세자를 습격한 자들을 색출해 냈다. 그러나 끝내 범인을 밝혀내지 못했다. 그저 라비안 왕국의 소행이 아닌가 짐작할 뿐이었다. 하나 그것도 증거가 없어 수사는 오리무중에 빠지고 결국 유야무야 흘러갔다. 그때까지만 해도 정국은 큰 변화가 없었다.

하지만 시간이 흐를수록 점차 세력의 판도가 달라지기 시작했다. 왕세자의 다리가 여전히 불구인 것이다. 신체에 장애가 있는 자는 왕이 될 수 없다. 그 탓에 기존에 왕세자를 따르던 세력은 크게 흔들리기 시작했고, 그 틈을 비집고 2왕자가 다음 후계자로 부상하기 시작했다.

현재는 여전히 왕세자를 주축으로 하는 왕세자파와 2왕자를 주축으로 하는 2왕자파로 파벌이 나뉜 상태다.

"3년이 지났어. 이대로 계속 왕세자가 걷지 못한다면, 곧 폐위될 거야."

"휘유, 이거 그럼 다음 자리는 2왕자한테 가는 건가?"

"아마도. 그리고 2왕자의 외할아버지가 아돌프 후작이지."

왕세자의 다리가 여전히 낫지 않자 2왕자파 쪽으로 점점 힘이 기울기 시작했다. 거기다 2왕자의 외할아버지이자 아르센 왕국의 실세인 아돌프 후작이 직접 가세하면서 두 왕자 사이에서 갈팡질팡하던 귀족 대부분이 2왕자파로 갈아타기 시작했다. 만약 앞으로 왕세자가 여전히 불구인 상태라면 차기 왕위는 2왕자에게 돌아갈 것이다.

워렌이 미간을 살짝 찡그리며 물었다.

"차라리 후작의 제의를 받아들이는 게 더 낫지 않았어?"

얼마 전 아돌프 후작 측에서 엘라드 상단에 제의를 해왔다. 현재 최고의 주가를 올리고 있는 상단을 그대로 둘 리 없었다. 하지만 헬리아는 단칼에 그 제의를 거절했다.

"상단의 이익에 반할 수 있지만, 다시 제의가 온다 해도 거절할 거예요."

헬리아는 단호히 잘라 말했다. 아돌프 후작은 자신을 독살 미수 사건의 배후로 몰아 궁에 가둔 비비안 후궁의 아버지이자, 비앙카의 외할아버지였다. 결코 함께할 수 있는 사람이 아니었다.

"최근 그 때문인지 후작 측에서 상단을 바라보는 눈이 곱지 않습니다."

클리드가 걱정을 드러냈다.

"우리도 슬슬 노선을 정해야겠군."

"플로렌스 공작 말입니까?"

클리드가 헬리아의 심중을 꿰뚫었다.

헬리아가 고개를 끄덕였다. 플로렌스 공작은 국왕파이며, 왕세자를 지지했었다. 하지만 왕세자의 세력이 급격히 무너지며 그의 입장도 난처하게 되었다. 특히 아돌프 후작과 사이가 매우 좋지 않아 2왕자가 왕이 될 경우 운이 나쁠 경우 피바람이 불 수도 있었다.

"지금쯤이면 내 편지를 받았겠군."

헬리아는 자신의 편지를 받아보고 고심할 공작을 떠올리며 피식 웃었다.

클리드가 그제야 뭔가 생각났다는 듯 고개를 끄덕였다.

"그럼 여행 간다는 곳이⋯⋯."

"플로렌스 공작령에 다녀와야겠어."

헬리아는 클리드에게 조만간 여행을 갈 거니 준비를 해달라고 했다. 목적지를 말하지 않았는데 이제야 알게 된 것이다.

"과연. 아무도 모르게 갈 생각인가?"

"아돌프 후작이 눈 시퍼렇게 뜨고 지켜보고 있는데 대놓고 갈 순 없죠."

상단 누구도 그녀가 플로렌스 영지로 간다는 것을 아는 이는 없었다. 바로 오늘 입을 열었기 때문이다.

"그럼 언제 가실 건가요?"

"조만간, 적당한 때를 봐서."

보아하니 상단에도 비밀로 하고 갈 생각인가 보다. 클리드는 잠시 고민하다 밖으로 나갔다 들어왔다. 들어올 때는 그의 품 한가득 높이 쌓여 있는 서류가 들려 있었다. 그가 헬리아의 책상 위로 새로 서류를 한

묶음 올려두었다.

"여행 가실 때를 대비해서 상단주님이 특별히 처리하셔야 할 서류로만 모아 놓았습니다."

역시나 준비성 하나는 철저한 클리드다. 헬리아는 조금 질린 듯한 표정을 지었지만 이 정도면 평소 분량이었다. 얼추 할 만했다.

"그러지 뭐."

플로렌스 영지로 간다니까 제법 생각을 해주는 모양이다.

그러나 그건 그녀의 크나큰 착각이었다. 클리드가 다시 어디로 가더니 또 서류를 품에 한 아름 안고 왔다. 헬리아의 표정이 일그러졌다.

'그래, 이 정도야 뭐.'

그러나 그가 두 번, 세 번, 네 번을 왔다 갔다 하자 헬리아는 펜을 내려놓았다. 책상이 서류로 가득 차 있었다.

"……너무 많은 것 같은데."

워렌이 서류 산을 보며 입을 다물지 못했다.

"얼마나 걸리실지 몰라 최대한으로 준비해 보았습니다."

"……최대한으로?"

클리드는 이마에 맺힌 땀방울을 닦아내며 웃었다.

"……이걸 다 혼자 했어?"

"상단원들과 함께 밤을 새워서 준비했습니다."

"……굳이 밤을 새울 것까지야."

"그럼 결재를 부탁드립니다."

헬리아는 잠시 서류들을 본 뒤 서 있는 워렌을 향해 천천히 눈을 돌렸다.

'헉, 왜 날 보는 거야……? 설마?'

워렌은 그녀의 눈빛에 흠칫했다. 결코 좋은 징조가 아니었다. 그가 뒷걸음치자 이미 헬리아의 지시를 받은 엘라임이 그의 뒤를 막고 있었다.

"어이, 잠시만. 그건 내가 할 일이 아니라고."

워렌의 얼굴이 사색이 되었다. 헬리아는 자리에서 일어나 클리드에게 다가갔다. 그리고 그의 어깨에 손을 올렸다.

"클리드."

"무슨 문제라도 있습니까?"

"음, 아주 중요한 문제가 있지."

"예?"

"나는 아주 비밀리에 플로렌스 영지로 갈 거야. 저들이 눈치채지 못하게."

헬리아가 슬슬 클리드의 곁에서 떨어졌다.

"이미 다들 내가 여행 간다는 걸 알고 있을 거야. 하지만 어딜 언제 갈지는 아무도 모르지."

"아."

"여행 준비는 계속해. 그리고 마차는 일주일 뒤에 나로 위장한 사람을 태우고 다른 곳으로 보내."

"알겠습니다."

클리드가 고개를 끄덕였다. 그러다 한 가지 궁금증이 떠올라 그녀를 바라보았다.

"저기, 그럼 언제쯤 출발을······."

"지금!"

"하, 하지만 아깐 조만간이라고."

"아니, 바로 가야겠어."

"예엣? 사, 상단······."

클리드가 놀라 그녀를 불렀을 때, 헬리아는 이미 엘라임의 품에 안겨 창문으로 뛰쳐나간 후였다. 그녀의 목소리가 아스라이 바람과 함께 들려왔다.

"서류는 워렌한테 시켜!"

"이, 이 아가씨야! 얼른 안 돌아와!"

워렌이 창문을 붙들고 고래고래 소리쳤다. 그가 건장한 체구를 지녔다지만 5층 높이에서 그냥 뛸 수 없는 노릇이었다.

"젠장, 저 녀석 분명 일하기 싫어서 핑계 댄 게 분명해!"

워렌이 힐끔 산처럼 쌓여 있는 서류들을 보았다. 암담함이 몰려왔다.

'미친. 나는 현장 체질이란 말이야!'

워렌이 슬그머니 뒷걸음쳤다. 그러나 딱 클리드에게 붙잡히고 말았다.

"크, 클리드."

"워렌 님."

"이봐, 저건 원래 아가씨가 해야 하는 거라고. 나는 권한이 없다니까."

클리드가 그의 앞에 무언가를 내밀었다.

"책상 위에 이미 워렌 님에게 권한을 위임한다는 위임장을 써두고 가셨습니다. 물론 도장도."

'이익! 이 철두철미한 놈!'

이미 빼도 박도 못 할 상황이었다. 클리드가 웃으며 그를 책상 앞에 앉혔다. 그의 어깨를 누르는 힘이 어째 비실거리는 평소 클리드와 달랐다.

"그럼 서류를 처리하실까요?"

그의 미소에 워렌의 얼굴은 새파래졌다.

수도 중앙에 위치한 광장. 중앙 거리에 있는 분수대에서 물이 뿜어져 나왔고, 바닥은 전부 돌로 짜 맞혀져 있었다. 가지각색의 사람들이 거리를 거닐고 있었다. 상단을 빠져나온 헬리아와 엘라임도 광장 거리를 걸었다.

그들은 곧장 플로렌스 영지로 가지 않았다. 클리드가 해놓은 여행 준비 외에 그녀 나름대로 챙길 게 있었다. 그녀는 베로니카 공작을 보기 위해 마탑으로 향했다.

헬리아와 엘라임이 거리를 걷자 사람들의 시선이 그들을 향했다. 금발에 금안을 지닌 아름다운 미모의 헬리아와 그에 뒤처지지 않는 엘라임의 외모가 사람들의 시선을 끌었다.

헬리아는 가면을 쓰지 않았다. 오히려 이런 곳에서 가면을 쓰는 것이 더 시선을 끌 게 분명했다. 엘라임이 입가에 미소를 띠며 머리 뒤로 팔짱을 끼었다.

"분명 내일 간다고 하지 않았던가? 킥킥."

"……."

헬리아의 표정이 구겨졌다. 하지만 반박하진 못했다. 내일로 예정했지만 그 서류 더미를 보자 일정을 변경할 수밖에 없었다.

"클리드는 너무 착실한 게 탈이야."

머리는 좋은데 융통성이 없는 게 문제다.

"뭐, 워렌이라면 잘하겠지."

물론 고생깨나 할 것이다. 클리드가 얼마나 철저한지 새삼 깨닫겠지. 헬리아는 울상을 짓고 있을 워렌이 떠올라 피식 웃었다. 엘라임은 그녀를 보며 옅은 미소를 짓다가 사람이 많아지자 그녀를 잡아끌었다. 엘라임은 순간 그녀의 머리가 자신의 어깨에 온다는 것을 깨달았다.

"꼬맹이, 많이 컸다."

헬리아가 눈을 좁히고 그를 노려봤다. 언제 적 꼬맹이 소리란 말인가.

"내가 언제까지 꼬맹이로 있을 줄 알았어?"

"한번 꼬맹이는 영원한 꼬맹이라고."

말은 그렇게 했지만 엘라임은 그녀의 말에 수긍했다.

'인간은 빨리 자라는군.'

그가 코를 살짝 찡그렸다.

"후후, 이게 부모의 마음이군."

"애나 낳고 말해."

엘라임의 헛소리에 헬리아가 고개를 설레설레 저었다. 저 정령왕은 너무 감상적이라 탈이다.

그때 엘라임이 퍼뜩 무언가를 떠올린 듯 손뼉을 쳤다.

"그러고 보니 네 열여덟 번째 생일이 얼마 안 남았지?"

"뭐……."

헬리아의 표정은 시큰둥했다. 어차피 그 생일은 그녀의 진짜 생일도 아니었다. 게다가 열 살 때 보낸 생일 파티 이후에 그녀는 생일을 지낸 적이 없었다. 애초에 이 세계에서 생일은 큰 의미를 갖지 못한다. 귀족이나 왕족 정도나 생일을 챙기지 일반 평민들은 그저 지나칠 뿐이다.

"어차피 올해도 똑같지."

"똑같긴! 열여덟 번째 생일이라고!"

"그게 그거지 뭐."

이런 답답한 놈을 봤나. 엘라임이 헬리아의 머리를 흩뜨렸다. 헬리아는 흐트러진 자신의 머리를 정돈하고 그를 흘겨봤다.

"울 꼬맹이의 성인식은 성대하게 치러줘야지."

"나이 먹는 게 대수라고."

헬리아가 먼저 터벅터벅 걸어갔다. 엘라임은 헬리아의 반응에 입을 삐쭉 내밀었다. 자신의 성인식에 저리 무미건조한 반응을 보이는 사람도 적을 것이다.

매년 생일을 챙기지 않는 평민도 단 한 번, 바로 열여덟 번째 생일에는 반드시 파티를 연다. 열여덟은 아이가 성인이 된 것과 살아남은 것을 축하하는 날이다.

"같이 가!"

엘라임이 앞서 걸어가고 있는 헬리아의 뒤를 따라 뛰어갔다.

그때 그의 눈에 지나가던 여자들이 눈에 띄었다. 정확히는 헬리아에 겐 없고 그녀들에겐 있는 것이 눈이 들어왔다.

'그러고 보니⋯⋯.'

헬리아는 치장하는 것을 좋아하지 않아 목걸이나 반지 등 액세서리를 착용하지 않았다. 물론 착용하지 않아도 자체가 빛을 내는 사람이었지만.

"좋아하려나."

엘라임의 눈이 액세서리에 머물렀다.

마탑에 들어서자 그녀의 얼굴을 알고 있는 몇 안 되는 사람 중 여마법사 르웬이 다가와 맞이했다. 이제 그녀는 제법 나이가 든 중년이 되어버렸다. 그래서인지 최근 자신에게 화장품이 없냐며 옆구리를 찌르곤 했다.

"어서 와."

"잘 지냈어요?"

"흥, 네 녀석이 갖고 온 일감 때문에 삭신이 쑤신다."

몸이 예전 같지 않다며 르웬은 투덜거렸다. 그러나 헬리아가 아이디어를 넘겨주면 가장 열성을 다하는 게 그녀였다. 이야기를 나누는 사이에 마탑주의 방문 앞까지 도달했다.

똑똑—

"마탑주님, 리아가 왔습니다."

"들이게."

끼익.

문을 열고 헬리아와 엘라임이 들어갔다. 8년이 지나도 베로니카 공작의 외모는 크게 달라진 것이 없었다. 흰 수염은 여전히 길었고, 눈가에 주름이 조금 늘어났을 뿐이다.

"어서 오너라."

공작은 그녀를 반갑게 맞았다. 방금 전까지 연구 중이었는지 그의 책상은 종이와 여러 실험 도구로 어지럽혀져 있었다. 나이가 들어도 마법 연구에 대한 열의는 마탑에서 제일이었다.

그가 이번에도 눈을 반짝이며 물었다.

"이번엔 또 뭐냐?"

헬리아가 어떤 재밌는 아이디어를 줄지 자못 기대가 큰 모양이다. 그녀는 피식 웃었다.

"르웬은 일이 많다고 투덜거리는데, 스승님은 모자라나 보네요."

"클클, 너도 이 나이 되어봐라. 게다가 르웬, 고것도 네가 뭘 가져올지 궁금해하는 눈치야. 나이가 먹으니 호기심만 느는 모양이구나."

공작에게 헬리아는 마치 마르지 않은 화수분 같았다. 끊임없이 나오는 그녀의 아이디어에 공작의 편견은 여지없이 깨지고 새로운 시야가 틔었다. 그 덕분에 오랫동안 지체되었던 마법에 진전이 있었다.

"그런데 저놈이 뭔지는 안 알려 줄 테냐?"

공작이 엘라임을 어깻짓으로 가리켰다. 그동안 엘라임을 지켜보면서 그의 정체를 알아내려 했지만 알아내지 못했다. 인간이 아니라는 것. 그것 하나만 알 뿐이었다. 처음에는 엘프라고도 생각했지만 막상 엘프와 비교해 보고는 고개를 저었다.

"영감, 왜 날 걸고넘어져?"

"쯧쯧, 저 못된 말버릇 좀 어떻게 안 되겠냐? 어떻게 젊은 놈이 매번 나이 든 노인한테 꼬박꼬박 반말이야."

"그럼 영감은 나한테 존댓말 해야 해."

엘라임과 공작의 눈에서 순간 스파크가 튀었다. 한 치 양보도 없었다.

"둘 다 똑같아요."

헬리아가 고개를 저었다. 순간 베로니카 공작의 눈썹이 꿈틀거렸다. 엘라임의 정체를 파악하기 위해 마나를 최대한 끌어올리던 그는 낯선 기운을 감지했다. 그건 바로 자신 앞에 앉아 있는 헬리아였다. 그의 입꼬리가 씨익 올라갔다.

"그새 또 실력이 늘었구나."

헬리아의 심장에서 다섯 개의 서클이 휘돌고 있었다. 웃고 있지만 내심 그는 크게 놀라고 있었다. 그녀가 마법을 배운 지 8년. 물론 그 세월이 짧다고 할 수는 없지만 그녀는 마법에만 매달리지 않았다. 상단과 마탑을 오가며 가장 일이 많고 바쁜 건 그녀였다. 오죽했으면 그걸 다 소화하는 그녀를 보고 괴물이라고 했을까.

헬리아는 어깨를 으쓱였다.

"그냥 하다 보니 되더라구요."

남들이 들으면 돌멩이가 날아올 말이었다. 하지만 실제로 그랬다. 그녀 스스로 마법 하나에만 매달리지 않았지만 마법은 원래 그녀가 알고 있었던 것처럼 쉬웠다. 마치 마법을 위해 태어난 몸 같았다.

베로니카 공작은 그녀를 흐뭇하게 바라보았다.

"뭡니까? 그 음흉한 미소는?"

"누군지 몰라도 참 제자 하나 잘 키웠다."

"칭찬을 듣고 싶은 겁니까?"

"뭐, 해준다면야. 클클."

"노인네가 말주변만 늘어서는."

헬리아는 고개를 저었다. 그러나 이렇게 공작과 투닥거리는 것이 싫진 않았다.

8년 전 처음 마탑주의 제자가 된다 했을 때 주변에서 반대가 심했다. 그녀의 아이디어가 대단하기는 하나 마탑주가 직접 가르칠 필요가 있냐는 것에서 문제가 발생했다. 하지만 베로니카 공작이 직접 나서며 그들의 반대를 묵살했다. 그는 처음 헬리아가 밖으로 나온 것을 달갑지 않게 여기던 때와 달리 그 누구보다 살뜰히 그녀를 돌봐주었다.

그렇게 시간이 흐르면서 처음엔 부정적이었던 마법사들도 점점 헬리아의 열정과 지식에 반해 어느덧 친해져 갔다.

공작이 차를 한 모금 마신 후 입을 열었다. 조금 전 웃고 떠들 때와는 정반대로 진지한 모습이었다.

"그리 뜸들이더니 이제 움직일 생각인 거냐?"

"어떻게 아셨어요?"

"다 아는 수가 있지."

베로니카 공작은 클클거리며 그녀의 얼굴을 보았다. 그녀가 무슨 생각을 가지고 있는지 공작은 이미 오래전부터 알고 있었다. 그리고 오늘 갑자기 들이닥친 그녀의 얼굴에선 묘한 비장감이 감돌았다. 물론 오랫동안 그녀를 알고 지낸 사람이 아니라면 쉬이 눈치챌 수 없는 표정 변화였다.

"이제는 움직여야죠."

짧다고도 할 수 있고 길다고도 할 수 있는 8년이다. 그동안 헬리아는 단 한 번도 자신의 목표를 잊지 않았다. 8년 동안 엘라드 상단을 왕국 최고의 상단에 올려놓았다. 그러나 그녀는 바로 움직이지 않았다. 신중하게 때를 기다렸다.

"단순히 나오는 것만으로는 부족해요."

그녀의 눈동자가 시퍼렇게 빛났다. 자신을 폐위시키고 유폐시킨 그들을 상대할 수 있는 힘이 필요했다. 지금의 엘라드 상단 또한 큰 힘을 지니고 있지만 헬리아는 그것으로 만족하지 못했다.

"그놈 속이 지금 말이 아닐 게다."

베로니카 공작은 플로렌스 공작의 상황을 떠올리며 고개를 설레설레 저었다.

헬리아는 피식 미소를 지었다.

"그러니 지금이 딱이죠."

"고약하긴."

베로니카 공작이 푸근한 미소를 지었다.

"잘해 보거라."

"도와주실 거죠?"

"약한 소리 하기는. 정작 어려울 때도 네놈 혼자 다 하지 않았더냐."

공작은 조금 섭섭하다며 투덜거렸다. 헬리아는 정말 어려운 일이 있어도 끝끝내 자신의 힘으로 이겨냈다. 공작은 그때마다 기특하면서도 아쉬웠다. 조금쯤 누군가에게 기대는 법도 알았으면 했다.

'시간이야 많으니 차차 알아가겠지.'

공작은 따스한 시선으로 헬리아를 바라보았다.

"몸조심하거라."

"다녀와서 뵙지요."

헬리아는 웃으며 인사를 건넸다.

※

아르센 왕국의 북부에 위치해 있는 플로렌스 공작령은 오래전부터 아르센 왕국과 적국인 라비안 왕국과의 경계에 자리하며 국경을 수호해 왔다. 험한 산지로 둘러싸여 있어 국경을 수호하기엔 천혜의 요새였다. 험준한 산맥 덕분에 공작령으로 들어가는 길은 험하지만, 산을 돌아 수도에서 플로렌스 영지까지 관도가 닦여 있어 마차로 빠르면 일주일, 늦어도 보름이면 도착할 수 있다.

물론 산을 넘을 경우에는 3일로 여정을 단축시킬 수 있다. 그러나 워낙 산길이 험해 지도를 가지고 있다 하더라도 산을 잘 아는 길잡이와 동행하지 않고서는 산을 넘기 힘들었다. 그래서 대다수 사람은 잘 닦여진 관도를 통해 플로렌스 영지로 들어간다.

"여기가 정말 맞아?"

엘라임이 주위를 둘러보았다. 보이는 것이라곤 온통 숲뿐이었다. 그 어디에도 사람이 밟고 지나간 흔적이 보이지 않았다.

헬리아는 지도를 뚫어져라 쳐다보며 길을 걸었다. 그녀는 여행자답게 치마가 아닌 짙은 고동색 바지를 입었고, 상의는 흰 셔츠 위에 짙은 녹색 조끼를 걸쳤다. 그리고 산을 타기 알맞게 튼튼한 가죽 부츠도 신었다. 긴 머리는 곱게 한 줄로 땋아 허리 아래로 내렸다.

그녀의 눈동자가 미미하게 흔들렸다. 8년간 그녀의 함께 지낸 엘라임은 그걸 놓치지 않았다.

"혹시 말이야. 길을 못 찾는 건……."

우뚝.

헬리아의 발걸음이 멈춰 섰다.

"……."

엘라임이 눈을 게슴츠레 뜨고 그녀를 살폈다. 그의 입가엔 고소함이 걸려 있었다.

"아니지, 설마 우리 대단한 완벽주의 상단주님이 길 하나 못 찾을까."

헬리아의 눈썹이 치켜 올라갔다. 엘라임이 과장되게 놀란 표정으로 이마를 짚었다.

"오우! 설마? 정말 길을 잃은 건 아니겠지?"

지도를 쥔 헬리아의 손이 부들부들 떨렸다. 벌써 저 소리가 몇 번째 이어지고 있었다. 자신도 맞게 찾은 건지 불안한데 엘라임이 그녀의 불안을 더 부추겼다. 결국 인내의 끈이 우두둑 끊어졌다. 와락! 그녀의 손에 힘이 들어갔고, 지도는 볼품사납게 구겨졌다.

"그럼 네가 찾아봐!"

"아얏!"

헬리아가 지도를 꽉꽉 동그랗게 말아서 엘라임의 얼굴에 냅다 던져 버렸다.

헬리아는 머리를 흩뜨렸다. 설마 이런 복병을 숨어 있을 줄 몰랐다. 그녀는 인정했다. 자신은 길을 잃어버렸다.

'설마 이렇게 복잡할 줄은…….'

그냥 관도를 따라가지 않은 걸 깊이 후회했다. 그때는 일주일이 넘게 걸리는 관도보다 3일밖에 걸리지 않는 산길이 더 마음에 끌렸다.

지난 삶은 물론이고, 이곳에서 눈뜬 8년 동안 헬리아는 단 한 번도 여행을 간다거나 휴식을 취해 본 적이 없었다. 그래서 이번 기회에 산이라도 구경하면서 가볼 생각이었다. 물론 거기에 더해 후작의 주목을 끌지 않고 몰래 가기 위함도 있었다.

그래서 잡화점 상인이 지도보다는 길잡이를 고용하라는 말을 한 귀로 흘렸다. 어차피 체력이야 문제없으니 지도 한 장 달랑 구입해 곧장 산으로 올라왔다. 뼈아픈 실수였다. 이후 설상가상으로 산에 올라와서야 자신이 지도를 제대로 볼 줄 모른다는 것을 뒤늦게 깨달았다.

"이럴 줄 알았으면 가게 주인의 말을 듣는 건데……."

홀로 산을 올라가겠다는 것을 극구 말렸던 잡화점 상인의 안타까운 표정이 떠올랐지만, 이제 와서 무엇하랴. 되돌아가기엔 너무 깊숙이 들어와 버렸다. 산을 쉽게 본 헬리아는 후회했다.

옆에서 헬리아가 축 쳐져 있는 것을 보고 엘라임이 그녀의 머리를 쓰다듬었다.

"에헴! 걱정 말라고. 이 위대한 정령왕 엘라임 님께서 찾을 테니까."

"……별로 신뢰가 안 간다만."

헬리아는 떨떠름한 표정으로 그에게 길을 맡겼다. 엘라임은 헬리아가 구긴 지도를 펴 들고 이리저리 길을 찾기 시작했다. 자신만만해하는 엘라임의 태도에 헬리아는 말없이 그의 뒤를 따랐다.

몇 시간 후.

헬리아가 엘라임을 향해 버럭 소리를 질렀다.

"도대체 왜 내가 절벽을 오르고 있냐고!"

헬리아와 엘라임은 가파른 절벽을 오르고 있었다. 딱딱한 돌산을 힘겹게 넘어가며 거의 기다시피 산을 올랐다. 헬리아는 등산이 아닌 등반을 하는 것에 더는 참지 못하고 엘라임을 노려봤다.

엘라임은 이게 아닌데 하는 표정으로 지도를 다시 보았다. 아까는 그래도 걸어가기라도 했지, 지금은 아예 기어가야 할 정도였다.

"이상하네, 분명 직선으로 왔는데."

헬리아의 미간이 꿈틀거렸다. 엘라임의 손에서 얼른 지도를 빼앗고 물었다.

"도대체 지도를 어떻게 본 거야?"

엘라임이 머리를 긁적이며 대답했다.

"그냥 직선으로 걸어갔지."

엘라임이 지도를 손가락으로 쭉 그었다. 마치 자로 선을 긋듯이.

'어쩐지 산 넘고 물 건너더라.'

엘라임의 대답에 헬리아는 뒷머리를 붙잡았다.

"이 멍청아!"

엘라임은 조금 미안한 마음이 드는지 그녀의 시선을 외면했다.

"내놔."

"뭐?"

"지도 내놓으라고. 내가 그래도 너보단 나아."

그들은 한동안 누가 더 낫고 못 낫고 하는 이야기로 투닥거렸다. 그러나 오십 보 백 보, 도토리 키 재기였다.

"그래도 얼추 거의 다 왔다니까."

엘라임에 말에 헬리아는 머리를 붙잡았다. 결국 인내의 한계를 느낀 헬리아가 그를 다람쥐로 만들어버렸다.

펑!

─이게 뭐야!

엘라임은 갑자기 자신의 몸이 줄어들자 소리를 빽 질렀다. 그러나 목소리마저 변해 헬리아 이외의 사람에게는 그저 다람쥐가 찍찍거리는 소리로밖에 들리지 않았다.

손바닥만 한 다람쥐가 된 엘라임은 헬리아에게 마구 달려들었다. 그러나 그의 작은 몸통은 헬리아의 손아귀에 붙잡혔다.

"역소환하지 않은 것만 해도 다행인 줄 알아."

─이런 모습일 바엔 그냥 역소환이 낫겠어!

"잔말 마."

역소환해 버릴까 하는 생각도 들었지만, 이런 숲속에서 홀로 걸어가고 싶진 않았다. 게다가 그녀는 원래 동물을 좋아했다. 고양이나 개를 한 마리 키워 볼까 했는데, 신의 저주를 받았는지 동물들은 그녀를 보면 발작을 일으켰다.

지금도 그녀의 주위에는 동물이 한 마리도 보이지 않았다. 내심 헬리아는 다람쥐가 된 엘라임이 흡족했다. 물론 그걸 입 밖으로 꺼내는 실수를 범하지는 않았다.

─이익! 이 치사한 마녀!

헬리아의 힘이 늘어날수록 엘라임이 쓸 수 있는 힘도 늘어났지만, 한편으로는 헬리아가 정령인 엘라임을 제어하는 힘도 늘어났다. 그 때문에 엘라임은 그녀의 허락 없이는 마음대로 움직일 수 없게 되었다. 거기다 정령은 원래 실체가 없는 법. 헬리아는 자신의 생각대로 엘라임의 몸을 변화시켰다.

―이익!

엘라임이 시끄럽게 좋알거리자 헬리아는 주머니에 그를 쑤셔 넣고 다시 지도를 펼쳐 들었다.

"음, 근데 어디로 가지?"

길을 제대로 찾을 수 있을지 막막하기만 했다.

✻

헬리아가 헤매고 있는 숲에서 멀리 떨어지지 않은 곳에 그녀가 지도만 제대로 보았다면 도착했을 마을이 있었다. 플로렌스 공작령의 거대한 영지 끄트머리에 위치해 있는 이 이름도 없는 작은 마을에 짙은 잿빛 로브를 두른 남자가 도착했다.

푸드득.

창공을 비상하던 검은 매가 남자의 어깨에 내려앉았다. 그는 주변을 둘러보더니 '사이람'이라는 작은 술집으로 들어갔다.

가게 안에는 사람이 그리 많지 않았다. 앉아서 술을 마시는 이가 간간히 있었지만 작은 마을이라 그런지 손님은 손가락으로 셀 수 있을 정도였다.

남자는 바텐더가 있는 바에 가 앉았다. 사십 대 후반에 머리는 짙은 남갈색인 바텐더가 남자를 흘깃 쳐다보고는 물었다.

"주문은 뭐로 하시겠소?"

"사이람 한 잔."

순간 컵을 닦던 그의 손이 멈칫했다. 바텐더가 눈을 게슴츠레 뜨고 그를 보았다.

"어디서 들었소?"

로브 밑에서 남자의 옅은 웃음이 들렸다.

"장사 안 할 텐가?"

"······."

바텐더는 잠시 입을 다물고 고개를 끄덕였다. 이곳 사이람은 정보길드였다. 남자가 어떻게 이곳의 존재를 알았는지 모르지만, 손님은 손님이었다.

"원하는 정보는?"

"마샤프."

"······."

"3년 전 몰살당한 마샤프 암살단."

바텐더의 눈에 이채가 띠었다. 남자는 그것을 놓치지 않았다.

"그런 이야기가 있었던가?"

"말 돌리지 마라. 알고 찾아왔다."

바텐더의 얼굴에서 표정이 점차 사라졌다. 이자를 속이는 건 불가능하다고 생각했다.

"그래서 뭘 알고 싶은 거요?"

"그 암살단의 생존자."

"······."

"이 마을에 있다고 들었다."

바텐더의 얼굴이 굳어졌다. 그가 조심스럽게 테이블 아래에 숨겨둔 칼을 꺼내려는 찰나였다.

"꺼내지 않는 게 좋을 거다."

순간 로브 아래에 가려진 남자의 검은 눈동자가 그와 마주쳤다. 바텐더가 눈이 가늘어졌다.

'저 눈동자는······.'

바텐더는 그의 어깨에 앉아 있는 검은 매를 보다 다시 남자를 살폈다. 바텐더의 입가에 작은 미소가 떠올랐다. 그러나 그는 얼른 웃음을 숨기고 말했다.

"괜한 일로 쑤시고 다니지 마시오. 이미 지난 일이오."

"반드시 알아야 할 일이 있다. 그자에게는 어떠한 해도 끼치지 않을 것이다."

"……후우."

바텐더는 머리를 한 번 쓰다듬더니 쪽지에 무언가를 휘갈겨 썼다.

"이쪽으로 한번 가보시오. 당신의 그 말 믿겠소."

그자와 제법 잘 아는 사이인지, 아니면 소란이 생기는 것이 귀찮은지 바텐더의 얼굴에 걱정이 묻어났다.

"명심하지."

남자는 쪽지를 받아 들고 자리에서 일어났다.

✳

푸드득.

매가 창공을 날아다녔다. 로브를 입은 남자는 바텐더가 알려준 위치로 걸음을 옮겼다. 그가 알려준 위치에 가까워질수록 길은 험하고 복잡해졌다. 캄캄한 골목길에 접어들자 불쾌한 냄새가 풍겨왔다. 마치 쓰레기 소굴에 와 있는 듯해 남자는 로브를 코까지 끌어당겼다. 그리고 곧 골목 어귀를 지나 작은 오두막을 발견했다.

"여긴가."

참으로 찾기 힘든 곳이었다. 만약 바텐더가 적어준 지도가 없었다면 위치를 알아내지 못했을 것이다.

똑똑—

남자가 문을 두드리자 안에서 인기척이 들려왔다. 그리고 문이 아니라 문짝 위쪽에 난 작은 창이 열렸다. 눈만 보일 정도의 작은 문에서 사람의 눈동자가 보였다.

"누구요?"

상대가 잔뜩 긴장하는 게 느껴졌다. 그러나 다행히 모습을 드러낸 걸로 봐서는 아예 가능성이 없는 건 아니었다.

"3년 전."

흠칫.

집 안에 있는 남자가 흠칫하는 것이 느껴졌다. 혹여 그가 도망갈까 얼른 말을 덧붙였다.

"결코 당신을 해하지 않는다."

"……내 위치는 누가 알려준 것이오?"

"사이람의 바텐더."

"……그놈이."

안에 있는 남자의 목소리가 어느 정도 누그러졌다. 그가 소개할 정도라면 어느 정도 안심할 수 있는 상대일 것이다. 거기다 목소리에서 한 점의 거짓도 느껴지지 않았다.

"들어오슈."

남자가 문을 열고 그를 방으로 들였다. 허름한 외관처럼 내부도 허름하기 짝이 없었다. 방 안에는 가구들이 없었다. 금세라도 집을 나갈 수 있게 구석 한편에 큰 가방 하나만 있을 뿐이었다.

암살단의 생존자는 사십 대로 얼굴엔 왼쪽 눈이 하나 없었고, 나이보다 더 주름지고 피곤한 얼굴을 하고 있었다.

딱딱딱—

그리고 그가 걸을 때마다 들리는 소리에 로브를 입은 남자의 시선이 절로 아래로 향했다. 그의 두 다리는 딱딱한 나무가 지탱하고 있었다.

암살자는 그의 시선을 느끼고는 피식 웃었다.

"별거 아니오. 그저 그냥 당하기 싫어서 나대다가 그런 거지."

"……이야기를 들려주겠나?"

암살자는 한숨을 내쉬고 머리를 흩뜨렸다. 그가 자리에 앉아 고심하며 할 말을 골랐다.

"3년 전 우리에게 의뢰가 들어왔소. 큰돈이었지. 우리는 승낙했소. 하지만 의뢰가 의뢰인만큼 한 가지 문서를 받았소."

암살자가 큭큭거리며 웃었다.

"토사구팽당하지 않기 위한 방편이었지. 물론 결국 이렇게 되었지만."

그가 자신의 다리를 툭툭 쳤다. 빈 두 다리가 애처로워 보였다.

"그럼 그건……."

"이미 없소."

로브를 입은 남자가 눈을 찌푸렸다. 그가 찾아온 이유가 없어져 버렸다.

"젠장."

그가 낮게 잇소리를 냈다. 암살자가 다시 말을 이었다.

"이미 그건 다른 사람이 가져갔소."

그 말에 남자의 입매가 비틀렸다.

"누가 가져갔지?"

반드시 그걸 찾아야 했다. 남자가 주먹을 꽉 쥐었다.

"꽤 젊은 남성이었지."

로브를 입은 남자의 눈이 깊어졌다. 그의 걱정을 알아챈 암살자가 위로하듯 말했다.

"단서가 될지 모르겠지만, 그것을 가지고 플로렌스 공작령으로 간다고 들었소."

"그게 언제쯤이지?"

"한 달 전쯤이오."

로브를 입은 남자가 다급히 문으로 향했다. 암살자가 마지막으로 말을 덧붙였다.

"부디 그자를 꼭 처벌해 주시오."

로브를 입은 남자는 작게 고개를 끄덕이며 서둘러 몸을 움직였다.

❋

똑-

마지막으로 물주머니에 담긴 물방울이 헬리아의 입속으로 빨려 들어갔다. 푸르렀던 하늘은 노란 물감을 뿌린 듯 황금빛으로 변해가고 있었다. 헬리아는 주변을 살폈다.

"도대체 여긴 어디야……."

그녀의 목소리가 숲속에서 나지막하게 울렸다. 주위를 둘러보았지만 도통 여기가 어딘지 감을 잡을 수가 없었다. 지도를 보았지만 자신이 어디에 있는지 알 수 없으니 무용지물이었다.

─그러게 나한테 맡기라니까.

다람쥐로 변한 엘라임이 주머니에서 톡 튀어나왔다.

"너는 물통에 물이나 채워."

─내가 물통이냐?

헬리아의 타박에 엘라임의 볼이 빵빵해졌다. 그래 봤자 다람쥐다. 그녀는 말캉한 엘라임의 머리통을 주머니 안으로 쑤셔 넣었다.

하늘은 점점 캄캄해지고 길은 오리무중이다. 하지만 오기가 생겼다.

'누가 이기나 보자.'

결국 입을 꾹 다물고 다시 지도를 펼쳐 들었다. 하늘을 보니 슬슬 날이 어두워지고 있었다.

꼬르륵.

배에서 소리가 들렸다. 그런데 헬리아는 지금껏 사냥을 해본 적이 없었다.

"참 편하게 살았어."

생각해 보니 이제까지 밥걱정, 잠자리 걱정 없이 따뜻한 밥에, 편안한 침대에서 지내왔다. 그런데도 불행이니 뭐니 그런 소리를 지껄였다니. 자괴감이 들었다.

과거의 자신을 자책하며 어깨를 늘어뜨리고 다시 길을 걸었다. 이번엔 아예 지도를 가방 깊숙한 곳에 쑤셔 넣고 본능적으로 길을 찾기로 했다.

"물소리나 찾아봐."

물길을 찾으면 최소한 자신들이 어디 위치에 있는지 확인할 수 있을 것 같았다.

─꼭 필요할 때만 찾아.

엘라임이 뿌루퉁한 표정을 지었지만 주머니에서 나왔다.

"하아……."

헬리아는 하늘을 올려다보았다. 푸르른 하늘은 점점 황금빛 노을로 물들어 가기 시작했다. 그녀는 눈부신 저녁 태양을 보며 입꼬리를 올렸다.

"그래도 아주 나쁘진 않아."

꼬르륵.

하지만 배에서는 요란한 소리가 울렸다.

─큭큭.

"……얼른 찾기나 해."

민망해진 헬리아는 터벅터벅 길을 걸었다.

콸콸콸─

-응? 물소리다.

엘라임의 말에 헬리아도 귀를 기울였다. 그러자 멀지 않은 곳에서 물이 흐르는 소리가 들렸다. 헬리아의 얼굴에 화색이 돌았다.

소리를 따라 달려가니 계곡이 보였다. 헬리아는 가방에 밀어 넣었던 지도를 다시 꺼냈다. 그제야 자신이 어느 위치에 있는지 확인할 수 있었다. 지도를 확인하면서 물줄기를 따라 아래로 내려갔다. 가면 갈수록 물소리가 커지는 것이 근처에 폭포가 있는 모양이었다.

콰아아아!

하늘을 황금빛으로 물든 노을에 반사되어 폭포는 마치 황금처럼 빛났다. 헬리아는 잠시 걸음을 멈추고 그 광경을 지켜보았다.

8년 동안 하루하루를 돈과 마법에 씨름하느라 휴식을 취할 겨를이 없었다. 하지만 후회는 없었다. 자신의 모든 시간을 쏟아부었기에 지금의 위치에 도달할 수 있었다. 다만 이렇게 가끔 휴식을 가져보는 것도 나쁘지 않은 것 같았다.

노을을 바라보던 헬리아는 슬슬 주변을 훑었다. 이제 금방 날이 어두워질 테니 이쯤에서 야영을 해야 할 것 같았다.

'길만 제대로 찾았다면 이런 일은 없었을 텐데.'

뒤늦은 후회는 언제나 뼈아플 뿐이다.

꼬르륵.

"……배고프다."

얼른 야영지를 만들고 뭐라도 먹어야 할 것 같다. 헬리아는 우선 허기라도 채울 요량으로 폭포에 가까이 다가갔다.

"음?"

그때 그녀의 시야에 이상한 물건이 잡혔다. 그녀는 주변을 둘러보더니 조심스럽게 그것에 다가갔다.

"이건 옷?"

-남자 옷 같은데?

돌무더기 위에는 잿빛 로브와 시커먼 옷이 있었다. 다가가 들어 보니 엘라임의 말대로 남자 옷이었다.

'사람!'

헬리아의 얼굴이 활짝 밝아졌다. 옷을 만져 보니 축축하지 않았다. 오래둔 옷이었다면 비를 맞고 축축해지거나 습기에 눅눅해졌을 텐데 이 옷은 그렇지 않았다.

"근처에 사람이 있어."

이런 곳에 옷이 있다면 분명 주변에 사람이 있는 것이다. 헬리아가 주변을 훑었다. 사람을 찾게 된다면 길을 물어볼 생각이었다.

-조심해.

엘라임의 주의를 뒤로하고 헬리아는 옷을 들고 주변을 돌아다녔다. 근처에 옷 주인의 가방도 보였다.

"근데……"

헬리아는 잠시 멈칫하고 자신의 손에 들린 옷을 보았다. 뭉쳐져 있는 옷가지를 떼어내 보니 상의와 하의가 모두 그녀의 손에 들려 있었다. 자신이 옷을 다 가지고 있으면 그 남자는 뭘 입고 있지? 그런 엉뚱하지만 지극히 현실적인 고민을 할 때였다.

피용!

-조심해!

갑자기 날아온 돌멩이에 헬리아는 순간적으로 뒤로 몸을 뺐다.

퍼억!

돌멩이는 헬리아의 머리를 스쳐 뒤에 있던 나무에 박혔다. 얼마나 강한 힘으로 던졌는지 돌멩이에 부딪친 나무는 박살이 나버렸다.

"이런……"

-얼른 날 원래대로 돌려놔! 위험한 놈이잖아!

엘라임의 외침을 한 귀로 듣고 혀를 차며 돌멩이가 날아온 곳을 바라보았다. 그곳에는 옷의 주인으로 보이는 한 남자가 물속에서 걸어 나오고 있었다.

"누구냐!"

남자의 목소리에 헬리아는 잠시 고민에 빠졌다. 자신의 정체를 말해야 하나 그런 고민이 아니라 도대체 저 남자는 어디까지 나올 셈인가 그런 고민이었다. 남자가 걸음을 멈추지 않자 헬리아가 먼저 소리쳤다.

"잠깐만요!"

그제야 남자가 걸음을 멈췄다. 아마 목소리로 여자라는 것을 눈치챘을 것이다. 헬리아는 남자가 멈추자 옅은 한숨을 내쉬며 어찌해야 할지 생각했다. 이대로 도망갈 순 없었다. 몇 시간 만에 만난 사람이었다. 이 사람을 놓치면 자신은 영영 숲속에 갇혀 있게 될 것이다.

"정체를 밝혀라!"

남자의 목소리엔 잔뜩 적의가 묻어났다. 우선 자신의 사정을 설명할 필요가 있어 보였다. 헬리아는 우선 벗었던 가면을 다시 썼다. 상대의 목소리가 호의적이진 않지만 잘 설명하면 이해해 줄 것이다.

그녀가 천천히 남자 앞에 모습을 드러냈다. 아직 해가 떠 있어 남자는 헬리아의 모습을 똑똑히 볼 수 있었다.

─아, 알몸이잖아!

엘라임이 놀라 얼른 헬리아의 얼굴에 올라타 작은 몸으로 그녀의 눈을 가렸다. 갑자기 앞이 캄캄해진 헬리아는 인상을 찌푸렸다.

'뭐 하는 거야?'

헬리아가 그를 떼어내려 했지만 엘라임은 죽기 살기로 그녀의 얼굴에 딱 달라붙었다.

─알몸이라고!

'그게 무슨 상관이야?'

―나는 널 개방적으로 키우지 않았어!

엘라임의 시답지 않은 말에 헬리아는 결국 어쩔 수 없이 그를 얼굴에 붙여놓았다. 솔직히 남자의 알몸을 보는 건 피차 민망하긴 했다.

그런데 남자는 오히려 헬리아를 보더니 칼을 빼 들었다.

'젠장.'

헬리아는 몰랐지만 지금 그녀의 모습은 상당히 수상쩍고 기괴했다. 갑자기 숲에서 나타난 흰 가면을 쓴 여인. 거기다 흰 가면 위에 이상한 다람쥐가 붙어 있는 모습을 보면 누구라도 이상하게 여길 것이다.

'어떡하지?'

그의 행동을 보아하니 아예 적으로 자신을 규정한 것 같았다.

'이대로 마법으로 그냥 제압해 버릴까?'

하지만 상대의 실력이 어떤지도 모르고, 만약 그러다 죽기라도 한다면 난감한 건 그녀였다. 자신을 숲에서 꺼내줄 자가 사라진다면 곤란했다.

어쩔 수 없이 헬리아는 최대한 저자세로 나가기로 했다.

"저기, 저는 절대 위험한 사람이 아니에요."

이번엔 제대로 목소리를 들었는지 남자가 살짝 뒤로 물러나는 것이 느껴졌다. 여자임이 분명한 목소리 덕분인지, 아니면 다른 이유 때문인지 아까부터 찌르는 듯한 살기가 어느 정도 누그러졌다.

"옷을 내놔라."

헬리아가 자신의 옷을 들고 있는 것을 본 모양이다.

―얼른 옷이나 줘.

"아, 옷……."

옷을 남자에게 전해 주려던 헬리아가 순간 멈췄다.

―안 주고 뭐 해?

헬리아가 손에 들린 옷과 알몸의 남자를 번갈아 보았다.

'그렇군. 상대는…… 알몸이군.'

그녀의 입가에 묘한 미소가 번졌다. 좋은 생각이 머리를 스치고 지나갔다. 갑자기 선녀와 나무꾼이 떠오른 것은 왜일까. 안타깝게도 선녀는 남자였고, 나무꾼은 그녀였다.

'큭큭큭.'

"이 옷 주인 맞죠?"

"……."

헬리아는 남자의 눈동자가 작게 흔들리는 것을 놓치지 않았다.

'당황하는군. 이거 잘만 하면…….'

음흉한 미소를 가면 속에 숨기고 헬리아가 입을 열었다.

"저기, 옷 필요하시죠?"

당연한 말씀. 헬리아는 이 상황을 즐겼다. 물론 다른 의미가 있는 건 아니다.

"……."

남자는 말이 없었다. 그저 칼을 붙잡은 손에 힘이 더 들어가는 것이 느껴졌다.

"우선 칼은 좀 넣어주시고요."

"……."

"뭐, 옷이 필요 없으시다면, 저는 이만…….'

헬리아가 옷과 가방을 모두 들고 가려는 포즈를 취했다. 그러자 뒤에서 검을 검집에 넣는 소리가 들렸다. 헬리아는 가던 걸음을 멈추고 다시 뒤로 돌았다. 가면 속에서 그녀는 미소를 지었다.

"……옷을 내놔라."

남자는 화를 꾹꾹 참으며 낮게 말했다. 그는 타인이 가까이 오는 것도 알아채지 못한 자신의 부주의를 자책했다. 아무리 폭포 소리가 요란했다고 하지만 지척까지 온 여자의 기척 하나 알아채지 못하다니. 설마 길도 아니고 이런 숲속에 사람이 지나갈 거라고 생각지 못한 것이 화근이었다.

그의 목소리에 헬리아는 턱을 쓰다듬었다.

"저기 한 가지 부탁이 있는데요. 아주 쉬운 부탁이에요."

"······뭐지?"

결국 남자가 한발 물러섰다. 그나마 그녀에게서 살기나 다른 꿍꿍이가 느껴지지 않았기 때문이다. 그러나 여전히 경계를 늦추지 않았다.

"혹시 길 잘 아세요?"

남자의 눈이 가늘어졌다.

"제가 길을 잃어버렸거든요."

"······."

"옷 드릴 테니까 저기, 길 좀 안내해 주세요."

좀 뻔뻔스런 어조였는지 사내가 미간을 찌푸렸다. 하지만 헬리아는 정말 어쩔 수 없는 상황이었다.

"······우선 옷을 내놔라."

헬리아가 남자 쪽으로 상의를 던졌다. 하지만 하의를 돌려주지 않자 그는 뜨악한 눈으로 그녀를 쏘아보았다.

"저기 미안한데, 먹을 것도 좀."

남자는 이를 으득 물었지만 결국 수락했다. 그제야 하의를 받아 들고 무사히 알몸을 가릴 수 있었다.

탁, 타다닥─

장작이 타들어 가는 소리가 조용한 숲속을 메웠다. 이미 해가 산 아래로 넘어간 후라 산속은 어둠에 잠겼다. 하늘엔 별이 총총 빛을 발했고, 달은 실눈을 뜨고 아래를 내려다봤다.

헬리아와 남자는 더는 산길을 타지 않고, 폭포에서 멀지 않은 곳에서 야영을 했다. 남자는 능숙한 솜씨로 부싯돌로 불을 피우고 물고기를 잡아다 나무 꼬치에 끼워 모닥불에 얹어두었다.

헬리아는 도와주려 했지만, 남자는 그녀의 손을 필요로 하지 않을 만큼 완벽히 야영 준비를 끝마쳤다.

'이것 참 미안하게.'

헬리아는 입맛을 다시며 그저 생선이 익기만을 기다렸다. 물고기가 익어가면서 고소한 냄새를 풍겼다.

─이거 먹어도 돼?

엘라임이 눈치 없이 튀어나오자 헬리아는 그를 주머니에 쑤셔 넣었다. 그녀는 자신의 손가락을 깨무는 엘라임의 머리통을 재차 눌러놓고 남자를 보았다. 모닥불 아래 드러난 남자의 얼굴이 어딘지 모르게 낯이 익었다.

'……이상하네. 어디서 봤던가?'

머리는 옅은 갈색이었지만─해가 지기 전에 확인했다─눈동자는 짙은 검은색이었다. 검은 눈동자가 모닥불의 빛에 반사되어 마치 황금처럼 반짝였다.

헬리아는 이 세계에서 깨어난 뒤로 검은 눈동자를 본 적이 없었다. 물론 검은 눈동자가 아예 없는 것은 아니다. 하지만 저렇게 깨끗한 흑안은 처음이었다.

'음?'

언뜻 무슨 기억이 떠올랐지만 이내 수면 아래로 가라앉았다. 헬리아는 떠오르지 않는 기억에 머리를 흔들었다. 다시 남자를 살폈다. 키는 제법 컸고, 아까 검을 쥐는 모양을 봐서는 검을 꽤 쓰는 자인 것 같았다. 얼굴은 엘라임만큼이나 미남이었다.

'뭐 하는 자지?'

검을 쓰는 것이나 복장을 봐서는 딱 용병처럼 보였지만, 느낌이 달랐다. 용병이라기보단 잘 버려진 검 같은 느낌을 주는 남자였다. 그는 아까부터 지금까지 말을 한 마디도 하지 않았다. 헬리아가 먼저 물었다. 서로 원해서 한 동행은 아니었지만 이왕 이렇게 된 거, 사람이 만나면 먼저 하는 일이 호구조사 아니겠는가.

"이름이 뭐예요?"

"……"

"그래도 이왕 이렇게 된 거 이름이라도 알아야죠. 저는 리아라고 해요."

"……이안이다."

'이안이라.'

헬리아는 남자의 이름에서 느껴지는 묘한 기시감이 썩 달갑지 않았다.

"어디 가는 길이에요?"

처음부터 이 말을 꺼냈어야 했다. 만약 그가 가는 길과 자신의 길이 일치하지 않는다면 정말 난감했으니 말이다. 남자는 그걸 이제야 묻느냐는 표정을 지었다.

"플로렌스령으로 간다."

"다행히 목적지가 같네요."

'하기야 근처에 플로렌스 영지가 있으니 그리 가는 거겠지만. 한데 아무리 생각해 봐도 저 얼굴을 분명 어디서 본 것 같단 말이지.'

이 정도면 생각날 만도 하건만 도통 기억이 나지 않았다. 이제는 짜증이 날 정도였다. 그래서 직접 묻기로 했다.

"우리 혹시 어디서 만난 적 없어요?"

왠지 이 대사도 어디서 한 것 같았다. 헬리아는 저도 모르게 미간을 찌푸렸다.

이안은 그녀가 무슨 생각을 하든 상관하지 않고 말했다.

"그런 이상한 가면을 쓴 자를 본 건 처음이다."

'이상하다니.'

헬리아는 입술을 비틀어 올렸다. 그러나 자신이 가면을 쓰고 있다는 것을 깨닫고 반박하지 못했다. 하기야 이런 상태로 자신을 본 적이 있냐고 물으면 누구라도 황당해할 것이다. 그렇다고 가면을 벗을 수도 없었다.

─이상하긴 하지, 킥킥.

'너는 좀 조용히 해.'

다람쥐 모습을 하고 있으니 진짜 자기가 다람쥐인 줄 착각하는 것인지, 엘라임은 이제 그녀의 손아귀에서 빠져나와 머리 위에 올라앉았다. 헬리아는 그를 잡아채려다 한숨을 푹 내쉬었다.

'너는 부끄럽지도 않냐. 정령왕 주제에.'

─그 정령왕을 너는 다람쥐로 만들었다.

엘라임은 헬리아의 머리카락을 이불 삼아 제 몸을 덮으며 노닥거렸다. 아마 자신을 다람쥐로 만든 데 대한 심술을 부리는 모양이다.

어느덧 고기가 다 구워졌다. 이안은 그녀에게 먹으란 말 한 마디 하지 않고 곧장 고기를 먹기 시작했다. 헬리아는 그런 이안을 흘겨보았다.

'어떻게 먹으라고 말도 안 하냐.'

헬리아는 속으로 투덜거리며 고기를 한 마리 손에 들었다. 노릇노릇 구워진 것을 보자 절로 입속에 침이 돌았다. 향을 맡아보니 아까 무언가 뿌리던 것이 향신료였나 보다. 잘 구워진 물고기에서는 비린내가 거의 나지 않았다. 그녀가 고기를 들고 입에 가져가자 이안의 시선이 느껴졌다.

"왜요?"

"……."

그 순간 아! 하는 소리와 함께 헬리아는 잠시 고기를 내려놓고 가면에 손을 댔다.

달칵.

가면의 하관이 벗겨지면서 그녀의 붉은 입술이 드러났다. 그러자 이안의 얼굴에서 미미하게 실망과 아쉬움이 번졌다. 아마 음식을 먹기 위해 가면을 벗을 줄 알았나 보다.

헬리아는 입가에 미소를 지으며 고기를 물었다.

"이게 특수 제작된 가면이라 분리가 돼요. 관심이 있어 보이시던데, 하나 만들어 드릴까요?"

"……."

이안은 입을 다물고 고기를 먹었다. 헬리아는 참으로 말이 없는 사람이라며 고개를 설레설레 젓고는 자신도 고기를 마저 먹었다.

타닥타닥.

모닥불의 불빛이 희미해지면서 서서히 밤이 무르익었다. 헬리아는 나뭇가지로 모닥불을 들쑤시며 이안을 흘낏 바라보았다. 그는 벌써 담요를 두르고 나무기둥에 기대어 취침 중이었다.

헬리아는 슬쩍 그에게 다가갔다. 다행히 그는 잠에 취했는지 미동조차 하지 않았다.

─뭐 하는 거야?

엘라임이 그녀의 행동에 뭐가 불만인지 뿌루퉁해졌다.

'……이상하단 말이야. 어디서 본 것 같은데.'

그녀는 기억력이 좋은 편이다. 한 번 본 사람의 얼굴은 거의 잊지 않았다. 그녀가 이안에게 무슨 기시감을 느꼈다면 분명 과거 그를 만난 적이 있다는 것이다. 확신할 수 없지만 헬리아는 스스로를 믿었다. 게다가 이렇게 찜찜한 상태로 있고 싶지 않았다.

헬리아가 이안의 코앞에 앉아 잠자는 그를 살폈다. 남자치고 흰 얼굴에 속눈썹이 길고 가지런했다.

'미남 소리 꽤나 듣겠군.'

이런 얼굴은 한 번 보면 잊기 힘든 얼굴이다. 헬리아는 인상을 찌푸렸다.

'흠……'

그녀가 좀 더 그를 관찰하기 위해 코앞까지 다가갔다. 다행히 가면 덕분에 자신의 숨이 그에게 닿지 않았다.

'응?'

헬리아의 눈이 살짝 치켜 올라갔다. 남자의 모근에서 다른 색이 올라오고 있었다. 밤이라도 불이 있고, 눈이 밝은 헬리아는 그것을 알아차렸다. 게다가 아까는 눈치채지 못했지만 눈썹색이 미묘하게 머리색과 달랐다.

'염색을 한 건가……'

헬리아가 그의 머리카락에 손을 대려 할 때였다.

푸드득!

멀리 하늘을 비행하는 새의 날갯짓 소리에 헬리아는 순간 움찔했다. 그 소리 때문인지 이안의 미간이 살짝 움직였다. 헬리아의 움직임이 멎었다. 살며시 이안을 살폈다. 다행히 여전히 눈을 감고 있는 이안의 모습에 안도의 한숨을 내쉬고 손을 거뒀다.

'깜짝 놀라라.'

헬리아는 마치 도둑질하려다 들킨 사람처럼 놀라 얼른 자신의 자리로 돌아왔다. 그녀는 조용히 마음을 진정시키고 망토를 둘렀다. 밤이라 날이 차지만 마법이 걸려 있는 망토를 두르자 몸이 따뜻해졌다. 헬리아는 쏟아지는 졸음에 눈을 감았다.

이안은 잠을 자지 않았다. 정체도 모를 자를 앞에 두고 잠을 잘 리 없었다. 그저 그녀의 반응이 궁금해서 눈을 감고 지켜봤을 뿐이다.

이상한 여자. 이안은 그녀를 그렇게 정의했다.

처음 등장부터 이상했다. 그녀가 가까이 온 것을 몰랐던 것은 폭포 소리 때문이라고 하지만 뭔가 수상했다.

'흰 가면을 쓴 여자.'

순간 그 유명한 엘라드 상단주가 떠올랐지만 이렇게 어린 여자—목소리가 조금 앳되었다—일 리 없는데다, 당연히 혼자 다닐 리 없다고 판단해 제외했다.

여자 혼자서 왜 이런 곳에 있는 것일까. 길을 잃었다고 말했지만 그녀의 목소리엔 귀찮음과 짜증이 가득할 뿐 두려움과 공포는 없었다. 위험에 아무렇지 않을 정도로 담이 큰 자거나, 아니면 생각이 없거나 둘 중 하나다. 여자는 왠지 전자 같았다.

그가 잠시 눈을 감고 휴식을 취할 때, 그가 자고 있다고 생각했는지 여자가 다가왔다. 이안은 계속 자는 척을 했다. 그가 자는 동안 그녀가 본모습을 보이지 않을까 생각했다.

그녀는 멀뚱히 자신을 바라보다 코앞까지 다가왔다. 순간 풍겨온 그녀의 향기에 이안은 숨을 삼켰다. 향수도 아닌 묘한 냄새가 그를 자극했다.

도대체 뭘 하려는 것일까. 눈을 뜨고 싶은 것을 억지로 참아냈다. 다행히 자신의 매가 푸드득거리는 소리에 그녀는 깜짝 놀랐는지 뒤로 물러섰다. 그녀의 향기가 멀어지자 왠지 아쉬운 느낌이 들었다.

새근새근.

얼마 지나지 않아 여자의 규칙적인 숨소리가 들려왔다.

이안이 천천히 눈을 떴다. 그의 흑안이 오롯이 그녀를 담았다. 숨소리가 고른 것을 보니 잠에 빠진 모양이다. 이안은 조심스럽게 일어나 그녀에게 다가갔다.

'도대체 이 여자는 뭐지?'

목소리를 들어보니 자신보다 훨씬 어린 느낌이었다. 적어도 스물이 되지 않은 듯한 목소리. 이안이 저도 모르게 그녀의 가면에 손이 갔다.

'가면이 거슬리는군.'

이안의 손이 그녀의 가면에 닿을 찰나였다.

−찍찍! 찌찍찍!

그녀의 애완동물로 보이는 다람쥐가 나타나 그의 손가락을 물었다. 이안이 인상을 찌푸리며 다람쥐를 떨쳐 낼 때, 또다시 소리가 들렸다. 이번엔 매가 아니었다.

부스럭!

분명한 인기척. 소리와 동시에 여자가 눈을 떴다. 그녀의 금안이 이안의 검은 눈동자와 마주쳤다. 다행히 가면을 벗기려던 손은 이미 거두고 검에 가 있었다. 그의 눈이 소리가 난 방향을 향했다.

❋

"왕세자파였던 카알 남작과 세이른 백작이 우리 쪽으로 돌아섰습니다."

삼십 대 중반의 갈색 머리를 지닌 남자가 말했다. 제법 큰 키의 그는 기사인 듯 허리춤에 장검을 매달고 있었다.

그 말에 책상에 앉아 있는 육십이 넘은 듯한 늙은 노인이 눈을 빛냈다. 머리는 하얗게 세었고, 얼굴엔 주름이 가득했다. 그러나 그의 시린 푸른 눈동자는 매섭게 빛났고, 온몸에서 범접할 수 없는 카리스마가 흘러나왔다. 그의 입매가 치켜 올라갔다.

"왕세자의 상태는?"

"여전히 회복 불가입니다."

"확실한가?"

"3년이 지났습니다. 확실합니다."

그의 눈이 파랗게 빛났다.

"그럼 이제 슬슬 그 자리에서 끌어내릴 때가 되었군."

"준비하겠습니다."

노인, 아니, 비비안 후궁의 아버지이자 비앙카 공주의 외할아버지인 아돌프 후작이 입가에 미소를 띠었다.

왕세자가 걷지 못하는 사이 그는 왕세자의 부재로 인해 붕 떠버린 세력과 중립파를 흡수해 나갔다. 이제 그 몸집이 왕세자파와 대항할 정도로 거대해졌다. 하지만 여전히 왕세자파를 삼키기엔 부족했다. 무엇보다 플로렌스 공작과 왕세자의 어머니인 캐서린 왕비의 세력 때문이었다.

"시간은 우리 편이다."

후작이 글라스에 와인을 따랐다. 왕세자는 이미 가망이 없다. 다음 왕위 후보가 없는 이상 저들은 지리멸렬할 수밖에 없다. 후작이 검붉은 와인을 꿀꺽 삼켰다.

그때 허공에서 검은 복면을 쓴 이가 내려왔다.

"무슨 일이냐?"

후작의 눈이 꿈틀거렸다. 복면인이 부복을 하며 입을 열었다.

"명하신 대로 생존자를 찾았습니다."

후작의 눈이 날카롭게 살기를 띠었다.

"암살대는?"

"이미 상급의 실력자로 보냈습니다."

톡톡톡─

책상을 두드리는 후작의 손길이 거세졌다. 그는 미간을 살짝 찌푸렸다. 최근 왕세자 암살 사건을 조사하는 이가 있다는 보고를 받고 곧장 추살 명령을 내렸지만 이렇다 할 꼬리를 잡을 수 없었다. 하지만 1년 간의 끈질긴 추적 끝에 겨우 그자를 발견했다.

후작의 입매가 비틀렸다.

"그날 죽었어야 했거늘."

후작이 명령을 내렸다.

"반드시 죽여라."

그자가 뭘 봤고, 뭘 알던 큰 위협은 되지 않는다. 하지만 그는 완벽주의자였다. 작은 잡음 하나에도 신경을 아끼지 않았다.

"존명."

복면인이 모습을 감췄다. 후작의 안광이 파랗게 빛났다.

✳

"헉, 헉."

한 남자가 숲속을 다급하게 달려가고 있었다. 캄캄한 숲속을 바쁘게 가로지르는 남자의 얼굴엔 초조함이 가득했다. 가쁜 숨이 턱밑까지 차올랐고 심장은 부서질 듯 세차게 뛰었다.

그의 짙은 갈색 머리는 땀에 절어 뺨에 달라붙었고, 녹색빛을 띤 눈동자는 쉴 새 없이 흔들렸다. 족쇄를 찬 듯 다리가 천근만근 무거웠다. 한 발 한 발 움직이는 것이 고역이었다. 하지만 그는 멈출 수 없었다. 죽을힘을 다해 한계까지 뛰고 또 뛰었다.

"하악, 하."

우거진 나뭇가지가 그의 몸을 날카롭게 스쳐 지나갔다. 뺨에 붉게 실선이 그어졌다. 그러나 나뭇가지에 긁힌 상처는 이미 남자의 몸에 난 상처에 비할 바가 아니었다. 숨 가쁘게 달리는 남자의 찢어진 옷 사이로 붉은 상처가 드러났다. 마치 칼에 베인 듯 날카로운 상처가 남자의 온

몸을 붉게 수놓고 있었다. 그럼에도 남자는 아픔을 느낄 새가 없었다.

남자는 뒤를 돌아봤다. 다행히 쫓던 이들이 보이지 않았다.

"하아, 하악."

잠시 자리에서 멈춰서 숨을 골랐다. 다리가 후들거리고 심장은 터질 듯 두근거렸다. 도저히 움직일 수 없었다.

"따돌린 건가……."

노예 시장에서 탈출한 그는 추적자를 피해 달아났다. 그런데 그들은 끈질겼다. 그는 정말 죽기 살기로 도망치고 또 도망쳤다.

"도대체 내가 왜……."

그는 자신의 왼쪽 손등에 새겨진 노예 문신을 보고 입술을 깨물었다. 그가 손등으로 그것을 한 번 문지른 뒤 다시 일어섰다.

"음?"

그때 멀지 않은 곳에서 불빛이 보였다. 고소한 냄새도 맡아졌다.

꼬르륵.

남자의 배에서 요란한 소리가 났다. 그는 다시 한번 자신을 쫓아오던 추격자들이 있나 살폈지만 다행히 그들의 모습은 보이지 않았다. 그는 조심스럽게 불빛이 있는 곳으로 걸어갔다.

헬리아는 갑자기 코앞에 있는 이안의 모습에 놀라다 소리가 들린 곳을 바라봤다. 그곳에는 웬 남자 하나가 주춤거리며 다가오고 있었다. 그는 온몸이 상처투성이였다.

"저, 저기……."

스물 초중반 정도로 보이는 남자가 머뭇거리며 입을 열었다. 이안은 이미 칼을 빼 들고 그를 겨누고 있었다. 헬리아도 일어나 그를 경계했다. 그러나 그는 경계하는 눈들에는 아랑곳하지 않고 모닥불 쪽에만 시선을 주었다. 아니, 정확히는 이미 다 먹고 남은 생선 잔해였다.

꼬르륵.

남자의 배에서 다시 꼬르륵 소리가 들렸다. 그는 침을 꼴깍 삼키더니 다시 헬리아와 이안을 바라보았다.

"저기 실례가 안 된다면 먹을 것 좀……."

이안의 표정이 급격히 일그러지는 것이 보였다. 배고픈 동행이 한 명더 늘었다.

와구와구.

그 남자는 입이 미어질 듯 음식을 입안에 넣었다. 헬리아는 이안이그의 빵을 내어줄 줄 몰랐다. 차가워 보이는 외모와 달리 심성이 나쁘진 않은 모양이다. 남자는 목이 막히도록 빵을 쑤셔 넣었다. 그리고 헬리아가 담아놓았던 물통을 입에 붙이곤 물을 벌컥벌컥 들이켰다.

'괜히 딱하네.'

헬리아는 딱한 눈으로 그를 바라보다 그의 손등에 새겨진 문신을 발견했다. 그녀의 시선을 느꼈는지 남자가 얼른 손등을 가렸다. 하지만이미 다 본 후였다.

"도망친 노예인가?"

이안의 목소리에 남자가 소리쳤다.

"저, 전 노예가 아닙니다!"

남자는 억울하다는 듯 입을 열었다.

"이상한 자들한테 붙잡히는 바람에……."

"노예 상인인가."

아르센 왕국은 엄격히 개인의 노예 매매를 금지하고 있지만 불법은언제나, 어느 곳에서나 존재했다. 헬리아도 과거에 그런 경험이 있지않았던가.

"전 원래 노예가 아닙니다."

"하지만 다들 그렇게 노예가 되는 거지."

헬리아의 말에 남자의 얼굴에 그늘이 드리워졌다. 그가 자신의 손등을 내려다보았다. 불로 지진 자국은 흉했다.

"이거 안 지워질까요?"

"법적 노예라면 특수 마법 처리가 돼서 지워지지 않겠지만, 불법 노예라면……."

헬리아의 말에 남자의 얼굴이 눈에 띄게 환해졌다. 그가 헬리아에게 바짝 다가왔다.

"그, 그럼 지울 수 있는 겁니까?"

"뭐, 약만 있으면."

남자는 한시름 덜었다는 듯 숨을 내쉬었다. 밥도 먹었겠다, 손등의 문신도 지울 수 있겠다, 여유가 생기자 헬리아와 이안을 향해 고개를 숙여 감사의 인사를 전했다.

"감사합니다. 이 은혜 잊지 않겠습니다."

"그런데 이름이?"

"아, 제 이름은……."

남자가 입을 열려다 멈췄다. 그의 얼굴이 일그러졌다.

"제 이름은, 이름은……."

헬리아와 이안 모두 눈을 찌푸렸다. 상태가 좀 이상했다. 남자의 표정이 급격히 어두워졌다. 그러곤 머리가 아픈지 머리를 부여잡았다. 그가 자신의 기억을 더듬으면서 입을 열었다.

"그러니까 노예 상인에게 붙잡히기 전에는 분명 어디론가 가고 있었습니다. 그런데, 그런데……."

"기억이 안 난다?"

"아! 그겁니다."

헬리아의 표정이 구겨졌다.

'뭐야, 기억상실증이라도 걸렸다는 거야?'

"정말 노예 아닌 거 맞아?"

"그건 확신할 수 있습니다!"

노예라 의심하는 헬리아에게 그는 장담하듯 말했다. 헬리아는 미간을 살짝 찌푸렸다. 이거 참 골치 아픈 동행이 하나 생겼다.

이안은 옅은 한숨을 내쉬었다.

"그럼 뭐라고 부르면 되지?"

"그, 그게 이름이 좀 생각날 듯 말 듯한데……."

"그러니까 뭔데?"

"노, 노엘…… 그다음에 뭐가 있었던 것 같은데."

헬리아는 뭘 고민하느냐며 말했다.

"그냥 노엘로 해. 이름이야 부르기 쉬우면 됐지."

이름 하나 갖고 고민하기 싫었던 헬리아의 말에 남자, 노엘이 고개를 끄덕였다.

푸드득!

하늘에서 매 울음소리가 들려왔다.

흠칫!

노엘이 새의 날갯짓 소리에 저도 모르게 몸을 떨었다. 그제야 깨달았다. 자신은 여전히 도망 중이라는 것을. 그의 얼굴에 불안감이 떠올랐다. 사람을 만나고 음식을 섭취하자 몸이 그만 긴장을 놓아버린 것이다.

"저, 저는 잘 먹었습니다. 그럼 이만……."

이들에게 피해를 줄 순 없었다. 노엘이 일어서려 했으나 그보다 이안이 빨랐다. 이안이 밤하늘을 올려다보며 매의 움직임을 확인했다. 매는 허공에 원을 그리며 날고 있었다. 그가 칼을 빼 들었다.

"이미 늦었어."

"서, 설마 그자들이?"

따돌렸다 생각했건만, 추적자들은 노엘을 놓치지 않았다. 노엘의 얼굴이 사색으로 물들었다.

"도, 도망치세요."

노엘은 이안과 헬리아에게 말했다. 저들이 노리는 건 자신이지 이들이 아니었다.

"이미 늦었다."

이안의 눈이 싸늘하게 주변을 훑었다. 수는 여섯. 그들은 노엘뿐만 아니라 자신에게까지 살기를 뿌려대고 있었다.

스스슥.

가까이에서 수풀이 스치는 소리가 들려왔다. 이안은 이미 빼 든 칼을 겨눌 준비를 마쳤고, 헬리아도 주변을 둘러보며 경계했다. 노엘은 안절부절못하고 있었다.

"자기 몸은 지킬 수 있겠지?"

적어도 노예 시장에서 도망칠 정도라면 그래도 제법 실력이 될 거라 판단해서였다. 노엘은 작게 고개를 끄덕였다.

"하지만 무기가……."

"무기야 생기면 그때 싸워도 늦지 않아."

헬리아가 이안의 기세를 느끼며 말을 붙였다. 범상치 않은 인물이라 생각했지만 역시 그에게서 느껴지는 기세가 예사롭지 않았다. 칼을 휘두르는 폼에서 오랫동안 훈련받은 느낌을 받았다.

'정체가 뭔지 궁금해지는데.'

그러나 이안에 대해 더 생각할 틈도 없이 숲속에서 비수가 날아왔다.

쐐애액! 채앵!

이안이 칼로 비수를 모두 쳐 냈다. 그는 칼에서 느껴지는 묵직한 느낌에 입매를 틀었다. 상대의 무력이 그의 예상을 뛰어넘었다.

헬리아는 비수를 보며 의아해 입을 열었다.

"요즘 노예 추적자들도 비수를 쓰나?"

마치 암살자들처럼. 그러나 더는 말할 여유가 없었다. 바로 추적자들이 공격에 나섰다. 하나, 둘, 셋……. 무려 여섯 명이었다. 그보다 더 놀라운 것은 모두 느껴지는 기운이 엑스퍼트 상급이라는 것이었다.

헬리아는 그들의 기운에 혀를 찼다. 이 정도 무력을 지닌 자들이 노예 추적자라는 것이 믿기지 않았다.

"이봐, 노엘."

"예, 옛?"

"도대체 어떤 노예 시장에서 도망친 거야?"

'하나같이 수준이 높잖아!'

두렵거나 무서운 것은 아니었다. 그러나 도망친 노예 하나를 쫓기에는 너무 과한 인력이었다.

"죽여라!"

추적대의 리더로 보이는 이가 외치자 무기를 든 자들이 일제히 달려들었다. 이안이 가장 강하다고 판단했는지 리더와 그 외에 두 명이 붙었고, 헬리아와 노엘에게 나머지 세 명이 붙었다.

채앵!

이안은 그들의 공격을 가볍게 흘렸다. 상대의 무력이 강했지만 이안은 그보다 더 강했다. 그의 검에서 어스름하게 빛이 생성되었다. 추적자들은 이안의 실력에 당혹감을 느꼈다.

그러나 이대로 물러날 수 없었다. 상대는 하나. 그들은 셋이었다. 그들은 빠져나갈 틈도 없이 삼면으로 이안을 포위했다. 검이 허공을 찢으며 이안을 향해 쇄도했다.

채앵!

이안은 그들의 공격을 읽자 손목을 비틀며 검을 쳐올렸다. 그는 순간 만들어진 빈틈을 놓치지 않았다. 이안의 예기치 못한 반격에 허둥거린 추적자의 몸이 흔들리는 사이 이안의 신형이 그를 향해 파고들었다.

쇄액!

이안이 매처럼 날카롭게 추적자의 목에 검을 찔러 넣었다.

"피해!"

그러나 다른 추적자의 비수로 이안의 궤적이 비틀렸다.

촤악!

선혈이 허공에 튀며 추적자의 목에 큰 상처가 생겼다.

"크윽!"

아쉽게도 목을 가르지 못했다. 이안은 피를 털어내고 다시 망설임 없이 검을 휘둘렀다. 그의 신형이 그들을 향해 튀어 나갔다.

세 명의 추적자는 이안의 공격을 막기에 급급했다. 이안의 검은 빠르고 무거웠다. 세 명의 추적자가 눈빛을 교환했다. 따로 공격하기엔 상대가 너무 강했다. 그들은 침착함을 잃지 않고 이내 동시에 몸을 움직였다.

"죽어라!"

세 명이 한꺼번에 각기 이안의 머리와 가슴, 다리를 노렸다. 한 치의 틈도 없는 완벽한 공격! 이안은 몸을 회전시켜 머리와 가슴으로 짓쳐 들어오는 검을 튕겨냈다. 하지만 다리 부분이 그만 노출되고 말았다. 그것을 놓칠 이들이 아니었다.

"하압!"

추적자가 이안의 다리를 향해 검을 휘둘렀다. 이안은 이를 악물고 검의 궤도를 수정했지만 상대의 공격을 막기엔 어려워 보였다.

슈우웅!

그때 뜨거운 열기가 그들을 덮쳐 왔다. 추적자들은 갑자기 느껴지는 웅대한 힘에 저도 모르게 뒤로 물러났다. 그 바람에 검은 이안의 옷을 찢고 살갗을 스치는 정도로 그쳤다.

콰아앙!

거대한 불길이 그들 사이에 떨어졌다. 만약 제때 피하지 않았다면 익은 고기가 될 뻔했다. 이안도 그 갑작스런 공격에 미간을 찡그리며 뒤로 물러났다. 그것을 보고 추적자들의 얼굴에선 식은땀이 흘렀다.

"젠장!"

그들은 마법 공격을 해온 상대를 돌아보며 경악했다.

금발에 흰 가면을 쓴 자. 그자의 손에서 마나의 기류가 요동쳤다. 이안도 그녀의 마법 공격이 의외라는 듯 눈을 크게 떴다. 그러나 이안은 놀라워하는 와중에도 그녀가 만든 틈을 놓치지 않았다.

"크악!"

그들이 방심하는 사이 이안이 연기를 뚫고 추적자의 옆구리로 검을 쑤셔 넣었다. 배가 갈리고 내장이 쏟아졌다. 이안은 거기서 멈추지 않았다. 그의 검이 남은 추적자들을 향해 휘둘러졌다.

헬리아는 자신 앞의 추적자를 보았다. 이안에게 달려갔던 이들보다는 실력이 낮았다. 무엇보다 그들은 자신보다 노엘에게 더 집중하는 모습을 보였다. 하지만 헬리아가 마법을 시전하자 그들은 주춤했다.

"그자를 내놓으시오. 그럼 물러나겠소."

추적자가 그녀에게 말했다. 그의 이마에는 땀방울이 맺혀 있었다. 상대가 마법사일 거라고는 생각지 못했다. 이대로는 위험했다.

헬리아는 눈을 가늘게 뜨고 그들을 바라보았다.

"당신들 누구지?"

"노예 추적자요. 도망친 노예를 내주시오."

"어디 노예 시장에서 나왔지?"

순간 그들이 흠칫 몸을 굳혔다.

"키릴? 카메룬? 아니면 세바인인가? 그도 아니면 바이른?"

아르센 왕국은 개인의 노예 매매를 엄격히 금직하며 모든 노예 매매는 왕실에서 주관한다. 키릴, 카메룬, 세바인, 바이른. 왕실에서 임명한 관리가 다스리는 이 네 곳의 도시에서만 합법적인 노예 매매가 이루어진다.

그들은 대답하지 못했다. 헬리아는 입꼬리를 올렸다.

"말을 못 하는 걸 보니 불법이군. 그럼 노예도 불법이겠고."

"……."

추적자의 얼굴이 미미하게 찌푸려졌다. 상대에게서 노엘을 내주지 않겠다는 의지를 읽었다.

"어쩔 수 없지."

휘익!

추적자가 헬리아를 향해 독가스를 뿌렸다.

─조심해!

엘라임이 그녀에게 외쳤다. 헬리아도 잘 알고 있었다. 그녀는 서둘러 실드를 펼쳐 독가스를 막아냈다. 연기를 틈타 추적자들이 노엘을 공격했다. 도망친 노예를 잡으러 온 것이 아니라 죽이러 왔다는 것이 확실시되었다.

마법사인 헬리아를 이길 수 없다는 것을 판단하자 우선 노엘부터 죽이기 위해 그를 향해 달려갔다. 그들의 검이 날카롭게 노엘의 목으로 짓쳐 들어갔다.

헬리아는 재빨리 마법을 펼쳤다. 그녀의 손에서 거대한 파이어볼이 생성되었다.

"알아서 잘 피해!"

노엘이 그 모습을 보고 기겁하며 뒤로 물러났다. 추적자들도 함께 물러났지만, 헬리아의 마법이 빨랐다. 그들을 향해 빠르게 파이어볼이 날아들었다. 그들은 그녀가 캐스팅하는 것조차 제대로 느끼지 못했다.

"크, 크악!"

헬리아가 그토록 빠른 시간 안에 5서클에 도달할 수 있었던 것은 그녀의 천부적인 마법적 신체 능력과 캐스팅 속도 때문이었다.

콰아앙!

상대가 방심한 덕분인지 쉽게 공격에 나가떨어져 나무에 처박혔다.

"노엘은?"

헬리아가 뒤를 돌아보았다. 남은 한 명의 추적자가 노엘을 공격하고 있었지만, 노엘은 잘 피하고 있었다. 괜히 이런 추적자들에게서 도망칠 수 있었던 것이 아니었다.

'역시 평범한 노예는 아니야.'

본인 말로도 노예는 아니었다고 하지만 헬리아는 그다지 믿지 않았다. 그저 도망친 노예 정도로 생각했다. 하지만 추적자들의 무력 수준과 노엘의 몸놀림을 보고 생각을 바꿀 수밖에 없었다.

추적자들은 물론 노엘의 움직임도 평범한 수준을 벗어나고 있었다. 이안과 마찬가지로 노엘도 누군가에게 꾸준히 훈련을 받은 움직임이었다.

'도대체 이 둘의 정체가 뭐야?'

헬리아는 인상을 찌푸리다가 노엘이 고전을 면치 못 하는 모습을 보고 얼른 죽은 추적자가 들고 있던 검을 주워 그에게 던져 주었다.

"받아!"

그리고 그가 받을 틈을 만들어주기 위해 마법을 난사했다. 그녀 혼자서도 충분히 그들을 처리할 수 있지만 모르는 자들에게 실력을 내보일 만큼 어리석지 않았다.

콰앙!

노엘은 검을 받자 혼란스러운 틈을 타서 그의 급소를 베었다.

"크악! 이, 이놈이!"

그러나 부질없는 발악. 추적자는 이내 싸늘한 시체가 되어 쓰러졌다.

"하악, 하악."

노엘은 지친 듯 곧장 주저앉았다. 헬리아는 그것을 확인하고 이안이 있는 곳을 바라봤다. 자신들을 공격한 이들보다 그에게 간 추적자들이 훨씬 강했다.

'걱정할 필요가 없었군.'

이미 그쪽은 상황이 끝난 상태였다.

✳

"크으윽."

추적자의 리더가 꿈틀거리며 눈을 떴다. 움직이기 위해 몸을 뒤틀었지만 요지부동이었다. 손과 다리가 단단한 밧줄로 묶여 움직일 수 없었다.

'젠장.'

그는 일이 실패했음을 절감했다. 거기다 그들이 자신을 추궁하기 위해 살려놓았다는 것도.

'으득.'

그가 이 안쪽에 숨겨둔 독낭을 깨물었다. 그러나 있어야 할 독낭이 느껴지지 않았다. 그의 눈동자가 흔들렸다.

"독낭을 찾나?"

"……."

이안이 그의 눈앞에 작은 독주머니를 내밀었다. 추적자, 아니, 암살자의 표정엔 변화가 없었다. 하지만 동공이 흔들리는 것을 이안은 놓치지 않았다.

"암살자인가?"

암살자가 주변을 훑었다. 이미 그의 동료는 전부 싸늘한 시체가 되었다.

"무슨 소리인지 모르겠군."

그러나 노예 추적자들이 입안에 독낭을 넣고 다닌다는 말은 들어본 적이 없었다.

헬리아는 암살자를 한 번 보고는 다시 노엘에게 시선을 돌렸다. 그는 영문을 모르겠다는 표정이었다.

'암살자가 쫓는 자라…….'

수상한 냄새가 느껴졌다.

"크크. 죽여라."

암살자는 고도로 훈련받은 존재, 이안이 인상을 찡그렸다. 그러나 순순히 죽여줄 순 없었다. 이안은 정보를 알아내기 위해 검을 들었다.

"그 소리가 언제까지 지속될지 기대하지."

암살자가 눈을 감았다. 다가올 고통을 감수하겠다는 의지가 드러났다.

헬리아는 그자의 모습에서 단순히 고통만으로는 정보를 캐낼 수 없다는 걸 알아챘다.

'마법을 드러내기 싫지만.'

헬리아가 이안의 행동을 저지했다.

"제가 해도 될까요?"

이안이 그녀를 의아하게 바라봤다. 헬리아는 어깨를 으쓱이며 말했다.

"뭐, 자르고 썬다는 건 아니고. 이래 봬도 마법사라고요."

마법사라는 말에 이안의 표정이 묘해졌다. 솔직히 이곳의 수상한 자 중 가장 수상한 사람이 바로 그녀였다. 저 노예의 정체도 궁금했지만,

이 흰 가면을 쓴 여인도 궁금했다. 하지만 우선 그녀가 뭘 하는지 알기 위해 뒤로 물러섰다.

헬리아가 암살자의 앞으로 다가갔다. 그리고 그의 눈동자를 직시했다.

흠칫!

암살자는 헬리아의 금안을 보자 순간 몸이 경직되는 것을 느꼈다. 등 골에서 식은땀이 흘러내렸고, 시선을 돌리려 해도 몸이 움직이지 않았다. 헬리아의 동공이 세로로 길어지며 사이한 빛이 반짝였다. 하지만 헬리아와 등지고 있는 이안과 노엘은 그 모습을 볼 수 없었다.

"자, 당신의 이름은?"

헬리아의 금안이 붉게 변하기 시작했다.

정신계열 마법이었다. 정신계열 마법은 마법 계통 중에서 시전하기 가장 까다로운 마법이다. 시전자가 도리어 정신계열 마법에 잡아먹히는 경우가 종종 있기 때문에 마법사들은 정신계열 마법을 잘 사용하지 않는다. 강한 정신력을 필요로 하기도 하고, 익히기 어려운 것도 한몫한다.

하지만 헬리아는 정신계열 마법이 가장 쉬웠다. 왜인지는 모르겠지만 그녀의 눈을 본 이들은 모두 뱀 앞의 개구리처럼 옴짝달싹하지 못했다.

암살자의 몸이 부르르 떨렸다.

"나, 나는 사, 삼호."

'역시 암살자군.'

헬리아가 다시 입을 열었다. 정신계열 마법은 천천히 내면으로 들어가야 더 효과가 좋았다.

"왜 그를 쫓는 거지?"

"며, 명령을……."

그의 입에서 거품이 나기 시작했다. 정신계열 마법은 사람의 정신에 큰 부하를 준다. 그렇기 때문에 오랜 시간 심문은 불가능했다. 헬리아는 시간이 많지 않은 걸 느끼고 다음 질문으로 넘어갔다.

"무슨 명령이지?"

"그, 그를 죽이라고."

도망친 노예는 죽이지 않는다. 데려갈 뿐이다.

"누가 그 명령을 내렸지?"

"그, 그건……."

순간 암살자의 몸이 덜덜 떨리기 시작했다. 이제는 입에서 피가 흘러내렸다.

"젠장!"

헬리아는 서둘러 치유 마법을 걸었지만, 갑자기 그의 몸이 부풀기 시작하더니 쾅! 하고 터져 나갔다.

"이런……."

헬리아는 서둘러 실드를 펼친 덕에 피로 범벅이 되진 않았지만 이안과 노엘의 옷과 얼굴은 피로 물들었다. 그들이 놀란 눈으로 헬리아를 바라보았다. 헬리아는 그들의 시선을 외면하고 입을 열었다.

"강력한 금제가 되어 있는 것 같군요."

결국 암살자에게선 아무것도 알아내지 못했다.

이안이 노엘을 바라보았다. 노엘은 난감한 듯 얼굴을 일그러뜨렸다.

"저도 왜 이들이 절 쫓는지 모르겠습니다."

노엘이 고개를 도리도리 저었다. 그 모습을 보고 헬리아는 미간을 찌푸렸다.

그녀는 노엘을 머리부터 발끝까지 쭉 살폈다. 평균 키의 갈색 머리 남자. 그러나 다부진 몸에선 고도의 훈련을 받은 흔적이 엿보였고, 그의 검술 실력 또한 범상치 않았다.

'하필 기억이 없다니.'

도대체 왜 그를 노리는 것일까? 그때 헬리아의 눈에 반짝이는 무언가가 눈에 띄었다. 그건 달빛에 반짝거렸다. 그녀의 시선이 자연스레 그것을 향했다.

'……귀걸이?'

워낙 작은 귀걸이라 지금까지 눈에 띄지 않았던 것이다. 그녀의 눈이 그것을 관찰하고자 좁아졌다. 그리고 똑똑히 확인할 수 있었다.

'저건…….'

헬리아가 힐긋 이안을 보았다. 그는 저것이 무엇인지 모르는 모양이다. 그녀의 입꼬리가 살짝 올라갔다.

'재밌게 됐어.'

그가 왜 쫓기는지는 잘 모르겠지만 확실한 건 그에게 뭔가 있다는 것이다. 그렇게 숲속의 밤은 깊어갔다.

❈

저마다 다른 생각에 잠긴 채 숲속의 밤이 지나갔고 아침이 밝았다. 길을 모르는 헬리아와 노엘은 이안을 따라 반나절을 걸어서야 드디어 플로렌스 공작의 직할령에 도착할 수 있었다.

플로렌스 영지는 활력이 넘쳤고 사람들로 북적거렸다. 플로렌스 영지는 아르센 왕국의 두 명의 공작 중 한 명인 플로렌스 공작이 다스렸다. 영지가 넓지만 대부분 산악 지역이라 농작이 어렵지만 영주인 공작이 강직한 성품으로 선정을 베풀어서인지 영지민들의 얼굴이 다른 곳과 달리 힘이 있어 보였다.

"자, 이제 헤어지죠."

헬리아는 이안과 작별을 고했다. 어차피 목적지까지 왔겠다, 굳이 그와 동행할 필요가 없었다. 물론 그의 정체가 궁금했지만 지금은 노엘의 정체가 더 흥미를 끌었다.

"노엘, 당신은 어떻게 할 거죠?"

헬리아의 질문에 노엘은 심각하게 고민했다. 기억이 없으니 자신이 누군지, 어디를 가야 하는지 알 수가 없었다. 무엇보다 지금 그의 신분은 노예다. 그것을 손등에 찍힌 문장이 말해주고 있었다. 노엘의 고민을 알아챈 헬리아가 먼저 말을 꺼냈다.

"혹시 갈 데가 없으면 저랑 같이 가죠."

이안의 눈이 살짝 찌푸려지는 것이 보였다. 헬리아는 입꼬리를 올렸다. 그도 노엘에게 무언가가 있다는 것을 확신한 모양이다. 하지만 양보할 순 없지.

"원한다면 문신도 지워줄 수 있어요."

"저, 정말입니까?"

"물론이죠. 저와 함께 가는 게 어때요? 이래 봬도 돈도 많아요."

"그, 그럼 염치 불고하고……."

노엘이 헬리아의 곁으로 붙었다. 헬리아는 이안을 향해 손을 흔들었다.

"길 안내는 고마웠어요. 다음에 보면 이 은혜는 꼭 갚죠."

이안의 눈썹이 치켜 올라갔다.

"그러 이만……."

"잠깐."

길을 가려던 노엘과 헬리아를 이안이 불러 세웠다. 헬리아가 그를 돌아보며 물었다.

"왜요?"

"은혜를 갚는다 하지 않았나?"

헬리아의 눈이 가늘어졌다.

'젠장, 그 말을 하는 게 아닌데.'

괜히 달라붙게 만들었다. 헬리아는 자신의 실수를 자책하며 물었다.

"물론이죠. 돈이 필요하시면……."

얼른 돈으로 때울 생각이었건만 그는 다른 제안을 했다.

"마침 내가 아는 사람이 노엘인 것 같은 느낌이 들어서 말이지. 이대로 헤어지긴 아쉽군."

"예엣?"

노엘이 놀라 눈을 크게 떴다. 기억을 잃은 노엘이다. 당연히 자신을 아는 사람이라는 말에 놀랄 수밖에 없었다. 노엘의 관심이 이안에게 쏠리자 헬리아는 입술을 살짝 깨물었다.

'…….'

'…….'

이안과 헬리아 간의 묘한 신경전이 이어졌다.

그때 노엘의 배에서 꼬르륵 소리가 들렸다.

"우, 우선 어디 가서 밥이라도 먹을까요?"

'돈도 없는 주제에 말은 잘하기는.'

헬리아는 어쩔 수 없이 고개를 끄덕였고, 이안도 그에 수긍했다. 결국 셋은 떨어지지 못한 채 함께 식당이 딸린 여관으로 들어갔다.

"역시 저 녀석 수상해."

다람쥐에서 탈피해 인간의 모습으로 돌아온 엘라임이 잔뜩 얼굴을 찌푸렸다. 엘라임에게 노엘은 안중에도 없었다. 그가 수상하다고 여긴 것은 바로 이안이었다.

'그놈, 내가 아니었으면 헬리아에게…….'

자신이 그놈의 손가락을 깨문 덕분에 다행히 그런 일은 벌어지지 않았지만, 위험한 순간이었다. 계속 저기압인 엘라임을 향해 헬리아가 고개를 설레설레 저었다.

"가서 마차나 구해 와."

"마차는 왜?"

"내일 플로렌스 성으로 갈 거야."

엘라임은 고개를 끄덕였다. 그를 내보낸 헬리아는 노엘이 묵고 있는 방으로 갔다.

똑똑−

"노엘, 문신을 치료하러 왔어요."

"아, 들어오세요."

안으로 들어가자 없어도 될 이안도 함께 자리에 있었다.

'쳇.'

"정말 지워지나요?"

노엘이 다가와 그녀에게 물었다. 얼굴에는 기대와 걱정이 가득했다. 평생 노예로 살고 싶은 사람은 없을 것이다. 노엘의 물음에 헬리아가 답했다.

"물론. 흉터 없이 깨끗이 나을 거예요."

"아, 정말 감사합니다!"

노엘이 깊게 고개를 숙였다.

"좀 비켜주시죠?"

헬리아가 이안이 방해된다는 눈으로 말했다. 이안이 미간을 찌푸리며 물었다.

"어째서지?"

그녀는 정말이지 가면을 쓴 것이 다행이라 여겼다. 그러지 않으면 지금 자신의 일그러진 표정이 그대로 보일 테니 말이다.

"아주 특수한 비법이라서 말이죠."

"……."

"잠시 나가주시겠어요?"

노엘이 이안을 보며 살짝 미안하다는 듯 고개를 숙였다. 결국 이안이 짧게 혀를 차고 방을 나갔다. 헬리아는 드디어 노엘과 단둘이 남게 되자 흡족한 표정을 지었다.

"자, 그럼 치료를 시작하죠."

"아, 예."

헬리아가 미리 준비한 약을 꺼냈다. 진짜 최상급 포션이었다. 그리고 그 안에는 방에 들어오기 전에 넣은 것이 하나 더 있었다.

"자, 받아요."

"이건……."

"특별히 제작한 포션이에요. 다른 상처들도 나을 테니까 먹고 한숨 자세요. 약한 수면제가 들어 있지만 몸에 무리는 없을 거예요. 오히려 한숨 푹 자고 나면 몸도 개운해질 거예요."

"아, 감사합니다."

노엘은 한 점 의심 없이 헬리아가 준 포션을 받아 들고 곧장 벌컥벌컥 마셨다. 그 모습을 헬리아가 지그시 바라보았다.

"으음, 뭔가 확실히 졸리네요."

'암, 얼마나 강한 수면제를 넣었는데…….'

약하기는 개뿔. 헬리아는 부작용 없는 선에서 가장 강력한 수면제를 집어넣었다.

"그럼 한숨만……."

노엘이 쓰러지듯 침대 위에 기절했다. 잠을 잔다기보다 기절했다는 표현이 더 어울리는 순간이었다.

"잠이 들었나……."

헬리아가 노엘의 얼굴 위에서 손을 흔들었다. 아무런 반응이 없었다.

"좋아, 그럼."

헬리아는 바로 노엘의 왼쪽 귀에 달린 작은 귀걸이를 떼어냈다. 검은 흑요석으로 만들어진 작은 귀걸이는 단순한 귀걸이가 아니었다.

"그냥 노예가 아공간 귀걸이를 지닐 리 없지."

이건 매우 특별히 만든 특수 귀걸이로, 아공간 주머니와 같은 역할을 했다. 마탑과 합작하여 상단에서 아주 소량만 만들고 있는 귀걸이였다. 그 덕에 이안도 이것의 존재를 알아차리지 못했다.

아공간을 이렇게 작은 귀걸이에 새기는 일은 굉장히 고난도의 기술력을 요구한다. 마법진을 새기는 것이 어려울뿐더러 설령 만든다 해도 용량이 적다는 단점이 있다. 이 귀걸이도 총 1kg이 수용 한계였다. 그래서 가벼운 것들밖에 넣지 못한다.

달칵.

그때 이안이 안으로 들어왔다. 헬리아는 깜짝 놀랐지만 얼른 귀걸이를 소매에 넣었다. 속에 있는 내용물만 빼고 다시 원상태로 돌려놓을 생각이었건만, 그의 등장에 일이 틀어졌다. 그러나 헬리아는 아무렇지 않은 듯 행동했다. 정말이지 가면을 쓰길 잘했다.

"무슨 일이에요?"

가면 속에 가려진 표정은 굳이 숨길 필요가 없었다. 대놓고 아주 짜증 난 표정을 지었다.

'아주 십년감수했네.'

"치료는 다 끝났나?"

"예. 그럼 저는 제 방으로 가죠."

헬리아는 이안을 지나쳐 얼른 자신의 방으로 들어갔다. 주머니에서 만져지는 귀걸이에 짙은 미소를 지었다. 이안은 그녀를 이상하게 쳐다보다 아무 일도 없는 노엘을 보고 다시 자신의 방으로 들어갔다.

방으로 돌아온 헬리아는 꼼꼼히 문을 잠그고 귀걸이를 돌렸다. 특수

하게 만들어진 귀걸이는 시동어가 아닌 수동으로 움직였다. 달칵 소리
와 함께 귀걸이에서 빛이 났다. 그리고 무언가 바닥에 떨어졌다.

헬리아는 얼른 그것을 집어 들었다. 혹여 누가 보는 건 아닐까 다시
한번 주변을 확인하고 그것을 살펴보았다.

그건 한 장의 종이였다. 거기에 써진 내용을 읽어 내려간 그녀의 눈
동자가 커졌다.

"이건……."

과연, 왜 노엘이 쫓기게 되었는지 단번에 알아차렸다. 그리고 누가
그를 쫓고 있는지도.

"아돌프 후작."

헬리아의 눈이 매섭게 빛나고 있었다.

"나갈 날이 빨라지겠어."

※

챙그랑!

페이튼 자작의 얼굴을 스치고 간 잔이 바닥에 부딪쳐 깨졌다.

"뭐라? 실패했다?"

후작의 음성이 가라앉았다. 그 노기가 짙게 배인 음성에 자작은 고
개를 들지 못했다.

"……송구합니다."

아돌프 후작은 호흡을 가다듬었다. 단순히 잡초 하나 제거하려다 뱀
이 나타난 경우였다. 엑스퍼트 상급 여섯 명이 전멸당했다.

"조사해 본 결과 한 명은 검사에게, 한 명은 마법사에게 당한 것으로
보입니다."

"마법사와 검사라……. 조력자가 있다는 것인가?"

후작의 신경이 날카로워졌다. 작은 씨앗 하나가 결국 싹을 틔우고 말았다.

"목적지는 확인했는가?"

"그게…… 플로렌스 영지에 들어간 것 같습니다. 바로 조치하겠습니다."

후작의 질책이 이어졌다.

"정신머리가 있는 것이냐? 그곳에서 일을 벌였다간 무슨 일이 벌어질지 모르고?"

"소, 송구합니다."

후작은 답답한지 한숨을 내쉬었다.

"영지로 나오면 바로 처리해라."

"반드시 그리하겠습니다."

수하가 사라지자 후작은 피곤한지 미간을 꾹꾹 눌렀다.

"왕세자를 끌어내리려 얼마나 노력했는데, 그놈 하나 때문에 발목이 잡힐 순 없지."

후작의 눈빛이 번뜩였다. 왕세자를 불구로 만들지 않고서야 그의 지지기반을 무너뜨릴 수 없었다. 어쩔 수 없이 암살 계획을 실행했지만, 생각보다 상대의 무력이 강했다. 결국 왕세자의 다리를 불구로 만드는 걸로 만족해야 했다.

그런데 얼마 전 문제가 발생한 것을 알아차렸다. 바로 암살 사건에서 살아남은 자가 있었던 것이다. 살아남은 마지막 생존자. 그리고 그를 도왔다는 마법사와 검사. 찝찝함이 가시지 않았다. 후작의 근심이 깊어만 갔다.

"저기, 저는……."

다음 날 노엘이 머뭇거리면서 헬리아에게 말했다.

"저는 이안 님을 따라가기로 했습니다."

헬리아의 시선이 이안을 향했다.

'손도 빠르긴.'

밤사이 그를 살살 꼬신 모양이다. 헬리아는 조금 고민하는 척을 했다. 말 그대로 척이었다.

'어차피 중요한 건 손에 넣었어.'

기억을 되찾으면 모를까, 지금의 노엘은 별로 도움이 되지 않는다. 헬리아는 오랜 고심 끝에 내린 결정처럼 입을 열었다.

"본인이 그렇게 원한다면 그렇게 해요. 어차피 이제 노예도 아닌데."

"아, 정말 문신은 고맙습니다."

"뭘요. 작은 인연의 선물이라고 해두죠."

이안이 자리에서 일어났다. 그러자 노엘도 함께 일어났다. 바로 어디로 갈 생각인가 보다.

'하여튼 행동력도 빨라.'

헬리아는 속으로 혀를 차곤 그들을 배웅했다.

"그럼."

이안은 짧게 말을 내뱉고는 바로 밖으로 나가버렸다. 노엘은 꾸벅 인사를 하곤 그를 따라갔다. 헬리아는 손을 흔들어주었다.

"언제 다시 만나길 바라요."

물론 속으론 다시 보지 않길 바랐다.

노엘은 못내 미안한지 자꾸 뒤를 돌아보았다. 일어나 보니 손등은 물론 암살자에게 당한 상처까지 모두 나아 있었다.

"문신도 지워주셨는데……."

"당신은 해야 할 일이 있어."

노엘은 작게 고개를 끄덕였다. 오늘 아침 일찍부터 찾아온 이안은 기억을 되찾을 수 있는 방법이 있다며 자신을 따라가지 않겠냐고 물었다. 노엘은 고민했지만 결국 승낙했다. 자신도 왜 쫓기는지 이유를 알고 싶었다.

"그냥 가기 좀 미안하네요."

"미안하긴, 좋아하는 것 같은데……."

우뚝.

순간 이안이 뒤를 돌았다.

'좋아했다?'

가면에 가려 얼굴이 보이지 않았지만 느낌이라든지 기운이 그러했다. 마치 볼일 다 봤다는 듯이. 이안은 평소 누군가의 감정 상태를 잘 알아맞히곤 했다. 그는 왠지 미심쩍다는 생각에 눈을 찌푸렸다.

'돌아가면 먼저 조사해야겠군.'

이안은 여전히 무언가 꺼림칙함이 쉽게 떨쳐지지 않았다.

제8장 플로렌스 공작

다그닥다그닥.

마차가 플로렌스 공작의 성에 다다르자 수백 년 동안 이어져 온 플로렌스 공작가가 한눈에 들어오기 시작했다.

플로렌스 공작성인 미라젤 성은 이름 높은 건축가 로렝이 설계한 것으로, 기본적인 방어 목적인 성의 역할을 갖춤은 물론 아르센 왕국에서도 손꼽히는 아름다운 성 중 하나이기도 했다.

거대한 왕성에는 비할 바가 못 되지만 하얀 외관과 함께 에메랄드빛 지붕이 어우러져 고고하면서도 은은한 기품이 느껴졌다.

플로렌스 공작은 아르센 왕국의 철의 검이라 불리는 소드 마스터이며, 성격이 곧고 바르며 충직하기로 소문난 자였다. 명장 밑에 졸장 없다고 공작의 수하 중에는 한결같이 강직하고 뛰어난 기사가 많았다. 그 때문에 플로렌스 영지는 왕국에서 군사력이 가장 강한 영지였다.

히이잉!

성문 앞에 도착하자 마부가 말고삐를 당겨 마차를 멈춰 세웠다. 갑

옷을 입고 무장한 병사가 다가왔다.

"무슨 일로 찾아오셨습니까?"

말투와 태도에 상대에 대한 예의가 묻어났다. 문지기만 봐도 공작의 성정이 얼마나 강직하고 뛰어난 자인지 알 수 있었다. 고용한 마부가 뒤를 돌아보자 병사의 시선도 마차 안을 향했다.

달칵.

마차의 문이 열리고 푸른 머리 남자가 내렸다. 그는 정중하게 병사에게 자신들이 온 목적을 알렸다.

"저희는 수도에서 온 엘라드 상단입니다. 플로렌스 공작님을 뵙기 위해 왔습니다."

병사의 눈이 이채를 띠었다. 그 유명한 엘라드 상단이라면 그도 익히 들어 알고 있었다. 특히 신비에 쌓인 상단주는 변방의 병사를 긴장하게 만들었다.

귀족들도 함부로 할 수 없는 자.

왕국 최고의 부를 지닌 자.

만나고 싶다 해도 쉽게 만날 수 없는 자였다.

하지만 상대가 대단하다 하나 그들의 신분은 상인. 아무리 유명하다 하나 쉽게 들일 수 없었다.

"약속이 없으시다면 약속을 잡고 다음에 오시고, 혹 초대장이 있으시다면 보여주시길 바랍니다."

그 정중한 말투에 푸른 머리 남자는 미간을 살짝 찡그렸다. 과연 플로렌스 공작가다. 행동에 수선함이 없고 시종일관 정중했다.

곧이어 마차에서 한 사람이 내렸다. 그는, 아니, 그녀는 흰 가면을 쓰고 있었다. 그녀가 병사에게 다가와 말했다.

"공작님께 엘라드 상단이 왔다는 것만 알려주시면 됩니다."

병사는 눈을 좁혔다. 원칙대로라면 안에 알리겠으니 후에 오라고 말하겠지만 그냥 물리치기엔 상대가 너무 거물이었다. 그는 결국 자신의 선에서 해결할 문제가 아님을 깨닫고 물러났다.

"잠시만 기다려 주십시오."

병사가 성 안에 엘라드 상단의 방문을 알렸다. 그리고 곧 얼마 지나지 않아 통보가 도착했다.

"확인됐습니다. 방문을 환영합니다."

흰 가면을 쓴 헬리아는 그 모습에 옅게 미소를 지었다.

성 내부로 들어가자 성문에서 연락을 받고 나온 집사가 그녀와 엘라임을 마중했다. 집사가 정중히 인사했다. 그러나 굽힌 것은 허리일 뿐 그의 자부심은 꼿꼿이 정면을 향해 있었다.

"플로렌스 영지에 오신 걸 환영합니다."

"반갑습니다. 저희가 갑자기 찾아와 번거롭게 한 게 아닌지요?"

집사는 소문의 엘라드 상단주가 이렇게 어린 목소리의 소유자라는 것에 놀랐고, 그녀의 태도가 거만하지 않다는 것에 더 놀랐다. 보통 그녀 정도의 위치에 있는 자들은 대개 행동에 거만함이 깃들곤 했다. 하지만 그녀는 달랐다. 말투와 몸짓 하나하나에 상대에 대한 예의가 묻어났다.

집사는 놀람을 감추고 미소로 화답했다.

"아닙니다. 그럼 안으로 드시지요. 바로 안내해 드리겠습니다."

헬리아는 집사를 따라 성 내부로 들어섰다. 밖의 고고하고 웅장한 모습과 달리 속은 공작성이라고 하기에는 소박했다. 그러나 가구 하나하나가 모두 오랜 세월을 머금은 것들이라 고풍스런 느낌을 주기에 충분했다. 직업병이 도진 헬리아는 가구에서부터 장식물까지 하나하나 눈으로 값을 매겼다.

'호오, 저것은 200골드쯤 하겠군. 저 작품은 르네의 작품이군. 이거 보물 창고가 따로 없어.'

헬리아는 오랜만에 눈이 호강함을 느끼며 군침을 삼켰다.

그때 한 시종이 집사에게 다가와 무언가를 속삭였다. 집사는 공작의 접견실로 그녀를 안내하다 말고 멈춰 섰다.

"죄송하지만, 조금 기다리셔야겠습니다."

집사가 그녀에게 고개를 숙였다. 그러나 공작가를 책임지는 집사인 만큼 비굴해 보이지 않고 당당했다. 헬리아는 그 점이 마음에 들었다.

"무슨 일이 있습니까?"

"공작님께서 지금 일이 있어 잠시 뒤에 뵈었으면 하십니다. 죄송하지만 정원에서 기다려 주실 수 있으시겠습니까?"

그리 말하는 그도 약간은 난처한지 집사는 연신 헬리아의 눈치를 살폈다. 헬리아는 공작의 손님이었고, 그녀의 존재 자체도 왕국 최고의 상단 상단주이기에 함부로 하기 힘들었다.

무슨 일인지는 모르겠으나 미안해하는 집사의 모습에 헬리아는 흔쾌히 그러겠노라 말했다. 헬리아는 집사의 안내를 받으며 정원으로 발걸음을 옮겼다.

✳

"머리를 크게 다친 것 같습니다."

희끗한 머리의 칠십 대 노인이 노엘을 이곳저곳 살핀 뒤 진단을 내렸다. 노인, 카디스가 입을 열었다.

"다행히 치료는 거의 완벽할 정도로 되어 있습니다. 심하게 다친 것 같은데, 최고급 포션이라도 먹은 것 같군요."

노엘은 그 말에 눈을 동그랗게 떴다. 자신이 마신 것이 값을 매길 수 없을 정도로 비싼 것이었다니.

이안의 표정도 살짝 변했다. 최상급 포션은 그 값을 매기기 어려울 정도로 비싸 귀족들도 함부로 사용하지 않았다. 그것을 손등의 문신 하나 지우자고 쓴 그녀가 새삼 놀라웠다.

카디스가 말을 이었다.

"노엘 군의 병은 단기 기억상실입니다."

"단기 기억상실이요?"

이안이 미간을 찌푸렸다.

"그럼 기억은 찾을 수 있나?"

의원 카디스는 턱을 쓰다듬고 다시 한번 노엘을 보았다. 노엘은 의원의 말을 초조하게 기다렸다. 자신이 누구인지, 또 왜 암살자에게 추적당하는지 알고 싶었다.

카디스의 표정이 조금 어두워졌다.

"좀 더 경과를 지켜봐야겠지만, 기억을 찾는 일은 아무리 서두른다 하더라도 소용이 없습니다."

노엘의 안색이 굳어졌다.

"다행히 몇몇 군데가 끊긴 모양이니 차근차근 기억이 있는 부분과 연결하다 보면 찾게 될 겁니다."

카디스는 노엘을 진단하기 전 간단한 질문을 던졌다. 다행히 노엘은 아예 기억이 없는 건 아니었다. 하나둘 조각을 짜 맞춰가다 보면 기억을 되찾게 될 것이다.

"그보다, 이제 돌아오시는 겁니까?"

카디스가 이안을 바라보았다. 이안은 미미하게 고개를 끄덕이는 것으로 긍정을 표했다. 우선 가장 중요한 것이 노엘의 기억이니 그의 기억을 되찾고 나서야 움직일 수 있을 것이다.

카디스의 얼굴에 화색이 돌았다.

"다행입니다. 아무리 일이 중요하다고 하지만 공자님의 몸이 더 중요하답니다."

카디스가 주름진 손으로 이안의 손을 쓰다듬었다. 어디 다친 곳은 없나 꼼꼼히 살피는 것도 잊지 않았다.

이안은 쓰게 웃었다.

"미안하네."

카디스가 나가고 이안이 다시 노엘에게 다가갔다. 노엘은 이안의 정체를 듣고 놀라 눈이 커졌다.

'플로렌스 공작의 장남이라니!'

짙은 갈색 머리는 염색이었는지, 지금은 새카만 흑발이었다. 노엘은 멍하니 그를 바라보다 퍼뜩 정신을 차렸다.

"괜찮은가?"

"아, 예. 감사합니다."

이안이 잠시 생각을 하다 입을 열었다.

"왜 그들이 쫓는지 정말 기억이 안 나나?"

노엘은 고개를 저었다. 그건 자신이 알고 싶다.

"모르겠습니다."

"흠."

그때 이안의 머리에서 한 가지 가정이 떠올랐다. 사태가 워낙 혼란스러워 생각지 못했지만, 여유가 생기자 자신이 플로렌스 영지로 돌아온 이유가 떠오른 것이다.

'설마……'

이안이 노엘을 물끄러미 바라보았다. 그 마지막 암살자는 증거를 가져간 이가 플로렌스 영지로 향했다고 말했다. 그리고 그곳에서 노엘을 보았다.

때마침 노엘은 누군가에게 쫓기고 있었다. 일련의 사태가 하나를 가리키고 있었다. 만약 노엘이 그 증거를 가지고 플로렌스 영지로 가다 사고가 나 노예 상인에게 붙잡혔고, 노엘의 흔적을 찾아낸 암살자가 그를 죽이려고 한 거였다면?

"혹시 뭔가 가진 게 없나?"

"가진 거 말입니까?"

노엘은 무슨 소리냐며 눈을 동그랗게 떴다. 이안이 또다시 미간을 찌푸렸다. 기억이 없다는 것이 이래서 문제다. 혹여 다른 곳에 옮겨두었을 가능성도 배제할 수 없었다.

노엘은 이안의 표정이 어두워지자 저도 모르게 미안해졌다. 목숨을 구해 주고 치료도 해준 사람에게 도움을 주고 싶었다. 하지만 기억이 나질 않으니 도움을 줄 방법이 없다. 노엘은 저도 모르게 머쓱해져 귀를 긁었다. 그러다 맨들맨들 느껴지는 감촉에 묘한 위화감을 느꼈다.

"아!"

"뭔가 떠올랐나?"

"그게, 귀걸이가······."

"귀걸이?"

"그게 제가 계속 끼고 있었습니다. 이렇게 작고 흑요석으로 된 귀걸이였는데, 내가 그걸 빼놓았던가?"

노엘이 고개를 갸웃거리며 머리를 부여잡았다. 떠올리려고 하니 머리가 지끈거렸다.

"귀걸이라고?"

"분명 끼고 있었는데······."

이안의 눈이 가늘어졌다.

"언제 없어졌는지 기억하나?"

노엘이 곰곰이 기억을 뒤졌다.

"분명 숲에서는 한 걸로 기억합니다. 그리고······."

노엘은 한 번도 귀걸이를 뺀 적이 없었다. 자신이 빼지 않은 귀걸이가 왜 없어진단 말인가? 이안의 눈이 좁아졌다. 그는 뭔가 짐작 가는 것이 있어 물었다.

"치료를 받기 전에는 분명 끼고 있었나?"

"아! 맞아요. 어? 그런데 그다음에는 끼었던가?"

"……."

'선수를 뺏겼군.'

확실히 처음에는 노엘을 주지 않을 것처럼 굴다가 어느 순간 미련도 없는 사람처럼 그를 보냈다. 바로 치료를 하고 난 이후부터. 아마 그 귀걸이가 특별한 물건이었던 것이다. 그때 느꼈던 위화감이 맞았다.

그 흰 가면 여자. 이안은 우선 그 여자의 정체부터 파악해야겠다고 마음을 먹었다.

"그럼 쉬어."

노엘을 방에 두고 이안은 나왔다.

✳

공작가의 노집사를 따라간 곳은 아름다운 정원이었다. 정원 입구에 다다르자 향긋한 꽃향기가 헬리아를 맞이했다. 정원은 입구에서부터 모두 화려하게 핀 붉은 장미꽃으로 꾸며져 있었다.

헬리아가 장미를 바라보자 노집사가 옅은 미소를 지었다.

"공작님께서 아끼시는 정원입니다. 금방 차를 내오겠습니다. 잠시 이곳에서 기다리시지요."

집사는 그녀를 정원으로 안내한 후 곧 돌아갔다.

탐스럽게 핀 장미들은 고고한 자태를 뽐내며 향긋한 향으로 헬리아를 후각을 자극했다. 한 송이 한 송이 곱게 핀 장미를 보면 얼마나 정성들여 가꾸었는지 알 수 있었다.

헬리아는 꽃엔 관심이 없는 편이지만 보는 눈이 없지는 않았다. 매일같이 손질하고 가꿔야 이만한 정원을 만들 수 있을 것이다. 꽃은 사람을 편안하게 해주는 무언가가 있다. 손이 많이 가는 번거로움과 너무 일찍 져버리는 아쉬움이 있지만 꽃은 그 무엇과도 비교할 수 없는 매력이 있었다.

헬리아는 여유를 가지고 정원을 거닐었다. 문득 장미 한 송이를 손아귀에 감싸는데 그 감촉이 마치 벨벳 천을 움켜쥔 듯 부드러웠다.

"아름답지 않은가?"

그때 장미 수풀 사이로 중년인이 모습을 드러냈다. 사십 대 중후반 정도 보이는 남자는 소탈하게 웃으며 장갑을 낀 손으로 이리저리 옷에 묻은 나뭇잎을 떼어냈다.

갑자기 등장한 중년인을 보고 헬리아는 조금 놀랐지만 모자를 쓰고 가위를 든 폼이 이곳을 관리하는 정원사인 듯했다. 짙은 회색 옷을 입은 중년인은 살짝 모자를 들어 올렸다. 입가에 옅은 미소와 잔잔한 주름들. 왠지 푸근한 인상을 주는 중년인이었다. 그의 얼굴에는 장미를 아끼는 마음이 가득 묻어 있었다.

헬리아는 옅은 미소를 지었다.

"아름답습니다. 한 송이에도 키운 사람의 정성이 들어가 있군요."

"후후, 제법 눈썰미가 있으신 모양이군. 고맙소, 내겐 자식 같은 놈들이지."

소박하게 웃는 남자의 얼굴에서 장미에 대한 자부심이 느껴졌다.

"아차, 혹 귀족은……."

"괜찮습니다. 귀족은 아닙니다."

헬리아의 말에 정원사는 미소를 지었다.

"그보다 어찌 오셨는가?"

"공작님을 뵈러 왔습니다."

헬리아는 왠지 정원사에게 시시콜콜 이야기한다는 느낌이 들었지만 기다리는 동안 지루하지 않을 것 같았다.

"훗."

헬리아가 웃자 정원사가 이유를 물었다.

"왜 웃는가?"

"아뇨, 문득 제가 여기서 기다린 이유를 알 것 같아서요."

"기다린 이유라니?"

"저라도 이런 정원이 있다면 자랑하고 싶다는 생각이 들었습니다."

정원사가 눈을 게슴츠레 뜨고 바라보자 헬리아는 가면 속에 미소를 숨긴 채 주위를 둘러보았다.

"자랑이 아니라면 이곳에서 기다리라 할 이유가 없지 않겠습니까?"

"하하, 그런가."

정원사는 장미꽃을 다듬기 시작했다. 그의 손길은 마치 아기를 돌보는 듯 조심스러웠다.

헬리아는 정원사의 모습을 관찰하다 근처 테이블로 가서 앉았다. 시원한 바람과 함께 장미향이 코끝을 스쳤다. 왠지 낮잠이라도 자고 싶을 정도로 느낌이 좋았다.

헬리아가 눈을 감고 있자 정원사가 피식 웃으며 말했다.

"날이 따뜻해도 바람을 쐬고 자면 감기에 걸리네. 곧 공작님이 오실 테니 잠은 나중으로 미루시게."

"햇볕이 너무 좋아서 저도 모르게 잠이 오나 봅니다."

하늘을 바라보니 멀리 검은 매 한 마리가 창공에 족적을 그리고 있었다.

"그리 심심해 보이니 말벗이라도 해주리다."

정원사가 가위를 품에 집어넣고 손에 낀 장갑을 벗었다. 그러곤 헬리아가 앉아 있는 테이블 맞은편에 앉았다. 헬리아의 시선이 잠시 그의 울퉁불퉁한 손에 머물다 정원사가 입을 열자 그의 얼굴을 보았다.

"그나저나 무슨 일을 하는지 물어봐도 되겠는가? 범상한 인물 같진 않은데."

"상인입니다."

"상인? 평범한 상인이 아무 약속 없이 공작님을 만날 수 없을 텐데……."

"대단한 위명은 아니나 엘라드 상단을 이끌고 있습니다."

"오호! 이거 유명하신 분이었구려."

그녀의 겸손한 모습에 정원사의 눈이 반짝였다. 그 유명한 엘라드 상단주다. 설마하니 이렇게 어린 여자일 줄 몰랐다. 성격도 소문처럼 괴팍하거나 괴짜가 아니었다. 겸손할 줄 알고 말에도 언뜻 기품이 서렸다.

"한데 정말 그냥 상인인가?"

헬리아가 그를 바라보았다. 정원사가 헬리아를 보더니 고개를 살짝 좌우로 움직였다.

"내 사람 보는 눈이 좀 있는데, 왠지 다르구먼."

무언가를 꿰뚫어 보는 것일까. 그러나 헬리아는 동요하지 않았다.

"뭐가 다릅니까?"

"왠지 돈 벌러 온 사람처럼은 안 보이네."

정원사의 말이 재밌는지 헬리아는 입꼬리를 올렸다.

"상인이 돈 벌러 오지 다른 이유가 있습니까?"

"그러니 이상하다는 거지. 자네에게만 말하지만 공작님한테 영 돈 나올 구석이 없다네. 그러니 궁금할 수밖에. 돈 없는 이를 찾아온 이유가."

헬리아는 그의 말에 정원사를 물끄러미 바라보았다. 그의 눈빛은 깊고 맑았다. 보통 정원사라고 믿기 힘들 만큼.

그녀가 입을 열었다.

"돈이 아니라 사람을 쫓으러 왔습니다."

"사람?"

"이곳에 돈이 없다 하셨습니까? 네, 돈은 없겠죠. 하지만 제가 원하는 게 없다 하시면, 아닙니다. 여기 있습니다. 바로 사람이지요."

정원사의 눈이 빛났다. 상인의 입에서 나온 말치곤 제법 그럴싸했다. 상대가 왕국 최고 엘라드 상단의 상단주이기 때문일까.

"재밌는 말이구려. 하지만 상인은 돈을 얻어야 하는 게 아닌가?"

"돈이 곧 사람이고, 사람이 돈입니다. 그리고 그것은 힘이지요."

헬리아는 차분히 말을 이었다. 그리고 그 누구에게도 하지 않는 말을 끄집어냈다.

"돈에 인생이 좌지우지되고, 흔들리고 내쳐지면서 돈이 힘이란 걸 알았죠. 그런데 돈을 좇자 사람을 알게 되었습니다. 그리고 사람이 힘이라는 것을 깨달았습니다. 그래서 지금 이 자리까지 오게 되었습니다."

정원사는 헬리아의 눈동자에게 진심을 읽었다. 말재주와 기교가 아닌 진심이었다.

"왜 힘이 필요한 겐가?"

헬리아가 정원사를 직시했다.

"나가기 위해. 살기 위해서."

정원사는 설핏 미소를 지었다.

"지금도 살기 위해 돈을 버는가?"

"이제는 살아가기 위해서 돈을 벌고 있습니다. 그러기 위해 이곳에 왔지요."

헬리아가 마치 심연처럼 깊고 검은 눈동자를 바라보았다. 정원사의 눈은 그렇게 온통 새카맸다.

"옛날 유명한 재상이 한 말이 있습니다. 농사를 지으면 열 배의 이익을 얻고, 귀금속을 사고팔면 백 배의 이익을 얻는다 했습니다. 그리고 한 나라의 대권을 잡으면 천만 배의 이익을 얻을 수 있다 했습니다. 세상에서 가장 큰 장사가 무엇인 줄 아십니까? 바로 권력을 잡는 일입니다."

정원사의 눈이 일순 날카로워졌다. 헬리아는 꿋꿋이 입을 열었다.

"저는 이곳에서 힘을 얻어 갈 것입니다."

"……."

헬리아가 자리에서 일어나 깊이 고개를 숙였다. 정원사의 표정은 어느새 굳어 있었다.

"이제 저에 대한 시험은 끝나셨습니까?"

"……알고 있었나."

정원사가 모자를 벗었다. 검은 눈동자와 함께 검은 머리카락이 바람에 나부꼈다. 푸근했던 기운은 온데간데없이 사라졌고, 그 자리엔 무인의 모습이 있었다. 그가 내뿜는 기도는 평범한 인간의 것이 아니었다. 거대한 파도와 같은 기의 물결.

그러나 헬리아는 이겨냈다.

"만나 뵙게 되어 영광입니다, 플로렌스 공작 전하."

헬리아는 짙은 미소를 지으며 이 나라의 공작이자 아르센 왕국의 철의 검, 모든 기사의 선망인 소드 마스터, 자신을 시험한 장미 정원의 정원사인 플로렌스 공작을 향해 깊이 고개를 숙였다.

❋

"공자님."

플로렌스 가문의 정보를 담당하는 조엘 남작은 성으로 돌아온 이안을 반겼다. 조엘 남작은 삼십 대 중반의 짙은 남갈색 머리에 남색 눈동자를 지닌 남자였다.

"돌아오셨다는 이야길 들었습니다. 무탈하신 모습을 보니 다행입니다."

"아무 일 없었나?"

"예, 걱정하시는 일은 없었습니다."

"조엘, 한 가지 부탁이 있어."

"부탁이라니, 말씀하십시오."

"사람을 찾아줘."

"사람이라면 어떤 자입니까?"

이안은 헬리아를 찾을 생각이었다. 그리고 그녀가 가져간 것이 무엇인지 확인해 봐야 했다.

"흰 가면을 쓰고 있어 눈에 띌 거야."

그러다 순간 가면을 벗고 다닐지도 모른다는 생각이 들었다.

"허리까지 내려오는 긴 금발의 여자야. 나이는 확실치 않지만 십 대 후반에서 스물 초반일 거야."

"여자라……."

조엘 남작이 눈을 동그랗게 떴다. 평소 여자라면 돌 보듯 하는 이안의 입에서 여자를 찾아달라는 말이 나오다니. 그러나 이안의 심상치 않는 표정에 고개를 끄덕였다.

"알겠습니다. 바로 조치하겠습니다."

이안은 조엘 남작과 바로 헤어져 항상 그가 찾아가는 곳을 향해 발걸음을 옮겼다. 성에서 멀지 않은 곳에 위치한 야트막한 언덕. 언덕 위에는 거대한 나무 한 그루가 서 있었다. 그리고 그 나무 밑에는 두 개의 비석이 나란히 자리해 있었다.

이안은 대리석 비석에 손을 대었다. 차가웠다. 아마 이 밑에 있는 두 사람도 이렇게 차가울 것이다. 그의 흑안이 더욱 어두워졌다. 나무 아래 놓인 두 개의 비석은 어머니와 형의 무덤이었다.

아인하르트 플로렌스, 여기에 잠들다.

"형님……."

이안에게 있어 형은 사랑하는 가족이며 동경의 대상이었다. 어릴 적 돌아가신 어머니를 대신해 아버지보다 더 그를 살뜰히 보살펴준 건 바로 형이었다. 그런데 그 소중한 형이 11년 전 의문의 사고로 싸늘한 시체가 되어 돌아왔다.

이안은 그날을 잊을 수 없었다. 누구보다 찬란하게 빛났을 그의 형이 차가운 시체가 되었다. 최연소로 왕실 기사단에 입단하여 최연소 소드 마스터가 될 거란 소문이 자자했던 천재인 형이었다.

꽈악─

이안은 주먹을 세게 쥐었다. 그의 눈에서 발하는 살기가 주위를 싸늘하게 만들었다.

"아돌프 후작……."

반드시 밝혀내 그자의 목을 취하리라. 이안의 몸에서 살기가 피어올랐다. 그는 이를 악물고 몇 번이고 했던 다짐을 되새겼다. 형을 죽인 그를 결코 용서할 수 없었다.

그때, 누군가의 기척이 느껴졌다.

"형."

이안이 뒤를 돌아보았다. 형과 너무도 닮은 동생이 거기에 있었다. 그를 보면 마치 형을 보는 것 같아 가슴이 미어지곤 했다.

이안이 살기를 흩뜨리고 그를 바라봤다. 듀안은 이안의 분위기를 감지하고 일부로 짐짓 밝게 이야기했다.

"뭐야, 왔으면 인사라도 해야지. 아버지한테 인사는 했어?"

듀안 플로렌스가 섭섭하다는 표정을 지었다.

"이미 드렸어."

"쳇, 언제나 내가 젤 마지막이지."

이안은 아돌프 후작의 행적을 좇느라 거의 밖에 나가 있었다. 그 때문에 듀안은 이안을 거의 보지 못했다.

듀안은 나이가 스물이지만, 여전히 형을 뒤를 쫓는 어린아이였다. 마치 이안이 형을 쫓았던 것처럼.

이안이 그의 머리를 헝클어뜨렸다.

"이제 가려고 했어."

"한동안 있을 거지?"

이안이 작게 고개를 끄덕였다.

"아, 그보다 엘라드 상단에서 사람이 왔더라?"

"엘라드 상단?"

"그 유명한 엘라드 상단의 상단주가 직접 왔더라고. 얼핏 봤는데 체구도 좀 작은 것 같고, 금발에 이상한 흰 가면을 썼던데. 진짜 그 가면은 이상했어."

엘라드 상단주는 사람들 앞에 거의 모습을 드러내지 않는다. 베일에 꽁꽁 싸여 있는 사람이라 해도 과언이 아니었다.

순간 이안의 표정이 굳어졌다.

"흰 가면?"

듀안의 말에서 묘한 위화감을 느껴지자 이안의 표정이 변했다. 흰 가면에 금발, 거기에 여자. 마침 자신이 찾고 있는 여자와 같지 않은가!

"그자는 어디에 있지?"

"아버지랑 이야기하고 있어."

설마 하는 마음에 이안이 달려가기 시작했다.

"어, 형? 어디 가?"

듀안이 늘 그렇듯 그의 뒤를 쫓았다.

❋

"……어떻게 알아본 건가?"

"어찌 공작님을 못 알아보겠습니까?"

헬리아는 입에 미소를 달고 플로렌스 공작을 바라보았다.

흑발에 흑안. 플로렌스 가문의 특징이었다. 처음에는 그를 보고 확신이 들지 않았다. 다른 곳이라면 눈에 띄겠지만, 이곳은 플로렌스 가문. 직계는 물론 방계에서도 간간히 검은 머리와 검은 눈동자가 나타났고, 헬리아가 이곳으로 오면서 본 몇몇 사람도 검은 머리였다. 그래서 처음엔 그가 공작인지 확신할 수 없었다.

하지만 손이 정원사의 것이 아니었다. 정원사라면 가위질을 많이 하기 때문에 엄지 바깥 부분에 굳은살이 박인다. 그러나 공작의 손은 달랐다. 장갑을 벗을 때 본 손 안쪽에 딱딱한 굳은살이 박여 있었다. 그건 가위가 아닌 검을 쥔 검사의 손이었다.

무엇보다 더 큰 이유는 공작의 기세였다. 상대가 상인이다 보니 힘을 알아채지 못할 거라 생각했는지 마나를 갈무리하지 않고 기세를 드러냈던 것이다. 아마 상대를 위축시키려는 의도도 있었을 것이다.

'정원사의 몸에 그런 마나가 있을 리 없지.'

하지만 헬리아는 8서클 마도사이자 마탑주인 베로니카 공작의 제자이며 5서클 마법사다. 응당 그의 기세를 간파했다.

플로렌스 공작은 허탈하게 웃음을 내뱉고는 고개를 설레설레 지었다.

"다시 소개하지. 플로렌스 공작일세. 내 영지에 온 것을 환영하는 바이네. 엘라드 상단주."

"저야말로 이렇게 환대해 주셔서 감사합니다."

"허허, 소문이 과하지 않았나 보군. 눈썰미가 제법이야."

"과찬이십니다. 그 정도는 해야 벌어먹고 살지 않겠습니까?"

한 마디도 지지 않는 헬리아를 보며 공작은 너털웃음을 짓고는 예기 서린 기세를 누그러뜨렸다. 날카로운 기세가 사라지자 장미 정원에는 다시 향긋한 장미향이 가득 퍼졌다.

"하하! 이거, 너무 쉬이 알아봐 싱겁구먼."

공작은 조금 아쉬운 눈빛으로 혀를 찼다. 그가 일어나며 말했다.

"정원도 나름 운치가 있지만 그만 자리를 옮기지. 상단주의 말처럼 여길 자랑하려고 부른 거니까."

그 말을 담아둔 것일까. 헬리아는 피식 웃었다.

"자, 안으로 드시게."

헬리아는 공작을 따라 성 안으로 들어갔다.

접견실 한쪽 벽면에는 플로렌스 가문을 상징하는 검은 매가 날개를 활짝 펼친 문양이 새겨진 휘장이 걸려 있었다.

내부는 고즈넉한 멋이 있었다. 벽을 두르는 높고 넓은 책장 안에는 책이 빼곡히 꽂혀 있었다. 아르센 왕국의 철의 검이라 불리고 있지만 학문에도 소홀함이 없는 듯 방 자체만 놓고 본다면 마치 학자의 방 같았다.

집사는 이미 그들이 올 것을 예상했는지 다과와 홍차를 가지고 왔다.

헬리아와 플로렌스 공작이 접견실에 놓인 붉은 소파에 앉자 집사가 홍차를 그들 앞에 내놓았다.

플로렌스 공작이 찻잔에 담긴 그윽한 차향을 음미하며 말했다.

"편지는 잘 받았네."

그의 눈빛이 변했다. 흑안이 헬리아를 직시했다. 싸늘하게 굳어진 그의 표정에도 헬리아는 아랑곳하지 않았다. 자신의 기세에도 눌리지 않는 그녀의 모습에 공작의 눈이 가늘어졌다.

"그럼 지금의 상황을 잘 아시리라 봅니다."

"……."

"2왕자가 왕위에 오르면 플로렌스 공작가는 온전치 못할 것입니다."

"무례하군."

공작이 기세를 끌어올렸다. 하지만 헬리아는 꿈쩍도 하지 않았다. 그녀는 어깨를 으쓱였다.

"저는 사실을 말씀드린 겁니다. 2왕자의 뒤에 있는 아돌프 후작이 과연 플로렌스 공작가를 가만히 두겠습니까?"

"……."

공작이 침음을 흘렸다. 그녀의 말은 사실이었다. 하지만 공작가는 그에 대해 대항할 힘을 지니고 있었다. 헬리아가 그것을 다시 지적했다.

"아무리 단단한 성도 계속 공격을 받다 보면 부서지고 결국엔 무너지게 되어 있습니다."

한 손으로 여러 손을 막을 수는 없는 법이다. 헬리아가 입꼬리를 올렸다.

"공작님께서도 그걸 잘 아시기에 제가 이곳에 있다고 생각합니다."

애초에 그가 그녀를 성 안으로 들이지 않았다면, 헬리아는 그대로 돌아갈 생각이었다. 물론 공작이 거절할 거란 생각은 아예 하지 않았지만.

"맞네. 그대의 편지를 읽고 마음이 동해 결국 그대를 성 안으로 들였지. 왕국 최고 상단인 엘라드 상단을 누가 거절하겠는가. 하지만."

공작이 헬리아를 보았다. 엘라드 상단이 자신에게 힘을 실어준다는 편지를 읽고 공작은 고심했다. 과연 엘라드 상단의 제의를 받아들여야 하는가. 그들이 자신을 지지함으로써 얻는 이익이 무엇인지 생각해 보았다.

공작은 아직 그 답을 찾지 못했다.

"왜 나인가? 아돌프 후작이라면 그대의 상단에 큰 이익을 안겨줄 것이네."

공작은 이해할 수 없었다. 왕세자의 다리를 고칠 수 없는 상태에서 보나마나 다음 왕위는 2왕자의 손에 넘어간다. 그렇다면 자신이 아닌 2왕자파, 아돌프 후작이 더 현명한 선택이 아니겠는가.

헬리아가 말했다.

"돈만 좇았다면 이곳에 오지 않았을 겁니다."

공작은 그녀에게 말 못 할 무언가가 있다는 느낌이 들었다.

"제 제안을 받아들이시겠습니까?"

공작은 깊은 한숨을 내쉬었다. 그녀를 이미 성 안으로 들였을 때부터 그녀의 제의를 거절하지 못할 것이라 예감했다. 자신들의 상황은 점점 벼랑 끝으로 치닫고 있었다. 그나마 캐서린 왕비의 세력이 아돌프 후작을 견제하고 있지만 그게 언제까지 갈지 몰랐다. 시간이 흐를수록 유리한 건 2왕자, 아돌프 후작이었다.

그는 왕의 충신. 하지만 그와 동시에 플로렌스 가문의 가주였다. 이미 승산이 없는 왕세자를 계속 미는 것은 어리석은 일이었다. 그는 수백 년 넘게 내려온 가문이 망하는 것을 볼 수 없었다. 그렇다고 그가 숙적인 아돌프 후작과 한배를 탈 수도 없는 노릇이었다.

"한 가지 묻고 싶네."

공작은 다시 냉정을 되찾고 물었다. 그녀의 생각이 무엇인지 알고 싶었다.

"앞으로 어찌할 생각인가? 왕세자는 곧 폐위될 것이네. 그리고 2왕자가 왕세자가 되겠지. 그걸 막을 방법이 있는가?"

헬리아는 입꼬리를 올렸다.

"왜 다들 왕세자 다음 왕위 후보로 2왕자만을 생각하십니까?"

"그건 당연히……."

"왕위 후보는 또 있습니다."

공작이 미간을 찌푸렸다.

"……비앙카 공주 말인가?"

"후훗, 공작님. 비앙카 공주를 왕위에 올려봤자 결국 후작 쪽 외손 아닙니까?"

"그럼······."

"있지 않습니까? 또 다른 왕위 후보가."

"그런 자가······."

공작이 어리둥절하여 눈을 좁혔다. 그러다 순간 그의 머릿속에 한 사람이 떠올랐으나 고개를 저었다. 그런 일이 가당하겠는가. 하지만 왕에게 그가 모르는 또 다른 자식이 있다고 생각되지는 않았다. 그가 아는 왕은 그런 자가 아니었다.

공작이 설마 하는 표정으로 헬리아를 보았다.

"······정녕 그녀를 말하는 것인가?"

"왕세자의 파벌에 가담했던 이들이 왕세자가 불구가 되자 붕 떠버렸습니다. 대개 2왕자 파벌로 흡수되었지만 여전히 2왕자와 아돌프 후작을 견제하는 이들이 있습니다. 헬리아 공주가 그들을 붙잡아 놓을 겁니다."

그럴듯한 말이다.

"하지만 그녀는······."

"죄인이기 때문입니까?"

"······."

"아니면 그녀 자체가 마음에 들지 않으신 겁니까?"

헬리아도 자신의 소문이 어떻게 나 있는지 잘 알고 있었다. 그렇기 때문에 스스로 나올 힘을 기른 것이다. 그런 상황을 알기에 헬리아는 공작의 마음을 이해했다.

공작은 옅게 한숨을 내쉬었다.

"그 생각을 해보지 않은 건 아니네."

왕세자가 그렇게 된 후 공작은 헬리아 공주를 떠올린 적이 있었다. 하지만 그녀는 이미 독살 사건으로 폐위되었고, 가진 바 능력이 의심스러웠다. 그가 헬리아 공주를 후보로 삼는다 해도 다른 자들이 그녀를 지지하지 않을 것이다.

그때 공작의 눈이 날카롭게 헬리아를 쏘아 보았다.

"혹 허수아비 왕을 내세울 셈인가?"

엘라드 상단의 자금력이 투입되고 플로렌스 공작도 가세한다면 헬리아 공주를 왕위에 올려놓을 수 있을지도 모른다. 하지만 결국 제 힘이 아닌 남의 힘으로 된 왕이다. 그런 왕은 꼭두각시 신세가 될 것이다. 아르센 왕국의 충신인 플로렌스 공작은 만약 그런 생각이라면 엘라드 상단의 제의를 거절할 생각이었다.

"그대가 꼭두각시 왕을 원한다면 나는 그대와 함께하지 않을 걸세."

"대단한 충신이시군요."

역시나 플로렌스 공작답다고 생각했다.

"하지만 잘못 짚으셨습니다."

"잘못 짚었다?"

공작의 눈썹이 치켜 올라갔다. 그렇다면 도대체 어찌하려는 것인지 감이 잡히지 않았다.

"공작님이 헬리아 공주를 지지하지 못하는 가장 큰 이유는 그녀의 자질 때문입니까?"

"……."

공작은 무언으로 긍정을 표했다.

헬리아가 입을 열었다.

"그럼 한 가지 이야기를 들려 드려도 될까요?"

공작은 그녀를 바라보았다.

"열 살의 어린 소녀는 자신도 모르는 사이에 독살범으로 몰려 폐위가 되었습니다. 하지만 그건 모함이었죠. 그녀는 음모에 빠져 언제 나올지 알 수 없는 유폐 생활을 하고 맙니다."

헬리아의 말은 계속 이어졌다.

"아무도 그녀를 도와주려 하지 않았고, 모두 그녀의 존재를 잊으며 살았습니다. 하지만 그녀는 포기하지 않았죠. 그녀는 힘을 키우기로 했습니다. 그 힘은 돈을 모으는 것이었습니다. 그녀는 돈을 벌어 세력을 만들고 힘을 길렀습니다. 8년의 세월 동안 그녀는 미칠 듯이 노력했습니다."

공작은 그녀의 이야기가 점점 이상해지는 것을 느꼈다. 처음에는 헬리아 공주의 이야기를 하는 줄 알았다. 하지만 뒤로 갈수록 그 이야기가 누구의 이야기와 닮았다고 느꼈다.

공작의 눈이 커졌다.

"설마……."

헬리아가 이야기를 마무리 지었다.

"그리고 그녀는 8년이 지난 지금, 아르센 왕국 최고의 상단주로 바로 공작님 앞에 앉아 있습니다."

"……그런, 말도 안 되는……!"

공작은 믿을 수 없다는 듯 눈을 부릅떴다.

헬리아는 씨익 웃었다. 그리고 천천히 자신의 가면을 벗었고, 가면이 사라지자 그녀의 희고 고운 얼굴이 드러났다.

굽이치는 금발과 금안을 지닌 여자.

플로렌스 공작의 눈이 경악으로 물들었다. 그는 저 얼굴을 잘 알고 있었다. 왜냐하면 그가 너무도 잘 아는 얼굴이었기 때문이다. 그녀는 너무 닮았다. 그녀의 어머니인 세니아 후궁과. 세니아 후궁을 알고 있는 플로렌스 공작은 단번에 헬리아 공주를 알아볼 수밖에 없었다. 하지만 도저히 믿기지 않는다는 듯 두 눈이 커졌다.

"그럴 리가……."

"다시 인사드리죠."

헬리아가 입꼬리를 올렸다.

"아르센 왕국의 공주, 헬리아 아르센입니다."

헬리아가 그에게 손을 내밀었다.

"제 사람이 되시겠습니까?"

그녀의 금안이 플로렌스 공작의 몸을 얽어맸다.

❋

이안은 서둘러 공작가의 접견실로 뛰어갔다. 그리고 그곳에서 흰 가면을 쓴 여자가 나오는 것을 볼 수 있었다. 이안은 무서운 속도로 그녀를 향해 달려갔다. 그녀는 이안을 보고는 소스라치게 놀라더니 갑자기 반대편으로 뛰기 시작했다.

"치잇!"

이안은 그녀를 쫓았다.

"헉!"

'저 인간이 왜 여기에?'

헬리아는 주변을 둘러보고 우선 뛰기 시작했다.

'젠장, 설마 플로렌스 가문의 사람일 줄이야. 어쩐지 눈동자 색이 특이하다 싶었어!'

염색으로 검은 머리를 숨기고 있었던 것이다.

헬리아는 이를 악물고 뛰었다. 노엘의 귀걸이가 없어진 것을 알아차린 모양이다. 하지만 돌려줄 마음은 없었다. 그래서 그녀는 열심히 뛰었다.

"이런!"

그때 길이 양 갈래로 나뉘어졌다. 어디로 가야 할지 고민하던 헬리아는 밖으로 나가야겠다고 생각했다. 안에 있으면 이곳 길에 밝은 이안이 유리하다.

헬리아는 입술을 깨물고는 창가로 향했다. 그리고 창문을 열고는 바로 뛰어내렸다.

"플라이!"

어차피 이미 마법사라는 것은 들통 났으니 도망가기 위해 마법을 아낌없이 쓰기로 했다. 그냥 플라이로 달아나면 그만인 것이다. 그러나 그녀의 의도대로 일이 흘러가지 않았다.

이안이 그녀를 향해 검을 뽑아 들고는 따라 뛰지 않겠는가! 결국 헬리아와 이안은 대치하게 되었다.

"왜 날 쫓는 거예요!"

"그건 당신이 더 잘 알 텐데?"

헬리아는 반박할 수 없었다. 하지만 순순히 귀걸이를 내줄 수는 없었다.

"전 모르거든요!"

"모르면 알게 해주지."

'이 사람이!'

헬리아는 이안의 눈동자가 진지하다는 것을 알아차렸다. 말로 그냥 때울 상대가 아니었다. 귀걸이가 필요한 이유는 알 수 없으나, 아니, 정확하게 그 안에 든 것을 원하는 이유는 모르겠으나 헬리아 또한 그것이 필요했다.

"미안하지만 저도 코가 석 자라 내줄 수는 없겠어요."

헬리아가 못을 박았다. 그러자 이안이 달려들었다.

"그럼 빼앗는 수밖에!"

"이익!"

헬리아가 마법을 연사했다.

콰아앙!

그녀가 던진 거대한 불덩이가 이안을 향해 날아들었다.

"파이어볼! 파이어볼!"

그녀만이 할 수 있는 연발 연사! 이안은 순간 당황해 옆구리에 공격을 허용하고 말았다. 이안의 옆구리가 새카매지자 헬리아는 조금 미안해졌다. 그래도 길도 알려주고 먹을 것도 줬는데.

"공작가에 포션 한 박스 보내줄게요."

"젠장."

이안은 그게 더 분한지 이를 악물고 달려들었다. 접근전에서 기사를 이기는 것이 어렵다는 것을 이미 알고 있는 헬리아는 그가 다가오지 못하게 마법을 뿌려댔다.

콰아아앙!

성벽이 무너져 내렸고, 불에 그슬렸다. 헬리아는 조금씩 미안한 마음이 들었다. 공작에게 멋지게 대사를 날린 게 몇 분 전인데 완전 민폐캐가 되어버렸다.

"손해는 엘라드 상단에 청구하세요!"

"하앗!"

이안이 달려들었다. 헬리아가 5서클이지만 상대는 그에 준하는 엑스퍼트 최상급. 거기다 거의 소드 마스터에 근접한 실력이었다. 조만간 최연소 소드 마스터가 나올 것 같았다.

'물론 대단하지만.'

헬리아가 얼른 그의 공격을 막기 위해 실드를 펼쳤다. 실드와 검이 부딪쳤다.

"꼭 이래야겠어요?"

"순순히 내놓지 않는다면."

이안의 표정은 더할 나위 없이 진지했다. 정말 간절히 원하는 표정이었다. 헬리아는 마음이 약해졌지만 적어도 지금 그것을 돌려줄 수 없었다.

"미안하지만 그건 안 돼요."

"그럼 어쩔 수 없지, 핫!"

이안이 더욱 힘을 주었다. 헬리아는 실드가 기괴한 소리를 내며 깨지는 모습에 이를 물었다.

'이러다간 실드가 깨지겠어.'

단 한곳에 집중되는 힘을 실드가 막을 수 없었다.

파아앗!

실드가 깨지고 이안의 검이 헬리아의 몸으로 짓쳐 들어갔다.

"그만!"

그때 플로렌스 공작의 기세가 두 사람을 옭아맸다.

우뚝.

이안의 검이 헬리아의 가면에 닿아 있었다. 헬리아의 눈동자와 이안의 눈동자가 지척에서 마주쳤다.

"지금 뭐 하는 게야!"

플로렌스 공작은 헬리아에게 칼을 겨누는 이안을 보며 깜짝 놀랐다. 자칫 그의 검이 헬리아의 목을 날려 버릴 위기의 상황이었다.

공작은 깊은 한숨을 내쉬며 식은땀을 닦았다. 조금이라도 늦었다면……. 정말이지 상상조차 하기 싫었다.

"이안!"

아직도 칼을 겨누고 있는 이안에게 공작이 다시 한번 소리쳤다. 그러자 결국 이안이 검을 뒤로 물렸다.

파삭!

그때 검의 파동 때문인지 가면에 금이 가기 시작했다. 그리고 그 금은 전체로 이어지더니 이내 가면이 산산조각 나기 시작했다.

이안의 눈이 커졌다. 가면이 부서지면서 그녀의 얼굴이 드러났다.

금발, 그리고 금색의 눈동자.

이안은 헬리아에게서 시선을 떼지 못했다. 그의 눈동자가 잘게 흔들렸다.

헬리아는 미간을 찡그렸다. 얼굴을 보이고 말았다. 하지만 어쩔 수 없는 노릇. 다행히 이안이 넋이 나가 있어 그녀는 공작에게 말했다.

"그럼 저는 이만. 수리비는 후에 상단에 청구하세요."

다시 이안이 쫓기 전에 얼른 가야지. 헬리아는 유유히 플로렌스 성을 벗어났다.

"이거야 원……."

공작은 머리를 쓸어 넘겼다. 성은 난리도 아니었다. 성벽은 폭삭 가라앉았고, 곳곳에 그을리고 부서진 곳이 보였다. 그러나 그의 속내는 달랐다.

'설마 공주가 이렇게까지 고위 마법사일 줄이야.'

자신을 직시하던 그 눈빛도 그렇고 과거 그가 알던 공주가 아니었다. 8년간 그녀는 완전히 다른 사람으로 변해 있었다.

그가 옅게 한숨을 내쉬고 자신의 아들에게 다가갔다. 헬리아를 보며 놀라던 표정을 지우고 공작은 근엄한 얼굴로 돌아와 있었다.

"이안, 도대체 이게 무슨 짓이더냐!"

이안이 헬리아 공주에게 검을 들이미는 모습을 보고 얼마나 놀랐던가. 자칫 그의 아들이 공주를 죽일 뻔했다.

"이안!"

"……."

이안은 여전히 그녀가 간 방향에서 눈을 떼지 못했다. 소란을 듣고 달려온 듀안이 그런 형의 모습에 실실 웃었다. 그는 헬리아와 이안의 전투가 요란해 멀찍이서 나오지 못하고 지켜보고 있었다.

듀안이 입가에 잔뜩 웃음을 띠고 말했다.

"형, 혹시 아까 그 여자한테 반한 거 아니야? 완전 예쁘던데?"

"……."

그러나 이안은 말없이 자신의 아버지를 돌아보았다. 그의 눈동자가 믿을 수 없다는 듯이 흔들렸다.

"……이게 어떻게 된 일입니까?"

"그게……."

공작은 어떻게 설명해야 할지 난감해 한숨을 내쉬었다.

"어째서 공주가……."

"할 이야기가 많구나. 들어오너라."

이안의 눈이 떨렸다.

※

월리슨 상단은 최근 무섭게 부를 쌓아 올리고 있었다. 그 덕분에 아돌프 후작의 신임을 두텁게 받고 있었지만 월리슨은 매일매일 두려운 하루를 보내고 있었다. 복수는 꿈도 꾸지 못했다. 그의 머릿속에 새겨진 금제가 헬리아의 말 한마디에 그의 머리를 날려 버릴 수 있기 때문이었다.

용의주도한 헬리아는 그에게 틈을 주지 않았다. 이것저것 금제를 없애버리기 위해 노력한 월리슨은 결국 일주일 후에야 포기하고 그녀의 말에 따라 움직였다.

그러나 곧 그는 만족했다. 어차피 자신의 뒷배가 바뀐 것일 뿐이었다. 아니, 오히려 더 많은 부가 그의 품에 들어왔다.

달 밝은 밤. 월리슨은 액자 뒤에 설치한 자신의 금고를 열었다.

"크큭."

금고 안에 가득 찬 황금을 바라보며 윌리슨은 흐뭇한 미소를 지었다.

"설마 그 엘라드 상단주가……."

그러나 그는 얼른 자신의 입을 손으로 막았다. 헬리아 공주의 정체에 대해 말했다가는 자신의 머리가 터져 나갈 것이다.

"후우……."

실수로라도 그 말을 내뱉을 뻔했던 윌리슨은 식은땀을 흘렸다. 하지만 정말 의외였다. 그 엘라드 상단주가 바로 헬리아 공주라니. 8년 전 비앙카 공주 독살 미수 사건으로 폐위되어 유폐된 그녀가 어떻게 자유롭게 돌아다니는 것은 물론이고 상단까지 세웠을까. 그의 궁금증은 더욱 커져 갔다. 하지만 그는 곧 머리를 흔들고는 황금을 만지작거렸다. 그녀가 누구든 그게 무슨 상관이랴. 윌리슨은 황금을 낳는 거위의 배를 가르는 우를 범하지 않았다.

휘이잉!

그때 거세게 부는 바람 소리에 창문의 커튼이 흔들렸다. 윌리슨은 창가에 다가가 문을 닫았다.

"헉!"

뒤를 돌자 흰 가면을 쓴 헬리아가 그의 앞에 서 있었다. 그녀의 뒤로는 푸른 머리 남자, 엘라임이 자리했다.

"무, 무슨 일입니까?"

윌리슨이 비굴하게 허리를 굽혔다. 헬리아는 터벅터벅 걸어와 마치 자신이 집주인이라도 되는 양 소파에 앉았다. 윌리슨은 그런 그녀의 행동에 아무런 불만을 표하지 않았다. 그의 손이 긴장으로 축축하게 젖어갔다.

'도대체 무슨 일이지?'

자신의 끄나풀이 되라 말했지만, 그가 하는 일은 달라지지 않았다. 여전히 아돌프 후작에게 뇌물을 바쳤고, 비리를 일삼았다. 헬리아 공주는 그것을 막지 않았다. 감쪽같이 속이기 위함일지도 모른다.

'드디어 때가 온 건가.'

월리슨은 헬리아 공주가 온 이유를 되새기며 침을 꼴딱 삼켰다.

"제, 제가 무슨 일을 하면 됩니까?"

월리슨은 돈을 밝히고 미녀를 밝히는 놈이지만, 머리는 누구보다 잘 돌아갔다. 그 때문에 월리슨 상단을 이 정도로 키울 수 있었다. 순간 촛불에 흔들리는 그림자에 비친 그녀의 흰 가면이 웃고 있는 것 같다는 생각이 들었다.

"송구합니다."

"도대체 네놈이 할 줄 아는 게 뭐냐!"

후작이 페이튼 자작을 향해 잉크병을 던졌다.

"큭."

잉크병에 정통으로 맞은 페이튼 자작의 이마에서는 붉은 피와 함께 검정 잉크가 흘러내렸다. 그러나 그는 닦지도, 불평불만도 내뱉지 않았다. 차라리 이것으로 후작의 화풀이가 끝나길 바랐다. 만약 그렇지 않는다면 단번에 그의 목이 어깨 위에서 떨어질 것이다. 후작의 날카로운 눈초리가 그의 온몸을 꿰뚫듯 노려봤다.

페이튼 자작은 부복했다.

"죄송합니다."

페이튼 자작은 얼굴을 들지 못했다. 호기롭게 노엘을 잡아온다 말했지만, 그자는 여전히 성에 머물고 있어 어떠한 것도 할 수 없었다. 노엘을 잡기 위해 플로렌스 성 주변을 감시하고 있었지만, 그는 나오지 않았다. 무언가 공작이 낌새를 알아차린 듯했다.

"네놈이 그놈만 제때 처리를 했었어도."

노기가 뻗친 후작의 얼굴이 붉어졌고 의자 손잡이를 잡은 손에는 핏줄이 도드라졌다. 후작의 미간이 좁아졌다. 흥분을 가라앉히려 했지만 뒤가 쑤셔왔다. 만약 플로렌스 공작에게 그놈이 무언가 이야기를 했다면? 자신을 더욱 몰아붙일 것은 불 보듯 뻔했다. 자칫 그에게 뒤를 밟혀 이제까지 해온 노력이 모두 허사가 될 수도 있었다.

페이튼 자작이 후작의 걱정을 알아챈 듯 입을 열었다.

"걱정 마십시오. 아무리 그자가 나선다 해도 어찌할 수 없을 겁니다."

"흐음……."

후작은 페이튼 자작의 말에 눈을 감았다 떴다. 그의 분노가 어느 정도 가라앉았다. 그놈이 무엇을 봤고 무엇을 알고 있든 증거가 없다.

하지만 공작이 그놈으로 자신을 물고 늘어질 걸 생각하니 머리가 아파졌다. 애초에 그때 완벽히 죽였어야 했거늘. 그것이 몹시 후회스러웠다. 후작이 깊은 한숨을 내뱉을 때, 문을 열고 시종이 들어왔다.

후작의 눈이 날카롭게 그를 향했다. 신경이 극도로 예민해진 후작의 기세는 매섭기 그지없었다. 후작의 기세를 온몸으로 받은 시종의 얼굴이 사색으로 물들었다. 그는 더듬거리며 얼른 자신이 들어온 이유를 말했다.

"후, 후작님. 월리슨 상단주가……."

"월리슨이?"

시종이 후작에게 편지를 내밀었다. 후작의 눈이 가늘어졌다.

달마저 구름에 가려 자취를 감춘 밤이었다.

아돌프 후작은 호위로 페이튼 자작만을 대동한 채 은밀히 길을 나섰다. 그는 검은 로브를 뒤집어쓰고 윌리슨 남작의 상단으로 들어갔다.

"어서 오십시오."

윌리슨 남작이 그들을 맞이했다. 후작은 로브를 젖히고 안으로 들어갔다. 그의 표정은 굳어 있었다. 윌리슨은 최근 그에게 많은 부를 안겨 줬기에 이렇게 직접 찾아온 것이지, 그게 아니었다면 미동조차 하지 않았을 것이다. 후에 써먹기 위해 어느 정도 그의 장단에 맞춰준 것이다. 그러나 자신을 불러낸 그가 썩 달갑지 않은 것도 사실이었다.

"도대체 무슨 일이지?"

"먼저 안으로 드시지요."

윌리슨 남작이 후작을 방으로 안내했다. 페이튼 자작은 혹여 있을지 모를 만약의 사태를 대비했다. 그의 손이 검에서 떨어지지 않았다.

윌리슨 남작과 아돌프 후작이 마주 앉았다. 남작은 후작을 위해 값비싼 홍차를 내왔지만 후작은 한 모금도 입에 대지 않았다. 후작의 눈초리가 사나웠다.

"말해라. 이 밤에 나를 부른 이유가 무엇이냐."

만약 허튼소리를 했다가는 그 목을 날려 버릴 작정으로 그를 바라봤다.

'살벌하군.'

윌리슨 남작이 후작에게 먹인 뇌물이 아니었다면 이렇게 그를 마주 볼 수도 없었을 것이다. 윌리슨 남작은 침을 꼴딱 삼키고는 말을 이었다.

"후작님을 만나 뵙고 싶어 하는 분이 계십니다."

아돌프 후작이 윌리슨 남작을 바라보았다. 그의 눈이 가늘어졌다.

윌리슨 남작은 욕심이 많고 잔머리가 잘 돌아가는 자였지만 간이 큰 자는 아니라 큰일에는 적합한 인물이 아니었다. 한데 이렇게 당당히 나오는 것이 의외였다. 후작은 윌리슨 남작의 신변에 무슨 일이 있음을 짐작했다.

"네놈의 공을 잊지 않아 이리 나온 것이다. 하나 만에 하나라도 그자가 내게 불필요하다 여길 시에는 그 목이 어깨 위에서 사라질 것이다."

"여부가 있겠습니까?"

윌리슨 남작이 고개를 숙였다.

그때였다. 문이 열리면서 누군가 모습을 드러냈다. 로브를 눌러쓴 탓에 얼굴이 보이지 않았다. 그자가 후작의 앞까지 걸어왔다.

"멈춰라."

페이튼 자작이 그의 앞을 막았다. 그가 검을 빼 들고 그자의 목에 겨눴다. 그러나 그자는 칼 따위는 신경 쓰지 않는지 검을 목에 댄 채로 움직였다. 오히려 페이튼 자작이 멈칫해 칼을 뒤로 물렸다.

"얼굴을 드러내라!"

페이튼 자작이 검을 어느 정도 물리고 그를 향해 위협적으로 경고했다.

"처음 뵙겠습니다."

젊은 여자의 목소리였다.

후작의 눈이 좁아졌다. 그가 윌리슨 남작을 보았다. 그녀가 천천히 로브를 벗기 시작했다. 로브가 벗겨지고 황금색 실타래가 흘러내렸다.

페이튼 자작은 저도 모르게 검을 내렸고, 아돌프 후작의 눈에는 경악이 서렸다. 후작은 그녀를 알아보았다. 아니, 왕실 사람이라면 그녀의 얼굴을 모를 자는 없었다.

"그, 그대는?"

"헬리아라고 합니다."

아돌프 후작은 뒤통수를 얻어맞은 듯 어리둥절했다. 설마 자신을 만나러 온 자가 헬리아 공주라니. 8년 만에 본 그녀의 외모는 정말이지 세니아 후궁을 똑 닮아 있었다. 그래서 후작은 그녀의 정체를 한눈에 알 수 있었다.

"어째서 공주가……."

헬리아가 미소를 지으며 자연스럽게 그의 앞에 앉았다.

"제가 여기에 나타난 게 이상합니까?"

"궁에 있어야 할 터인데……."

헬리아는 어깨를 으쓱였다.

"살았는지 죽었는지 관심도 없는 공주가 궁에 잘 있거나 말거나 사람들은 신경 쓰지 않습니다."

"……내게 무슨 볼일이라도 있는 건가?"

아돌프 후작은 도대체 그녀가 무슨 꿍꿍이인지 밝혀내려는 듯 눈을 가늘게 떴다.

헬리아가 씨익 미소를 지었다. 후작은 자신의 모습을 보자 바로 내치지 않았다. 그는 노련한 정치꾼. 비록 그의 딸과 외손녀가 그녀를 싫어한다 해도 그는 그럴 만한 이유가 있다면 누구든 써먹을 위인이었다. 합리적이고 냉정한 자. 그게 아돌프 후작이었다.

헬리아가 입을 열었다.

"저를 궁에서 꺼내주십시오."

"무슨 소린지 모르겠군."

"비앙카 공주와 비비안 후궁이 저지른 일이라는 것쯤은 잘 알고 계실 겁니다."

비앙카 독살 미수 사건이 조작된 걸 알고 있지 않느냐는 말이었다. 헬리아의 말에 후작의 눈썹이 살짝 치켜 올라갔다.

그가 조소를 지었다.

"내가 왜 공주를 꺼내줘야 하지?"

그의 시선이 윌리슨 남작을 향했다. 도대체 왜 이런 자를 자신에게 소개했느냐는 질책이 담겨 있었다. 윌리슨은 잠자코 고개를 숙이고 있었다.

"그런 하소연이나 들어줄 시간 따윈 없네."

아돌프 후작이 자리에서 일어났다. 헬리아의 금안이 반짝였다. 그녀의 한쪽 입가가 올라갔다.

"앉으시지요."

"내게 더 무례할 시에는 가만히 있지 않을 걸세. 오늘은 그냥 못 본 척해 줌세."

후작이 몸을 돌려 문을 열고 나가려는 순간이었다.

"'마샤프'를 아십니까?"

후작의 고개가 홱 돌아갔다. 헬리아가 그를 보며 미소를 지었다.

"……그대가 그걸 어떻게?"

"잘 아시는 모양입니다."

"……."

"궁금하시다면 대화를 좀 더 할까요?"

후작이 굳은 표정으로 다시 자리에 앉았다. 그의 심기는 극도로 불편했다.

"무슨 꿍꿍이지?"

"너무 그렇게 경계하지 마시죠."

"……."

"그저 말하지 않았습니까? 저를 궁에서 꺼내달라고."

아돌프 후작은 그녀의 말이 단순히 밖으로 나가는 것을 의미하는 것이 아님을 알았다. 그랬다면 이렇게 밖에 나와 있는 그녀가 그런 말을 할 리 없었다. 그렇다면 그녀가 원하는 것은, 정식으로 그녀의 무죄를 입증하고 다시 원래의 직위로 복귀시켜 달라는 요구일 것이다.

"저도 빈손으로 오진 않았습니다."

헬리아가 품에서 한 장의 서류를 꺼냈다. 아돌프 후작의 눈이 커졌다.

"그, 그건……."

후작이 빠르게 손을 움직였다. 그러나 헬리아가 먼저 그것을 다시 품으로 가져갔다. 후작의 손이 허공을 움켜쥐었다. 그가 헬리아를 죽일 듯 노려봤다.

"아직 거래가 끝나지 않았습니다."

아돌프 후작이 페이튼 자작을 바라보았다. 자작이 검을 들었다.

헬리아는 다가오는 자작의 검에도 아랑곳하지 않았다. 오히려 그녀의 기백에 자작이 한 발 뒤로 물러서고 말았다.

"궁을 나오기 전에 후작님을 만나러 간다 이야기를 해두었습니다. 만약 제가 사라진다면, 제일 먼저 후작님을 의심하게 될 겁니다."

하지만 후작은 별로 신경 쓰지 않는다는 듯 그녀를 바라보았다. 헬리아는 이미 그가 그런 반응을 보일 것이라 예상했다.

"신경 쓰셔야 할 겁니다. 과연 이 사실을 저 혼자만 알고 있을까요? 제가 죽는다면 왕께서 나서실 겁니다."

"……."

후작의 눈이 가늘어졌다. 과연 그럴까 하는 의심이 떠올랐다.

"저는 여전히 살아 있고 이렇게 밤을 돌아다니며 당신의 앞에 앉아 있습니다."

헬리아는 계속 궁금했다. 아니, 처음에는 크게 인식하지 못했다. 하지만 시간이 지나면서, 헬리아로 살아가면서 궁금해졌다.

왕은 무슨 생각인 것일까? 왕은 헬리아를 어떻게 생각하는 것일까?

헬리아가 가진 왕에 대한 기억은 온통 배신과 분노로 점철되어 있어 그녀 또한 왕을 좋게 생각지 않았다. 아니, 그렇지 않더라도 보여진 사실만으로도 그랬다. 하지만 헬리아는 과거의 헬리아가 아니다. 어린아이도 아니다.

그러자 보였다. 배신과 분노 안에 가려진 헬리아가 가진 왕에 대한 기억과 마음이.

왕에 대한 그리움이었다.

누구보다 헬리아를 사랑했던 왕. 다른 사람들은 헬리아를 향해 돌을 던지며 멸시했지만, 그는 따뜻한 웃음을 지어주고 그 넓은 품에 포근하게 안아주었다.

그랬던 그가 갑자기 그녀를 멀리했다. 어린 헬리아는 배신감에 스스로 물에 몸을 던졌지만, 지금의 헬리아는 알 수 있었다.

지키기 위해. 사랑하기에 떠나보내야 했던 것이다. 그리고 이유가 궁금해졌다. 무엇 때문에 사랑하는 딸을 내쳤던 것인지. 그 이유는 여전히 알 수 없었다.

그러나 한 가지는 분명했다. 왕은 헬리아를 구하기 위해 그녀를 데이지궁에 가둔 것이다. 그녀를 죽이려는 독사들의 눈과 손을 피해 데이지궁이라는 감옥 아닌 감옥, 단단한 성 안에 그녀를 들여놓았다.

무엇보다 그녀에게 붙여준 단 한 사람의 시종. 세바스찬이 왕의 사람이 아닐까 하는 생각이 들었다. 그의 학식과 무력은 단순한 예절 선생이 가질 수 있는 수준이 아니었다.

"······."

국왕이 거론되자 아돌프 후작은 입술을 질끈 깨물었다. 헬리아를 데이지궁에 유폐시켰지만 그 또한 국왕의 진심을 얼추 짐작하고 있었다. 애초에 자신의 딸은 헬리아 공주를 죽일 생각이었다. 하나 왕이 그것을 막았다.

당시에는 대수롭지 않게 생각하고 넘겼던 사실들이 떠올랐다. 후작이 페이튼 자작을 향해 작게 고개를 좌우로 저었다.

헬리아가 입가에 미소를 지었다.

"저를 꺼내주신다면 이걸 내어드리겠습니다."

후작의 마음에 갈등이 일었다. 어떻게 공주가 저것을 손에 넣게 되었는지는 모르겠지만, 저건 그자보다 더 중요했다. 그자가 암만 떠들어도 증거가 없으면 그를 건드릴 수 없다. 하지만 저건 달랐다. 저것 하나로도 자신은 나락으로 떨어질 수 있었다.

후작이 헬리아를 응시했다.

"왜 이걸 내게 주는 겐가? 플로렌스 공작만 하더라도 충분히 그대를 꺼내줄 수 있을 터인데."

"저는 절 꺼내줄 사람은 후작님뿐이라 생각했습니다."

"……."

"나쁘지 않은 거래 아닙니까? 저는 자유를 얻고, 후작님은 약점을 지울 수 있으니 말이죠."

후작이 헬리아를 다시 보았다. 과거 멍청한 공주라 불리던 그녀였다. 그런데 8년이 지난 지금 그녀는 완전히 달라져 있었다. 갇힌 세월이 그녀를 이리 만들었을까. 후작의 입가에 작은 미소가 어렸다. 그리 나쁜 거래는 아니었다. 그녀는 플로렌스 공작이 아니라 자신을 찾아왔다. 이미 왕세자는 두 날개가 모두 꺾인 새다. 그런데 왕세자는 여전히 그 자리에 있다. 그건 바로 국왕 때문이었다. 국왕은 2왕자를, 아니, 정확하게는 자신을 달갑게 여기지 않았다.

'하지만 그가 아끼는 공주가 날 지지한다면?'

후작의 머리가 빠르게 돌아갔다. 헬리아 공주를 자신의 편으로 만든다면, 머지않아 국왕의 마음도 돌릴 수 있을 것이다.

"좋소. 그리하지."

후작이 헬리아의 거래를 받아들였다. 헬리아는 미소를 짓고 그 문서를 후작에게 넘겼다. 후작의 눈에 이채가 서렸다.

"내가 이걸 받고 모른 체할 수도 있다는 생각이 안 드오?"

"이제 한배를 탄 사람이 아닙니까?"

헬리아의 눈빛에는 한 점의 의심도 없었다. 후작은 이 공주가 꽤 마음에 들었다. 만약 여자가 아닌 남자로 태어났다면 호감은 경계가 되었을 것이다. 하지만 지금은 좋은 조력자가 될 수 있을 것 같았다.

"그러고 보니 공주의 열여덟 번째 생일이 이달 말이었던가?"

"그런 것까지 알고 계실 줄은 몰랐군요."

"그럼 공주의 성인식 때 보도록 하지."

후작이 서류를 품에 갈무리한 뒤 자리에서 일어났다. 헬리아는 아돌프 후작의 말에 미소를 지었다.

❊

금발의 푸른 눈동자를 지닌 남자가 창가에 서서 하늘을 올려다보았다. 시리게 푸른 하늘은 그의 눈동자와 어딘가 닮아 있었다.

"아돌프 후작이 헬리아의 무죄를 증명했다고 합니다."

그가 피식 웃었다.

"별난 일입니다."

남자가 창을 닫으며 소파에 앉았다. 시녀가 내온 차를 입에 댄 후 남자는 다시 입을 열었다.

"이것이 좋은 일이겠습니까?"

남자는 영문을 알 수 없다는 듯 미간을 좁혔다. 물론 아돌프 후작이 헬리아 공주에게 큰 적의가 없는 것은 안다. 그녀에게 적의를 품은 것은 비앙카 공주와 비비안 후궁이니. 하지만 그렇다고 해도 그 아이를 도와줄 이유가 없었다. 이유가 없는 도움. 세상에 공짜는 없고, 있다 하더라도 그 공짜는 그 무엇보다 비싸다.

그가 고개를 들어 한 노인을 바라봤다.

"그 아이는 무슨 생각입니까?"

남자의 우려를 아는 노인은 옅은 미소를 띤 채 차향을 음미했다.

"공주님께서 결정하고 행동하신 일입니다. 8년간 그분을 가까이서 모셔왔지만, 허튼 일을 할 분이 아니었습니다."

남자의 얼굴에 대견함과 서운함, 안타까움이 연달아 스쳐 갔다. 홀로 8년간 꿋꿋이 자랐다는 것에 대한 대견함과 그 아이의 성장을 지켜볼 수 없었다는 아쉬움, 그리고 아이가 스스로 나오게 만든 안타까움이 교차했다.

"못난 부모를 둔 아이가 고생이 많군요."

남자는 자조적으로 웃었다.

"내가 못 준 자유를 그 아이는 혼자서 이뤘습니다. 참으로 대견하고 미안합니다."

노인은 남자의 눈에 서린 회환을 보며 그를 달랬다.

"앞으로 지켜봐 주십시오."

과거보다는 미래를, 앞으로 더 잘하라며 그를 다독였다. 남자의 입가에 옅은 미소가 번졌다. 참으로 좋은 사람. 그는 이 사람을 자신에게 남겨준 그녀에게 고마움을 전했다.

"그러고 보니 그 아이의 생일이 얼마 안 남았군요."

남자가 창 넘어 푸른 하늘을 올려다보았다.

"어서 그 아이가 보고 싶습니다."

✳

"이게 무슨 짓인가요?"

비비안은 지금 자신이 무슨 말을 들었는지 이해할 수 없었다. 어떻게 자신과 상의도 없이 그 아이를 빼낼 수 있단 말인가. 아돌프 후작은 딸의 말에도 무표정한 표정을 지은 채 차를 마셨다.

"필요에 의해서였다.

"아버지!"

"어찌 아직도 과거의 망령에 사로잡혀 현재를 못 보는 것이냐?"

비비안은 분한 마음에 주먹을 쥐었다. 손톱이 손바닥 안으로 파고들었다. 어째서 아버지는 매번 이런 식이란 말인가. 언제나 아버지는 자신의 생각 따윈 안중에도 없었다. 그에게는 권력과 야망이 중요할 뿐 자신이나 가족의 생각은 중요치 않았다.

"조슈아를 왕위에 올리는 데 필요한 아이다."

"……."

비비안은 그 말에 냉정을 되찾았다. 헬리아가 못내 밉지만 그녀의 최종 목표는 자신의 아들을 왕으로 만드는 것이었다. 한풀 화가 꺾인 비비안이 물었다.

"정말 그 아이가 도움이 되는 건가요?"

"국왕이 아끼는 아이다. 충분히 도움이 될 터."

후작은 노엘의 일에 대해 언급하진 않았다. 비비안은 결국 받아들일 수밖에 없었다. 후작이 비비안을 위해 말을 덧붙였다.

"이용할 가치가 없어지면 그땐 네 마음대로 하거라."

"그 말, 잊지 마세요."

비비안의 눈이 싸늘하게 빛을 발했다.

"헬리아가?"

문 틈 사이로 외할아버지와 어머니의 이야기를 듣던 비앙카의 눈에서 불이 일었다. 그토록 증오해 마지않은 그 아이가 다시 돌아온다고? 자신의 목숨을 담보 삼아 헬리아를 폐위시키고 데이지궁에 가뒀다. 그런데 지금 자신들의 손으로 그녀를 풀어준 꼴이 아닌가? 비앙카의 눈이 사납게 일그러졌다.

'외할아버지를 어떻게 구워삶았는지 모르겠지만, 나는 아니야.'

이미 헬리아를 데이지궁에 가둘 때부터 시작된 악연이었다.

'네가 다시 공주가 되었다 해도 달라지는 건 없어. 이번엔 내 손으로 널 나락으로 떨어뜨려 버릴 테니까.'

비앙카의 눈이 분노로 활활 타오르고 있었다.

✳

구름 한 점 없는 푸른 하늘이었다. 오늘따라 창을 통해 불어오는 바람도 들떠 있는 듯 가벼웠다.

"후작이 너를 믿을까?"

바람과 함께 그녀의 뒤에 모습을 드러낸 엘라임이 그녀에게 물었다.

아돌프 후작과의 거래. 과연 이 거래가 얼마나 지속될 수 있을까. 헬리아는 책상에 앉아 한 장의 문서를 곱게 접어 상자에 넣었다. 엘라임의 눈이 그것에 잠시 머물다가 그 내용을 확인하고 입가에 미소를 지었다.

"고약하네."

"어차피 그쪽도 날 이용할 뿐이야. 나도 그를 이용했을 뿐이고."

후작은 헬리아가 가진 문서와 그녀의 존재 가치를 이용했다. 헬리아는 후작을 통해서 자신의 무죄를 증명했다. 본인들 손으로 처넣은 자신이 다시 그들의 힘으로 올라온 걸 알면 지금쯤 속이 꽤나 타들어갈 것이다. 비비안과 비앙카의 불같이 분노할 모습이 떠오르자 속으로 고소를 금치 못했다. 그녀들이 아무리 대단하다 해도 결국 아돌프 후작의 울타리에 속한 인물이었다. 진정한 실세는 아돌프 후작이었다. 그녀들은 그저 분노할 뿐 그대로 따를 수밖에 없을 것이다.

"내 복수는 이미 시작되었어."

헬리아가 자리에서 일어났다. 그녀의 길고 결 좋은 금빛 머리는 햇살에 반짝였고, 흰 피부는 붉은 입술과 대비되어 도드라졌다.

헬리아가 눈을 빛내며 눈부시게 웃었다. 엘라임은 그 순간 헬리아에게 시선을 떼지 못했다. 8년 전 자신의 손아귀에 들어오는 작은 손을 가졌던 아이는 이제 아이가 아니라 어엿한 한 여자가 되었다.

헬리아가 자신의 드레스를 들어 보이며 물었다.

"어때?"

"어, 어."

그녀가 미간을 좁혔다.

"어떠냐고?"

"으, 응. 오, 옷이 날개네."

헬리아는 엘라임의 대답이 영 마음에 들지 않은지 몸을 돌려 거울을 바라보았다. 그 안에 더 이상 어린아이는 없었다.

헬리아가 천천히 거울을 만졌다. 차가운 느낌이 손끝에 스쳤다.

"이제 나갈 때야."

헬리아가 뒤를 돌아보며 빙그레 웃었다. 엘라임은 불규칙하게 뛰는 심장을 부여잡고 그녀에게 다가갔다.

"공주님, 세바스찬입니다."

그때 문이 열리는 소리와 함께 세바스찬의 목소리가 들렸다. 엘라임은 아쉬운 표정을 지은 채 사라졌다.

"들어오세요."

세바스찬은 헬리아의 모습을 보더니 눈시울을 붉혔다. 무려 8년이었다. 그녀가 이 데이지궁에 지낸 세월이. 헬리아가 밤낮으로 노력한 그 흔적이 고스란히 그녀의 성장을 통해 드러났다.

세바스찬은 가슴을 쭉 펴고 말했다.

"이제 나가실 시간입니다."

헬리아는 고개를 들고 손을 가지런히 모았다. 세바스찬에게 배운 것 이상으로 그녀의 몸에선 한 치의 흐트러짐도 없이 기품이 흘렀다.

"가죠."

헬리아가 미소를 지었다.

[8년 전 벌어진 비앙카 공주의 독살 미수 사건이 시녀의 단독 범행임이 밝혀진 바, 헬리아 공주의 무죄를 증명하는 바다. 이후 왕족의 직위를 복권하고, 데이지궁 유폐를 철회한다.]

유폐된 지 8년.

헬리아는 드디어 데이지궁을 벗어나게 되었다.

제9장 무도회

해가 산등성이 아래로 떨어지면서 어두운 밤이 무르익어 갔다. 왕성의 거대한 연회장에는 궁정 악사들의 아름다운 연주가 흘렀다. 아르센 왕국의 연회장은 돔형이 두드러진 웅장한 건물이었다. 둥근 천장에는 유명 화가들이 혼신의 힘을 다해 그린 그림이 빼곡하게 채워져 홀을 더욱 화려하게 만들었다. 벽면은 흰 대리석으로 샹들리에의 크리스털이 흔들릴 때마다 황금빛으로 반짝였다.

그러나 연회장보다 아름다운 것은 홀을 가득 메운 귀족들이었다. 파티를 위해 특별히 준비한 드레스는 하나같이 수려하지 않은 것이 없었고, 평민들은 감히 구경조차 할 수 없는 값비싼 것이었다. 또한 그들의 목과 손목에 걸려 있는 형형색색의 진귀한 보석은 그들의 부와 사치를 드러냈다.

그 귀족 가운데 가장 빛을 발하는 존재가 있었다. 바로 비앙카 공주였다. 푸른 사파이어빛 눈동자는 영롱하게 빛났고, 진한 장밋빛 머리카락은 허리 아래로 물결치듯 흘러내렸다. 마치 그녀가 걸음을 옮길 때마다 장미향이라도 풍겨져 나올 것 같았다.

비앙카는 자신과 대화를 나누고 싶어 하는 영애들과 자신을 보며 얼굴을 붉히는 남성 귀족들의 모습에 미소를 지었다. 그녀는 파티의 주도권을 잡으며 사교계의 여왕답게 군림했다.

젊은 귀족들은 그녀의 우아하고 요염한 외모에 넋을 잃었고, 나이 든 중년 귀부인들은 아직 미혼인 공주를 자신의 아들과 어떻게든 엮어볼까 고민했다. 그리고 대개 귀족들은 그녀의 외할아버지이자 최고 실세인 2왕자파의 수장, 아돌프 후작과 어떻게든 연을 이어볼까 궁리하기 바빴다.

"오늘도 제 생일을 축하하러 오신 여러분께 감사 인사를 올립니다. 부디 어제에 이어 오늘도 좋은 시간 보내시길 바랍니다."

비앙카는 마치 오늘 연회도 자신의 생일 파티의 연장이라는 뉘앙스를 풍기며 자연스럽게 귀족들을 대했다. 그러나 오늘 이 파티는 그녀의 생일의 연속이 아니었다. 바로 8년 전 비앙카 공주의 독살 미수 사건으로 폐위되어 데이지궁에 유폐된 헬리아 공주의 성인식이 있는 날이었다.

돌연 아돌프 후작 측에서 헬리아 공주의 사건을 다시 조사하게 되었고, 그 과정에서 일련의 실수가 발생했다는 것을 발표했다. 비앙카 공주에게 독을 넣은 것은 페이란 시녀의 단독 범행이었고, 헬리아 공주는 전혀 무관하다는 것이었다.

대부분의 귀족은 헬리아 공주가 무죄가 된 것에는 별 관심이 없었다. 이미 8년 동안 그녀의 존재에 대해 잊고 살았기 때문이다. 하지만 어째서 아돌프 후작 측에서 헬리아 공주의 무죄를 주장하는지에 대해서는 궁금증을 품었다.

하나 후작 측에서 입을 열지 않아 사건은 미궁 속으로 빠져들었다. 현재 최고 실세 가도를 달리고 있는 후작이 무죄를 주장하자 헬리아 공주의 복귀는 신속하게 이루어졌고, 데이지궁의 유폐 생활을 청산할 수 있었다.

그리고 그녀의 폐위가 철회되고 다시 복귀한 지 일주일 후.

바로 오늘 헬리아 공주의 열여덟 번째 성인식 파티가 열렸다.

하지만 귀족들은 가장 실세인 후작의 외손녀인 비앙카 공주의 생일을 축하할 뿐이었다.

비앙카도 헬리아의 존재를 지우며 자신을 드러냈다. 아무도 그녀의 행동에 뭐라 하는 사람은 없었다. 무엇보다 아직 헬리아 공주가 모습을 드러내지 않은 것이다.

"정말 아름다우십니다. 마마."

"정말 마마의 아름다움을 넘을 자는 없을 겁니다."

엘론 백작가의 영애 엘리슨, 엘로나 자매가 비앙카의 주위를 맴돌며 쉴 새 없이 그녀의 외모에 대해 칭찬을 아끼지 않았다. 파티가 열리는 곳이라면 마다하지 않고 참석하는 자매는 끊이질 않는 수다와 발 빠른 정보통으로 유명했다.

"과한 칭찬에 몸 둘 바를 모르겠군요."

비앙카는 부채로 입가를 가리며, 자신에게 딱 달라붙어 있는 엘론 백작가의 영애들을 보고 속으로 비웃었다. 어차피 저들은 오라버니와 외할아버지의 사람. 이번 파티에서 그녀를 더욱 돋보이기 위한 도구였다. 하나 그녀의 목소리는 누가 들어도 속아 넘을 만큼 자애로웠다.

"그보다 마마, 그 이야기 들으셨나요?"

"이야기라뇨?"

단발의 옅은 갈색 머리를 한 동생 엘로나가 조심스럽게 묻자 비앙카가 궁금하다는 듯 물었다. 그러나 그 순간 둘의 눈이 아무도 모르게 호선을 그렸다.

"그것이……."

"이런, 무슨 일인데 영애께서 이리 저의 안색을 살피는지 궁금하군요."

"……마마께서 혹 근자에 헬리아 공주님에게 드레스와 보석을 보낸 적이 있는지요?"

"아아, 그랬지요. 저로 인해 고생한 동생을 옷도 없이 연회에 들일 수는 없지 않겠습니까? 아무리 허름하기 짝이 없는 데이지궁에서 평민처럼 못 배우고 살았다지만, 이제는 반듯하게 다시 왕실의 일원이 되어 살아야지요. 해서 옷을 보냈답니다. 한데 그것이 영애의 어두운 안색과 관련이 있습니까?"

비앙카가 진심으로 헬리아를 걱정하는 모습에 주변 영애들은 그녀의 자비로운 마음씨에 감격했다. 엘리슨, 엘로나 자매는 더욱 송구해졌다.

"정말이지 마마의 마음은 하늘과 같습니다. 한데 헬리아 공주님은……."

"아무래도 알고 계셔야 할 것 같아서 말씀드립니다."

비앙카는 영문을 모르겠다는 듯 고개를 갸웃거렸다.

엘로나가 말했다.

"참담하게도 공주님께서 친히 신경 써 보낸 선물이 모두 찢겨 내쳐졌다고 합니다. 거기다 그 안에는 차마 입에 올리기조차 민망한 글이 쓰여 있었습니다."

"……그게 사실인가요?"

비앙카의 얼굴이 사색이 되었다. 그 모습에 주변 귀족 영애들이 흥분했다.

"어머! 도대체 무슨……!"

"감히 비앙카 공주님의 선물을 찢어놓다니!"

"흥, 과거 그 공주가 어디 가겠어?"

주변에서 헬리아 공주를 질타하는 목소리가 커졌다.

"잠시 혼자 있고 싶어요."

비앙카는 충격을 받은 사람처럼 비틀거리더니 테라스로 갔다. 그 모습이 마치 상처받은 고고한 꽃 같아 보여 영애들은 안쓰러운 표정을 지었다. 그녀가 나가자 영애들은 눈치 볼 것 없이 서로 이야기를 주고받으며 헬리아 공주를 헐뜯기 시작했다. 그 안에는 엘리슨, 엘로나 자매가 있었다.

"도대체 어떤 글이 쓰여 있었나요?"

"정말 몰염치한 자로군요."

귀족 영애들은 자매를 둘러싸고 열심히 입을 조잘거렸다. 엘리슨, 엘로나 자매는 그들 몰래 입가에 미소를 띠었다.

테라스로 나온 비앙카는 유리창 너머로 영애들 사이를 파고들며 쉴 새 없이 떠드는 자매를 보았다. 저들은 충분히 맡은 역할을 다할 것이다.

비앙카는 그것을 보며 입가를 끌어 올렸다. 외할아버지가 어째서 헬리아를 도와준 것인지 이해할 수 없었다. 하지만 그녀가 이해하고 못하고 그건 아무런 영향을 주지 않는다.

비앙카는 외할아버지를 잘 알고 있었다. 그는 핏줄을 나눈 혈육마저 체스 말로 사용하는 자였다. 외할아버지가 헬리아를 복귀시킨 이상 그녀나 그녀의 어머니가 다시 헬리아를 어찌할 수는 없을 것이다. 하나 비앙카는 이대로 헬리아를 놔둘 생각은 추호도 없었다.

"헬리아, 네년이 다시 세상에 나온다 하더라도 결코 내가 가만두지 않아."

비앙카는 헬리아를 조롱할 목적으로 선물을 보냈다. 이런 화려한 드레스는 너 같은 더러운 하녀의 핏줄은 꿈에도 못 꿀 테니, 그런 격차를 보여주고 싶었다. 그런데 선물은 다시 그녀에게 돌아왔다. 선물만이 아니었다. 함께 들어 있는 편지를 보고 비앙카는 머리끝까지 화가 치밀었다.

내가 거지냐.

짧고 굵었다. 편지에는 비앙카를 향한 가소로움과 비웃음이 가득했다. 비앙카는 너무 화가 나 편지를 갈기갈기 찢어버렸다. 그러나 그것으로는 화가 풀리지 않았다. 언제나 자신이 위에 있어야 했고, 그녀는 자신의 장난감이어야 했다. 그런데 그 장난감이 감히 자신을 농락했다.

비앙카는 어릴 적과 달리 곧장 냉정을 되찾고 자신이 보낸 상자 안에 최고급 드레스와 장신구를 넣어놓았다. 그리고 전부 그것들이 헬리아라도 되는 듯 찢고 뜯고 불태워 잔해를 남겼다.

그리고 시녀들에게 그것을 버리게 만들었고, 엘리슨, 엘로나 자매로 하여금 헬리아가 그것을 찢었다고 소문을 내게 했다. 곧 그들의 방정맞은 입에 의해 영애들 사이에 헬리아의 파렴치한 행동이 만천하에 알려질 것이다.

비앙카는 곧 올 헬리아를 떠올리며 와인 잔에 담긴 와인을 음미했다.

"큭큭, 기대하라고."

비앙카의 웃음이 밤하늘 아래 울려 퍼졌다. 무도회의 밤은 점점 무르익어 갔다.

※

아름다운 선율이 흐르는 연회의 밤이 깊어갔지만, 정작 오늘의 주인공은 아직도 모습을 드러내지 않았다. 그와 함께 비어 있는 왕좌는 사람들의 호기심을 끌어올렸다. 이미 고위 귀족들을 포함해 왕좌 옆에는 왕비인 캐서린이 착석해 있었다.

그러니 사람들이 궁금해하는 것은 당연했다. 점점 사람들의 수군거림이 커져 갔다. 한번 터져 나온 호기심은 쉽사리 가라앉지 않았다. 귀부인들이 부채로 입을 가리며 입방아를 찧기 시작했다.

"도대체 언제까지 우릴 기다리게 할 셈이죠?"

"전하도 아직 나오지 않으셔서 갈 수도 없고."

"정말이지, 8년이 지났는데도 여전히 무례하고 천한 것은 어쩔 수 없나 보군요."

연회가 시작한 지도 벌써 몇 시간이 흘렀다. 파티의 주도권을 비앙카 공주가 잡고 있다 하더라도 파티가 오래 지속되자 사람들은 자연스럽게 오늘의 주인공에 대해 궁금해할 수밖에 없었다.

"그보다 과연 어떻게 변했을까요?"

"솔직히 저도 궁금하네요."

"핏줄이 천하긴 하나 공주의 어미가 한 얼굴 하지 않았어요?"

몇몇 남성은 과거 세니아 후궁의 미모를 떠올리며 헬리아에 대한 기대감을 키웠다.

"잘만 컸으면 대단한 미인이 되었을 거야."

"그럴까? 내가 듣기로는 얼굴이 너무 못생겼다고 들었는데."

"못 봤어? 세니아 후궁 말이야. 엄청난 미인이었다고."

8년이었다. 그동안 모습을 보이지 않았던 헬리아 공주. 과연 그 공주가 어떻게 변했을지 궁금하지 않을 수 없었다.

어떤 이들은 이미 죽은 것이 아니냐는 망발을 일삼았고, 또 다른 이들은 자신이 어디서 들었는데 엄청 못생겨서 나오지 못하고 있다는 둥 전혀 근거 없는 소문을 생성해 나갔다.

평소라면 비앙카 공주에 가려 존재감이 없던 공주가 오늘따라 모든 참석자의 주목을 받기 시작했다.

"역시 엘라드 상단주, 아니, 헬리아 공주인가."

짙은 검녹색 연회복을 입은 플로렌스 공작은 검붉은 와인 잔을 한 번 흔든 뒤 마셨다. 플로렌스 공작은 아직까지 모습을 드러내지 않은 공주를 기다리며 주변을 살폈다.

시간이 늦어질수록 오히려 공주에 대한 호기심이 증폭되었다. 그것이 짜증이 동반된 것일 수는 있어도 결국 궁금하다는 것으로 귀결되는 것은 사실이다.

"다 계산된 행동이겠지."

플로렌스 공작은 그날 보았던 그녀의 눈빛과 행동, 말투를 떠올렸다. 8년 만에 무명 상단을 최고의 상단으로 끌어올린 여자다. 그것도 폐위되고 유폐되어 있는 상태로. 과연 자신도 그런 상황이었다면 그렇게 밖으로 나갈 생각을 했을까. 가만히 앉아 자신의 삶을 비관하지 않았을까. 하지만 그녀는 움직였고, 행동했다. 그게 열 살 때의 일이다.

"한데 설마 아돌프 후작의 힘으로 복귀를 할 줄이야."

공작은 공주의 대단한 발상에 놀랐다.

"후작에게 그걸 건네준 겁니다."

그때 이안이 다가왔다. 검은 머리에 검은 눈동자를 지닌 이안은 은실로 수가 놓아진 검은 연회복을 입고 있었다. 머리에서부터 발끝까지 새카만 모습은 마치 한 마리의 검은 매를 연상시켰다.

이안을 보는 주변 영애들의 얼굴엔 홍조가 피었다. 공작의 아들에 외모 또한 빠지지 않는다. 성격이 쌀쌀맞긴 하지만 여자들은 나쁜 남자의 매력이라며 오히려 더욱 달아올랐다. 그러나 이안은 그녀들의 시선에 아랑곳하지 않았다.

"그녀는 후작의 목을 벨 기회를 자신의 자유를 위해 버린 겁니다."

공작은 이안의 말에 눈썹을 모았다. 이안이 그렇게 찾고자 했던 그 증거를 헬리아 공주가 가져갔다. 그리고 그것을 제물로 아돌프 후작과 거래를 한 것이다. 자신의 무죄를 입증하기 위해.

"전 그녀를 믿을 수 없습니다."

"이안……."

이안의 말 속에는 적의가 뿜어져 나왔다. 그러나 눈동자가 미미하게 흔들리고 있었다.

"……."

공작은 이안의 마음을 모르지 않았다. 하지만 그는 이안과는 생각이 달랐다. 그녀와의 대화를 떠올렸다.

"제 사람이 되시겠습니까?"

한 치의 흔들림도 없는 거목이었다. 작고 여린 여자의 몸으로 그녀는 그 순간 플로렌스 공작을 압도했다.

공작의 가슴속에서 격랑이 일었다. 마치 그 옛날 아르센 국왕을 보는 것 같았다. 자신의 주군이자 친우인 빈센트가 앞에 서 있는 것 같은 착각을 느꼈다.

입방아 찧기 좋아하는 이들은 헬리아 공주가 다른 사람의 씨라며 비난했지만, 공작은 그 말에 동의할 수 없었다. 얼굴도, 목소리도, 성별도 달랐지만 그 기백은 같았다. 사람이 가지는 고유한 기백은 쉽게 변하지 않는다.

공작은 그녀에게서 빈센트를 보았다. 공작의 손이 미미하게 떨렸다. 소드 마스터인 자신이 그녀의 말 한마디에 떨고 있는 것이다. 그녀의 거센 파도에 몸을 맡기고 싶다는 생각이 들었다.

하지만 마음을 다잡았다. 자신은 일국의 공작이며, 한 가문을 다스리는 가주이며, 한 영지의 영주다. 섣부른 결정으로 다른 이들이 큰 피해를 볼 수 있었다. 공작이 냉정을 되찾으며 말했다.

"엘라드 상단주로 하는 말이오, 아니면 헬리아 공주로서 하는 말이오?"

"제가 엘라드 상단주이며, 헬리아 공주입니다."

우문현답이다. 공작은 눈을 감았다 떴다.

"그대는 죄인이오."

비앙카 공주의 독살 미수 사건으로 헬리아 공주는 폐위된 채 데이지 궁에 유폐되었다. 설사 누명이라 해도 그건 변하지 않는 사실이다.

헬리아가 말했다.

"만약 제가 죄인이 아니라면 어찌하실 겁니까?"

그녀의 눈은 한 치의 거짓도 없이 맑았다. 공작의 눈동자가 작게 흔들렸다.

"그렇다면 좋소. 내 공주님의 사람이 되겠소."

그녀에 대한 마지막 시험이며, 훌훌 짐을 털어내지 못한 못난 자신에 대한 변명이었다.

그녀는 그저 미소를 보였다. 마치 너무 쉬운 문제라도 되는 듯 그녀는 흔쾌히 고개를 끄덕였다.

"다음번에는 제 성인식에서 뵙게 될 겁니다."

헬리아의 금안이 날카롭게 공작을 옭아맸다. 공작은 한 발도 움직일 수 없었다.

"그럼 그때 뵙지요."

너무나 당당한 그 눈빛에 공작은 사로잡혀 버렸다.

회상을 마친 공작은 공주의 눈빛이 머릿속에 각인되어 사라지지 않았다. 그녀 스스로 장담한 대로 그녀는 공주로서 사람들 앞에 나타났다. 아주 완벽하게. 자신을 나락으로 내몬 자들의 손에.

공작은 굳은 얼굴을 한 아들을 보았다.

"그녀 나름대로 생각이 있을 것이다."

이안은 단호했다.

"어째서 후작인 겁니까? 차라리 우리에게 주었다면!"

후작이 그녀를 빼줄 정도의 물건이라면 필시 그것은 후작의 큰 약점이었을 것이다. 플로렌스 공작가의 저력이면 그것을 빌미로 후작을 칠 수 있었다.

"이안……."

"……잠시 나가 있겠습니다."

공작의 부름에도 이안은 고개를 숙인 채 테라스로 걸어갔다. 그의 어깨는 축 쳐져 있었다. 공작은 그런 아들의 뒷모습을 보며 한숨을 내쉬었다.

"후우……."

공작은 헬리아 공주를 떠올렸다. 그날 보았던 그녀의 눈은 결코 자신을 궁에 넣은 이들을 용서할 눈이 아니었다. 그런 눈빛을 지닌 자는 은혜는 열 배로 갚고 원한은 백 배로 갚는다.

공작의 눈이 이내 천천히 가늘어졌다. 그도 그녀가 후작에게 주었을 물건이 아쉬웠다. 그것만 손에 들어왔다면 후작을 쳐내는 것도 무리가 없었을 것이다. 그도 이안만큼이나, 아니, 그보다 참고 살아왔다. 그저 이안처럼 분출하지 못했을 뿐. 하지만 그는 머리를 냉정하게 식혔다.

헬리아 공주의 또 다른 정체는 엘라드 상단의 상단주. 마음만 먹었다면 귀족의 작위쯤은 우습게 살 수 있고, 왕국을 떠나 자유롭게 살 수도 있었다. 데이지궁이라는 감옥에 얽매여 살지 않아도 되었다. 하지만 그녀는 돌아왔다. 그녀가 가진 돈이라는 힘을 지니고. 그녀를 몰아세운 자들의 손을 잡고.

'참으로 무섭구나. 무서워.'

그러나 공작의 입매는 호선을 그렸다. 왠지 모르게 피가 끓었다. 그녀의 호기로운 눈빛에 벌써 매료된 것일까. 이미 사로잡혀 버린 것일지도 모른다.

"기대되는군."

공작의 검은 눈동자가 날카롭게 빛났다. 그녀의 등장으로 인해 한바탕 폭풍이 몰아칠 것 같은 예감이 들었다.

✲

끼익-

홀의 문이 열렸다. 그 순간 모든 귀족의 시선이 문을 향했다. 이윽고 시종의 목소리가 높이 울려 퍼졌다.

"헬리아 공주님 입장하십니다!"

연회장에 적막이 감돌았다. 좀 전까지 시끄럽던 연회장은 쥐 죽은 듯 조용해졌다. 귀족들의 시선이 하나같이 모두 문을 향했다.

또각또각.

누군가의 발걸음 소리가 점점 크게 들려오자 귀족들의 심장 소리도 따라 커졌다. 저도 모르게 침을 꼴깍 삼킨 이도 있었다. 모두 헬리아 공주에 대한 호기심으로, 소리의 주인을 숨죽이며 기다렸다.

"헛!"

"흐읍!"

그러나 당연히 헬리아 공주가 등장할 거라 여겼던 사람들은 발걸음 소리의 진짜 주인을 발견하곤 경악을 터뜨렸다.

"저, 전하!"

그를 맨 먼저 발견한 귀족이 놀란 얼굴로 외쳤다. 사람들은 갑작스럽게 등장한 존재에 놀랄 틈도 없이 서둘러 고개를 숙이고 예를 표했다.

아르센 왕국의 제17대 국왕. 사십 대라고는 믿기 힘든 얼굴과 탄탄한 체구를 지닌 아르센 국왕 빈센트. 그의 금빛 머리카락이 불빛에 반짝거렸고, 푸른빛이 감도는 눈동자에서 뿜어지는 카리스마가 좌중을 압도했다. 국왕의 등장에 귀족들은 모두 어리둥절했다.

'어째서 전하께서?'

연회장의 귀족들은 한결같이 그런 의문을 가졌다. 분명 헬리아 공주의 등장을 알리는 소리를 모두 들었던 터라 그의 등장은 귀족들을 혼란스럽게 만들었다.

하나 그 혼란은 더 큰 혼란에 의해 잠식되었다. 몇몇 귀족이 의아함에 고개를 숙인 상태에서 눈을 힐끔거렸고, 그들은 보았다.

"……!"

국왕 빈센트의 손에 살포시 손을 얹고 그의 에스코트를 받으며 걸어오는 한 여인을.

"허어!"

"이럴 수가!"

여인을 본 이들은 모두 숨을 집어삼키며 한동안 말을 잇지 못했다. 태양보다 빛나고 황금보다 고귀해 보이는 금빛의 머리카락은 잔잔한 바람에 부드럽게 흔들렸고, 피부는 동대륙의 값비싼 도자기처럼 희고 매끈했다. 입술은 루비의 진한 붉은색을 닮아 매혹적이었다. 가히 미의 여신이 현세에 강림한 듯 그녀의 아름다움은 이루 말할 수 없었다.

거기다 그녀의 옷은 또 어떠한가. 금발에 잘 어울리는 단아한 상아색 드레스는 장인이 한 땀 한 땀 수놓은 금실 자수가 박혀 있었다. 드레스의 소매와 가슴 언저리의 다이아몬드는 샹들리에의 불빛에 반짝거렸다.

여인의 아름다움은 그것이 끝이 아니었다. 아니, 그녀가 몸에 치장한 그 어떠한 보석보다도 그녀의 황금색 눈동자가 사람들의 시선을 사로잡았다.

왕의 푸른 눈동자와 전혀 다른 태양을 머금은 듯한 그 눈동자는 고고한 기품이 흘렀고, 왕과는 또 다른 카리스마로 좌중을 옴짝달싹하지 못하게 만들었다. 그녀의 황금색 눈동자가 한 번 빠지면 헤어 나올 수 없는 깊은 소용돌이처럼 사람들의 마음을 빼앗았기 때문이다.

헬리아 공주.

그녀의 존재가 단번에 사람들의 뇌리에 똑똑히 각인되는 순간이었다.

천한 하녀 출신의 소생으로 태어나 수많은 경멸과 비난을 받아온 공주. 8년간 데이지궁에 유폐되었던 공주. 그러나 지금 이 순간 사람들의 머릿속에서 과거의 헬리아는 차츰 사라지고 현재의 눈부시게 아름다운 헬리아가 자리를 잡았다.

누구도 쉽게 입을 열지 못했다. 헬리아가 등장하기 전에 그녀를 힐난하던 많은 이가 넋을 놓고 그녀를 바라봐야만 했다. 젊은 남성 귀족들은 멍하니 입을 벌린 채 파리가 앉아도 모를 지경이었고, 여자들은 감히 그녀의 외모에 시기심조차 드러내지 못했다. 그만큼 그녀의 등장은 모두에게 큰 충격을 안겨주었다.

8년의 세월이 지나 열여덟이 된 헬리아는 그렇게 사람들 앞에 등장했다.

'어, 어째서 저년이!'

쫘악!

비앙카의 부채가 인정사정없이 구겨졌다. 하지만 그 와중에도 그녀는 재빠르게 자신의 표정을 고쳤다. 그러나 그녀의 눈동자에 인 불길은 쉽게 사그라지지 않았다.

'왜 네년이 그 손을 붙잡고 오는 것이냐!'

헬리아의 등장은 그 어떤 이보다 화려했다. 모든 귀족이 너 나 할 것 없이 그녀에게서 시선을 떼지 못했다.

'네깟 년이!'

으득. 비앙카는 이를 세게 깨물었다. 그녀는 입술을 깨물고 다정한 모습의 부녀를 노려보았다.

데이지궁에 유폐되었던 아이가 어떻게 저런 화려한 옷과 보석으로 치장할 수 있는지 모르겠지만, 외할아버지 아돌프 후작의 힘으로 무죄가 된 마당에 무슨 수가 있는가 싶었다.

'어째서 아버지와!'

이제껏 단 한 번도 자신은 아버지의 에스코트를 받아본 일이 없었다. 작년 자신의 성인식에서도. 그는 오로지 형식적으로 자식들을 대했다. 최소한의 아버지 역할만 했을 뿐 그 안에 깊은 애정은 없었다. 비앙카도 처음에는 그런 아버지가 섭섭했다. 하지만 그뿐이었다.

그런데 헬리아에게만은 달랐다. 언제나 웃으며 그녀를 맞이했고, 가장 많이 걱정하고 아꼈다.

비앙카는 차오르는 시기심과 질투심에 눈이 벌게졌다. 헬리아의 손을 잡은 아버지의 얼굴엔 환한 미소가 어려 있었다. 너무도 활짝.

'헬리아! 어째서 네년이!'

비앙카는 헬리아가 싫었다. 자신보다 아버지에게 더 사랑받는 그녀가 죽이고 싶을 만큼 싫었다. 그토록 모질게 그녀를 깎아내리고 철저히 망가뜨려도 아버지의 애정은 떠나가지 않았다.

'내가 얼마나 노력했는데!'

착한 아이의 가면을 뒤집어썼지만 소용없었다. 그는 다정한 미소를 아끼지 않은 채 연신 헬리아만을 바라볼 뿐이다.

비앙카의 분노는 머리끝까지 치달았다. 애정 어린 손길, 말투, 눈빛. 그 모든 것은 오로지 헬리아만을 위해서 존재했다.

'네년만 없었더라면!'

분노로 활활 타오르던 그녀의 눈빛이 어느새 싸늘한 재가 되었다.

"내가 철저히 망가뜨려 주겠어."

그녀의 눈이 시커멓게 변해 있었다.

✳

'……왜 이 사람이.'

국왕의 등장에 놀란 것은 비단 귀족들만이 아니었다. 오히려 가장 놀란 것은 바로 헬리아였다. 전혀 예상치 못한 전개에 놀랐지만 겉으로 그것을 내보일 만큼 헬리아는 어수룩하지 않았다.

'낭패군.'

헬리아는 쓴웃음을 감추며 주변을 둘러보았다. 그녀의 등장에 놀란 사람이 반인가 하면, 그녀와 함께 나타난 국왕의 등장에 놀란 사람도 반이었다. 그만큼 그가 누군가와 함께 등장한다는 사실이 놀랍다는 것이었다.

헬리아는 작게 미간을 찌푸렸다.

'이 정도로 주목을 받는 건 사양인데.'

물론 주목을 아예 받지 않을 생각은 아니었다. 이곳에 있는 귀족들 태반이 그녀에게 관심이 없다는 것을 알고 있었다. 애초에 오늘 파티는 전날 비앙카 생일의 연장선으로 온 이가 대부분이었다. 그들에게 헬리아 공주란 그런 존재에 불과했다.

하지만 헬리아는 그들의 관심을 야기하고자 일부러 늦은 시간에, 그들의 이야깃거리가 다 떨어질 즈음에 등장해 그들에게 자신이 누구인지를 각인시켜 줄 생각이었다. 너무 주목하지 않는다면 이후에 그녀가 하는 일에 그녀의 존재감이 떨어지기 때문이었다.

'무슨 생각인 건지.'

적당히 주목을 받을 생각이었던 그녀의 계획은 국왕의 등장으로 찬물을 끼얹는 격이 되었다.

헬리아는 자신의 손을 잡고 있는 국왕 빈센트를 힐끗 올려다보았다. 자신과 닮은 금색 머리색에 사십 대라고 믿기 힘든 동안의 외모를 지니고 있었다. 암만 봐도 이십 대 후반으로 보일 정도였다.

헬리아는 세월을 타지 않은 그의 외모가 뭔가 인위적이라는 느낌을 받았다.

'무슨 약이라도 먹었나.'

그런 생각을 하며 뚫어져라 그를 보는 찰나, 그의 눈동자와 딱 마주치게 되었다.

"……!"

자신을 바라보는 빈센트의 푸른 눈동자에 시종일관 따스한 빛이 어려 있었다.

헬리아는 순간 당황하여 고개를 돌렸다. 묘하고 이상했다. 제멋대로 두근거리는 심장이 그녀를 혼란스럽게 만들었다. 그러다 천천히 숨을 들이마시고 내쉬며 호흡을 가다듬었다.

'……아버지라는 건가.'

헬리아는 아버지라는 단어를 떠올리고는 피식 웃었다. 그 단어는 그녀의 인생을 통틀어 가장 어색한 단어 중 하나였다. 과거의 헬리아가 이 사람을 그리워하고 원망했을지는 몰라도 지금의 헬리아는 아니었다. 그저 헬리아는 빈센트가 어색하고 이상할 뿐이었다.

'그런데 왜…….'

그러나 그녀의 몸은 달리 반응했다. 가슴 깊은 곳에서 느껴지는 아리는 아픔에 헬리아는 미간을 찌푸렸다. 이건 자신의 감정이 아니다.

'젠장.'

헬리아의 기억과 감정이 그녀를 흔들었다. 한 번도 과거의 감정에 휩쓸린 적 없건만, 그를 만나고 해일처럼 밀려오는 감정이 그녀를 혼란스럽게 했다. 헬리아의 표정이 점차 굳어갔다. 자신의 의지가 아닌 것이 자신을 휘두른다는 것이 썩 달갑지 않았다. 그녀가 손에 힘을 주어 그의 손에서 벗어나려 했다.

"아직 좀 더 걸어야 한단다."

나지막하고 부드러운 저음이 그녀의 귓가에 울렸다. 그는 더 꽉 손에 힘을 주며 헬리아가 빠져나가려는 것을 막았다.

"……."

헬리아는 그에게서 손을 빼지 못했다. 그의 손아귀 힘이 생각보다 센 탓도 있었지만 그녀의 몸이 그의 손길을 원했다. 그러나 그녀의 입에서는 감정과는 다른 말이 튀어나왔다.

"무슨 생각이죠?"

빈센트는 한 치의 친밀함도 애정도 느껴지지 않는 그녀의 차가운 말투에 쓴웃음을 지었다. 그녀의 눈빛은 자신을 탓하지 않았으나 그 안에 든 무심함에 오히려 그는 상처를 받았다. 하지만 그것을 겉으로 드러내지는 않았다.

"딸 생각?"

"……."

헬리아는 미간을 찡그렸다. 빈센트의 입에서 나온 말에 도무지 어떻게 반응해야 할지 갈피를 잡지 못했다.

"사람들이 저와 전하만 봅니다."

전하라는 말에 빈센트는 표정이 어두워졌지만 역시나 웃음을 잃지 않았다.

"이리도 어여쁜 여인이 나오는데 누가 눈길을 안 줄까."

어물쩍 넘어가는 모습에 헬리아는 눈을 가늘게 떴다.

'과연 그렇게 나오시겠다?'

빈틈없는 웃음, 속을 알 수 없는 왕. 국왕 빈센트를 칭하는 말이었다. 아르센 왕국의 제17대 국왕인 빈센트에 대해 사람들은 그가 치밀하고 계획적인 군주라 한다. 언제나 짓는 미소 속에 날카로운 칼을 숨기고 한 번도 지는 싸움을 하지 않는 왕. 그가 움직일 때는 오직 승리를 취할 때뿐이라는 말이 돌 정도였다. 그런 수식어가 따라붙는 왕이 아무 생각 없이 이리 나설 리가 없었다.

그가 아무 사심 없이 웃으며 말했다.

"혼자 모두의 주목을 받으며 들어오려 했으나 그 앞에 떡하니 네가 있더구나."

"우연이라는 말인가요?"

"우연이란 참으로 공교로운 것이지."

눈을 휘며 웃는 빈센트를 보며 헬리아는 속으로 툴툴거렸다.

'능구렁이 같기는.'

그가 무슨 의도였든, 그의 말처럼 우연이었든 결국 초장부터 그녀의 의도와 상황이 빗나가게 되었다. 헬리아는 그의 속내를 읽기 위해 그의 얼굴을 훑었다.

빈센트가 웃으며 말했다.

"딸이라도 그리 쳐다보면 이 아비가 설레 말이라도 하겠느냐?"

헬리아는 어이가 없었다.

"이참에 아예 시집가지 말고 이 아버지랑 사는 게 어떻겠느냐?"

"……."

"요즘은 애들보다 나처럼 이렇게 원숙미 있는 남자가 대세란다."

그러면서 주책맞은 아저씨처럼 웃어넘겼다.

'……원래 이런 사람이었나.'

헬리아는 자신이 알던 국왕 빈센트와 지금 자신 앞에 있는 빈센트가 너무 달라 당혹스러웠다. 자신도 모르게 그의 페이스에 말려들고 있었다.

"큭큭큭."

그때 헬리아의 머리 위로 웃음소리가 들려왔다.

"······뭐예요?"

헬리아가 눈을 흘기며 그를 올려다보았다.

"정말 닮았구나."

"······."

그 말에 헬리아의 눈이 가늘어졌다.

'그렇게도 닮았나?'

플로렌스 공작도, 베로니카 공작도 그녀의 얼굴을 보고 단번에 그녀가 헬리아 공주라는 것을 알아차렸다. 그것은 그만큼 세니아 후궁을 닮았다는 증거였다.

헬리아는 세니아를 떠올리며 눈을 좁혔다. 자신과 닮은 금발에 금안을 지닌 아름다운 여인. 하지만 기억 속 그녀는 언제나 어린 헬리아를 매몰차게 대하곤 했다.

"제가 그렇게도 닮았나요?"

"많이 닮았구나."

빈센트가 피식 입꼬리를 올렸다.

"번쩍거리는 황금빛 비늘하고······."

'비, 비늘?'

"딱 붕어 같구나."

"······부, 붕어? 뭐요?"

헬리아는 자신이 잘못 들은 게 아닌가 싶어 되물었지만 괜한 짓이었다.

"온통 번쩍거리고 노오란 게 붕어랑 딱 닮았어."

"······."

헬리아는 한쪽 입매를 틀어 올렸다. 헬리아는 최대한 자신의 페이스를 되찾으려 애를 썼지만 상대는 노련한 능구렁이였다.

"제 평생 못생겼다는 말은 처음입니다."

"아니지, 아니야. 짐은 못생겼다는 말은 하지 않았다. 그저 붕어랑 닮았다고 했을 뿐이지. 예쁜 붕어란다."

"……."

이 사람이! 헬리아는 빈센트와 잡았던 손을 뿌리쳤다.

기억과 현실의 괴리란! 헬리아는 자신 안에 있던 빈센트의 이미지가 가차 없이 무너져 내리는 것을 느꼈다.

"하하하!"

빈센트는 그런 그녀의 토라진 모습에 아주 배를 잡고 웃었다. 이윽고 그가 환한 미소로 헬리아를 따뜻하게 바라봤다.

"열여덟 생일을 축하한다, 헬리아."

그 순간 빈센트의 웃음 속에 가려진 씁쓸한 눈빛을 읽은 헬리아는 어떤 대꾸도 하지 못했다. 빈센트의 웃는 얼굴을 그저 지켜보았다.

❊

"하, 한 곡 추시겠습니까?"

젊은 귀족 남성이 헬리아에게 춤을 신청했다.

헬리아는 살짝 눈살을 찌푸렸다. 아까부터 달라붙는 남자들 때문에 짜증이 날 지경이었다. 그녀 스스로 자신의 외모가 다른 이들에게 어떻게 보이는지 잘 알고 있었다.

'귀찮게 구는군.'

하지만 남자들의 눈에 서린 음욕에 헬리아의 표정은 굳어갔다. 그녀의 눈빛이 싸늘하게 변하자 남자는 순간 섬뜩함을 느꼈다. 그는 등줄기를 타고 올라오는 소름에 저도 모르게 목덜미를 쓸어내렸다.

"사양하지요."

헬리아는 웃으며 그를 거절했다. 남자는 그녀의 눈동자를 본 순간 마치 뱀 앞의 개구리처럼 저도 모르게 목을 움츠렸다.

'뭐, 뭐지?'

남자는 자신의 몸에서 일어나는 반응이 당황스럽기만 했다. 그러다 다시 헬리아를 보다가 숨을 집어삼켰다.

'누, 눈빛이…….'

다리가 비틀거렸고, 손에서 땀이 흘렀다.

"아, 저, 그……."

"몸이 좋지 않은가 봅니다."

"아. 예, 예."

그는 후들거리는 다리를 부여잡고 얼른 그녀에게서 벗어났다. 그 자리에 있다간 잡아먹힐 것 같은 공포를 느낀 탓이다.

헬리아는 도망가는 남자를 보며 따분한 표정을 지었다. 과거의 파티와 달라진 거라면 지금처럼 불나방 같은 남자들이 눈에 불을 켜고 그녀에게 달려든다는 것이었다.

"슬슬 지겨운데."

헬리아는 멀찍이 자신을 주시하는 눈들을 살폈다. 자신의 외모에 혹해 불나방처럼 달려드는 놈들이 아니라 진짜배기들 말이다.

그 안에는 플로렌스 공작과 아돌프 후작도 있었다. 그들은 각각 무리를 지어 그녀를 세심히 살피고 있었다.

"그나저나……."

헬리아는 시끌벅적한 홀 안을 둘러보았다. 그녀의 의도대로 모두의 공통 화제는 자신이었다. 하지만 결코 호의가 담긴 말들이 아니었다. 온통 적의가 드러난 것들. 그중 가장 시끄러운 곳에 헬리아는 시선을 주었다.

"시끄럽군."

헬리아는 입가에 미소를 띠었다. 하지만 그녀의 눈은 전혀 웃고 있지 않았다. 싸늘하게 빛나는 두 눈동자에 주변 사람들은 순간 목덜미가 오싹해졌다. 원래 그녀는 자존심이 강한 여자였다. 그리고 결코 자신에게 적의를 드러낸 이를 가만둘 사람도 아니다.

"비앙카 짓인가?"

곳곳에서 들려오는, 특히 귀족 영애들을 중심으로 들려오는 험담 소리에 헬리아는 이미 그 시발점이 누군지를 알아차렸다.

"괜히 보냈나?"

그러나 그녀의 표정에는 전혀 후회하는 기색이 없었다.

전날 비앙카가 보낸 시답지도 않은 선물. 아마 되돌려 준 선물과 그 안에 보낸 편지가 그녀의 화를 돋았을 것이다. 물론 그녀를 충동질하기 위해 보낸 것이지만. 비앙카의 분노가 고스란히 머릿속에 그려졌다. 얼마나 분해하고, 얼마나 짜증 났을까.

"큭큭."

헬리아는 속이 시원함을 느꼈다. 그러나 아직 부족했다.

"복수는 이제부터야."

겉으로는 천사인 척 가면을 쓴 비앙카. 예쁘게 싼 포장지 안에는 비리고 역한 냄새가 진동했다.

"그럼 이제 비앙카를 보러 갈까나?"

헬리아의 예의 그 짓궂은 웃음이 붉은 입술을 비집고 흘러나왔다.

"어머! 정말 그게 사실이에요?"

"어떻게 그럴 수가 있어요!"

"비앙카 공주님은 가만히 계셨단 말입니까?"

"아무튼 너무 착하신 공주님이라니까요. 어떻게 그런 자를……."

"그 독살 사건도 어떻게 무죄가 되었지만 실은 뒤로 무슨 수작을 부린 게 아닐까요?"

"어머, 어머."

옹기종기 모여 있는 영애들의 입에선 쉴 새 없이 헬리아 공주의 험담이 가득 쏟아져 나왔다. 그것을 주동하는 이들은 엘리슨, 엘로나 자매였다. 그녀들은 거짓과 진실을 섞어가며 그들을 선동했다.

"비앙카 공주님이 선물한 옷을 헬리아 공주가 마구 찢어놓았다고 해요."

"어떻게 그런 짓을!"

"하지만 착하신 비앙카 공주님은 헬리아 공주의 행동을 웃으며 넘기셨습니다."

"역시 비앙카 공주님은 마음씨도 고우셔요."

엘리슨, 엘로나 자매는 헬리아와 비앙카 공주의 이야기를 들려주며 귀족 영애들의 귀를 단번에 사로잡았다.

귀족 영애들이 평소 할 수 있는 일은 매우 지루한 것들이었다. 신부 수업을 받거나 책을 읽는 것 정도. 그렇기 때문에 그 지루함을 수다로 풀었다. 사교계의 절반이 넘는 가십거리는 그렇게 귀족 여자들의 입에서 시작된다.

"정말이지, 무례하기 짝이 없는 사람이에요. 매번 피해를 보는 건 비앙카 공주님이라니까요. 어떻게 무죄가 되었는지 모르겠지만 그 독살 사건도 그렇고. 오늘도 그 이야기를 전해 듣고는 안색이 파리해지신 것이 너무 안쓰러워 저희가 다 송구스러웠답니다."

엘로나의 이야기를 듣고서야 귀족 영애들은 아까부터 비앙카의 안색이 흐려진 이유를 알 수 있었다. 그것에 탄력을 받은 엘로나가 열심히 입을 놀렸다.

"그리고 이건 어디서 들은 이야기인데……."

그러면서 한번 숨을 고르는 듯 뜸을 들였다. 이에 영애들은 안달이 나 그녀를 재촉했다.

"무슨 이야기인데요?"

"엘로나 양, 얼른 말해보세요."

"어디서 원조를 받았다는 소문이 있어요."

"원조라면……."

엘로나가 은밀한 이야기를 하려는 듯 목소리를 깔자 영애들은 자신들의 상상력을 동원해 살을 붙여 나갔다.

"맞아요. 그리고 보니 궁에 유폐되어 있는 공주가 저런 비싼 옷을 어디서 샀을까요?"

"혹시 그녀의 어미처럼 남자 하나 단단히 잡은 게 아닐까요? 그러지 않고서야……."

"그러게요. 흥, 하기야 저런 외모니……."

부러움에 찬 시기의 눈빛으로 영애들은 헬리아를 쏘아보며 근거도 없는 말들을 부풀려 나갔다. 그 소문이 시기와 질투로 똘똘 뭉쳐 있다는 것은 깨닫지 못한 채 헬리아의 험담을 늘어놓았다.

그저 떠돌아다니는 루머에 불과한 이야기들까지 그것이 마치 사실인 양 떠들어댔고 사람들은 그것을 믿었다. 아니, 그것이 진실이든 거짓이든 그저 재미만 있으면 될 뿐이었다. 그 작은 말들이 누군가에게 상처가 될 수 있다는 사실도 모른 채 그들은 거리낌 없이 혀의 칼을 놀려 댔다.

헬리아가 왕족의 신분임에도 불구하고 영애들의 말은 거침이 없었다. 대화의 수위는 점점 걷잡을 수 없을 만큼 커져 갔다.

"얼굴이 반반하니까요. 괜히 천한 하녀가 국왕 전하를 홀려 후궁이 되었겠어요? 그 어미에 그 딸이겠죠."

"제가 들었는데 저 공주 뒤에 무슨 남작이 돈을 대주고 있대요."

"어머! 역시나."

영애들은 맞장구를 치며 호들갑을 떨었다.

"근데 그거 누구한테 들은 건데?"

어디서 들려온 목소리에 엘로나가 살짝 머뭇거리며 답했다.

"그냥 아는 언니가 그러더라고요."

"그 아는 언니가 누군데?"

"그니까 그게…… 헉!"

헬리아에 대한 악의적인 소문을 흘리고 있던 엘로나는 자신 앞에 있는 영애들의 얼굴이 하나둘 굳어가자 흠칫 놀랐다. 자신의 언니인 엘리슨을 바라보니 그녀의 얼굴도 사색으로 물들어 있었다.

'서, 설마…….'

그녀는 등 뒤에서 느껴지는 인기척에 놀라 몸이 굳었다. 그리고 천천히 뒤를 돌아보았다. 이미 자신의 뒤에 누가 있는지 짐작이 갔다.

"……헤, 헬리아 공주님."

"그래, 그 아는 언니가 누군데?"

"그, 그게…….."

엘로나는 부들부들 떨면서 말을 잊지 못했다. 까짓것 헬리아 공주 따위 뭐라 하든 당당히 나설 생각이었지만, 그녀의 눈동자를 본 순간 숨이 멎을 것 같았다.

헬리아는 웃고 있었지만 그 눈동자에 서린 날카로운 기세가 엘로나의 몸을 휘감았다. 마치 뱀 앞의 개구리처럼 옴짝달싹할 수 없었다.

"말 못 해? 그 언니가 누군지도 모르는 거야?"

엘로나의 당황하는 기색에 주변 영애들도 수군거렸다. 그녀는 얼른 자신의 언니인 엘리슨을 찾았다. 엘리슨의 얼굴도 이미 흙빛으로 변했다. 그러나 곧 그녀의 눈에 엘로나에 대한 질책이 서렸다.

"그, 그게…….."

말을 더듬는 꼴을 보고 헬리아가 피식 웃었다.

"그럼 지어낸 거야?"

꿀꺽!

엘로나는 헬리아의 눈빛에 침을 꼴깍 삼켰다. 헬리아의 입가가 점점 상향 곡선을 그렸다.

"있지, 말은 한 번 뱉으면 주워 담을 수 없다고. 잘못 내뱉은 한 마디에……."

그녀의 손이 천천히 엘로나의 목을 향해 다가가더니 목덜미를 어루만졌다.

움찔!

헬리아의 실크 장갑이 피부에 느껴지는 순간 엘로나의 온몸에 소름이 돋았다. 헬리아가 그녀의 귓가에 낮게 읊조렸다.

"뎅강, 하고 목이 떨어져 나갈 수 있지. 안 그래?"

엘로나는 자신의 목에 칼날이 지나간 듯 사색이 되어 몸을 떨었다.

'이것 참. 간이 콩알만 한 주제에.'

헬리아는 자신이 너무 심하게 말한 것도 아닌데 이런 반응을 보이자 맥이 빠졌다. 물론 그녀는 자신이 어떻게 보이는지 몰랐다. 뭔가 한번 크게 해볼까 했는데 이번 상대는 자신의 상대가 아니었나 보나.

반면 엘로나는 순간 악마를 본 듯했다.

"무, 물론입니다."

"그래, 뭐. 알았으면 됐지."

"가, 감사합니다."

감사할 일도 아닌데 엘로나는 저도 모르게 울먹이는 목소리로 그녀에게 고개를 숙였다. 자존심이 상하고 화가 났지만 떨리는 몸과 스며든 공포가 그것을 억눌렀다. 아마 한동안 헬리아의 얼굴만 봐도 경기를 일으킬 게 분명했다.

"그런데 다들 무슨 이야기를 하고 있었지? 같이 좀 껴서 하지?"

헬리아는 자신을 노려보고 있는 엘리슨을 직시하며 말했다. 엘리슨은 동생인 엘로나가 넋이 나가 있자 미간을 찌푸렸다.

"성격은 여전하신 것 같네요."

"아, 미안. 난 너 모르는데? 누구야?"

"……."

으득. 엘리슨은 자신의 부채를 씹어 먹을 듯 쥐어 잡았다. 생글거리는 헬리아의 모습에 화가 났다.

"……엘론 백작가의 엘리슨입니다. 제 동생이 실례를 했습니다."

"아, 실례가 참 많았지. 다음부터는 말 좀 가르치는 게 좋을 거야. 말도 제대로 못 하니 원."

"……."

엘리슨은 입술을 베어 물었다. 그러나 겉으로 내색하지 않았다.

"하지만 비앙카 공주님의 일은 분명한 사실이죠. 그런 짓을 하고도 잘도 웃으시는군요."

"아, 그거?"

헬리아의 이제야 생각났다는 표정에 엘리슨의 비웃음이 짙어졌다. 그녀는 반격할 기회를 놓치지 않고 쏘아붙였다. 상대는 공주였지만 어느 누구도 그녀를 왕족으로 대접해 주는 이는 없었다. 배경도 없고 출신도 천한 것을 모두가 알고 있었다.

"정말이지 그런 모습에 치가 떨리네요. 비앙카 공주님이 애써 준비하신 선물을 망가뜨리고도 그렇게 태연하다니……."

"내가 말하지 않았어? 자매가 쌍으로 귀머거리군."

"하지만 분명……."

"그것이 사실이든 거짓이든 확인될 때까지 조심해야 하는 거야. 혹시 알아? 그러다 큰코다칠지."

엘리슨이 입술을 깨물었다. 그러나 지지 않고 말을 내뱉었다.

"분명 비앙카 공주님의 시녀가……."

헬리아가 엘리슨의 말을 잘랐다.

"그래서 네가 직접 본 건가?"

"그건……."

헬리아가 입꼬리를 말아 올렸다. 엘리슨은 순간 섬뜩해져 손에 든 부채를 쥐어 잡았다.

"결국 전해 들은 거네? 제대로 된 증거도 없이. 내가 말할까? 난 그런 적 없어. 근데 못 믿겠지, 내 말?"

"그런 말로 우릴 현혹해 봤자 소용없어요. 물론 제가 직접 보지는 않았어요. 하지만 그 시녀의 말은 사실이에요."

"그래?"

"비앙카 공주님은 그래도 이 일을 덮어주려 했어요. 하지만 저희는 못 참겠더군요."

헬리아가 엘리슨의 말에 눈을 빛냈다.

"아아, 너희의 착하고 아름다운 비앙카 공주님이 아무 일도 아니라고 말했다고?"

엘리슨은 순간 헬리아의 눈빛에 흠칫했다. 뭔가 느낌이 이상했다.

'도대체……?'

엘리슨은 헬리아의 당당한 행동에 순간 자신이 잘못한 게 있는지 곰곰이 생각해 보았다. 비앙카 공주의 명으로 이 일을 꾸몄지만 어느 하나 빈틈없이 일을 짜 맞추었다. 자신들이 놓친 것은 없었다.

'한데 왜 이리…….'

비앙카의 시녀도 동참하여 일을 꾸몄다. 그렇지만 그 증거는 남기지 않았다. 증거를 남겨 혹여 거짓이 탄로 날 것을 방지하기 위함이었다.

그저 이 정도 소문이라면 헬리아 공주를 눌러놓을 수 있을 거라 생각했다. 그런데 이렇게 반격할 줄은 꿈에도 몰랐다.

과거의 헬리아 공주가 아니었다. 하나 이제 와 그것이 거짓이라고 말할 수는 없었다. 결국 그 끝이 낭떠러지라 하더라도 그녀가 할 수 있는 것은 무조건 우기는 수밖에 없었다. 그저 비앙카 공주를 믿을 수밖에.

"선물을 받은 건 맞아. 그리고 돌려보낸 것도."

엘리슨의 얼굴이 헬리아의 말에 화색이 돌았다. 주변 영애들의 얼굴이 차츰 헬리아에 대한 혐오로 얼룩졌다.

"거봐요, 역시……."

"하지만 그저 돌려보냈을 뿐이야. 내겐 너무 과분한 선물을 받아서 말이지. 아주 과분해서. 그런 선물을 넙죽 받을 순 없잖아?"

"하, 그런 거짓말을 우리가 믿을 것 같아요?"

"그래?"

헬리아는 여전히 도전적으로 나오는 엘리슨의 모습에 차갑게 웃었다.

'도대체 이 애들은 뭘 믿고 이리 나대는 건지. 비앙카인가.'

하지만 헬리아는 비앙카의 수법을 누구보다 잘 알고 있어 그저 우스울 뿐이었다. 자신이 과거의 헬리아라고 생각한다면 큰 오산이다.

"그럼 직접 물어보지. 그게 사실인지 아닌지."

헬리아는 저 멀리서 자신의 행동을 주시하고 있는 비앙카를 가리켰다. 언제나 남의 뒤에 숨어서 자신이 당하는 것을 지켜보며 웃음 짓던 비앙카. 하지만 이제부터는 다를 것이다.

비앙카는 헬리아가 자신을 가리키자 순간 흠칫 놀라며 싸늘한 표정을 지었다. 그러나 워낙 순식간이었고 바로 부채로 가린 탓에 다른 영애들은 보지 못했다.

비앙카와 헬리아의 눈이 마주쳤다. 냉기 서린 광기에 사로잡힌 비앙카의 눈빛과 여유롭게 그것을 받아치며 웃는 헬리아. 그 둘의 시선이 그 어느 때보다 뜨겁게 뒤엉켰다.

또각또각.

비앙카가 우아한 걸음으로 헬리아에게 다가갔다.

"여전하구나, 헬리아."

"동감이야. 과거와 하나도 달라지지 않았어. 학습 능력이 없는 건가? 아, 머리가 나빴던가?"

"……"

헬리아의 가벼운 응수에 비앙카는 흩어지려는 미소를 19년의 내공으로 막아냈다.

비앙카의 눈이 날카롭게 헬리아를 쏘아보았다. 멀리서 헬리아와 다른 영애들의 모습을 바라보고 있던 그녀는 순간 자신을 지목해 놀랐다.

'역시 변했어.'

옛날 같았으면 아무 말도 하지 못했을 텐데. 비앙카는 8년 전 갑자기 변한 그녀의 모습이 일시적이 아니었음을 인정했다.

'그래도 달라질 건 없어. 네년은 여전히 천한 년일 뿐이야.'

미소 속에 숨겨진 비앙카의 냉소를 헬리아가 알아채지 못할 리가 없었다. 하지만 서로 가슴속에 칼을 숨기고 있는 지금의 상황이 헬리아에겐 그저 흥미로울 뿐이다.

"무슨 일이지? 오랜만에 봤으면 이 언니에게 먼저 인사해야 하는 거 아니야? 이거 서운한데?"

짐짓 서운한 투로 이야기하는 비앙카에 헬리아는 정말 이 애는 지구에서 태어났다면 연기 대상은 따 놓은 당상이라고 생각했다. 한 치의 흔들림 없는 말투와 표정은 정말 그녀의 성격을 모르는 이라면 홀딱 빠질 수밖에 없을 것이다.

'언니 동생 놀이를 할 참인가. 그렇다면 받아주지.'

헬리아가 미소를 지으며 말했다.

"아, 물론 보려고 했지. 하지만 재밌는 이야기를 들어서 말이야."

"……재밌는 이야기라니?"

"자꾸 이들이 언니를 모함하려 하잖아?"

언니란 호칭에 비앙카가 순간 흠칫했지만 이내 냉정을 유지했다. 그리고 곧 그녀의 말을 이해하지 못한 듯 눈살을 찌푸렸다.

"······모함이라니?"

"그게 무슨 말인가요!"

엘리슨이 헬리아의 말에 기겁하며 목소리를 높였다. 헬리아는 그녀는 안중에도 없다는 듯이 그저 비앙카를 바라보며 이야기했다. 저 가면을 깨뜨리는 것도 하나의 재미지만 평생 가면만 쓰고 살게 만드는 것도 어찌 보면 형벌보다 더한 벌이 될 것이다.

'그렇게 가면이 좋다면 계속 쓰게 해주지.'

"······그게 무슨 말이지?"

비앙카의 자비로운 미소에 조금씩 금이 가는 것이 보였다. 그녀는 헬리아와 엘리슨을 바라보았다.

헬리아가 입을 열었다. 그녀는 안타깝다는 표정을 짓고는 가면을 쓴 비앙카를 바라보았다.

"저 영애가 그러더라고. 언니가 내게 보내준 선물을 내가 찢어놓았다고. 거기다 이상한 편지까지. 알고 있었어?"

"······그런 일이 있었는지 몰랐어."

비앙카는 도대체 헬리아가 무슨 짓을 하려는 것인지 잔뜩 경계하며 말을 조심스럽게 골랐다. 하지만 지금은 우선 헬리아의 말에 동의할 수밖에 없었다.

비앙카는 만약을 대비해 발을 빼둘 수 있도록 만들어놓았다. 그것이 그저 소문이라도 헬리아가 길길이 날뛸 테니 그러면 사람들은 그녀의 행동에 오히려 수상함을 느끼고 의심할 것이다. 그런 전략이었다.

하지만 헬리아는 화를 내기는커녕 침착하게 사건을 짚어갔다. 그뿐만 아니라 오히려 그녀의 행동은 사건을 다른 방향으로 몰고 갔다.

"그치? 근데 이 영애가 보지도 않았는데 그런 일이 있었다고 하잖아?"

"그건 시녀가……."

헬리아가 엘리슨의 말을 단칼에 잘랐다.

"이상하지? 꼼꼼한 성격의 언니가 어떻게 시녀가 한 일을 모르고 있겠어? 언니가 바보같이 아랫사람 관리 하나 제대로 못 하는 머저리도 아니고, 안 그래?"

"……."

비앙카는 부채를 꽉 쥐었다. 헬리아가 입가에 웃음을 띤 채 입을 열었다.

"시녀 통제가 잘되어 있는 언니인데 모를 리가."

"하지만 시녀가 분명……."

"그럼 그 시녀가 잘못 봤나 보지. 아니면 영애, 그대가 거짓말을 하고 있다던가."

"그건……."

"시녀가 잘못 본 건가, 아니면 영애가 거짓말을 한 건가?"

"……."

엘리슨은 헬리아의 물음에 어떤 대답도 내놓지 못했다. 시녀가 잘못 봤다고 하면 분명 비앙카가 경을 칠 것이다. 그렇다고 자신이 거짓말을 했다고 할 수도 없지 않은가! 입술을 베어 물고 비앙카를 바라보았다. 그러나 비앙카는 엘리슨의 시선을 외면했다.

"게다가 언니의 착한 성격이라면 결코 그런 불미스런 일이 새어 나가지 않게 막았을 거야. 자비롭고 아름다운 비앙카 언니니까. 내가 걱정돼서라도 이런 소문이 돌지 않게 했겠지. 안 그래, 언니?"

비앙카는 지금 자신의 손에 들린 부채가 금이 가는 것도 모른 채 화를 눌러 담기 위해 애를 써야 했다. 비앙카 스스로 착한 언니, 착한 공주 역을 맡고 있던 것이 오히려 화가 되었다. 지금 무슨 말을 한다고 해도 자신의 말과 행동에 모순이 생길 것이다.

헬리아가 마지막 쐐기를 박았다.

"근데 이 영애가 어디서 들은 이상한 소문으로 언니와 나 사이를 이간질시키고 있잖아? 내가 오해한 거지?"

엘리슨이 초조하게 비앙카를 바라보았다. 그러나 비앙카는 고개를 홱 돌리며 외면했다.

"······오해야."

"비, 비앙카 공주님!"

엘리슨이 억울하다는 듯 그녀를 불렀다. 그러나 비앙카는 오히려 그녀에게 다가가 날카롭게 쏘아붙였다.

"엘론 백작 영애. 미안하지만 이상한 소문으로 내 동생을 모함하지 않았으면 하는군요."

"고, 공주님!"

엘리슨이 입을 열려 하자 비앙카가 매서운 눈초리를 보냈다. 엘리슨은 입을 다물 수밖에 없었다.

비앙카는 헬리아의 의도를 알아차렸다.

'으윽, 이 죽일 년!'

스스로 헬리아의 무죄를 자신의 입으로 증명하게 만들 속셈이었던 것이다. 마치 자신의 외할아버지가 헬리아의 무죄를 입증해 준 것처럼. 순간 그녀의 등줄기에 소름이 돋았다.

'······모두 계획한 것이냐?'

비앙카는 순간 헬리아에게 공포를 느꼈다. 그러나 그것을 인정하고 싶지 않아 애써 외면했다.

결국 비앙카는 헬리아의 의도대로 꼭두각시 인형처럼 행동할 수밖에 없었다. 그러지 않으면 수년간 쌓아온 자신의 이미지가 깨질 것이기 때문이다.

"하나 공주님 표정이······."

자신의 언니가 속수무책으로 당하자 엘로나가 나섰다. 비앙카가 날카로운 눈초리를 했지만 말리진 않았다. 그러나 헬리아는 결코 빈틈을 내보이지 않았다.

"그저 언니의 선물을 거절한 동생이 이런 일에 휩싸이게 된 것을 어떻게 해결해야 하나 고민했던 거지. 설마 착한 언니가 동생이 이런 꼴이 되길 바랐겠어? 자신이 직접 이 사건을 날조한 게 아니라면? 근데 그건 말이 안 되지. 안 그래, 언니?"

"……."

헬리아의 말에 비앙카는 더 이상 이 상황을 참을 수 없었다. 헬리아는 지금 자신을 장난감처럼 가지고 놀고 있었다. 지금이라도 저 가증스런 헬리아의 뺨을 있는 힘껏 올려붙이고 싶었다. 하지만 그녀의 입은 아무 말도 못 했다.

"자, 영애. 당신의 그 말로 우리 언니가 아주 마음고생이 심했는데 이걸 어떻게 보상할 참이지? 없는 소문을 지어 만들고 그저 미안하다는 말로 거짓을 용서받을 생각인가?"

전세가 역전되었다. 주변의 영애들은 헬리아의 말에 고개를 끄덕이며 동의를 표했다. 어느덧 그녀를 향한 적의는 누그러지고 언니를 보호하는 착한 동생으로 비춰졌다.

엘로나는 이런 상황이 혼란스러웠다. 문제는 비앙카가 헬리아의 말을 인정했고, 이제는 그저 미안하다는 말로 끝날 상황이 아니게 되어 버렸다는 것이다.

비앙카가 다른 영애들 몰래 엘리슨, 엘로나 자매에게 눈빛을 보냈다. 엘리슨은 입술을 깨물고 엘로나의 팔을 붙잡고 고개를 숙였다.

"죄, 죄송합니다. 부디 자비를 베풀어주시길 바랍니다."

두 자매가 고개를 숙이자 헬리아는 인심 쓴다는 듯 입가에 미소를 짓고 그녀의 사과를 받아들였다.

"다음에는 그러지 않았으면 좋겠어."

주변의 영애들은 그녀의 인자한 모습에 다들 감복한 모양이다. 그녀들의 눈은 모두 엘로나와 엘리슨을 날카롭게 비난했다. 아마 내일이면 사교계에 그녀들에 대한 소문이 쫙 퍼질 것이다. 실제로는 그녀들이 작은 실수를 했다고 해도.

그것이 사교계였다.

"……나는 이만 가볼게. 몸이 좋지 않아서."

비앙카는 이미 한 꺼풀 가면이 벗겨진 것처럼 무표정했다. 더 이상 자애로운 표정을 연기할 수 없었다.

헬리아는 돌아서는 비앙카의 표정이 잔뜩 일그러져 있는 것을 느꼈다. 비앙카의 연기가 아무리 뛰어난들 결국 온실 속의 화초. 거센 비바람을 헤친 헬리아를 결코 뛰어넘을 수 없었다.

'자, 그럼 이제 슬슬 진짜를 만나러 가야겠군.'

그녀의 눈동자에 아돌프 후작과 플로렌스 공작이 어렸다. 그녀에게 비앙카와의 일은 그저 입가심에 불과했다. 그녀의 짓궂은 미소는 여전히 이어졌다.

✳

쨍그랑─

"젠장! 젠장! 그 빌어먹을 년!"

입에 담지 못할 정도로 심한 욕설이 터져 나왔다. 자신의 방으로 돌아온 비앙카는 테이블에 놓인 화병은 물론 던질 수 있는 물건은 모조리 바닥으로 내팽개쳤다.

"헉, 헉."

그러나 화는 쉽게 가라앉지 않았다. 이미 그녀의 성정을 익히 알고 있는 시녀들은 그저 폭풍이 지나가길 간절히 바랄 뿐이었다. 비앙카는 씩씩거리며 손톱을 물어뜯었다.

"그깟 년이 감히! 천하고 더러운 핏줄 주제에!"

자신의 장난감이 도리어 자신을 장난감 취급했다. 비앙카의 뇌리에 그녀가 당한 일과 함께 왕의 손을 잡고 미소를 짓는 헬리아의 얼굴이 스쳐 지나갔다.

"엘로나! 엘리슨!"

그녀의 앞에 엘론 백작가의 영애들이 고개를 푹 숙인 채 서 있었다.

"그깟 일 하나 제대로 못 해?!"

비앙카가 엘로나와 엘리슨의 뺨을 세게 쳤다. 얼마나 세게 쳤는지 두 자매의 입술이 터져 피가 흘러내렸다.

"죄, 죄송합니다."

"용서하는 건 이번 만이다. 다음에도 이런 실수를 한다면 엘론 백작가를 가만두지 않을 것이다."

"제, 제발 그것만은!"

자매가 부들부들 떨었다. 비앙카의 말 한 마디에 그녀들의 목이 뎅강 잘려 나갈 수 있었다. 왕국의 실세인 아돌프 후작의 외손녀인 비앙카는 그만한 힘이 있었다.

"으득, 네년을 반드시!"

비앙카는 차오르는 독기에 몸을 떨었다. 아직 두 사람의 싸움이 끝나지 않았음을 예고하고 있었다.

✳

"역시 왕국 최고의 미녀였던 세니아 후궁을 닮았군요."

"과연 여신이 따로 없군요."

그녀의 아름다운 외모에 대한 찬양은 입에서 입으로 옮겨갔다. 그것에 그치지 않고 그녀가 입고 있는 옷과 장신구들까지 관심을 보이기 시작했다.

"저 드레스는 대체 어디서 산 걸까요?"

"저런 옷은 본 적이 없어요. 얼른 알아봐야겠어요!"

헬리아 공주의 등장은 모든 귀족을 놀라게 하기에 충분했다. 하지만 젊은 귀족 남녀들이 헬리아의 외모에 놀란 것과 달리 정치판에서 구르고 구른 노련한 귀족들은 다른 의미에서 크게 놀라고 있었다.

"자네도 보았는가?"

"흠, 놀랍군. 그 철혈의 전하께서."

"이거 혹시 판도가 뒤집히는 거 아닙니까?"

"설마요."

빈센트와 헬리아 공주의 등장. 그 하나만으로 노련한 정치인들은 그 파장이 갖고 올 파란을 읽었다.

"흐음."

아돌프 후작의 눈이 날카롭게 헬리아 공주를 쓸어내렸다.

"좋지 않군."

후작은 주변에서 들려오는 이야기에 눈썹을 일그러뜨렸다. 상황이 이렇게 되어버리면 헬리아 공주를 단순히 이용하겠다는 계획을 수정해야 한다.

"헬리아 공주에 대한 왕의 총애가 이 정도일 줄은 몰랐습니다."

후작의 곁에 있던 페이튼 자작이 주변을 둘러보며 입을 뗐다.

"헬리아 공주의 존재를 가벼이 넘겨서는 안 될 것 같습니다."

"……흠."

후작은 낮게 신음을 흘렸다. 이제까지 국왕 빈센트는 그 누구에게도 곁을 내주지 않았다. 아니, 13년 전 죽은 세니아 후궁을 제외하고 말이다.

왕은 심지어 왕비인 캐서린에게조차 살갑게 대하지 않았다. 오직 왕비로서 대우할 뿐. 그렇기 때문에 특별한 행사가 아니고서는 함께 등장하지 않았다. 한데 헬리아 공주는 달랐다.

"설마……."

후작의 눈이 어둡게 번들거렸다. 그는 오랫동안 아르센 국왕을 지켜봐 왔고, 그가 오늘 짓고 있는 웃음이 항상 짓던 그 가식적이고 무언가 숨기는 듯한 웃음이 아니라는 것을 알아차렸다.

'헬리아 공주를……?'

순간 아돌프 후작의 눈이 커졌다. 문득 어떤 사실이 떠오른 탓이다. 워낙 그녀의 존재가 부각되지 않아서 생각지 못했던 것. 너무 어이가 없고 말이 되지 않았지만, 잘 생각해 보면 결코 이상한 일이 아니었다.

"불쾌하군."

헬리아 공주 또한 왕위 계승자 중 한 명이라는 것을.

"페이튼."

"예, 후작님."

후작이 눈썹을 모았다. 그날 보여줬던 헬리아 공주의 금빛 눈동자가 떠올랐다. 불안감이 점점 더 커져 갔다.

"늑대를 쫓아내려다 호랑이를 불러들였구나."

"하오면……."

"서둘러 왕세자를 폐위시켜야겠다. 귀족들을 소집해라."

"존명."

페이튼 자작은 고개를 숙이고 자리에서 벗어났다. 아돌프 후작은 눈을 가늘게 뜨고 헬리아 공주를 바라보았다.

"기우인 것인가, 아니면……."

자신의 오랜 연륜이 경각을 울리고 있었다. 그는 한시라도 빨리 왕세자를 폐위시키고 2왕자를 올려야겠다고 생각했다.

"불안 요소를 그대로 놔둘 순 없지."

그의 눈동자가 날카롭게 빛났다. 그때 뒤를 돌아보던 헬리아 공주와 그의 시선이 마주쳤다.

"반갑습니다, 아돌프 후작."

헬리아는 좀 전까지만 해도 날카롭게 자신의 뒤통수를 긁어대던 그의 기세가 온데간데없이 사라지자 속으로 고소를 지었다.

"열여덟 생신을 축하드리오."

후작은 입가에 옅은 미소를 짓고 있었다. 그러나 그의 주름진 눈가는 전혀 움직이지 않았다. 헬리아는 그의 눈동자에 서린 경계의 눈빛을 보았다.

'정말 민폐로군.'

그녀는 빈센트를 떠올리며 입맛을 다셨다. 그가 자신과 함께 등장하지 않았다면 이 정도로 후작이 경계심을 가지지는 않았을 테니 말이다. 좀 더 후작의 눈을 피할 생각이었건만, 작전을 수정할 필요가 있었다.

하나 달라질 건 없었다. 조금 빨라졌을 뿐이다. 헬리아는 웃었다. 그 웃음 속에는 언제든 후작의 심장을 가를 날카로운 칼날이 숨겨져 있었다.

"후작님 덕분입니다."

"제가 한 게 뭐가 있겠소?"

"아니지요. 후작님이 아니었다면 제가 이렇게 나올 수 있었겠습니까? 누군가의 악독한 모함 때문에 계속 성 안에 갇혀 살았겠지요."

악독한 모함이라는 단어에 후작의 눈이 살짝 움직였다. 그러나 노련한 후작답게 겉으로 드러나지는 않았다.

"그보다 전하께서 공주님을 많이 아끼시는 모양이오. 누구와 함께 드신 적이 없는 분이거늘."

"그저 우연히 문 앞에서 마주쳤을 뿐입니다."

후작의 눈이 가느다래졌다. 그는 턱을 쓰다듬으며 낮게 말을 뱉었다.

"그것참 매우 공교롭구려."

"원래 우연이라는 것이 참으로 공교로운 거 아니겠습니까? 하여 우연이라 부르는 것이겠지요."

헬리아가 싱글거리며 빈센트가 했던 대답을 되돌려 주었다. 후작은 헬리아를 보며 입꼬리를 말아 올렸다. 당돌했다. 자신을 상대로 이처럼 당당히 말하는 자는 없었다.

'결국 호랑이 새끼라는 건가.'

열여덟밖에 안 되는 어린 여자의 눈빛에서 후작은 빈센트의 그림자를 보았다. 그녀의 눈에는 한 치의 두려움도 존재하지 않았다.

'헬리아 공주라……'

직접 마주한 그녀는 더욱 위험했다.

'서둘러 처리해야겠군.'

후작의 눈빛이 일순 날카로워졌다.

"그럼 파티를 즐기시길. 공주님의 소중한 생이 지속되길 바라겠소."

"감사합니다. 그 말을 들으니 더 오래 살 것 같네요."

헬리아가 싱긋 웃으며 맞받아쳤다. 후작은 헬리아를 싸늘한 눈빛으로 한번 봐주고는 몸을 돌렸다. 그는 멀지 않은 곳에 서 있는 플로렌스 공작과 눈을 마주치곤 유유히 홀을 빠져나갔다.

"굳이 자극할 필요 있었는가?"

홀을 빠져나가고 있는 아돌프 후작의 뒷모습을 힐긋 바라보던 플로렌스 공작이 혀를 차며 헬리아에게 다가왔다. 헬리아는 어깨를 으쓱이며 답했다.

"원한 바는 아니었지만, 애초에 어긋난 인연입니다."

만약 오늘 연회에 빈센트와 함께 등장하지 않았다면 아돌프 후작은 오늘처럼 경계심을 바로 드러내지 않았을지도 모른다. 하지만 이제 와 되돌릴 순 없는 노릇. 헬리아는 후회하지 않았다.

공작이 그녀의 대답에 눈가를 좁혔다.

"그럼 그 끝이 어떨지 이미 알면서 그것을 후작에게 넘긴 것인가?"

공작의 눈빛에는 그녀의 속내를 반드시 밝혀내고자 하는 의지가 듬뿍 담겨 있었다. 날카롭게 진실을 파헤치려는 그 눈빛에도 헬리아는 결코 주눅 들지 않았다.

"그게 가장 최선의 방법이었습니다."

"공주, 그대의 무죄를 위해서?"

공작의 목소리가 점차 낮아졌다. 헬리아는 공작을 바라보며 한쪽 입꼬리를 살짝 올렸다. 추궁하는 말투가 가히 좋지는 않았지만 그의 입장에선 그렇게 나올 만했다. 하지만 헬리아에겐 그녀 나름의 입장이 있었다.

"아니라고 말은 못 하겠군요."

"내게 주었더라도 공주의 무죄를 증명할 수 있었네."

그녀의 금안이 날카롭게 공작을 응시했다.

"지금과 같은 결과를 만들 수 있었을까요?"

공작의 눈썹이 치켜 올라갔다.

"아돌프 후작이 하는 것과 공작님이 하는 것은 다릅니다."

"……."

"공작님이 제 무죄를 밝힌다 하더라도 말이 많을 겁니다. 여전히 제 꼬리표에 독살이라는 단어가 따라올 겁니다. 하지만 후작이라면 다르죠."

헬리아는 공작을 바라보았다.

"공작님 정도 되시면 아실 거라 생각합니다. 그들 손으로 폐위시킨 절 그들 손으로 다시 복위하는 것이 어떤 의미인지. 그들 스스로 자신들이 저지른 일을 뒤엎은 겁니다. 한 번 뒤엎은 일은 그들이 다시 뒤엎을 수 없습니다."

그녀에게 덮어씌워졌던 독살이라는 단어를 완벽히 지우기 위해 헬리아는 후작의 힘을 사용했다.

공작은 침음했다. 예상했던 답이었다. 그저 후작의 목을 잘라낼 기회를 잃었다는 것이 못내 아쉬웠을 뿐이다. 헬리아 공주의 심계가 녹록치 않은 것을 느낀 공작은 설핏 목덜미에 이는 소름에 잠시 목을 손으로 쓸어내렸다.

헬리아는 공작의 속내를 읽고 피식 웃었다.

"어차피 그것이 공작님이 손에 들어간다 한들 소용없습니다."

공작의 눈매가 뾰족해졌다.

"무슨 뜻인가?"

헬리아의 입이 호선을 그렸다.

"공작님이 그것을 가지고 할 수 있는 일은 한 가지뿐입니다. 후작의 치는 것. 아닌가요?"

"……."

"복수 좋죠. 하지만 그 복수가 과연 성공할까요? 아니, 그 복수가 과연 공작님의 마음에 들까요? 후작은 반드시 어떻게든 빠져나갈 겁니다. 그리고 그는 혼자 죽지 않을 겁니다."

후작이 죽기 살기로 덤비면 그 화는 공작에게도 닿는다. 헬리아의 말을 알아들은 공작은 입을 열지 못했다.

"눈앞의 복수에 연연해 미래를 저버리는 일만큼 어리석은 일도 없습니다."

"……."

공작은 차마 반박할 수 없었다. 그녀의 말대로 자신이 그것을 가지고 할 수 있는 일이란 후작의 목을 취하는 것뿐이었다. 후작에게 복수를 하는 것은 좋다. 그러고 나면?

공작은 낮게 침음을 흘렸다. 그녀가 그에게 전달하고자 하는 것을 알아차린 것이다.

"……2왕자인가."

헬리아가 고개를 끄덕였다.

"2왕자가 존재하는 한 공작님의 위치는 여전히 불안합니다. 그것만 가지고는 2왕자를 건드릴 수 없습니다. 그 상태에서 후작을 치면, 2왕자가 가만히 있을까요?"

"……후우."

공작은 깊은 한숨을 내뱉었다. 살아온 세월이 그를 분노에 몸을 맡기기보다 이성적으로 움직이게 만들었다. 자신의 아들이 눈앞의 복수에 연연할 때도 그만은 의연하게 대하지 않았던가. 단지 헬리아 공주의 입을 통해 다시 한번 현재 상황을 인식하게 되니 참담할 뿐이다.

"그럼 공주는 다르다는 말이오?"

공작은 가장 묻고 싶었던 말을 꺼냈다. 헬리아 공주는 그저 웃어 보였다. 그러나 공작은 그녀의 눈동자에 인 스산한 빛에 순간 소름이 돋아났다. 열여덟 살이라고 믿기 힘든 눈동자였다. 짧게나마 봐왔던 그녀는 심계가 깊고 냉철했다. 게다가 엘라드 상단의 상단주다. 왠지 그녀라면 무언가 큰일을 만들 것 같은 예감이 들었다.

'역시 피는 못 속이는군.'

공작은 그녀의 눈빛과 미소에서 빈센트를 보았다. 과거 헬리아 공주가 빈센트의 딸이 아니라는 소문이 돌았다. 그녀의 눈동자와 외모는 빈센트의 어느 하나 닮지 않았고 오로지 그녀의 어머니인 세니아 후궁을 쏙 빼닮았기 때문이다.

하지만 성장한 헬리아는 세니아 후궁이 아니라 오히려 빈센트를 닮

아 있었다. ˙

'정말 이자가 그 헬리아 공주란 말인가?'

보고도 믿기지 않았다. 8년의 세월이 이토록 사람을 변하게 만든 것일까. 하지만 사람의 본질은 쉽게 바뀌지 않는 법이다.

'마치 아예 다른 사람 같군.'

그러나 그럴 리 없기에 공작은 고개를 저었다.

헬리아가 천천히 입을 뗐다. 그러자 공작도 상념에서 벗어나 그녀를 바라보았다.

"한 가지 말씀드리자면, 저는 약속을 지켰습니다."

"그건⋯⋯."

공작은 플로렌스 영지에서의 대화를 떠올렸다. 헬리아는 공작을 향해 미소를 지었다. 누가 봐도 한눈에 반할 만큼 아찔한 미소였다.

공작은 그 눈빛에서 섬뜩함을 느꼈다.

'이제 선택하라는 건가.'

공작은 마주쳐 오는 그녀의 금안에 살짝 몸을 떨었으나 이내 침착한 표정을 되찾았다.

"시간이 필요하오."

"시간이라. 그렇군요, 그럼 드리지요. 하지만 시간이 많지 않을 겁니다. 부디 빠른 시일 내에 뵙길 바랍니다."

헬리아는 공작을 남겨 두고 자리를 벗어났다. 공작은 무겁게 내려앉은 눈꺼풀에 잠시 눈을 감았다.

"⋯⋯후우, 선택해야 하는 건가."

공작은 이내 눈을 뜨고 검은 눈동자로 헬리아의 뒷모습을 담았다. 복잡한 상념이 그의 머릿속을 휘저었다. 단순히 그녀만 믿고 자신의 목숨과 가문을 내놓을 수 있을지.

"선택이라⋯⋯."

하지만 이미 답은 나와 있었다.

✴

'끝이 없군.'

헬리아는 자신에게 몰려드는 사람들 때문에 안면이 마비되는 기분이었다. 계속 미소를 짓고 있으려니 고역도 그런 고역이 없었다.

아돌프 후작과 플로렌스 공작이 모두 헬리아 공주와 이야기를 나누자 하이에나처럼 귀족들이 그녀를 향해 달라붙기 시작했다. 독살 사건은 잘 마무리되었고, 그녀는 왕의 총애를 받는 공주가 되었다. 그녀에게 잘 보여서 나쁠 것이 없었다. 그걸 잘 알기에 자식이 있는 귀족들은 너 나 할 것 없이 헬리아에게 자식을 소개하기 바빴고, 영애들은 그녀의 옷과 장신구에 관심을 보였다.

처음에는 웃으며 그들을 대했지만 시간이 지날수록 강철 같은 체력의 헬리아도 점차 지쳐 갔다.

"잠시 실례하겠습니다."

"아, 저……."

"실례하겠습니다."

"아, 아, 예."

헬리아는 마지막에 그녀를 붙잡는 귀족을 서릿발 치는 눈빛으로 떼어내고 테라스로 걸어갔다.

'이런…….'

그런데 그녀가 들어가고자 한 테라스에 이미 선객이 있었다.

창가에 비친 어스름한 인형에 헬리아는 다른 테라스를 살폈지만 이미 모두 사람이 있었다. 게다가 뒤에는 눈을 반짝이며 사람들이 자신을 보고 있었다. 결국 실례를 무릅쓰고 테라스의 문을 열었다.

"죄송합니다. 잠시 실례⋯⋯."

헬리아의 눈이 동그래졌다. 안에 있는 선객에게 양해를 구하기 위해 입을 열려는 찰나, 그녀는 그 사람이 누군지 알아차렸다.

"⋯⋯당신은."

헬리아는 미간을 찌푸렸다. 어찌 잊을 수 있을까. 검은 머리카락과 검은 눈동자. 마치 까마귀를 연상케 했다.

'까마귀?'

순간 과거의 기억 한 조각이 되살아났다. 오늘처럼 파티가 있던 그날. 테라스의 문을 열고 보았던 그 남자아이. 심연처럼 어두운 눈동자가 곧게 헬리아를 직시했다.

헬리아는 자신도 모르게 눈을 가늘게 떴다. 그를 보았을 때의 그 찜찜함이 바로 이것이었나? 그를 볼 때마다 낯익었던 이유를 알아차렸다. 그녀는 표정을 굳히고 몸을 돌렸다. 이미 지나간 일이지만, 그는 자신을 향해 살기를 풀풀 풍기며 목에 칼을 들이밀지 않았던가? 싫다는 사람과 함께 있고 싶은 마음은 없었다.

"실례했군요."

어쩔 수 없이 다른 곳으로 가야 할 듯싶어 몸을 돌리려는 찰나, 그가 입을 열어 그녀의 발걸음을 붙잡았다.

"이안 플로렌스입니다."

낮은 저음의 목소리는 그녀의 귓가에 오랫동안 맴돌았다. 그 안에는 꾹꾹 눌러 담은 울분이 섞여 있었다.

'아니, 내가 뭘?'

헬리아는 이안을 보았다. 이안의 눈은 일반적인 갈색기 도는 눈동자와는 차원이 달랐다. 깊은 심연처럼 어둡고, 지독히 어두운 만큼 맑았다. 저 새카만 눈동자에 빛이 일렁이자 왠지 그녀는 자신이 무언가 잘못한 것 같은 느낌을 받았다. 차마 무시할 수 없어 나가지 못하자 이안이 한 걸음 다가왔다.

"생각해 봤습니다."

"뭘 말이죠?"

"당신의 입장."

이안은 머리를 식히고 또 생각했다. 8년간 궁에 갇힌 헬리아가 무죄가 될 수 있는 방법은 후작과 거래를 하는 것 외에 없었을 것이다. 그렇기에 그녀의 행동을 마냥 책할 수는 없었다. 거기다 엘라드 상단주의 위치에 오른 그녀다. 무엇이 가장 효과적인지 잘 알았을 것이다. 하지만 머리로는 이해되어도 가슴으로는 용납할 수 없었다. 이안은 주먹을 세게 말아 쥐었다.

"하지만 제 입장도 있습니다."

"그래서?"

어차피 이리된 마당에 예의를 차려 봤자 뭐 하나 싶었다. 헬리아의 반말에 이안의 눈썹이 미묘하게 치켜 올라갔다. 상대가 아무리 공주라고 하지만 그 또한 그에 못 미치는 신분이 아니었다. 게다가 나이는 다섯 살이나 어린 여자의 말투가 묘하게 거슬렸다.

이안은 잠시 숨을 골랐다.

"아버지는, 아니, 플로렌스 공작님은 당신을 선택할 겁니다."

이안의 눈매가 날카롭게 변했다.

"그러나 저는 당신의 사람이 아닙니다. 지켜볼 것입니다. 과연 당신이 그만한 가치가 있는지."

"……."

"후작은 이제 당신을 경계할 것입니다. 부디 후작에게 죽지 마십시오."

이안은 차갑게 일갈하고는 몸을 돌렸다.

헬리아는 저게 걱정하는 건가 비꼬는 건가 생각하다가 돌연 뒤를 돌아보는 그의 눈을 보고 문득 가슴이 서늘해졌다.

"이제는 저를 봐도 아무렇지 않군요."

"잠깐……."

그러나 이안은 그 말 한마디를 남기고 돌아갔다. 홀로 남겨진 헬리아는 멍하니 서서 그의 말을 되새겼다.

"……도대체 무슨 말이지?"

마지막에 보인 그의 표정이 너무나 슬퍼 보여서 헬리아는 그를 붙잡지 못했다.

✳

밤이 되자 바람은 차가워지고 어두운 밤하늘엔 달과 별이 함께 반짝였다. 쌀쌀한 바람이 헬리아의 피부를 스치고 지나갔다.

헬리아는 밤하늘을 바라보다 문득 이안의 마지막 표정이 떠올랐다. 쉽사리 잊어지지 않을 표정이었다. 바늘 한 치 들어가지 않을 냉정한 얼굴을 한 주제에 눈에는 애잔함이 가득 들어차 있었다. 새카만 밤하늘의 저 반짝이는 별빛처럼. 이안의 눈도 그러했다.

"왜 이렇게 찜찜한 거야……."

헬리아는 깔끔하게 빗어 올렸던 머리를 흩뜨렸다. 그러자 그녀의 금발이 폭포수처럼 쏟아져 내렸다.

"후우……."

답답함을 한숨으로 풀어냈다. 플로렌스 공작과 손을 잡아야 하는 이때 플로렌스 공작의 후계자인 이안과 껄끄러운 사이가 되는 건 피하고 싶었다.

헬리아는 난간에 기대 밖을 내려다보았다. 데이지궁에서 보았을 때와는 다른 풍경이 그녀의 눈앞에 펼쳐졌다. 성벽에 답답하게 가려져 있던 시야가 확 트여 있었다.

그러나 여전히 멀리 성벽이 보였다. 그때와 지금이 달라지긴 한 것일까? 보이지 않은 성벽이 여전히 그녀의 주위를 둘러싼 것 같았다.

"여기서 혼자 뭐 해?"

옅은 물내음과 함께 불쑥 들려온 목소리에 헬리아는 이미 그가 누군지 알아차렸다. 푸른 머리카락을 나부끼며 등장한 엘라임이 어느새 난간에 걸터앉아 있었다. 엘라임이 미미하게 미간을 좁혔다.

"뭐야, 반응이라도 해주라고."

헬리아의 시큰둥한 반응에 엘라임이 툴툴거렸다. 하여튼 간에 전혀 귀엽지 않은 계약자였다.

"무슨 일이야?"

무심한 그녀의 말에 엘라임은 눈을 살짝 구겼지만, 조금 머뭇거리다 입을 열었다.

"그게……."

"뭔데?"

주위를 성가시게 서성거리는 엘라임을 보며 헬리아는 미간을 찡그렸다.

"큼!"

엘라임이 헛기침을 두어 번 내뱉은 후 입을 열었다.

"생일 축하해."

"……."

"어라?"

엘라임은 그녀가 아무런 반응도 보이지 않자 시무룩해졌다. 생일을 진심으로 축하해 주려고 쑥스러움을 무릅쓰고 말한 것인데 반응이 영 시원치 않았다.

"뭐야, 인간들은 생일 때 이런 말 해준다고 들었는데, 아니야?"

"아, 그렇지. 그러네."

"이상해?"

"아니, 좀 뜻밖이라."

헬리아는 피식 웃었다. 생일 축하한다는 말을 들어본 적이 있었던가? 너무 오래전 일이라 기억이 잘 나지 않았다. 이곳으로 오기 전 그곳에서도 그런 말을 들어본 적이 없었다.

이곳에서 눈을 뜬 이후로도 생일에 관해서는 신경 쓰지 않았다. 평민들은 딱히 생일에 신경을 쓰지 않기 때문에 엘라드 상단 사람 중 누구도 그녀의 생일을 알지 못했고, 한 명 알고 있는 세바스찬은 생일을 챙겨 주려고 했지만 헬리아가 거부했다. 어차피 중요하지 않다고 생각해서였다.

'생일 축하해라니……'

그런데 막상 축하한다는 말을 들으니 기분이 묘했다. 거기다 사람이 아닌 정령에게 그 말을 들으니 더욱 그랬다.

헬리아는 엘라임을 빤히 쳐다보았다. 8년 전 처음 보았을 때나 지금이나 그는 어느 것 하나도 달라지지 않았다. 유쾌했고 편안했다. 때로는 8년이 아니라 평생을 함께해 온 것 같은 느낌도 들었다. 만약 엘라임이 아니었다면 자신은 이 자리에 서 있을 수 있었을까? 아마 그러지 못했을 거다. 그가 있었기에 비로소 자신은 이곳에 설 수 있었다. 새삼 8년의 세월을 돌아보며 헬리아는 생각했다. 자신이 받은 최고의 선물은 그가 아닐까 하고.

"네가 있어 다행이다."

이례적인 헬리아의 칭찬에 엘라임의 입꼬리가 부드럽게 올라가고 눈매가 예쁘게 휘었다. 그는 정말 기쁘다는 듯 웃었다.

"그러니까 나한테 잘하라고."

"무임금의 노동력은 언제나 소중한 법이지."

"야!"

좋은 소리 하나 했더니. 엘라임은 볼을 부풀렸다.

"내가 아니면 누가 너한테 이런 거 해주겠어. 나니까 해주는 거야."

"……."

헬리아의 반응이 이상하자 엘라임이 아차 싶었다.

"설마 내가 처음 축하해 주는 건 아니지? 오늘은 네 생일이잖아?"

엘라임이 안절부절못하자 헬리아는 피식 웃었다. 그의 말에 다시 한 번 깨달았다. 어느 누구도 그녀의 생일에 관심이 없다는 것을. 순수하게 그녀의 생일을 축하해 준 사람은 아무도 없었다. 아니, 그러고 보니 한 명 있었다. 누구보다 먼저 가장 진심을 담아 말해준 사람이.

"열여덟 생일을 축하한다. 헬리아."

헬리아는 빈센트를 떠올리다 이내 눈을 감았다. 아직 그에 대해선 생각하고 싶지 않았다. 헬리아는 웃음을 멈추고 난간에 기대어 별이 총총 박힌 하늘을 올려다보았다.

"생일 축하한다는 말은 좋은 거겠지?"

당연한 것을 묻는다는 듯 엘라임은 의아해했다.

"탄생을 축하하는 거니까 좋은 거 아니야?"

헬리아는 작게 미소 지었다.

"처음 들었어, 그 말."

너무 작은 소리라, 아니, 거의 들리지 않은 소리나 다름없어 엘라임은 듣지 못했다. 이제까지 그녀의 탄생을 축하해 주는 이는 하나도 없었다. 그녀를 버린 부모, 그녀를 키워준 양부모도. 그들은 그녀의 존재 자체를 거부했다. 생일은 고사하고 사람대접도 받지 못하며 살아왔다. 이곳에 와서도 헬리아는 그런 존재였다.

"훗."

그래도 적지만 그녀의 탄생을 축하해 주는 사람이 있었다.

"태어나길 잘한 건가."

헬리아는 너털웃음을 흘렸다.

"큼큼."

분위기가 너무 우중충해지자 엘라임이 얼른 그녀의 관심을 돌렸다.

"자, 받아."

투박한 종이 상자에 붉은 리본을 엉성하게 묶은 선물 상자였다.

"이게 뭐야?"

헬리아는 전혀 예상치 못한 선물에 깜짝 놀랐다.

"선물이야."

"돈은 어디서 났고?"

"시어머니 같은 소리 하기는."

"훔친 건 아니겠지?"

"돈이나 주고 말해."

이제 와서 말하지만 헬리아는 무임금으로 엘라임의 노동력을 착취하다시피 했다. 고로 그에게 돈이 있을 리가 없었다.

"정말 아니지?"

"아니야!"

엘라임의 과격한 반응에 헬리아는 의심의 눈초리를 거두고 다시 선물을 살펴보았다.

"이것 참. 살다살다 정령에게 선물을 다 받다니."

이런 경험을 한 사람이 또 있을까? 그녀는 어이 반, 놀람 반으로 선물을 풀어 보았다. 상자 안에는 손가락 한 마디만 한 붉은 보석이 들어 있었다. 눈물 모양으로 마치 루비 같기도 하고, 가넷 같기도 했다.

"이게 무슨 보석이야?"

상단 일을 하면서 수많은 보석을 보아온 헬리아였지만 이런 빛깔을 내는 보석은 난생처음이었다.

엘라임은 씨익 입꼬리를 올리며 말했다.

"자그마치 정령의 눈물이란 말씀!"

"……!"

헬리아의 눈동자가 화등잔만 하게 커졌다. 정령의 눈물은 말 그대로 정령의 눈에서 흘러내려 생성된 보석이다. 정확히 말해, 보석이라는 표현도 인간의 범주에서 생각한 것이지 실제로는 정령의 결정체로 보는 것이 맞다.

정령의 눈물은 정령의 속성에 따라 다양한 효능을 지닌다. 불의 정령이 흘린 눈물에는 열기가, 바람의 정령이 흘린 눈물에는 바람이, 물의 정령이 흘린 눈물에는 물이, 마지막으로 흙의 정령이 흘린 것에는 흙의 힘이 담겨 있다.

아름다운 빛깔뿐만 아니라 아티팩트에 버금가는 효과를 지닌 보석이지만, 실제 그것이 사람들 앞에 모습을 보인 적은 드물다. 여태 많은 보석을 보아온 헬리아도 책에서 본 것을 제외하고 실제로 본 것은 처음이었다.

'정령의 눈물에는 정령의 생명력이 담겼다고 하는데.'

헬리아는 전에 봤던 책에서 정령의 눈물을 흘린 정령은 자신의 생명력을 모두 보석에 담고 사라진다는 구절이 떠올랐다.

"정말 정령의 눈물이야?"

"불의 정령왕의 눈물이야."

헬리아는 정말 놀랐다. 일반 정령도 아니고 무려 불의 정령왕이라니! 그녀가 놀라는 모습에 엘라임이 히죽 웃었다.

"그럼 불의 정령왕은?"

정령의 눈물은 정령의 목숨. 불의 정령왕의 눈물이 자신의 손에 있다면 그 정령왕은 어찌 되었을까?

엘라임이 답했다.

"잘 살고 있어."

"……뭐?"

"눈물 한 번 흘렸다고 죽으면 정령은 다 죽게?"

"아니야?"

엘라임이 볼을 긁적이며 대답했다.

"맞긴 맞아."

"도대체 뭐가 맞다는 거야?"

헬리아가 미간을 찡그리자 엘라임이 입가에 웃음기를 지웠다.

"인간들이 아는 정령의 눈물은 전부 가짜야."

"가짜?"

"정령의 눈물은 정령의 생명력, 즉 목숨으로 만든다는 것은 맞아."

"그럼?"

그 순간 엘라임의 표정이 너무 낯설어 헬리아는 순간 흠칫했다.

"하지만 정령은 진짜 눈물을 흘리지 않아."

엘라임은 언제 그랬냐는 듯 싱긋 웃었다.

"정령도 소멸되기 싫어하거든."

"……그래?"

왠지 묘한 기분이었다. 헬리아는 엘라임이 뭔가 말하지 않은 게 있다고 느꼈다. 정령의 눈물이 전부 가짜였다면 정령의 생명력이니 목숨이라는 말이 나오지 않았을 테니 말이다. 헬리아는 더는 파고들지 않고 귀걸이를 내려다보았다.

"그럼 이건?"

"아, 그건 말이지. 큭큭."

엘라임은 불의 정령왕과의 일을 떠올리고 큭큭 웃었다.

"그놈 볼살을 쭉 잡아당겼더니 눈물을 찔끔 흘리더라고. 그래서 잽

싸게 가져왔지."

아, 그때 그놈 표정을 그림으로 남겨놨어야 하는데. 아쉬워하는 엘라임의 표정을 보고 헬리아는 고개를 설레설레 저었다.

신비는 신비로 있을 때가 가장 아름다운 법. 헬리아는 뭐든 믿을 게 못 된다며 혀를 찼다. 그래도 모처럼의 선물이니 좋게 받아들이기로 했다. 그녀가 귀걸이를 주머니에 넣으려 하자 엘라임이 그녀의 팔을 붙잡았다.

"왜?"

"줘 봐. 내가 해줄게."

"귀도 안 뚫었는데?"

"걱정 마."

엘라임이 헬리아의 손에 있던 귀걸이 한 쌍을 낚아채더니 그녀의 귀로 손을 가져갔다. 그의 차가운 손에 헬리아는 목을 움츠렸지만 이내 그의 손길을 받아들였다. 엘라임이 가까이 다가오자 바다 향이 맡아졌다. 결코 향수로는 흉내 낼 수 없는 시원한 향이었다.

"안 아프지?"

언제 귀에 걸었는지 눈 깜짝할 사이였다. 헬리아는 아무런 느낌도 들지 않아 손으로 귀를 만졌다. 확실히 귀걸이가 걸려 있었다.

"마법인가?"

헬리아는 귀걸이를 만지작거리다 문득 든 생각에 입을 열었다.

"그런데 왜 불의 정령왕이야?"

"너한텐 내가 있으니까."

엘라임이 히죽 웃으며 말하자 헬리아는 너털웃음을 터뜨렸다. 그러다 짓궂은 웃음을 지은 채 다가갔다.

"그러고 보니 볼을 잡아당겼더니 울었다고?"

"아, 으응."

엘라임은 다가오는 헬리아에게서 왠지 모를 섬뜩함이 느껴져 뒷걸음쳤다. 그러나 바로 난간에 부딪치고 말았다.

"호오. 그거 참 편리한데?"

"펴, 편리하다니?"

헬리아가 귀걸이를 만지작거렸다. 그 유명한 정령의 눈물이다. 그리고 그게 어떻게 만들어지는지 잘 알았다.

"정령이 눈물을 흘리면 언제든 만들 수 있네?"

"그, 그건 무리야. 아무래도 최소한 최상급 이상 정령이어야 하니……."

"그래? 마침 여기엔 무려 정령왕이 있군."

"헉!"

엘라임은 헬리아의 말에 사색이 되었다. 그녀의 손에 온몸이 멍으로 도배된 자신의 환상을 보았다.

"자, 잠깐. 난 정령계에 갑자기 볼일이!"

그러면서 쓩! 하고 바람처럼 그가 사라지자 헬리아는 크게 웃었다.

"잘 받을게."

이미 사라진 엘라임을 향해 말을 내뱉고는 난간에 기대었다. 쌀쌀했던 바람도 어느새 춥지 않았다.

"귀걸이 때문인가."

아니면 그의 마음 덕분인가.

제10장 암습

어딘가에서 사각거리는 소리가 들려왔다. 그것은 아르센 왕국의 심처에 조성된 한 정원에서 나는 소리였다.

한 손에 나무를 들고 한 손엔 조각칼을 든 남자가 정성스럽게 조각을 하고 있었다. 얼마나 열중을 하는지 남자의 얼굴에 송골송골 땀방울이 맺혔다. 그러나 그의 입가에는 옅은 미소가 묻어 있었다.

"전하, 플로렌스 공작님이 찾아오셨습니다."

시종의 말에 빈센트가 뒤를 돌아보자 뒤에는 플로렌스 공작이 서 있었다.

"왔는가?"

빈센트는 그제야 조각도를 손에서 놓고 그를 바라보았다. 시종이 뒤로 물러나자 정원에는 플로렌스 공작과 빈센트 둘만 남았다. 그러나 진짜 둘만은 아니었다. 보이지 않은 곳에 국왕을 지키는 그림자들이 포진해 있었다.

플로렌스 공작은 빈센트의 옷에 묻어 있는 나무 껍데기를 보고는 혀를 찼다.

"도대체 뭐 하는 겐가?"

일국의 왕을 대하는 태도가 아니었다. 마치 친근한 친우를 대하는 듯
했다.

"일국의 왕이 조각이나 하고 있다니."

그러나 빈센트는 개의치 않았다. 오히려 히죽 웃으며 말했다.

"어울리지도 않게 장미나 키우는 어디 공작보다는 낫네."

한 방 먹은 공작은 소태를 씹어 먹은 듯 얼굴을 구겼다.

"예나 지금이나 자네의 그 입담은 여전하구먼."

빈센트와 플로렌스 공작은 동갑인데다가 같은 아카데미를 수학한 친
우였다. 게다가 더 어릴 적 공작은 국왕의 놀이 친우였다. 더없이 가까
운 사이라 남들이 보지 않는 곳에선 서로 툭 터놓고 이야기하곤 했다.

"빈, 자네는 10년 전이나 지금이나 변한 게 하나도 없어. 그 얼굴하
며. 무슨 약이라도 먹은 겐가?"

"원래 내가 좀 동안이라네."

얼어 죽을. 공작은 입술을 틀어 올렸지만 딱히 뭐라 반박할 말을 찾
지 못해 입을 다물었다.

"안 하던 조각은 왜 하는가?"

"선물을 할 거네."

"누구에게?"

"누구긴 누구야."

"지극정성이로군."

빈센트는 웃으며 자신의 옷에 묻어 있던 껍질을 털어내고 근처 테이
블로 걸어갔다. 공작도 그를 따라 걸었다. 그들이 테이블에 앉자 시녀가
금세 따뜻한 차를 내왔다. 차를 한 모금 마신 빈센트가 먼저 운을 뗐다.

"무슨 일인가?"

공작은 찻잔을 만지작거리다 입을 열었다.

"다 알지 않은가?"

"조각이나 하고 있는 왕이 뭘 알겠는가?"

'속도 좁기는.'

"지금 속이 좁다고 생각했지?"

혹시 독심술이라도 배우는 것일까. 공작이 눈을 좁히며 그를 흘기자 빈센트는 친우의 표정에 싱긋 웃었다.

"다 안다 치고 말해보게."

플로렌스 공작은 살짝 인상을 찌푸리고는 본론으로 넘어갔다.

"공주가 내게 선택을 하라는군."

빈센트가 차를 한 모금 들이켰다.

"그래서?"

"아무렇지 않은가?"

빈센트는 피식 웃었다. 함께 지내온 세월이 긴 만큼 그가 무엇을 염려하는지 알고 있었다.

"세드릭 때문인가?"

"왕세자를 버리고 공주를 선택하는 날 책하지 않는가?"

빈센트가 고개를 저었다.

"아무리 왕이라도 그런 것까지 일일이 뭐라 할 수 없지 않은가? 이미 엎어진 것을."

"……."

그러나 그렇게 말하면서도 세드릭의 일을 누구보다 안타까워하고 있다는 것을 공작은 알았다.

"……그럼 선택해도 되겠는가?"

공작이 조심스럽게 입을 열었다. 빈센트는 그저 입가에 미소를 단 채 그를 바라보았다. 공작은 한숨을 푹 내쉬었다.

"자네의 그 얼굴은 도무지 읽기가 어려워. 그리고 보니 공주는 자네를 쏙 빼닮았더군."

"그거 칭찬이로군."

빈센트가 웃으며 차를 입에 대었다. 그리고 친우를 보았다.

"어렵게 생각하지 말게. 날 생각하지도 말고. 솔직히 내가 자네 인생을 책임져 줄 사람은 아니지 않은가?"

"무책임하기는."

그러나 그것이 공작의 선택을 존중하겠다는 것임을 잘 알고 있었다.

"선택은 자네의 몫이네. 나는 그것을 존중해 줄 뿐이지."

"빈."

"내가 할 수 있는 말은 자네가 원하는 대로 하라는 말뿐이네. 그 말을 듣고 싶은 게 아니었나?"

정곡을 찔린 공작은 낮게 웃었다. 지금이야 덜하지만 예전의 공작은 지금의 이안보다 더 고지식한 사내였다. 또 신중해서 쉽게 움직이지도 않았다.

공작은 움직일 때마다 빈센트에게 항상 확인을 받았다. 그 버릇이 완전히 사라지지 않은 모양이다.

"자넨 너무 신중해. 이제 그만 좀 과감해지게."

"자네만 할까."

공작은 빈센트의 말에 한시름 던 사람처럼 어깨에 힘을 빼고 차향을 음미했다. 헬리아 공주의 손을 잡을지 말지 이미 결정했다. 빈센트의 말처럼 그저 자신의 결정이 잘한 것이라고 확인받고 싶었을 뿐이다.

"자네는 그 완벽주의 탓에 분명 후회할 걸세."

"후회하고 있네."

빈센트의 씁쓸한 표정에 공작은 말없이 그를 보았다.

"공주 때문인가?"

"……."

"만약 공주가 스스로 나오지 않았다면 그대로 둘 참이었나?"

"그럴지도."

빈센트는 찻잔에 비친 자신의 얼굴을 내려다보았다.

"상황이 좋지 못했네."

"……."

"처음에는 세드릭이 자리를 잡은 다음 빼낼 생각이었네."

하지만 3년 전 세드릭이 화를 당하면서 왕국의 판도가 달려져 버렸다. 그것도 헬리아에게 좋지 않은 쪽으로. 후작이 기세를 잡은 상황에서 아무 힘도 없는 헬리아를 바깥으로 꺼내 봤자 전과 다를 게 없었다.

"자네는 너무 완벽하려고 해. 그러니 냉정하고."

빈센트가 고개를 들어 높은 하늘을 올려다보았다. 마침 새 한 마리가 창공을 비상하고 있었다.

"그 아이는 아무 도움 없이 스스로 나아가고 있었네. 이미 훨훨 날고 있는 그 아이의 날개를 내가 꺾어버리는 건 아닐까 생각했네."

그 당시 헬리아가 세운 엘라드 상단은 파죽지세로 커가고 있었다. 무엇보다 그녀의 상황이 자유로웠기 때문에 가능한 일이었다. 만약 공주의 신분이었다면 그렇게 하기 힘들었을 것이다.

"그런 그 아이를 공주로 복위시켜 이 답답한 성에 가두는 것이 과연 잘하는 짓인가 싶었네."

빈센트는 쓸쓸히 웃었다.

"만약 그 아이가 돌아오지 않았다면 그대로 두었을 걸세. 하물며 그 아이가 다른 곳으로 간다 해도 잡지 않았을 거야."

공작은 깊은 한숨을 내쉬었다. 빈센트가 얼마나 고민했을지 그 마음이 절절히 느껴졌다.

"그래도 공주는 원망할 걸세."

"원망해도 상관없네. 하지만 원망은 하지 않는 것 같더군. 오히려……."

빈센트의 표정이 어두워졌다. 열여덟 그녀의 성인식에서 그녀를 8년 만에 만났다. 하지만 헬리아는 국왕을 마치 남처럼 대했다. 아주 처음 보는 사람처럼. 생경하게. 차라리 원망이라도 했다면 이리 마음 아프지 않았을 것이다. 그래서 그때 빈센트는 더 활짝 웃었다.

"그 아이가 나를 뭐라고 부르는지 아는가?"

"……."

"전하라고 하네, 전하."

공작은 말없이 그를 바라보았다. 빈센트가 씁쓸히 웃었다.

"항상 듣는 말인데도 그 아이에게 듣는 순간 가슴이 무너지는 것 같았네."

"후회하는가?"

"후회하네. 하지만 후회한다고 해도 그때로 돌아간다면 같은 선택을 할 걸세."

언제나 자신을 보고 웃었고 그 작은 입술을 오물거리며 아바마마라 부르던 헬리아였다. 하지만 이제는 그것을 볼 수 없을 것이다. 빈센트의 그늘진 얼굴에 공작은 위로의 말을 건넸다.

"어차피 자식은 부모의 품을 떠나게 마련이네. 부모가 자식의 곁을 떠나지 못하는 것뿐이지."

"후후."

공작의 말에 빈센트는 피식 웃었다. 그리고 그를 똑바로 바라보았다. 그의 얼굴에는 일국의 왕이 아닌 한 아이의 아버지가 있었다.

"헬리아를 잘 부탁하네."

공작은 고개를 끄덕이는 것으로 답을 대신했다.

✼

헬리아는 창밖을 통해 하늘의 반을 가린 높은 성벽을 바라보았다. 데이지궁을 감싸고 있는 성벽은 예나 지금이나 한결같았다. 하지만 벗어났기 때문일까. 매일같이 바라보던 저 높은 성벽은 여전하나 왠지 모르게 달라 보였다.

복위가 된 헬리아는 원래 기거하던 로즈궁으로 가야 하나 로즈궁의 수리 및 고용인 문제로 잠시 그녀는 데이지궁에 머무르게 되었다. 서두른다면 빨리 나갈 수 있으나 8년간 알게 모르게 정든 데이지궁이었다. 거기다 주위가 조용하고 고즈넉해 헬리아는 이곳이 마음에 들었다.

똑똑-

"공주님, 세바스찬입니다."

흰 머리를 단정하게 넘긴 노집사는 지팡이를 짚으며 다가왔다. 8년 전보다 더 노쇠한 그 모습에 헬리아는 그에게 쉴 것을 권했지만 그는 부득불 자신이 그녀를 모시고 싶다고 말했다. 헬리아는 그의 의지를 막을 수 없었다.

"플로렌스 공작님께서 찾아오셨습니다."

'드디어 왔군.'

헬리아는 입가에 미소를 지었다.

"들라 하세요."

헬리아는 플로렌스 공작을 응접실로 맞이했다. 세바스찬이 따뜻한 차를 내왔다.

플로렌스 공작은 차를 내온 세바스찬에게서 눈을 떼지 못했다. 마치 왜 자네가 여기 있냐는 눈빛이라 헬리아는 피식 입꼬리를 올렸다. 세바스찬은 공작의 표정에도 의연하게 그저 집사의 임무를 완수할 뿐이었다.

"그에게 볼일이 있으신가요?"

"아, 아닐세."

이내 세바스찬에게 주었던 시선을 거둔 공작은 고개를 저었다. 그 모습에서 헬리아는 속으로 다시 한번 세바스찬의 정체에 대해 확신했다. 물론 예상했던 일이다. 그날 성인식에서 자신을 대하는 빈센트의 태도를 통해 그가 자신에게 어떤 식으로든 사람을 붙였을 거란 걸 알았다. 그게 세바스찬인 것이다.

하지만 헬리아는 딱히 배신감은 들지 않았다. 8년간 그녀에게 보여 줬던 세바스찬의 정성 어린 보살핌 때문이었다. 그녀는 그것에 대해서는 그냥 넘기기로 했다.

헬리아가 공작의 검은 눈동자를 똑바로 응시하며 물었다.

"선택은 하셨나요?"

"공주를 따르겠네."

헬리아는 옅게 미소를 지었다.

"꽤 늦으셨네요."

"쉽게 결정할 문제는 아니지 않는가?"

자신의 미래만이 아니라 플로렌스 가문의 미래를 통째로 거는 일이다. 신중해서 나쁠 건 없었다.

"때를 놓치고 후회하는 경우도 있습니다."

"다행히 오늘은 그때를 놓친 것 같지는 않군."

'능구렁이 같기는.'

헬리아는 고개를 설레설레 저었다. 이래서 나이 든 사람을 상대하는 건 피곤했다.

"그런데 궁에 사람이 너무 없군."

공작은 응접실을 둘러보며 말했다. 당연하게도 있어야 할 시종이나 시녀들이 그녀의 궁에선 보이지 않았다. 복위가 된 지 며칠이 흘렀건만, 사람이 너무 없었다.

"번잡스러운 것보다 낫지 않습니까?"

어차피 로즈궁으로 궁을 옮겨야 하는데다가 오랫동안 그렇게 지낸 탓에 불편함은 없었다. 헬리아는 공작이 불쑥 다른 이야기를 꺼낸 것 같지 않아 이어서 나올 그의 말을 차분히 기다렸다.

공작은 차를 한 모금 들이켜더니 말문을 뗐다.

"후작의 문제도 있고 하여 전하께 주청을 드려 호위를 붙이기로 했네."

"호위요?"

헬리아는 탐탁지 않은 반응을 보였다. 지금 그녀에겐 엘라임이 있고, 또 그녀 스스로도 능력이 있었다. 굳이 호위 기사가 필요할까 싶었다. 그런 헬리아의 속내를 읽은 공작은 고개를 저었다.

"공주의 능력을 모르는 바는 아니나, 이는 안전 문제 이상으로 공주의 체면이 달린 일일세."

"그렇다면 어쩔 수 없죠. 그렇게 하세요."

공작의 말에도 일리가 있어 헬리아는 호위 기사 건을 받아들이기로 했다. 그녀가 긍정을 표하자 공작은 흡족한 미소를 지었다.

"잘 생각하셨네. 이제는 혼자의 몸이 아니니 신변은 물론 품위 또한 생각해야지."

"호위 기사는 어떤 자죠?"

함께 붙어 있어야 하는 사람이기에 잘 맞지 않는다면 서로 불편할 뿐이다. 그 말에 공작의 눈이 얄궂게 휘었다.

'이거 뭔가 꿍꿍이가 있군.'

헬리아는 단박에 그것을 간파했다. 공작은 그녀의 반응에 상관치 않고 말했다.

"아직 결정은 되지 않았네. 워낙 까다로워서."

헬리아로선 영문을 알 수 없어 눈을 찌푸렸다.

"하지만 그 누구보다 뛰어난 실력자라네. 그 점은 염려하지 말고 기다려 주시게."

"그렇다면야."

그러나 이미 공작의 노림수가 무엇인지 알아차렸다.

'감시를 붙이시겠다?'

노련한 공작답게 최소한의 안전장치를 해놓는 셈이다. 헬리아는 딱히 그것에 반발하지 않았다. 이 정도쯤은 허용할 수 있는 범위 내였다.

"그보다 이제 어찌할 겐가?"

공작은 헬리아가 과연 어떻게 해나갈지 궁금했다. 후작이 그녀에게 칼을 갈고 있는 상황에서 아무런 준비도 하지 않을 리 없다고 여겼다. 게다가 그녀는 엘라드 상단의 상단주가 아닌가? 공작은 그녀가 어떤 일을 벌일지 자못 기대가 되었다. 그런데 헬리아는 그의 예상과 전혀 다른 이야기를 꺼냈다.

"그자는 잘 있나요?"

"그자라니?"

"노엘 말이죠."

"노엘이라면……."

공작은 자신의 성에 있는 기억을 잃은 한 남자를 떠올렸다. 그리고 그자의 정체가 누구인지도.

"노엘이 왕세자의 호위 기사더군요."

헬리아의 말에 공작의 눈매가 치켜 올라갔다.

'역시 맞았군.'

헬리아는 키안을 통해 정보를 수집했다. 아돌프 후작에게 적대심을 가진 사람, 그날의 사건 중 유일하게 시신이 발견되지 않은 자. 그의 정체는 어렵지 않게 알 수 있었다.

순간 공작의 눈이 깊게 가라앉았다. 그녀가 그를 거론한 이유를 알아차린 탓이다. 기억을 잃었다 하나 그는 왕세자의 사람. 게다가 그녀가 증거를 가져갔다는 것을 알고 있는 사람이다. 기억을 되찾게 된다면 헬리아로서는 골치가 아파질 것이다.

"그자를 어찌할 생각인가?"

"치워 버려야지요."

헬리아의 눈매가 곱게 휘었다. 그와 동시에 공작의 눈이 싸늘해졌다.

"그건 곤란하네. 내 비록 공주의 사람이 되었으나 그 일만은 받아들일 수 없군."

노엘은 왕세자의 사람이기 전에 한 명의 주군을 모시는 기사다. 주군을 위해 목숨을 바치다 기억을 잃은 기사를 자신의 이익 때문에 사사롭게 죽일 순 없었다. 그건 기사도였다.

헬리아는 고리타분한 기사도에 연연하고 싶지 않았지만 상대가 이리 완강하게 나오자 오해를 풀어주었다.

"오해하지 마세요. 저는 그를 죽이라는 말은 한 마디도 하지 않았으니."

공작의 눈이 가늘어졌다. 헬리아의 생각을 도통 읽을 수 없었다.

"어찌하려는 건가?"

"공작님이 해주셨으면 하는 일이 있습니다. 공작님의 기사도에도 어긋나지 않는 일이지요."

헬리아가 입꼬리를 말아 올렸다.

"하압!"

갈색 머리에 푸른 눈동자를 지닌 남자가 열심히 검을 휘둘렀다. 남자의 검은 한 치의 흐트러짐도 없이 완벽했다. 하체는 단단히 바닥에 고정되어 흔들리지 않았고, 상체 또한 완벽했다. 그야말로 오랫동안 검을 휘둘러 본 자의 자세였다.

"열심이로군."

남자는 갑자기 들려온 소리에 검을 늘어뜨리고 뒤를 돌아보았다.

"아, 단장님."

노엘은 자신에게 다가온 남자를 보며 고개를 숙였다. 상대는 플로렌스 공작가의 기사단 단장인 에론 남작이었다. 190에 달하는 거구에 단단한 근육이 그를 위압적으로 보이게 만들었다.

에론의 눈이 노엘의 몸을 훑었다. 체계적으로 훈련된 몸이었다. 그가 검을 휘두를 때의 자세, 습관, 무의식중에 드러나는 절도 있는 태도까지, 모든 것이 그가 정규 기사 과정을 거쳤음을 가리키고 있었다.

'기억을 잃었다라.'

노엘의 대한 정보를 떠올리던 에론이 다시 눈을 휘며 말했다.

"힘들어할 줄 알았는데 제법 잘 따라오는군."

"아, 예. 왠지 익숙한 듯해서."

노엘이 에론의 위압감에 주춤거리며 입을 뗐다.

"그래, 뭔가 기억은 떠오르는가?"

열심히 검을 휘두르던 노엘은 고개를 저었다. 그의 표정이 어두워졌다. 검을 휘두르는 것은 좋지만 도무지 기억이 떠오르지 않았다. 마치 거대한 벽이 앞을 가로막고 있는 듯한 느낌이었다.

"아직 아무것도 생각이 나질 않습니다."

"그래도 몸은 기억하는 모양이군."

"……예."

노엘은 머리를 긁적였다. 노엘은 플로렌스 공작성에서 의원 카디스에게 치료를 받으면서 기억을 되찾는 데 주력했다. 한동안 기억에 대한 실마리를 잡지 못해 낙담해 있는데 카디스가 그에게 검을 잡아보지 않겠느냐고 권했다. 그의 몸이 훈련된 기사의 몸이라는 것을 카디스는 단박에 알아보았다.

그 뒤로 노엘은 쭉 훈련장에서 시간을 보냈다. 먹고 자기만 하는 게 미안해 이렇게라도 시간을 보내야 마음이 편했다.

"마치 제 일 같아요."

"그 느낌을 잊지 말게. 그러면 곧 기억을 되찾을 걸세."

"감사합니다."

"내가 뭐 한 게 있다고."

에론 남작은 가볍게 웃으며 노엘의 어깨를 두들겨 주었다.

그때 멀리서 한 시종이 훈련장을 찾아왔다. 그는 곧장 공터를 가로질러 검을 휘두르고 있던 노엘에게 다가왔다.

"노엘 님, 조엘 남작님께서 찾으십니다."

"……저를요?"

조엘 남작은 플로렌스 가문의 정보를 담당하는 자였다. 갑자기 그가 자신을 왜 찾는단 말인가? 노엘은 걱정스러운 얼굴로 물었다.

"무슨 일이 있진 않겠죠?"

"너무 걱정 말게."

"……예."

에론 남작은 잔뜩 주눅이 들어 있는 노엘의 등을 토닥여 주었다.

✻

플로렌스 공작이 데이지궁을 방문한 지 일주일이 지난 때였다. 공작이 다시 한번 헬리아의 궁에 방문했다. 그는 혼자가 아니었다.

"이안 플로렌스입니다. 오늘부터 공주님의 호위를 맡게 되었습니다."

무미건조한 목소리. 거기다 눈빛은 사람 하나 매장할 듯 음울하기만 하다. 헬리아는 자신의 호위 기사라고 말하는 이안을 보다가 공작을 노려보았다.

"공작님!"

"흥분하지 마시게."

"지금 흥분하지 않게 생겼습니까?!"

"내 장담하건데 누구보다 뛰어난 실력을 지녔네. 내 아들이라서 하는 빈말은 절대 아닐세."

공작은 그녀의 뾰족한 태도에 유들거리면서 어깨를 으쓱였다. 그 태연한 반응에 헬리아의 표정은 더할 나위 없이 구겨졌다.

'젠장, 이래서 늙은 여우랑은 상종을 말아야 하거늘.'

설마하니 대놓고 자신의 아들을 꽂아 넣을 줄 몰랐다. 헬리아는 힐끔 이안을 보았다.

'호위 기사는 무슨 얼어 죽을. 무슨 눈빛이…….'

암살자를 옆에다 데려다 놓은 느낌이다.

"이렇게 나온다 이겁니까?"

"전하의 허가는 받았네. 탐탁하게 여기시진 않았지만, 원래 그분은 남자라면 다 탐탁치 않아하시지."

공작은 이안을 헬리아의 호위 기사로 들이밀자 자신의 딸을 넘보는 건 백 년은 이르다며 헛소리를 지껄였던 빈센트를 떠올렸다.

"대놓고 감시하겠다는 거죠?"

"감시라니? 다 공주의 안위를 걱정하는 이 몸의 깊은 충정이외다."

공작은 그리 말하면서 슬그머니 시선을 돌렸다.

'충정 좋아하시네!'

느물거리며 회피하는 꼴이 정말 구렁이 빰칠 정도였다. 헬리아는 한숨을 내쉬었다.

"물리라고 해도 안 하시겠죠?"

"이만 한 호위는 어디 가도 구하기 힘드네."

"후우……."

헬리아는 머리를 흩뜨리며 눈을 가늘게 뜨고 공작을 노려보았다. 그러자 공작은 웃으며 말했다.

"이런, 마침 일이 있어서 먼저 가보겠네. 이 녀석은 여기 두고 가겠네. 안 돌려줘도 괜찮으니 잘 쓰시게."

그냥 챙겨갔으면 좋겠다. 공작은 그렇게 어물쩍 넘어가는 스킬을 시전하며 헬리아의 방에 이안이라는 어처구니없는 놈을 떨구고 쌩하니 방을 빠져나갔다.

"……."

"……."

공작이 나가자 둘 사이에 어색한 공기가 흘렀다.

그때 문을 열고 세바스찬이 들어왔다.

"세바스찬!"

헬리아는 반가운 마음에 그를 반겼다. 이 지독히 어색한 공기에서 벗어날 수만 있다면 누구든 좋았다. 그런데 그가 가져온 소식은 결코 달갑지 않은 것이었다.

"이안 경의 짐이 도착했습니다. 어찌할까요?"

"……짐이라뇨?"

설마 여기서 산다는 건 아니겠지?

'맙소사!'

헬리아는 앞이 캄캄해지는 경험을 해야만 했다.

달이 휘영청 캄캄한 밤하늘을 비추었다. 자정을 한참 넘긴 시간이지만 헬리아는 쉽게 잠을 이루지 못했다. 침대에 누운 헬리아는 눈을 감지 못하고 계속 뒤척거렸다.

벌떡!

도무지 잠이 오지 않아 몸을 일으켰다.

"하필 그 사람이라니."

헬리아는 머리를 흩뜨렸다. 그녀의 금색 머리카락이 몇 가닥 떨어져 내렸다.

"······도대체 무슨 생각이지?"

공작도 공작이지만 이안의 생각이 더 궁금했다. 아마 공작은 이안을 호위 기사 겸 감시로 붙여놓을 요량일 것이다. 거기다 더해 둘 사이가 가까워지면 그건 그것대로 좋고. 공작의 속내야 워낙 시커멓다 보니 같은 시커먼 종자인 헬리아는 쉽게 알아차렸다. 하지만 이안은 도무지 알 수 없었다. 머릿속에 궁금증이 떠나가지 않았다. 최소한 이유라도 알면 좋으련만. 그녀는 아예 침대에서 일어나 방을 서성거렸다.

"물어볼까?"

바로 옆방이 그의 방이었다. 얼마든지 물어보려면 물어볼 수 있었다. 그가 답을 하고 말고는 둘째 문제지만 말이다.

"너무 늦었는데."

시간을 보니 벌써 열두 시가 넘어 한 시가 다 되어가고 있었다. 헬리아가 까치발로 테라스에 나가 바로 옆 테라스를 살펴보니 아직 불이 켜져 있었다.

"젠장. 왜 아직도 안 자는 거야?"

그녀는 괜히 애꿎은 이안을 탓했다. 잠이라도 자고 있으면 그러려니 하고 내일 찾아갈 생각이었다. 그런데 아직 잠을 자지 않고 있으니 그녀의 갈등은 더 심해졌다.

"그냥 물어보기만 하고 올까?"

머릿속에 수만 가지의 상념이 들었다. 그러다 역시 너무 늦었다 싶어서 침대에 누웠지만 머릿속이 너무 맑고 또렷했다. 이대로 가다간 아예 밤을 새울 기세였다.

"안 되겠어."

결국 참지 못하고 그의 방에 찾아가기에 이르렀다.

똑똑—

문을 두드렸지만 아무런 반응이 없었다. 헬리아의 눈이 가늘어졌다.

'뭐야, 불은 켜져 있는데.'

혹시 무시하는 걸까? 그녀의 눈이 좁아졌다. 그렇다면 할 수 없이 이대로 돌아가려 했으나 그를 만나게 하려는 신의 계시인지 문이 열려 있었다. 툭 하고 손으로 밀었던 것인데 문이 열려 버렸다.

'헛!'

헬리아는 저도 모르게 열린 문 앞에 잠시 머뭇거리다 주춤거리는 것도 성미에 안 맞아 방 안으로 몸을 집어넣었다.

"……실례합니다."

저도 모르게 발뒤꿈치를 들고 조심스럽게 소리를 낮추었다. 아직 제대로 짐을 풀지 못했는지 상자들이 바닥에 늘어져 있었다. 그래도 기본적으로 세바스찬이 매일 청소를 해둔 터라 방 안 자체는 깨끗했다.

원래 소박한 것인지 늘어놓은 물건들은 죄다 수수한 것뿐이었고, 대부분 책이 많았는데 대충 살펴보니 검술이나 무술 관련한 책이었다. 물건을 보면 사람의 성격이 보인다고 이안은 생긴 것처럼 참으로 고지식하고 무뚝뚝한 사람이었다.

"따분한 종자인 거지."

헬리아는 저 혼자 비꼬며 주변을 둘러보았다. 방 안에는 이안이 없었다. 슬쩍 열린 문틈으로 침실을 살펴보았는데 그곳에도 없었다.

"도대체 어디 있는 거지?"

이번에야말로 돌아가라는 계시인가 싶어 헬리아가 발걸음을 돌리려는 찰나였다.

"헉!"

"여기서 뭐 하십니까?"

난데없이 자신의 등 뒤에 나타난 이안을 보며 헬리아는 헛바람을 집어삼켰다. 게다가 그의 차림새 또한 가관이었다.

"도, 도대체 옷은 왜 벗고 있는 거야?"

"여긴 제 방입니다."

"그, 그……."

'그렇긴 하네.'

헬리아는 시선을 어디다 둬야 할지 몰라 눈을 굴렸다. 욕실에 있었던 모양인지 그는 하체만 타월로 둘둘 말고 상체에는 아무것도 걸치지 않은 채였다. 게다가 아직도 몸에는 물기가 묻어 있었다.

"여기서 뭐 하시는 겁니까?"

이안이 다시 한번 물었다. 그는 날카로운 눈으로 그녀를 노려봤다. 눈빛 하나만으로 사람을 골로 보낼 수준이었다. 그러나 헬리아는 꿋꿋했다.

"이야기를 좀 하려고."

"……이 시각에 말입니까?"

이안의 표정이 묘해졌다. 그가 천천히 헬리아에게 다가왔다. 남자의 벗은 몸을 처음 본 것은 아니지만 그래도 즐기며 보는 수준엔 도달하지 못했다.

헬리아가 한 걸음 뒤로 물러나자 그가 한 발 더 다가왔다.

한 명은 뒤로 가고, 한 명은 앞으로 왔다. 조용한 추적은 길지 않았다.

탁.

어느새 헬리아의 등은 벽에 맞닿아 있었다. 헬리아가 달아나려 하자 순간 이안이 한 팔로 벽을 짚고 그녀를 가뒀다. 헬리아는 순간 너무 가깝게 보이는 그의 상체에 시선을 돌리다 그의 얼굴을 보게 되었다.

그는 미미하게 입꼬리를 올리고 있었다. 그것이 웃음인지 조소인지 알 수 없었다.

"뭐, 뭐야?"

어떻게 도망갈까 궁리하던 그녀의 귓가로 이안의 낮은 저음이 들려왔다.

"이야기한다 하지 않으셨습니까?"

이게 이야기하는 자세란 말인가. 혹시 그에겐 이야기하는 방법이 일반인들과 다른 것인가.

"이건 이야기하는 태도가 아닌데?"

헬리아가 그를 밀어내려 했지만 육체적인 힘으로는 그를 당해낼 수 없었다. 그의 단단한 팔에 갇혀 헬리아는 오도 가도 못 한 채 서 있어야 했다.

"그런 차림으로 이 늦은 시각에 남자의 방에 들어왔다는 것은 그걸 바란 게 아니십니까?"

순간 헬리아는 영문을 몰라 자신의 옷차림을 내려다보았다. 그제야 자신이 잠옷 차림을 하고 있다는 것을 깨달았다. 특별히 속이 보이거나 야한 옷차림은 아니었지만 값비싼 실크 잠옷이라 그녀의 몸매가 고스란히 드러났다.

'이런.'

헬리아는 자신의 멍청한 실수를 자책했다.

"이건⋯⋯."

그러나 이안이 그녀의 말을 자르고 말했다.

"유혹하는 게 아니라면, 다음번에는 이런 일이 없길 바라겠습니다."

싸늘한 표정으로 그가 몸을 돌렸다. 명백히 축객령이었다. 헬리아는 어이가 없어 그 자리에 서 있었다. 그런 그녀를 보고 이안이 아까보다 더 낮아진 음성으로 말했다.

"계속 있으실 겁니까?"

그가 허리춤에 있는 타월을 벗으려 하자 헬리아는 놀라 서둘러 그의 방을 빠져나왔다. 방으로 돌아온 헬리아는 침대에 누워 이불을 마구 걷어찼다.

"뭐 저런 새끼가 다 있어!"

아무리 욕해도 쉬이 묘한 기분을 떨쳐 내지 못했다.

그날 밤. 헬리아는 뜬 눈으로 밤을 지새울 수밖에 없었다.

❋

헬리아는 벌게진 눈으로 휘적휘적 길을 걸었다. 잠을 자지 못한 탓에 눈이 충혈되어 있었다. 어제 그 일이 있은 후 헬리아는 그의 얼굴을 제대로 보지 못했다. 그렇다고 어리숙하게 겉으로 그것을 내색하지는 않았다. 하지만 그의 존재 자체가 하루 종일 뒤통수에 붙은 거머리처럼 그녀의 신경을 쪽쪽 빨아먹고 있었다.

'피곤해⋯⋯.'

원채 지독히도 말수가 적고 음울한 남자라 먼저 말을 꺼내지 않을 거라 여겼지만, 헬리아는 오히려 그게 더 고역이었다. 차라리 뭐라 한 소리 했다면 더 나았을 것이다.

뚜벅뚜벅.

몇 걸음 뒤에서 이안의 발걸음 소리가 들려왔다. 고민하고 머뭇거리는 건 그녀답지 않았다. 헬리아는 마주 보기로 마음먹었다.

"어째서 호위를 맡은 거지?"

뒤를 돌아보지 않고 물었다. 아무래도 아직 어제의 기억이 생생한 탓이다.

그런데 대답이 금방 들려오지 않았다. 분명 이 거리에서 들렸을 텐데 말이 없다는 건 듣지 못한 게 아니라 대답을 안 한 거라고밖에 생각할 수 없었다. 결국 헬리아가 몸을 돌렸다. 그때서야 그가 그녀를 바라보았다. 그는 새카만 눈동자로 그녀를 응시하고 있었다.

헬리아는 미간을 찌푸렸다. 저 눈동자에는 여전히 적응하기 힘들었다. 빤히 보는 것도 아닌데 시선 한 번에 사람을 왠지 파헤쳐 놓는 느낌이 든다.

오랫동안 둘은 서로를 바라보기만 했다. 결국 이안이 입을 열었다.

"공작님의 명입니다."

헬리아는 입꼬리를 비틀었다.

"그럼 아버지가 죽으라면 죽을 거야?"

"그럴 리가 있겠습니까?"

그는 여전히 무표정한 얼굴로 답했다.

"왜 받아들인 거지?"

"……."

이안이 입을 다물었다가 다시 툭 내뱉었다.

"상관하실 일이 아닙니다."

이안은 더 이상은 할 말이 없다는 듯 아예 고개까지 돌려 버렸다. 말하기 싫다는 무언의 행동이었다. 헬리아는 속이 부글부글 끓었지만 참았다. 그녀는 냉정하게 입을 열었다.

"기본적으로 호위 대상과 호위 기사 간에 최소한의 신뢰는 있어야 하지 않겠어? 이렇게 나온다면 나도 가만있지 않아."

공작이 억지로 밀어 넣은 호위다. 그녀가 원치 않는다면 물리는 일도 어렵지 않다. 헬리아의 엄포에 이안은 잠시 미간을 찌푸렸다.

"왜 내 호위를 맡은 거지?"

다시 되묻자 이안이 천천히 입을 열었다.

"궁금했기 때문입니다."

이안은 자신보다 머리 하나는 작은 헬리아를 내려다보았다. 가지런한 가마가 보였고, 그 아래에 희고 고운 얼굴이 드러났다. 누가 봐도 가녀린 여인이었다. 하지만 이 여인이 왕국 최고의 엘라드 상단주이며, 적을 이용하여 자신의 무죄를 일궈낸 자다.

궁금해졌다. 과연 아직 스물도 채 되지 않은 이 여자가 어떻게 나아갈지. 지켜보며 확인하고 싶었다.

"당신이 후작을 어떻게 처리할지."

그러나 이안은 자신의 속내를 적당히 감추고 이야기했다.

'이건 뭐…….'

한마디로 후작의 증거를 말아먹고도 네가 얼마나 잘 먹고 잘 살지 확인하겠다는 거 아닌가? 그때 지켜보겠다는 소리가 그냥 한 소리가 아닌 모양이다.

헬리아는 입을 비틀며 뾰족하게 대답했다.

"그럼 잘 보라지."

헬리아는 터벅터벅 길을 걸었다.

좀 전의 의미 없는 대화에서 홀로 분에 뻗친 헬리아는 말없이 길을 걸었다.

'음? 이상한데?'

이상하게도 그녀의 3미터 반경 내에 사람이 없었다. 길에 사람이 적은 것도 아니었다. 오히려 많은 편이었다. 한데 그녀의 주위에만 사람이 없었다. 마치 그녀의 주위로 실드가 펼쳐진 듯한 모습이었다.

헬리아는 처음엔 의식하지 못하고 길을 걷다가 그것을 깨달았다. 그리고 그 이유를 알아차렸다. 그녀의 뒤통수는 물론 사방을 향해 살을 에일 듯한 살기를 내뿜는 저 음울한 인간 때문이었다.

눈에 힘을 주지 않아도 보는 것만으로도 가뜩이나 위압감을 주는 인간이 거기다 살기까지 내보이니 사람들이 피하지 않고 배기겠는가.

헬리아는 갑작스런 두통에 머리를 짚었다. 그녀는 우뚝 멈춰 서 뒤를 돌았다.

"당신 누구 호위해 본 적 없지?"

"……."

말이 없는 것만 봐도 알 것 같다. 순간 전보다 더 딱딱하게 굳은 표정으로 그는 말해주고 있었다.

"사람이 많습니다."

"그렇다고 살기를 뿌려대?"

"……."

헬리아는 지금 당장에라도 공작의 목덜미를 잡아채야 하는 건 아닌지 심각하게 고민했다. 최소한 호위에 대한 기본 지식은 집어넣고 보냈어야지! 그러나 지금에 와서 무슨 소용이 있겠는가. 이미 일은 벌어졌거늘.

헬리아는 머리를 흩뜨리고 그에게 말했다.

"내 몸은 내가 지킬 수 있으니까 떨어져서 걸어."

"그럴 수 없습니다."

이안이 미간을 찡그렸다. 불만인 모양이다. 헬리아는 실소를 지었다.

"당신이랑 다니면 오히려 눈에 더 띈다고."

헬리아와 이안을 지켜보는 눈이 많았다. 게다가 공간이 만들어지니 더 눈에 띄는 것은 당연지사. 헬리아는 뒤통수를 찌르는 듯한 사람들의 시선에 절로 얼굴이 화끈거릴 지경이었다.

"……."

이안이 살기를 거두고 불만스러운 듯 그녀를 지켜보았다. 그러나 그가 몇 걸음 더 그녀와 거리를 넓힌 것으로 보아 그녀의 말이 통한 모양이다.

헬리아는 그제야 제대로 길을 걸을 수 있었다.

'괜히 그랬나.'

헬리아는 바글바글한 사람들 틈에 끼어 힘겹게 앞으로 걸어가며 생각했다. 그래도 아까는 창피는 하지만 걷기 불편하지 않았다. 거기다 이안과의 거리가 제법 되었다. 혹시 자신의 말에 상처받는 건 아닐까.

'그럴 리는 없겠지.'

헬리아가 갑갑한 사람들 틈을 비집고 나아갈 때였다.

퍼억!

누군가 부딪쳤는지 한 남자가 소리쳤다.

"뭐야?"

헬리아와 부딪친 남자는 험악하게 생긴 얼굴에 허리춤에는 검까지 차고 있었다. 남자의 외침에 일행으로 보이는 사내 세 명이 헬리아에게 다가왔다.

"뭐야? 무슨 일이야?"

'귀찮게 됐군.'

그냥 봐도 상대는 용병 나부랭이들 같았다. 그것도 질 나쁜. 자신이 부딪친 이가 아름다운 외모를 지닌 여자라는 것을 발견한 남자가 번들거리는 눈으로 그녀를 훑었다.

"이봐, 사람을 쳤으면 사과를 해야 할 것 아니야?"

딱 봐도 일부러 시비를 거는 게 보였다. 헬리아는 미간을 찌푸렸다.

"미안합니다."

귀찮은 일에 휘말리고 싶지 않아 인간적으로 사과를 건넸지만 상대는 인간이 아닌 네 발 달린 짐승에 불과했는지 씨알도 먹히지 않았다.

"미안하면 다야?"

그가 소리를 높이자 사람들이 힐끔거렸다. 헬리아는 더는 주목을 받고 싶지 않아 우선 자리를 이동하기로 했다.

"보는 눈이 많은데 자리를 옮기지?"

그녀가 근처 인적이 드문 골목을 가리키자 그들은 이게 웬 떡이냐는 듯한 얼굴로 대꾸했다.

"클클, 그거 좋지."

사내들은 헬리아를 이끌고 근처 골목으로 들어갔다.

'도대체 그자는 뭐 하는 거야?'

힐끔 뒤를 돌아봤더니 역시나 멀찍이 서서 그녀를 바라보고 있었다.

"요거, 보면 볼수록 정말 예쁜데?"

사내들이 헬리아를 둘러싸며 연신 감탄을 내뱉었다. 긴 금발은 찰랑거렸고 눈동자는 보석처럼 반짝였다. 월척이 아닐 수 없었다.

"클클, 이참에 우리랑 같이 노는 게 어때?"

놈들의 수작질에 헬리아는 짜증이 났다. 거기다가 이안은 도통 이곳으로 올 생각을 하지 않고 있었다. 그녀가 자꾸만 뒤를 힐끔거리는 걸 본 남자들은 이안을 보고는 픽 웃었다.

"뭐야? 일행이 있었어?"

"그런데, 킬킬, 꿈쩍을 안 하네?"

"어이, 저런 놈은 놔두고 차라리 우리랑 놀자고."

남자가 헬리아의 손을 잡아끌었다. 투박한 손이 헬리아의 팔에 엉켜들자 헬리아는 아주 불쾌했다.

"놔."

"큭큭, 안 놓으면 어쩔 건데?"

헬리아는 다시 뒤를 돌아보았다. 결국 헬리아가 이안을 향해 소리를 높였다.

"가만히 있을 거야?"

"스스로 몸을 지킨다 하셨습니다."

헬리아는 아까 자신이 내뱉은 말을 떠올리고는 이를 물었다.

"이 좀생이!"

이안은 시선을 돌렸다.

"내가 창피하다고 하니까 그런 거지?!"

이안은 어깨를 으쓱였다. 사태 파악을 못 한 네 명의 사내는 어리둥절한 얼굴이었다.

"뭐야, 둘이 싸워? 그럼 잘됐네. 우리가 잘해 줄게."

사내가 헬리아의 팔을 잡고 끌고 가려는데, 움직이지 않았다. 헬리아의 몸이 마치 철심을 바닥에 박아놓은 듯 단단히 고정되어 있자 남자는 이상함을 눈치챘다. 그러나 너무 늦었다.

"허억!"

그는 그녀의 눈을 보는 순간 숨을 헉 들이마셨다. 헬리아의 손에 뜨거운 불길이 일었다. 허공에 불길이 솟아오르자 사내들은 혼비백산했다.

"어으으……."

"마, 마법사!"

반쯤 혼이 나간 사내들은 그 자리에 주저앉았다.

"크, 크악!"

"사, 살려줘!"

마법이 그들의 몸에 난사되었다. 그러나 일말의 이성이 남아 있었는지 헬리아는 적절히 파이어볼과 아이스볼을 사용하여 그들의 혼을 빼놓았다.

콰앙!

결국 마지막 마법에 남자들은 모두 고개를 바닥에 처박고 나가떨어졌다. 헬리아가 그들을 처리하는 데 걸린 시간은 차 한 잔 마시는 정도도 되지 않았다. 그야말로 순식간.

그때 이안의 목소리가 들렸다.

"수고하셨습니다."

"수고했다는 말이 잘도 나오는 모양이군!"

"나오지 못할 건 없죠."

헬리아는 씩씩거렸지만 자기만 이렇게 분에 차는 게 오히려 짜증이 났다. 사람 복장 터지게 만드는 법을 어디서 배운 것은 아닐까. 그때였다.

"……!"

쉬이익!

바람을 가르며 날아오는 비수가 헬리아의 심장을 향해 짓쳐들어왔다. 너무 부지불식간에 일어난 일이라 헬리아가 그것을 알아챘을 때는 이미 늦은 후였다.

푹!

헬리아의 동공이 커졌다. 날아온 비수는 바닥에 꽂혔다. 그리고 헬리아는 어느새 이안의 품에 안겨 있었다. 이안이 검을 빼 들고 주변을 주시했다. 그제야 헬리아도 서둘러 그의 품에서 빠져나와 마법을 준비했다.

쉬이익―!

또다시 비수가 날아왔다. 한 곳이 아니었다. 그러나 헬리아는 이번엔 방심하지 않았다. 그녀는 곧바로 실드를 펼쳤다.

챙! 채앵!

비수가 속절없이 실드에 부딪쳐 바닥에 떨어졌다. 그러자 주변의 기운이 일렁이면서 하나둘 암살자가 모습을 드러냈다.

"하앗!"

"합!"

대략 열 명쯤 되는 암살자가 헬리아와 이안을 향해 검을 찔러왔다.

워낙 빠르고 민첩하여 헬리아는 몸을 움직이기 어려웠다.

채앵!

실드가 그들의 검에 부딪쳐 조금씩 금이 가기 시작했다. 상대의 검에서는 은은하게 검기가 뿜어져 나왔다.

'젠장, 최상급 익스퍼트!'

암살자 중 최상급이 껴 있었다. 헬리아의 마법으로는 최상급 익스퍼트급 암살자의 공격을 쉬이 막아낼 수 없었다.

파앗!

결국 실드가 깨지자 암살자들은 헬리아를 향해 집중적으로 달려들었다. 그때 이안의 신형이 빠르게 움직였다.

촤악!

이안이 땅을 박차며 암살자의 몸을 단숨에 검으로 갈랐다. 허공에 선혈이 튀었고, 이안은 다시 민첩하게 쇄도하는 암살자의 검을 쳐 내며 그의 목에 검을 쑤셔 넣었다.

"크악!"

암살자들은 이안의 검에 하나둘 쓰러지기 시작했다.

그러나 그것도 잠시, 이안의 움직임이 천천히 둔해지기 시작했다. 상대의 수가 너무 많았다. 그것을 눈치챈 암살자들은 이안을 집중 공격하기 시작했다. 그를 물리치지 않고서는 헬리아를 죽일 수 없다는 것을 알아차렸기 때문이다.

암살자의 신형이 더욱 빨라졌다. 그들은 고도로 훈련된 합공으로 이안을 몰아붙였다.

"크윽!"

이안이 신음을 흘리기 시작했다. 그러나 그는 몸을 휘청거리면서도 검으로 암살자의 급소를 찔러갔다.

"크아악!"

암살자들이 죽어가며 빈틈이 생기자 헬리아도 서둘러 마법을 난사했다.

"파이어볼!"

콰아아앙!

그녀의 공격에 암살자들은 화염에 휩싸여 타들어갔다.

"마법사다!"

"조심해라!"

설마하니 헬리아가 마법사일 줄은 꿈에도 생각하지 못했는지 암살자들이 혼란스러워하는 것이 보였다. 이안은 그들의 혼란을 놓치지 않았다. 그는 재빨리 암살자들을 향해 빠르게 검을 휘둘렀다.

촤악!

검기가 둘러진 검에 암살자들은 피를 흘리며 죽어 나갔다. 그때 이안의 다리가 꺾였다.

"큭!"

이안은 거친 숨을 몰아쉬며 몸을 일으키려 했지만 쉽지 않았다.

"이봐!"

헬리아가 그를 불렀지만 이안은 고통스런 표정을 지은 채 움직이지 못했다.

"설마 독이……!"

검에 독이 발라져 있었던 모양이다. 이안의 얼굴은 점점 파래졌다.

'시간이 없다!'

결코 가벼운 독이 아니라는 것을 짐작할 수 있었다. 치사량의 독. 서둘러 치료해야 했다. 그러나 암살자들은 그것을 놓치지 않았다.

"하앗!"

암살자의 검이 이안의 목을 향해 내리꽂혔다.

"조심해!"

비틀거리는 다리를 부여잡은 이안이 자신을 공격해 온 암살자의 검을 쳐 내고 그의 가슴에 검을 꽂아 넣었다.

"크악!"

"큭!"

이안은 그 순간 다시 검을 다잡고 남은 암살자들을 향해 달려갔다. 늑대처럼 흉포한 기운이 그를 감쌌다.

챙그랑. 푸욱!

이안의 검에 서린 검기가 암살자를 두 동강 냈다.

"으아악!"

피분수가 터져 나왔고 암살자는 단말마를 터뜨리며 쓰러졌다. 살아남은 마지막 두 명의 암살자는 죽은 동료들을 보며 사태를 파악했다. 결코 이길 수 없다. 상대의 전력은 자신들이 알고 있는 것과 달랐다.

'설마 헬리아 공주가 마법사일 줄은!'

그들은 서로 눈짓하고 빠르게 몸을 날렸다. 그러나 이안이 그들을 막아섰다. 그는 도망가는 이들을 향해 바닥에 떨어진 비수를 집어 오러를 실어 던졌다.

휘이익-! 푸욱!

빠르게 날아간 비수는 도망가는 암살자의 뒤통수에 정확히 꽂혔다.

"아이스피어!"

나머지 한 명은 헬리아가 다리에 아이스피어를 맞춰 도주를 막았다.

"크악!"

다리를 휘감는 고통에 암살자는 신음을 흘렸다. 헬리아는 경련을 일으키는 암살자에게 다가갔지만, 그새 그녀가 뭘 원하는지 알아차린 암살자는 입안에 있던 독낭을 깨물어 자살했다.

"젠장!"

헬리아는 죽어버린 암살자를 바닥에 내동댕이쳤다. 그에게 배후를 캐널 생각이었으나, 이미 죽어버려 아무것도 얻을 수 없었다.

하지만 아무래도 좋았다. 어차피 그녀를 노릴 자는 굳이 물어보지 않아도 알 수 있었다.

"아돌프 후작!"

연회가 끝나고 어떤 식으로든 뭔가 반응이 올 줄 알았건만, 이렇게 노골적일 줄은 몰랐다.

"크윽!"

그때 들려온 이안의 신음에 헬리아는 한달음에 그에게 달려갔다. 그는 바닥에 검을 꽂고 주저앉아 있었다. 이안의 몸은 온통 식은땀으로 가득했다. 이안의 눈앞이 흐려질 찰나, 그의 시야에 헬리아가 비쳤다.

"이봐! 괜찮은 거야?"

헬리아는 이안의 상처를 살폈다. 상처는 심각하지 않으나 문제는 독이었다.

"큐어!"

헬리아는 서둘러 치유 마법을 걸었지만 그녀의 치료 마법 실력으로는 독을 완전히 해독할 수 없었다.

'젠장, 이대로는.'

헬리아는 입술을 깨물다 결국 엘라임을 소환했다.

"엘라임!"

그녀의 앞에 푸른 머리 물의 정령왕이 모습을 드러냈다. 그때 움직이지도 못 할 것 같던 이안이 칼을 빼 들고 엘라임을 향해 겨누었다.

"이 녀석 뭐야?!"

엘라임이 이안의 칼을 잡아챘다. 그리고 곧 그의 눈동자를 보고는 그가 이미 항거 불능 상태라는 것을 파악했다. 엘라임을 암살자로 착각한 것이다.

헬리아는 미련한 이안의 모습에 혀를 차면서도 그의 상태가 걱정이 되었다.

"얼른 치료해 줘."

"그보다 먼저 검부터 치우라고 해."

엘라임이 짜증 난다는 듯 말했다.

"검을 놔."

헬리아가 이안에게 말했지만, 그는 움직이지 않았다. 필사적으로 엘라임을 경계했다. 그러는 동안에도 그의 상태는 악화되고 있었다. 헬리아는 더는 지체했다간 정말 큰일이 벌어질 것 같아 이를 악물고 그를 불렀다.

"이봐! 검을 놔!"

미동도 없이 서 있는 이안. 그의 어깨가 피로 흥건해져 이내 땅바닥으로 떨어졌다.

"엘라임, 네가 그를 떼어내!"

"이 녀석 먼저 물러나라고 해."

헬리아는 입술을 깨물었다. 결국 그녀가 그의 팔을 붙잡았다. 그러자 순간 그의 몸이 흠칫 움직였다.

"그는 적이 아니야."

"⋯⋯."

"이안!"

"⋯⋯."

툭. 쨍그랑.

그제야 그녀의 목소리가 닿았는지 이안의 검이 떨어지며 그의 몸이 무너졌다. 헬리아가 그의 몸을 받으려 했지만 엘라임이 빨랐다. 엘라임은 주변을 둘러보며 인상을 찌푸렸다.

"도대체 어떻게 된 거야?"

"그보다 치료부터 먼저 해줘."

엘라임은 혀를 차며 이안을 내려다보았다.

"이 녀석은 또 왜 이래? 호위 기사는 개뿔. 아주 비실이구먼."

엘라임은 뿌루퉁한 표정으로 이안을 치료해 나갔다.

✻

페이튼 자작이 긴 복도를 지나 후작의 방문 앞에 당도했다.

"페이튼입니다."

"들어오게."

페이튼 자작이 안으로 들어가자 창가를 서 있던 후작이 몸을 돌려 그를 보았다.

"일은 어찌 되었는가?"

아돌프 후작의 낮은 목소리에 페이튼 자작이 고개를 숙였다.

"전멸했습니다."

"전멸이라? 그 아이가 그렇게 강했단 말인가?"

후작은 플로렌스 공작의 아들인 이안을 떠올리며 의아해했다. 암살자는 그의 무력에 맞춰 보냈다. 한데 전멸이라니? 혹여 저번처럼 실수라도 할까 이번엔 최상급까지 붙여 보냈다. 그럼에도 전부 죽었다는 이야기를 믿을 수 없었다.

"조사 결과 검에 의한 상흔 말고도 마법에 의해 죽은 흔적이 발견되었습니다."

페이튼 자작의 말에 후작은 턱을 쓰다듬었다.

"마법이라……."

순간 떠오르는 생각에 후작이 페이튼 자작을 보았다.

"그럼."

"예, 헬리아 공주가 마법사인 것 같습니다."

"하."

후작은 웃음을 터뜨렸다. 그 앙큼한 계집애가 마법사였단 말이지? 후작은 그날 보았던 헬리아의 당당한 기색을 떠올리며 고개를 주억거렸다.

"믿는 구석이 있었던 모양이지."

"암살자를 상향 조정해야 할 것 같습니다. 또한 지난번 플로렌스 공작령의 마법사와 검사는 공주와 플로렌스 공자로 사료됩니다."

"흐음."

톡톡톡—

후작은 책상을 두드리며 입꼬리를 올렸다. 그의 눈이 날카롭게 변했다.

"그렇단 말이지? 그보다 윌리슨 남작과 공주의 관계는 알아보았는가?"

헬리아 공주가 호락호락한 인물이 아니라는 것을 확인한 지금 자신과 공주를 연결한 윌리슨 남작의 행동에도 의심이 갔다.

페이튼은 조사한 결과가 담긴 서류를 후작에게 내밀었다.

"조사한 결과 윌리슨 남작과 헬리아 공주 사이에 접점은 없습니다. 이후 감시를 붙였지만 한 번도 접촉한 일이 없습니다. 윌리슨 남작의 성향을 알아본 헬리아 공주가 먼저 다가간 듯싶습니다."

후작은 윌리슨 남작의 금발 패티쉬를 떠올리고 미간을 좁혔다. 그러나 그 외에 특별히 접합점은 보이지 않았다.

"공주가 남작을 이용한 것이군."

후작은 찜찜한 기분을 털어내고 입을 열었다.

"얼마나 더 강한 암살자를 보내야 그들을 죽일 수 있겠는가?"

페이튼 자작은 잠시 고심하다 조심스럽게 입을 열었다.

"공주의 마법이 4서클 이상인 듯싶습니다. 또한 플로렌스 공자 또한 소드 마스터에 버금가는 무력이니 전력을 더 강화해야 합니다.”

페이튼 자작의 분석에 후작은 동의했다.

“흐음, 어쩔 수 없군.”

후작은 내키지 않았지만 이보다 더 좋은 방법을 찾을 수 없었다.

“다크소드에 연락하게.”

페이튼 자작의 눈이 커졌다.

“하오나…….”

“돈은 아끼지 않고 지불한다고 전해라. 최대한 서두르게.”

페이튼 자작은 머뭇거렸지만 이내 고개를 숙이고 그의 뜻을 받아들였다.

“알겠습니다.”

페이튼 자작은 이번엔 공주와 플로렌스 공자를 단번에 죽일 것이라 믿어 의심치 않았다.

✳

헬리아와 쓰러진 이안을 업은 엘라임이 엘라드 상단으로 들어갔다.

“어이! 그거 빨리 가져와!”

“야, 뭐 하는 거야!”

직원들이 부산스럽게 움직이고 있었다. 여기저기 종이가 날아들고 사람들이 이리저리 뛰어다녔다. 그들의 얼굴은 온통 시커멓게 변해 있었다. 아마 제대로 씻지 못한 것 같았다.

“아차……!”

헬리아는 그 모습을 보여 자신이 마지막으로 이곳에 온 날짜를 곱씹어 보았다. 벌써 한 달이나 흘러 있었다. 후작의 눈을 피해 이리저리 움직이다가 그다음 곧장 성인식 준비 때문에 많은 시간을 소요한 것이다.

"큰일 났군."

그녀가 없이도 상단이 돌아가도록 체계를 잘 잡아놓았지만 역시나 상단주가 있고 없고의 차이는 컸다. 게다가 헬리아의 일처리 능력은 일반 사람 다섯 명에 맞먹는 효율을 지니고 있었다. 당연히 그녀의 부재를 메우기 위해선 상단이 바삐 돌아갈 수밖에 없었다.

"그냥 다시 돌아갈까?"

"그, 그러는 게 좋겠어. 어차피 이놈이야 그냥 눕힐 곳만 있으면 되는 거고."

엘라임이 독을 해독해 놓았기에 그리 다급한 상황은 아니었다. 헬리아가 슬그머니 몸을 돌렸다. 엘라임도 분위기가 심상치 않음을 느꼈는지 역시 뒤로 돌았다. 헬리아가 조금 한가할 때 와야겠다—과연 한가한 날이 있을지 모르겠지만—싶어서 몸을 빼려는 찰나, 그녀를 부르는 목소리가 발목을 잡았다.

"상단주님!"

"상단주님이다!"

"상단주님이 오셨습니다!"

직원들이 그녀를 발견하고 벌 떼처럼 달려들었다. 헬리아는 상단 근처에서부터 가면을 꺼내 쓴 상태였다. 그녀의 표식과도 같은 흰 가면은 사람들의 시선을 끌 수밖에 없었다.

"이크!"

거기다 멀리서 클리드와 워렌이 그 소리를 듣고 좀비 꼴을 하고서는 빠른 속도로 달려오는 게 아닌가.

"상단주님, 어딜 가십니까?"

"혹시 도망가려는 건 아니겠지?"

클리드와 워렌이 그녀를 포위했다. 그 뒤로는 이미 직원들이 길을 막고 있었다.

"하하, 미안."

"상단주님!"

"까먹고 있었어."

그 말에 모두 기괴한 울음을 터뜨렸다.

"끄응."

따가운 눈초리에 뭐라 말도 못 하고 헬리아는 묵묵히 서류를 결재했다. 자신이 한 일이 있으니 그렇다 치지만, 아무리 그래도 오자마자 서류를 산처럼 쌓아놓다니.

"이거 너무 많⋯⋯."

타악!

클리드가 그녀의 책상에 다시 한 아름의 서류를 올려두었다.

"더 갖다 드릴까요?"

말해봤자 본전도 못 찾을 것 같아 헬리아는 입을 꾹 다물었다.

'엘라임 이 자식!'

재빨리 상황 파악을 한 엘라임은 잠시 볼일을 보러 나간다 하고는 돌아오지 않았다. 그새 정령계로 돌아간 것이다. 워낙 엘라임이 신출귀몰해서 사람들은 그가 사라지고 나타나도 그러려니 했다. 무엇보다 엘라임에게는 남과 다른 오라가 느껴져 사람들은 쉬이 그에게 다가가지 못했다. 오직 유일하게 그에게 스스럼없이 다가가는 것은 헬리아뿐이었다.

헬리아는 한숨을 내쉬었다.

"흠흠, 그런대로 내가 없어도 잘했네."

따끔따끔.

정수리에 콕콕 박히는 눈초리를 애써 무시했다. 워렌이 한 소리했다.

"도대체가! 왔으면 바로 상단으로 왔어야지!"

"그게…… 바빴다니까요."

"그래도 그렇지!"

워렌이 씩씩거렸다. 헬리아는 미안함에 머리를 긁적였다.

"꼬마 아가씨야! 우리가 얼마나 걱정했는지 알아? 소식이라도 전해 줬어야지!"

워렌은 시큰둥한 헬리아의 반응이 복장이 터질 정도로 답답했다. 아돌프 후작의 눈을 피해 갈 만큼의 일이었다. 연락이 되지 않아 혹여 잘못된 것은 아닌지 많이 걱정했던 것이다. 워렌의 걱정을 알아챈 헬리아는 조금 미안했는지 입을 열었다.

"……그건."

"조금만 빨리 왔으면 내가 한 달 치 일을 하지 않았을 텐데. 젠장, 이럴 줄 알았으면 도망이라도 가는 거였어. 클리드 저 독한 놈."

"저는 해야 할 일을 했을 뿐입니다."

클리드가 마음이 들지 않는지 워렌을 흘겨보았다.

"……."

미안하다고 말하려던 헬리아는 눈을 가늘게 떴다.

"왠지 저를 걱정한 마음보다 결재하기 싫었던 마음이 더 큰 것 같네요."

"……무, 물론 아니지! 얼마나 걱정했는데!"

"그보다 도대체 무슨 일이 있었던 겁니까? 연락이 오지 않아서 걱정했습니다."

클리드의 시선이 쓰러져 누워 있는 이안을 향했다. 엘라임이 이안을 적당히 아무 데나 내팽개치고 곧장 정령계로 간 탓에 다른 방으로 옮길 생각을 못 하고 있었다. 엘라임의 치료로 독은 모두 해독했지만 아직 내상이 충분히 다스려지지 않아 이안은 여전히 깨어나지 못하고 있었다.

"……음."

헬리아는 어떻게 설명해야 하나 고민하다가 그들을 바라보았다.

"슬슬 말할 참이었어요."

워렌, 클리드가 그녀를 바라보았다. 그들은 헬리아의 표정이 달라지자 저도 모르게 표정을 굳혔다.

"무슨 일이 있는 거냐?"

헬리아는 조심스럽게 말을 골랐다. 어디서부터 어떻게 말을 꺼내야 좋을지 고심했다. 헬리아는 펜을 내려놓았다. 탁 하며 펜이 책상에 부딪치는 소리에 그들은 긴장하며 그녀의 입을 주시했다.

"이제까지 말하지 않은 게 있어요."

그들은 그녀의 다음 말을 기다렸다. 헬리아는 잠시 눈을 감았다. 앞으로 아돌프 후작과 전면전이 벌어질 것이다. 이제 단순히 상단을 만들고 운영하는 것이 문제가 아니다. 자신으로 인해 그들도 큰 폭풍 속으로 던져지게 될 것이다.

하지만 그들은 그녀의 정체를 모른다. 헬리아는 그런 상황에서 그들을 자신의 싸움으로 끌어들이는 것이 내키지 않았다. 아무것도 모르는 사람들을 끌어들일 수는 없었다. 처음에는 말하지 않을 생각이었다. 알면 그들이 위험해질 것이다. 그래서 자신 혼자 싸울 생각이었다.

한데 문득 그들에게 말하고 싶은 마음이 솟아올랐다. 한번 믿어보고 싶었다. 과연 자신의 정체를 알고 그들은 어떤 반응을 보일 것인가.

지금은 이미지가 바뀌었다지만 예전에는 소문이 좋지 않았다. 거기다 그게 아니더라도 자신은 공주다. 평범하지 않은 신분을 8년간 그들에게 감추고 살아왔다. 어쩌면 배신감을 느낄지도 모른다.

헬리아는 손에 축축이 땀이 고이는 것을 느꼈다. 간단히 말할 수 있을 거라고 생각했는데 막상 얘기하려고 하니 쉽게 입이 떨어지지 않았다. 그러나 헬리아는 곧 결심했다.

"내 이름은 리아가 아니에요."

그들의 표정이 변했다. 헬리아는 보고 싶지 않지만 똑똑히 그들을 응시했다. 그녀는 천천히 자리에서 일어났다. 그녀가 움직이자 그들의 시선도 따라 움직였다.

"다시 소개하죠."

마음을 다잡은 그녀는 주먹을 꽉 움켜쥐었다.

"아르센 왕국의 공주, 헬리아. 그게 내 이름입니다."

헬리아는 그들을 똑바로 바라보았다. 클리드의 눈이 동그랗게 커졌고, 워렌은 뭔가 생각하는 듯 묘한 표정이었다.

"이제까지 말하지 못해서 미안해요."

"……."

"……."

그 둘은 오랫동안 아무 말도 없었다. 헬리아는 초조함에 입술을 살짝 베어 물었다.

'역시 아닌가.'

그때 워렌이 입을 열었다.

"역시나."

클리드가 거들었다.

"그렇군요."

그들이 한 마디씩 주고받자 헬리아는 어리둥절했다.

"역시나, 라니요?"

"뭐, 예상은 했어."

"예상했다고요?"

"그렇습니다."

"……도대체 어떻게?"

헬리아가 영문을 몰라 당황하자 워렌이 말했다.

"금발에 금안을 지닌 열 살 소녀."

"8년간 함께 있었습니다. 알려 하지 않으려 해도 저절로 알게 되더군요."

워렌과 클리드의 말에 헬리아는 털썩 주저앉았다.

"설마……."

헬리아는 설마 하는 표정으로 그들을 바라보았다. 오히려 놀란 것은 그녀였다.

"알고 있었어요?"

"우릴 뭐로 본 거냐? 8년이다. 속일 사람을 속여야지."

워렌과 클리드는 상단 최고의 간부. 수많은 귀족과 만나면서 교류를 해왔다. 그러면서 그들에게서 많은 정보를 얻었다. 특히나 아르센 왕국에 살면서 왕족에 대해 모를 수가 없었다.

"이 남자가 플로렌스 공자지?"

"그것도 알았어요?"

워렌이 정확히 이안의 정체를 맞추자 헬리아는 낮도깨비한테 홀린 기분이었다. 자신이 다 속인 줄 알았는데 그들은 이미 알고 있었던 것이다. 허탈해하는 헬리아를 보고 워렌이 피식 웃었다.

"어른을 뭐로 보는 거냐, 꼬마 아가씨?"

"그럼 왜 말하지 않았어요?"

"말해주시길 기다리고 있었습니다."

클리드의 말에 워렌도 덧붙였다.

"뭐 말하지 않은 이유도 짐작은 갔어. 그래도 시간이 지나면 말해줄 거라고 믿었어."

워렌이 살짝 눈을 찡그렸다.

"근데 8년은 너무 길다고."

"하, 하하."

헬리아는 이마를 짚으며 웃음을 터뜨렸다. 이제까지 긴장한 것이 허무해졌다. 그들은 자신의 생각보다 더욱 자신을 믿고 있었다.

"하하, 정말 알고 있었단 말이지?"

"얼마나 놀랐는지 아냐?"

함께 있다 보니 점점 그녀의 정체가 궁금해졌다. 하지만 굳이 그녀의 정체를 알아내려 애쓰지 않았다. 그러지 않아도 퍼즐처럼 하나둘 그녀의 정체에 관한 실마리들이 흘러나왔기 때문이다. 그리고 그녀가 공주라는 것을 알았던 날, 워렌은 그날 많은 술을 마셨다. 그녀가 자신들을 속인데 대한 야속함, 그리고 그럴 수밖에 없었던 그녀의 상황에 대한 안쓰러움 때문이었다.

그녀를 처음 만났을 때가 8년 전이었다. 당시 그녀의 나이는 고작 열 살에 불과했다. 부모 밑에서 재롱을 떨 나이에 그녀는 시장에 나와 물건을 팔았다. 손 마디마디 상하지 않은 곳이 없었고, 시간이 아깝다며 밤을 새운 날도 수두룩했다.

어린아이가 그렇게 힘들게 살아왔다는 것이 안쓰럽고 대견했다. 그런 아이가 말도 못 하고 혼자 끙끙거렸을 것이 떠올라 답답하기도 했다. 자신들을 믿지 못하고 있는 건가 싶어 자괴감도 들었다. 그건 클리드도 마찬가지였다.

"원망하지 않아요?"

헬리아의 말에 워렌과 클리드는 고개를 저었다. 그녀가 어떤 신분이든 달라지는 건 없다. 자신들을 구해 주고, 더불어 상단을 통해 더 큰 기회를 주었다는 것은 변함이 없는 사실이다.

헬리아는 그들의 마음을 알아차리고 입가에 미소를 띠었다. 그러다 웃음을 지우고 진지하게 그들을 바라보았다.

"그럼 잘 알고 있겠죠? 지금 제 상황이 어떤지."

헬리아는 그들을 바라보았다.

"죽을지도 몰라요."

"뭐야? 그래서 우리보고 모른 척이라도 하라는 거야?"

"……."

헬리아는 무언으로 긍정을 대신했다.

"우릴 뭐로 보는 거야!"

"맞습니다. 저희는 상단주님의 편입니다. 도망가지도 물러서지도 않습니다."

"하지만……."

헬리아가 입을 열려는 것을 워렌이 막았다.

"천하의 엘라드 상단을 만든 사람이 후작가 따위를 무서워하는 거야?"

헬리아는 피식 웃었다. 정말 못 당하겠다.

"아니요."

"그럼 뭐가 걱정이야! 나는 여기 있을 거야."

워렌이 바닥에 철퍼덕 앉았다.

"네 곁에 있으면 없는 떡도 떨어지거든. 말년에 노후 준비해야지. 암!"

워렌의 단호한 말에 클리드도 고개를 끄덕였다.

"저도 함께하겠습니다."

"후회하지 않아요?"

"후회는 무슨!"

헬리아는 입가에 미소를 띠었다. 그 어느 때보다 환한 미소였다.

"고마워요."

"이야, 세상 오래 살고 볼 일이야. 아가씨가 고맙다는 말을 하고."

헬리아는 작게 웃고는 말했다.

"저는 기회를 드렸어요. 이제부터 도망은 금물입니다. 아시다시피 다들 저한테 인생 저당 잡혔으니 도망갈 생각은 꿈에도 말아요."

"으음, 이거 도망갈 때를 제 손으로 버린 느낌이……."

워렌이 넋두리를 늘어놓자 헬리아가 씨익 입꼬리를 올렸다.

"하지만 오늘 이 선택이 인생 최고의 배팅이 될 겁니다."

맑게 갠 하늘처럼 그녀의 미소도 맑았다. 그때, 눈을 감고 있던 이안의 표정이 묘하게 변해 있었다.

제11장 세드릭

하늘은 구름 한 점 없이 쾌청했다. 그러나 헬리아는 미간을 찌푸린 채 대치하고 있는 두 남자를 한숨지으며 바라보았다.

"비실이, 몸은 다 나았어?"

엘라임이 입꼬리를 비틀며 비웃음을 지었다. 이안은 그 모습을 그저 묵묵히 지켜보았지만, 그의 손등에는 어느새 핏줄이 도드라졌다.

"엘라임, 그만해."

"정말 저 녀석 그대로 둘 거야?"

엘라임은 잔뜩 찌푸린 얼굴로 이안을 쏘아보았다. 엘라임은 플로렌스 영지에서 잠자고 있던 헬리아에게 다가온 놈의 손등을 깨물었을 때부터 내내 이안이 달갑지 않았다.

'암튼 마음에 안 들어.'

엘라임은 도끼눈으로 이안을 보고 있었고, 그것을 바라보며 헬리아는 한숨을 깊게 내쉬었다. 그녀는 미간을 꾹꾹 누르곤 이번엔 이안을 향해 경고했다.

"칼 뽑지 마."

당장에라도 칼을 뽑기 위해 검집에 손을 올려두고 있는 것을 헬리아가 알아차렸다. 이안은 슬그머니 손을 내렸지만 언제라도 뽑을 수 있을 것 같았다.

"이미 결정된 사항이야. 무를 수 없어."

엘라임은 퉁한 표정을 지었다. 이안이 온 탓에 헬리아가 그를 부르는 횟수가 현저히 줄어들었다. 그 때문에 엘라임은 이안의 존재가 불만이었다.

"당신도 마찬가지야. 엘라임에게 함부로 검을 휘두르면 그날로 호위 기사를 그만둬야 할 거야."

헬리아의 말에 이안은 표정을 구겼고, 엘라임은 히죽 웃었다.

"둘 다 이제 그만하고 조용히 좀 있어."

둘의 실랑이에 짜증이 난 헬리아가 이안과 엘라임에게 따끔하게 한 마디 하자 둘이 조용해졌다.

"너도 참 고생이다."

워렌은 큭큭 웃었다. 아무리 봐도 이 상황이 유쾌했다. 여자 하나에 남자가 둘. 이처럼 재밌는 상황이 또 어디 있겠나.

주위가 얼추 정리가 되자 헬리아가 입을 열었다.

"아돌프 후작이 움직였어요. 조만간 회의에서 왕세자 폐위가 논의될 거예요."

"그럼 정말 왕세자가 폐위되는 겁니까?"

클리드의 물음에 헬리아는 고개를 끄덕였다.

"하지만 바로 폐위되진 않을 거야. 왕세자 측에서도 쉽게 물러나진 않을 테니까."

"하긴 본처 소생에 장남이니, 그 명분으로 버티긴 하겠군."

그러나 곧 그것마저도 소용없어질 것이다.

"늦든 빠르든 왕세자의 폐위는 확실해요."

"앞으로 어찌하실 생각이십니까?"

클리드가 헬리아의 생각이 궁금한지 물었다. 현재 아돌프 후작은 자신의 세력을 확장해 나가고 있었다. 하지만 헬리아가 플로렌스 공작과 손을 잡으면서 세력의 판도가 다시 공작 쪽으로 옮겨갔다. 현재는 공작과 후작의 세력이 거의 비등한 상태다.

물론 거기에 후작이 모르는 엘라드 상단의 금력이 더해진다면 아돌프 후작을 밀어내는 일도 어려운 일만은 아닐 것이다.

하지만 그런 상황을 헬리아가 모를 리 없었다. 클리드는 그럼에도 아직 움직이지 않는 그녀에게 다른 생각이 있다는 것을 알아차렸다. 자신의 속내를 읽은 클리드에게 헬리아가 옅은 미소를 짓고는 입을 뗐다.

"바로 아돌프 후작을 치는 건 그리 좋은 생각이 아니야."

"아니라니?"

워렌이 고개를 갸웃했다. 지금이 오히려 몰아칠 기회가 아닌가? 가장 큰 장애물인 후작을 쓰러뜨리지 않는다면 도대체 어찌할 생각인지 알 수가 없었다.

클리드가 헬리아 대신 워렌에게 설명했다.

"적은 아돌프 후작만이 아닙니다."

"그럼 또 다른 적이 있다는 거야?"

"왕세자."

헬리아의 말에 워렌의 표정이 그제야 아! 하는 표정으로 변했다.

"우리의 적이 아돌프 후작만이라고 생각한다면 큰 오산이에요."

헬리아에게 적은 후작만이 아니었다. 왕세자 또한 그녀에게는 적인 것이다.

"지금은 아돌프 후작의 힘에 눌려 있지만, 그가 사라진다면 그들이 어떻게 나올지 모르죠."

무엇보다 왕세자파는 왕비인 캐서린의 세력을 주축으로 이루어진다. 혈족 관계로 이루어진 세력이다 보니 아돌프 후작 측보다 더 견고하고 쉽게 와해되진 않을 것이다. 지금 상황이 아돌프 후작에게 기울어 힘을 못 쓰고 있지만 왕세자파의 세력은 공고했다. 다만 힘이 약해져 있을 뿐이다.

"아돌프 후작이 사라지면 더 강력한 적이 될 수 있어요."

그렇기 때문에 아돌프 후작을 곧장 치지 않는 것이다.

"그럼 어떻게 할 거야?"

"아돌프 후작이 공공의 적일 때 그들을 아군으로 끌어들여야지요."

헬리아가 눈을 빛냈다. 그녀의 금안이 반짝거리자 워렌은 순간 섬뜩한 느낌이 들었다. 8년 전 헬리아가 엘라드 상단을 처음 시작했을 때의 그 눈빛과 닮아 있었다.

'이거 뭔가 일이 벌어지겠군.'

"적의 적은 나의 친구 아니겠어요?"

헬리아가 씨익 웃었다.

"이미 패는 던져놓았어요."

티 하나 없이 깨끗한 궁. 그러나 사람의 온기가 느껴지지 않는 차가운 대리석 바닥과 새하얀 벽은 어딘지 모르게 을씨년스러웠다.

뚜벅뚜벅.

그 가운데 구둣발 소리만이 적막한 복도를 울렸다. 노엘은 잔뜩 몸을 긴장한 채로 자신을 이끄는 사람의 뒤를 따라 걸어갔다.

'정말 기억을 찾을 수 있을까……?'

그는 하나라도 기억을 되살리는 데 도움이 될까 싶어 주변을 유심히 살펴보았다. 조엘 남작에게 불려갔던 노엘은 그가 내민 추천서를 받고는 의아해했다.

그 추천서는 바로 왕실 기사단의 입단서였다. 노엘은 어리둥절했지만 조엘 남작은 그에게 기억을 되찾기 위해서라는 말만 할 뿐 다른 설명은 해주지 않았다.

그 후 수도로 올라온 노엘은 왕실 입단 시험을 치렀고, 기억상실이라고는 믿을 수 없을 만큼 뛰어난 실력을 보이며 합격했다. 마치 이미 겪어보기라도 한 듯이 노엘은 시험이 하나씩 닥칠 때마다 능숙히 처리했다.

그 스스로도 놀라웠지만 마치 몸이 답을 알고 있는 것 같았다. 생각하기 전에 몸이 움직이고 있었다. 물론 기억상실이기 때문에 드문드문 어색할 때가 있었지만 공작의 추천서는 그 정도의 실수는 무마할 힘을 가지고 있었다. 추천서 덕분에 필기시험 없이 바로 테스트를 받을 수 있었던 것도 합격 요인 중 하나였다.

'뭔가……'

노엘은 낯설지 않은 느낌에 조금 상기되었다. 플로렌스 성에 있을 때는 가시방석이었지만, 왠지 이곳은 달랐다. 그가 걸을 때마다 들리는 대리석의 마찰음이나 복도에 걸린 그림들이 왠지 익숙했다. 마치 자신이 이곳에 와 본 적 있는 듯한 느낌이 들었다.

"자네가 생각하는 것처럼 그리 들뜰 만한 곳은 아니니 진중하게 처신하게."

"아, 알겠습니다."

"말도 더듬지 말고 똑바로 이야기해라."

"예."

노엘이 배속된 왕세자 친위대의 단장 파에톤이 엄격한 얼굴로 그를 꾸짖었다. 그러나 파에톤의 속내는 달랐다.

'정말 다른 사람인 거냐?'

파에톤은 쉽사리 노엘의 얼굴에서 눈을 떼지 못했다. 그의 갈색 머리며, 푸른 눈동자며. 심지어 목소리, 말투, 행동까지 그가 아는 이를 연상케 했다. 하지만 자신이 아는 그는 죽었다. 그일 리 없었다. 그럼에도 파에톤은 흔들리는 눈으로 그를 응시했다.

"……이름이 노엘이라고?"

"예."

"혹시…… 아니다."

"단장님?"

파에톤은 고개를 저어 생각을 털어냈다. 그리고 딱딱한 어조로 말했다.

"이제부터 자네는 왕세자 저하를 뵈러 간다. 한 치의 실수도 없도록."

"예."

노엘은 눈을 초롱초롱하게 뜨고 대답했다.

'……'

그 모습에 파에톤은 노엘을 처음 보았을 때를 떠올렸다. 공작의 추천서를 가지고 입단 시험에 참가한 이가 있다는 이야기를 듣고 호기심과 경멸이 일었다. 그가 가장 싫어하는 자가 바로 실력보다 누군가의 힘으로 자리를 차지하는 인간이었다.

공작의 입김 덕분에 그는 왕실 기사단 시험에 무리 없이 합격했다. 파에톤이 노엘을 직접 본 것은 바로 합격자들의 배치를 담당했을 때였다. 그전까지만 해도 그에게 노엘은 아무런 상관도 없는 사람이었다. 하지만 그의 얼굴을 보고 달라졌다.

한순간 그 아이가 살아 돌아온 것 같아 가슴이 벌렁거렸다. 파에톤은 저도 모르게 그 아이를 왕세자 궁에 배치되도록 손을 썼다. 다행히 공작의 반응이 없어 그를 무리 없이 데려올 수 있었다.

'이게 잘하는 짓인지……'

파에톤은 노엘을 보게 될 왕세자를 떠올리며 잠시 쓴웃음을 짓다가 고개를 저었다. 이대로 물리기엔 너무 늦어버렸다.

'닮은 아이나마 보고 기운을 되찾아주시면 좋으련만……'

파에톤은 처연히 웃고 있을 왕세자를 떠올리니 가슴이 찢어질 듯 아파왔다. 3년 전 그 사건만 아니었다면 누구보다 당당했을 왕세자일 텐데. 파에톤은 왕세자를 제대로 보필하지 못한 자신을 자책했다.

어느새 그들은 왕세자의 방문 앞에 당도했다. 파에톤이 앞에 서 있는 시종에게 이르자 시종이 안에 그들의 도착을 알렸다.

"저하, 파에톤 경이 찾아오셨습니다."

"들라 하세요."

허가가 떨어지자 파에톤이 노엘에게 말했다.

"그럼 들어가지."

노엘은 긴장감에 손에 땀이 축축이 배어나오는 것을 인지하지 못했다. 그만큼 묘한 떨림이 그의 전신을 지배했다. 왠지 모르게 거세게 뛰는 자신의 심장에 노엘은 당혹스러웠다. 그 이유를 찾지 못한 채 문이 열렸다.

안으로 들어가자 가구며 벽지는 화려하긴 했지만 병색이 완연한 주인을 닮았는지 어딘지 모르게 색이 흐려져 있었다. 그리고 곧 노엘은 방의 주인을 오롯이 볼 수 있었다.

"인사드려라. 왕세자 저하시다."

"아……."

금색의 머릿결은 빛을 잃어 푸석거렸으며, 두 다리는 담요에 덮여 있었다. 그러나 마른 상체를 생각해 봤을 때, 가려져 보이지 않는 두 다리는 이미 바짝 말라 있을 것이다.

"뭐 하는가?"

파에톤이 다그치자 노엘이 퍼뜩 입을 열었다. 왠지 목소리가 잘 나오지 않았다.

"노, 노엘입니다."

"……."

왕세자 세드릭은 노엘의 얼굴을 보더니 말을 잃었다. 그의 두 눈동자가 쉴 새 없이 흔들렸다. 그가 놀란 눈으로 파에톤을 바라봤지만 파에톤은 씁쓸한 표정으로 고개를 저었다.

"노엘 경입니다."

"……그것뿐입니까?"

파에톤은 숙연히 고개를 숙였다.

"……."

세드릭은 잠시 입을 다물고 눈을 감았다 떴다. 그 자리에 흔들림은 없었다. 그는 미소를 지으며 노엘을 맞았다.

"어서 오세요. 반가워요."

"조, 존대는 하지 말아주십시오."

"아, 그래요. 응, 그래."

순간 노엘은 세드릭의 미소가 왠지 슬퍼 보인다고 느꼈다. 그 순간 노엘은 자신의 심장이 아파오는 것을 느꼈다. 어딘가 위태로운 왕세자에 저도 모르게 당장 그에게 달려가 달래주고 싶었다.

'내가 왜……?'

알 수 없는 감정에 혼란스러웠다. 하지만 단순히 그만 이상한 게 아니었다. 왠지 모르지만 파에톤과 세드릭도 그를 바라보는 눈빛이 이상했다. 마치 죽은 사람이 돌아온 것처럼 아련하고 그립게.

"그럼 이만 물러가겠습니다."

파에톤이 세드릭의 감정 상태를 알아채고 그만 물러나려 했다. 그러나 세드릭이 그런 그를 저지했다.

"잠시 좀 더 노엘 경과 이야기를 하고 싶군요."

"저하……."

"전 괜찮습니다. 다…… 른 사람이라는 건 잘 알겠습니다."

세드릭은 노엘의 얼굴에서 눈을 떼지 못했다. 파에톤은 잠시 고민하다가 결국 고개를 끄덕이고 노엘을 그대로 둔 채 홀로 물러섰다.

"저하를 잘 호위하게."

"아, 예."

파에톤은 떨어지지 않는 발걸음을 움직여 방을 나섰다. 그가 나가자 세드릭은 아예 대놓고 노엘을 뚫어져라 바라보았다. 그것이 부담스럽고 이상해서 노엘은 어쩔 줄 몰랐다.

"어, 어찌 그리 보십니까?"

"……많이 닮았어."

"예?"

세드릭은 고개를 저었다.

"아니, 그보다 정원으로 나가고 싶은데 좀 끌어주겠어?"

노엘이 어리둥절하게 서 있자 세드릭이 자신의 의자를 툭툭 쳤다.

"아."

그제야 노엘은 세드릭이 앉아 있는 의자가 일반 의자가 아니라 바퀴가 달린 휠체어라는 것을 알아차렸다. 노엘은 후다닥 그의 뒤로 가 의자에 달린 손잡이를 붙잡았다. 휠체어는 매우 무거워서 뒤에서 밀어주는 사람이 없으면 환자 혼자 힘으로는 움직이기 어려웠다.

노엘은 힐끔 세드릭의 정수리를 지나 그의 몸을 관찰했다. 가느다란 팔은 물론 옷 위로도 그의 몸이 얼마나 말랐는지 알 수 있었다. 앙상한 팔뚝, 빛바랜 머리카락. 노엘은 왠지 왈칵 쏟아지려는 눈물에 입술을 깨물었다.

"노엘…… 경?"

세드릭의 말에 노엘은 얼른 휠체어를 밀었다. 가볍게 밀리는 휠체어에 노엘의 손에 힘이 들어갔다.

정원은 정성 들여 가꾼 꽃으로 가득했다. 형형색색의 꽃들이 깊은 향기를 내뿜었고, 향기가 그윽하게 퍼져 나갔다.

"참 아름답지?"

주변을 훑던 노엘은 세드릭의 말에 그를 내려다보았다. 그의 표정은 보이지 않고 오로지 정수리만 보여 어떤 표정을 짓고 있는지 알 수 없었다. 노엘은 주변 경치를 다시 한번 보고는 그 말에 대답했다.

"예, 아름답습니다."

"정원사가 나를 위해 열심히 가꾼 곳이야."

세드릭의 목소리가 한 톤 낮아졌다. 노엘은 그의 표정을 보고 싶었다.

"내가 저 꽃들처럼 기운을 차리길 바라는 모양이야."

"왕세자 저하……."

"왕세자라……. 허울뿐인 세자 노릇도 이제는 지긋지긋해. 어차피 난 더 이상 걷지 못할 텐데. 어머니는 매일같이 새로운 치료사를 부르지."

세드릭은 쓸쓸히 나직이 읊조렸다.

"다 부질없는 짓이지."

"……."

"몸은 이렇지만 눈과 귀를 막고 사는 건 아니야. 나를 대하는 태도와 상황, 변하는 것을 다 알아."

세드릭의 어깨가 축 쳐지는 것을 느꼈다. 노엘은 그 어깨를 자신의 손으로 일으켜 세워주고 싶었다. 세드릭은 어느새 씩씩한 말투로 말했다.

"아마 곧 폐위되겠지. 그래도 나는 계속 열심히 살아갈 거야. 아무리 힘든 상황이어도."

세드릭은 잠시 말을 멈추고 다시 입을 열었다.

"날 위해 죽어간 사람들을 생각하면 그럴 수 없으니까."

세드릭과 노엘은 정원에 있는 테이블로 갔다. 노엘은 세드릭의 맞은

편에 서서 그를 지켰다. 세드릭은 말간 눈으로 노엘을 보았다.

"……노엘 경은 정말 내가 아는 사람과 많이 닮았어."

"그 사람이 누군가요?"

노엘은 저도 모르게 되물었다. 세드릭은 그에게 시선을 떼고 아련히 먼 곳을 올려다보았다. 그 모습이 마치 우는 것 같아 노엘은 주먹을 쥐었다.

"친우와 닮았어. 내 죽은 친우와."

"……친우 말씀인가요?"

"응, 가장 소중한 내 친우이자 내 호위 기사였던."

"……."

"노엘? 무슨 생각 해?"

"아, 아닙니다."

노엘은 자신의 머리를 죄어오는 두통에 식은땀을 흘렸다. 자꾸만 자신의 머릿속을 헤집고 돌아다니는 기억들 때문에 쉬이 정신을 차릴 수 없었다.

"……그의 이름은 무엇입니까?"

노엘의 질문에 조금 놀란 세드릭은 이내 아련한 표정을 짓고는 입을 열었다.

"아디스 노엘."

"……아디스가 이름이었습니까?"

이상한 질문에 세드릭은 고개를 갸웃거리다 이내 노엘의 이름과 같은 것을 알아차리고 피식 웃었다.

"노엘 경과는 반대지?"

"……."

노엘은 자신의 심장이 거세게 뛰고 있는 것을 느꼈다. 머리에 두통이 몰려왔다. 이윽고 세드릭이 입을 열었다.

"노엘은 내가 그에게 준 성(姓)이야."

'……노엘, ……아디스 노엘. 아디스 노엘.'

그 순간 노엘은 자신의 기억 너머 굳게 닫혀 있던 빗장들이 하나둘 허물어져 가는 것을 느꼈다.

✳

아돌프 후작의 저택 은밀한 곳, 열 명의 귀족이 둥근 테이블에 둘러 앉아 있었다. 사방엔 창도 없이 온통 벽뿐이었다.

아돌프 후작이 자리에서 일어났다. 그러자 귀족들은 모두 입을 다물 고 그를 바라보았다. 후작은 좌중을 둘러보며 입을 열었다.

"이제 때가 되었소."

후작의 말 한마디에 사람들의 얼굴이 붉게 상기되었다. 그때 착석해 있던 귀족 중 한 명이 조심스럽게 입을 열었다. 그는 파리스 자작으로 사십 대의 문사 같은 사내였다.

"스스로 물러날 때를 기다리는 게 어떻습니까?"

몇몇 귀족이 파리스 자작의 말에 동의를 표했다. 굳이 긁어 부스럼 을 만들지 않아도 어차피 왕세자는 걷지 못한다. 그러니 기다리는 게 더 안전하지 않겠느냐 하는 것이었다.

"이미 3년이라는 시간이 흘렀소. 충분히 스스로 물러날 기회를 주었 음에도 물러나지 않았소."

후작의 말에 귀족들은 고개를 끄덕였다. 파리스 자작도 결국 입을 다 물었다.

"어찌하실 생각입니까?"

"한 달에 한 번 열리는 귀족 회의에 모두 안건을 올려주시오."

"알겠습니다."

모두 후작의 말에 대답했다.

"왕자님은 달리 하실 말씀이 없으십니까?"

그때 날카로운 무인의 기세를 내뿜으며 로베르 남작이 말했다. 그의 시선이 후작의 곁에 아무 말 없이 앉아 있는 사내를 향했다. 옅은 붉은 기가 도는 금발에 푸른 눈동자를 지닌 이십 대 남자는 로베르 남작의 말에도 입을 열지 않고 후작을 바라보았다.

"하실 말씀이 있으십니까?"

후작의 말에 남자는 고개를 저었다.

"아니오."

"하오나……."

"로베르 남작, 본분을 지키시오."

로베르 남작이 뭐라 이야기하려 했지만 주위에 있던 귀족들은 그의 행동을 만류했다. 젊은 로베르 남작의 행동에 나이 든 귀족들은 혀를 찼다.

'쯧쯧, 저리 눈치가 없어서야.'

말없이 후작의 곁에 앉아 있는 사내는 아르센 왕국의 2왕자 조슈아였다. 그러나 귀족들은 알고 있었다. 아르센 왕국의 진짜 주인이 될 자가 누구인지를. 조슈아는 그저 꼭두각시에 불과했다.

"되었소. 할 말이 없으시니 이만 회의를 마치겠네."

후작이 자리를 파하자 귀족들은 물러나갔다. 그 안에 조용히 앉아 있던 윌리슨 남작도 후작과 조슈아의 얼굴을 한번 힐끗 보더니 방을 빠져나갔다. 방 안에는 아돌프 후작과 조슈아만이 착석해 있었다. 후작이 날카로운 눈으로 조슈아를 강하게 질책했다.

"뭐가 그리 불만이더냐?"

남들 앞에서 존대를 한 것과 달리 둘이 있을 때는 달랐다. 그것은 단순히 외할아버지와 외손자의 관계가 아닌, 윗사람과 아랫사람의 대화였다.

"……."

조슈아는 살짝 입술을 깨물다 자신의 외할아버지를 노려보았다. 그의·입가에는 냉소가 걸려 있었다.

"어찌 제가 불만을 가지겠습니까? 후작님처럼 완벽하신 분이 제 일을 다 해주시는데."

말에 가시가 잔뜩 달려 있었다. 그것을 모를 후작이 아니었다. 후작이 미간을 치켜 올렸다.

"오만 방자하구나."

조슈아가 자리에서 일어났다.

"후작님이 원하는 대로 하십시오. 어차피 저는 꼭두각시 아닙니까? 굳이 이런 자리에 제가 나올 필요도 없지 않습니까. 다음에는 방에 있겠습니다. 왕좌가 비면 그때 부르시지요."

조슈아가 입을 비틀며 자리에서 벗어났다.

"아, 참!"

그가 자리에 멈춰 서며 뒤를 돌았다.

"아니면 후작님이 그 자리에 앉으시든지요."

후작이 잔뜩 얼굴을 일그러뜨린 채 그를 붙잡았다.

"어딜 가느냐?"

"어딜 가는 것까지 일일이 후작님께 보고해야 합니까?"

"또 그놈에게 가는 것이냐!"

후작이 노기 서린 음성으로 그를 질책했다. 조슈아가 고개를 돌리고 그를 노려보았다. 푸른 눈동자에는 차가운 냉기가 서려 있었다.

"그놈이 아닙니다. 카쟌은 엄연히 제 스승입니다. 그만한 대우를 해주시길 바랍니다."

"스승은 무슨! 그자를 가까이 두지 말거라!"

"저를 인형이 아닌 사람으로 대해 주는 유일한 분입니다."

그렇게 말을 내뱉고는 홱 하니 몸을 돌려 방을 빠져나갔다.

"쯧쯧쯧, 저리 미련해서야……."

후작은 미간을 찡그린 채 페이튼 자작을 불렀다.

"조사는 어떻게 되었느냐?"

페이튼 자작이 품에서 서류를 꺼내 그에게 내밀었다. 후작은 서류를 넘기며 눈을 좁혔다.

"제국 출신 마법사라는 것 외에 특별한 것이 없습니다."

"신분은 확실하더냐?"

"예."

"흐음……."

그러나 후작은 그 카쟌이라는 조슈아의 마법 스승이 탐탁지 않았다. 처음 그를 보았을 때의 꺼림칙함이 아직까지 남아 있었다.

"마음에 들지 않으면 치워 버려야지."

후작은 싸늘하게 눈을 빛내고는 눈을 감았다 떴다.

"일이 마무리되면 그놈도 죽여야겠군."

후작의 말에 페이튼 자작은 언제나처럼 고개를 숙이며 명을 받들었다.

"존명."

※

콰앙!

세게 문을 열고 방으로 들어온 조슈아는 거칠게 윗옷을 벗어 던졌다.

"젠장!"

지긋지긋했다. 하루에도 수십 번 그는 외할아버지인 아돌프 후작의 곁에 인형처럼 앉아 있어야 했다.

"그놈의 왕좌가 뭐라고."

조슈아는 자신을 통해 야망을 이루려는 후작의 욕심에 치가 떨렸다. 그러나 그보다도 그의 손에 조종당하는 자신이 싫었다. 후작이 온몸에 박아 넣은 실이 자신을 옭아맸다.

"카쟌을 불러와라."

"알겠습니다."

시종이 고개를 조아리고 방을 나가려 할 때 마음이 바뀐 조슈아가 그를 불러 세웠다.

"아니다, 내가 직접 가지."

조슈아는 발걸음을 옮겨 카쟌의 연구실을 찾았다. 카쟌의 연구실은 그의 궁에서 얼마 떨어지지 않은 작은 별궁에 마련되어 있었다. 왕자의 마법 스승이라는 직책에 맞게 그에 걸맞은 대우가 따랐다. 그의 등장에 보초를 서고 있던 보초병이 고개를 숙여 인사했다.

"카쟌은 안에 있는가?"

"예, 지금 막 들어와 계십니다."

조슈아는 발걸음을 옮겨 카쟌이 있는 방으로 올라갔다.

똑똑−

"누구십니까?"

방에서는 낮은 목소리가 흘러나왔다.

"접니다, 조슈아."

문이 열리고 안에서 조슈아의 마법 스승이 웃는 얼굴로 그를 반겼다. 삼십 대의 외모에 갈색 머리를 지닌 남자는 제법 준수한 외모를 지니고 있었다. 하지만 한 가지 흠이라면 그의 왼쪽 눈에 쓴 검은 안대였다.

"어서 오시지요. 왕자님."

"제가 방해했습니까?"

조슈아가 조심스런 말투로 묻자 카쟌이 웃으며 고개를 저었다.

"아닙니다. 어서 들어오시지요."

카쟌은 조슈아를 자신의 연구실로 안내했다. 물론 안내를 할 필요 없었다. 2년 동안 조슈아가 매번 드나들었던 곳이기 때문이다. 조슈아는 익숙하게 카쟌의 연구실에 마련된 푹신한 소파에 몸을 눕히고 눈을 감았다. 그는 피곤한 듯 미간을 짓누르며 한숨을 내쉬었다.

또르륵–

코끝에 향기로운 차향이 맡아지자 조슈아가 눈을 떴다.

"쟈스민이군요."

"심신 안정에 도움이 될 겁니다."

"어떻게 아셨습니까?"

조슈아가 따뜻한 찻잔을 손에 쥐고는 물었다. 카쟌은 웃으며 맞은편에 앉았다.

"힘드시지요?"

"후우, 저에겐 카쟌밖에 없군요."

조슈아는 차를 한 모금 마시고는 황홀한 표정을 지었다.

"카쟌이 끓여 준 차는 다른 곳과 비교할 수 없군요."

"후후, 제 비법이 담긴 차지요."

조슈아는 옅게 미소를 지으며 그를 바라보았다. 2년 전 우연한 기회에 자신의 마법 스승이 되었고, 지금은 자신에게 없어선 안 될 사람이 되었다. 조슈아는 한숨을 내쉬었다.

"외할아버지에게 저는 그저 이용하기 좋은 꼭두각시입니다. 하지만 그런 할아버지를 저는 거역할 수가 없습니다."

조슈아는 자괴감에 고개를 떨구었다. 그는 특별히 왕위에 관심이 없었다. 어릴 적부터 그저 노는 것이 좋았고, 형님이 있기에 왕위에 대해 생각조차 한 적이 없었다. 하지만 그의 외할아버지와 어머니는 달랐다. 그들은 왕위에 대한 집착을 보였고, 결국 왕세자의 날개를 뜯어내고 자신을 이 자리까지 오게 만들었다.

"지긋지긋합니다."

카쟌이 안쓰러운 표정을 지으며 조슈아의 곁에 앉았다.

"왕자님이 어째서 꼭두각시입니까?"

"하지만……."

카쟌이 그의 어깨를 꽉 쥐었다.

"왕이 될 사람은 아돌프 후작이 아닙니다. 바로 왕자님이십니다."

"하지만 제겐 힘이 없습니다. 그저 꼭두각시 왕이 될 뿐입니다."

카쟌이 고개를 저었다. 그는 굳은 눈빛으로 조슈아를 보았다.

"제가 돕겠습니다. 왕자님을 후작의 꼭두각시가 아니라 이 나라의 왕으로 만들어 드리겠습니다."

"카쟌……."

카쟌은 입꼬리를 말아 올리며 그를 따뜻하게 바라봤다.

"제게 좀 더 의지해 주세요. 저는 언제나 왕자님의 편입니다. 오직 저만이."

조슈아가 눈물 어린 눈동자로 카쟌을 바라보았다.

"카쟌만이 제 사람입니다."

순간 조슈아의 맑고 투명한 눈동자가 일순 검게 물들었다. 그러나 조슈아는 인식하지 못하는지 카쟌을 바라보고 웃고 있었다.

"물론입니다. 오직 저만이 왕자님의 편입니다."

카쟌이 입꼬리를 말아 올렸다.

카쟌의 연구실 안.

2왕자 조슈아가 나가고 혼자가 된 카쟌의 얼굴엔 어느새 따스한 웃음이 사라졌다. 그 위에는 싸늘한 냉소가 가득했다.

카쟌은 연구실 한쪽에 위치해 있는 작은 문을 열고 안으로 들어갔다. 캄캄한 복도로 들어간 그는 램프를 들어 불을 밝혔다. 어둠 안으로 들어간 카쟌은 이내 또 다른 철제로 된 문에 당도했다. 그는 램프를 문 옆 걸대에 걸어두고 철제문을 열었다.

끼이익-

기괴한 마찰음이 들리고 두꺼운 철제문이 열렸다. 내부는 연구실과는 사뭇 분위기가 달랐다. 죽은 박쥐의 시체, 말린 지렁이, 죽은 트롤의 피를 담은 유리병 등이 방 안에 가득했다. 기괴한 물건들이 방을 가득 메우고 있었다.

"지긋지긋한 놈."

입가를 비틀며 말을 내뱉은 카쟌의 얼굴에는 짜증이 가득했다. 그의 눈에 조금 전 조슈아를 보던 따스한 눈빛이 아닌 차갑고 저열한 눈빛이 드러났다.

"보모 노릇도 짜증 나는군."

징징거리는 2왕자를 살살 달래는 일도 점점 그의 인내심을 벗어나고 있었다. 하지만 그는 그것을 내보일 만큼 어리석은 이가 아니었다.

"큭큭, 그놈이 왕위에 오르면⋯⋯."

2왕자가 왕위에 오르는 것은 이미 확정된 일. 몇 년 안에 조슈아는 왕위에 오를 것이다. 그리고 그 옆에는 바로 자신이 있을 것이다.

"큭큭큭, 왕의 스승이라."

아돌프 후작이 자신의 뒤를 캐며 경계하고 있다는 것은 이미 알고 있었다. 하지만 캐봐야 나오는 것은 없다.

"그자도 처리해야겠군."

2왕자가 왕위에 오르는 날 카쟌은 후작을 죽이기로 마음먹었다. 지금은 아직 그가 필요했다.

"슬슬 약을 더 써야겠군."

그가 책상 위에 놓인 액체를 들어 올리며 히죽 입꼬리를 말아 올렸다. 그것은 아까 2왕자에게 주었던 쟈스민차와 같은 색을 띠고 있었다.

파앗!

그때였다. 그의 책상 위에 어지럽게 굴러다니던 구슬에서 빛이 뿜어져 나왔다. 카쟌은 표정을 와락 구겼다. 그러나 구슬을 들고 있을 때는 이미 그의 표정엔 변화가 없었다. 구슬이 빛을 발하고 한 인형을 비추었다. 카쟌은 고개를 숙여 보이며 입을 열었다.

"어인 일이십니까?"

─조사는 진척이 있는가?

그 구슬은 평범한 구슬이 아닌 통신구였다. 통신구 안에서 낮고 음산한 목소리가 들려왔다. 거만하게 아랫사람에게 지시하는 말투였다. 카쟌은 속으로 욕을 내뱉었지만 겉으로 드러내지 않았다. 그는 구슬을 보며 난감한 기색을 보였다.

"별다른 진척이 보이지 않습니다. 하지만 아르센 왕국의 역사를 살펴보니 과거 드래곤과의 접촉이 있었다는 것을 확인했습니다."

그 말에 구슬 속 사람의 표정이 순식간에 변했다.

─그 이야기가 사실인가?

"아르센 왕국의 건국 이야기에 드래곤이 언급되어 있습니다. 아마 조만간 그것에 대해서도 실마리를 잡을 수 있을 듯싶습니다."

─좀 더 인원을 확충해 주겠네.

카쟌은 아차 싶었다.

"아닙니다. 아직 저를 경계하는 와중에 사람이 늘면 의심을 살 수 있습니다. 이 일은 제게 맡겨주십시오."

─흐음, 알겠네. 그리하게.

"감사합니다."

―좋은 소식 기다리겠네.

구슬에서 빛이 꺼지자 카쟌은 안도의 한숨을 내쉬고 통신구를 소파에 던져 놓았다. 그는 이죽거리면서 통신구를 향해 말했다.

"드래곤은 얼어 죽을. 드래곤 안 나오는 건국신화도 있나?"

카쟌은 조소를 지었다.

그가 이곳에 온 지 2년. 그것을 조사하기 위해 왔다가 2왕자의 눈에 들어 그의 스승 노릇을 하게 되었다. 그러다 점차 자신이 하는 일에 회의를 느꼈고, 2왕자의 스승으로 사는 것이 더 큰 부귀영화를 누릴 수 있을 거라 여겼다. 그렇기 때문에 인원을 확충해 주겠다는 말을 단번에 거절한 것이다.

"어떻게 얻은 기회인데……."

왕의 스승이 되어 부귀영화를 누릴 수 있는 다시없을 기회였다. 그걸 차는 놈은 아마 멍청한 놈일 것이다. 카쟌은 2왕자에게 먹일 약을 제조하며 콧노래를 흥얼거렸다.

�֍

따사로운 오후의 햇살이 창가에 스며들었다. 창가 아래에 앉은 여성의 짙은 녹색 눈동자엔 오랜 시름이 깃들어 있었다. 햇빛을 받아 반짝이는 결 좋은 갈색 머리는 곱게 틀어 올렸고, 사십이 넘는 나이임에도 눈가에는 흉하지 않은 잔잔한 주름이 잡혀 있었다.

비비안 후궁의 농밀한 매력과 달리 그녀는 은은하고 잔잔한 호수처럼 청아한 아름다움을 지니고 있었다. 그녀가 바로 아르센 왕국의 왕비인 캐서린이었다.

왕비란 자리는 오직 그녀를 위해 존재하는 듯, 그녀는 왕비의 칭호에 너무나 잘 어울리는 여인이었다. 인자한 성품과 뛰어난 학식을 지

니고 있었고 백성들에게 추앙받고 있었다. 하나 언제나 만인의 존경을
받는 그녀의 안색은 언제부턴가 수척해지기 시작하더니 근래엔 시든
꽃처럼 빛바래 있었다.

"……마마."

왕비 궁을 담당하는 시녀장 에밀은 착잡한 표정을 감추지 못한 채 자
신이 모시는 캐서린 왕비를 안쓰럽게 바라보았다. 에밀의 목소리에 왕
비는 그제야 창밖에서 시선을 떼고 그녀를 보았다. 시녀장의 표정은 잔
뜩 굳어 있었다. 그것이 어떤 이유에서임을 이미 짐작한 캐서린은 입
술을 잘근 깨물었다.

"이번에도 못 고친다 하더냐?"

"……송구합니다, 마마."

에밀은 깊은 한탄을 내뱉은 캐서린의 모습에 그저 송구하여 고개를
조아릴 뿐이었다. 캐서린은 억장이 무너지는 것 같았다. 벌써 3년이 지
났다. 하나 아직까지 세드릭의 다리는 여전히 그 상태였다.

"정녕 고칠 수 없다 하더냐?"

"…….."

에밀은 차마 입을 떼지 못했다. 캐서린은 시녀장의 표정에 두 눈이
잘게 흔들렸다. 캐서린은 손등에 핏줄이 드러날 만큼 세게 의자의 손
잡이를 쥐었다. 그런 캐서린을 에밀은 그저 안쓰럽고 죄송스럽게 바라
볼 수밖에 없었다.

"……마마."

"전혀 나을 수 없다 하더냐? 가망이 없는 거냐?"

캐서린은 복받쳐 올라오는 슬픔에 몸을 가누지 못한 채 비틀거렸다.
그러나 자신보다 더 고통받고 있을 세드릭을 생각하니 절로 눈에서 눈
물이 흘러내렸다.

그녀는 두 손에 얼굴을 파묻었다. 그녀의 사랑스런 아이이자, 아르

센 왕국의 왕세자 세드릭은 3년 전 암살 사건으로 간신히 목숨을 건졌다. 처음 생사를 알지 못할 때 그녀는 밤낮을 눈물로 지새우며 음식조차 입에 대지 못했다. 그러다 생존 소식이 알려지면서 신께 감사했다.

그때는 그저 살아만 있어준다면 그걸로 족했다. 그 당시 걷지 못할 수도 있다는 얘기를 들었을 때도 그래도 살아 있는 게 어디냐며 자위했다. 그러나 서면 앉고 싶고 앉으면 눕고 싶은 게 사람 욕심이라, 걷지 못하는 세드릭을 볼 때마다 캐서린은 가슴이 찢어졌다.

그가 처연한 표정으로 웃으며 휠체어에 앉아 자신을 바라볼 때면 그녀는 너무 괴롭고 힘들었다. 무엇보다 자신 앞에서조차 힘든 내색을 하지 못하는 아들이 너무 가엾고 불쌍했다.

왕세자라는 직위가 이제는 그 힘을 잃고 있지만, 그녀는 차마 그 아이가 폐위되는 모습을 볼 수 없었다. 그래서 무리인 줄 알면서도 자신의 아버지의 힘을 빌려가면서까지 그 아이가 폐위되지 않도록 했다. 하나 이제는 그것조차 힘들어지고 있었다.

캐서린이 고개를 들었다. 두 눈은 언제 눈물이 가득했냐는 듯 메말라 있었다.

"다른 치료사를 부르게."

"……마마."

에밀은 그런 캐서린을 보며 고개를 저었지만, 캐서린은 포기하지 않았다.

"신관이 안 되면 마법사라도 부르게. 그도 아니면 민간 치료사라도 좋아. 유명하지 않아도 상관없네. 내 아들의 다리만 고쳐 준다면 다 준다고 해. 직위든 땅이든. 그러니 제발 다리를 고쳐 줄 의원을 찾게."

캐서린은 약해진 마음을 다시 한번 다잡았다. 이리 포기할 수 없었다. 세드릭은 지난 3년 동안 자신의 병을 고치지 못한 치료사들을 물리지도, 화를 내지도 않고 묵묵히 진료를 받아왔다. 그만큼 착하고 심성이 고운 아이다.

"마마……."

"반드시 고쳐야 되네. 그렇게, 그리 시들어갈 아이가 아니야."

캐서린의 깊은 모성애를 느낀 에밀은 눈시울을 붉혔다.

※

노엘은 복도를 지나 정원으로 가는 통로에 멈춰서 꽃들 사이에 앉아 있는 세드릭을 바라보았다. 마치 바람이 불면 날아갈 듯 그의 몸은 점점 메말라 가고 있었다. 노엘은 입술을 깨물었다.

'저하…….'

어째서 그를 잊어버리고 있었단 말인가. 일주일 전 그를 처음 만났을 때 노엘은 자신이 누구인지 기억해 냈다.

'아디스 노엘.'

자신의 이름이 기억을 되찾는 열쇠가 되었다. 결코 잊어버려서는 안 되는 이름.

노엘. 평민이었던 자신에게 손수 기사의 작위를 내리고 성을 준 사람. 그게 바로 세드릭이었다. 노엘은 이름을 받는 순간 평생을 그에게 바치겠노라 맹세했다.

"저하……."

노엘은 물기 젖은 목소리로 그를 불렀다.

'어찌 이리되셨습니까?'

살아만 있다면 그걸로 족했다. 사건이 벌어진 그날, 그는 암살자들의 공격으로 인해 절벽 아래로 떨어지게 되었다. 다행히 구사일생으로 목숨을 구했지만, 그를 죽이려는 추적자들이 있었다. 그는 그들의 손에서 가까스로 벗어나 몸을 숨긴 채 암살자들의 정체를 추적했다. 그리고 곧 후작이 몰살시킨 암살단의 마지막 생존자를 찾아내 증거를 확보할 수 있었다.

하지만 암살자들의 추적은 끈질겼다. 그는 증거를 가지고 돌아가는 도중 추적자의 공격에 절벽 아래로 떨어졌고, 그때의 충격으로 기억을 잃은 채 노예 상인에게 붙잡혀 노예가 되었다.

'그 여자……'

노엘은 이를 으득 물며 자신의 손등을 내려다보았다. 가면을 쓴 이상한 여인으로 인해 지워진 상처. 그러나 그는 가장 중요한 것을 빼앗기고 말았다.

'그 여자를 찾아야 해.'

가면을 쓴 금발의 여자. 리아라는 이름. 그러나 그것 외에 그녀에 대해 알지 못했다. 과연 찾을 수 있을까 걱정이 되었다. 아니, 찾는다 하더라도 증거물이 그대로 있을지 의문이었다.

'젠장……'

기억을 되찾고 그것이 없어진 것을 알아챈 노엘은 주체할 수 없는 분노에 몸을 가누기 어려웠다. 노엘은 참담함에 입술을 깨물었다.

"노엘."

세드릭은 노엘을 보고는 환하게 웃었다. 일주일 새에 어느덧 친해진 두 사람이었다.

"날이 참니다."

"하늘이 푸르러서."

노엘은 애써 목소리를 눌렀다. 정체를 밝히고 싶었지만, 후작이 그가 살아 있는 걸 안다면 어떤 일이 생길지 몰랐다.

"어서 들어가시죠."

"……오늘인가."

왕비 캐서린은 세드릭의 다리를 치료하기 위해 일주일에 한 번씩 치료사를 불러들였다. 처음에는 매일같이 불러들였으나 최근엔 마땅한 치료사를 찾기도 어려웠다.

"나을 수 있을까?"

"나으실 겁니다."

노엘이 세드릭을 흔들림 없는 눈으로 바라보았다. 세드릭은 순간 자신의 친우가 되살아 온 것 같은 느낌을 받았으나 이내 쓸쓸한 미소를 지었다.

"정말 그랬으면 좋겠어."

"그러실 겁니다."

그러나 노엘도 알고, 세드릭도 알고 있었다. 그의 다리는 고칠 수 없다는 것을. 그럼에도 그렇게밖에 말할 수 없는 현실이 그들을 더욱 비참하게 만들었다.

"들어가시죠."

"응."

노엘이 세드릭의 휠체어를 이끌었다. 부디 오늘 온 치료사가 그의 다리를 치료해 주길 간절히 바랐다.

✳

노엘은 사복을 입고 성 밖으로 나왔다. 비번인 오늘 자신의 증거물을 가져갔던 그 여자를 찾기 위해 정보길드에 의뢰를 할 참이었다.

"증거물을 찾을 수 있을까……."

노엘은 애써 불안감을 떨쳐 내고 다시 길을 걸었다. 그러다 그의 눈에 낯익은 사람이 보였다. 새하얀 도화지 위의 검은 점처럼 단박에 사람의 시선을 끌어들이는 사람이었다.

"공자님!"

노엘은 환한 얼굴로 이안을 보고는 그에게 달려갔다. 그는 노엘의 기억을 되찾아주기 위해 노력했고, 결국 그 덕분에 기사단에 돌아와 기억을 되찾을 수 있었다.

노엘은 이안에게 달려가 고마움을 전했다.

"오래간만입니다. 수도에 올라와 계셨군요."

"왜 네가……."

이안은 눈을 찌푸렸다. 그는 노엘을 수도로 부른 적이 없었다.

"공작님이 친히 기사단의 추천서를 써주셨습니다."

"아버지께서?"

"정말 고맙습니다. 어찌 은혜를 갚아야 할지……."

그때 그의 옆에서 한 여자를 발견하고 멈칫했다. 금발에 금안을 지닌, 마치 미의 여신이 내려온 듯한 외모였다.

"아, 저……."

노엘은 살짝 얼굴을 붉히다가 시선을 돌렸다. 그런데 그 여자가 먼저 말을 걸어왔다.

"잘 지내는 모양이네."

'이 목소리는?'

노엘의 미간이 움찔거렸다. 그가 딱딱해진 표정으로 여자를 바라보았다.

"설마……?"

"문신은 어때? 감쪽같지?"

노엘의 눈이 화등잔만 하게 커졌다. 순간 그의 눈에서는 노도와 같은 살기가 뻗어 나갔다.

"당신이!"

노엘이 허리춤에서 검을 뽑고 곧장 그녀를 향해 휘둘렀다. 그러나 그의 검은 이안의 재빠른 발검으로 인해 단번에 막혀 버렸다. 거기에 그치지 않고 이안의 검이 노엘의 목덜미에 옅은 생채기를 냈다.

"검을 내려놓아라."

"공자님! 이 여자가 어떤 짓을 했는지 아십니까? 이 여자가!"

노엘이 울분에 화를 터뜨렸다. 헬리아가 노엘에게 걸어왔다.

"이 여자라니? 아무리 화가 나도 공주에게 그러면 쓰나?"

"고, 공주라니?"

이안은 헬리아의 행동에 눈을 찌푸렸다. 굳이 상대에게 정체를 알리는 이유를 알 수 없었다. 게다가 왜 그가 이곳에 있단 말인가? 이안이 헬리아를 향해 의심의 눈초리를 보냈다.

'또 무슨 짓이냐?'

이안은 내뱉지 못한 의문을 삼켰지만 여전히 노엘의 목에서 칼을 내리지 않았다.

"아르센 왕국의 공주, 헬리아. 안 들어봤어?"

헬리아가 키득거리며 말했다.

"가자."

"……."

헬리아가 등을 돌리자 이안이 노엘의 목에 겨눈 검을 치웠다.

"고, 공주라니……."

노엘은 당혹스러움을 숨기지 못했다. 그는 이안이 검을 검집에 넣는 소리에 그제야 제정신을 차렸다. 노엘은 그 자리에 멍하니 서 있었다.

"헬리아 공주라니……."

✳

"안녕하십니까. 치료사 게일입니다."

두툼한 살집에 가는 눈동자, 느끼한 목소리를 지닌 남자가 세드릭에

세드릭 | 563

게 인사했다. 그는 민간요법으로 유명한 치료사로 이름을 떨치다 이곳으로 오게 되었다.

게일이 눈을 번뜩이며 세드릭의 몸을 훑었다. 세드릭은 순간 소름이 돋았지만, 당황스런 표정을 지우고 그를 맞이했다.

"나를 침실로."

시종이 세드릭의 휠체어 손잡이를 잡고 그를 침실로 이끌었다.

게일은 침을 꼴딱 삼키고 침대에 누워 있는 세드릭에게 다가갔다. 그러나 주변에 서 있는 시종과 시녀들을 보고 미간을 찌푸렸다.

"사람을 물려주시겠습니까?"

치료사들은 자신만의 비법을 결코 남에게 보이지 않는다. 시종과 시녀들은 세드릭의 나가라는 손짓에 물러났다. 방 안에는 세드릭과 게일 두 사람만 남게 되었다.

게일은 만족한 듯 입가에 미소를 띠고 세드릭의 가냘픈 다리를 훑었다. 그의 손이 다리에 닿자 세드릭의 몸이 흠칫 떨렸다. 그 모습에 게일은 히죽 입꼬리를 올렸다.

'이거 소문대로군.'

게일은 세드릭의 다리를 천천히 쓸어내렸다.

"감각이 느껴지십니까?"

세드릭이 고개를 끄덕였다.

"좀 더 자세한 검사를 위해 바지를 벗기겠습니다."

세드릭은 순감 멈칫했지만 이내 허락했다. 게일은 씨익 웃으며 세드릭의 바지를 벗기고 맨다리를 다시 쓸었다. 그러자 세드릭의 몸에 오소소 소름이 돋았다.

'못 고칠 만하군.'

게일은 세드릭의 다리를 이곳저곳 주무르며 살폈지만 뭐가 뭔지 그도 알 수 없었다. 신경은 살아 있지만 다리를 움직일 수 없다는 것. 많은 치료사가 약을 쓰고 애를 썼지만 그의 다리를 고친 이는 없었다.

'뭐, 상관없지.'

그러나 게일의 표정은 달라지지 않았다. 오히려 예상한 바였다. 그러나 게일의 입에선 다른 소리가 흘러나왔다.

"느껴지시는 부분을 확인해야 하니 잠시 손을 더 대겠습니다."

그러면서 세드릭의 다리를 아까보다 더 진하게 쓸기 시작했다. 종아리에서부터 허벅지까지 그의 손이 타고 올랐다.

"그, 그만."

불쾌함에 세드릭이 외쳤지만 게일의 손은 멈추지 않았다. 세드릭은 뭔가 이상함을 눈치챘다. 상대는 치료할 생각은 없고 왠지 자꾸 자신의 다리만 만지는 것 같다는 생각이 들었다.

"뭐 하는 건가!"

결국 세드릭이 게일의 팔을 쳤다. 그러나 힘없는 그의 팔로는 그를 떨쳐 내지 못했다. 그제야 게일이 씨익 이를 드러냈다.

"무슨 말입니까? 저는 치료 중입니다."

"그게 치료라는 건가!"

"물론입니다."

게일은 당당하게 받아쳤다. 그러나 세드릭은 이미 충분히 불쾌한 상황. 그를 쫓아내려 했다.

"나가라!"

세드릭이 꼼짝도 하지 않는 게일을 노려봤다.

"나가라 하지 않았는가!"

그 순간 게일이 그의 몸을 눌렀다. 위에서 내리누르는 힘에 세드릭은 움직일 수 없었다.

"뭐 하는 건가! 읍!"

게일이 손으로 그의 입을 막았다. 세드릭의 눈이 불안하게 떨렸다.

게일은 만족한 듯 혀로 입술을 핥았다.

"아직 치료가 끝나지 않았답니다."

게일은 세드릭의 몸을 훑었다. 그는 남부 출신의 치료사로 특이한 민간요법을 통해 많은 환자를 치료하면서 명성을 얻었다. 하지만 그의 명성은 만들어진 것에 불과했다. 남색을 즐기는 그는 환자로 온 남자들을 겁탈하고 그들을 협박하면서 자신의 취미와 명성을 동시에 챙겼다. 그러던 중 왕세자의 치료사를 구한다는 소식에 덥석 그 의뢰를 물었다.

"읍읍!"

게일의 눈에 서린 욕망을 보고 세드릭은 너무 놀라 발버둥 쳤다.

"가만히 있으시지요? 이 꼴을 밖에 있는 이들에게 모두 보여줄 참입니까? 큭큭."

세드릭은 게일의 손에 역겨움을 느꼈다. 그로서는 상상조차 하지 못한 일이었다. 왕세자인 그가 이런 일을 겪을 거라고 상상이나 했겠는가. 그만큼 그의 충격은 컸다. 세드릭의 눈에서 눈물이 흘렀다. 불구인 것도 모자라 남자에게 희롱까지 당하자 그는 그만 죽고 싶었다. 포기하려는 순간, 어머니와 자신을 위해 죽어간 이들이 떠올랐다. 이렇게 짓밟히고 싶지 않았다.

"노, 노엘!"

그의 손이 떨어진 틈을 타 세드릭이 소리쳤다. 게일이 다시 손으로 입을 덮었으나 이미 세드릭의 목소리가 퍼져 나간 후였다.

쾅!

문이 열리는 소리와 함께 순간 날카로운 칼이 게일의 목을 향해 휘둘러졌다.

"크악!"

게일은 단칼에 즉사를 면치 못했다.

"감히! 네놈이!"

노엘은 세드릭을 겁박하려던 게일의 모습을 떠올리며 이를 갈았다. 그는 죽은 시체 위에 다시 한번 칼을 꽂았다.

"저하!"

"……노엘."

"괜찮으십니까?"

세드릭은 이불로 자신의 몸을 가렸다. 부실한 다리가 여실히 드러나 있었다. 그는 이불 속에 자신의 몸을 감추었다.

"괜찮아. 그만 쉬고 싶어."

"저하…….'

"……부탁이야."

이불 속에 웅크리고 있는 몸이 간헐적으로 떨렸다.

이를 앙다문 노엘의 눈에서 왈칵 눈물이 흘렀다. 어째서 세드릭이 이런 꼴을 당해야 하는가? 수치심에 몸을 떨고 있는 세드릭의 등이 보였다. 노엘은 자괴감에 빠졌다. 그를 위해 해줄 수 있는 일이 아무것도 없다. 그를 치료해 줄 수도, 그를 위해 복수를 해줄 수도. 답답하고 원통했다. 그러나 자신보다 더 상처받고 아픈 세드릭이 걱정되었다.

노엘이 무릎을 꿇고 세드릭을 향해 고개를 조아렸다.

"저하…….'

노엘은 차오르는 눈물을 손등으로 닦아냈다. 그 여자만 아니었다면. 그 공주만 아니었다면 최소한 복수는 해줄 수 있었을 것을. 그의 눈이 살기로 번들거렸다. 그러다 문득 눈물 묻은 손등이 보였다. 멍하니 손등을 내려다보던 그의 뇌리에 어떤 기억이 스쳐 지나갔다.

'상처…….'

결코 지워지지 않을 거라 여겼던 상처. 그것을 그녀는 쉽게 지워냈다. 그녀를 생각하면 치가 떨리지만, 그녀는 자신의 문신을 지웠다.

'그녀라면?'

그녀라면 세드릭을 치료할 수 있지 않을까? 그녀가 치료를 할 수 있을지 없을지는 몰랐다. 흉터를 지우는 것과 걷지 못하는 다리를 일으켜 세우는 것은 완전히 다르다. 하지만 시도는 해볼 수 있었다. 어쨌든 불가능하다는 일을 해낸 그녀이므로. 그보다 문제는 그녀가 세드릭을 치료해 줄 것인가 하는 것이었다.

'방법이 있을 거다.'

노엘의 눈빛에는 강한 결의가 담겨 있었다.

'반드시 저하를!'

"음."

헬리아는 침음을 흘리며 자신의 서재 책상에 놓여 있는 이상한 조각상을 빤히 쳐다보았다.

"이런 게 왜 여기 있지?"

세바스찬이 가져다 놓은 것일까? 가끔 세바스찬은 헬리아의 삭막한 방에 꽃병 등을 놓아두곤 했었다.

"흐음."

헬리아는 투박하게 조각된 조각상을 들어 올렸다. 나무로 된 조각상은 아무리 생각해도 도통 뭘 조각했는지 알 수가 없었다. 일반 책 크기만 한 조각상은 어찌 보면 사람 같기도 했다.

'사람인가.'

그러다 사람의 형상처럼 생긴 그것의 등 뒤에 무언가 뭉툭한 날개 비스무리한 게 달려 있는 걸 발견했다. 사람은 또 아닌 모양이다.

"……괴물인가."

도대체 누가 조각했는지 조각 실력이 아주 형편없었다. 헬리아는 조 각상을 치우려다 밖에서 들려온 세바스찬의 목소리에 그것을 그냥 책상에 올려두었다.

"공주님, 노엘이라는 사람이 찾아왔습니다."

헬리아의 눈이 반짝였다.

헬리아는 서재에서 노엘을 맞이했다. 노엘은 딱딱하게 굳은 얼굴을 하고 있었다. 마치 화를 꾹 참는 사람처럼.

"무슨 일이지?"

"……."

노엘은 화를 가라앉히기 위해 잠시 뜸을 들이다 입을 열었다.

"증거는 어찌하셨습니까?"

빤히 쳐다보는 노엘의 당돌한 모습에 헬리아는 당황하기는커녕 오 히려 흥미로운 미소를 지었다.

"없어."

"……없다니요?"

"없다고. 말 그대로."

"그게 어떤 물건인지 아십니까!"

그가 무의식중에 허리춤에 달린 검에 손을 대자 그의 목에 검이 들 이밀어졌다.

"뽑으면 죽는다."

섬뜩한 경고에 노엘은 마른침을 꿀꺽 삼키고 손을 뗐다.

'기척을 느끼지 못했다!'

자신을 겨눈 그 예기 서린 검에 노엘은 입술을 깨물고 이안을 원망 스럽게 쳐다봤다. 설마 헬리아 공주의 호위 기사가 될 줄이야. 실망스 러웠지만 그가 할 수 있는 건 없었다.

"그걸 알고 싶어서 온 거라면, 허탕 쳤군."

헬리아의 말에 노엘은 화를 참았다. 이곳에 온 이유를 다시 상기해 냈다. 노엘이 허리를 굽혔다. 그 순간 헬리아의 입꼬리가 씨익 올라갔다. 이안은 그것을 보고 눈을 가늘게 떴다.

"왕세자 저하의 다리를 치료해 주십시오."

그의 굽은 허리에는 절실함이 가득했다.

"내가 왜 그래야 하지?"

노엘은 주먹을 세게 말아 쥐었다. 예상대로 쉽지 않았다.

털썩.

그는 무릎을 꿇었다.

"제발 부탁드립니다."

"나는 치료사가 아니야."

"노예 문신은 일반 포션으로는 지우기 어렵다는 이야기를 들었습니다."

헬리아 공주가 치료사인지 아닌지는 잘 모른다. 하지만 그녀가 가진 약이라면 세드릭의 다리를 치료할 수 있지 않을까 생각했다.

"다시 말하지. 내가 왜 그래야 하지?"

노엘이 고개를 들고 헬리아를 응시했다. 그의 눈동자는 불안정하게 쉴 새 없이 흔들렸다.

"……."

노엘은 말문을 열지 못하고 입술을 질끈 깨물었다. 이미 예상한 바다. 하지만 이대로 물러날 수 없었다. 왕세자의 그 떨리는 몸을 보고 아무것도 하지 않는다면 차라리 노엘은 죽고 말리라.

쿵!

머리를 바닥에 조아렸다.

"원하신다면 제 목숨이라도 드리겠습니다. 부디 저하의 다리를 치료해 주십시오.”

방법이 떠오르지 않았다. 애원하고, 부탁하고, 고개를 조아리는 것밖에 그가 할 수 있는 일이 없었다. 노엘의 눈에서 눈물이 흘러내렸다.

“부탁드립니다. 부디…….”

톡톡톡−

헬리아는 눈물을 흘리며 애원하는 노엘을 내려다보며 턱에 손을 괴고 책상을 두들겼다. 그녀의 입꼬리가 싸악 말려 올라갔다.

‘이만하면 됐군.’

그녀가 입을 열었다.

“내가 꼭 치료할 수 있으리란 보장은 없어.”

“부, 부탁드립니다.”

일말의 가능성이라도 노엘은 걸어보고 싶었다.

“좋아. 한번 해보지.”

“저, 정말로…….”

노엘이 감격한 나머지 얼굴이 붉게 상기되었다.

“너무 좋아하지 말라고. 치료를 못 할 수도 있으니까.”

“가, 감사합니다.”

노엘은 바닥에 이마를 찧을 정도로 세게 고개를 조아렸다. 헬리아는 알 수 없는 미소를 짓고 있었다.

‘무슨 생각이지……?’

이안이 그녀의 아리송한 표정을 보고 미간을 좁혔다.

✳

“이쪽으로 오시지요.”

시녀장 에밀은 헬리아를 응접실로 안내했다.

"마마, 헬리아 공주님께서 오셨습니다."

"들라 하게."

에밀이 캐서린 왕비의 허락에 문을 열었다.

"들어가시지요."

헬리아는 에밀이 연 문을 통과하여 안으로 들어갔다. 왕비의 궁이라서 화려할 줄 알았는데 내부는 매우 소박했다. 깔끔한 화이트톤 벽지에 바닥에는 검붉은 카펫이 깔려 있었다. 곳곳에 명화들이 걸려 있었고, 가구들은 화려하거나 번잡스런 무늬 없이 깔끔했다.

헬리아는 이미 응접실에 마련된 테이블에 앉아 있는 캐서린 왕비를 볼 수 있었다. 부드러운 갈색 머리와 녹색 눈동자가 아름다운 여인이었다. 비비안이 꽃이라면 캐서린은 나무 같은 여인이었다.

"왕비님께 인사드립니다. 헬리아입니다."

"……."

캐서린은 오랫동안 헬리아의 얼굴에서 눈을 떼지 못했다. 이윽고 차한 잔이 식을 시간이 흐르자 캐서린이 나직이 말했다.

"그 사람을 닮았구나."

헬리아는 그 사람이 누군지 알아차렸다. 자신의 어머니 세니아 후궁. 그렇게도 자신이 그녀와 닮은 것일까. 기억을 떠올려 봤지만 헬리아가 기억하는 것은 전부 그녀의 뒷모습뿐이었다.

"그렇습니까?"

헬리아가 대수롭지 않게 받아치자 캐서린의 눈빛이 변했다.

"8년 동안 많이 변한 모양이구나."

캐서린은 어린 헬리아를 잘 알지는 못 했지만 소문을 들어 알고 있었다. 그런데 지금의 모습은 과거의 소문과 전혀 다른 모습이었다.

'그리도 시간이 흐른 것인가.'

캐서린은 흘러간 시간을 느끼며 다시 헬리아를 보았다. 그녀와 만난 것은 몇 차례 되지 않았다. 헬리아는 물론 세니아 후궁 역시 외부에 잘 나서지 않았다. 캐서린도 세니아 후궁을 특별한 날이 아니고서는 거의 만나지 못했다. 그렇다고 일부러 찾아가는 수고는 하지 않았다.

"어서 앉거라."

캐서린의 말에 헬리아가 그녀의 맞은편에 앉았다. 헬리아는 그제야 캐서린의 뒤에 서 있는 노엘을 발견했다.

"이야기는 이미 전해 들었다."

캐서린의 눈이 헬리아를 옭아맬 듯 바라보았다. 그녀의 저의가 무엇인지 파악하고자 하는 것이다. 하지만 그녀는 헬리아에게서 아무것도 얻어내지 못했다.

"세드릭을 치료할 수 있다고?"

"아직 확답은 드릴 수 없습니다."

캐서린은 깊게 숨을 내쉬었다. 세드릭의 호위 기사인 노엘의 말을 듣고 이렇게 헬리아를 불렀다. 하지만 이게 과연 잘한 일인지 알 수 없었다. 다만 지푸라기라도 잡고 싶은 심정이었다. 헬리아가 어떻게 세드릭을 치료할 방법이 있는지는 모르겠지만 지금은 더운밥 찬밥 가릴 때가 아니었다.

"이유가 무엇인가?"

"무엇을 말입니까?"

"세드릭을 치료할 이유가 없지 않은가?"

그 말에 헬리아는 웃으며 노엘을 바라보았다.

"한 충정 깊은 기사의 마음에 동했다고 말하면 될까요?"

그러나 캐서린은 쉬이 넘어가지 않았다. 무엇보다 헬리아의 뒤에 서 있는 이안을 보고는 입을 열었다.

"플로렌스의 아이구나."

헬리아는 그저 어깨를 으쓱였다. 그에 캐서린은 헬리아를 다시 바라보았다. 아돌프 후작의 힘으로 무죄를 얻었고, 플로렌스 공작의 후계자가 따라다닌다.

"왕이 되고자 하는 것이냐?"

"글쎄요?"

"……."

캐서린은 입을 열지 않았다. 헬리아 또한 왕위 계승자 중 한 명이었다. 그래서 더더욱 그녀의 행동을 이해할 수 없었다.

"이유가 무엇인가?"

그녀의 속내를 알고 싶었다.

"조건이 있습니다."

세상에 공짜는 없는 법이다. 캐서린은 헬리아의 다음 말이 무엇인지 짐작했다. 세드릭의 왕위 계승권 포기일 것이다. 만약 그것이 아니라면 그녀를 지지해 달라 할 것이다. 그러나 캐서린의 예상은 틀렸다.

헬리아는 웃으며 말했다.

"왕세자에게는 제가 치료한다는 것을 비밀로 해주십시오."

캐서린은 잠시 미간을 찌푸렸지만 다시 물었다.

"그리하겠네. 그럼 조건은 무엇인가?"

"이미 말하지 않았습니까?"

캐서린이 영문을 몰라 그녀를 보자 헬리아는 말갛게 웃었다.

"조건은 이미 이야기했습니다. 제가 치료했다는 사실을 왕세자에게는 비밀로 해주십시오."

"……."

캐서린은 도대체 헬리아의 말을 이해할 수 없었다.

"속셈이 뭔가?"

"그저 그리해 주시면 됩니다."

캐서린의 눈동자가 흔들렸다. 그녀로선 헬리아의 속내를 읽을 수 없었다. 어째서 저런 조건을 거는 것일까? 아무리 생각해도 답은 나오지 않았다. 하지만 그녀에게 묻는다 하더라도 그 답을 말해줄 것 같지 않았다. 캐서린은 오랫동안 침묵했다. 그녀의 저의를 모르는 상태에서 세드릭을 맡겨도 되는지 고민스러웠다. 그러나 답은 하나였다. 캐서린은 오랫동안 감고 있던 눈을 뜨며 말했다.

"세드릭의 치료를 부탁하네."

뚜벅뚜벅.

헬리아와 이안은 응접실을 빠져나와 궁으로 돌아가기 위해 걸었다. 그때 이안이 불쑥 입을 열었다.

"어째서 그런 조건을 내건 겁니까?"

헬리아가 몸을 돌려 이안을 보았다.

"왕위 계승권 포기나 지지를 조건으로 내세웠다면 왕비는 그대로 수용했을 겁니다."

"왜 그래야 하지?"

헬리아는 이안을 응시했다. 헬리아는 평소 이안의 생각을 읽기 힘들었다. 말도 별로 없고 묵묵히 그녀의 뒤를 지키고 서 있을 뿐 간혹 이렇게 질문하는 것에서 그가 자신에 대해 알고자 한다는 것을 느낄 수 있었다. 그녀의 자질을 평가하려는 것인지, 아니면 다른 이유에서인지 그는 간혹 이런 질문을 던지곤 했다.

헬리아는 그 말에 고개를 저었다.

"어차피 그 일은 내가 하지 않아도 후작이 알아서 하게 되어 있어. 거기에 내가 굳이 손쓸 필요 없지."

세드릭의 왕위 계승권 포기는 굳이 자신이 거론할 필요가 없다. 이미 아돌프 후작이 왕세자의 폐위를 논하고 있었다.

"그렇게 얻어진 지지 기반은 금세 무너질 뿐이야."

이안은 묘한 표정으로 헬리아를 바라보았다.

"무슨 생각이신 겁니까?"

헬리아는 어깨를 으쓱였다. 그러나 입꼬리는 살짝 올라가 있었다.

"사람 마음이라는 게 어려우면서도 쉬운 법이야."

헬리아는 다시 걸음을 옮겼다. 그러다 뭔가 생각이라도 난 듯 돌아서서 이안을 올려다보며 물었다.

"그런데."

"……."

"원래 어머니라는 사람들은 다 저럴까?"

"무슨 말입니까?"

"아니, 아니야."

헬리아는 고개를 젓고 다시 길을 걸었다.

"……."

이안은 그녀의 등을 잠시 바라보다 움직였다.

2권에서 계속…